C

FOI

Dans la même collection

ABÉLARD ET HÉLOÏSE. *Correspondance.* Préface d'Étienne Gilson. Édition établie et annotée par Édouard Bouyé. Traduction d'Octave Gréard.

BAUDELAIRE. *Correspondance.* Préface de Jérôme Thélot. Choix et édition de Claude Pichois et Jérôme Thélot.

DIDEROT. *Lettres à Sophie Volland.* Choix et présentation de Jean Varloot.

FLAUBERT. *Correspondance.* Choix et présentation de Bernard Masson. Texte établi par Jean Bruneau.

MALLARMÉ. *Correspondance complète* (1862-1871) suivi de *Lettres sur la poésie* (1872-1898), avec des lettres inédites. Préface d'Yves Bonnefoy. Édition de Bertrand Marchal.

MADAME DE SÉVIGNÉ. *Lettres choisies.* Édition présentée et établie par Roger Duchêne.

GEORGE SAND. *Lettres d'une vie.* Choix et présentation de Thierry Bodin.

NIETZSCHE. *Lettres choisies.* Édition de Marc de Launay. Traduction de Marc de Launay, Maurice de Gandillac, Henri-Alexis Baatsch et Jean Bréjoux.

Stéphane Mallarmé

Correspondance complète

1862-1871

SUIVI DE

Lettres sur la poésie

1872-1898

AVEC DES LETTRES INÉDITES

Préface d'Yves Bonnefoy

Édition établie et annotée par Bertrand Marchal

Ouvrage publié avec le concours du Centre national du livre

Gallimard

L'UNIQUE ET SON INTERLOCUTEUR

I

Les lettres de Mallarmé sont d'un intérêt souvent extraordinaire. Dans quelques-unes de celles de ses années de Tournon ou de Besançon, notamment, il a livré sur son exploration des confins de l'esprit et de la matière, et sur la poésie comme il la conçoit, et sur les poèmes qu'il tente d'écrire alors — dont deux de ses plus grands, Hérodiade *et le* Faune *— des informations que rien de son œuvre proprement dite ne peut remplacer ni même laisser prévoir. Et non seulement il formule ainsi une pensée qui est neuve autant que profonde, mais il en dit la naissance, les péripéties, les angoisses, photographiant un drame de l'intellect dont le* Toast funèbre *— son seul poème un peu explicite — n'énoncera plus cinq ou six ans plus tard que le dénouement, tout d'apparente sérénité. Quelle violence pourtant, autant que quelle hardiesse, y avait-il eu à des moments de cette recherche ! Seul* Igitur *en suggère l'intensité. Mais aussi bien ce récit est-il confirmé par les lettres, et peut-il être lu comme ce qu'on pourrait hésiter à y reconnaître : la relation fidèle et précise d'une expérience vécue.*

N'hésitons pas à le dire : quelques pages de cette correspondance vont aussi loin, dans le heurt de la condition humaine à ses limites, que celles qu'avait cousues Pascal dans la doublure de son pourpoint ; ou que la lettre pourtant si riche de grandes intuitions neuves que Rimbaud écrivit à Paul Demeny, à peu près d'ailleurs à la même époque que Mallarmé dans l'histoire soudain en crise de la poésie d'Occident. Et voici qui demande qu'un témoignage aussi saisissant soit tout à fait accessible.

Or, tel fut bien le cas, au cours des années récentes, mais pas aussi aisément qu'il eût fallu. Depuis 1959, grâce au travail entrepris par Henri Mondor avec le concours de Jean-Pierre Richard, puis longtemps et jusqu'au bout poursuivi par Lloyd J. Austin avec une constance et une rigueur admirables, l'intégralité des lettres connues a bien pu être publiée. Mais il en est résulté douze gros volumes, au sein desquels la question de la poésie ne prédomine plus que bien rarement, passées les années de jeunesse. Besoin était donc d'opérer un choix qu'on pouvait estimer, a priori, *difficile à faire.*

Heureusement deux faits également évidents apportent à ce problème une solution qui est simple. D'une part le moindre regard sur les lettres où Mallarmé expose sa réflexion révèle qu'on ne peut absolument pas y séparer ce qui apparaît ainsi du reste de ce qu'il dit, où il est pourtant question d'événements fort minimes de son existence de tous les jours. De tels passages existent bien, dont la poésie est le seul souci, et ils ont évidemment leur relief, parfois leur fulguration, mais dès qu'on cherche à comprendre leur sens exact ce sont d'autres moments, dans les mêmes lettres ou d'autres, qu'il faut avoir à l'esprit, parce que les signifiants de ce propos sur la poésie ne sont pas seulement quelques grands concepts, explicitement élaborés : ils passent également, par métaphore ou métonymie, au travers des aspects de ce quotidien que Mallarmé ne peut oublier, hélas, et ne cesse donc d'évoquer. Geneviève qui vient de naître et incite bientôt à réfléchir de façon nouvelle au langage, le métier incessamment détesté, la nature ambiante — qui n'aurait, prétend Mallarmé, que des Ardèches, quand l'art a des Parthénons —, tout cela est matière à réflexion et moyen de la réflexion, il faut que nous aussi en prenions conscience ; et dans le choix qui préserverait la part dans la correspondance de la pensée sur la poésie il n'en faut rien sacrifier.

Et voilà qui paraît rendre l'entreprise impossible, mais l'autre fait évident, c'est que c'est seulement dans les lettres d'avant l'automne de 1871 — le moment de sa venue à Paris — que Mallarmé fait part, à quelques amis, des événements de cette pensée et, tout aussitôt, de ceux de sa vie. En 1871, Cazalis ou Lefébure, qui furent les principaux de ses proches, disparaissent de la correspondance : car l'un est désormais un voisin, et avec l'autre il se brouille. Et quant aux nouveaux interlocuteurs, maintenant nombreux et souvent épisodiques, ils n'ont droit, pour des raisons que nous aurons à comprendre, qu'à des considérations sur eux-mêmes, ou, si l'on en vient à l'idée de la poésie, qu'à simplement de brèves remarques qui sont du coup tout à fait distinctes du reste de la missive et de quoi que ce soit de l'existence de Mallarmé. Celui-ci semble même tenir, dans cette nouvelle époque, à ne parler de la poésie qu'en se gardant de parler de soi.

D'où la solution du problème. Sera retenu dans ce volume qu'exige notre intérêt pour la poétique mallarméenne l'ensemble complet des lettres écrites jusqu'à ce moment de 1871 : ce qui correspond au premier volume de l'édition Mondor-Austin, augmenté des pages que Lloyd Austin a retrouvées et publiées ultérieurement. Et seront ajoutés à ce témoignage essentiel quelques lettres ou fragments de lettres dans lesquels Mallarmé s'est arrêté par la suite, et de façon cette fois aisément délimitable, sur la question de la poésie. Un choix, cette fois, un choix seulement pour cette seconde partie : mais qui n'a que très peu à ne pas garder. Bertrand Marchal a mené à bien cette tâche.

II

Quelques remarques maintenant sur le contenu même des lettres, et principalement sur le fait de ces deux époques, qui révèle peut-être bien plus que des changements dans des rapports amicaux.

Il est vrai que cette fracture entre l'une et l'autre peut s'expliquer, dans une certaine mesure, par quelques autres raisons qui sont tout autant de hasard. De ce qu'on lit sous sa plume en 1866 ou 1867 il ressort que Mallarmé a atteint alors à une pensée qui lui semble complète et dont on peut juger à bien des indices qu'il la garda intacte toute sa vie. C'est dans ces quelques mois décisifs qu'il a « trouvé » le Néant, puis le Beau ; qu'il a perçu que lorsque s'effondrent toutes les représentations que la conscience se forme demeure pourtant le mot, qui s'emplit alors, effacées les illusions de la connaissance, d'une évidence, d'une lumière, celles de la réalité sensible enfin retrouvée vierge, après tant de rapts par l'esprit ; et qu'il a conçu la méthode — se détacher du désir de possession — qui lui permettra de rester avec seulement cette « notion pure » au contact des aspects qui, pour « notre bonheur », foisonnent dans la nature quand on n'y cherche plus par un acte de connaissance à y distinguer, à y instituer, des objets. Mallarmé a pensé sa pensée, comme il dit alors, il est advenu à soi-même, on peut le croire, et ainsi le temps des découvertes précipitées, exaltantes a-t-il pris fin, dans sa vie, et avec lui le besoin de s'en expliquer à des proches.

Outre cela, Mallarmé à Paris est si rapidement tenu pour un maître, il reçoit tant de sollicitations, de livres, d'invitations, qu'il n'a plus guère de loisir — lui que le métier contraint, que l'écriture réclame — que pour des billets que sa courtoisie l'incite à consacrer à l'appréciation des autres, toujours attentive, toujours sérieuse[1]*. Mais ces faits n'expliquent pas tout. Car ce n'est pas seulement la fréquence du propos sur la poésie que l'on découvre changée, après 1871, c'est la façon dont il se formule.*

Que trouve-t-on, en effet, quant à la poésie dans les lettres de cette deuxième époque ? Encore, assurément, quelques précisions d'importance. Quand Mallarmé écrit à Edmund Gosse, le 10 janvier 1893, qu'il fait « de la Musique, et appelle ainsi non celle qu'on peut tirer du rapprochement euphonique des mots, cette première condition va de soi ; mais l'au-delà magiquement produit par certaines dispositions de la parole, où celle-ci ne reste qu'à l'état de moyen de communication matérielle avec le lecteur comme les touches du piano » — ajoutant : « Employez Musique dans le sens grec, au fond signifiant Idée ou rythme entre des rapports » —, il est évidemment au plus près de sa pensée et même nous y convoque avec des mots qui veulent communiquer, bien que ce qu'il a indiqué ainsi lui paraisse, a-t-il ajouté aussitôt, « très mal dit, en causant ». Nous en reparlerons, laisse-t-il entendre.

Et en d'autres points les nouvelles lettres ne sont pas sans jeter lumière sur des aspects de son travail, ou de ses projets, ou de ses rêves, qui sinon resteraient conjecturaux. En juillet 1896 : « Je vais », écrit-il à son éditeur Deman, « achever, pour la rentrée, Hérodiade *dont je publierai le* Prélude *et le* Finale, *de la dimension chacun du morceau existant, en deux fois cet automne, dans la* Revue Blanche *» : ce qui permet d'entrevoir*

1. « Je ne suis plus que le correspondant qui machinal répond aux envois de livres; quand ils s'accumulent jusqu'au scandale. Jamais une lettre lettre. Non que je travaille ou, du moins publie. [...] Au revoir, c'est bien peu et même dérisoire, ce billet, quand il faudrait tout dire. N'en prendre que notre poignée de mains [...] », lettre du 25 juillet 1893 à Jules Boissière.

ce qui se cache encore — et si tard — d'activité fiévreuse et d'espérance naïve sous son peu de publications. Ou cette remarque, au passage, mais qui laisse affleurer toute une pensée : Mallarmé, le 23 février 1893, félicite Heredia d'avoir « sorti » le sonnet du « bibelot », « pour en faire l'expression définitive, plénière et suprême, de la poésie », grâce à « son raccourci » qui « lie, entre eux, sous un même regard, les si rares traits magiques, seulement épars en les plus beaux poèmes ». Lisant ces mots, nous pensons à « l'aboli bibelot » du « sonnet en yx » dans sa seconde version, de six ans avant cette lettre ; et celui-ci, le ptyx sur la crédence où la croyance s'efface, peut nous apparaître, du coup, comme non tant le vers en ses douze pieds que l'image en abîme du poème lui-même : ce sonnet au centre duquel se circonscrit une absence. Autrement dit, le sonnet en yx, ce serait aussi une indication historique. A la fois un jugement négatif, sur toute une tradition des quatorze vers depuis Pétrarque, si vainement tournés vers des idéalités illusoires, et une reprise de l'instrument. Après tout, ce ne sont bien que des sonnets, disputés mot par mot à « l'inanité sonore », que Mallarmé publiera entre L'Après-midi d'un Faune *et le* Coup de dés, *à côté de poèmes comme* Sainte *ou la* Prose pour des Esseintes *qui reprennent des pages de l'avant-guerre.*

Précision tout aussi utile quand il parle à Charles Bonnier, en 1893 encore, du vers libre ; ou à Charles Morice, en 1896, de l'importance du « site » ; ou, surtout, lorsqu'il écrit à Zola, le 23 février 1898 — c'est le jour même où est condamné l'auteur de J'accuse *— qu'il est « pénétré de la sublimité qui éclata en votre Acte ». On aime ce Mallarmé qui sait garder associées la poésie et la pensée du droit et de la justice. Tout comme on est heureux de l'entendre dire à Alfred Jarry, le 27 octobre 1896, à propos d'*Ubu Roi *: « Vous avez mis debout, avec une glaise rare et durable aux doigts, un personnage prodigieux et les* *siens. » Beaucoup aura été dit, tout de même, dans ces missives contraintes par le surmenage et la politesse.*

*Malgré tout, comment se fait-il que Mallarmé, qui voyait Manet presque chaque jour, n'ait, semble-t-il, rien écrit à personne, en 1874, de sa réaction à la première exposition des Impressionnistes, peintres dont il s'est dit si proche et même l'un d'eux dans son étude de l'*Art Monthly Review *de 1876 ? Et que d'événements importants sinon même bouleversants eurent lieu dans son existence mais aussi dans sa pensée et son écriture, qui n'apparaissent pas dans ces pages dont ils eussent jadis été le centre ! Aucune lettre ne laisse rien apercevoir de ce que des feuillets retrouvés dans ses papiers révélèrent, son pathétique dessein de transposer poétiquement la vie interrompue de son fils. Aucune n'évoque le bizarre projet qu'a divulgué Jacques Scherer sous le titre d'ailleurs erroné du « Livre », aucune n'expose ce qu'aurait pu être, concrètement, ce théâtre « absolument neuf » qui l'occupe pourtant si fort — il y travaille, dit-il, « follement » — qu'à Sarah Helen Whitman, qu'il ne connaît guère, il peut écrire, en mai 1877 : « Trop ambitieux, ce n'est pas à un genre que je touche, c'est à tous ceux que comporte selon moi la scène : drame magique, populaire et lyrique ; et ce n'est que l'œuvre triple terminée, que je la donnerai presque simultanément, mettant comme un Néron le feu à trois coins de Paris... »* Les Noces d'Hérodiade *non plus n'apparaissent pas dans les lettres, quand la première* Hérodiade *y avait été si présente. Tous ces silences, cela semble bien signifier que Mallarmé n'a plus guère envie, après 1871, de parler à qui que ce soit de ce qui, en matière de poésie, lui tient à cœur.*

Il y a là, dirai-je, un non-dit, par opposition au dire d'avant, si expansif. Un non-dit et même un vouloir ne pas dire, à en juger par le style, qui a lui-même changé. « Très mal dit, en causant », avons-nous lu dans la lettre à Edmund Gosse. Pas si mal dit que cela, pourtant, et si ce fut « en causant », ou sembler le faire, c'est moins parce que l'intention didactique s'est un moment relâchée que parce qu'une autre a pris sa place, et pas seulement en cette occasion. Partout, en fait, la parole d'avant, qui exposait la pensée de façon directe, sans ornements, a cédé dans la nouvelle correspondance à une écriture riche en incises, suspens, étagements de suggestions, jeux de nuances et de reflets : un espace de mots d'emblée écrits et non la pensée juste notée, un dispositif de facettes pour éblouir plutôt qu'éclairer, et une présence, certes — c'est bien là « tout Mallarmé », ce ne peut être que lui —, mais qui se dérobe, sous ce battement d'éventail, et finalement se refuse.

Et certes, c'est assez souvent parce que la lettre, c'est afin de remercier d'un envoi, et qu'il s'agit pour Mallarmé, naturellement aimable, de ne pas blesser sans toutefois trop louer. Mais voici tout de même dit, en ces occasions pourtant souvent enjouées, qu'il ne faut pas trop s'approcher de celui qui parle ainsi, de façon assez concertée et subtile pour rester le maître du jeu. A moins qu'il n'écrive à Méry Laurent ou à sa femme ou sa fille Mallarmé n'est plus dans ses lettres d'après 1871 qu'un écrivain appliqué à une autre des formes de sa constante écriture : ce qui explique sans doute, par le remords, la curieuse obsession de la main tendue, « donnée », qui court à travers ces pages qui ne font qu'entrebâiller une porte. « Votre main », écrit Mallarmé pour finir ses lettres ; « Je vous presse la main », « ce pressement de main, qui contient ma ferveur » — un alexandrin, à Pierre Louÿs, en 1894, et : « Je voudrais qu'il vous accompagnât en voyage » — ; « votre main, toujours ardemment », « passionnément » ; « une poignée de main profonde, profonde, rare, délicieuse, que je vous rends maintenant, je voudrais qu'elle contînt l'enchantement » : on n'en finirait plus de relever ces formules qui semblent bien vouloir compenser par la protestation d'une amitié bien réelle un refus de soi qu'on doit donc penser obligé, et par des raisons vraiment profondes.

III

Ces raisons, Mallarmé étant ce qu'il est, ce ne peut être que son rapport à la poésie.

Et j'avancerai maintenant que ce que Mallarmé à Paris a voulu cacher à ses interlocuteurs, ce ne fut pas une pensée de la poétique, ancienne ou renouvelée — il l'exprima, de façon il est vrai obscure, dans les essais de Divagations *—, mais l'espérance qu'il s'obstina à avoir de sa mise en œuvre effective, de sa réussite soudaine, dans son travail, alors pourtant que ce dernier, pourvu désormais de tous ses atouts, et incessant, et fiévreux, lui montrait de plus en plus clairement que le « calice clair » de la nature faite parole resterait à jamais inapprochable des lèvres.*

Ce n'est assurément pas, en effet, dans les poèmes des années 1880 et 90, et par exemple en ceux du Triptyque *ou, presque huit ans plus tard, dans « A la nue accablante tu... », que se déploie « l'agitation » de paroles annoncée dans le* Toast funèbre, *cette écriture qui aurait dû opérer ou préserver dans chaque vocable la dissipation de tout contenu notionnel, de tout savoir : ces insuffisances, ces préjugés dans la perception qui vouent l'esprit à ne se connaître que par abstraction et comme hasard. Loin de s'ouvrir par la grâce des notions pures aux aspects fugitifs mais sensoriellement infinis du séjour terrestre, ces brefs poèmes tardifs ne doivent d'être qu'à des notions qui s'y enchevêtrent : et certes pluralisées, grevées d'ambiguïtés sans nombre, portées aux limites de ce qu'on peut appeler encore du sens, mais nullement dégagées pour autant des réseaux de la langue, nullement refusées à un travail d'interprétation — elles y incitent plutôt, par leur provocante force d'esquive. C'est bien l'intellect qui est encore aux commandes dans ces poèmes, et cela n'étonnera pas puisque la notion ne peut être pure, c'est-à-dire démentalisée, désintellectualisée que si le poète est mort, « parfaitement », à soi-même, délivré jusqu'au bout de tout désir personnel, cet ancrage dans le hasard : ce qui n'est évidemment pas le cas de ce Mallarmé vieillissant. Cruel paradoxe, c'est une mort, hélas, ordinaire, celle de son fils, Anatole, qui a fait, s'il était besoin, que Mallarmé ne puisse plus même espérer « mourir », se désincarner, s'oublier : puisque le tenter ce serait trahir le désir simple de vivre qu'il y avait dans l'enfant. Une des conditions nécessaires de l'écriture nouvelle a fait défaut, à jamais.*

Et pourtant, autant que la recension des raisons de l'impuissance mallarméenne, et de ses marques dans les écrits qui suivirent le Toast funèbre, *il nous est facile aujourd'hui de faire celle des signes qui trahissent chez Mallarmé jusqu'à sa dernière minute la survie d'un espoir qu'aucune évidence contraire ne décourage. Mallarmé écrit-il le* Triptyque, *est-il obligé d'y constater la présence irrépressible de la signification dans le vers, essaye-t-il même de se résigner à penser que ce dernier, étant un fait de langage, a besoin d'une armature de cette sorte, nous comprenons bien qu'il rêve toujours d'autre chose et de beaucoup plus, si rares sont les pages qu'il consent à cet « exercice » : qui n'est qu'en vue « de m'entretenir la main », dira-t-il d'ailleurs explicitement à Verlaine. Et lorsqu'il semble avouer enfin, dans le* Coup de dés *presque posthume, que tout écrit est pensée, toute pensée coup de dé, hasard, d'où suit que « ne reste aucune raison » d'exclure de l'activité du poète, faute en somme de mieux, quelques mises en scène du drame de l'intellect en ses situations extrêmes, qui sont de lucidité absolue, il n'en indique pas moins qu'il garde « un culte » à « l'antique vers », bien que celui-ci n'ait été que « l'empire de la passion et des rêveries » ; et il laisse même affleurer dans sa peinture du grand naufrage la vague lueur, à l'horizon, de ce qu'il faut bien tenir pour encore de l'espérance.*

« Rien n'aura eu lieu que le lieu », écrit-il, on n'échappe pas au hasard, au récif, à la matière. Mais presque juste après, et qu'on me pardonne d'effacer de ses mots l'espace qui les distend, avec ses effets de lointains, de ciel, on peut lire : « excepté / à l'altitude / peut-être / aussi loin qu'un endroit fusionne avec au delà [...] une constellation », comme si Mallarmé s'adonnait encore au mirage de la fin du sonnet en yx : la structure de mots qui, à l'image de la grande Ourse, « énumérerait » — prendrait dans l'être du nombre — un « compte total en formation », la poésie à venir. Un compte auquel il s'attachait au même moment, au-delà inavoué de ses « exercices », dans le travail repris sur l'inachevable Hérodiade *:* « Hérodiade *terminé s'il plaît au sort », griffonnait-il pour ses proches quelques heures avant sa mort. « Et croyez », ajoutait-il, « que ce devait être très beau. »*

L'espérance d'écrire à plein l'évidence, d'« apaiser de l'éden l'inquiète merveille », n'a jamais quitté Mallarmé. Mais elle était devenue, disons-le, de plus en plus insensée. Et c'est cette contradiction, durement vécue, c'est cette aporie d'une foi à la fois morte et vivante, qui est la cause — je puis y revenir maintenant — des silences, des réticences de sa « deuxième » correspondance : car parler de la poésie dans une lettre à quelqu'un qui aurait alors pu répondre, cela l'eût obligé à admettre cet impossible, alors qu'au secret de soi, et même si les conclusions sont les mêmes, et même si on s'apprête à les fixer par écrit, on peut aussi remettre à demain, après l'ultime tentative rêvée encore, le moment où il faut s'y résigner. Avouer le hasard, oui, puisque tout de même il le faut, mais que ce soit — dans des textes comme ces brefs poèmes inextricables, ou le Coup de dés *— d'une façon comme détournée de l'être qu'on est, de sa propre existence intime. Et dans le secret du rapport à soi s'adonner plutôt — pour noyer l'angoisse, pour différer d'en périr — à, par exemple, cette activité, cette agitation — mais* *pas de paroles — qui dans un esprit comme Mallarmé étonnent : ainsi ce projet d'une société internationale des poètes, dès 1873, où le plus exigeant, le plus ambitieux de tous ceux du siècle eût accueilli des rimeurs d'un peu partout ; ou ce projet de porter le feu de représentations théâtrales « aux trois coins » d'une ville qui certainement ne brûlerait pas. Plutôt, oui, ces rêveries de l'insomnie, de l'angoisse ; et quand on parle à quelqu'un, détourner du plus grand espoir la conversation, quitte à n'offrir, avec un sourire, après la causerie des mardis — qui éblouissait elle aussi, mais par les variations et non par le thème —, que cette « main » en fait impatiente de reprendre son écriture.*

Mallarmé a un secret, en somme, dans ces années de son règne sur la poésie d'avant-garde, un secret qui n'est autre que sa folie. Et ce n'est pas pour donner le change sur ses moyens d'alchimiste qu'il reste silencieux sur la poésie dans sa correspondance tardive, mais pour pouvoir continuer de brûler ses meubles en vue d'un or qu'il n'espère plus mais rêve encore. « Tout homme a un Secret en lui, beaucoup meurent sans l'avoir trouvé », écrivait-il à Théodore Aubanel le 16 juillet 1866 — ajoutant aussitôt la fameuse phrase : « Je suis mort, et ressuscité » —, eh bien voici que se découvre le sien. Mais celui-ci, ce n'est certes pas la grande ressource qu'en ces anciennes années il avait cru reconnaître sienne, une aptitude à se détacher du désir de possession, à se libérer de cette emprise de la matière : non, c'est simplement qu'il désire cette dissipation du désir d'une façon si violente, bien qu'elle soit impossible, qu'aucun démenti du monde ou de sa raison ne pourra chasser la hantise, ni atténuer la douleur de voir le bien échapper.

Mallarmé a un secret, celui-ci. Et comme tout être qui a en lui de l'incommunicable, de l'inavouable, il est seul, même parmi ceux qui l'aiment. Ce maître qui suscite la révérence, et l'affection plus encore, comprenons-le, malgré les soirées chez lui — où l'on se presse, mais lui se cache « dans plusieurs ronds de fumée » — comme quelqu'un qui ne « cause » que pour voiler cette solitude : ne pouvant même que mourir, mourir au sens le plus simple — par désespoir — si elle avait à cesser. Et demandons-nous aussi, demandons-nous maintenant, si après tout il en allait autrement, du temps de ses découvertes, quand si grande était alors son exaltation qu'elle semblait bien prendre le pas sur le doute. Peut-être celui-ci était-il, au moment pourtant du triomphe, quand Mallarmé découvrait la clef de la « dernière cassette », déjà aussi torturant qu'après la mort d'Anatole. Et peut-être se montre-t-il, encore que de façon différente, dans la correspondance déjà de cette première époque? Il nous faut revenir à ces lettres à Cazalis ou à Lefébure.

IV

En somme : même du temps où Mallarmé semblait véritablement faire part à quelques amis des mouvements les plus intimes de sa pensée, n'y avait-il pas déjà dans sa parole en apparence confiante une réserve, un souci, et peut-être aussi une stratégie pour dissimuler cet arrière-plan? Avec cette question en esprit, on peut se rappeler, tout d'abord, à quel point les relations qu'il fait en 1866, 1867, des événements qu'il vient de vivre, aussi complètes paraissent-elles, sont de bien des façons elliptiques et donc obscures : à preuve le débat des commentateurs depuis les premières publications. On peut reconstruire la recherche de Mallarmé, on ne la constate pas. — Et c'est vrai tout de même, je l'ai déjà souligné, que cette reconstruction est aidée par tout ce que Mallarmé, sur les marges de sa principale parole, retient des autres aspects de son existence d'alors ; il a fait de cette dernière le lieu même et un des moyens de sa réflexion, et a pu sentir, intuitivement, qu'il éclairait sa pensée en parlant à

Cazalis ou à Lefébure des conversations irritantes dans la maison d'à côté ou de la naissance de Geneviève. Mais tout autant doit-on se demander, je le crains, si ces informations qui l'expliquent mieux ne servent pas aussi un autre dessein : qui pourrait être de voiler, dans les grandes nouvelles par lui fiévreusement rapportées « des plus hauts glaciers de l'esthétique », une certaine et bien précise question qui reste pour leur porteur cause d'inquiétude.

Ce qu'il faut bien constater, pour commencer, c'est à quel point Mallarmé cherche peu — tout « parfaitement mort » qu'il se dise — à s'effacer de la scène où l'absolu lui semble pourtant avoir triomphé du hasard. Au vrai, il fait même tout le contraire. Affirme-t-il à l'automne de 1864 qu'il invente « avec terreur » une « poétique très nouvelle » et en expose-t-il le principe, en rupture en effet profonde avec les convictions de l'époque — c'est la célèbre formule, « peindre, non la chose, mais l'effet qu'elle produit » —, le voici qui parle, dans la même lancée ou presque, de sa fatigue, de son épuisement, du « baby » qui va l'interrompre, de ses imaginations plutôt mornes et dépressives ; et à passer d'une lettre à l'autre on vérifie aisément — « que de tourments ! », s'écrie-t-il, « je souffre beaucoup » — qu'il se plaint dans chaque, criant son accablement devant la laideur qu'il voit partout, devant son métier de professeur, qu'il déteste, ou sous la griffe de maux physiques, dont l'insomnie sinon « l'hystérie ». Sous ces angles-là Mallarmé n'impressionne guère, on est en risque de le tenir pour faible de caractère, impressionnable, cyclothymique ; et on en est donc incité à tenir ce journal de ses longues misères pour un bel acte, en tout cas, de sincérité, facilité par l'évidente confiance qu'a Stéphane en la sympathie de ses amis les plus chers.

Mais comment se fait-il que même avec ces derniers la rédaction d'une lettre, qui devrait lui être facile, puisque l'épanchement dont il a besoin dans sa solitude, lui soit un exercice toujours ardu, toujours redouté, qui concurrence son travail d'écrivain au lieu d'y aider par le soulagement qu'il apporte? Mallarmé écrit à Cazalis, par exemple, c'est le 23 mars 1864 : « J'ai environ vingt lettres à écrire par mois, ou trente. Je les remets chaque jour; ce sont des plaies qu'il faut rouvrir. Sans compter qu'une lettre me fait horreur de ma plume, et que je ne la reprends plus, pendant les plusieurs jours qui suivent, pour mes compositions littéraires. » Et encore, à François Coppée, le 5 décembre 1866 — la lettre même où il constate : « le hasard n'entame pas un vers, c'est la grande chose » — : « En une soirée de conversation sur n'importe quoi [...] nous en dirions beaucoup plus! D'autant mieux que j'ai horreur des lettres, et les crayonne le plus salement possible pour en dégoûter mes amis. » La lettre, la lettre à un ami, lui paraît donc une tâche terrible, en tout cas ardue, et s'il s'y livre quand même, c'est sans doute dans un dessein beaucoup plus difficile à mener à terme que le simple besoin de dire sa peine à ses intimes. Quel est donc ce dessein? Est-ce vraiment de « dégoûter » ses amis de ses lettres et de lui-même? Disons plutôt, par simple renversement de cette suggestion peu crédible : c'est, tout au contraire, pour les séduire.

Pour les séduire! On pourra être blessé par ce mot, blessé d'imaginer un projet de cette nature apparemment trop banale chez qui se portait alors si résolument dans la grande nuit d'entre le langage et le monde. Mais ne peut-on tout aussi bien pressentir qu'à très haut niveau dans l'esprit peuvent exister des points où l'existentiel et l'ontologique aient besoin de s'articuler l'un à l'autre? Et faut-il, dans cette hypothèse, se refuser à prendre conscience de quelques aspects des lettres des années d'intense recherche — de 1864 à 1869 — où sont peut-être au travail, d'ailleurs, plus d'intentions que Mallarmé n'en eût soupçonné lui-même?

Faute de temps, je m'en tiendrai à l'une de ces lettres, mais d'importance, celle qu'il adressa à Henri Cazalis, de Besançon, le 14 mai 1867 — longues pages où d'emblée il s'écrie une fois de plus, remarquons-le, qu'il vaudrait mieux que l'un et l'autre se parlent de vive voix, et déclare que cette feuille d'un papier qui est blanc encore lui fait effroi, comme si n'y pas écrire de vers aurait quelque chose du « sacrilège ». Mallarmé n'en expose pas moins tout aussitôt — « Ma Pensée s'est pensée » — une découverte extraordinaire : Dieu n'est plus ; fût-ce au prix d'une longue lutte que celui qui parle a menée lui-même, le « vieux et méchant plumage » a été chassé de l'espace où l'esprit se forme ses représentations. C'est là, autrement dit, et clairement indiquée, fermement donnée pour radicale, définitive, la mise à nu de la condition humaine, qui est néant puisqu'il n'y a donc plus de transcendance au-dessus d'elle, ou en elle, pour la sauver de n'être qu'une « vaine forme de la matière » ; et déjà Mallarmé en a tiré une conséquence également décisive, en constatant, d'autres lettres le disent, plus anciennes, que dans cette nuit de l'esprit ou plutôt au-delà d'elle, comme une aurore, a survécu la Beauté, plus pure même et plus lumineuse — d'être dégagée de la signifiance — que dans ses manifestations des siècles de l'illusion... Grandes nouvelles, assurément, et qui sont formulées comme autant de certitudes sans faille. Mallarmé laisse entendre qu'il a atteint à une maîtrise totale de ces questions qui sont cependant aux limites mêmes du pensable. « Ma Pensée s'est pensée, et est arrivée à une Conception Pure [...] la région la plus impure où mon Esprit puisse s'aventurer est l'Éternité, mon Esprit » — on remarquera cette appropriation de la majuscule — « ce solitaire habituel de sa propre Pureté, que n'obscurcit plus même le reflet du Temps. »

Oui, mais il n'en indique pas moins — et cette fois aussi dans tout à fait les mêmes paragraphes que la formulation de cet absolu — combien il a dû souffrir pour se porter à cette altitude ; et à quel point il en reste comme brisé. L'année a été « effrayante », dit-il, tout ce que son « être a souffert, pendant cette longue agonie, est inénarrable », et s'il est « parfaitement mort », c'est, de ce point de vue-là, en somme, tant mieux, « heureusement » : des mots qui nous rappellent la vêture de pathétique, la coloration d'expérience vraiment vécue, qu'il faut aussi garder à ce « parfaitement » et à cette « mort » qu'on ne reçoit de lui ordinairement qu'à un niveau de pensée abstraite. Dans sa « lutte terrible » avec Dieu, terrassé « heureusement » — une seconde fois ce mot —, Mallarmé n'a triomphé qu'en tombant, presque à l'infini, dans peut-être le même gouffre. Bien grandes, en vérité, furent les « avanies » de son « triomphe ». Et ne peuvent, dans cette perspective plus vaste, qu'être remémorées, par qui le lit comme il souhaite l'être, les plaintes apparemment de moindre héroïsme, mais qu'il a déjà exprimées si souvent devant ses amis : de ses insomnies, épuisements, étranges faiblesses — « horrible sensibilité » à laquelle il se voit réduit. Cazalis va-t-il le plaindre, plus que jamais, d'avoir à tant et si injustement se laisser distraire par tant de maux de sa veille dans l'absolu ?

Ou ne va-t-il pas l'admirer d'autant plus comme un héros de l'esprit, puisqu'à l'évidence cet explorateur des confins ne disposait pas de la force qu'il faut pour s'assigner cette tâche et a donc eu à lutter aussi contre son enveloppe mortelle, — qui sait ? réussissant même à se servir d'elle pour plus de lucidité ? Ne va-t-il pas l'admirer, immensément, et de par cette admiration se disposer, sinon tout à fait à le croire, quand il rapporte ses découvertes, du moins à l'écouter, avec attention, sans oser ou vouloir le contredire, désireux bien plutôt qu'il ait raison ? Cette attention, cette approbation, cette attitude à tout le moins de réserve, il n'est pas douteux que Mallarmé ne les veuille. Quand il parlait au même Cazalis en 1864 de la « poétique très nouvelle » — celle de « l'effet », par la voie de la sensation —, et cela tout en évoquant ses « jours tristes et gris » : « Je ne sais si tu me devines », lui disait-il, « mais j'espère que tu m'approuveras quand j'aurai réussi. » Et l'adhésion enthousiaste, la confiance de l'intellect, voici aussitôt que Cazalis la lui donne. Dans sa réponse du 15 mai 1867, le lendemain même de la grande missive, car il s'est jeté sur sa plume : « Mon ami », s'écrie-t-il, « j'ai pleuré en lisant ta lettre, pleuré non de te voir mort puisque ta mort t'a fait monter dans la vie, dans le ciel tranquille où tu rêvais d'entrer, mais pleurer de respect et d'admiration. Tu es le plus grand poète de ton temps, Stéphane, sache-le ; et si haut que tu sois, que cet hommage, mon pauvre ami dont la vie a été si douloureuse, si sainte, si triste, que cet hommage console en toi ce qu'il reste d'humain. »

Cazalis se hâte d'ajouter que lui-même et tous leurs autres amis ne sont que des enfants, « qui bégayons à peine », auprès de Stéphane et il conclut par « Finis ton œuvre : je le demande au destin. » Ce qui montre que Mallarmé a obtenu ce qu'il demandait. Nullement ce qui est admiration dans ces phrases — ce n'est pas d'être « le plus grand » qu'il a ou aura jamais le souci —, mais de différer l'examen à deux de la pensée que lui-même, qui l'a formée, ne cesse pourtant pas de déjà remettre en question, sans doute : mais, du coup, dans sa solitude, là où il rêve autant qu'il médite, si bien que l'espoir le plus insensé peut quand il le faut déployer ses ailes. Des échanges comme ceux-là ont permis à Mallarmé, en 1866 ou 1867, de parler de son projet poétique sans rencontrer autre chose que la confiance des autres, et l'abdication de leur jugement. Ils lui ont permis, non certes de faire effet, de paraître, mais simplement, humblement, de continuer d'être le rêveur — le « rêveur impénitent », dira-t-il un jour — qu'il fallait bien qu'il fût pour pouvoir penser, par exemple, qu'il était tout soudain « parfaitement mort ».

Et ce qui ressort aussi de cette façon d'être avec ses amis, si ambiguë autant que si efficace, c'est que la différence qu'on pouvait croire entre les deux époques de sa correspondance s'efface. Les deux furent pour rêver. Simplement la seconde, celle du temps de la gloire, chercha-t-elle à le faire d'une façon en somme plus humble encore, en évitant les situations que des interlocuteurs respectueux mais moins intimes, moins avertis de la vie privée du poète, auraient pu susciter, pour son plus grand désarroi — non devant eux mais devant lui-même — en lui posant la question de l'ultime saut entre l'existence et l'absolu poétique, entre le hasard et le Livre. Tandis que la première époque des lettres, plus confiante dans le correspondant, pouvait chercher encore à sauver le rêve en le faisant partager.

V

La différence s'efface. Et avec elle, et c'est là un point essentiel, disparaît aussi la présence, d'un bout à l'autre de tant de pages, d'un véritable interlocuteur. Car oui, c'est vrai, dans les premières années, un Cazalis, un Lefébure, un Mistral et d'autres encore, sont bien là près de Mallarmé, réellement aimés de lui, attentivement écoutés, reçus avec joie et fêtés s'ils viennent le visiter dans son exil : mais au plan le plus intérieur, et le seul à valoir, celui de la poésie, c'est-à-dire de l'espérance et du doute, on les voit réduits à un simple rôle dans le rapport à soi-même, évidemment dramatique, d'un monomane de l'absolu. A tout instant de sa correspondance Mallarmé a monologué, « solitaire habituel de sa propre Pureté » : le solitaire, entendons, de son rêve de pureté, le solitaire ou pour mieux dire l'unique, — un mot que je ne prends pas au sens romantique, bien sûr. Nourris des pseudo-évidences d'une subjectivité détournée de la finitude, les poètes du romantisme se croyaient fort au-dessus du vulgaire, pensant et parlant de façon trop avertie du divin pour communiquer avec la vie quotidienne. Mallarmé, pour sa part, ne rêvait que d'être le même que tout autre, cette identité de nature étant d'ailleurs la clef nécessaire de sa poétique du Livre, cette œuvre que « tout le monde » a tentée, dit-il. Mais fût-il moins une exception pour autant, y a-t-il jamais eu homme pour vouloir comme lui écrire le livre qui déploierait — « là même et pas plus loin et pas autrement » qu'il n'existe au fond silencieux du langage — le paysage de la réalité perceptible, et pour rêver qu'il pourrait cela tout en sachant, mieux même qu'aucun, que même commencer est chose impossible ? Qui en poésie a voulu comme lui, vraiment voulu, l'impossible ? « Jamais homme n'eut pareil vœu », fait dire de soi-même Rimbaud par le témoin qu'il imagine — ou constate — dans Une saison en enfer. Cette attestation d'une démesure de l'espérance vaut plus encore pour Mallarmé que pour lui, dont le rêve d'ailleurs fut moins durable autant que la solitude moins profonde, en dépit de tant d'apparences.

Et quelle dure contradiction, au total, cette inaptitude à se dire par attachement à l'impossible ! Quelle souffrance — la vraie, bien que la seule non exprimée — chez cet homme qui fut si affectionné, si épris d'amitié, si désireux d'aller vers les autres, la main offerte mais la pensée retenue par l'inavouable !

Et combien cet arrière-plan rend plus émouvante encore une certaine lettre où, tout de même, il a fini par tout dire ! Je ne fais pas allusion, comme peut-être on pourrait le croire, à Un coup de dés jamais n'abolira le hasard, qui en est bien une pourtant, billet que ce Vasco de l'esprit, mais qui ne put aller outre l'Inde du rêve, écrivit avant le naufrage. Mallarmé avait lu La Bouteille à la mer d'Alfred de Vigny, sans doute aussi — à mon sens — Les Enfants du Capitaine Grant, il plaça bien un message de naufragé, lui à son tour, dans le flacon tout au contraire prévu pour emplir de son « écume » la « coupe » du jour inaugural de la poésie nouvelle, celui des sirènes « noyées », des mythes dispersés avec le « chant personnel ». Mais tout conscient qu'il soit désormais de l'inévitabilité de l'écueil, tout « maniaque chenu » qu'il se reconnaisse, le maître de ce bord reste trop ambigu dans la délivrance de son ultime pensée pour que l'on puisse considérer celle-ci comme une vraie confession de ce qui a lieu dans son cœur. Il dit l'échec, il dit tout de même aussi — je l'ai déjà signalé — la constellation de l'irréductible espérance, il n'évoque pas le débat de l'un et de l'autre dans l'ordinaire d'une vie d'homme, celle des mardis de la rue de Rome quand les visiteurs se sont retirés et que l'insomnie recommence.

Sans doute, pour aller ainsi jusqu'au bout de soi, pour avouer sa folie, avait-il besoin, on peut d'ailleurs le penser, d'une vraie présence en face de soi, ouverte à tout son problème. Et il a trouvé celle-ci le 16 novembre 1885 quand il écrit à Verlaine, qui lui a demandé quelques précisions biographiques pour sa préparation des « Hommes du jour ». Dans cette longue réponse, d'un bout à l'autre admirable, le poète appelé à réfléchir sur son œuvre, mais aussi à son existence, distingue de ses quelques poèmes publiés son grand projet d'un texte, d'un livre, qui eût parlé de par soi-même, sans voix d'auteur, et eût été de ce fait l'explication — autrement dit le déploiement, « pli selon pli » — de la Terre : d'un livre ou, à défaut, « d'un fragment d'exécuté », simple parcelle mais qui en eût fait « scintiller par une place l'authenticité glorieuse », à quoi « ne suffit pas une vie ». Et c'est bien là tout révéler de son ambition, poursuivie « avec une patience d'alchimiste, prêt à y sacrifier toute vanité et toute satisfaction », écrit Mallarmé encore, mais cette fois l'épistolier n'a plus recours, comme jadis avec Cazalis, à l'autorité de ses maux, de sa faiblesse, pour obtenir du correspondant séduit qu'il veuille bien l'aider à la répression de son doute. « Voilà l'aveu de mon vice, mis à nu, cher ami, que mille fois j'ai rejeté, l'esprit meurtri ou las, mais cela me *possède et je réussirai peut-être.* » *Qu'a-t-il dit là? Non simplement son échec, ni son espérance, mais le combat des deux, avoué — un « vice », une possession — à ce plan dans l'esprit où, par malheur ou bonheur, le pur intellect n'a plus cours.*

A Verlaine Mallarmé a confié ce qu'il n'a jamais dit à ses autres interlocuteurs, du moins d'une façon aussi réfléchie et décidée, à savoir qu'il n'est qu'un homme comme les autres puisque c'est l'irrationnel qui le mène. Et s'il a parlé ainsi, et à celui-ci, c'est évidemment parce que de tous ses contemporains — dont il sait des autres qu'« ils n'ont pas lieu », remarque-t-il dans la même lettre — Verlaine fut le seul, à sa connaissance, qui pût lui donner l'exemple de la sincérité devant soi, de la lucidité courageuse : étant celui qui malgré les petits ou gros mensonges, et les serments d'ivrogne, et l'illusion quotidienne sur jadis, naguère ou demain, savait, plus en profondeur, la précarité de son esprit, les limites de son pouvoir, la vanité de l'orgueil métaphysique. Comme le rappela Mallarmé aux obsèques de son ami, celui-ci « ne se cacha pas du destin », il eut, avec bravoure, la « terrible probité » qui consiste à en « harceler les hésitations », tout en affrontant, « dans toute l'épouvante, l'état du chanteur et du rêveur ». Ce n'est pas parce que Verlaine avait « ressemblance » avec les « maux humains », avec les passions ordinaires, qu'il a le plus valu aux yeux de l'autre poète : mais pour ce besoin de vérité quant à l'absolu, et pour sa capacité de consentir à sa condition quand Mallarmé s'y refuse.

Et comment celui-ci aurait-il pu ne pas l'écouter, dès lors, comment aurait-il pu ne pas lui répondre quand il lui posait ainsi, implicitement, la question du sens de sa vie, puisque Verlaine donc pouvait jusqu'au bout comprendre, par affinité pour l'extrême autant que clairvoyance compassionnée, l'aveu où d'autres ne voudraient voir qu'une bizarrerie de grand écrivain : un signifiant de plus, autrement dit, tout inusuel que soit celui-

ci parmi tous ceux dont se fait une œuvre ? Eux qui « n'ont pas lieu » ne vont pas plus loin que penser que c'est cette œuvre qui compte, non la hantise inutile de l'Impossible. Et c'est donc bien à l'auteur de Crimen Amoris, *mais aussi de* Sagesse, *que Mallarmé a pu parler véritablement, c'est parce que Verlaine existait que Mallarmé eut tout de même un interlocuteur dans sa vie. Lui disant pour finir, et tout simplement cette fois : « Au revoir, cher Verlaine. Votre main. »*

YVES BONNEFOY

1862-1871

1862

1. – *A M. Desmolins.*

Sens. 17 Janvier 1862.

Cher bon papa,

Le cœur était dans tout ce que je vous ai dit, à ta fête, à la Saint-Étienne, au jour de l'an. Je voulais prendre courage, et tenter de persévérer dans l'Enregistrement [1]. Décidément, cela m'est tout à fait antipathique.

Quand je sortis du lycée, j'avais exprimé le désir d'entrer dans l'université. C'est ce qui convenait le mieux à mon tempérament. L'Enregistrement, à moins qu'il ne vous plaise réellement, ne se contente pas d'absorber du temps, il absorbe de l'individu aussi ; tandis que dans l'université, plus le professeur travaille et apprend, plus l'homme a de valeur intellectuelle.

1. Mallarmé avait commencé son apprentissage dans l'Enregistrement le 26 décembre 1860 — son « premier pas dans l'abrutissement ».

Et parmi les chaires qui mènent le plus loin, il faut compter celle des langues étrangères.

Un examen se passe à Paris tous les ans : je le passerais cette année uniquement pour bien voir ce que c'est et m'y présenterais l'an prochain sérieusement, pour l'Anglais.

Reçu, l'on est nommé professeur avec deux mille francs de fixe, sans compter l'éventuel ou les répétitions. Dans l'Enregistrement je n'aurais seize cents francs que dans cinq ans et à condition de les gagner dans quelque village. Mon père va avoir sa retraite, ce serait bien long d'attendre cinq ans, en dépensant et sans rien gagner.

Professeur je prépare ma licence ès-lettres, uniquement pour pouvoir subir ma thèse de doctorat. Une thèse à faire sur un auteur étranger, cela serait autant une distraction qu'un travail.

Une fois docteur, l'avenir s'ouvre. Avec quelques éléments d'italien et d'espagnol, on peut arriver professeur de littératures étrangères en une faculté.

Tu vois qu'il y a là un côté aussi brillant que les hautes places de l'Administration. Si l'on n'y arrive pas, on est au moins tranquille, ce qui est aussi un des grands charmes de l'Enregistrement, et le seul même pour moi.

Au dire d'un jeune homme de ma connaissance, âgé de 24 ans, qui était l'an dernier professeur d'Anglais au Lycée et qui l'est maintenant à St Cyr avec cinq mille francs d'appointement ou de répétitions, il y a dans ce moment, depuis que le ministre ne veut plus de ces vieux pantins anglais qui étaient la risée de leurs élèves, il y a, dis-je, pour de jeunes professeurs français et littérairement doués, un avenir réel.

Voici huit ou dix jours que je réfléchis à ceci ; tu as peut-être reçu, ou sinon, tu recevras une lettre de maman [1] à ce sujet. Nous en avons parlé sérieusement en famille : pèse et examine surtout ceci : que, nos moyens étant réduits par la retraite imminente [2], je ne serais plus à charge que dix-huit mois au lieu de quatre ou cinq ans.

Je t'en prie, cher bon papa, — et à quoi bon t'en prier, sachant tout l'intérêt que tu me portes — réfléchis à ceci avec ma chère bonne maman, vous avez l'expérience de la vie et des choses, c'est à vous de me guider.

Avant de te dire adieu, je te dirai que mon père a son congé et un surnuméraire pour le remplacer, qu'il ne va ni mieux ni plus mal et qu'on ne sait quel temps souhaiter, les temps humides et doux détendant ses nerfs et le laissant morne et lourd, et les temps froids et toniques l'excitant au dernier point. Adieu, je t'embrasse de tout cœur, ainsi que ma chère bonne maman ; mes compliments à mes tantes et à mes cousines.

STÉPHANE

2. – *A M. Desmolins.*

Sens, le 26 Janvier 1862.

Cher bon papa,

Tu recevras avec cette lettre une lettre sérieuse de maman, contenant le résultat de la conversation d'hier

1. Non pas sa mère, mais la seconde femme de son père.
2. La retraite de Numa Mallarmé, le père de Stéphane.

avec le Proviseur. C'est un homme que je n'avais pas apprécié lorsque j'étais au lycée et qui me porte un grand intérêt, bien que je ne sois plus des siens. Il est entièrement de mon avis, et dit qu'avec du travail — et ce travail sera presque une distraction pour moi — il est impossible que je n'arrive pas à une faculté, peu de professeurs de langues étrangères étant en état de se faire recevoir docteur et tous ne visant guère plus haut, arrivés à une chaire de lycée.

Pour l'École normale, c'est quand on veut être professeur de lettres et non de langues étrangères qu'elle est sinon indispensable, du moins avantageuse. Le Proviseur me dit que j'ai plus d'avenir — et je le crois, dans les dernières que dans les premières.

Voici ce qu'il propose de faire.

Étudier ici, à Sens, l'Anglais pendant un an avec un professeur, et aller passer une seconde année en Angleterre comme professeur de français. Ce séjour d'une année entière me sourit peu mais il le juge indispensable, et dit que c'est une des conditions premières de l'examen. Si je me croyais assez fort, je passerais donc l'examen en Août 1863, sinon, en 1864. Le Proviseur connaît beaucoup l'examinateur et se fait fort de me recommander à lui et de plus, de m'appeler comme professeur dans son lycée qui sera soit Sens, soit un lycée encore supérieur. Une fois professeur, je préparerai ma licence et aurai toutes chances d'être reçu. Licencié, non pour être licencié mais simplement pour avoir le droit de soutenir ma thèse de docteur, je n'ai plus aucun travail aride devant moi et l'avenir commence.

Je comprends, cher bon papa, combien était légitime de ta part le désir de me voir suivre une carrière où tu t'es distingué. Mais faut-il sacrifier à cela toutes mes aptitudes pour une autre qui aurait encore l'avantage de me donner deux mille francs dans deux ans, tandis que celle-ci m'en donnera quinze cents dans cinq. Ceci est à considérer maintenant que mon pauvre père va avoir sa retraite.

Adieu, cher bon papa, je t'embrasse de tout cœur ainsi que ma bonne maman chérie, à qui s'adresse aussi cette lettre, et j'attends une réponse décisive.

Ton petit-fils qui t'aime de tout cœur.

STÉPHANE MALLARMÉ

Tous mes compliments à ces dames, et à mes cousines.

3. – *A M. Desmolins.*

Sens, le 27 Janvier 1862.

Cher bon papa,

Je reçois à l'instant ta bonne et excellente lettre. Tu dois maintenant avoir lu les nôtres. Elles répondent, sans le savoir, à une partie de tes objections. Laisse-moi causer encore un peu avec toi à ce propos. Je ne dédaigne pas du tout l'Enregistrement, seulement je le crois moins en rapport avec mes aptitudes que l'Université.

Le proviseur nous dit que les professeurs de langues vivantes qui ont pu subir l'examen font partie de l'université. Admettons qu'il se soit trompé : une fois professeur de langues, je passe ma licence. Licencié, je suis autant que mes collègues, et n'ai pas une position secondaire.

Tu me parles de l'Ecole Normale et du professorat de lettres. Je crois avoir (pour moi) moins, beaucoup moins d'avenir dans cette partie que dans celle que je demande : c'est du moins l'avis du Proviseur.

Il est rare, et impossible, dit-il, qu'un professeur de langues, instruit et pouvant écrire ou parler, ne parvienne pas à une Faculté s'il est docteur. Le plus difficile pour moi n'est pas d'être docteur, c'est d'être licencié, et j'y parviendrai avec du travail, j'ajoute avec un travail qui sera plus à mon goût que celui de l'Enregistrement, quelque charme que puisse avoir celui-ci pour un esprit sérieux.

Pour moi, je crois sinon plus considérée du moins plus brillante la chaire d'une Faculté qu'un bureau à l'Administration : plus brillante pour moi, je veux dire.

Quant à ma santé, il y a bien des professeurs de mes amis qui font leur classe sans crier et ne se fatiguent pas, bien que fort faibles, et je ne crois être ni extrêmement fort et puissant ni faible.

Tu me parles d'un M. Lewis, Lowe, ou Lane [1] ? Je ne connais personne de ce nom. Mon ami, qui est aussi professeur de St Cyr n'est pas de Londres mais bien d'Auxerre, et français comme moi. Son nom le prouve.

Et ce n'est pas son rapide avancement qui l'a fait me conseiller cette carrière, étant encore à Sens il le fit.

Maman n'a pas le temps de vous écrire : moi-même, n'étant sorti de mon bureau qu'à cinq heures, je n'ai

1. Le nom exact est Lane. M. Desmolins avait écrit à ce professeur anglais de Saint-Cyr pour se renseigner sur la carrière universitaire, croyant que c'est à lui que faisait allusion Stéphane dans sa lettre du 17 janvier.

que peu de temps pour griffonner ici les pensées et réflexions de la journée, car la poste va partir.

Adieu cher bon papa, je t'embrasse de tout cœur ainsi que ma chère bonne maman, et vous promets de vous rendre heureux par mes succès dans cette carrière, à moins que vous ne vouliez me laisser dans celle dont je voudrais sortir et où je ne crois devoir faire rien de bon.

STÉPHANE

4. – *A M. Desmolins.*

Sens, le 31 Janvier 1862.

Mon cher bon Papa,

Après la lecture de ta lettre d'hier, je ressentis en moi une grande tristesse. Il me semblait que tu me disais : « Je te permets de faire ceci, *seulement* si tu le fais tu me chagrineras et je ne serai pas content de toi. » Ce qui me semblait pire que : « Je te le défends. » Ce *seulement* me torturait.

Maman m'a rassuré en me disant qu'il ressortait de ta lettre ainsi que de celle de ma chère bonne maman que, sans m'encourager aucunement, vous me laissiez libre.

J'ai donc parlé au professeur d'Anglais de Sens, un homme mûr déjà, et qui, paraît-il, a une excellente méthode. Il viendrait cinq fois par semaine, c'est-à-dire tous les jours, les Jeudis exceptés, et ses leçons seraient d'une heure. Il me donnerait de nombreux devoirs, corrigerait les thèmes lui-même et me laisserait une traduction pour corriger les versions, afin de ne pas perdre de temps et de l'employer en leçons pratiques, grammaire, conversation. Ce sera une dépense je le sais, mais ce sera moi qui la supporterai.

Mon receveur m'assure que ce ne sera pas une raison pour donner ma démission ; j'aurais donc ainsi, en cas de grandes circonstances imprévues et mystérieuses, une porte ouverte sur l'Enregistrement jusqu'en Juin, époque du premier examen. Quant à ce que tu me dis, cher bon Papa, parmi tes excellents conseils et tes observations sérieuses, que, livré à moi-même, je ne travaillerai pas assez, cela pourrait être vrai pour un travail qui ne me plût pas comme celui que j'entreprends, pour l'Enregistrement, par exemple travailler sans receveur. Et encore serai-je livré à moi-même ? J'aurai un professeur comme j'avais un receveur, et je travaillerai huit ou neuf heures par jours au lieu de deux ou trois. Enfin, cher bon Papa, je te mettrai au courant de toutes mes études, de mes progrès. Pour cela, je t'écrirai en Anglais, et souvent, sans que tu aies à me répondre. Je m'efforcerai de toutes manières de me rendre digne de la liberté que vous me laissez, et j'ai fait une liasse des trois lettres écrites à ce grave sujet par toi et bonne maman pour les relire souvent et me donner courage, voyant que sur moi seul repose mon avenir. Sois certain que mon travail et un jour mes succès te feront revenir des regrets que tu éprouves en ce moment en songeant, comme eût fait ma pauvre mère que vous remplacez, à mon avenir ; et que tu n'auras jamais à te repentir de ma décision. Tout ce que je te dis, je le dis aussi à ma chère bonne maman que je confonds avec toi dans mon amour et ma reconnaissance. Adieu cher bon papa ; je t'embrasse de tout cœur, toi et bonne Maman.

Votre petit-fils qui vous aime,

STÉPHANE M.

5. – *A Mme Desmolins.*

Sens. 5 février 1862.

Chère bonne maman,

J'ai reçu ta lettre hier, et, comme tu le vois, je ne tarde pas à te répondre.

Mon cher bon papa que tu me dis être *fatigué* serait-il dans une de ses mauvaises quinzaines, ou dois-je entendre simplement le mot *fatigué* dans son sens propre ?

Quant à notre cher malade [1], il n'est ni mieux ni plus mal physiquement : au moral il est fort irascible depuis près d'un mois, envers les enfants surtout : toutes les attentions l'agacent, il semble vouloir qu'on ne s'occupe pas de lui et se plaint toutefois si l'on satisfait à ce vœu.

Il va venir sous peu habiter votre album, ou, si vous n'en avez pas, votre commode. On a fait son portrait ces jours-ci et nous avons demandé douze cartes : comme épreuve, ce sera, comme tout ce qui se fait à Sens, sans valeur : je souhaite que la ressemblance, qui

1. Numa Mallarmé, à demi impotent depuis février 1859.

en fera le seul et grand prix, soit parfaite. Je ne cesse de vous regarder dans mon carnet. Ceci va t'étonner peut-être et ne sera pas flatteur pour bon papa : je préfère son portrait-carte à votre grande photographie : il est moins coquet, moins jeune, mais plus vivant et plus vrai. Un détail insignifiant, c'est sa décoration peinte en rouge : eh ! bien c'est un détail charmant pour moi, cela le complète et le rappelle, ou mieux, le résume. Quant au tien, chère bonne maman, il est parfait, sauf ce contraste du blanc et du noir qui — c'est la faute de la photographie, — fait paraître le visage et les mains durs et blêmes.

J'ai commencé mes études Anglaises : sois persuadée, chère bonne maman, que, le professeur venant tous les jours et corrigeant mes devoirs, je ne peux rester inoccupé. Je me remets aussi au latin que je n'avais pas quitté complètement. Est-ce parce que je n'y suis pas forcé comme on l'est dans un collège ? je ne sais, mais ce qui me semblait besogne pédantesque et ennuyeuse pendant mes classes, a, maintenant que je le fais librement, un charme exquis : Les auteurs latins sont étalés sur ma table pêle-mêle avec les Français et sont comme eux des amis. Qui sait, en vue de l'avenir, si je ne vais pas me remettre à mes moments perdus à faire des vers Latins, c'est-à-dire la chose qui m'effrayait le plus dans cet examen de la Licence ès lettres. — J'ai commencé mes devoirs anglais par une chose qui était un *devoir* dans toutes les acceptions du mot, je veux dire par une lettre à Mr. Smyth [1], laquelle sera

1. Sans doute le père d'Harriet Smythe, morte en 1859, à la mémoire de qui Mallarmé avait écrit « Sa fosse est creusée !.. » et « Sa tombe est fermée !.. ».

suivie *sous peu* d'une lettre à Mr. Sullivan [1], et je vous l'enverrai. — Pour ce que tu me dis d'un *collège catholique*, explique-toi, je te prie sur ce point que je n'ai pas bien saisi. Tu me parles aussi de dépenses qui ne sont pas à ma charge, mais le Code — si je le cite, c'est dans les bureaux d'Enregistrement que je l'ai lu — ne dit-il pas qu'à partir de 18 ans, les parents doivent compte des intérêts de la fortune de l'enfant, mais prélèvent ce qu'il a dépensé (de cet âge à 21 ans) de la somme totale, en cas que ces dépenses excèdent les intérêts ? — Adieu, chère bonne maman, je t'embrasse de tout cœur ainsi que le cher bon papa et vous promets toute la satisfaction que vous êtes en droit d'exiger de moi, et de nombreuses lettres à cœur ouvert.

STÉPHANE

Pardon, si je croise ma lettre pour quelques lignes [2], mais je vous prie de témoigner à mes tantes toute ma reconnaissance pour l'intérêt qu'elles me portent. N'oublie pas, chère bonne maman, mes compliments à Anna.

1. Père d'Emma Sullivan, autre jeune Anglaise dont la famille était liée aux Desmolins.

2. Les dernières lignes, écrites verticalement, croisent les précédentes.

6. – A Mme Desmolins.

Sens, le 10 février 1862

Chère bonne maman,

Comme c'est de toi qu'est venue la première idée d'un collège catholique, et que la lettre de bon papa n'est que la tienne, répétée d'un ton moins affable, c'est à toi que je réponds.

Je ne comprends rien à votre reproche de duplicité et de mauvaise foi. Je vous demandais une explication, et vous me la refusez ; je n'insiste pas. Quand je te dis que je ne voyais pas clairement ce que pouvait être un collège catholique, c'était sur l'avis de maman. Est-ce simplement un collège où l'on ne professe pas la religion réformée, ou, comme en France, une maison tenue par des prêtres. Maman avait même compris moins bien que moi encore, car elle se demandait si *interne* ne voulait pas dire : professeur interne.

Comme tu ne m'accordes aucun renseignement, et que je ne puis m'engager à accomplir ce dont je ne connais aucunement les conditions, voici quelle est ma réponse. Si tu entends que je sois séquestré pendant une année entière entre les quatre murs [1] d'un collège, malheureux et seul, que je recommence à manger dans un réfectoire, à me coucher à huit heures dans un dortoir pour me lever à six, à me promener le long d'une cour de récréation, soumis à des maîtres

1. *Entre quatre murs*, c'est le titre du recueil que Mallarmé composa lorsqu'il était interne au lycée de Sens.

d'études et mêlé à des gamins, (je dis gamin car l'enseignement des collèges finit en Angleterre à la seconde, les autres classes se faisant comme étudiant dans une université) si tu veux me voir privé de lire aucun journal, sans mes livres et ne pouvant ni écrire à mes amis ni recevoir de lettres sans une lecture préalable, ânonnant des choses inutiles au lieu d'apprendre l'anglais, détestant cette prison et vivant en désespéré, si tout cela, dis-je, constitue l'internat d'un collège catholique, il est évident que je ne puis, moi, ayant joui deux ans de la vie, m'y remettre.

Je laisse même de côté la question d'argent, car il sera plus dispendieux de payer une pension que de vivre de mon travail.

Il ne reste qu'à proposer une conciliation. Si Londres t'effraie, il y a d'autres pensions en Angleterre et je crois que je n'aurai pas beaucoup à craindre pour ma vertu dans une ville de province.

Si c'est l'Angleterre qui t'effraie, il reste encore à Jersey, une ville où l'on parle anglais mais où toutes les coutumes sont françaises, St Hélier. Il serait plus difficile de s'y caser, par exemple.

Il y aurait encore Boulogne, mais ce n'est pas assez Anglais ; les étrangers n'y sont qu'en passage, et je doute qu'il y ait des pensions Anglaises. Si c'est moins l'Angleterre que la vie libre que tu crains, il faudrait trouver une famille Anglaise à qui tu me confierais et que je ne quitterais que pour aller professer.

Voilà bien des accommodements : il faut les peser et les mûrir. Je ne tiens pas à aller en Angleterre, mais je tiens à ne plus redevenir un écolier.

Je n'ai pas pris de faux-fuyants, ainsi, chère bonne maman, ne m'accuse plus de duplicité. Il n'y a rien dans cette lettre qui ne soit sincère et de bonne foi. Adieu, chère bonne maman, je t'embrasse ainsi que mon cher bon papa. Tout le monde va bien : mon père est toujours le même et les gelées ne lui sont pas défavorables. Ton petit-fils affectueux,

STÉPHANE

7. – *A Henri Cazalis*[1].

Sens, le 5 Mai 1862.

Cher... ami,

Il y a longtemps que j'eusse dû vous remercier de l'exquise délicatesse avec laquelle vous m'avez destiné, dès son apparition, la prose d'un de mes maîtres les plus vénérés[2] : mais je sors à peine d'une série de jours brumeux et stériles, et mon premier sourire est à vous.

L'exclamation de M. Prudhomme « Ce sabre est le plus beau jour de ma vie » m'avait toujours paru infiniment grotesque : voilà quinze jours que je la trouve fort naturelle, pour ne pas dire mieux ; car, si ce

1. Entré en relation avec Mallarmé par l'intermédiaire de son ancien condisciple Emmanuel des Essarts alors qu'il terminait sa licence en droit, Henri Cazalis (1840-1909), reconverti dans la médecine à partir de 1865, fera une double carrière de médecin hygiéniste et de poète parnassien sous le pseudonyme de Jean Lahor. Dans ces années 1862-1871, il fut le confident le plus constant de Mallarmé. Voir L. Joseph, *Henri Cazalis, sa vie, son œuvre, son amitié avec Mallarmé*, Nizet, 1972 et *DSM* VI.

2. L'article de Baudelaire sur *Les Misérables* de Victor Hugo, qui venait de paraître dans *Le Boulevard* du 20 avril (d'où la plaisanterie sur ce *Boulevard*).

ne fut ma première parole, en voyant Emmanuel[1] tirer de sa malle ce journal espéré, ce fut du moins ma première et sincère pensée : « Ce *Boulevard* est un des plus beaux jours de ma vie ! »

Il est précieux en effet, trois fois précieux. D'abord, parce que vous avez pensé à moi ; puis, parce que c'est une carte de visite qui annonce un petit voyage à Sens ; enfin, parce que, de même que vous avez été *vous* en me l'envoyant, Baudelaire y est Baudelaire.

Vous ne savez pas combien j'attends impatiemment le mois prochain qui — Emmanuel me l'a promis, tenez son serment — doit vous amener à Sens, ainsi que l'excellent Monsieur des Essarts[2].

Je crois que le prisonnier de Béranger[3] ne soupirait pas plus après ses hirondelles.

C'est égoïste, ce que je dis là, car je sais d'avance que le moins charmé de la rencontre sera vous. Emmanuel, dont l'imagination est pleine de cœur ou dont le cœur est plein d'imagination, a dû me peindre à vous, si j'en juge par le bon accueil que vous fîtes à mon nom chaque fois qu'il le prononça, sous des couleurs dont l'amitié rehaussait infiniment l'éclat. Que vous serez désillusionné quand vous verrez cet individu maussade qui reste des journées entières la tête sur le marbre de la cheminée, sans penser :

1. Emmanuel des Essarts (1839-1909), nommé professeur au lycée de Sens en 1861, se lia d'amitié avec Mallarmé, qu'il introduisit dans le milieu littéraire parisien. Après différents postes en lycée, notamment à Avignon, il fera une carrière universitaire à Dijon (1872) puis à Clermont-Ferrand de 1874 à sa mort.

2. Alfred des Essarts, père d'Emmanuel et homme de lettres.

3. Allusion à une chanson de Béranger : « Les Hirondelles », où s'exprime, pour le « Captif au rivage du Maure », la nostalgie de la France.

ridicule Hamlet[1] qui ne peut se rendre compte de son affaissement.

Je sais d'avance que ma surprise, éveillée il y a longtemps par le portrait que m'a fait de vous Emmanuel, changée en admiration fraternelle à la lecture d'une certaine *Lettre* imprimée par l'éditeur des *Misérables*[2], grandira de jour en jour quand je verrai de mes propres yeux tout ce qu'il y a d'exquis et de généreux en vous.

On a des séries de bonheurs, de malheurs : on peut dire aussi, grâce au charmant proverbe : *Les amis de nos amis*....., que les amis ne viennent pas seuls. C'était déjà une bien grande joie pour moi de connaître ce cœur d'or et ce talent d'or qui s'appellent Emmanuel, et dont je ne vous parle pas assez longuement ici ; je n'aurais pas osé espérer que cette amitié m'en révélerait une autre aussi sincère que celle qui nous unira.

Laissez-moi donc, en attendant votre heureuse apparition à Sens, cher ami, vous serrer la main et croyez-moi votre dévoué

STÉPHANE MALLARMÉ

1. Cf. les deux derniers vers du « Guignon », contemporain de cette lettre : « Ces Hamlets abreuvés de malaises badins / Vont ridiculement se pendre au réverbère. »

2. *Lettre aux Français sur l'histoire romaine, les idées impériales*, publiée sans nom d'auteur par Cazalis chez Lacroix et Verbœckhoven, l'éditeur des *Misérables*. Voir L. Joseph, *op. cit.*

8. – *A Henri Cazalis.*

Sens. Samedi 24 Mai 1862.

Mon cher ami,

J'arrive hier chez Emmanuel : il prend un air tragique et s'écrie : « Comment, tu as publié un volume, et tu ne m'en as pas même montré la couverture ! tu le donnes à Cazalis, et tu ne me l'offres pas. Je devine pourquoi : je connais ton cynisme. Ce volume est appelé à remplacer certains jeux de cartes prohibés par la pudeur et par la police, ce qui ne fait qu'une seule et même chose, rappelle-toi cela. — » Je suis terrifié, je nie. Il me montre ta lettre et je lis en effet : « Ce qui me met en feu, c'est le livre de Stéphane »

Triste, désolé de causer chez toi de tels ravages, j'allais presque avouer la paternité d'une priapée quelconque écrite en rêve, quand je me suis souvenu du livre d'Hugo [1].

Depuis, j'ai bien pensé à toi, cher heureux. Ce matin en me réveillant, ton souvenir a traversé mes rideaux avec le premier rayon de soleil ; j'ai pris deux tasses de thé au jardin en ton honneur et je remonte t'écrire.

Emmanuel ni moi n'avons ri, non : seulement nous avons compris ta lettre chacun à notre manière. Emmanuel a froncé le sourcil, et moi j'ai souri. Ce que contenait ce froncement olympien, je crois que tu le

1. Mallarmé avait d'abord écrit « des *Châtiments* », titre qu'il a biffé par précaution, le livre étant interdit.

sais déjà, car tu as dû recevoir la lettre qu'il a tournée immédiatement et qu'il m'a déclamée d'une voix foudroyante. Ce que contient mon sourire, écoute-le.

Je te dirai que je ne crois à un amour sérieux et véritable que quand il est consacré par le temps qui fait crouler bien des entablements sur la tête de leurs cariatides.

Jusqu'ici donc, bien que tu jettes feu et flammes, je considère ta passion [1] comme une amourette. Mais cela ne la diminue en rien dans ma pensée. Le bonheur est fait d'amourettes, comme d'amours ; donc, je te dis ce que je dirai toujours à un ami que je verrai prêt à gouter des impressions nouvelles, « Bois le plus possible : on n'est heureux que lorsqu'on est fou, c'est-à-dire gris. » L'homme est né curieux et doit l'être à jamais. Il ne faut jamais laisser passer l'occasion. Ce n'est que de cette façon qu'on *vit.* De la sorte, un cœur extrêmement fané peut avoir un amour virginal : un cœur vierge peut apprendre ce que c'est qu'être blasé. *Apprendre* et *jouir*, tout est là. Jouir, moralement pour les uns, et pour ceux qui ne savent pas, physiquement.

Donc, aime Ettie, et laisse-toi aller à la dérive.

Le fait est que les Anglaises sont d'adorables filles. Cette blondeur douce; ces gouttes du lac Léman, enchâssées dans de la candeur et qu'elles veulent bien appeler leurs yeux, comme les autres femmes : cette taille si harmonieusement grecque : non pas une taille

1. Pour une jeune fille anglaise, Ettie Yapp (1845-1873), qui vivait à Paris, où son père était correspondant du *Daily Telegraph*, avec ses parents et ses sœurs, Kate, Florence et Isabelle. Elle épousera finalement Gaston Maspero en 1871. En 1877, quatre ans après sa mort prématurée, Mallarmé lui consacrera le sonnet « *Sur les bois oubliés...* »

d'abeille prétentieuse, mais une taille d'ange qui reploierait ses ailes sous son corsage !

Donc, aime Ettie, et laisse-toi aller à la dérive.

Ah ! quel charmant souvenir je conserve aussi de notre délicieuse partie[1] ! Cela me semble déjà lointain hélas ! et comme vague. Si Henri[2] ne les eût écrasées de son talon, les fraises se confondraient avec les lèvres en une nuance rose et pourpre ; et tout se mêle ainsi en demi-teintes, déjà. Cette ville de Sens est si triste, tout ce qui y passe devient gris !

Ah ! courses vagabondes de rocher en rocher ! voiture où l'on était dix ! chênes ! pervenches ! soleil aux yeux, au cœur, sans qu'il y en ait au ciel ! et *scie* à trente-deux dents ! — blanches. *All is over*, comme dit Byron[3]. Ettie te traduira cela.

Tu me dis que j'ai plu à ces dames et j'en suis charmé. Mlle Nina m'a demandé des vers, je lui en envoie, c'est un sonnet Louis XV[4]. Tu me demandes un sonnet, je t'en envoie deux : tu choisiras, l'autre sera pour Henri. Il lui faut un souvenir de moi. Je veux quelque chose de lui : il me dessinera, il m'ébauchera ce qu'il voudra quand il aura le temps. Est-il charmant ! je lui écrirai bientôt. Dis-lui bien qu'il ne voie dans mes vers qu'un souvenir : autrement ce serait

1. Le 11 mai, à l'occasion d'une partie de campagne en forêt de Fontainebleau, Mallarmé avait fait la connaissance des amis d'Emmanuel des Essarts, Cazalis, Henri Regnault, les sœurs Yapp, Nina Gaillard (la future Nina de Villard). L'événement fut plaisamment immortalisé par *Le Carrefour des Demoiselles*, écrit en collaboration par Mallarmé et des Essarts (la *scie* à trente-deux dents).
2. Le peintre Henri Regnault (1843-1871).
3. Tout est fini (« Epistle to Augusta », XIII).
4. « Placet futile », alors intitulé « Placet » et publié dans *Le Papillon* du 25 février 1862.

fatuité, non amitié de ma part. Je suis Pylade et non Trissotin. J'avais envie pour qu'il comprît bien mon intention de retrancher un pied à chaque vers.

Emmanuel me dit qu'il serait bien d'envoyer le *Guignon*[1] à mesdames Yapp. Tu le leur remettras donc avec force compliments de ma part : et mille remerciements de leur bon accueil. L'autre pièce est pour Mlle Gaillard. Même recommandation.

Je ne sais vraiment si je pourrai aller à Meudon. Il y a deux cornes diaboliques qui passent trop souvent à travers mon porte-monnaie. Sois sûr que si je le puis, je le ferai. — Quant à la Forêt-noire, cela dépendra de l'éditeur qu'Emmanuel rencontrera pour notre volume de *Contes étranges*[2]. Tu sais que nous le faisons à deux, fraternellement. Si l'éditeur paie de suite, c'est décidé et nous allons nous noyer dans les lacs de kirsch. Adieu. Emparadise-toi le mieux possible dans ta folie — et le plus longtemps. A toi et à Henri de cœur.

STÉPHANE

Encore un mot sur mes vers. Dis à Madame Yapp, en lui présentant le *Guignon*, que je l'ai si mal lu l'autre jour que j'ai cru poli de le lui envoyer sur *cream laid paper*[3]. (Demande encore à Ettie le sens de ces trois mots).

Dis à Mlle Nina que ce sonnet ne lui est offert qu'en attendant une pièce plus sérieuse que j'écrirai sur son album.

SM

1. Les cinq premières strophes en étaient parues dans *L'Artiste* du 15 mars.
2. Projet, semble-t-il, avorté.
3. Vergé blanc.

9. – *A Henri Cazalis.*

Sens. 4 Juin 1862.

J'interromps un moment mon article sur Leconte de Lisle [1], cher ami, pour t'écrire vingt lignes. Et d'abord, sais-tu que tu es toujours un fou? — Cela me rend jaloux.

Hélas! tu sais combien je fus ravi de Fontainebleau, et, par cela, tu devines comme Chaville m'enchanterait. Mais, pauvre hanneton, j'ai un fil à la patte : encore si c'était, comme toi, un cheveu d'or d'Ettie.

Je le crois plutôt arraché à la perruque rousse d'Harpagon.

Voici. Mon pauvre père est fort malade depuis longtemps, et, comme il ne sait plus guère le prix de l'argent, et me donnerait mille francs comme dix sous, j'ai une certaine pudeur qui fait que pour rien au monde je ne lui tendrais la main.

Du reste, la bourse est dans le secrétaire de ma belle-mère, assez jeune femme, qui n'a jamais compris ce que c'est qu'un jeune homme et n'a qu'un mot affreux sur les lèvres : Économie.

Or, comme j'ai toujours peur de lui voir cracher cette souris rouge, je ne lui parle que fort rarement.

Voilà comme je vis en famille. Emmanuel, du reste, a pu t'en parler jusqu'ici.

Oui, si je disais que j'ai besoin de courses vagabondes et d'air, elle me répondrait infailliblement : Le jardin a des allées, et, quant à l'air, nous respirons ici le plus sain qu'on puisse humer à Sens.

1. Article non retrouvé.

C'est, en partie, pour échapper à cet intérieur mesquin et étouffant que je donnerai un coup d'aile jusqu'à Londres, en Janvier.

Ici, je mène une espèce d'existence assez curieuse : regardé par tous comme un prodigue et honoré comme si j'avais trois maîtresses, moi qui n'ai jamais un sou dans ma poche, et qui ne couche même pas avec ma bonne. Je suis un bohème doré.

Donc, je te prie de ne compter mie sur moi, Dimanche : j'en pleurerais si j'avais des larmes !

Tu m'excuseras de ton mieux, n'est-ce pas ?

Et puis je te remercie, adorable, de ton offre fraternelle. Deux raisons m'empêchent d'accepter : la première, c'est qu'il me faudrait de trente à quarante francs, la seconde c'est que, les eusses-tu, je ne pourrais te les rendre.

Cependant vous penserez à moi ?

Dire que le bonheur est quelquefois contenu dans la lueur que font deux louis ! — Il l'est dans moins souvent.

Pardonne-moi, toi, le papillon à travers l'aile de qui on voit le soleil, pardonne cette lettre maussade et ces détails stupides, mais, entre vieux amis, ne doit-on pas tout se conter ?

As-tu remis mes vers ? puisque tu es si bon que de désirer les garder tous, je t'envoie, pour le joindre au tien, un pauvre sonnet éclos ces jours-ci, triste et laid.

Emmanuel t'avait peut-être parlé d'une stérilité curieuse que le printemps avait installée en moi. Après trois mois d'impuissance, j'en suis enfin débarrassé, et mon premier sonnet est consacré à la décrire, c'est-à-dire à la maudire. C'est un genre assez nouveau que cette poésie, où les effets matériels, du sang, des nerfs sont analysés et mêlés aux effets moraux, de l'esprit, de l'âme. Cela pourrait s'appeler *Spleen printanier.* Quand la combinaison est bien harmonisée et que l'œuvre n'est ni trop physique ni trop spirituelle, elle peut représenter quelque chose.

VERE NOVO...[1]

Le printemps maladif a chassé tristement
L'hiver, saison de l'art serein, l'hiver lucide
Dans mon être où, dès l'aube, un sang plombé préside
L'impuissance s'étire en un long bâillement.

Des crépuscules blancs tiédissent sous mon crâne
Qu'un cercle de fer serre ainsi qu'un vieux tombeau;
Et, morne, j'erre après un Rêve vague et beau
Par les champs où la sève immense se pavane.

Puis je tombe énervé de parfums d'arbres, las,
Et creusant de ma face une fosse à mon Rêve,
Mordant la terre chaude où poussent les lilas

J'attends, en m'abîmant, que le Néant se lève...
— Cependant l'azur rit dans la haie en éveil
Où des oiseaux en fleur gazouillent du soleil!

1862

STÉPHANE MALLARMÉ

Tu riras peut-être de ma manie de sonnets — non, car tu en as fait de délicieux — mais pour moi c'est un

1. Première version de « Renouveau ».

grand poème en petit : les quatrains et les tercets me semblent des chants entiers, et je passe parfois trois jours à en équilibrer d'avance les parties, pour que le tout soit harmonieux et s'approche du Beau.

Mais voici trop parler de moi. Il est vrai qu'à part l'assurance du bonheur que je prends à te voir amoureux, et sérieusement, je n'ai qu'à te répéter ce que je te disais dans ma dernière lettre, ô charmant.

Et Henri ? Dis-lui, en lui serrant la main de ma part, qu'il ne s'étonne pas s'il recevait dans quelques jours une lettre de moi. J'ai hâte de causer avec lui. Ne m'oublie pas auprès des dames Gaillard et Yapp, et de ta Mab[1]. Dis-leur bien combien je regrette de n'être pas des leurs. Adieu, carissimo. Ton ami Stéphane te serre la main. —Je ne te dis rien d'Emmanuel qui a dû te répondre et que tu vas voir — Sais-tu que M. Des Essarts n'aime pas notre *Scie*[2] ?

10. – *A Maria Gerhard*[3].

[Sens, samedi 28 juin 1862]

Mademoiselle,

La dame allemande, c'est moi, comme vous le pensez, et j'ai seul écrit cette lettre.

Pardonnez-moi ce tour : hier et avant-hier, sans le

1. La fée des rêves d'amour dans *Roméo et Juliette*.
2. *Le Carrefour des Demoiselles*.
3. Née en 1835, originaire de Camberg, dans le Limbourg, la future Mme Mallarmé était alors gouvernante dans la famille des Libéra des Presles, voisins des Mallarmé, à Sens.

savoir et involontairement, vous m'en avez joué qui sont assez jolis.

Avant-hier, je vous croyais Anglaise, et j'avais écrit, dans le meilleur Anglais que je susse la plus belle lettre qu'on pût rêver : j'ai reconnu mon erreur en vous quittant et j'ai été forcé de tout déchirer.

Voici pour le premier.

Pour le second, il est drôle encore. Sachant que vous deviez revenir hier dans l'île, je m'y suis promené prudemment une heure ou deux, et, pour ne point éveiller l'attention, j'ai dessiné sur un album le clocher de l'Église, regardant plus souvent du côté où je comptais vous voir que du côté du clocher — moi qui de ma vie n'avais touché à un crayon !

Mais c'est assez sourire.

Vous avez dû voir, à mes fréquentes stations à la porte du Lycée et à la manière dont je vous contemplais Dimanche à la Cathédrale que vous n'étiez pas sans avoir fait sur moi une impression sérieuse.

Si vous avez compris cela, c'est quelque chose déjà, mais ce n'est rien auprès de la vérité.

Voici trois mois que je vous aime violemment, et plusieurs jours que je vous idolâtre plus éperdument encore.

Accueillerez-vous cet amour ?

Soyez assez charmante pour me répondre avant de brûler cette lettre : — si vous consentez à me laisser vous aimer, je serai ivre de joie : si vous refusez, je serai heureux encore de souffrir pour vous et par vous.

Vous voyez qu'il me faut une réponse, et vous me la donnerez, n'est-ce pas ? demain ? Car je préfère même la tristesse d'un refus à ma vieille espérance qui, à force de se prolonger indéfiniment, est bien voisine du désespoir. Du reste, que vous m'aimiez ou non, vous ne saurez m'empêcher de vous aimer dans mon cœur, et mélancoliquement.

Adieu, ange ; croyez en moi : soyez certaine que tout ce que vous venez de lire est écrit par un homme d'honneur et de cœur, et pardonnez-moi de vous adorer.

Du reste, qui est coupable de mon amour ? C'est vous, ô charmante : et ce sont ces yeux sur lesquels je dépose d'avance un baiser plein d'espoir, — ces yeux qui me souriront demain, n'est-ce pas ?

A vous, à jamais.

SM

Si vous ne pouvez pas me remettre à quatre heures ces quelques mots qui seront ma sentence, mettez-les ce soir à la poste, avec cette adresse : « Monsieur S. M., à poste restante, Sens. » Je prendrai la lettre demain. Je vous verrai demain à la procession de St Pierre et à celle du faubourg d'Yonne.

11. – *A Henri Cazalis.*

Sens. 1er Juillet 1862.

Frère, voici une journée pluvieuse qui a été traversée de deux rayons de soleil : l'un auroral et blanc, l'autre crépusculaire et flamboyant. Je parle de l'adorable portrait d'Ettie, et d'une centaine de pages philosophiques des *Misérables*.

Laissons l'un pour l'autre.

Merci, charmant, du portrait d'Ettie, merci. C'est

elle ; voici ces yeux doux, et forts pourtant : ce galbe séraphique, avec des cheveux qui, dénoués, frissonneraient le long de son dos comme deux ailes de lumière.

Peut-être ce portrait a-t-il plutôt vingt ans que dix-sept, et ai-je devant les yeux Madame Cazalis, plus qu'Ettie.

Ce n'est qu'un charme de plus.

Le menton ne serait-il pas un peu trop éloigné de la bouche : je sais que c'est une des particularités du type Anglais, mais je ne la crois pas si accentuée chez Ettie.

Viens, maintenant : une place t'est réservée auprès d'elle dans mon album : ce nid de l'amitié t'attend.

Rappelle aussi à Piccolino[1], en le félicitant de ce charmant portrait, que je lui ai dernièrement demandé sa carte et qu'il a la mienne.

Tu te plains, Cher, que je ne t'écris pas ces jours-ci ; il est vrai, j'ai dressé des miroirs à alouettes dans le champ de la galanterie et l'oiselle se contente de gazouiller de loin, invisible. Cela m'a distrait.

Et puis, nous parlons de toi et de celle dont le nom est un gazouillement, du matin au soir, avec Emmanuel, et je sors de ces entretiens si plein de vénération pour toi et pour elle que je n'ose plus t'invoquer, ô Dieu ! Sais-tu que, bien que vous ayez encore dans le regard l'aube du commencement, vous êtes tous deux, enfants, bien loin dans la vie déjà, et bien haut dans la gloire puisqu'il ne vous manque qu'un Shakespeare pour être les deux noms que tous les amants murmurent dans un baiser étant déjà aussi grand !

Ah ! que l'amour est fort qui fait regarder l'avenir en souriant.

1. Surnom d'Henri Regnault.

Et que nous sommes petits nous autres, nous les gens de plâtre, ou de Paros même ! statues sans yeux dont l'aveuglement voudrait sottement se draper en sérénité !

Il y a un mot touchant et qui illumine toute ta lettre, le voici : « reçois, mon cher Mallarmé, le portrait de *notre sœur.* » C'est simple, puisque nous sommes frères, et, pourtant, c'est bien doux ! Oui, elle se rangera dans mes rêves à côté de toutes les Chimènes, les Béatrices, les Juliettes, les Regina, et, qui mieux est, dans mon cœur à côté de ce pauvre jeune fantôme, qui fut treize ans ma sœur[1], et qui fut la seule personne que j'adorasse, avant de vous connaître tous : elle sera mon idéal dans la vie, comme ma sœur l'est dans la mort.

Vraiment, j'ai les larmes aux yeux en causant avec toi, et je suis heureux, car cela est rare.

Nous parlions de Shakespeare tout à l'heure et des vers qui font une auréole. Tu me demandes des vers, frère.

C'était à moi à te demander de m'en laisser faire.

Seulement, je tremble. Vois-tu, c'est mon chef-d'œuvre que je veux faire là. Comme je le referai un jour pour ma pauvre sœur dont je n'ai point osé encore rythmer la vision. Laisse-moi donc tout le temps nécessaire[2].

Je comprends combien il serait doux de les lire à ta bien-aimée, saintement, avant que l'alouette fatale ne chante l'adieu[3]. Si tu veux faire à la perfection de l'œuvre le petit sacrifice, non, le grand sacrifice de les

1. Maria Mallarmé, morte à 13 ans le 31 août 1857.
2. Et non « m'en faire » (*Corr.* I et *DSM* VI).
3. Nouvelle allusion à *Roméo et Juliette.*

attendre pour ne les envoyer que plus tard, je te les promets exquis.

Ne crois pas ici que l'amitié soit de la fatuité.

Je te les promets exquis, blancs et or.

D'ici à Samedi, certes, je pourrais rimer quelques strophes, jolies même, mais cela ne serait rien, non rien, auprès de ce que je rêve.

Je ne veux pas faire cela d'inspiration : la turbulence du lyrisme serait indigne de cette chaste apparition que tu aimes [1]. Il faut méditer longtemps : l'art seul, limpide et impeccable, est assez chaste pour la sculpter religieusement.

Merci, ami, de me commander et de m'inspirer mes meilleurs vers.

— Ah ! que j'eusse donc voulu accompagner Emmanuel, mais la fatalité, non je me flatte, le guignon, sous forme de pièces d'or absentes, se moque de moi ; et dire que c'est mal d'égorger sur les grands chemins ! on vole pourtant.

Outre Juliette, sa sœur Kate, Madame Yapp et vous, Henri et toi, Henri, j'eusse été heureux de voir ce bon petit cœur de Miss Mary [2], car c'est le seul et ce sera le seul sur lequel j'aie et je ferai jamais, sans doute, la plus légère impression. Si elle savait ce que je suis, la pauvre enfant ! Enfin espérons que ce n'est point sérieux.

Ton frère,

STÉPHANE.

1. Première allusion à ce qui deviendra « Apparition », poème qui devait être, à la demande de Cazalis, un portrait en vers d'Ettie.

2. Mary Green, autre jeune Anglaise amie des Yapp.

Emmanuel m'a raconté que tu as lu la lettre grotesque que je lui ai écrite à Paris : pardonne-moi d'avoir laissé tomber sous tes yeux de telles choses mesquines, et permets-moi de ne pas te parler de cela, ici, après avoir prononcé le nom d'Ettie.

Je ne te dis pas de faire mille compliments amis à ces dames, de parler de moi à Ettie, de sourire de ma part à Miss Mary ; cela se comprend et se sous-entend. Tout ce qui sort de ce salon m'intéresse, en soi d'abord, puis comme étant toute ta vie.

Je ne te parle pas d'Emmanuel que tu viens de voir et qui t'a peut-être écrit déjà : nous ne tarissons pas en causeries sur toi, sur vous. Il est toujours aussi charmant, aussi bon, aussi poète, aussi gras — voilà de ses nouvelles.

12. – *A Henri Cazalis.*

[Sens, début juillet 1862]

[...] [1] Sais-tu bien que, semblables à des pensionnaires qui rêvent ensemble à leur robe de mariée — un linceul, souvent, en point d'Alençon — Emmanuel et moi causions hier fort sérieusement, — non, pas sérieusement, naïvement — du mois de ton mariage : que ce devait être pendant les vacances afin que nous puissions ensemble aller signer le contrat à Londres ?

Oh ! Espérance — « une folle charmante, » comme dit mélancoliquement ce grand Baudelaire [2].

1. Le début de la lettre manque.
2. Dans « Les Litanies de Satan ».

Et le souvenir ! quel magicien ! hélas ! il ne l'est pas assez pour me persuader que j'ai été au bois de Boulogne et évoquer dans mon spleen cette radieuse soirée illuminée d'étoiles, d'yeux et de verres de couleur !

Emmanuel m'a raconté qu'on a été assez bon pour parler de moi et me regretter : je t'en remercie comme je l'en ai remercié, et comme j'en vais remercier Henri Regnault dans un billet moins fou que le tien. Car je suis sûr que c'est grâce à la baguette magique de votre amitié que mon nom a pu franchir d'aussi adorables lèvres (je ne parle pas positivement de celles de Mme Gaillard).

Avant de t'embrasser en te priant de ne pas rire de cette divagation qui voudrait pouvoir se changer en épithalame, et de me pardonner ce que cette lettre insensée a d'excessif en songeant à la première que tu nous écrivis après Fontainebleau, je réclame de toi ta photographie. — je la veux, immédiatement. Je ne me contenterai plus de respirer de loin celle d'Emmanuel.

Il faut que je t'habitue aux lettres croisées [1], vu que c'est une habitude tout Anglaise et que, probablement, tu en auras plus d'une à déchiffrer dans ta vie. Je devrais bien terminer sans te parler d'Emmanuel pour punir ce monstre de son oubli : je suis plus chrétien. Je te dirai donc qu'il va toujours à merveille et engraisse à vue d'œil comme tu as pu le voir. Il a dû t'écrire hier, ainsi je ne te donnerai pas de plus grands détails sur ce digne seigneur. Adieu, caro mio ; persévère et Dieu t'aidera.

Ton fraternel

STÉPHANE MALLARMÉ

1. Voir la lettre du 5 février 1862.

J'ai écrit à Madame Yapp, en Anglais, pour la remercier d'avoir pensé à moi au Bois : je regrette ma lettre car elle doit être d'un Anglais ridicule : tu me diras, dans ta réponse, *bien franchement, n'est-ce pas?* l'impression qu'elle aura produite, ces dames étant trop aimables pour ne la pas déguiser, si elle n'était pas favorable, dans la réponse. C'est un service sincère que je réclame de toi.

13. – *A Maria Gerhard.*

[Sens, juillet 1862]

Mademoiselle,

Voici plusieurs jours que je ne vous ai vue.

A mesure qu'une larme tombait de mes yeux, il était doux à ma tristesse que je prisse une feuille de papier et je [*sic*] je m'efforçasse d'y traduire ce que cette larme contenait d'amertume, d'angoisse, d'amour, et, je le dirai franchement, d'espérance.

Aujourd'hui, elles ne sont plus faites que de désespoir.

Ces lettres, je les gardais et je les entassais chaque matin, pensant vous les remettre et osant croire, non pas que vous les liriez toutes, mais simplement que vous jetteriez les yeux au hasard sur quelques phrases, et que de ces quelques phrases monterait à vous cette clarté qui vous enivre et qu'on ressent lorsqu'on est aimé.

Ce rayon devait faire ouvrir en votre cœur la fleur

bleue mystérieuse, et le parfum qui naîtrait de cet épanouissement, espérais-je, ne serait pas ingrat.

Je le respirerais !

On l'appelle l'amour, ce parfum.

Aujourd'hui, la désillusion est presque venue et j'ai brûlé ces lettres qui étaient les mémoires d'un cœur.

Du reste, elles étaient trop nombreuses, et cela vous eût fait rire de voir que je vous aimais tant !

Je les remplace, ces sourires et ces soupirs, par ce papier banal et vague que je vous remettrai je ne sais quand et Dieu sait où ! Toute la gamme de ma passion ne sera pas scrupuleusement notée, comme elle l'était, je me contenterai d'écrire ici les trois phrases qui sont toute son harmonie « Je t'aime ! Je t'adore ! Je t'idolâtre »

— Pardonnez-moi, ô ma reine, de vous avoir tutoyée dans cette litanie extatique. C'est que, voyez-vous, je suis comme fou, et égaré depuis quelques jours. Quand une flèche se plante dans une porte, la porte vibre longtemps après : un trait d'or m'a frappé, et je tremble, éperdu.

Retirez-le ou enfoncez-le plus avant, mais ne vous amusez pas à en fouiller mon cœur. Dites oui ou non, mais parlez. Répondez ! Cela vous amuse donc bien de me faire souffrir ? Je pleure, je me lamente, je désespère. Pourquoi cette sévérité ? Est-ce un crime de vous aimer ? Vous êtes adorable et vous voulez qu'on vous trouve détestable, car il faudrait vous trouver détestable pour ne pas vous aimer, — vous qui êtes un regard divin et un sourire céleste !

Vous êtes punie d'être un ange : je vous aime. Pour me punir à mon tour de vous aimer, il faudrait n'être plus un ange, et vous ne le pouvez pas.

Donc laissez-moi vous contempler et vous adorer, — et espérer !

Adieu, je vous embrasse avec des larmes dans les yeux : séchez-les avec un baiser, ou un sourire au moins.

Je vous aime ! Je vous aime ! c'est tout ce que je sache dire et penser.

Écrivez par la poste à cette adresse — « Monsieur SM. — Poste restante, à Sens » — cela me parviendra ainsi. J'attends ma sentence.

J'irai encore vous voir au Lycée, je suis heureux de vous voir, même de loin, il me semble, quand vous tournez la rue, que je vois un fantôme de lumière et tout rayonne[1].

14. – *A Henri Cazalis.*

Sens. 7 Juillet 1862.

Ami,

Je n'ai qu'une demi-heure à moi pour l'instant, je te la donne.

Causons ; et d'abord ne pleure pas.

Je ne veux pas te consoler[2], d'abord parce que les grandes douleurs ne se consolent pas et ensuite parce que je sais qu'il est doux de souffrir pour celle qu'on aime.

1. Cf. « Apparition » : « Quand avec du soleil aux cheveux, dans la rue / Et dans le soir, tu m'es en riant apparue / Et j'ai cru voir la fée au chapeau de clarté... »

2. Du départ d'Ettie.

Je n'essuierai pas tes yeux parce qu'avec tes larmes je ne veux pas faire s'envoler le nimbe que te met au front ton martyre.

De toutes les amertumes humaines, celle qui naît du départ, cette mort momentanée, est la plus affreuse.

Oui ! se briser contre un obstacle matériel ! Dire : « Il faut qu'elle parte ! pourquoi ? Pour rien. Et moi qui ai toutes les étoiles dans le cœur, je ne suis pas assez riche pour la retenir ! »

C'est atroce, vraiment.

Pauvre Roméo, et pauvre Marius, je te plains.

J'ai pensé à toi toute la semaine en lisant Marius [1], et à elle, en rêvant de Cosette.

Ce livre a dû être un baume pour toi. Vous y vivez, vous y aimez !

Tu n'avais pas besoin de me dire de t'écrire, mon ami, j'avais préparé une lettre qui serait partie ce matin : je viens de la déchirer.

Comment vous avez pleuré sur ma pauvre prose !

Voilà un papier sacré à jamais.

Il y a de belle musique sur de sots vers : voilà l'histoire, votre amour chantait sans entendre les paroles.

Je suis ravi, heureux d'être aimé de vous deux. Vos pensées, ces palombes, apporteront peut-être un brin d'amour dans mon nid !

Ô comédie humaine ! Quand je pense que, pendant que vous mêliez vos larmes désespérées, moi, idiot saltimbanque, je prenais de l'eau dans ma cuvette

1. Dans l'épisode de « L'Idylle rue Plumet » des *Misérables*.

pour en asperger un billet doux, et y feindre des pleurs[1] !

Je ne te parle pas de cette gentille Allemande que je m'entête à avoir. Cela t'intéresserait vraiment bien, toi le sublime désolé, le martyr, de savoir que ce matin on m'a refusé un billet et qu'on veut me parler ce soir ! Si je pouvais pourtant être pris à mon piège, et, comme elle m'aimera, l'amouretter ! Cela serait un rayon et un sourire.

Mais oublions cela, parlons d'Elle, toujours d'Elle. — Loin de te dire : *distrais-toi*, je te répète *Pense à elle*, toujours ; et pleure, c'est si bon d'être malheureux ! Écris mille choses adorables que tu soulageras [*sic*] : jamais de digue à la douleur : qu'elle soit maîtresse comme la passion. Dans deux ans tu te rappelleras ces huit tristes jours comme les plus beaux de ta vie.

Oui, vraiment heureux ceux qui peuvent souffrir pour quelque chose de grand !

Tu te rappelles ma pièce sur le *Guignon* ; je suis hélas ! parmi les seconds[2].

Ah ! certes, si ce n'était pas pour ne pas laisser Emmanuel seul dans ce désert qui s'appelle Sens ; pour te voir aux vacances prochaines ; pour vous que j'aime ; je partirais dès aujourd'hui en Angleterre. Cela me peinerait fort de quitter mon pauvre père qui est

1. Cf. « Le Pitre châtié ». L'exaltation quasi mystique de l'amoureux n'empêche pas une conscience ironique de la comédie des sentiments, et le sublime, pour ce lecteur de Hugo, n'est jamais bien loin du bouffon.

2. Dans « Le Guignon », Mallarmé évoquait deux sortes de poètes, l'aristocratie des « mendieurs d'azur », dont la douleur majestueuse est signe d'élection — « Ceux-là sont consolés, sûrs et majestueux » —, et les « dérisoires martyrs » non plus de la Fatalité mais de son avatar bouffon, le guignon.

malade : mais cette maison, quant au reste, me répugne tellement, j'y éprouve à chacun de mes repas silencieux et taciturnes un tel malaise, j'y souffre d'une économie si sordide, moi qui ai pourtant quelques mille francs, que j'étouffe.

Et ce qu'il y a de fort, c'est que chacun ici me traiterait d'ingrat, s'il m'entendait.

Ma belle-mère paraît un ange aux yeux du monde, et quand il y a quelqu'un au salon : un ange grippe-liard, soit, et ayant le front étoilé d'une pièce de deux sous.

Tout aboutit à la question d'argent, aussi ne puis-je plus souffler mot.

Je suis sûr que si je parlais de l'Alcazar de Tolède ou de l'Al Ambrah de Séville, elle me répondrait : oui, mais cela a dû coûter cher à construire.

Cette obsession d'économie a un cachet fantastique.

Tout cela est d'autant plus pénible qu'on souffre sans pouvoir prendre son mal au sérieux.

Mais de quoi te parlé-je ? Que t'importent ces niaiseries, ô mon poète ? Adieu, vive toi et vive Ettie, je t'embrasse, tout à toi, à vous.

STÉPHANE M.

Aurai-je ton portrait ? Et Regnault, demande lui donc le sien, (je sais qu'il en a) quand tu le verras.

15. – *A Maria Gerhard.*

Mercredi [juillet 1862].

Mon adorable adorée,

Quand vous m'évitiez tout à l'heure dans la rue, je lisais ces mots, dans l'œuvre nouvelle d'Hugo : « Vous qui souffrez parce que vous aimez, aimez plus encore... »[1]

Je souffre et je vous adore.

Seulement, — vous allez en rire, n'est-ce pas, car c'est fort drôle en effet, — je souffre maintenant sans espoir.

Je suis désespéré.

Il est vrai que je ne suis point découragé.

Non, car j'ai encore, du fond de mon abattement, le courage de vous demander : « Que vous ai-je fait pour me torturer de la sorte ? » Je vous ai aimée.

C'est donc un grand crime de vous comprendre. Et comment vous comprendre sans vous aimer ? Il fallait ne pas être l'ange que vous êtes, ne point avoir le sourire dont vous souriez ! Vous deviez bien savoir qu'on n'est pas céleste impunément et qu'une enchanteresse enchante !

Vous me détestez de vous contempler avec amour, et, pourtant, ces soupirs vous ont-ils jamais fait verser une larme ?

Si je vous haïssais, moi, pour me faire pleurer depuis huit jours ! ne serais-je pas dans mon droit ?

1. *Les Misérables*, IV, V, 4, « Un cœur sous une pierre ».

Vous voyez qu'au contraire je n'ai de regards et de pensées que pour vous.

Oui, vous me fuyez, je le vois.

Écrivez-moi pourquoi, je le veux : il est injuste de martyriser quelqu'un sans lui démontrer qu'il est coupable.

J'attends ma sentence.

Je me perds en conjonctures [*sic*], et ces songeries se terminent toutes par des sanglots.

La petite fille qui m'a vu remettre ma lettre loyalement en votre main, a-t-elle bavardé, et son insouciance m'a-t-elle trahi ?

J'espère que non.

Ou vous-même auriez-vous montré ma lettre ?

— Pardonnez-moi l'égarement qui me fait hasarder ce soupçon atroce : je vous devine trop noble et trop maîtresse de vous-même, trop honnête pour avoir commis cette lâcheté. En effet n'eût-ce pas été indigne, et vous le sentez comme moi, quand on pouvait déchirer une lettre et répondre quelques mots dignes et sereins, si l'on n'acceptait pas l'encens enamouré qu'elle exhalait, n'eût-il pas été bas et mesquin de la livrer à un étranger plus qu'indifférent ! Non, vous ne l'avez pas fait : si je vous ai offensée, vous saviez trop bien combien la vertu est forte par elle-même, pour vous servir de ces petites perfidies. Pardonnez-moi encore une fois d'avoir eu la folie de croire un instant cela.

Adieu, je vous embrasse, je vous aime. Une réponse ! elle me sera plus douce qu'un baiser.

Brûlez tout ce journal, car votre absence de ces jours-ci a tellement amoncelé les lettres à remettre, que ceci est un vrai journal de mon cœur, et ce serait un volume si je ne vous voyais d'ici à un mois.

Je pleure, en me relisant : je voudrais brûler toutes ces lettres et vous parler un quart d'heure seulement, il me semble que je vous persuaderais davantage.

16. – *A Henri Cazalis.*

Sens. 17 Juillet 1862.

Monstre,

Quand je me fâche avec Emmanuelcinella, ce qui arrive quatre ou cinq fois par jour, j'ai l'habitude de lui réciter, comme les héros de Rabelais, une longue litanie simiesque composée à grands coups de dictionnaires d'histoire Naturelle. Tous les singes y défilent, depuis le sapajou jusqu'au cercopithèque qu'il ne faut point confondre avec le simple pithèque, en passant par le ouistiti, le chimpanzé, le macaque et *tutti quanti.*

Ce serait le cas ou jamais de te *vomir* les mêmes injures, exécrable paresseux. J'ai failli tuer trois facteurs, de rage de n'avoir rien de toi. J'attends, chaque matin, et, hier, je crois voir ton écriture, je déchire l'enveloppe, c'était une carte d'invitation à une soirée que donne demain mon ami et photographe, Constantin. Aujourd'hui, c'était mieux écrit que toi, aussi ai-je pris le temps de décacheter gravement — c'était d'Eliacim Jourdain [1].

Mais tu nous oublies donc, ingrat. Nous parlons de

1. Cet employé à la mairie de Dieppe, poète à ses heures, est le dédicataire de « Soleil d'hiver », paru dans *Le Journal des baigneurs* de Dieppe le 13 juillet.

toi jour et nuit, Emmanuel et moi, de toi, c'est-à-dire de vous — non, de toi, car vous n'êtes qu'un, un baiser ayant deux corps.

Et Emmanuel, qui a failli se noyer de tristesse! L'autre jour il passait sur un pont, et, sans qu'autre chose me restât dans la main que le pan de son habit, il s'est élancé dans l'eau en criant : Cazalis! On l'a repêché à grand-peine, et après trois filets troués.

Voilà l'histoire fantastique, et telle qu'il a pu te la raconter.

Voici la vérité, maintenant.

M'ayant vu traverser une poutre pourrie qui rejoignait les deux bords fangeux d'un ruisseau-marécage, il a voulu m'imiter, moi, l'inimitable. Et la tête la première, il est tombé dans trois pieds de boue, a disparu un instant, et s'est relevé ruisselant de marne et de crapauds. Oreilles, nez, cheveux, tout cela plein de fange.

Nous l'avons déshabillé, nu : fourré dans une meule pour qu'il eût chaud pendant que j'irais chercher des habits. Le soir, *pour n'avoir pas la fièvre,* il s'est grisé comme trois Falstaff, et est rentré heurtant les murs et invectivant les réverbères, suivi des chats amoureux qui pressentaient l'aubaine d'un vomissement.

Que dis-tu de ton poète lyrique, ô mon lis? Que c'est le premier jour qu'il fut un « poète crotté. »

— Je veux te punir, sévèrement, de ton silence, et pour cela, je ne prononcerai pas une seule fois dans cette lettre le nom d'.... — j'allais le faire — je ne parlerai pas d'elle, non plus. Je ne te plaindrai pas. Je ne te consolerai pas. — Je suis inexorable.

Cette lettre gouailleuse et goguenarde qui vient

s'épater au milieu des fleurs bleues de ta mélancolie, voilà ton châtiment.

Adieu. Si j'avais eu sous la main une feuille de papier timbré, j'eusse écrit dessus pour t'être encore plus désagréable. Ton ennemi intime

STÉPHANE.

Tu sais que tu viens à Sens un jour ou deux avant la distribution des prix d'Emmanuel, avec Monsieur des Essarts, et que nous sommes tous trois chargés d'approvisionner la ville de sifflets ce jour-là. Tu as un lit ici.

17. – *A Henri Cazalis.*

Sens. 4 et 5 Août 1862.

Mio Povero, tu demandes pourquoi je ne t'écris pas, et si je t'en veux. Je ne t'en veux pas. Voilà une naïveté. Je n'écris pas, parce que depuis quelques jours l'encre et les plumes me sont devenues singulièrement odieuses. Je ne sais pourquoi.

Le fait est que voici une quinzaine que je cours partout comme un fou et que j'ai horreur de ma chambre où je ne viens que pour me jeter sur mon fauteuil et rêver.

Tu sais que je suis un maladroit et que je me suis pris à un piège à alouettes que j'avais tendu dans une touffe d'herbe du Tendre. Voici. J'avais remarqué une jeune fille assez jolie, distinguée, triste. Elle est Allemande, et gouvernante dans une riche famille d'ici. Il y a de cela six semaines. Elle m'attirait, je ne sais comment, j'ai commencé une cour acharnée. Refus, fuites, épouvantes, rougeurs, de sa part : ténacité, de la mienne. Enfin, voici quelques jours qu'elle se radoucit et je commence à entrer dans sa vie. Comme toutes les gouvernantes et institutrices, qui sont toujours des déclassées, elle a un charme mélancolique qui produisit son effet sur moi, si bien que j'en devins quelque peu amoureux.

Quand je vis cela, j'essayai de lutter, pressentant mille ennuis : sa position que je pouvais briser, car elle dépend tout entière de sa conduite, l'espionnage des petites villes, le temps perdu. La lutte ne fait qu'aiguillonner.

Elle est triste ici, et s'ennuie. Je suis triste et m'ennuie. De nos deux mélancolies nous pourrons peut-être faire un bonheur.

Il ne serait pas étonnant qu'elle commençât un peu à m'aimer : à coup sûr, je suis déjà entré dans sa vie.

C'est peut-être une sottise que je fais là.

Mais non. Je serai moins seul ces vacances.

Il est inutile de te dire que, dussé-je voler sur la grande route, je te verrai ces vacances à Paris. J'irai probablement passer huit jours près de vous, et huit jours à Versailles.

Quelles belles et bonnes promenades nous ferons le soir, et comme cela va être charmant.

En attendant, je t'ai là. Merci de t'être envoyé à moi : j'ouvre mon album vingt fois par jour pour se voir. Il va sans dire que tu y es à côté d'Ettie.

Ah ! pauvre ami ! que je te plains ! que de tristes soirées tu dois passer après tous les éblouissements des derniers mois ! Quelle solitude !

Mais aussi que c'est beau de pouvoir se dire certainement : On m'aime derrière la mer ! Qu'il y ait une tempête effrayante, que tout soit en furie, toujours, cette douce hirondelle [1], sa pensée, m'arrivera, sereine et douce, à travers ce fracas ! Que c'est consolant.

Ce pourquoi je te plains encore, c'est de sentir le papier timbré tout le jour et tous les jours, de griffonner là-dessus.... J'y ai passé, je sais ce que c'est. — Il est vrai que tout cela c'est pour elle.

Tu veux savoir quand j'irai à Londres. Je l'ignore encore, mais, selon toutes probabilités, ce serait en décembre ou au commencement de Janvier : nous irions donc ensemble ! — Il faut que tu saches l'Anglais — Non, ne l'étudie pas d'avance : *elle* te l'apprendra et cela te semblera un gazouillement.

Adieu, ami. Le Signor Emmanuel te serre une main et moi l'autre : je t'aime.

Ton frère,

STÉPHANE

Lis-moi si tu peux. Devine, si tu ne peux pas.

18. – *A Emmanuel des Essarts.*

Vendredi. [22 ou samedi]
23 Août 1862.

J'attendais un mot de toi ce matin —, et voilà pourquoi votre frère est muet, signor Emmanuelcinella.

1. Cf. la lettre du 5 mai et la note.

A quoi pense Dieu le père? Quel temps! Voici l'automne et l'hiver dans une même journée. — L'automne. — Ce matin, des brouillards londoniens. J'ai fait un tour dans les champs avec Diane, je ne voyais qu'herbes vert-foncé et brumes. Diane gambadait dans les luzernes mouillées et faisait des orgies de crottes de chèvre. Voici qu'on met déjà des cordes aux potences des reverbères, et qu'au bout de ces cordes se balancent des pavés en attendant les luminaires ou les poètes enguignonnés[1] — L'hiver — J'ai froid aux mains, je ferais du feu. C'est à peine si j'écarte mes rideaux pour voir une averse de hallebardes et de pertuisanes, et trois pauvres hirondelles sur le pommier voisin, qui rêvent aux pays de Garibaldi. Elles sont comme moi : il y a une fenêtre qui les retient. Elles, la croisée où coule en boue leur nid de terre : moi, celle par où Marie passe sa tête quand j'erre dans la Grande ruc. Quels quatre volontaires[2] nous ferions, autrement!

Tu veux du nouveau. Je n'en ai pas. Si fait. Je sais l'Allemand : à force de veilles, de travail, de patience je prononce fantastiquement : Ich liebe dich! On connaît une langue quand on sait ces trois mots-là. Ils gazouillent.

Encore? — J'ai fait hier l'emplette d'un album qui sera mon cœur relié en chagrin — sans jeu de mots — et doré sur tranches[3]. Tous mes amis y déposeront du sublime. Cambronne n'en est pas, heureusement.

1. Cf. les derniers vers du « Guignon ».

2. Allusion aux volontaires garibaldiens. Dans *Le Carrefour des Demoiselles*, Mallarmé se dit « garibaldien ».

3. Sur cet album, voir H. Mondor, *Mallarmé plus intime*, pp. 120-129.

Depuis Marie qui y mettra un baiser jusqu'à Emmanuel qui y rimera une ballade et Cazalis qui y effeuillera un lys ou un ange, tous y laisseront un souvenir. Dans trente ans, ce sera divin à relire.

« *Je sais l'art d'évoquer les minutes heureuses*[1]. »

Encore ? Houët[2] est fou d'amour. Pour... serait-ce Mademoiselle Abingdon[3] ? Il est rongé de jalousie, car la femme est coquette. Sa lettre est navrante. C'est là une grande et furieuse passion. Il parle de crime, il ne veut pas que je le console, craignant sans doute que, pour le consoler, je ne descende son idole du piédestal sur lequel elle broie son cœur du pied, comme l'Immaculée, le serpent.

Tu vois que tes soupçons.... Ah ! povero, povero ! On aime sérieusement à son âge, et quand on a vu tous les soleils et tous les ciels comme ce cher vagabond !

Cela fera probablement que je ne descendrai pas chez lui. Je lui écrirai délicatement à ce sujet.

Pour moi, je savoure maintenant mon ivresse. Je suis certain que ma douce Marie m'adore et ne vit que pour moi. Donc plus d'inquiétude. Cette semaine a été malheureuse. Deux ou trois baisers des lèvres — mais beaucoup du cœur. Je travaille tranquillement, pendant qu'elle me regarde de son petit cadre en chêne sculpté qui ne quitte pas ma table.

La pluie, Madame Libéra des Presles qui boude

1. Baudelaire, « Le Balcon ».
2. Le nom de ce correspondant non identifié est lu « Ibouët » dans *Corr.* I.
3. L'actrice Louise Chariotte Legaigneur, dite Mlle Abingdon.

Monsieur Libéra des Presles — ce qui fait qu'ils ne se promènent plus ensemble depuis deux jours — l'esclavage de Marie, tout cela nous a empêchés de beaucoup nous voir ces jours-ci.

Les myosotis que je lui ai donnés pour sa fête — il y a huit jours — s'épanouissent et montent chaque jour, loin de se faner. C'est charmant de leur part.

Oh! une délicieuse histoire. Vacquerie[1] serait ravi s'il l'entendait et en conclurait qu'il faut que le grotesque fleurisse ses fleurs bizarres non seulement au milieu des tempêtes, mais sur le bassin bleu et sans pli de l'amour.

Il y a deux jours, Marie vient à moi atterrée, et, tremblante, me dit : « Nous sommes trahis... il faut que je parte. — Nous causions sur un banc des promenades tout à l'heure quand nous avons vu apparaître Monsieur Libéra et sa femme. Vous vous êtes sauvé, mais elle vous a vu, car voici vingt minutes qu'elle me répète mystérieusement, à l'oreille, en s'écartant de son mari. « *Il n'a rien vu... Il n'a rien vu* »..... Elle sait tout — Quand même elle ne dirait rien à son mari, je ne pourrais rester ici, elle connaissant notre secret.... »

Elle disparaît. Une heure après je la revois, folle, gaie comme une branche où sont des pinsons.... Je lui serre la main, elle éclate de rire « Voilà, me dit-elle. L'homme aux vastes chapeaux gris... » — « Empruntés à d'anciens fumistes, » réponds-je, — « a, ce matin, fait une tache de bougie à son pantalon

1. Auguste Vacquerie (1819-1895), frère de Charles (le mari de Léopoldine Hugo) et disciple du grand exilé. Mallarmé lui dédiera un des premiers manuscrits des « Fenêtres ».

blanc immuable. Madame Libéra en l'ôtant a brûlé l'étoffe. *Il n'a rien vu* veut donc dire tout simplement qu'il ignore cette ventilation adaptée à son inexprimable... »

Mais je radote. Assez d'elle, et beaucoup de toi. Comment vas-tu ? Si tu n'étais pas mieux, tu devrais faire le léger sacrifice d'aller consulter Ricord [1]. Outre qu'il est expert, il est avenant. Ne néglige rien. Sois prudent. J'ai écrit à Coligny [2] ce matin de te surveiller.

Es-tu encore enflammé ? Ou n'es-tu plus que torrentiel ? Cela est important [3].

Ce mieux persévère-t-il ? Détaille.

Pauvre Emmanuel ! Je pense bien à toi, sois sûr. Et je te plains ! Je voudrais être à Paris pour te tenir compagnie. Frère, j'affronterais des journées entières la lecture de la Divine Épopée, pour que le temps ne te paraisse pas si long qu'il semble à ceux qui ne t'ont pas. Et Cazalis ? Tu sais que cette lettre est pour lui comme pour toi. Je le mettrai sur l'adresse pour qu'il le croie. C'est un paresseux. Et Regnault ? Il ne répond pas : pas de photographie de lui : c'est désastreux. Adieu, chère fontaine [4] à qui je souhaite des intermittences. Je t'aime et je t'embrasse.

Ton frère

STÉPHANE MALLARMÉ

1. Bien qu'il ait été soigneusement censuré après coup, on peut reconnaître le nom du Dr Philippe Ricord (1800-1889), grand spécialiste des affections vénériennes.
2. Charles Coligny, directeur de *L'Artiste.*
3. Tout ce paragraphe a été soigneusement censuré après coup.
4. Cette apostrophe ne se comprend que par la lecture du passage censuré, omis dans *Corr.* I.

Planquette[1] a sa femme ici : il te serre la main. Il fait d'adorables clefs de voûte ! Quand tu verras Coligny, tu lui redemanderas sa photographie.

Mlle Alnot[2] est souffrante, elle tousse beaucoup, et t'embrasse.

Arthur fait florès à Évian. Il danse, roucoule, soupe et soupire.

Que Cazalis me donne des nouvelles d'Ettie ; j'en veux. Sinon, penses-y.

J'ai vu un très expert phrénologue, aujourd'hui : il m'a palpé : j'ai superlativement les bosses de l'admiration et du fanatisme : du crime, de la couleur — pas de [*sic*] jugement.

19. – *A Henri Cazalis.*

Sens. 25 Septembre 1862.

Mon bon Henri,

J'aurais dû, je le sais, te répondre il y a huit jours, mais je ne sais plus faire autre chose que penser à Marie. D'abord, elle était à la campagne, et j'étais comme un corps sans âme : je n'aurais pas eu le courage de soulever une plume. Depuis, elle est revenue, et je suis tellement à elle, cœur et tête, que cela me semble presque une impiété que de prendre dans mon bureau une feuille de papier qui ne sera pas remplie à son intention. Je crois lui voler un temps qui

1. Jules Planquette, sculpteur à Sens.
2. Logeuse d'Emmanuel des Essarts à Sens.

lui appartient. Toutefois, comme notre amitié est sœur de mon amour, causons longuement aujourd'hui, cher am... oureux.

Je relis encore ta lettre qu'illumine le souvenir d'un si beau Rêve !

J'ai bien pensé à toi, va, pendant ton voyage [1], et, plus d'une fois, en tirant ma montre, je me suis dit : « Il arrive... »

Quel Rêve ! quel rêve, cher Cazalis ! et que la réalité doit être pénible maintenant ! Je suis sûr que tu ne peux croire que tu l'as vue comme avant tu n'osais croire que tu la verrais ! Je connais cela.

Et elle a toujours été la même ? Neige, hermine, plume de cygne — toutes les blancheurs.

Malheureux ! comment peux-tu maintenant griffonner dans une étude et respirer l'odeur nauséabonde du papier timbré !... [2]

Peut-être, cependant, cela t'est-il bon — en t'empêchant de penser, et, par suite, d'être malheureux ?

Oh ! les voyages ! les voyages !

Voici plusieurs jours que pour poème unique je lis un Indicateur des Chemins de Fers ! Si tu savais quelles jouissances exquises je goûte à voir ces chiffres alignés comme des vers ! Et ces noms divins qui sont mon horizon bleu : Cologne, Mayence, Wiesbaden. C'est là que je voudrais m'envoler avec ma douce sœur, Marie ! La Prusse, l'Allemagne, l'Autriche, tout cela se confond dans mon désir, et ces stations Allemandes ont pour moi un parfum indicible.

1. Cazalis était allé en Angleterre, début septembre, pour voir Ettie.

2. Sa licence en droit terminée, Cazalis était depuis quelques semaines avocat stagiaire à Paris.

Allons-nous-en par l'Autriche !
Nous aurons l'aube à nos fronts ;
Je serai grand, et toi riche,
Puisque nous nous aimerons.

Oui, je passe des heures sur ce papier captivant. Il y a parfois de gros chiffres soulignés qui éclatent avec le bruit hâtif des locomotives passant sur les disques de bois des gares — et des noms en grandes lettres qui sont des « Qu'il mourût ! »

Je suis fou, n'est-ce pas ? La preuve, c'est que je vais faire un *poème en prose* sur ces projets de voyage.

Oh ! ma pauvre Marie, je l'aime tant ! Je la respecte tant, surtout, et je la plains !

Nous avons été bien malheureux pendant les quinze jours que nous avons passés loin l'un de l'autre. Que dis-je ? Quinze jours, trois semaines, car elle n'est revenue à Sens que huit jours après moi. Comme elle a pleuré quand elle m'a revu, et comme nous sommes restés cinq bonnes minutes, le soir, à nous embrasser, elle pleurant, moi baisant ses larmes — sans nous dire un mot.

Je sais un ange. Il s'appelle Marie — Est-ce *il* ou *elle* qu'il faut dire ? — Voilà une grande question grammaticale qui m'absorbe depuis ce matin.

J'ai été consulter une bohémienne, Lundi. Elle m'a vraiment dit des choses extraordinaires. J'y crois presque.

Je suis ravi que ces dames ne m'aient pas oublié, même miss Mary. Je vais leur écrire sous peu.

20. – *A Henri Cazalis.*

[Octobre 1862]

[...] [1] Madame Yapp m'a récemment écrit : Voici, dans sa lettre, une phrase qui ne peut que penser à toi. Je traduis.

« J'ai rencontré l'un de nos « *neuf*[2] » chez Madame Gaillard, Lundi dernier, et j'ai été heureuse de voir que le nuage qui assombrissait son âme semble être en train de se dissiper, et que les réalités de la vie commencent à avoir pour lui quelque sens. »

Pour moi qui n'ai jamais pu comprendre ce que c'était que les réalités de la vie et pour qui les gens qui prennent la vie au sérieux sont de vils animaux, ceci est ininte[lligible] [3]

[...] pour moi, son galbe est tellement bien incrusté dans mon cœur, qu'un autre, que je jugerai plus beau comme artiste, ne saurait y trouver la moindre place [4].

Comprends-tu, c'est ténu comme un cheveu, tout cela. Donc, pour moi, elle est belle. Je suppose qu'elle le fût aux yeux de tous également ; puisqu'elle l'est à mes yeux, je n'en serais pas plus avancé. Croit-il [5] que

1. Le début de la lettre manque.
2. Les participants à la fameuse partie en forêt de Fontainebleau.
3. Le papier est déchiré en fin de page.
4. *DSM* VI raccorde directement ce paragraphe et ce qui suit à « ininte[lligible], alors qu'il s'agit manifestement de deux développements différents. A supposer que les deux morceaux fassent partie de la même lettre, celui qui s'interrompt sur « inintelligible » ressemble plutôt à un post-scriptum.
5. Emmanuel des Essarts (?).

c'est cela qui m'empêcherait un jour d'arriver à la satiété ? Croit-il que si j'avais une femme d'une beauté Ettienne ou Séraphique, il ne viendrait pas cependant un jour où je serais las ? On se lasse aussi vite d'un beau corps que d'une belle âme, plus vite, même. Il faut, me dit-il, procéder par comparaison. D'abord, cela est bon à dire avant qu'on aime ; pas, pendant. J'admets que j'aie une femme superbe. Dans deux ans, j'en rencontrerai bien une plus belle. Si, je procède par comparaison, je suivrai cette seconde, — surtout, si je n'ai pas aimé la première comme j'aime Marie. Et qui me dit qu'après Marie, j'aimerai encore ? — Prenez la plus belle femme ; comme la beauté absolue n'est pas de ce monde, un jour viendra toujours où vous sentirez un vide. Ce vide, vous le sentirez moins, si, vous avez comblé la distance qui sépare la beauté de votre femme de la beauté rêvée, avec de l'amour sain et noble. Or, qu'importe que cette distance soit plus ou moins grande, quand votre amour est assez vaste pour la remplir ?

Voilà donc l'argument de la beauté physique réfuté — subtilement, mais tu es assez Allemand pour suivre cela.

Autre raison — Elle n'est pas à ma hauteur.

Hauteur morale ? si. Elle est plus élevée que moi, même. Elle est moins *perverse*. Tu connais le démon de la Perversité [1] ? tu sais certains vers qu'il m'a inspirés ? Marie est droite, pure, loyale, noble et dévouée. Cela est rare par ce siècle de lorettes de quatorze ans et de bracelets faits avec des louis.

Hauteur artistique ? Non, et je l'en félicite. Je serais

1. Formule éminemment poesque.

jaloux s'il en était autrement. Qui l'y aurait amenée? Un autre. — Elle-même? Alors, n'ayant pas eu de direction, ce serait une pimbêche entichée de mille idées fausses; une artiste de pensionnats ou une artiste à la Bovary, farcie de romans sales.

Quand Froment Meurice [1] voulait ciseler une Diane ou une Hébé, allait-il chez un Horloger chercher un sujet de pendule en zinc pour y tailler la divine nudité qu'il rêvait? Non, il prenait un lingot pur, or ou argent, et, au lieu de perfectionner en Diane ou en Hébé une statuette grotesque ou niaise, œuvre d'un sot, il *faisait* de rien une déesse.

Ce bloc d'or pur, c'est Marie. Elle est aussi intelligente qu'une femme peut l'être sans être un monstre. C'est moi qui la ferai artiste. A qui, du reste, est dévolu ce doux enseignement? Au mari. Ce n'est pas avec des leçons qu'on forge une âme d'Artiste; il faut la chauffer, la chauffer, toujours, et doucement. Si la femme que vous prenez n'est artiste que grâce à son maître de belles-lettres, c'est un bas-bleu. Si elle l'est par elle-même, c'est une pédante à préjugés. Si elle l'est sérieusement, elle n'est éclose que sous les baisers d'un être aimé. Dans ce dernier cas, j'aime autant qu'elle m'attende pour éclore, et que l'être aimé soit moi.

Après deux ans passés avec moi, Marie sera mon reflet.

Et j'aurai eu le bonheur ineffable de la faire s'épanouir jour par jour et de savourer ses premiers étonnements devant le Beau.

— Question d'Argent, maintenant. Il est évident

1. François-Désiré Froment-Meurice (1802-1855), orfèvre.

que pour ceux chez qui les jouissances matérielles effacent les jouissances morales, il faut faire un mariage d'argent. Les autres préféreront un mariage d'amour. Ces deux mariages, qui s'entrevalent, sont faits pour des âmes différentes. C'est bien prévu. — Il y a là deux choses à considérer. Le passé, et l'avenir.

Le passé. Pourquoi n'est-elle pas riche ?

Parce que son père n'a pas volé. Qu'est-ce qu'être riche au fond ? C'est avoir dans sa poche ce avec quoi le voisin se serait acheté un paletot s'il n'avait pas eu la sottise de se le laisser prendre. Son père est instituteur de Camberg. C'est une noble fonction. Du reste que serai-je de plus ? Il montre l'Allemand à des enfants ; moi, je montrerai l'Anglais. La seule différence est que les enfants qu'il instruit ont douze ans et que les miens en auront quinze ; l'école et le lycée, c'est cela.

Je suis fier d'une chose, et très fier. C'est que mes enfants, si Dieu m'en donne, n'auront pas du sang de marchand dans les veines. Leur grand-père n'aura pas mis le matin un pain à cacheter sous la balance pour qu'elle pèse un centigramme de plus et qu'elle livre un centigramme de mélasse de moins ; lequel centigramme répété vingt fois dans la journée fait un cinquième de gramme, et au bout de cinq jours un gramme, de sorte qu'après avoir pendant un mois mérité six cents fois d'aller en prison, on gagne un sou — six grammes de mélasse valant un sou. Voilà le commerce.

Avant d'épouser une femme riche tout honnête homme doit dire : « Cet argent a-t-il été gagné en faisant des livres, en enseignant, en travaillant avec une plume à la main ? Au grand soleil ? Point de pièces qui aient sonné dans un comptoir ! » —

Sentir dans mes cheveux une main qui [ait] roulé des cornets ! boire l'infini dans un œil qui pendant dix ans ait épié l'instant où l'acheteur se retournait pour enlever une pincée de sucre en poudre ! Pouhah !... Si ce n'est elle qui l'eût fait, c'eût été son père. Si ce n'est son père, son grand-père. Si ce n'est son grand-père, son bisaïeul.

J'ai pour devise : *Rien de louche* — et tout commerce est louche. Je méprise autant la veuve Cliquot que la mère Grégoire [1]. On vole en grand, voilà tout. Ils sont nécessaires ces gens-là ? oui, comme les laquais. Je donnerai mes bottes à mon laquais, mais pas la main de ma fille.

Reste l'avenir. — Nous serons pauvres à deux, mais c'est être riche. On a tant vanté le vrai bonheur dans les livres roses et dans les romances qu'on n'ose vraiment plus croire ni dire, de crainte d'être banal, qu'il y a des baisers qui valent des pièces de cinq francs et des regards qui valent des billets de mille francs. C'est très triste, vraiment.

Enfin, il est une raison qui vaut mieux que toutes celles-là et qui atterre toute objection « Nous nous aimons ! » Comprenne cela, qui voudra. Tu aimes, tu le sentiras.

Mon bon ami, j'ai bavardé bien longtemps pour te prouver ce que je n'avais pas besoin de te prouver ; je sais ton cœur. Pardonne-moi, et écris-moi. Emmanuel est ici depuis Lundi. Le pauvre ami est triste. Je me mets bien à sa place. S'exiler à heure fixe, c'est navrant. Navrant pour lui, surtout, le Parisien par

1. Personnage de cabaretière, héroïne d'un opéra-comique de Scribe et Boisseaux.

excellence. Nous avons fait déjà de bonnes promenades dans le jardin. Ah ! que ne viens-tu grappiller ! J'ai de si beau raisin. Du chasselas — de *Fontainebleau*. Ce nom magique va te décider. Viens, on ne dira pas que tu vas à Londres par Sens. Adieu, Henri ; dis à Henry Regnault en lui serrant les deux mains dans la tienne que je suis à lui de cœur et que je lui répondrai demain. Il m'a écrit une lettre délicieuse. Adieu.

Ton

STÉPHANE

Tout cela, mon bon Henri, je ne le dirais pas à Emmanuel, parce qu'il est Français, et je te le dis à toi parce que tu es un peu Allemand.

Emmanuel, qui a beaucoup vécu, n'a pas eu l'air jusqu'ici de prendre cet amour-là au sérieux, parce qu'il pense qu'on ne peut avoir une grande passion qu'après avoir eu plusieurs autres amours, et qu'il faut procéder par comparaison.

Je ne sens point de cette façon.

Ce que j'ai au cœur, je ne le raisonne pas ; j'aime mieux pleurer, souvent.

J'admets que pour tout autre elle ne soit pas très-jolie, que ce ne soit pas une grande âme d'artiste — quoiqu'elle ait un grand charme sympathique répandu sur son visage et une intelligence très-délicate, et l'esprit du cœur — j'admets cela. Ce n'est pas ce que j'ai cherché en elle. J'ai voulu être aimé et je le suis plus qu'on ne peut l'être.

Ce qui m'attire vers elle, c'est quelque chose de magnétique et qui n'a pas de cause apparente. Elle a un regard à elle qui m'est une fois entré dans l'âme, et qu'on ne pourrait en retirer sans me faire une blessure mortelle. Voilà tout.

Je voudrais que ce bon Emmanuel pût la voir sans qu'elle le sût. Il la comprendrait.

Ou peut-être, non. Car ce qui me fait l'aimer n'est peut-être visible qu'à moi seul.

Nous verrons. Si je l'aime autant quand j'irai à Londres, elle m'y suivra. Autrement [1] j'aimerais mieux me jeter à la rivière que de partir. Ce serait un avenir tout trouvé. Si à Londres, notre amour va toujours en croissant, ce sera pour toujours, alors, [...] [2]

[...]es joues et je t'ai écrit d'un trait tout le temps qu'elles ont coulé. Les larmes étaient pour Marie, les lignes que je griffonnais se sont trouvées être pour elle aussi.

21. – *A Henri Cazalis.*

9. Panton Square,
Coventry Street, W. London.
Jeudi, [13 ou vendredi]
14 Novembre 1862.

Ne m'accuse pas avant de m'entendre, mon bon Henri ; j'ai parlé de toi chaque jour chez elle, et chez

1. Il faut bien lire « elle m'y suivra. Autrement... » et non « et je l'aime. Autrement... » (*DSM* VI). Ces mots ont été rayés après coup d'une autre encre.

2. Deux pages manquent.

moi. Je n'ai pas eu une minute à moi jusqu'à présent. D'abord, il a fallu nous installer, chercher beaucoup pour bien trouver. Puis, *entre nous*, j'ai été malade deux jours, je tousse encore affreusement. Dans ma chambre, le charbon de terre m'asphyxiait, et, si j'ouvrais la fenêtre, le brouillard sale de novembre m'emplissait les poumons. Enfin, je ne suis pas depuis huit jours en Angleterre et j'ai déjà passé devant les tribunaux — comme plaignant. J'ai été volé. La justice Anglaise a donné raison au voleur sous prétexte qu'il m'avait attrapé et non volé. La *flouerie* est permise ici et le tribunal m'a renvoyé en me disant que j'étais un *imbécile* de m'être laissé jouer.

J'ai *appris* pour mes quarante francs.

Je commence. En te quittant, j'avais les larmes aux yeux. Marie, à Boulogne, était bien triste aussi de ne point t'avoir serré les mains. Elle a bien compris que le Guignon s'était mis entre elle et toi. Nous avons eu une traversée charmante. La mer était un Léman brumeux. Pas de mal de mer. Notre arrivée à Londres a été splendide. Je ne comprends pas qu'on ose entrer à Londres en chemin de fer : il faut avoir peur de soi. Nous avons pris la voie triomphale. De mon hôtel j'ai aperçu l'omnibus chocolat de Chelsea, j'ai couru après, et, au bout d'une petite heure, j'étais Royal Avenue Terrace, 3. J'ai été reçu comme ton ombre. M. Yapp n'est revenu que tard. J'ai longtemps causé de toi avec Madame Yapp et j'ai glissé ton mot dans la douce main d'Ettie qui l'a pris délicatement comme un baiser. Elle t'aime comme tu l'aimes, crois-le. A peine détournais-je la conversation de *Monsieur Cazalis*, elle inventait les plus délicieux sentiers qui la ramenassent à lui. Oh ! que j'ai regretté de n'être pas assez toi pour t'incarner en moi tout ce soir et t'enivrer de la profondeur calme de ses yeux bleus ! Je te donnerai, je l'espère, une réponse un de ces jours. Lundi, Kate seule était à la maison. J'ai passé la soirée avec elle et le frère de Miss Mary. Elle est ce que tu me l'as peinte, *forte* dans toute l'extension et dans tous les sens du mot. Elle arrivait le matin de Brighton. Je jouerai souvent avec elle comme on met un flambeau de pourpre devant les grilles d'une jungle. Cela m'amusera. Je n'y suis pas retourné avant hier, ni même hier, étant trop souffrant pour affronter le brouillard. J'y passe la soirée, aujourd'hui.

Mr Yapp a été pour moi aussi bon qu'on peut l'être. Il m'a de suite tendu la la main et m'a fait son ami. C'est un homme excellent et charmant. Il souriait à ton nom, mais parlait rarement de toi.

Florence est ravie de sa martyre. Elle te porte en son cœur. Elle est ravissante, j'aimerais lui voir un peu moins d'argot littéraire. La poésie aux femmes, le métier aux hommes.

Je ne peux les quitter, bien que j'aie mille choses à te dire encore. Parlons d'eux —, d'elle, — jusqu'au bas de la page. Ettie a vu en moi ton frère. Ce qu'il y a de charme et d'élévation en elle est ineffable. Comme son portrait, si charmant qu'il soit, la trahit ! Elle est moins régulière que ce dessin, mais plus angélique. Les vers d'Emmanuel sont plus faits d'après la carte que d'après elle. Elle n'a rien du Sphinx ; elle est trop bonne et trop pleine d'épanchements pour cela. Un jour, je la ferai, moins bien peut-être, mais plus d'après nature.

J'ai peu vu Londres encore. Piccadilly, Oxford Street, Hay Market et Coventry Street sont sa rue de

Rivoli. Je veux demain m'aventurer dans la cité et dans les cloaques.

Nous demeurons dans un square qui donne dans Coventry Street. J'ai Londres à deux pas, et, ici, je suis en province. Je n'entends pas un chat — mais, en revanche, c'est le rendez-vous de tous les orgues de barbarie, les singes en casquette rouge, les nègres gratteurs de guitare, les bandes du Lancashire; Polichinelle y donne chaque jour une représentation. Je suis une averse de pence et de farthings, mais aussi que de joie, et que j'aime cela. Je gronde Marie parce qu'en fille sage et grande elle n'admire pas Polichinelle. Si tu voyais notre chambre! Nous nous sommes monté un vrai ménage anglais, si bien que je sens déjà le besoin d'écrire à mon notaire. Je lis, j'écris, elle brode, tricote, et quitte à chaque instant son ouvrage pour venir m'embrasser, me caresser, et me dire des choses bleues. Mets des théières et des pots à bière avec un grand lit au second étage du paradis, et tu as notre chambre.

J'aime ce ciel toujours gris, on n'a pas besoin de penser. L'azur et les étoiles effrayent. On est chez soi, ici, et Dieu ne vous voit pas. Son espion le soleil n'ose y ramper.

Adieu, mon bon Henri, je t'aime et je t'aimerai. Écris-moi. Tu auras souvent de mes lettres. Marie te serre la main, et t'invite à venir prendre le thé avec nous. Tout est à l'Anglaise ici, cher Anglais. Tout aussi est à l'Allemand, cher Allemand.

Je n'ai pas pu encore écrire à Emmanuel, je compte le faire demain. J'avais tant à écrire à mes parents! Et dire que je n'ai pas encore une lettre de France! Marie en a reçu une ce matin de sa sœur. De qui sera celle que j'attends demain ? D'Emmanuel, sans doute, il sait mon adresse ? Adieu, encore.

Ton frère

STÉPHANE

Pardonne-moi ce qu'il peut y avoir de bref et de sec dans cette lettre, mais il fallait tout dire et c'était long. Je ne raconterai pas dans les suivantes, je causerai.

S

22. – *A Henri Cazalis.*

[Londres, novembre 1862]

Mais [1], fou que je suis, j'oubliais le grand fait de la semaine. C'est la décision qu'a prise M. Yapp de retourner à Paris. Cela est certain. En Janvier, peut-être. Encore une ligne sur cette chère famille. Mme Yapp ne m'a rien dit de la lettre glissée : c'est d'une grande délicatesse. Elle semble m'aimer beaucoup et je le lui rends. Non, Mr Yapp ne t'est *aucunement* hostile. Il sourit, quand on parle de toi, comme au souvenir d'une personne qu'il connaît. Voilà ce que j'ai voulu dire. Quel homme charmant et bon ! J'en raffole.

Avant de te dire adieu, j'eusse encore voulu te parler de Marie, mais la place me manque. La chère enfant, du reste, s'en est chargée. Elle t'a griffonné trois

1. Ces lignes continuent une lettre, écrite en allemand, de Marie à Cazalis.

grandes pages d'hiéroglyphes que renierait Nostradamus. La coquine ne veut rien me traduire, de sorte que je reste en contemplation hébétée devant sa lettre. Elle a été souffrante et elle a encore fort mal à l'estomac. Joins à cela qu'étant désœuvrée elle pense beaucoup à Camberg, à sa famille qu'elle — n'oserait revoir si l'on se doutait de rien, à son père qui ignore encore son séjour à Londres. Tu sais combien elle est impressionnable : ses maux d'estomac qui sont purement des indigestions lui font croire qu'elle est enceinte. Sur cela, elle pleure. Voilà de quoi me chagriner beaucoup n'est-ce pas : et cette semaine a été fort pénible pour moi. Adieu, mon bon Henri. Tu as dû voir Emmanuel, ou tu vas le voir. Embrasse-le pour moi. Je t'aime et je l'aime.

Ton frère

STÉPHANE

23. – *A Henri Cazalis.*

9. Panton Square,
Coventry Street, W. London.
Jeudi 27 Novembre 1862.

Mon cher Henri, je suis un bien grand paresseux, n'est-ce pas ? Pardon. Je commence ce soir une lettre que je continuerai quand j'aurai quelques heures à moi, et que je t'enverrai quand j'aurai quelques sous sur moi. Jusqu'à demain matin je suis pauvre comme Job : voilà deux jours que j'attends de l'argent de mon notaire et mon notaire ne me donne pas signe de vie. J'espère que les deux coups secs que frappe le facteur à la porte vernie de ma maison m'annonceront les deux *bank-notes* espérées. A l'avenir, je serai plus économe.

Hier, nous avons vu, Marie et moi une belle petite pendule allemande qui est un vrai joujou. Quand c'est gros comme le poing, cela coûte trois shillings. Si tu voyais la jolie boîte en bois rouge rehaussé d'une raie jaune avec deux petites portes qui ont un clou pour serrure ! Et la superbe façade en faïence ! il y a deux roses peintes. Nous l'avons solennellement accrochée au mur, et, depuis ce, la chère petite jacasse, jacasse avec son balancier doré. Elle a un tic-tac amical qui dit à toute seconde : « Écoutez bien, vous qui vous embrassez, comme je travaille laborieusement toute seule dans mon petit coin. » Un des plus beaux moments de la journée et des plus graves est celui où je m'avance vers elle pour tirer jusqu'au plancher sa grande chaîne de cuivre. La bonne la regarde avec dédain et se demande : « Comment donc un monsieur et une dame qui ont acheté une si belle théière, n'ont-ils pas une belle pendule, or et [1], avec un *bronze artistique* en zinc représentant Jeanne d'Arc, ou Monsieur de Buffon, en manchettes et la plume aux doigts, ou la Géographie avec son globe et son casque ? — Car toutes ces beautés-là viennent de France et donnent aux peuples étrangers une haute idée de l'art parisien........

Je me suis arrêté un instant pour jeter un sou à un pauvre orgue qui se lamente dans le square. Il est dix heures. Le pauvre hère attend peut-être encore son déjeuner et compte sur sa *Marseillaise* pour se faire couper un penny de pain chez le prochain boulanger.

1. Mallarmé a laissé un blanc.

Quelles tristes réflexions il a à faire devant toutes ces fenêtres fermées et comme il doit désespérer, — en voyant ces volets mis, ces rideaux tirés, — qu'une main chauffée à un bon feu ouvre et traverse tout cela pour lui jeter à manger ! Jouer devant une fenêtre éclairée, cela passe, on voit de la vie et partant de la bonté derrière les vitres, mais tourner sa manivelle devant des volets sombres comme le mur et indifférents comme lui ! Marie dit que cet homme est un paresseux et que de vrais pauvres méritent mieux nos pence. Non vraiment. Cet homme fait de la musique dans les rues, c'est un métier comme celui de notaire, et qui a sur ce dernier l'avantage d'être inutile. Peut-on rêver une vie plus belle que celle qui consiste à errer par les chemins et à faire l'aumône d'un air triste ou gai à la première fenêtre qu'on voit, sans savoir qui y mettra la tête, si c'est un ange ou une duègne macabre, à jouer pour les pavés, pour les moineaux, pour les arbres maladifs des squares. Ce sont des aèdes que ces gens-là. Leur instrument est grotesque ? Soit, mais l'intention demeure. Transformez leur boîte à polkas en un orgue d'Alexandre [1] et la main qui tourne leur manivelle en celle de Lefébure-Wély [2], et vous ne rirez plus.

Voilà tout ce que je dis à Marie qui est peu convaincue. Elle dort à moitié et verse l'*ale* à côté du verre. Je soupe pour qu'elle se couche. Elle te dit bonsoir, tu n'as pas besoin de le lui souhaiter.

1. Jacob Alexandre (1804-1876) et son fils Édouard (1824-1888), fabricants d'orgues.

2. Louis-James-Alfred Lefébure-Wély (1817-1870), organiste et compositeur.

24. – *A Henri Cazalis.*

9. Panton Square,
Coventry Street. W. London.
Jeudi, 4 Décembre 1862.
4 h. du soir.

Ô mon pauvre ami ! j'ai tant pleuré depuis hier que j'en suis malade, et ma pauvre Marie n'a plus de larmes. Hier, je revenais de voir Katie, qui est un peu souffrante. Ettie et sa mère étaient chez un photographe. Quand j'embrassai Marie en rentrant, elle était toute triste. Je lui demandai la cause de son chagrin, et je compris qu'elle avait réfléchi longuement durant mon absence. « Il faut que je parte ! », me dit-elle doucement. Juge ce que la pauvre enfant a dû souffrir et combien elle a dû penser, pour arriver, elle qui ne vit que par moi, à une telle résolution ! Est-ce en songeant à elle, qu'elle en est venue là ? Est-ce en se rappelant que sa pauvre mère, qui l'aimait particulièrement, lui avait confié, l'an dernier, en mourant, ses plus jeunes sœurs ? Est-ce en se disant que son père, qu'elle adore, la renierait et rougirait d'elle s'il la savait près de moi ? Est-ce en pensant à sa vie que je brise chaque jour, à son honneur que j'efface heure par heure, elle chaste, honnête et qui ne se serait jamais doutée autrefois de l'état où l'amour la conduirait ? Non, mon ami, non, c'est pour moi, et elle me fait ce sacrifice comme elle m'a fait tous les autres. Elle voit que je suis pauvre — le notaire me manque de parole — et que la vie est dure : elle est navrée de voir que je me prive de tout. Elle voit que sa présence m'empêche de recevoir les personnes qui pourraient m'être utiles et que je suis forcé de me cacher d'elles. Elle a deviné — et cela est — que ma mère était informée de tout en ce moment, et elle a craint de me mettre mal avec ma famille. Alors, elle s'est dit : « Je suis de trop ici. Je vais, après lui avoir tout sacrifié, sacrifier encore le bonheur que j'ai d'être avec lui ; ma vie ! »

Et rien ne peut l'ébranler. Elle a plus de courage que moi. Je pleure, je sanglote sans trêve. Elle, tâche de rester ferme devant moi pour moi pour ne point me peiner et va pleurer dehors.

Je n'ose vraiment, moi qui me sens déjà à moitié mort de douleur, la dissuader. Ce serait de l'égoïsme, Henri. Qui sait ? Il n'y a peut-être rien de perdu jusqu'ici pour elle. Son père ne sait encore rien, ni les personnes qui la connaissent. Elle peut encore se présenter le front haut quelque part, ce qu'elle ne pourrait plus plus tard. Je sanglote à la seule pensée de ne la plus sentir auprès de moi, et pourtant, il me semble que le devoir me commande de la laisser partir avant qu'il ne soit plus temps. Horreur ! Je dois être mon propre bourreau !

Oh ! je pleure, je pleure, mon pauvre ami, en t'écrivant tout cela ! Je pleure depuis ce matin ; je n'ai pas un instant de répit : dès que je la regarde, j'éclate.

Ce qu'elle endure en son cœur pour pouvoir, malgré mes larmes et mes baisers, ne pas fléchir dans sa résolution, est effrayant. A sa pâleur je vois qu'il y a en elle des luttes affreuses ! Pauvre Marie. Mon ami, elle a poussé le dévouement et le sacrifice jusqu'à ses dernières limites. Elle fait plus que de se tuer pour moi. Elle est grande, sainte : je ne devrais parler d'elle qu'à genoux.

Chère enfant, c'est moi qui la tue. Elle est née dans une ville d'Allemagne. Son enfance a été douce, calme et religieuse. Jeune, elle s'est éloignée de chez elle. Malgré cet isolement, elle avait toujours respecté le devoir : elle est faite de candeur. Puis sa mère est morte. Elle s'est trouvée plus seule encore, *à l'étranger*, (je commence à comprendre le sens douloureux de ce mot). Là, un jeune homme l'a aimée. Longtemps, bien que son noble cœur battît, elle l'a fui. Elle a voulu partir. Par *bonté*, pour ne point me navrer, elle est restée. Elle m'a aimé comme on n'aime point. Elle m'a tout sacrifié pour me suivre ! De cet ange serein et bon, qu'ai-je fait ? — Celle dont on dira : « Elle a vécu avec un amant ! » Oh ! je me méprise ! je suis un monstre ! Je devais prévoir cela ! Oui, voilà ce que j'en ai fait ! Et, sans parler de cela, que va-t-elle devenir ? Elle serait retournée à Camberg, y eût fait un bon mariage, y eût été heureuse ! — Je pleure, je pleure ! je suis un assassin... car elle mourra de chagrin, petit à petit ! Ou même, si elle vit, sa vie est empoisonnée par ce souvenir. Tout lui est triste, rien qui ne lui sourie. Mon image la suivra toujours. Encore, une fois *j'ai brisé son existence !*

Et pourtant, mon pauvre Henri, quand je repasse en ma mémoire toute cette histoire funeste, je ne vois pas à quel moment j'ai été coupable. Une fois que nous nous aimions, il nous était impossible de nous séparer. La faute n'a pas été commise plus le jour où je lui ai parlé de Londres que la veille ou le lendemain. Il était inévitable qu'elle dirait « Oui », et partir sans l'emmener c'eût été la tuer comme me tuer, ou plutôt, c'eût été impossible.

Pauvre enfant ! ne plus jamais aimer ! Car, son cœur

est brisé et elle n'aura plus la force d'aimer. Elle ne se mariera jamais puisqu'elle ne voudrait le faire sans aimer. Et d'ailleurs, elle est trop noble pour tromper un mari en sous-entendant dans un contrat une virginité qu'elle n'a plus.

L'amour excuse tout. Elle se croit chaste et pure en ce moment (et elle l'est,) bien que s'étant donnée à moi. Mais plus tard, quand je ne serai plus là, — je la connais, — elle se méprisera. Elle sentira qu'il lui manque quelque chose qui ne se rend pas ! Oh, quel avenir je lui prépare !

Et moi, que faire ? Conseille-moi, mon frère. Après qu'elle s'est toute sacrifiée à moi, il y a de la lâcheté, n'est-ce pas ? à l'abandonner ainsi, seule, — avec des remords, peut-être, — à la laisser ainsi briser toute sa vie ! Et d'un autre côté, en me sacrifiant — comme elle s'est sacrifiée pour moi — c'est-à-dire en ouvrant guerre ouverte à ma famille, je ne me sacrifie pas seul. Mon père et mon grand-père ne survivraient point à ce qu'ils ne comprendraient pas. Suis-je maître de ces vies-là.

Oh ! enseigne-moi un moyen de me sacrifier seul à elle !

Tout cela est pour la conscience : le cœur, maintenant.

Oh ! rien qu'à penser à son départ, je frémis. Ô mon Henri, quoi, je l'accompagnerais jusqu'au pont de Londres, et la pauvre enfant reprendrait ce bateau qui l'a amenée ici il y a un mois ! Et je resterais là, moi, sur le pont, à la voir partir ! Y songes-tu ? Et quand je rentrerais chez moi, plus rien, rien, pour jamais ! Tu [1]

1. Mot laissé en suspens en bas de page.

Vendredi,
onze heures du matin.

Je t'ai quitté hier pour dîner. Après le dîner, je n'avais plus la force de vivre la soirée. Marie aussi était épuisée. Nous nous sommes couchés. La pauvre enfant n'a pas fermé l'œil de la nuit. Elle a profité de mon sommeil pour pleurer. Ses sanglots m'ont réveillé plusieurs fois. Une fois elle disait : « plus rien, plus rien ! » C'est le mot qui résume son avenir. Elle est morte déjà. Une autre fois elle disait qu'elle ne vivrait pas longtemps, parce que, pleurant toujours, ayant tout en dégoût, elle perdrait toujours ses forces jusqu'au jour suprême. Cela est vrai, mon ami, on peut mourir ainsi. Songe qu'elle est Allemande. « Je serai poitrinaire » disait-elle. Elle le sera. Elle m'a parlé de toi. Elle m'a dit qu'elle craindrait de te revoir parce que tu me rappellerais trop. Et puis encore, elle n'oserait parce que tu la mépriserais. J'ai eu mille peines à la convaincre que tu la vénérais et que ce qui pourrait lui attirer le mépris de certaines gens était justement, comme tu comprends son sacrifice, ce qui te faisait l'honorer davantage. « Mon Stéphane, j'ai perdu pour toi ce qui m'était le plus cher au monde, disait-elle ce matin, mon honneur. Tant que je suis avec toi et que tu m'aimes, cela me paraît tout simple que je t'aie tout donné, mais un jour, quand je serai seule, cela me manquera bien et je me haïrai ! » Pauvre angélique enfant.

Où en étais-je hier soir Henri. Ah ! je te parlais de son départ. J'allais te dire : (— Tiens je pleure encore en la regardant) « Tu as vu partir Ettie, mais c'était pour une époque déterminée. Nous, c'est à *jamais* que nous nous séparerons. Et puis, Ettie, bien que tu l'aimasses alors autant que tu sais aimer, Ettie n'était pas, par cette vie à deux qui unit à jamais, entrée aussi profondément dans ton existence. La perdre, c'eût été perdre un rêve, car elle est le Rêve pour toi. Moi, perdre Marie, c'est perdre la moitié de ma vie, la meilleure. Cette communauté qui fait qu'on respire le même air, — que de fois pendant qu'elle dormait ai-je respiré le parfum tiède de sa bouche ! — qu'on mange les mêmes plats, qu'on connaît mutuellement le nombre de ses habits et qu'on écrit avec la même plume vous attache tellement que tu vois les maris qui, pendant la vie de leur femme, lui étaient parfaitement indifférents, la trouvaient insipide ou la détestaient, pleurer sincèrement et se désoler jusqu'à la folie quand celle-ci leur est enlevée. Cela ne peut se comprendre que quand on l'a soi-même éprouvé. Je ne l'eusse pas cru il y a quelques mois. Quoi ! Je ne la verrai plus remuer autour de moi, le matin elle ne me réveillera plus, le soir je ne l'embrasserai plus avant de m'endormir, et aurai-je le courage de manger quand elle n'aura pas mis elle-même notre repas dans nos assiettes ! Et ce cher petit ménage que nous avions que va-t-il devenir ? Henri, Henri !

Déjà, nous parlons au futur, cela navre. Quand on sait qu'on doit se quitter et qu'on pense déjà aux mille choses qui accompagnent un départ, on est à moitié séparé. Ne trouves-tu pas ?

Il en est ainsi quand un être cher s'en va. Et maintenant, l'être cher est celle que rien ne peut remplacer, c'est mon sang, c'est mon âme, toute ma vie, Marie. Tu la connais.

Pour toujours !...

Je divague et je radote. Permets cela à ma douleur. Je pleure tant en t'écrivant que je vois rouge.

Et dire que rien n'y peut faire ? Me révolter contre ma famille ! Mais elle a contre moi une arme qui est la loi, je n'ai pas vingt et un ans. Et mon pauvre grand-père qui est fort malade. Je viens de recevoir une bonne lettre de lui.

Ce qui me fait mal encore quand j'y pense, et ce qui la torture, elle aussi, c'est qu'on doit la maudire dans ma famille. Ma mère, en a entendu parler depuis, par mes ennemis de Sens, comme d'une personne fine, habile, ayant de l'éducation, et beaucoup plus âgée que moi. Avec ces indications, elle croira que j'ai été joué par une rouée ! Si je pleurais devant elle, elle me plaindrait comme une pauvre dupe. Elle ferait tout contre Marie, — criminelle de m'avoir trop aimé ! Ô pauvre âme trop loyale et trop bonne, ceux que j'aime, Emmanuel lui-même, ont dit que ses baisers étaient ou pouvaient être intéressés ! Qu'y a-t-elle gagné à m'aimer ? Elle a tout perdu, elle perdra peut-être même la vie ! Comme c'est affreux !

Oui, elle est noble, oui, elle est pure, oui, elle est vertueuse : elle est plus qu'un ange, elle est une sainte. La pauvre âme exilée a tout donné à celui qui l'a aimée et a nourri mon cœur avec ce qu'elle avait de meilleur. Je la respecte comme je respecte ma sœur morte.

Si on ne lui prête pas les intentions dont je parlais tout à l'heure, on la regardera comme une maîtresse vulgaire, une aventurière ! Non, elle n'a pas été ma maîtresse. Elle a été mon ange gardien, et elle devait être ma femme !

Écoute combien elle est noble et délicate. Outre qu'elle ne m'a jamais adressé un reproche, et que, quand je la regardais tristement, elle me disait parfois « Crois-tu que je t'aime moins? Tu me perdrais à jamais que je ne te reprocherais jamais rien, même en pensée. » Elle ne m'a jamais dit un mot de ces imprudentes conversations où je lui parlais de mariage. La pauvre âme souriait mélancoliquement, mais au fond n'y croyait pas. Hier, avant-hier, ce matin, elle aurait pu me dire « Mais — tu m'avais dit que nous nous marierions, si tu le pouvais, un jour : » et, bien que je ne lui aie parlé de cela qu'après que le voyage à Londres fut convenu, et que, par conséquent, cela ne fût pour rien dans sa décision, elle aurait pu en souffler une parole, elle s'est tue. J'ai même vu à l'expression de ses yeux et de son visage qu'elle n'y a pas pensé une minute. Oh! que c'est grand et beau! Tout ce qu'il y a de trésors dans ce cœur personne ne le saura jamais.

Autrefois, la quittant, j'eusse dit « Je passe à côté du bonheur et le bonheur est assez rare ici-bas pour qu'on le néglige quand on le rencontre. » Aujourd'hui, je dis « J'entre, la tête baissée et le sachant, dans le malheur! » Je n'espère plus en rien.

Et j'aurai des remords! Je l'ai prise jeune et pure, candide, confiante. J'ai pris tout ce qu'il y avait d'excellent en elle pour moi, car elle m'a rendu meilleur, mon ami. Et voici que je la laisse brisée et sans plus rien devant elle.

Elle n'osera pas retourner à Camberg, parce que son père devinerait quelque chose en voyant sa douleur. Elle va se placer chez des étrangers. Là, elle aura à *travailler*. Tu sais comme cela est possible quand on souffre. Elle sera seule au monde. Personne qui la plaigne ou la comprenne. Et recommencer cette triste vie de gouvernante comme si rien ne s'était passé depuis qu'elle l'a quittée. C'est trop pour elle : elle est bien forte, mais elle a trop de cœur et ne supportera jamais tout cela..

Vendredi, trois heures.

Nous avons déjeuné bien tristement sans oser dire une parole, et les yeux baissés car chaque fois que nos regards se rencontrent nous éclatons en sanglots. Après, pendant qu'on balayait notre chambre, nous avons fait notre petite promenade accoutumée à St James' Park. Le temps était gris et pluvieux. Elle m'a dit « Avant que je ne parte et pour que j'aie le courage de le faire, Stéphane, promets-moi que tu ne m'oublieras pas. » Elle est malade et a la fièvre : longtemps elle s'est attachée à cette idée qui est maintenant sa *dernière* espérance. Parfois elle craint. Elle semble se dire « Il est jeune, curieux, empressé ; il aura bientôt fait de m'oublier ». Songe combien cela doit la torturer qu'après avoir tout fait, tout, pour moi son dévouement entier ait cette suprême récompense. Chère martyre ! Elle est une martyre, Henri. Dans ce moment, elle essaie de dormir sur le fauteuil, n'ayant pas fermé l'œil de la nuit. Je ne veux pas tourner la tête, je sangloterais de la voir ! C'est ainsi qu'elle sera si elle meurt un jour. Et dire que je la sens encore là, vivante, à mes côtés ! Que deviendrai-je le jour qu'elle partira. Tu crois donc que je vais rester sur le pont à la voir partir... c'est impossible, impossible. Que ferai-je ce jour-là, Dieu seul le sait.

Quoi ! nous sommes ensemble maintenant, nous nous pressons la main, je pleure à chaque minute et cache ma tête dans sa pèlerine pour pleurer sur son cœur, — et tout cela finira !

Réfléchis un peu à cela : regarde le sens de ces dernières lignes, et dis-moi si l'on peut être plus malheureux !

Je ne sais que te dire pour te peindre ce que je souffre. Des farceurs de poètes qui allaient dîner grassement ont abîmé toutes les phrases douloureuses en les fourrant dans leurs complaintes. Ce qu'elle me disait hier, par exemple, sans l'avoir jamais lu « Il n'y a plus de bonheur pour moi » peut être mis dans une romance, mais aussi cela peut tuer. Je te jure aujourd'hui que si elle meurt pour moi, je mourrai pour elle le lendemain — pour elle qui est ma femme et mon enfant, qui a des yeux bleus et qui me regarde avec.

Il semble déjà que quand nous parlons de maintenant, nous parlons du passé.

Adieu, mon ami, je n'ai pas vu Ettie depuis ma dernière lettre. Je t'embrasse, je te serre les mains. Toi qui aimes, tu me comprendras. Tu me comprendras, surtout parce que tu connais Marie.

Cette fois je devais écrire au cher Emmanuel, de qui j'ai reçu dernièrement deux petits billets dans les lettres d'un de nos amis communs. Le cher ami, que j'aime parce qu'il est franc et croit me parler pour mon bien, verra par cette lettre la blessure que me fait ce qu'il appelle en riant « un coup d'état de ménage » et combien profondément ce qu'il dit des « billevesées » était ma vie et mon bonheur.

Envoie-lui cette triste lettre. Je n'ai pas le courage de la relire, cela me ferait trop de mal de revoir à la file tout ce que j'ai souffert depuis deux jours. Elle est peut-être incompréhensible ou sans suite. Tu y verras du moins que je saigne. J'ai tant pleuré ces trois jours que c'est à peine si j'ai encore la force de la porter à la poste. Il me semble que toute ma vie est partie. Adieu, adieu, Henri et Emmanuel, je vous aime bien. Emmanuel, quand je serai seul à Pâques, si j'ai le courage de rester à Londres, tu viendras.

Votre

STÉPHANE

Ma bonne Marie te serre la main comme à mon frère.

25. – *A Henri Cazalis.*

Dimanche [28 ou mardi],
30 Décembre 1862.

Remercie le brouillard, sans lui j'aurais encore paressé aujourd'hui. Mais il est si beau, si gris, si jaune, que je viens de rentrer avec Marie jurant que jamais plus nous n'affronterions, par une brume pareille, la solitude de Hyde-Park. Il faisait très froid, l'herbe était mouillée comme le matin — du brouillard, après tout, c'est trop de rosée — et l'on avait autour de soi un immense cirque, impalpable mais réel, derrière lequel s'ébauchaient maladivement de beaux arbres épars.

Je quitte le brouillard pour le ciel, le gris pour le bleu. Vendredi soir, il y a eu une charmante petite soirée chez les Yapp. Ah ! que tu manquais ! Ettie était, comme toujours, d'une simplicité adorable : elle faisait les honneurs de façon à vous emparadiser dans chacune de ces questions. L'absence de crinoline outrée, sa délicieuse robe brune montante, qui découpait excellemment sa taille grecque, tout cela, et de plus la fierté douce et la bonté profonde de son regard bleu sombre, lui donnait l'air d'une séraphine qui se serait faite quakeresse et se souviendrait du ciel. Quakeresse est un peu fort : cela serait vrai si les quakers avaient pour tremblement le frisson des étoiles. Elle m'a dit si cordialement, quand nous étions seuls, : « Si Monsieur Cazalis vous parle de moi et pour moi, vous me le direz, n'est-ce pas » A quoi je lui ai répondu que cent fois oui et que ce serait le soir même de sa lettre. Elle prononce *Monsieur Cazalis* comme d'autres ne sauraient pas accentuer *Henri*. Heureux Monsieur Cazalis ! — Un de ces jours elle fera faire son portrait, tu l'auras. Elle doit te gronder parce que tu travailles le soir à te faire aveugle, — qui le lui a dit, ô trahison — Voilà les deux grandes nouvelles.

Kate, que j'aime beaucoup, était très souffrante ce soir-là : nous avons fort causé. Malignement, elle me parle parfois de Miss Mary qui va venir un mois. Aurait-elle l'intention de [...] [1]

1. La fin de la lettre manque.

1863

26. – *A Henri Cazalis.*

Hôtel de Calais,
à Boulogne-sur-Mer.
Samedi 10 Janvier 1863.

Mon bon Henri,

Nous avons fait une traversée déplorable. Grâce aux brouillards qui nous ont enveloppés, à l'embouchure de la Tamise et au vent, qui nous a secoués à rendre l'âme, sur mer, nous avons eu treize heures de retard. La veille le bateau avait été cinq jours en mer, et le vent avait détruit cinq cents bateaux sur la côte d'Angleterre. Marie a été malade et, pour moi, je suis seulement épuisé. Il m'est impossible de partir ce soir : j'ai dans ce moment une sorte de dégoût de tout voyage en mer que je ne puis vaincre. Je m'accroche à ce bout de planche avec extase, et je veux me donner encore pendant deux jours l'illusion de notre douce vie à deux. Pour y rester, je ne veux point te conter tous nos sanglots : je pleure assez déjà quand les yeux de

Marie rencontrent les miens. Mais ne parlons pas de départ, je veux me figurer que nous sommes ensemble à jamais et que nous faisons seulement un voyage. Oh ! un voyage. —

Si je t'écris d'ici néanmoins, c'est pour te dire que, depuis ce matin, nous sommes dans une inquiétude mortelle. Tu ne nous as pas répondu, ni à Londres, ni à Boulogne. Je tremble d'y penser, mais tu n'es pas venu à Boulogne n'est-ce pas ? Oh ! si cela était, pauvre ami, ce serait affreux ! Ce retard du bateau t'eût empêché de nous voir ; et comment nous aurais-tu pu trouver plus tard, *l'hôtel de Flandres* n'existant que dans les *Guides*. Il a changé de rue et de nom, et s'appelle depuis un an *Hôtel de Calais*.

Non, non, tu n'as pas pu venir, n'est-ce pas ? Rassure-nous vite : nous n'osons parler de toi ni songer à toi dans cette crainte : c'est notre angoisse et cela nous hante. Non, n'est-ce pas ? Vite, vite une lettre. Pourquoi n'as-tu pas déjà écrit.

Quand je pense que tu as peut-être cherché hier toute la journée ! J'en ai des larmes aux yeux. Et la dépense, et ta mère ? Si tu étais venu aujourd'hui, tu nous aurais trouvés, car j'avais prévenu partout, à la Poste, à la Gare, au bateau, en cas que tu y ailles, que l'on t'adresse ici. Tu auras ma lettre demain matin. Si tu réponds dès que tu l'auras reçue, j'aurai la tienne Lundi. Fais-le. Marie part Mardi à une heure du matin et sera à la gare à neuf heures environ. Cherche l'heure précise dans un indicateur, et vas-y, mon frère. Elle aura besoin de te voir, tu la consoleras. Elle t'apportera un exemplaire des *Châtiments* que je te destine.

Pour moi, je repartirai pour Londres une heure après.

Oh; je ne veux pas songer à cela! c'est affreux... Lamma Sabactani[1]!....

Adieu, je t'aime, ô cher affligé, et te presse les mains. Si tu étais venu, pardonne-moi...

Ton frère

STÉPHANE

Marie t'embrasse; je profite de ce baiser pour t'en donner un second.

27. – *A Henri Cazalis.*

16. Albert Terrace,
Knightsbridge, S W. London.
Mercredi, 14 Janvier 1863.

Mon frère, je voulais t'écrire sur le bateau, mais je pleurais. Hier, non plus, je ne le pouvais pas. Oh! figure-toi, c'est affreux, quand on s'aime, de se quitter pour la vie. A une heure du matin, par une bruine sombre, je l'ai menée à la gare, et, quand la porte s'est ouverte, elle a glissé de mes bras à moitié morte. Comment est-elle arrivée? Dis-le-moi. Tu étais là, n'est-ce pas? Tu l'as reçue. Et quand je suis parti, je hurlais comme un loup. Je me suis arrêté sur le pont à voir l'eau noire où j'avais envie de mourir. Puis j'ai gagné mon bateau en cognant les murs du port de ma tête comme un ivrogne. Henri, le convoi n'était pas parti. Pendant cet horrible trajet qui fut mon calvaire,

1. Dernière parole du Christ en croix: « Pourquoi m'as-tu abandonné? »

je l'ai entendu siffler deux fois. J'ai encore ce sifflet-là dans la tête, il me harcèle. Il n'y a pas de fer froid qui en m'entrant dans le cœur m'eût fait ce mal-là.

Oh ! J'ai senti alors pour la première fois, devant cette ombre immense du ciel et cette mer d'encre, moi, pauvre enfant abandonné par tout ce qui fut ma vie et mon idéal, combien était vaste ce mot *seul* !

Quoi ! hier matin encore nous étions ensemble, et maintenant nous sommes deux étrangers, car c'est un supplice affreux que de s'aimer de loin quand il n'y a rien à espérer. Ainsi, son sourire et ses larmes, ses gestes d'ange, sa personne sacrée, je ne reverrai plus cela ! Cela est déjà du passé qui hier encore était ma vie ! Comprends-tu cela, toi ? Mais non, cela ne peut pas être ; n'est-ce pas que tu ne le comprends pas ? Si Marie avait été mon rêve lointain, et qu'elle s'en fût allée, je dirais : c'est affreux ; et je pleurerais, résigné. Mais comme elle est mon enfant et ma chair, je dis : c'est impossible, car je ne peux pas me séparer en deux. Il serait donc réel que de tout ce que j'aime au monde il ne me reste qu'un petit bonnet de nuit devant lequel je pleure depuis tantôt deux jours !

Il y a là une faute, il y a là un vrai crime. Écoute :

Si elle était morte, je me lamenterais et je me courberais parce que ce serait la faute de Dieu. Elle serait le passé, je la vénérerais comme un souvenir : sa mémoire serait une relique. Mais elle n'est pas morte, et je ne puis pas avoir de regrets, je ne me sens au cœur que de l'amour. Et comment se fait-il qu'elle soit loin de moi et qu'elle soit vivante ? Voilà le crime. C'est parce que je l'ai trompée. J'ai des remords, mon ami. La première fois que je lui ai parlé de Londres, elle se laissait dire par moi — c'était à Fontainebleau — que je l'épouserais. Je sais bien qu'elle n'y comptait pas et qu'elle disait « Je t'aime, voilà tout ! » Mais cependant je devais tenir ma promesse.

Quand, un jour, elle a senti que nous ne pourrions vivre plus longtemps ensemble de la sorte sans nous nuire à tous deux, elle s'est généreusement sacrifiée et moi j'ai accepté le sacrifice comme un lâche. C'est alors que je l'ai trompée. Quand même je ne l'eusse plus aimée, je devais me sacrifier et l'épouser. Je le devais, Henri ; dis oui, car tu es honnête. Or, je l'aimais, et j'avais non pas à me sacrifier, mais à l'empêcher de se sacrifier, et à faire son bonheur en faisant le mien. Et j'ai reculé, et j'ai hésité, parce qu'il y avait à lutter et que cela serait difficile ! Et j'ai préféré la tuer, car elle mourra. Si non de corps, de cœur.

Oui, ce ne sera plus qu'un spectre. Le spectre de ce qu'elle était lorsque j'ai posé sur son front de vierge mon premier baiser. Qu'est la vie pour elle, maintenant ? Que lui reste-t-il à faire. Elle n'ose pas retourner chez son père, et il faut qu'elle soit gouvernante. Son père est vieux, et, quand il mourra, elle restera gouvernante, n'ayant pas de fortune. Elle pourrait se marier, penses-tu ? Elle est trop noble : elle m'a souvent dit « *Irais-je faire croire à un autre que je lui offre ce que je t'ai donné ? Mentir ainsi ? Et, du reste, puis-je encore aimer ? Non. Or, puis-je me marier sans aimer ?* » Maintenant, sais-tu ce que c'est qu'être gouvernante ? Il y a deux jours, elle était femme : elle avait un chez-elle, et pouvait respirer librement. Elle n'aurait plus de chez-elle ; et ne pourrait plus respirer librement qu'une fois tous les quinze jours. Elle ne pourrait plus rire, elle ne pourrait plus pleurer. Pas une minute, elle ne serait elle-même. Et cette horrible domesticité, elle la subirait loin de tout ce qu'elle aime, seule, dans un pays qui n'est pas le sien, chez des étrangers qui la peuvent maltraiter parce qu'elle gagne par an six cents francs qui étaient dans leur bourse avant d'être dans la sienne. Pauvre petite enfant! Oh! je pleure, je pleure....

Je me regarde comme un mauvais père qui a abandonné sa fille.

Non, cela ne sera pas. Je vais lui écrire, et elle va revenir. C'est assez de ce dernier sacrifice; il est sublime, car elle l'a fait sans savoir si elle me reverrait jamais. Je vais la récompenser; elle va venir chercher sa couronne de martyre. Elle a tout souffert jusqu'ici en se donnant à moi, car elle avait toutes les délicatesses. Et moi, je n'ai fait que jouir de cela. A mon tour maintenant de lutter, de souffrir s'il le faut. Elle sera ma femme. Henri, ma grand-mère a vingt francs à moi qu'elle ne peut m'envoyer : je la prierai de te les faire remettre sous prétexte que [tu] vas me les apporter à Londres. Prête-les d'avance à Marie, pour qu'elle revienne de suite. Nous allons nous marier : ce sera cela de gagné : et, après cela, nous lutterons. Je suis sûr que ceux qui d'abord seront contre elle l'aimeront. Est-ce que ce que je fais là, Henri, n'est pas noble? et le désavoues-tu? me renies-tu?

Je suis ton conseil, mon ami. Dans une lettre de toi que j'ai toujours gardée, tu me disais : « Fais l'essai du mariage, et, si tu l'aimes toujours, tu l'épouseras. » Or, chaque jour je l'ai plus aimée. Chaque jour je découvrais un trait noble de plus en elle, chaque jour mettait une plume de plus à ses ailes d'ange. Son dernier sacrifice est sa dernière épreuve. Je l'épouserai. Sois sûr que, de toutes les luttes que j'aurai à soutenir pour cela, je suis assez gentilhomme, étant poète, pour me tirer noblement et sans une faute. Henri, va auprès de Marie, dis-lui tout cela : encourage-la. Sois moi auprès d'elle. Que dirais-tu si je l'abandonnais ? Et quand tu m'objecterais que c'est me sacrifier à elle que de l'épouser — ce qui n'est pas, tu le sais — ne dois-je pas le faire ? Telle est la voix de mon honneur : c'est ce que me dit ma conscience. La tienne, ami, ne te parle-t-elle pas ainsi ?

Mon Henri, je pleure tant que je suis égoïste. Toi aussi, ton rêve est écroulé[1]. Et j'ai été un de ceux qui l'ont démoli. Mon ami, je ne me le reproche pas, parce que je l'ai fait loyalement d'abord, et aussi parce qu'il valait mieux que tu fusses prévenu de ce qui était vrai avant qu'Ettie ne vînt à Paris. Tu aurais été trop navré de voir cela de près. Tu te retires noblement et je t'admire comme je t'ai toujours admiré. Seulement je ne puis pas suivre ton exemple. Ne me l'objecte pas. Je n'ai pas de désillusion, ou plutôt, je ne me réveille pas. Plus j'ai vu Marie, plus j'ai trouvé en son cœur ce que je n'espérais pas, et plus j'ai senti qu'elle était mon bonheur à venir. Et d'ailleurs, tu ne dois rien à Ettie, tandis que je dois tout à ma pauvre enfant. Ta lettre, si calme, si simple, m'a fait un moment douter de l'accomplissement prochain de ta résolution. Ah ! si l'on pouvait attendre quand on aime et reculer sa passion à un terme fixé, je te dirais « aime Ettie. » Mais, comme cela ne se peut, hélas ! je me contente de te plaindre et de pleurer pour toi en pleurant pour moi. Adieu, Henri, parle à Marie : dis-lui qu'elle revienne

1. Dans sa lettre du 7 janvier, Cazalis s'était dit décidé à ne plus aimer Ettie.

de suite, que je ne puis attendre et explique-lui que je ne fais qu'accomplir un devoir qui se trouve être mon bonheur. Pour que vous vous voyiez, je lui dis d'aller t'attendre demain à cinq heures (Jeudi soir) à ton étude. Elle s'adressera à la portière qui te préviendra. Et tu descendras. Fais cela pour moi, je t'en supplie. Adieu, Henri, je t'embrasse

Ton

STÉPHANE

28. – *A Henri Cazalis.*

16. Albert Terrace,
Knightsbridge, SW.
Londres, Jeudi [29 ou vendredi]
30 Janvier 1863.

Mon bon Henri, voici deux jours que je suis arrivé. Je n'ai pas le courage de te tout détailler, j'ai écrit tant de lettres pressées depuis mon retour que je hais l'idée du papier et des plumes. Je suis bien triste, beaucoup plus que la première fois car alors la violence de la douleur me soutenait. J'avais l'espoir de la revoir à Paris, cette Marie que je vénère!

Je ne puis plus pleurer : je me suis mis à réfléchir longuement et voici ce que j'ai à faire.

Je sens très bien que le temps pourra user ma douleur : que dans six mois je ne souffrirai plus. Ce n'est donc pas pour moi que j'agis. Du reste, souffrir, n'est-ce pas le sort de tous?

Non, je ne serais pas éternellement malheureux, et c'est cela qui m'épouvante. Marie le sera, elle. Je viens de recevoir une lettre d'elle toute résignée, mais navrante, au fond. « *Tout est fini* pour moi, dit-elle, mais je ne veux pas pleurer, je sens que je n'ai plus qu'à souffrir doucement. Dieu m'en donnera-t-il la force ? »

Puis-je consentir à cela ?

Je pensais cette nuit à la mère de Marie. Comme cette morte, si les morts nous voient, doit me maudire d'avoir *défloré* son enfant et de la jeter avec les vieux bouquets.

Ce ne sont pas là des mots : le devoir existe.

Or, je sens que le mien est de ne pas abandonner Marie.

Si je faisais cela par lâcheté et pour m'éviter la souffrance du moment, je serais un fou, un sot. Mais non, j'envisage l'avenir fermement, je vois le gouffre, et je sens que je *dois* m'y plonger. Du reste, je ne m'y déchirerai jamais, et Marie me fera planer au-dessus dans ses ailes d'ange.

Il serait *malhonnête, criminel,* de ne pas l'épouser. J'y ai songé froidement depuis deux jours. Je dis plus, ne l'aimerais-je pas, je le devrais faire. Je l'ai faite impure.

Ce n'est donc pas en aveugle que je l'épouserai, mais avec la fierté de celui qui obéit à sa conscience.

Je sens mon sacrifice, il est entier, immense, — mais je le *dois* faire. Je sais que, sans oublier Marie, une fois la première folie de ma douleur passée comme elle l'est, je pourrais vivre calme, libre, relativement heureux, avec la seule peine de la savoir brisée au lieu des mille peines qui vont m'assaillir, — et, du reste, je n'agis pas par crainte du remords, le remords ne dure pas dans ce siècle, il s'use vite — que je me rendrais sous peu l'estime que j'ai de moi — eh ! bien, je ne veux pas de tout cela, moins pour la tristesse de voir

Marie souffrir que par l'idée du *devoir*. Je le dois et je le ferai. Et je serai fier, parce que, sans fausse modestie cela est beau et rare. Je sais que je fais une chose noble. Si tu savais, mots à part, comme cela fait du bien. Tu me relèves de mon serment, n'est-ce pas ?

J'écris à Marie qu'elle revienne, sans lui parler de mariage ; exprès ; parce qu'elle ne consentirait pas, autrement.

Si tu savais comme je sens déjà une joie aurorale illuminer ma conscience : oui, le bien existe. J'ai eu bien des petitesses, j'ai fait de vilaines choses jusqu'ici, cela me relève. J'aurai les morts, — ma mère, ma sœur — qui voient les choses de haut, et mes amis, qui me comprennent, pour moi : c'est assez.

Mais parlons de toi frère. Je ne te dis pas espère je ne peux que te dire oublie parce que tu le peux faire sans remords. L'as-tu revue ? Oh ! si tu pouvais aller en Allemagne ! Plus j'y réfléchis, plus je trouve que *toi* +++++++++++++ [1] avec toi. Ce n'est pas seulement de l'imprudence. Ils ont joué à te briser. Retire-toi fièrement, oui.

Je *veux* savoir le nom de celui qui l'a aimée.

Mon ami, sur terre l'amour ne peut avoir qu'une fin digne de lui, *la mort*. Les autres fins sont le désenchantement ou l'indifférence ; que c'est affreux !...

Adieu, mon blessé. Tu n'as pas comme moi la chance de pouvoir sortir de ta douleur — par une belle action : oui, tu étais bien le plus malheureux. Je t'embrasse

Ton

STÉPHANE

1. Tout ce paragraphe, ainsi que la plus grande partie du dernier, a été censuré de façon telle que le papier a été par endroits troué.

29. – *A Henri Cazalis.*

Vendredi soir
[30 janvier 1863]

Mon bon Henri,

N'accuse pas mon trouble du désordre de cette lettre : la poste va partir, et je voudrais avoir trois plumes pour t'écrire. Je n'ai pas les idées troubles : ma grande douleur ne m'aveugle pas : je raisonne.

Mon enfant, tu as raison, car tu supposes que je suis pauvre : mais je ne le suis pas. Depuis une première lettre où je te disais que le notaire m'avait abandonné, j'ai reçu de lui exactement mon argent. Henri, je parle ici avec des chiffres, sache la vérité : je reçois à Londres de 3.600 à 4.000 f par an. — j'ai ici un appartement de 1.200 f — [1] Combien d'employés mariés à quarante ans n'ont pas plus ! Au mois de Mars, le 19[2], je touche 20.000 francs. Cela me mènera bien jusqu'au jour où je serai professeur. Alors je joindrai cette petite rente à mon traitement. Mon grand-père et ma grand-mère *m'amassent une assez jolie fortune*, et mon père a de NOMBREUSES propriétés dont quelque chose me reviendra. Tu vois que Beaucoup seront plus pauvres que nous.

Nous n'avons été dans la charmante misère dont tu parles à Londres que quand, comme de vrais moi-

1. Phrase interpolée sans que Mallarmé ait marqué le point d'insertion.

2. Né le 18 mars 1842, Mallarmé devenait majeur le 18 mars 1863.

neaux étourdis, nous avions fait mille petites folies au commencement du mois. Nous le voulions bien.

Tu vois que je puis regarder l'avenir d'un œil ferme et dire que Marie doit être ma femme. Garde toutes ces confidences d'argent. Toi seul les connais.

Je suis aussi sûr de tout cela que si je l'avais déjà. Je te le jure sur mon honneur.

Tu peux donc le dire à Marie à qui je n'avais jamais voulu parler d'argent. Du reste, comme on ne s'entend pas par lettres, j'en causerai avec vous un de ces jours.

Adieu. J'ai passé la soirée d'hier avec Madame Yapp : je n'ai pas pu parler. Il y avait là tous les acteurs de la Tragédie.

Ettie m'a seulement dit qu'elle avait beaucoup à te parler parce qu'on ne se comprenait jamais par lettres. Elle a raison.

Adieu, embrasse ma pauvre Marie dont les lettres sont sublimes. C'est un ange.

Je t'aime

Ton frère

STÉPHANE

30. – *A Henri Cazalis.*

Londres,
Mardi 3 février 1863.

Je savais, Henri, qu'il allait me venir une lettre, et je l'attendais depuis ce matin. Elle est de toi, merci.

J'ai ri, mon ami, en lisant la première page. Ah ! tu dis que c'est beau. Ça aurait pu l'être. Ah ! tu me loues. Tu aurais pu me louer.

Mais cela n'est pas beau et tu n'as plus à me louer. Mon ami, Marie refuse. Je ne puis croire qu'elle le fasse avec désintéressement. Elle se figure que ce mariage ne vaudrait rien sans doute. Non, je ne puis croire à tant de sublime chez une femme.

Je rage, je pleure, et je ris — voilà ma vie. Maintenant je veux dormir !

Je vais avoir une affreuse période à traverser. Je veux dormir pendant ce temps-là. Avec du gin, avec de l'opium, avec tout. C'est trop.

J'ai été et je suis venu, ballotté. Je veux du repos. Je dormirai.

Ah ! ne lis pas ma lettre, déchire-la. Ne lis pas les autres non plus, parce qu'elles ne seront qu'un affreux rabâchage. Dans ce moment je déteste Marie, je la hais.

La seule chose belle que je pusse peut-être faire au monde jamais, elle m'a empêché de la faire.

Pourquoi ? pourquoi ? pourquoi....

Je m'y perds. Ma pauvre tête est bien malade.

Hier, j'ai voulu aller pour m'abasourdir dans un théâtre très-bouffon. J'ai pleuré, et je suis rentré.

Et j'ai écrit à Marie une lettre lâche : je l'ai là cette lettre. Je pourrai la brûler ; non, je l'enverrai.

Je suis un pantin....

Ne m'écris plus. A quoi bon ! tout ce que tu me dirais, je me le suis dit, tout, tout....

Je te dis aussi, ne fais plus attention à mes lettres : un jour elles feront de Marie une colombe blanche, un autre jour je blasphémerai. Je dirai oui, ou non, selon ce que je souffrirai dans le moment.

Je ne sais où je vais. Ne fais plus attention à moi. Oublie-moi jusqu'à ce que je sois redevenu un homme.

Je suis seul, tout seul avec un chat noir[1]. Et cela est affreux. Je vis replié sur moi-même, et, quand je veux oublier, j'ai des remords. Du reste, tout me la rappelle.

Je suis bouffon, grotesque, ridicule avec mes incertitudes, et c'est triste — car je voudrais le bien.

Dans ce moment-ci je ne voudrais épouser Marie pour rien. Ce soir, je lui enverrai peut-être une dépêche pour lui dire de venir. Que veux-tu ?

Quand je ne peux pas dormir, j'attends le facteur. C'est ma vie.

Je hais Marie, et quand je vois son portrait, je m'agenouille.

Ne prends, je te le répète, rien de ceci au sérieux, parce que moi-même je ne prends pas au sérieux. Un chien sait où il va.

Non, la plus noble des femmes ne vaut pas un homme. Peut-être est-elle trop sublime. Mais c'est niais d'être trop sublime.

Écoute. Je vais lui envoyer cette mauvaise lettre. Elle pleurera, et me répondra qu'elle m'aime. Alors je lui demanderai pardon. Alors elle me sourira. Alors je profiterai de ce rayon pour la faire revenir. Alors elle dira non. Alors je la supplierai. Alors elle dira non encore. Alors je l'invectiverai encore. Tu vois, dans quinze jours je serai ce que je suis aujourd'hui. Ainsi, ne fais pas attention à ce que j'écrirai. Cela n'aura eu de sens qu'une minute et sera déjà trop vieux quand tu le recevras.

Et dire que, quand je lui aurai écrit une lettre,

1. Cf. le poème en prose « Plainte d'automne » : « Que de longues journées j'ai passées seul avec mon chat... ».

j'aurai trois jours à attendre pour la réponse, et que je ne vivrai pas pendant trois jours.

Oh ! l'éloignement ! *Et l'isolement surtout.* Gatayes[1] n'est pas à Londres ou il m'a oublié. Je ne veux voir personne à qui je ne puisse parler de cela.

Adieu, adieu. Je n'ai le courage de te rien dire sur Ettie. Aimez-vous, aimez-vous... mais que cela finisse mieux que moi. Et moi, est-ce fini ? non.

Je t'embrasse. Ne dis rien à Marie de tout cela si tu la vois. C'est une affreuse période à passer. Je dormirai le plus possible.

Ton

STÉPHANE

Non, ne me conseille rien. Il n'y a pas de remède. Le temps seul, mais c'est long, le temps.

Je voudrais, puisque je vais encore être ballotté de pensées en pensées — (cela me tuait déjà à Paris où je t'avais et où je pouvais lui parler et avoir une réponse en cinq minutes, qu'est-ce ici, où je suis seul, et où il faut attendre un mot plusieurs jours, quand il vient —) je voudrais me coucher sur une vague, m'endormir là, et me laisser aller où cela me conduira. Je veux *oublier*, sans cependant que ce que je sens pour elle tourne à l'indifférence, car je me dois à elle et je dois être son protecteur. Oublier, sans *l'*oublier.

Adieu encore : hausse les épaules, et plains moi. Je t'aime

STÉPHANE

1. Joseph-Léon Gatayes (1805-1877), musicien et journaliste que Mallarmé avait sans doute connu au temps de sa collaboration au *Journal des Baigneurs* de Dieppe : Gatayes y tenait la rubrique sportive.

31. – *A Henri Cazalis.*

[4 février 1863 ?]

[...] [1], tâche de voir Marie, demain [...], vers huit heures — afin de me [dir]e ce que tu crois qu'elle pense. [M]ais, de grâce, ne lui dis rien de [m]a lettre [2].

Tâche de voir *pourquoi* elle n'a pas voulu venir se marier. Et, si tu ne vois pas cela, demande-lui comme une question indifférente *si elle reviendrait bien ici sans que je l'épousasse ?* Par ce qu'elle te répondra à cela, je verrai jusqu'où va son désintéressement. Car ce doute m'accable. Demande-lui cette dernière chose surtout, sans avoir l'air de vouloir la faire revenir. Ce sera là ma pierre de touche. Et dis-moi tout. Ne me cache rien. J'aime tout mieux que l'incertitude.

STÉPHANE

L'adresse de Marie est Mlle Marie Gerhard chez Mme Koch (une dame qui place les gouvernantes) 114. Rue de Grenelle St Germain

1. Le début de la lettre manque.
2. Le début des premières lignes manque par suite de la déchirure du papier.

32. – *A Henri Cazalis.*

16. Albert Terrace,
Knightsbridge. London.
Vendredi, 6 février 1863.

Mon Henri, je relis depuis longtemps ta lettre et je ne comprends pas tout. D'abord, Merci d'avoir vu Marie et Merci de m'avoir écrit de suite.

Il est un point que tu n'as pas saisi, et, puisque Marie t'a parlé à cœur ouvert, la chère enfant aurait dû te l'expliquer. Elle t'a laissé croire que je lui reprochais de ne pas vouloir se marier avec moi. Non, je savais les causes de son refus et je l'admirais. Ce qui m'a navré et ce que je lui ai reproché avec trop d'amertume, écoute-le.

Au lieu de lui dire : « Marie, viens que je t'épouse ! » je lui ai dit, sachant qu'à cette première prière elle m'eût répondu non, et voulant, après tout le sacrifice que je faisais pour elle voir si elle m'aimait à se perdre entièrement pour moi, je lui ai dit : « Marie, viens auprès de moi et sois encore ce que tu étais auparavant mon bon ange, sans être ma femme. » Je me disais : « Par noblesse et générosité, elle refuse de se marier, mais elle ne refusera pas de se perdre. Il y a là un sacrifice d'elle-même à faire, il y a à se jeter dans un abîme pour moi, — elle n'hésitera pas. — ». Or, elle m'a répondu non.

Tu comprends combien cela m'a atterré. Certes, je n'eusse jamais voulu lui laisser faire cela, quand elle y eût consenti, et, du reste, je ne faisais que semblant de le lui demander puisque derrière cela il y avait une intention de l'épouser.

Tu comprends l'amour comme moi, c'est-à-dire l'amour qui ne calcule pas. Du moment que Marie me disait « Non, je ne veux pas me perdre pour toi » Elle calculait.

Après l'avoir vue faire une chose aussi belle que de refuser de s'unir à moi pour n'enchaîner en rien mon avenir, je pouvais attendre cela. Je l'attendais, tu comprends combien la déception m'a fait de mal.

J'avais promis à Marie de ne dire cela à personne, aussi, dans la douloureuse lettre que je t'ai envoyée, rejetais-je à tes yeux mon amertume sur ce qu'elle refusait le mariage et non sur ce qu'elle refusait de venir.

Voilà la vérité, Marie la confirmera.

Je n'ai pas craint de lui dire ce que je sentais et combien peu j'espérais cela d'elle. Voyons, as-tu pu croire que moi qui, quelques jours avant, t'avais tant fait admirer son refus de se marier, je serais maintenant le seul qui ne le comprendrait pas ? Encore une fois, je n'ai jamais douté de la grandeur d'âme de ma Marie dans ce refus. C'est l'autre refus qui m'a fait mal. C'est de l'avoir vue hésiter quand son avenir seul, quand sa vie seule, étaient en jeu. Là, c'est pour elle et non pour moi qu'elle a agi.

N'avais-je pas le droit de le lui dire ?

En le faisant, ignorait-elle qu'elle me faisait plus de mal encore que je ne lui en ferais en lui reprochant de l'avoir fait.

Tu me dis, de sa part, qu'elle est maintenant entièrement à ma discrétion, mais si elle y eût été alors, je ne lui aurais fait aucun reproche — et je n'en aurais même pas profité : tu me sais assez noble pour cela.

Tu me dis encore que si elle n'est pas encore auprès de moi, c'est qu'elle veut que je réfléchisse. Mais à quoi, réfléchir ? Voici un mois que je réfléchis, et voici un mois que je me tue. Réfléchir ! Mais j'en ai la tête brisée. Et dans huit jours, je serai comme ce matin.

Ce n'est pas bien encore de la part de Marie de t'avoir laissé croire que je lui avais reproché de ne pas accepter le mariage, et que je ne la comprenais pas en cette occasion. Je ne lui ai pas reproché cela : elle devait tout te dire.

Tu dis que tu la revois Samedi, et que tu veux que Samedi tout soit décidé. Mais qu'y a-t-il à décider ? Je suis décidé depuis longtemps moi. C'est à elle, à elle seule. Je la laisse absolument libre.

Elle a à choisir entre —

1° rester à Paris, absolument.

2° venir passer quelques temps ici et nous nous entendrons mieux que par lettre.

3° revenir, comme je le lui avais demandé il y a huit jours et comme elle m'a refusé d'abord, c'est-à-dire sans que je lui fasse aucune promesse.

4° Et enfin, revenir pour se marier.

C'est à elle à décider. Qu'elle décide. Mais qu'elle se hâte, parce que je deviens fou ici, oui fou.

Oh ! l'indécision, l'attente, errer, douter, tout cela accable plus que de pleurer !

Entre ces quatre choses, qu'elle choisisse.

Si elle a toujours les nobles scrupules (que je respecte et j'admire) qui la détournent d'être ma femme, qu'elle choisisse entre les trois qui restent.

Qu'elle choisisse et écoute son cœur.

— Tu penses bien, mon Henri, (mais ceci, je te défends de le lui dire) que si elle consentait à revenir sans promesse de ma part, je l'épouserais. Je ne voudrais pas la laisser se perdre, ma pauvre Marie. Seulement j'eusse été heureux et fier pour elle qu'elle eût dit *oui* il y a huit jours.

Adieu, Henri. Dis-lui tout cela Samedi. Dis-lui — elle t'aime assez pour ne pas m'en vouloir et me pardonner — que je t'ai dit le vrai motif de ma sévérité et de ma triste lettre. Enfin, dis-lui que je l'aime, que je l'adore, que je n'ai de pensée que pour elle, nuit et jour car je ne peux plus dormir même la nuit, moi qui aurais tant besoin de ne pas exister dans ce moment.

Car, je me ressens malade aujourd'hui : j'ai des étourdissements. Quand j'aurai écrit à Marie, je me coucherai. Cela tue, d'être seul, de se replier toujours sur sa douleur et de n'avoir qu'une pensée. Quels jours ! quelle semaine. J'aimerais mieux qu'elle me dise non, que de rester ainsi, sans savoir que faire, que penser. Chaque jour est un siècle : avec quelle impatience, j'attends le facteur.

Dire que je n'ai pas vu un mot de Marie depuis trois jours !... Pourquoi n'a-t-elle pas osé me jeter sa lettre à la poste ?

Je divague, je ne sais plus rien.

Adieu, je t'aime et je t'embrasse. Merci.

Peut * + je n'aie * pas eu le courage d+ + + + + + + + + + + + + + + : je n'ai pas la force de voir personne[1].

Ton

STÉPHANE

Lis ma lettre à Marie, elle est pour elle aussi bien que pour toi.

1. Voir la lettre du 30 janvier et la note.

33. – *A Henri Cazalis.*

16. Albert Terrace,
Knightsbridge. S W.
Londres, Mardi 10 février 1863

Mon bon Henri,

Ma Marie est arrivée ce matin; toute malade. Nous n'avons encore causé de rien. Je profite d'un instant où elle dort pour t'annoncer sa venue.

Elle voulait t'écrire elle-même pour te prier de lui pardonner de ne pas t'avoir vu avant de partir. Je la trouve trop souffrante et veux qu'elle reste au lit.

Rassure-la donc dans ta première lettre, elle craint de t'avoir blessé.

Jusqu'au dernier moment elle a hésité, tremblé : enfin sentant l'heure venir fatalement, elle a été droit au chemin de fer et n'est arrivée qu'au dernier instant.

Voilà comment elle ne t'a pas oublié, mais manqué.

Je suis dans l'extase de la voir, voilà tout ce que je sais. Je ne veux penser à rien — qu'à lui faire du thé pour son mal de mer. Je me tais donc. Nous causerons un de ces jours : ma première lettre sera pour toi.

Ceci n'est qu'une dépêche.

Adieu : je t'embrasse, nous t'embrassons,

Je t'aime.

STÉPHANE

— Parle-moi d'Ettie, tu ne me dis rien dans tes dernières lettres. Tu ne penses qu'à moi; je t'en veux.

Je n'ose voir le frère de *Sicy*[1] : donne-moi ton avis. Je le connais peu, dois-je le mettre au courant de notre vie. Je ne peux lui ouvrir la porte de ma chambre sans lui ouvrir celle de la confiance. Si, dans sa pruderie anglaise ou prenant Marie pour ce qu'elle n'est pas, il me perdait dans l'estime des Yapp ! Je suis très-embarrassé.

Écris à Emmanuel : Gagne-le à elle, à moi, à nous — de sorte que, dans l'abandon, je puisse encore compter sur son approbation comme sur la tienne. Tu me feras bien plaisir.

Adieu, encore.

Ton

STÉPHANE

34. – *A Henri Cazalis.*

16. Albert Terrace,
Knightsbridge. S W.
Londres, 5 Mars 1863.

Mon bon Henri, je suis seul. Marie est partie hier pour Bruxelles. Tout est fini. Je sens que je ne la reverrai plus jamais. Pourtant elle était ma sœur et ma femme.

Nous étions convenus que nous aurions beaucoup de courage : et en effet, nous nous sommes longtemps embrassés et regardés sur le bateau sans pouvoir pleurer tellement nous étions fous de douleur. Long-

1. Surnom de Mary Green. Cazalis, lui, écrit Sissy.

temps nous avons agité nos deux mouchoirs, et, quand je n'ai plus vu le sien, j'ai sangloté à travers les rues.

Tout est fini. Ainsi, il y a entre aujourd'hui et hier, l'abîme de vingt ans. En effet, dans vingt ans nous serons ce que nous sommes depuis hier, séparés. Pourtant hier, elle était encore sur ce fauteuil, et je viens de trouver un de ses cheveux sur mon épaule. Je me perds à penser à cela, — et encore à ceci : si son bateau était tourné dans le sens opposé, elle reviendrait. Toute ma vie est dans la façon dont marche ce bateau. Oui, mon ami, hier elle était vivante entre ces murs, et aujourd'hui elle n'est plus qu'un mot. Les absents ne sont qu'un nom : il y a des moments où l'on doute de leur vie. Les morts ont cela sur eux qu'ils ont un tombeau qu'on voit et sur lequel on prie.

Quand je réfléchis à cela, je suis fou. Ne dis pas que tout n'est pas perdu. Je vois l'avenir. Longtemps je l'aimerai, longtemps j'aimerai son souvenir et après.... Elle est elle encore, puis elle ne sera qu'un souvenir, et... — Oh ! Cela commence aujourd'hui et marchera implacablement, sans s'arrêter.

Je crois que nous avons fait, ou que nous faisons — car je ne puis dire que je l'aie fait encore — un des plus grands sacrifices qui se soient vus. Pleins de vie et d'amour, à l'instant où nous sommes plus unis que jamais, étant une même chair comme une même âme, nous séparer et nous vouer à l'oubli, violemment. A qui faisons-nous ce sacrifice ? A ma famille qui, si elle me parlait de Marie, la calomnierait.

Jamais je n'ai été si malheureux que maintenant. Quand je disais adieu à Marie, j'espérais en rentrant chez moi, et je lui écrivais soit que j'irais la revoir à Paris, soit qu'elle revînt pour être ma femme. Maintenant, je n'ai plus d'espoir. Je vais me laisser miner sourdement par la douleur en m'efforçant de revivre dans le passé : ne pas le faire serait oublier Marie et ce serait mal d'y songer même, outre que je ne le pourrais pas. Qu'a-t-elle fait pour que je l'oublie, la divine et angélique enfant ! Après, je verrai ce qu'il y aura à faire.

Marie est partie bien malade et la poitrine très oppressée ; elle est méconnaissable. Je crois que le chagrin la tuera. Dans ce cas, je la suivrais, et c'est ce qu'il y aurait de plus heureux pour nous deux.

Ne pouvant être unis ici, il est presque sûr que nous le serons autre part.

Tu vois ; pauvre fou que je suis, je ne puis pas me résoudre à ne pas espérer. Ne pouvant plus le faire pour cette vie, je le fais pour une autre.

Mon Henri, tu diras que, tout cela, nous l'avons mérité et préparé, elle en revenant, moi en la rappelant. C'est vrai. Mais on ne souffre pas moins des peines qu'on a méritées.

— Je parle toujours de moi, et point de toi. Je suis si haletant que je ne vois rien. Pardon, mon bon Henri. Tu sais combien je t'aime et combien je souffre de ce dont tu souffres. Quand penses-tu partir[1] ? Et la pauvre Ettie, comprend-elle ce qui te fait partir ? Écris-moi donc tout cela longuement. Tes chères lettres sont trop de baisers : il faut trop y deviner. Ton pauvre cœur est aussi bien saignant. Quelle affreuse chose que nous ne puissions être ensemble : nous essaierions de nous consoler un peu, ou mieux, de pleurer ensemble.

1. Dans sa dernière lettre, Cazalis avait manifesté l'intention d'aller en Allemagne ou à Strasbourg.

Je n'ose plus te conseiller de partir, c'est si affreux ! Henri, tu seras seul, et sais-tu ce qu'être seul. Je le sais. Sous quel prétexte partirais-tu ? Comme cela doit te déchirer de peiner ta mère, ô chère âme tendre et douce et que j'aime !

Adieu, je t'embrasse pour moi et pour Marie qui m'a supplié en partant de ne pas la laisser sans nouvelles de toi, et de te parler souvent d'elle.

Ton frère

STÉPHANE

Sais-tu où tous trois, Marie toi et moi, serions le mieux ? Dans un couvent.

J'attends de l'argent de mon notaire demain, et je t'enverrai de suite cinquante francs. Je suis bien pauvre. Le voyage de Marie m'a ruiné. Pardon, mon pauvre ami.

Si tu les vois encore, dis mille choses à Monsieur et Madame Yapp et serre les mains de Kate et d'Ettie. Embrasse Florence.

35. – *A Henri Cazalis.*

Versailles,
Mercredi 1er Avril 1863.

Mon bon Henri,

Ton silence m'a beaucoup peiné. Il y a un mois, lorsque Marie partit de Londres, je t'avais écrit une longue lettre, où je pleurais à mon aise. Chaque jour j'attendais ta réponse. J'ai fini par croire que tu ne l'avais pas reçue : elle t'était adressée chez Me Milliot[1]. Depuis, je m'informais à tout instant auprès d'Emmanuel : celui-ci me mandait qu'il ne savait non plus rien de toi, mais te croyait disparu. Ce n'est que parce que le hasard m'amena à Sens et chez lui au moment où lui arrivait ta lettre de Strasbourg que je sais où tu es. Paresseux, paresseux....

Eh ! non — blessé. Oui, pauvre ami, tu as été cacher ta blessure bien loin !

Et tu ne veux donc pas que même tes amis en voient la traînée sanglante, car tu souris dans ta lettre et tu affectes la sérénité. Je t'ai compris, Henri.

Vraiment as-tu le courage de regarder fixement l'avenir, et de ne pas détourner les yeux vers le passé ? Cela est bien grand. Je crois que la force humaine ne peut aller plus loin.

Parle-moi de ton âme. Songes-tu encore à la blanche vision qui l'a traversée ? Lui as-tu élevé une petite chapelle dans ton souvenir, où tu puisses l'adorer comme un Rêve que la fatalité sociale te défend d'étreindre ?.. ou as-tu rompu même avec le souvenir ?

Henri, tu le vois, je ne te dis pas un mot de consolation : on a trop souvent cherché à me consoler, pour que j'aie encore la naïveté de le faire envers les autres.

Courage, voilà tout ce que j'aie à te dire : je ne l'écrirais même pas si ta lettre courageuse à Emmanuel ne me montrait que c'est là ton mot.

Quant à moi, je suis comme il y a trois mois — ou plutôt, non, j'ai une résolution. J'épouse Marie. Cela

1. L'avoué chez qui Cazalis faisait son stage.

se fera peut-être avant Mai. J'ai assez réfléchi — trop, même : je n'avais pas besoin de tant.

En venant à Paris, — à Sens, — pour affaires de famille, je suis passé par Bruxelles où je n'ai eu que le temps d'embrasser la chère enfant.

Ma mère sait tout. J'ignore comment. La seule chose qu'elle n'ait pas apprise est que Marie a été à Londres : tant mieux. Je lui ai avoué, pressé de questions amicales, que si elle ne m'en eût pas parlé, j'aurais épousé Marie sans le lui dire. Elle se croit obligée, par devoir, de dire quelques mots à ma grand-mère pour que la nouvelle, tombant des nues, de mon mariage ne la saisisse pas trop. Elle vient ce matin à Versailles et je verrai avec elle jusqu'où elle doit parler. Après, elle semblerait disposée à nous laisser marier silencieusement, et feindrait, je crois, de ne l'apprendre que par lettres ; c'est bien bon de sa part.

La pauvre femme montre en cela une délicatesse inouïe et une grande amitié. J'ai été souvent ingrat envers elle, et l'ai méconnue : elle était sous l'influence inquisitrice de ma grand-mère, voilà tout. Les hommes sont brutaux.

Tu comprends comme elle s'est d'abord opposée à l'idée de mariage. En effet, en elle-même et pour qui ne voit que son côté extérieur, cette idée est absurde. Surtout quand l'aimée est une personne que la société étiquette d'une classe inférieure, n'a pas d'argent, et lui est inconnue. Toutefois, elle a compris mes sanglots intérieurs.

Je m'étonne même, — et cela est dû à la seconde vue qu'ont les femmes — qu'elle ne refuse pas absolument. Ce mariage ne peut être compris que de moi. Et je ne demande pas qu'il soit compris de plus. Moi, c'est moi et toi.

Je la prierai ce matin de n'en parler que très-peu à ma grand-mère. Je vois d'ici les hauts cris que jettera cette dernière et l'indignation des tantes, à figure de carême, à qui elle va conter cela. Je ne veux pas non plus qu'on en parle à ma famille. Car, même si elle prenait cela bien — ce qui ne se peut — je serais blessé. Je n'aimerais pas aller mendier, par lettres ou par prières, l'approbation d'un tas d'égoïsmes ventrus qui sont mes oncles. Je détesterais même qu'ils en sussent le jour. Comme je ne me marie pas pour me marier, mais simplement pour légaliser les battements de nos deux cœurs, je ne veux pas qu'extérieurement cet acte ait plus d'importance qu'il en a au fond de nos âmes, et qu'on puisse faire du fracas, même bienveillant, autour. Ce sera un baiser de plus. Tu comprends cette pudeur.

Mon Henri, je repasserai par Bruxelles si j'ai quelques sous. De là, je t'écrirai tout ce qu'il y aura de fait. J'ai sur le cœur, Henri, de n'avoir pu te rendre encore tes pauvres cinquante francs. Mais, grâce au notaire, j'étais à Londres dans la misère la plus désespérée quand ma mère m'a rappelé. Dès que j'aurai terminé mes affaires d'argent, je te les enverrai. Pardon, pardon, pardon. Si je ne pouvais les soustraire de suite à la somme qui me reviendra, je te les enverrais vingt francs par vingt francs de Londres.

Au revoir, mon bon Henri, je t'embrasse. Ah, si Strasbourg était sur la route de Londres.

Je t'aime,

ton

STÉPHANE

Je ne te dis rien d'Emmanuel qui va venir à Versailles[1] ce soir. Il a dû t'écrire. Réponds-moi en détail. Du Lundi de Pâques au Vendredi, je serai à Sens. Tu sais mon adresse —

36. – *A Émile Deschamps*[2].

Les Gaillons, Jeudi soir,
16 Avril 1863.

Cher Maître,

Je n'avais pu, dans l'abattement premier de la douleur, vous annoncer moi-même notre deuil cruel[3]. Avec votre bonté profonde et si aimée, vous êtes venu de suite me presser la main, merci du fond de mon cœur. Ma pauvre mère, à qui j'ai bien souvent parlé de vous, ne sait non plus vous dire combien elle est sensible à la marque de sympathie que vous lui donnez.

Comme vous me l'écrivez, après de semblables malheurs il n'y a qu'un refuge, l'Art. La muse vénérée, plus que personne mérite la touchante invocation de *Consolatrix Afflictorum*.

J'ai reçu du ciel une grande grâce, celle d'assister au départ de notre cher mort. Il est vrai qu'il n'a pu me dire adieu, — sa bouche, du moins, car son âme, avant

1. Et non « de Versailles » (*Corr.* I et *DSM* VI).
2. Ce survivant de la grande génération romantique (1791-1871), voisin des Desmolins à Versailles, avait été le mentor du jeune Mallarmé.
3. Numa Mallarmé était mort le 12 avril.

de nous quitter, a dû parler à la nôtre. Mais que c'eût été plus affreux d'apprendre cette fatale nouvelle en débarquant à Londres ! Deux heures plus tard, j'étais parti.

La vie me force hélas ! à me séparer bien vite de cette maison vide. Il faut que dans les premiers jours de la semaine prochaine je sois en Angleterre. Croyez que je ne respirerai pas avant d'avoir remis votre lettre, et la page si bonne et dont je vous suis si reconnaissant à Monsieur de Chatelain[1].

Je vous dis adieu, déjà, cher Maître. Tous les tristes détails qui assiègent l'âme affligée et troublent le calme de la douleur après la perte d'un être cher, m'appellent et je me rends à eux. Merci, encore, merci.

Croyez à toute l'émotion que cause en moi votre bon souvenir.

STÉPHANE MALLARMÉ

37. – *A Henri Cazalis.*

6. Brompton Square. S W.
Lundi, 27 Avril 1863.

Mon bon Henri,

J'avais depuis bien longtemps une enveloppe où se pavanait ton nom d'une façon tentatrice. J'eusse bien voulu, sans les tristes préoccupations qui sont le cortège de la mort, t'annoncer autrement que par une banale circulaire notre grande douleur. Certes, mon

1. Voir la lettre du 11 avril 1864 et la note.

pauvre père se mourait depuis quatre ans, ou cinq, — mais qu'il y a loin d'un mort à un mourant!

Je suis resté environ une quinzaine à Sens — moins, peut-être. Puis j'ai été chercher Marie en Belgique, et, après un pèlerinage à Anvers, nous revoici à Londres, le pays des faux Rubens.

Dès que je saurai comment m'y prendre, nous serons mariés. Position étrange, il ne nous manque qu'une chose, — c'est d'être instruits des formalités.

Le voilà donc venu, mon bon Henri, ce jour que, dans ta fraternelle sollicitude, tu redoutais. Oui, il est assez près pour que je voie clairement ce qu'il y a derrière. Depuis deux mois, j'ai beaucoup plus vécu qu'autrefois, et peut-être suis-je un peu plus mûr.

Voici la façon dont je vois l'avenir.

Si j'épousais Marie pour faire mon bonheur, je serais un fou. D'ailleurs, le bonheur existe-t-il sur cette terre? Et faut-il le chercher, *sérieusement*, autre part que dans le Rêve? C'est le faux but de la vie; le vrai, est le Devoir. Le Devoir, qu'il s'appelle l'Art, la Lutte, ou comme on veut.

Je ne me dissimule pas que j'aurai affreusement à combattre parfois — et de grands désenchantements qui deviennent plus tard des tortures. Je ne me cache rien. Seulement, je veux tout voir avec un regard ferme, et invoquer un peu cette Volonté dont je n'ai jamais connu que le nom.

Non, j'épouse Marie uniquement parce que je sais que sans moi elle ne pourrait pas vivre, et que j'aurais empoisonné sa limpide existence. Si donc je souffre dans l'avenir, toi, qui seul reçois ces épanchements profonds et intimes de mon cœur, ne me dis pas, frère — « Tu t'es trompé, en dépit de mes sages exhortations. » mais bien : « Tu accomplis, en souffrant, le but élevé que tu as assigné à ta vie. — Courage, ne reste pas au-dessous. »

Mais je ne veux pas te parler plus longtemps de ces tristes prévisions : je finirais par y croire déjà.

Non, Henri, je n'agis pas pour moi — mais pour elle seulement. Toi seul au monde sauras que je fais un sacrifice : aux yeux de mes autres amis, je ferai semblant de croire que je cherche par cette union à échafauder mon bonheur, — afin que Marie grandisse à leurs yeux.

Brûle mes lettres, toi seul verras jusqu'au fond de mon âme.

Mais je parle toujours de moi. Parle-moi bien de toi, de toi seul, en revanche, et longuement.

J'ai vu Ettie, mon Henri, une fois quand j'ai été à Paris. J'ai parlé de toi beaucoup : je lui disais que mon rêve était de revenir à Londres par Strasbourg. Et elle m'a remercié avec ses yeux aimants d'autrefois de ce que je prononçais souvent ton nom. Et ton pauvre cœur ? Comment va ta blessure ? Henri, te guériras-tu *jamais ? Dis-toi que non — et ne spécule pas sur le Temps.* Il fait assez par lui-même, hélas ! Pauvre ami, sans espérance ! Tu as de beaux souvenirs, il est vrai. Mais les souvenirs martyrisent.

Adieu, mon Henri, ne nous oublions jamais. Nulle part. Il me semble que nous sommes si loin l'un de l'autre maintenant ! Marie t'aime, et t'embrasse comme moi. Je t'embrasse aussi,

STÉPHANE

38. – *A Henri Cazalis.*

6. Brompton Square — SW.
Londres, 3 Juin 1863.

Mon bon Henri,

Ne t'étonne pas de voir l'enveloppe de cette lettre écrite au crayon. Nous avons fait hier une magnifique promenade en bateau à travers les bois enchantés de Richmond, et nous voulions amarrer quelques instants et te dater une bonne lettre du tronc de quelque bouleau penché sur l'eau verte et sombre. Mais le courant nous a emportés. Depuis bien longtemps le courant m'emporte à travers les jours et je vis je ne sais comment. Je t'aime tant que je ne t'écris pas. D'abord, j'aurais trop à te dire si je le faisais, et ensuite, c'est inutile, car tu sais mon cœur mieux que moi.

Marie sourirait si elle me voyait tra[cer] [1] cette phrase « J'ai trop à te dire » car il arrive dix fois dans une soirée qu'à la moindre de ses actions que je feins méchamment de mal interpréter, je m'écrie « Je le dirai à Cazalis. » Elle en fait de même. Tu es le suprême Justicier.

Donc, mon bon *Croquhenrimitaine*, tu vas me pardonner mon silence — comme je te pardonne d'être meilleur que moi.

Tu me parles de la Suisse [2]. Il y a tant de bleu là-bas,

1. Lacune du papier.
2. « J'ai fait connaissance de quelques étudiants en théologie, qui arrivent de Genève, y ont longtemps vécu, et m'ont appris que tout Français qui arrive en Suisse avec un peu de science, un peu d'originalité dans l'esprit, une parole et une vie correctes (dans le bon sens du mot) pouvait offrir des cours, donner beaucoup de leçons et se faire enfin beaucoup d'argent. »

outre le ciel, — et les yeux de Marie qui m'y suivrait, — que ce rêve est un de ceux dont je caresse le mieux la crinière et que je chevauche avec le plus de joie.

Mais, juge ! puis-je aller dans un pays que j'ignore sans avoir rien de sûr devant moi ? Est-ce sage ? Que deviendrions-nous là-bas, si les vivres venaient à manquer ? Si je ne songeais à la Suisse que pour ses glaciers vierges et la neige qui y est une fleur comme les lys, je partirais sans un penny dans ma bourse et avec des étoiles plein nos deux cervelles. J'y volerais en Artiste.

Je serais sûr de n'avoir pas de désenchantements. Mais, ne voulant en faire qu'une Banque où monnayer les mines de ma pensée, je craindrais les désillusions. Je les connais trop déjà. Toutefois, merci, mon Henri d'avoir de suite pensé à moi, et rassure-toi : crois que je n'entrerai dans aucun bureau et que j'aurai cette fierté. La vie de professeur dans un Lycée est simple, modeste, calme. Nous y serons tranquilles. J'y vise.

Toutefois, j'aimerais [mieux] rédiger bien des actes d'avoué que des articles faits en vue de quelques pièces de cent sous. Je trouve qu'Emmanuel se fait beaucoup de tort en se laissant aller à sa grande facilité : il commet trop aisément de ces sortes de pages brillantes et vides. Il confond trop l'Idéal avec le Réel. La sottise d'un poète moderne a été jusqu'à se désoler que l'« Action ne fût pas la sœur du Rêve [1] » — Emmanuel est de ceux qui regrettent cela. Mon Dieu, s'il en était autrement, si le Rêve était ainsi défloré et abaissé, où donc nous sauverions-nous, nous autres malheureux que la terre dégoûte et qui n'avons que le Rêve pour

1. Baudelaire, dans « Le Reniement de saint Pierre ».

refuge. Ô mon Henri, abreuve-toi d'Idéal. Le bonheur d'ici-bas est ignoble — il faut avoir les mains bien calleuses pour le ramasser. Dire « Je suis heureux ! » c'est dire « Je suis un lâche » — et plus souvent « Je suis un niais » Car il faut ne pas voir au-dessus de ce plafond de bonheur le ciel de l'Idéal, ou fermer les yeux exprès. J'ai fait sur ces idées un petit poème « *Les Fenêtres* » je te l'envoie : et un autre « *l'assaut*[1] » qui est vague et frêle comme une Rêverie. D'une chevelure qui a fait naître en mon cerveau l'idée d'un drapeau, mon cœur, pris d'une ardeur militaire, s'élance à travers d'affreux paysages et va assiéger le château fort de l'Espérance pour y planter cet étendard d'or fin. Mais, l'insensé, après ce court moment de folie, aperçoit l'Espérance qui n'est qu'une sorte de spectre voilé et stérile. — Je joins à ces quelques vers ceux que tu me demandes[2] — J'aimerais que tu eusses la plupart de mes vers. Je t'en enverrai dans chacune de mes lettres. Mon Henri, envoie-moi de fort beaux poèmes en prose dont le cher Emmanuel m'a parlé. Je le veux. Tu me dis que tu as rencontré de nobles âmes, élevées et sympathiques. Heureux ! Je t'envie bien, étant si seul ici. Je n'ai personne avec qui causer d'Art, des poètes, de l'Idéal. Je ne connais pas un artiste sérieux et jeune à Londres. Presse les mains à tes amis, que j'aimerais à ce seul titre, de la part d'un esprit bohémien toujours

1. Première version du « Château de l'espérance ».

2. « ... si tu veux m'être agréable, tu m'enverrais tes deux sonnets sur l'aumône (voilà 5 francs va boire) et la naissance du poète (Parce qu'un soir d'avril il lut dans son journal etc.) ». Il s'agit sans doute d' « Aumône » (alors intitulé « A un mendiant », et qui n'est pas un sonnet mais une *terza rima*) et de « *Parce que de la viande était à point rôtie...* ».

dégoûté de la pl[ace où] [1] il a campé et qui voudrait se reposer dans leur calme et noble entretien. Adieu, mon Henri ; oui, ici-bas a une odeur de cuisine. Marie et moi t'embrassons. Nous te ferons savoir le jour de notre mariage qui ne tardera pas.

Ton frère

STÉPHANE

39. – *A Henri Cazalis.*

6. Brompton Square. SW.
Londres,
Jeudi [23 ou vendredi]
24 Juillet 1863.

Mon bon Henri,

Pardonne-moi mon long silence.

J'ai été malade, et, maintenant, j'ai énormément à travailler en vue de mes examens. — Malade, pas dangereusement, mais d'une façon ennuyeuse. Le soleil de Londres n'est pas ce gai soleil de Paris qui fait éclore le long des boulevards toute une verdure charmante de tables à bière et verse la gaîté dans sa lumière. Ici les rayons semblent avoir pris quelque chose de blafard aux pauvres murs d'hôpitaux où ils se sont endormis [2], et dont ils ont chauffé le plâtre malade. L'air malsain se charge de toutes les exhalaisons de la misère que la lourde chaleur putréfie, et

1. Lacune du papier.
2. Cf. « Les Fenêtres » : « Las du triste hôpital, et de l'encens fétide... »

pour les pauvres, l'été n'est que la saison où la vermine, attiédie, grouille le plus dans leurs loques. Je hais Londres quand il n'y a pas de brouillards : dans ses brumes, c'est une ville incomparable.

— Tout cela n'est peut-être que de la nostalgie, et je hume d'avance Paris où je retournerai dans les premiers jours du mois prochain. Oui, c'est nostalgie, car les anglaises, ces anges de cuisine qui rêvent aux rayons de leurs casseroles, sans se douter de l'étoile Astarté, — oh ! connais-tu les vers d'E. Poë ? —

> « .... Astarté est plus chaude que Diane :
> « Elle roule à travers un éther de soupirs —
> « Elle se joue dans un monde de soupirs —
> « Et elle est venue par les étoiles du Lion,
> « Nous montrer les sentiers qui mènent au ciel
> « A la paix léthéenne des cieux :
> « Elle a bravé le Lion, et elle est venue
> « Répandre sur nous la splendeur de ses yeux ;
> « Et elle est venue à travers l'antre du Lion
> « Avec l'amour dans ses yeux lumineux[1].

Et, pour finir, les Anglais, comme les chambres du *grand-hôtel* m'apparaissent tous pareils.

Je parle des Anglaises et des Anglais de Londres, mon Henri.

Jusqu'ici je t'ai plus parlé d'Astarté que de moi. Mon mal a été une éruption, et, depuis, je suis tout jaune — comme un envieux ou comme un coing. Sang jaune, yeux jaunes, face jaune — et pensée jaune. Est-ce ennui ? Est-ce appauvrissement du sang ?

1. Cinquième strophe — incomplète — d'« Ulalume ». Mallarmé s'était essayé à la traduction de poèmes de Poe dès 1860.

Le fait est que je ne puis faire de vers, ma tête étant trop lourde et malade, et que c'est à grand peine que je puis préparer mon examen — *Roméo* et *Juliet*, pourtant ! Aussi, permets-moi de ne pas t'en écrire aujourd'hui, car cela me fait mal, et, les comparant à mes pensées blêmes de maintenant, je rougis.

Prie pour ma guérison — corps et âme.

Hélas ! pourquoi les médecins se font-ils payer, et ne sont-ils pas des fonctionnaires publics à qui il serait défendu d'accepter le moindre salaire. Du reste, dans une nation bien ordonnée, est-ce qu'il n'en devrait pas être ainsi des marchands à qui le gouvernement donnerait tant par an pour laisser piller leur boutique toute l'année sans exiger un sou ? Voilà les vraies réformes, — le progrès. Et tant qu'on n'en sera pas là, on n'aura pas fait un pas.

Tu sais que toutes mes illusions politiques se sont effacées une par une, et que si j'arbore un drapeau rouge c'est uniquement parce que je hais les gredins et déteste la force.

Henri, tu le verras, il n'y a de vrai, d'immuable, de grand, et de sacré que l'Art. Toutes les vaines disputes politiques passent, n'ayant rien d'absolu en elles.

> Rien n'est vrai que l'unique et morne éternité,
> Ô Brahma, toute chose est le rêve d'un rêve...[1]

Hier, cependant, je me suis rendu à un meeting populaire en faveur de la Pologne[2]. Ce qui m'a surtout

1. Leconte de Lisle, « La Vision de Brahma » (*Poèmes antiques*).
2. En 1863 eut lieu, dans la Pologne devenue province russe depuis 1832, une insurrection vite écrasée.

frappé c'est que tous ces ouvriers applaudissaient frénétiquement quand on les appelait *gentlemen*. Je n'aime pas les ouvriers : ils sont vaniteux. Pour qui donc ferait-on une république? pour les bourgeois? Contemple-les en foule, dans les parcs, dans les rues. Ils sont hideux, et il est évident qu'ils n'ont pas d'âme. Pour les grands? c'est-à-dire les nobles et les Poètes? Tant qu'il y aura de l'or pour les uns et de beaux marbres pour les autres, tout ira bien. Henri, est-ce que l'homme qui a fait la Vénus de Milo n'est pas plus grand que celui qui sauve un peuple, et ne vaudrait-il pas mieux que la Pologne succombât que de voir cet éternel hymne de marbre à la Beauté brisé?

— Comme je bavarde, pour un malade, j'oubliais de te dire que ma bonne et douce Marie, qui pleure tout le jour de me voir souffrant, te remercie de tout son cœur allemand des myosotis que tu lui envoies : elle en avait cueilli sur les charmants bords de la Tamise, à Richmond, dans un de ces petits coins d'ombre et d'eau verte où Ophélia a dû se noyer — mais la sotte bonne les a balayés. Sans cela, l'échange eût été charmant.

Je vais écrire aux Yapp, avec qui je suis bien en retard et dont je n'ai pas de nouvelles. Parle-moi d'eux — cela veut dire d'Elle, Henri.

Adieu. Nous t'embrassons,

Ton

STÉPHANE

Marie me rappelle encore que je dois te promettre des myosotis et une lettre d'elle dans la prochaine enveloppe. A bientôt, donc. ———

Iras-tu à Paris, bientôt. Je tremble d'y aller sans t'y

voir — Paris serait vide sans Cazalis — Marie l'a dit, et je le pense.

Nous ne pouvons pas nous marier avant le dix Août : les bans se publient. Un l'est. Je t'écrirai la date

---

40. – *Au Ministre de l'Instruction publique.*

[Mi-septembre 1863[1]]

A son Excellence le Ministre de l'Instruction Publique.

Monsieur le Ministre,

Admis, cette année, à l'examen exigé pour l'Enseignement des Langues Vivantes dans les Lycées, je viens solliciter de Votre Excellence la faveur d'être chargé du cours d'Anglais dans un Lycée, et, particulièrement, je désignerais au choix de Votre Excellence, si la chaire d'Anglais y était vacante, le Lycée de Saint-Quentin.

J'ose donner à Votre Excellence l'assurance que mon zèle serait à la hauteur d'une telle faveur.

Je suis, Monsieur le Ministre,
De Votre Excellence,
Le très-humble et très-obéissant serviteur,

STÉPHANE MALLARMÉ

1. La date d'enregistrement est le 19 septembre.

41. – *A Maurice Dreyfous*[1] ?

25 rue des Saints Pères
Jeudi matin [3 décembre 1863]

Mon pauvre ami,

J'eusse aimé vous écrire plus tôt, mais les mille tracas d'un départ m'en ont empêché. Vous savez combien j'ai ressenti votre douleur. Je ne vous donnerai pas de consolation parce qu'il n'y en a pas : la meilleure est de savoir que vos amis souffrent avec vous. J'ai perdu ma mère, enfant ; et voici six mois à peine que Dieu a rappelé à lui mon pauvre père. Je ne vous le cache pas, vous avez encore bien à pleurer. Plus tard, on se trouve affreusement seul, abandonné, quand on s'aperçoit que cette disparition d'un être cher est encore celle de tous les liens qui nous rattachaient à notre enfance, et l'avenir paraît un désert.

Je ne vous dirai pas d'avoir du courage, parce que c'est être lâche. Il faut sangloter le plus longtemps qu'on peut : c'est autant d'heures qu'on vit encore avec celle qu'on regrette.

Je ne sais si l'on vous a dit que je quitte Paris. — Samedi matin. Je suis nommé professeur bien loin, derrière Lyon, à Tournon[2].

1. Maurice Dreyfous (1843-1924) ; ami de des Essarts, collaborateur de l'éditeur Charpentier, il deviendra l'exécuteur testamentaire de Théophile Gautier.

2. L'arrêté de nomination est daté du 3 novembre 1863. Mallarmé est chargé, à titre de suppléant, de cours d'anglais au Lycée Impérial de Tournon, pendant la durée du congé accordé à M. Wright (le titulaire du poste).

Je serais désolé de ne pouvoir une dernière fois avant longtemps vous serrer les mains. Mais je ne veux pas vous distraire de votre douleur. Du reste, j'ai si peu de temps à moi que je ne pourrais aller vous voir.

J'eusse désiré, cependant, outre vous voir, vous demander les *Châtiments* que je vous ai prêtés. Ne pourriez-vous me les envoyer ce soir ou demain matin, sans faute? Si je n'étais pas à la maison, on les donnerait au concierge, — mais prudemment empaquetés [1], je vous prie.

Adieu, cher ami; ma femme me demande de vous exprimer toute sa douloureuse sympathie. Vous savez la mienne.

A vous de bien grand cœur.

STÉPHANE MALLARMÉ.

42. – *A Henri Cazalis.*

Mercredi, 9 Décembre 1863.

Mon Henri,

Ma petite Allemande Marie est sortie un instant laissant ses bas raccommodés sur mon Baudelaire [2]. Cela m'amuse tant que je ne puis le déranger, et je me mets à te répondre. — Marie va beaucoup mieux : c'est déjà une rose-thé. Quand son sang aura-t-il repris

1. Prudence élémentaire pour un livre interdit, qui pouvait coûter sa place au nouveau fonctionnaire.

2. Mallarmé possédait un exemplaire de l'édition de 1861, sur lequel il recopia les pièces condamnées de 1857.

toute sa fraîcheur? — C'est moi encore qui suis le malade. Je suis perclus de rhumatismes, et par eux cloué à mon fauteuil. Je paie une dette à l'affreuse bise qui désole éternellement Tournon. Il fait un vent à décorner les maris de quatre lieues à la ronde.

Je souffre des pieds, et ne puis marcher : des mains, et ne saurais t'écrire plus longtemps : du dos, et n'ose me pencher en avant : de la poitrine, et crains de respirer. Il y a à la fenêtre des corbeaux qui me couvent, et espèrent.

— Je ne te parle que de ma carcasse; ce soir : à bientôt de mon âme et de mon cœur.

Je t'embrasse et Marie te serre la main

Tuus

STÉPHANE

— Dis à Mesdames Gaillard que je leur écrirai quand j'aurai rajeuni, et qu'en attendant je les aime.

— Abonne-toi (pour cinq francs par an) à la *revue Nouvelle* (17. rue St Benoît), ou lis-la au café, ce qui coûte plus cher. C'est la vraie revue des *Jeunes*. Il y a dans le premier numéro[1] des merveilles de Banville, Cladel, Mendès, Glatigny, etc. ————

1. Le premier numéro de *La Revue nouvelle*, dirigée par Albert Collignon (1839-1922), parut le 1er décembre.

43. – *A Albert Collignon.*

Tournon.
Vendredi, [11 ou samedi]
12 Décembre 1863.

Cher Monsieur,

J'ai reçu votre chère *Revue* que j'attendais avec bien de l'impatience[1]. Ce premier numéro est aveuglant : que de noms aimés ; et que de belles choses !

Tout ira à merveille, soyez-en bien persuadé. Un recueil, aussi fort, publié au quartier latin, à un tel prix — *ne peut que* prospérer.

Je vous aiderai de toutes mes faibles forces. Comptez sur ma propagande, à Londres en particulier. La réclame que je vous avais promise dans la *Gazette des étrangers* y a paru deux jours après mon départ. Armand Renaud[2] ne m'a pas écrit, et je ne sais si celle qu'il devait faire éclore dans la *Revue contemporaine* n'est pas bien en retard. Voyez cela.

Je regrette de n'être pas dans un milieu où je puisse vous être plus utile : mais, ici, je ne veux connaître personne. Les habitants du noir village où je suis exilé vivent dans une intimité trop touchante avec les porcs pour que je ne les aie en horreur. Le cochon est ici l'esprit de la maison, comme le chat, autre part.

1. Voir le post-scriptum de la lettre précédente.
2. Armand Renaud (1836-1894). Ce jeune poète, fonctionnaire à l'Hôtel-de-Ville, avait été disciple d'Émile Deschamps. Mallarmé se servira bientôt de ses relations dans ses démarches auprès du Ministère.

Je n'ai pas même trouvé un logement qui ne fût pas une étable. Je suis encore à l'hôtel et ne serai chez moi que dans deux jours. N'ayant pas touché à mes malles, je n'ai pu vous traduire les trois poèmes inédits d'E. Poë dont nous étions convenus. Je vous envoie en attendant une très-courte terza-rima [1]. La pourrez-vous mettre dans votre second numéro?

— Adieu, cher Monsieur : je vous quitte car je souffre atrocement de rhumatismes que me vaut ce hideux trou de Tournon, et suis au lit depuis plusieurs jours. Je vous serre la main, et vous prie de me croire bien à vous,

STÉPHANE MALLARMÉ

Je ne vous dis rien pour Mendès ni Glatigny [2], à qui je compte écrire ce soir. —

Mon adresse va être : rue de Bourbon, 19, à Tournon (Ardèche).

44. – *A Armand Renaud.*

Tournon, 20 Décembre 1863

Mon cher Armand,

Ne vous étonnez pas trop de mon silence ; vous savez ce que sont un voyage, l'ennui d'un métier nouveau,

1. Peut-être « Haine du pauvre », ou « A un mendiant ». Mais rien ne parut dans la revue.

2. Catulle Mendès (1841-1909), fondateur de la *Revue fantaisiste* en 1861. En 1866, il sera le maître d'œuvre du *Parnasse contemporain* avant de devenir, en épousant Judith Gautier, le gendre de Théophile Gautier. Il sera l'une des amitiés les plus constantes de Mallarmé. Albert Glatigny (1839-1873), comédien et poète. C'est par des Essarts que Mallarmé connut l'un et l'autre.

un emménagement, etc. Il y a deux jours j'étais encore à l'auberge, et voici la première lettre que j'écrive sur *ma* table, *chez moi*, en face de la Vénus de Milo. Elle est pour vous.

Avant de rien vous dire de votre livre, je me débarrasse des quelques détails, indispensables pour un ami, sur le lieu de mon exil. Tournon est un petit village, noir, très sale, habité moitié par des hommes, moitié par des cochons. Les hommes sont auvergnats, et les cochons, maigres. La bise y est violente et froide parce que nous sommes resserrés entre des montagnes pelées. Au loin on voit des glaciers : mais tous les pics neigeux du monde ne valent pas un quart d'heure avec vous.

Nous vivrons ici en ermites, sans voir personne, avec les portraits de nos amis, nos souvenirs de Paris, — et, un peu aussi, avec cette *folle charmante*, l'Espérance[1]. J'ai toutefois trouvé un professeur d'Allemand[2] qui a fait de bons vers dans la *Revue de Paris*, jadis. Mais je n'aime pas les bons vers : je suis difficile, et ne sais lire que les *Vignes Folles*[3], les *Caprices de Boudoir*[4], ou les strophes de ce singe d'Emmanuel.

— Votre volume, vous comprenez si je l'ai dévoré, — et redévoré. Il a été jusqu'ici mon compagnon d'exil. Je ne vous dirai rien aujourd'hui de sa beauté ; de ce sang amoureux qui bat dans ses vers[5] comme dans les artères d'un dieu. A quoi bon ? Sûr de vous,

1. Cf. la lettre à Cazalis du début juillet 1862 et la note.
2. Charles-Théodore Fournel (1817-1869), qui fut précepteur des enfants royaux de Prusse de 1844 à 1854, et publia divers recueils.
3. De Glatigny.
4. D'Armand Renaud.
5. *Vers* surcharge *veines*.

vous l'êtes encore de mon admiration, et vous savez d'avance, avant que j'ouvre la bouche, ce qui en sortira. Entre poètes, et quand on se sent tous deux à une certaine hauteur au-dessus des fronts vulgaires, dire : c'est bon, signifie : c'est merveilleux. Trop d'admirations brusques laisseraient voir des doutes antérieurs. Ce serait un enfantillage que s'exclamer.

J'ai commencé un article où je ne marchanderai pas l'éloge parce qu'alors ce sera un grain d'encens brûlé sur l'autel de l'Art, et non un banal émerveillement devant vous, mon poète.

— En faisant sécher ma lettre, je m'aperçois qu'elle est d'une lourdeur insolente, et je vous plains d'avoir à la lire. Mais je ne vis pas en ce moment, je suis dans une anxiété mortelle, et j'ai des larmes dans les yeux à n'y point voir. Vous savez combien j'aime Glatigny, et ne fût-il pas un de mes meilleurs amis, je l'aimerais comme un de nos grands poètes. Or, je reçois hier une lettre de quatre ou dix lignes, qui est un adieu. Glatigny m'apprend que le lendemain il se doit battre avec ce misérable Wolff[1] qu'il a souffleté sur le boulevard ; que Wolff a choisi le pistolet, et ajuste. Or Glatigny est myope et n'y voit pas à dix pas. La distance est vingt pas. Il n'a jamais touché à un pistolet, ce noble porte-lyre. — Quand je songe qu'il peut être mourant à l'heure où je vous écris, — je n'en puis dire plus. J'ai envoyé une dépêche hier, et j'attends une lettre d'un de ses amis[2] ce matin peut-être.

1. Albert Wolff (1835-1891), chroniqueur au *Figaro*. Glatigny l'avait provoqué en duel à la suite d'un propos malveillant sur son maître Banville.
2. Armand Gouzien.

— Adieu, mon cher ami ; ma femme joint ses amitiés à mes serrements de mains, et nous vous aimons.

Bien à vous,

STÉPHANE MALLARMÉ

Ne trouvez-vous pas le premier numéro de la *Revue nouvelle* charmant ? Le volume de Mendès [1] a-t-il paru ? Je ne l'ai point reçu encore.

Je ne vous dis rien pour notre cher poète Émile Deschamps parce que je compte lui écrire ces jours-ci. Comment va-t-il en ce moment ? ——————

45. – *A Henri Cazalis.*

Tournon, 30 Décembre 1863

Mon bon Henri,

Je ne veux pas laisser passer le nouvel an, sans te serrer la main. Pardonne à ma lettre son absurdité qui te permettra de te consoler de sa brièveté. Je suis ahuri d'ennuyeux travaux. A peine ai-je fini de clouer des rideaux qu'il me faut donner des Notes, — fantastiques, — pour le Lycée qui me laisserait crever de faim, griffonner une trentaine de lettres à des gens que j'ai depuis longtemps négligés, et écrire, pêle-mêle, aux êtres chers.

Cesse d'être inquiet, mon Henri. Je vais à merveille maintenant. Le temps est gris et glacial, ici, cela seul

1. *Philoméla.*

me rend maussade. Tournon est sur la route de tous les vents d'Europe : c'est un relais, et leur rendez-vous. Toute l'année, ils s'engouffrent furieusement dans les montagnes resserrées. Parfois, l'azur est æstival, et le soleil, tiède et vivifiant à travers les carreaux. Vous sortez, pour vagabonder dans la campagne, mais le vent malin fait mine de vous emporter à quelques lieues de là. Les bœufs sont tous décornés, et très peu de maris ont encore leurs bois.

Hier, séduits par cet été lointain, et qui n'est qu'au ciel, nous nous sommes promenés. Nous étions glacés, outre que Marie, impuissante à lutter contre les bourrasques, se cramponnait aux arbres des chemins.

Et personne à voir ! Tu sais, du reste, que je suis difficile et que des gens qu'Emmanuel trouve charmants, en province, me dégoûtent.

— Adieu, mon bon Henri. Ah ! que nous aussi nous regrettons le temps perdu, vilain qui nous as si peu vus ! Nous t'embrassons beaucoup, pour tes étrennes, et te souhaitons peu de bonheur, — Il faut être lâche pour être heureux, — et beaucoup de marrons glacés.

A bientôt une lettre moins jourdelanesque, et qui soit digne de ta précédente, si adorable !

Ton

STÉPHANE

Marie est devenue rose et grasse. Ne la vois plus jaune.

J'oubliais de te parler des papiers de mariage[1]. Mon grand-père est aux cent coups. Que ne m'as-tu écrit,

1. Mallarmé avait entrepris de faire valider en France son mariage à Londres, dont ses grands-parents Desmolins avaient reconnu la légalité.

dès que tu l'as reçu ? Je t'aurais envoyé des écus. Plus tard, je n'en avais plus, moi-même. Sérieusement, cela est grave. Je te prie en grâce, réponds-moi *courrier par courrier* ce qu'on te demande, que je te l'envoie. Outre que mon grand-père ne nous considère pas comme mariés tant que cela n'est pas fini — ce qui est déplorable — les formalités vont devenir beaucoup plus nombreuses et difficiles, parce que le délai des *trois mois qui suivent la rentrée en France* est expiré.

N'oublie pas cela, je t'en prie.

Je t'embrasse encore,

STÉPHANE

1864

46. – *A Henri Cazalis.*

Jeudi matin
[7 ? janvier 1864].

Mon Henri,

Je t'envoie enfin ce poème de l'*Azur* que tu semblais si désireux de posséder. Je l'ai travaillé, ces derniers jours, et je ne te cacherai pas qu'il m'a donné infiniment de mal, — outre qu'avant de prendre la plume il fallait, pour conquérir un moment de lucidité parfaite, terrasser ma navrante Impuissance. Il m'a donné beaucoup de mal, parce que bannissant mille gracieusetés lyriques et beaux vers qui hantaient incessamment ma cervelle, j'ai voulu rester implacablement dans mon sujet. Je te jure qu'il n'y a pas un mot qui ne m'ait coûté plusieurs heures de recherche, et que le premier mot, qui revêt la première idée, outre qu'il tend par lui-même à l'*effet* général du poème, sert encore à préparer le dernier. L'*effet produit,* sans une dissonance, sans une fioriture, même adorable, qui distraie, — voilà ce que je cherche. — Je suis sûr, m'étant lu les vers à moi-même, deux cents fois peut-être, qu'il est atteint. Reste maintenant l'autre côté à envisager, le côté esthétique. Est-ce beau, y a-t-il un reflet de la Beauté ? Ici, commencerait mon immodestie si je parlais, et c'est à toi de décider.

Henri, qu'il y a loin de ces théories de composition littéraires à la façon dont notre glorieux Emmanuel prend une poignée d'étoiles dans la voie lactée pour les semer sur le papier, et les laisser se former au hasard en constellations imprévues ! Et comme son âme enthousiasme [*sic*], ivre d'inspiration, reculerait d'horreur devant ma façon de travailler ! Il est le poète lyrique, dans tout son admirable épanchement. Toutefois, plus j'irai, plus je serai fidèle à ces sévères idées que m'a léguées mon grand maître Edgar Poë[1].

Le poème inouï du *Corbeau* a été ainsi fait. Et l'âme du lecteur jouit *absolument* comme le poète a voulu qu'elle jouît. Elle ne ressent pas une impression autre que celles sur lesquelles il avait compté. — Ainsi, suis ma pensée dans mon poème, et vois si c'est là ce que tu as senti en me lisant. Pour débuter d'une façon plus large, et approfondir l'ensemble, je ne parais pas dans la première strophe. L'azur torture l'impuissant en général. Dans la seconde, on commence à se douter, par ma fuite devant le ciel possesseur, que je souffre de cette terrible maladie. Je prépare dans cette strophe

1. Allusion à sa « Philosophy of composition », traduite par Baudelaire sous le titre de « Genèse d'un poème », qui raconte la conception du « Corbeau » comme un pur exercice poétique déterminé par la recherche de l'effet à produire. A travers ce commentaire de « L'Azur », Mallarmé propose à son tour sa philosophie de la composition, ou sa poétique de l'effet.

encore, par une forfanterie blasphématoire *Et quelle nuit hagarde,* l'idée étrange d'invoquer les brouillards. La prière au *Cher Ennui* confirme mon impuissance. Dans la troisième strophe, je suis forcené comme l'homme qui voit réussir son vœu acharné. La quatrième[1] commence par une exclamation grotesque, d'écolier délivré. *Le ciel est mort!* Et, de suite, muni de cette admirable certitude, j'implore la Matière. Voilà bien la joie de l'Impuissant. Las du mal qui me ronge, je veux goûter au bonheur commun de la foule, et attendre patiemment la mort obscure... Je dis : *Je veux*! Mais l'ennemi est un spectre, le ciel mort *revient,* et je l'entends qui chante dans les cloches bleues. Il passe, indolent et vainqueur, sans se salir à cette brume et me transperce simplement. A quoi je m'écrie, plein d'orgueil et ne voyant pas là un juste châtiment de ma lâcheté, que j'ai *une immense agonie.* Je veux fuir encore, mais je sens mon tort et avoue *que je suis hanté.* Il fallait toute cette poignante révélation pour motiver le cri sincère, et bizarre, de la fin, l'*azur*... — Tu le vois, pour ceux qui, comme Emmanuel et comme toi, cherchent dans un poème autre chose que la musique du vers, il y a là un vrai drame. Et ç'a été une terrible difficulté de combiner, dans une juste harmonie, l'élément dramatique, hostile à l'idée de Poésie pure et subjective, avec la sérénité et le calme de lignes nécessaires à la Beauté.

Mais tu vas me dire que voilà beaucoup d'embarras pour des vers qui en sont bien peu dignes. Je le sais. Cela, toutefois, m'a amusé de t'indiquer comment je juge et je conçois un poëme. Abstrais de ces lignes

1. En fait la sixième.

toute allusion à moi, et tout ce qui a rapport à mes vers, et lis ces quatre pages, froidement, comme l'ébauche, fort mal écrite et informe, d'un article d'art.

Tuus,

STÉPHANE MALLARMÉ.

Je ne me relis pas. Et je te plains d'avoir à me lire, povero !

47. – *A Henri Cazalis.*

[7 ? janvier 1864].

Mon bon Henri,

Je joins à mes vers, et à la manière de s'en servir, un mot au sujet de ton étrange lettre, la dernière. Quant à l'autre, la charmante, j'attends une heure lumineuse, la semaine prochaine, pour y répondre [1].

Si, nous sommes mariés. La preuve, c'est que l'enfant de chœur, qui avait six ans, a signé son nom sur un grand registre à la chapelle, — et que nous nous aimons.

Mais si. Parlons sérieusement. Le maire de Sens est un avocat, très-fort en droit. Mon grand père a pris conseil de beaucoup d'avoués, ces gens ont tous récité la même leçon. Enfin le Consul français à Londres, qui se connaît en ces sortes d'affaires, a assuré que la cérémonie qu'on m'impose suffit. Tranquillise-toi

1. Cette lettre et la précédente en sont peut-être une seule, écrite en deux temps.

donc, et pense que si jamais je mets un petit faune[1] au monde, il sera légitime.

Va, de suite, je t'en prie chez un traducteur. Je joins à cette lettre les cinq francs dont tu me parles. Tu adresseras le tout à Madame Mallarmé, aux Gaillons, à Sens.

— Emmanuel, qui vient de m'écrire, me dit qu'il a passé plusieurs heures avec toi. Heureux Emmanuel ! — J'ai pu lire, dans son mystérieux grimoire qui m'aveuglera un jour, que tu lui avais lu des poèmes en prose merveilleux. J'ai trouvé l'épithète insolemment inférieure au sujet. Est-ce Sperata[2] ? son enthousiasme alors ne m'étonne ni ne me surprend. Est-ce une œuvre nouvelle ? Alors, je veux, entends-tu, je veux que tu te couches à deux heures du matin, demain, et qu'après demain tu me les aies tous copiés.

Marie dit que tu es un villain de l'effrayer, car ta dernière lettre où tu parlais de notre mariage qui ne serait que chimérique, l'a épouvantée.

— Adieu, mon bon Henri. Je t'embrasse de grand cœur, et Marie te bat.

Ton

STÉPHANE

— Porte donc un poème en Prose à la *Revue nouvelle*, ta voisine, (14, rue Jacob) ils rentrent absolument dans son cadre. Elle concilie l'art et la poésie — même la plus rêveuse et extra-terrestre.

SM.

1. Ce n'est qu'en juin 1865 que Mallarmé commencera « un intermède héroïque dont le héros est un faune ». Cette boutade semble suggérer que le projet en est bien antérieur.

2. *Sperata* est le nom sous lequel Cazalis évoquera Ettie dans son œuvre.

48. – *A Armand Renaud.*

Tournon,
[vendredi] 8 Janvier 1864

Mon bon ami,

Je termine à l'instant mon article[1] sur les *Caprices de Boudoir*, et je vais le copier en hâte ce soir. Vous l'aurez Mardi à Versailles. Pourra-t-il paraître à la fin du mois dans l'*Artiste*? Je le désire de tout mon cœur.

Je suis bien en retard. D'abord, j'attendais les vers de Mendès et ceux de Glatigny. Puis est venu du soleil et j'ai grimpé huit jours sur nos coteaux où les rayons endormis ont de charmantes nuances vineuses. J'ai fait des vers, après cela. Puis, que sais-je? L'ennui m'a coiffé de son chaperon de plomb. J'ai eu horreur de ma plume. Soulever les lourdes ténèbres de la vie journalière[2] était trop de courage pour moi. J'ai dû attendre le premier instant lucide. Enfin, je souhaite que, pour tardives qu'elles soient, ces pages ne vous en soient pas moins agréables.

Il y a deux façons de faire un article de cette sorte. Quand on n'est pas fort épris du livre ou qu'on parle d'un poète inférieur, le plus simple est de s'écrier qu'il n'a jamais été rien fait de tel au monde, de citer le plus de vers possible, et de ponctuer chaque demi-phrase exclamativement. Vous n'auriez pas été satisfait de

1. Cet article n'a pas paru (ou reste à retrouver).
2. Cf. *Le Poème du Haschisch* où Baudelaire évoque « les lourdes ténèbres de l'existence commune et journalière ».

cela, artiste grave et fier. Voilà pourquoi j'ai suivi la voie absolument contraire.

Je ne me suis pas donné la peine de dire que j'avais à faire à l'excellent poète que vous êtes, ni de louer votre livre qui n'a besoin d'aucun éloge pour être ce qu'il est. Dédaignant toute cette banale mise en scène, j'ai simplement écrit les réflexions qu'avait fait naître en moi votre livre, et j'ai cru que le soin et l'étude sérieuse que j'apportais à ce travail suffisaient à montrer le cas que je faisais de l'œuvre qui l'inspire. Je crois que le but d'un bon article est de constater et je laisse à la réclame les fanfares qui suivent la joie de cette constatation.

Avant votre lettre, je n'ai jamais, malgré l'érotisme de plusieurs de vos vers, douté un moment de votre spiritualisme, et vous verrez dans la seconde partie de cette esquisse, ce qui m'avait conduit à subodorer votre réel tempérament poétique. Vos derniers aveux d'un entier changement ne m'ont donc en rien surpris.

Inutile de vous dire que si un mot vous déplaisait ou vous semblait faux, vous devriez l'effacer avant de porter l'article à Houssaye[1].

Je suis ravi de votre liaison avec mon ami fraternel Cazalis : son âme est un clair de lune d'une adorable limpidité. Je ne dis rien de son cœur que vous apprécierez. Vous connaissez aussi cette fée diaphane et toute faite de poésie, Nina Gaillard. J'en suis heureux. J'eusse dû penser à vous présenter dès longtemps à elle.

Vous savez que les actions du chemin de fer de Lyon

1. Arsène Houssaye (1814-1896), dédicataire du *Spleen de Paris* de Baudelaire et directeur de *L'Artiste*.

à Marseille vont monter effrénément : quatre poètes sur la Ligne ! A Lyon, Soulary [1]. A Tournon, ce pauvre moi, et Glatigny qui viendra bientôt se chauffer un mois ou deux à notre feu — Il est dans une froide misère à Orléans — Enfin l'infortuné Emmanuel, qu'on exile à deux pas d'ici, à Avignon. Venez donc, vous qui, comme les hirondelles et les bohémiens, voyagez sans payer, et vous aurez une ovation de lauriers-roses.

Adieu, mon cher Armand, vous savez que je vous aime et que je suis

tout à vous de cœur

STÉPHANE MALLARMÉ

= Ma femme, qui va à merveille vous remercie de penser à elle et souhaite beaucoup de beaux vers, — vœu inutile —

Mes compliments affectueux à Émile Deschamps. Dites-lui qu'il n'aurait pas dû se donner la peine de me répondre étant si malade. Comment va-t-il ? Je vois annoncée comme nouvellement republiée sa traduction de *Roméo*. S'il vous l'a donnée, seriez vous assez gentil pour me la prêter huit jours par la poste. Je suis trop pauvre pour l'acheter. —— Mendès vous a-t-il donné son volume [2] ? Je viens de le recevoir. Emmanuel en est peu satisfait. Moi, j'en suis fort épris —— Qu'on ne sache pas *rue Neuve* que Glatigny viendra bientôt chez moi.

STÉPH.

1. Joséphin Soulary (1815-1891), poète lyonnais estimé de Baudelaire.
2. *Philomela*.

Je joins quelques vers à ma prose. J'en fais plus ici. Mais vous ne sauriez croire combien cela me fatigue : J'ai le travail fastidieusement difficile.

Je vous prierai, si vous pouvez, *de corriger les épreuves de cet article.*

49. – *A Maurice Dreyfous.*

Tournon, 8 Janvier 1864.

Mon cher ami,

Je suis honteux de vous écrire si tardivement et deux mots seulement. Mon excuse au premier adverbe, est que je me suis trop ennuyé depuis un mois pour ne pas avoir horreur de ma plume, et celle au second que j'ai un long travail sur les vers d'un de mes amis à recopier avant ce soir et à envoyer sans plus tarder à *L'Artiste.*

Vous savez que ce moderne polichinelle, Emmanuel, vient à Avignon, à quelques lieues de ma Scythie. Donnez à ce nouvel Ovide exilé mes *Châtiments.* Il me les remettra en passant. Assurez-vous toutefois, auparavant, qu'il ne fait partie d'aucune police, ce que pourraient faire soupçonner ses habitudes pédérastiques.

Je vous quitte déjà : à bientôt, une lettre plus longue.

Ne m'oubliez pas, et croyez que je vous rends le bien pour le bien. Ma femme joint ses amitiés aux miennes.

Tout à vous,

STÉPHANE MALLARMÉ.

— Veuillez remettre aussitôt que possible à Emmanuel le billet qui accompagne cette lettre. — Ne m'oubliez pas auprès des dames Gaillard ni Yapp qui ne me répondent aucunement —

STÉPH.

50. – *A Henri Cazalis.*

Tournon, 13 Février 1864

Mon cher Henri,

Ma femme reçoit une lettre de sa sœur qui lui apprend que tu t'emportes, gesticules, et vocifères, parce que je ne t'écris pas. Je vis blotti sur le tapis devant un grand feu, car tu me sais frileux comme un chat. Mais je pense à toi sans cesse.

Tu sais qu'Emmanuel est à Avignon. Qu'il y prospère ! — Je l'avais supplié en grâce, ennuyés et dégoûtés de notre solitude que nous étions, de venir nous ressusciter un peu. Il m'a répondu par une lettre tristement bouffonne. Il était de son intérêt de se rendre à son poste sans tarder. Que sais-je ? Son proviseur n'aurait pas envers lui, quand il arriverait, ce sourire qu'il aime à rencontrer sur tous les visages le long de sa vie. Et, armé de ces graves motifs, il a eu le cœur de passer devant la porte d'un ami qu'il a souvent appelé son frère ! Et cela dans un voyage de cent cinquante lieues !

J'en ai pleuré. Mais je ne pleurerai plus parce que je sais jusqu'où il faut désormais compter sur lui. C'est un charmant garçon — mais voilà tout. Sans cœur, — ou sans tendresse, ce qui est de même. Grand faiseur de protestations, voilà tout.

Et quand je pense que je me serais détourné de cinquante lieues pour le voir ! — Il a préféré le sourire d'un cuistre, de son proviseur, à celui d'un frère, au mien. Je ne le lui prodiguerai plus.

Il sacrifierait chacun de nous à.... si encore c'était à de beaux vers, c'est un cœur pratique.

Voici le vingtième tour de la sorte qu'il me joue. — Tu comprendras que je t'en parle longtemps : tu sais qu'aimant beaucoup mes amis, toute vilenie me blesse amèrement. Ah ! Henri que tout cela est loin de ton grand cœur noble, généreux, poétique !

Au lieu de t'en écrire plus long, comme je n'aurai qu'à te raconter notre monotone ennui provincial, je t'envoie des vers [1]. Marie te serre les mains, et voudrait que tu la visses rose et fraîche. Nous faisons des armes ensemble : cela lui donne du ton.

Je t'embrasse

ton

STÉPHANE

Presse la main d'Armand Renaud, qui vient de m'écrire une bien charmante et bonne lettre, et montre-lui mes vers que je lui avais promis.

Mille amitiés aux Gaillard qui ne m'écrivent pas !

1. « A une putain » (qui deviendra « Angoisse ») et « *Las de l'amer repos...* ».

51. – *A Albert Collignon.*

21 février 1864.

Cher Monsieur,

Je n'ai reçu la *Revue nouvelle* ni *le premier* ni le *quinze* février. M'oublieriez-vous déjà ? Je vous en prie, songez à moi et soyez assez aimable pour m'envoyer les *deux livraisons* qui me manquent, et la prochaine et les autres... Vous n'ignorez pas combien je suis tout à vous.

Vous ne recevrez rien de moi aujourd'hui encore, parce que depuis quelques mois je ne fais guère que des vers ; or, vous en avez déjà tant, je pense, sans compter ceux que je vous ai envoyés en décembre, et tant de beaux, que je m'abstiens. Je vous demanderai toutefois, quand le volume de vers de notre ami Glatigny[1] paraîtra, de me laisser quelques pages pour l'étudier amoureusement.

Quand vous verrez Mendès et Villiers[2], serrez-leur bien la main, très fort, en leur disant que je ne les oublie pas. Je serre la vôtre d'abord, et vous prie de croire à ma sympathie qui voudrait devenir une amitié.

Bien à vous.

STÉPHANE MALLARMÉ.
Tournon (Ardèche).

1. *Les Flèches d'or.*
2. Première mention de Villiers de l'Isle-Adam, que Mallarmé connut en même temps que Mendès à l'automne 1863, et qui sera la grande amitié de sa vie.

52. – *A Henri Cazalis.*

Tournon, Mercredi saint
[23 mars] 1864

Mon bon Henri,

Tu te plains de notre silence ! D'abord, je t'expliquerai que voici longtemps que je n'ai plus écrit à personne. Je te dirais après cela que ton nom est si souvent, — toujours ! — sur nos lèvres que je trouve presqu'inutile de fatiguer mon débile cerveau et le fouiller une heure pour en tirer des banalités que tu sais.

Je n'ai pas écrit depuis longtemps, parce que le spleen m'a entièrement envahi. Tu t'ennuyais à Strasbourg, qui est une grande ville amie de la pensée ? ah ! mon ami, comprends qu'ici on se laisse aller aux derniers découragements. L'action est nulle ; on tourne dans un cercle étroit comme des chevaux idiots d'un cirque de foire, au son de quelle musique, grand Dieu ! Sans les tribunaux, je mettrais le feu aux ignobles maisons que je vois irrévocablement de ma fenêtre, à chaque heure du jour, bêtes et niaises : et comme je logerais une balle par instants dans le crâne abêti de ces misérables voisins qui font tous les jours la même chose et dont les vies fastidieuses combinent pour mes yeux larmoyants l'épouvantable spectacle de l'immobilité, qui verse l'ennui. Si encore, c'était l'immobilité du soleil ! — Oui, je le sens, je m'affaisse chaque jour sur moi-même : chaque jour le découragement me domine, je meurs de torpeur. Je sortirai de là abruti, annulé. J'ai envie de battre les murs de ma tête pour me réveiller.

— Vois-tu, la province n'est bonne et salutaire qu'aux natures exubérantes, actives, pleines de santé. Celles-là vivifient tout autour d'elles, et sont soutenues, si elles faiblissent, par la noble volonté. Ainsi notre Emmanuel.

Mais l'âme passive, malade, affaiblie, impuissante, qui, excitée à chaque instant par le contact de Paris et se retrempant dans le grand bain des foules, peut faire de grandes choses, celle-là meurt en province, dans un village misérable et n'offrant pas même les distractions du corps.

Tu me diras que nous sommes deux. Non. Nous ne sommes qu'un. Marie pleure quand je pleure et s'ennuie quand j'ai le spleen. C'est mon ombre angélique, paradisiaque, mais sa douce nature ne saurait faire d'elle ma lady Macbeth.

Comprends donc mon silence : j'ai environ vingt lettres à écrire par mois, ou trente. Je les remets chaque jour ; ce sont des plaies qu'il faut rouvrir. Sans compter qu'une lettre me fait horreur de ma plume, et que je ne la reprends plus, pendant les plusieurs jours qui suivent, pour mes compositions littéraires....

Le matin, je me lève relativement fort et joyeux, puis je décline, et vers le dîner toutes mes forces sont épuisées — je me couche à sept heures.

— Tu ne comprendras pas cela, toi. Mais je le souffre. Ne me donne pas de ces conseils que tu sais donner avec ton âme forte et souvent invincible, il faudrait qu'on me guérisse avant. *Sursum corda*[1] serait

1. « Haut les cœurs ».

un mot parfaitement ridicule à me crier. Surtout ne m'en veuille pas, si je ne t'écris pas plus souvent. Je suis malheureux d'une lettre une semaine entière, avant et après. —

J'ai attendu, pour t'écrire celle-ci, le passage d'Emmanuel. Il est venu nous voir dernièrement, il te racontera cela : quelle adorable journée ! Je suis si faible de tête que sa joie merveilleuse et son amitié bruyante, lors de sa visite, m'ont littéralement rendu très-malade tout un soir. J'avais une intolérable névralgie. — Adieu, mon bon Henri, nous t'aimons de tout notre cœur. Marie est un peu souffrante et faible.

Ton frère,

STÉPHANE

Je t'envoie des vers de moi, *Les Fleurs*[1], que tu n'as pas lus, je crois, — et un merveilleux sonnet — un des plus beaux que je sache, — d'un de mes vieux et intimes amis, *Lefébure*[2]. Amitiés à Armand Renaud

---

1. Avec « Les Fleurs » apparaît pour la première fois le personnage d'Hérodiade dans l'œuvre de Mallarmé.

2. Après ses années de lycée à Sens (où il connut peut-être Mallarmé), Eugène Lefébure (1838-1908), devint employé des Postes tout en s'adonnant à la poésie et, après 1865, à l'égyptologie qui devait ouvrir sur le tard à cet autodidacte les portes de l'université, à Lyon puis à Alger. Ses relations épistolaires avec Mallarmé, commencées en 1862, s'interrompirent à la fin de 1871 pour une liaison illégitime qui déplut à l'auteur du *Faune*. Si 80 lettres de Lefébure ont été conservées, seules 5 lettres de Mallarmé ont été retrouvées. Voir H. Mondor, *Eugène Lefébure, sa vie, ses lettres à Mallarmé,* Gallimard, 1951.

53. – *A Albert Collignon.*

Tournon, le 11 Avril 1864

Cher Monsieur,

Vous me considérez comme un mort, et, au fond, je ne puis que vous donner raison, car voici longtemps que j'ai sur moi-même la même opinion. Toutefois, n'auriez-vous pas pu jeter les derniers numéros de votre chère *revue* sur ma tombe comme on dépose des couronnes mortuaires, et, quelquefois même — rappelez-vous le monument de Heine — des cartes de visite. Si, par hasard, vous consentiez à remplir ce pieux devoir, je vous demanderais de faire parvenir en la maison que j'habitais de mon vivant les numéros du quinze Mars et du premier Avril avec celui du quinze Avril.

— Je plaisante, mais j'ai tort. Hélas ! je me sens cependant bien mort : l'ennui est devenu chez moi une maladie mentale, et mon atonique impuissance me rend douloureux le plus léger travail. Je ne saurais vous dire comme cette plume, abandonnée sur ma table que revêt la poussière, me semble lourde à reprendre, — même pour vous écrire.

Mon ami, ma vivante antithèse, Emmanuel des Essarts, — qu'une prodigieuse activité écarte de la tristesse, et que la solitude, loin de lui permettre de s'affaisser sans remède, fortifie, — vous a remis quelques vers de moi. Je ne saurais plus les faire. Je vous envoie, aujourd'hui, quelques poèmes en prose dont vous aimez les *inspirateurs*[1]. Pourrez-vous les faire passer bientôt? J'aimerais qu'ils fussent imprimés presque de suite, afin que celui qui décrit Baudelaire ne se rencontrât point avec un article que je compte faire (y aura-t-il de la place chez vous?) sur *le Spleen à Paris* et sur l'œuvre de ce maître[2]. Quand vous aurez aussi épuisé mes vers je vous enverrai trois traductions de courts poèmes d'E. Poe — les seuls qui n'aient pas été traduits. Mais je préfère avoir quelque chose — en prose et en vers — d'original avant ces calques[3] d'un inimitable Poète.

Me répondrez-vous?

Peut-être, non. Cela ne m'empêchera pas d'être à vous et à la Revue de tout cœur.

STÉPHANE MALLARMÉ.

Le chevalier de Chatelain[4], mauvais poète français habitant Londres, m'a promis de s'abonner à la Revue, l'a-t-il fait? ———

1. Première version de *Symphonie littéraire*, consacrée à Gautier, Banville, Baudelaire, qui ne sera publiée dans *L'Artiste* qu'en 1865.
2. Projet avorté, ou article non retrouvé.
3. Mallarmé avait, dès 1860, fait une traduction littérale de sept poèmes de Poe.
4. Installé en Angleterre depuis 1842 et naturalisé Anglais en 1848, le chevalier de Chatelain (1801-1881) entretint avec Mallarmé une correspondance suivie. Les lettres de Mallarmé sont pour la plupart perdues.

54. – *A Henri Cazalis.*

Tournon, 25 Avril 1864

Mon bon Henri,

Pardonne-moi de ne pas t'avoir plus tôt répondu[1] : tu le sais, je suis faible. J'ai de grandes luttes à faire pour me décider à toucher une plume. C'est rouvrir ma blessure qu'écrire, et je ne puis obtenir de répit qu'à la condition de dormir sans cesse.

Autrement, si j'ouvre les yeux, je me hais de ne rien faire, et pourtant je sens que je n'ai pas la force d'agir.

Enfin, j'espère que Glatigny va me ressusciter. Il viendra ces jours-ci s'installer pour un mois auprès de nous. Que de promenades heureuses nous ferons !

Marie aussi attend cette distraction avec impatience, car elle est bien affaissée, et nerveuse au possible, ou mieux, énervée. Voici une quinzaine qu'elle est souffrante, et j'ai tout lieu de croire qu'avant l'année prochaine il y aura un petit poète entre nous deux. Elle ne vit pas et est dégoûtée de tout : juge si cela contribue beaucoup à me relever.

1. Cazalis venait de lui envoyer son poème en prose « Armonia ». Peu avant, il lui avait raconté un dîner avec Baudelaire chez sa cousine, Mme Le Josne : « Nous avons dîné avec Baudelaire : ma cousine qui t'aime beaucoup et m'a demandé tous tes vers, a fait lire à Emm[anuel] les fenêtres et l'azur. Le maître a écouté avec une très fine attention : mais selon l'usage — usage bien contraire à celui d'Emm. — n'a rien dit. » Récit de la même scène par ledit Emmanuel : « J'ai montré tes vers à Méry, à Vacquerie et à Baudelaire. Baudelaire les a écoutés sans désapprobation ce qui est un très grand signe de faveur. S'il ne les avait pas goûtés, il m'eût interrompu. »

Je tremble à cette idée que je pourrais être père, si j'allais avoir un imbécile dans ma vie — ou un laideron !

Ô horreur !

— J'attendais beaucoup du livre de *Victor Hugo « William Shakespeare* [1] *»* Cela m'a secoué, voilà tout, et non vivifié. Il y a des pages merveilleusement sculptées, mais que d'affreuses choses ! Entre autres ce chapitre déshonorant : « Le beau serviteur du vrai [2] » où, entre autres infamies immortelles, on peut lire ceci « ...vider le baquet des malpropretés publiques, Polymnie, manches retroussées, faire ces grosses besognes,... pourquoi pas ? »

Heureuse Vénus de Milo qui n'as pas de bras, un tel blasphème n'a pu t'être adressé ! Et puis pourquoi prendre pour éternel modèle de l'Art l'inconsciente nature, et dire « soyons sales ! » parce que l'océan écume ? Est-ce assez absurde, la nature a souvent des ardèches, l'Art n'a que des Parthénons. — Ne va pas dire tout cela à Vacquerie. Tu as mis le doigt sur la nature *souvent bornée* de cet honnête homme, admirable tragique, mais fort mauvais poète lyrique. ———

Parlons de toi. J'aime infiniment « Armonia. » on se sent, en le lisant, bercé par toutes les vagues du bleu. C'est une marée montante d'azur. Ton rêve est frère

1. Le livre avait été mis en vente le 18 avril, à la date présumée du troisième centenaire de la naissance de Shakespeare ; le prospectus de l'éditeur, auquel Hugo mit la main, l'annonçait ainsi : « Ce sera le manifeste littéraire du XIXe siècle. Ce livre continuera l'ébranlement philosophique et social causé par *les Misérables*. La même vogue immense lui est assurée. »

2. Ce chapitre venait de paraître dans la *Revue nouvelle* du 15 avril. On peut y lire la célèbre formule : « L'art pour l'art peut être beau, mais l'art pour le progrès est plus beau encore. »

du parfum et de la musique : ta langue, sans arêtes, *et même sans contours*, est juste assez matérielle pour être humaine, comme les saintes de ce pauvre Flandrin[1] ont juste assez de la femme pour pouvoir vivre sur cette terre.

Une petite observation pourtant. Je trouve tes phrases trop courtes, et leur harmonie est quelquefois un peu haletante. Ce que je te dis là s'applique à l'artiste et nullement au rêveur qui chez toi est tout à fait supérieur. *La phrase*, — plastique aux yeux des imbéciles, — *de Th. Gautier*, mais qui, pour moi, est équilibrée miraculeusement, a une justesse de touche qui est de la justice, et offre le modèle parfait d'une âme qui vit dans la Beauté ; — *celle*, moins sereine, mais fouillant dans les derniers abîmes et au septième ciel du mysticisme, *qu'emploie Balzac* dans *Séraphita* — voilà ce qui rendra ton rêve, aux yeux des rares artistes, plus immatériel encore.

L'art suprême, ici, consiste à laisser voir, par une possession impeccable de toutes les facultés, qu'on est en extase, sans avoir montré comment on s'élevait vers ces cimes. Or, souvent, tes phrases courtes ont les bras levés vers l'Idéal, aspirent, et semblent s'envoler de temps à autre. Fais-les planer.

— Me comprendras-tu. Ce que je veux te dire est si intime, si voilé, et si vague, que je crains d'avoir trop précisé par endroits. Pardonne-moi. Et laisse-moi finir par une recette que j'ai inventée et que je pratique « Il faut toujours couper le commencement et la fin de ce qu'on écrit. Pas d'introduction, pas de finale. » Tu me

1. Le peintre Hippolyte Flandrin, né en 1809 et qui venait de mourir à Rome le 21 mars.

crois fou ? Je t'expliquerai un jour que là n'est pas ma folie. — Pour ce matin, je me contente de t'embrasser de tout cœur. Ma Marie t'embrasse aussi, et je la laisse faire.

Ton

STÉPHANE

Demande à Emmanuel une *introduction* à *Trois poèmes en prose* [1], et le *poème sur de Banville* que je lui ai envoyés. J'ai horreur de recopier cela.

Les poèmes 1er et 2e sont sur Th. Gautier, et Baudelaire.

Nous verrons le petit Emmanuel à la Pentecôte, je languis. ————

55. – *A Henri Cazalis.*

[Mai 1864]

[...] [2] province. D'abord tout ne s'appelle pas Tournon. Ensuite on arrive un jour infailliblement à Paris, soit par l'université, soit par le nom qu'on s'est fait avec ses travaux solitaires. — Et puis, puisqu'Emmanuel et moi vivons en province, hélas ! tu peux aussi accepter ce martyre [3]. Tu as moins besoin de Paris que nous. Pour nous qu'est Paris ? après les musées et les amis, c'est cinq ou six poètes dont nous avons besoin

1. *Symphonie littéraire.*
2. Le début de la lettre manque.
3. Des Essarts et Mallarmé essayaient alors de convaincre Cazalis d'entrer dans l'enseignement.

auprès de nous. Mais toi, peux-tu dire cela? quand tu peux te passer à merveille, non seulement d'eux, mais longtemps même de leurs vers que tu ne connais que depuis peu. Nous sommes d'une école : nous vivons dans la mode. Mais toi, sans le divin Banville, sans Baudelaire ou Théo, tu eusses écrit tes adorables poèmes en proses.

Tu as un talent qui peut s'isoler.

— Réfléchis, Henri, avant de sourire. Je te jure qu'il y a là un chemin ouvert devant toi, — devant vous. Emmanuel, à qui j'ai soufflé un mot de ceci, était entièrement de mon avis. Consulte-le. Consulte aussi tes amis.

Maintenant, adieu. Ne m'en veuille pas de ma sécheresse. Ceci est écrit comme une lettre d'oncle, c'est vrai, — mais ce doit être ainsi, — et puis c'est si bon d'écrire simplement sans se martyriser après de belles phrases. Mon pauvre cerveau est toujours fatigué. — Après tout, tu sais que la seule occupation d'un homme qui se respecte est à mes yeux de regarder l'azur en mourant de faim. Que cette lettre matérielle ne me diminue pas à tes yeux,

Marie t'encourage,

Et moi

STÉPHANE

Réponds-moi dès que tu pourras — et crois que je t'aiderai en tout.

La petite Marie est décidément dans une situation plus que respectable. *Es ist nicht*[1]. *Si.*

1. *Es ist nicht* (« Ce n'est pas vrai ») écrit de la main de Marie.

56. – *A Albert Collignon.*

Tournon, 26 Juin 1864.

Cher Monsieur,

J'apprends hier définitivement, par une lettre de faire-part que m'adresse Monsieur Gosselin, votre éditeur, que la Revue[1] n'est plus. Je ne saurais vous dire combien cela m'attriste; ce charmant recueil, le seul de Paris, L'*Artiste* excepté, qui ne fût pas hostile à la Poésie et aux arts, avait, vous le savez, toute ma sympathie et mes vœux fervents. J'avais même un peu, si vous vous rappelez, assisté à son baptême.

Ce sera un bien grand regret pour moi de n'avoir été un de ses collaborateurs que sur la couverture, car je retrouve en lui tous les noms que j'aime, — mais je n'ai aucune négligence à me reprocher.

— Ce rêve étincelant n'est plus pour vous qu'un souvenir, mais un tel souvenir est une gloire, et vous devez éprouver, cher monsieur, autre chose que de la mélancolie en jetant les yeux sur cette chère collection de belles et nobles choses auxquelles vous avez donné asile. De notre temps, Mécène serait directeur d'une Revue, s'il voulait rester digne de son nom : et vous vous direz : Tant que j'ai pu le faire, j'ai accueilli la Muse aux brodequins et aux pieds déchirés, j'ai tendu la main à cette inspiratrice moderne, la Liberté; et quelques mois de cette hospitalité sont une vie entière. —

Adieu, cher monsieur, ou mieux au revoir, car je

1. La *Revue nouvelle*.

compte aller dans deux mois à Paris, et j'espère que vous me permettrez de conserver la vive sympathie que vous avez éveillée en moi aux jours d'espoir où je vous vis, et de vous revoir encore.

Je suis, du fond de mon exil,

Bien à vous,

STÉPHANE MALLARMÉ.

— Si vous aviez encore *Trois Poèmes en prose* que je vous avais envoyés il y a environ six semaines, je vous serais bien obligé de me les adresser, car je n'en ai qu'un brouillon incomplet. —

S.M.

57. – *A Armand Renaud.*

Tournon,
Lundi 27 Juin [1864].

Mon bon ami,

Nous restons bien longtemps sans rien entendre l'un de l'autre. Que faites-vous ? Et, d'abord, pour me débarrasser des questions, n'avez-vous pas fait représenter une pièce à Versailles ? Je crois le savoir par Emmanuel. Et vous ne m'en dites rien ! c'est mal. — Au fait, non, c'est bien et vous avez raison ; il faut, pour les punir de leur absence ridicule, que les absents soient regardés comme des morts ; et je ne vous en veux pas.

Encore : — l'article que j'ai fait sur les chers *Caprices*

de boudoir a-t-il paru dans l'Artiste[1] ? Houssaye ne vous en a-t-il pas parlé depuis ?

Je viens d'en terminer un sur les *Flèches d'Or*[2] : Dieu, qu'il y a de belles choses dans ce livre écrit au hasard de l'inspiration : les vers y sont d'une ampleur lyrique qui me ravit. Seulement une chose m'a beaucoup indigné ; c'est de ne voir ni votre nom ni celui de des Essarts parmi les jeunes poètes qu'il cite dans sa préface, et qu'il a évidemment l'intention de nommer au complet.

Et j'ai encore à écrire sur *Philomela*[3] ! Ces trois articles seront certainement ceux que j'aurai faits avec le plus de charme, pouvant, derrière les poètes, voir des amis.

J'ai fait peu de vers depuis ceux que j'ai envoyés à Cazalis, mais quelques poèmes en prose (dont je détache ce dernier pour vous[4]), et une *Symphonie littéraire* où Th. Gautier, Baudelaire, et de Banville entrent comme *motifs*. Je vous montrerai cela aux vacances.

Car nous allons donc bientôt nous voir. Ne m'aviez-vous pas dit que vous comptiez, cette année, voir Marseille ? Si vous avez encore cette idée, écrivez m'en ; nous conviendrons des dates, et je ne quitterai pas Tournon avant que vous n'y soyez venu une semaine au moins. Nous nous verrons un peu seuls, loin de la poussière et du bruit. Sera-ce en Août ?

Une chose, hélas ! empoisonnera mes vacances.

1. Voir la lettre à A. Renaud du 8 janvier et la note.
2. De Glatigny.
3. De Catulle Mendès.
4. « Pauvre enfant pâle » (voir le post-scriptum)

Vous savez que ma femme me promet pour cet automne un berceau garni d'un *baby* : or, elle ne pourra pas, sans risquer la vie de son enfant et la sienne, venir à Paris, et, ne connaissant personne aux environs, sera obligée de demeurer à Tournon. Cela sera bien amer pour moi. Je resterai auprès d'elle autant que possible, mais je ne saurais, sous peine de déchéance spirituelle, rester toujours — j'ai besoin d'hommes, de parisiennes, de musique et de tableaux. Je suis déjà aux trois quarts abruti.

—— Adieu, mon bon ami, ne nous oublions plus : ma femme joint un bon serrement de main aux miens.

Votre

STÉPHANE MALLARMÉ.

Avez-vous vu jouer les *fourberies de Nérine* [1] ? que c'est adorable ! Que pensez-vous du *William Shakespeare* de notre *maître à tous* ? Il y a de bien belles choses — mais de bien tristes : entre autres, ce chapitre : Le *Beau serviteur du vrai* — *Utilité de l'art* — etc.

Dernièrement, je vis par ma fenêtre un méchant enfant pauvre qui chantait seul par les rues une chanson insolente : la voix très haute, le forçait à lever la tête d'une façon singulière et qui me frappa longtemps. Un moment l'affreuse idée me vient que cette tête qui semblait vouloir s'en aller, serait peut-être un jour en effet détachée du reste de ce corps grêle par le couteau de la justice, et dans la soirée j'écrivis le poème en prose que je vous envoie.

1. Comédie en vers de Théodore de Banville.

58. – *A Henri Cazalis.*

Tournon, Mardi matin [juillet 1864].

Mon bon Henri,

Je commençais à désespérer de toi, et je me demandais si c'était un excès de bonheur ou d'amertume qui te faisait oublier de m'écrire. Mon Henri, si mon ombre n'était pas une de celles qui portent malheur, je dirais qu'elle t'accompagne dans toutes tes tristes pérégrinations sur le pavé parisien. Ah! oui, il est difficile pour un poète et un noble cœur de rencontrer une table de bois peint en noir où les ânes gagnent deux mille francs : plus difficile peut-être encore que tu ne le penses maintenant. Et quelle vie absurde à côté d'une carrière libre qui t'éloignerait momentanément de Paris, c'est vrai, mais y ramènerait forcément un jour un talent comme le tien. Et puis, l'avenir ? Y a-t-il un avenir dans ces gratte-papiers [1], une retraite ? L'hôtel de ville serait la meilleure chose, parce que c'est clair et défini, — et qu'au fond Armand Renaud, et de mes amis qui y travaillent [2], y sont fort à leur aise. *Tu dois tenter là l'examen* — et tâcher de te faire protéger.

1. « ... je cherche dans tout Paris un bureau de contentieux, quelque chose enfin qui me rapporte de 1 500 à 2 000 f. tout de suite, et ne me prenne que du matin 10 heures jusqu'au soir 4 heures. Eh bien, tu ne seras pas surpris d'apprendre que je n'ai encore rien trouvé [...]. Je m'estimerais fort heureux si je pouvais entrer à l'hôtel de ville ; mais il y a dit-on à la porte une foule de jeunes gens affamés comme moi, et je ne dois entrer qu'à mon tour. »

2. Les poètes Albert Mérat et Léon Valade.

Tout, je le sais, s'y fait par protection, et devient très facile alors. A l'aide du jeune Polonais [1], neveu de Haussmann, tu forcerais la grande porte de bronze et passerais victorieusement sous la grande statue équestre d'Henri quatre.... Comme je connais ce chemin-là, j'ai tant de fois été voir Armand Renaud — qui dormait ou faisait des vers, deux choses également divines, sur son pupitre vide.

Enfin nous allons nous voir, et regagner le temps perdu l'an passé ! — Et ne plus écrire, car j'abhorre les lettres, (que je ne reçois pas). Tu sais qu'une lettre m'agace au point que pendant deux jours, je ne peux plus travailler — quand elle ne me brise pas. C'est si banal, au fond. On passe sa vie à penser d'adorables choses de ses amis, et, un beau jour, il faut que pendant une heure on prenne une plume pour lui griffonner les premières sottises qui vous viennent au cerveau. Ne me parle donc plus de lettres, de longs silences, tyran. On s'aime, pendant ces silences, et tout est mieux.

Hélas, mon Henri, nous ne nous verrons pas tous ; ma pauvre Marie ne pourra voyager à ce moment-là sans risquer deux santés. Elle est condamnée à rester exilée dans ce misérable Tournon ; elle en pleure déjà, la pauvre. Quant à moi, je lui sacrifierai la moitié des vacances, mais je suis si malade du cerveau, que je deviendrais *idiot*, sans plaisanterie, si je ne respirais un peu un meilleur air. J'ai besoin d'hommes, de parisiennes amies, de tableaux, de musique. J'ai soif de poètes. — J'irai d'abord un peu voir Soulary à Lyon, puis Glatigny à Vichy, où il se pavane avec le musicien

1. Stanislas Timowski, réfugié polonais, ami de Cazalis.

Debillemont[1], Coquelin[2], et Gustave Flaubert[3], enfin Cazalis à Paris. Car tu es un fier poète, mon ami. Tu ne saurais croire quelle profonde impression m'ont causée les vers que tu m'as donnés. Toi seul, Edgar Poë, et Baudelaire, étiez capables de ce poème[4] qui, comme certains regards de femme, contient des mondes de pensées et de sensations. Voilà ce qu'Emmanuel devrait prendre toute sa vie pour modèle. Il n'a jamais rien fait qui m'ait autant frappé et ému. Tout y est merveilleusement disposé pour l'effet à produire, et, malgré cet art, le tableau reste simple et vivant. Je suis fou de ces vers parce qu'ils résument toute mon esthétique, — et jamais je ne suis arrivé à un tel effet. Les bras m'en sont tombés quand je les ai lus.

— Tu me parles de *la petite plante*[5]. Je la veux femme — Elle naîtra en automne. Joins à cela qu'elle *est née* dans mes plus tristes heures d'ennui de ce printemps. J'ai bien peur que ce ne soit, comme son père, une créature spleenétique et misérable. Enfin, je promène ma Marie au soleil et je lui rends la vie aussi peu dure que ma méchanceté le permet. Elle a rougi, la pauvre Marie, quand je lui ai lu le passage de ta lettre qui parlait d'elle, et elle a dit : ce méchant Cazalis. Hélas !

1. Jean-Jacques Debillemont (1824-1879), compositeur.
2. Constant Coquelin (1841-1909), devenu en 1864 sociétaire de la Comédie-Française ; par lui, et par Banville, Mallarmé espérera bientôt faire entrer *Hérodiade* et le *Faune* au Théâtre-Français, avec le succès que l'on sait.
3. On ne sait si Mallarmé rencontra jamais Flaubert.
4. « En passant par un champ de foire », qui sera publié en 1865 dans *Vita tristis*.
5. « Et la petite plante, comment va-t-elle ? Pour quelle époque sa venue au soleil ? La povera, quel sort l'attend ? »

elle n'a pas une amie ici — il y a bien une femme charmante, une des rares femmes que j'aie vues de ma vie, ici, mais elle vient quelques jours tous les mois et demeure aux environs[1]. J'avais pressenti ce qu'elle était à la façon nerveuse dont je lui vis caresser un admirable chat, un jour, — elle est, quand elle vient, notre voisine. Quant au reste, un infâme troupeau de vaches qui n'ont de la femme que ce qu'il ne faut pas avoir pour être des hommes. Elles nous répugnent.

Je n'ose pas te parler de suite après elles de ta bien-aimée qui serait souillée : il me faut une transition, je la trouve en Louise Ledieu[2]. Je la crois ce que tu dis, mais Emmanuel en raffole. Tu sais quelle[3] est pour lui la plus spirituelle des femmes, c'est celle qui le laisse parler le plus longtemps. C'est de là que vient qu'il s'est souvent plu avec des grues de province qui m'eussent fait lever le cœur.

Je ne parle pas d'Ettie, parce que tu sais que tout ce que je dirais d'elle est dans mon cœur, et j'aurais peur de faire un péché en te disant plus que : *Aime-la.* — Adieu, je t'embrasse... — et Marie aussi, bien que tu la fasses rougir.

Ton

STÉPHANE

1. Mme Dinah Seignobos, mère d'un élève de Mallarmé (Charles Seignobos, le futur historien, né en 1854). Son mari, Charles Seignobos (1822-1892), sera député de l'Ardèche de 1871 à 1881 et l'un des protecteurs du poète qui lui dédiera en 1879 *Les Dieux antiques*.

2. Les dames Ledieu, mère et fille, faisaient partie des intimes de Nina Gaillard.

3. Et non « qu'elle » (*Corr.* I et *DSM* VI).

59. – *A Théodore Aubanel.*

Mon cher Aubanel[1],

(Et, avant tout, permettez-moi de ne pas vous dire *Monsieur* parce que je ne le peux plus, vous ayant trop aimé en ces deux jours.)

Je vous remercie de grand cœur de votre admirable *Vénus d'Arles*, et je vous envoie quatre de mes poèmes, ceux, je crois, que vous préférez. Je vous dois encore beaucoup, et vous perdez par trop à l'échange. Mais je n'ai pas la force de vous en copier plus : la chaleur et les mouches me rendent trop malheureux, et c'est à peine si je puis passer ma journée à dormir.

Je n'ai pas été des vôtres hier, et j'en suis bien triste ; mais ma femme était un peu souffrante ; et, moi-même, j'étais extrêmement fatigué. A bientôt, cependant. Vous savez que je vous ai promis une apparition en Août : nous en reparlerons, car vous recevrez bien quelques lettres de moi, parfois, n'est-ce pas ?

Je suis trop abruti pour mener plus loin cette lettre idiote, et je vous dis adieu.

Je vous serre la main, plusieurs fois pour vous d'abord, puis pour Emmanuel, pour M. Roumanille[2] que je n'ai qu'entrevu, pour Ranquet[3], ce charmant

1. Théodore Aubanel (1829-1886), « imprimeur du pape », et l'un des membres fondateurs du Félibrige. C'est par des Essarts, nommé au lycée d'Avignon, que Mallarmé venait de faire sa connaissance.

2. Joseph Roumanille (1818-1891), libraire à Avignon et membre fondateur du Félibrige.

3. É. Ranquet, jeune félibre élève de des Essarts.

cœur, et pour M. Brunet [1]. Que d'amis en vingt-quatre heures !

Votre,

STÉPHANE MALLARMÉ

Tournon, Lundi [25 juillet 1864].

60. – *A Henri Cazalis.*

Tournon,
Mardi [2 août 1864 [2]].

Mon cher Henri,

Je ne suis pas à la hauteur de ta douleur [3] pour t'écrire : pardonne-moi de ne pas parler, en pensant que je souffre avec toi.

Écoute. Ce que je t'ai proposé est possible, bien que toute ta vie tu aies toujours été sans pitié pour mes prières. Tu as besoin de changer de vie, ne serait-ce que pendant une quinzaine. Viens donc du quinze Août aux premiers jours de Septembre.

Si tu ne le fais pour toi, fais-le un peu pour Marie, la pauvre enfant, qui ne pourra quitter Tournon ces vacances. Et, pour moi, qui suis maintenant dans une de mes plus tristes périodes de sécheresse et d'aride impuissance.

1. Jean Brunet, peintre et vitrier d'art, membre fondateur du Félibrige. Mallarmé dédiera à sa femme, Cécile Brunet, qui sera la marraine de Geneviève, le poème « Sainte ».

2. Cette lettre datée « Mardi » est postérieure à la lettre de Lefébure du 31 juillet et antérieure au 8 août.

3. Sans doute une nième rupture avec Ettie.

Je joins à cette lettre les cent francs nécessaires. Tu n'as donc plus à me faire l'éternelle objection financière.

— Voici mes vacances : Marie ne devant voyager maintenant, je lui sacrifie un mois, à peu près.

La distribution est le huit. Le neuf, je vais à Vichy, et je reviens le quinze pour la fête de Marie, qui, pendant ce temps-là aura passé quelques jours à Vienne chez la femme d'un collègue[1], et aura été au-devant de moi à Lyon. Je m'arrête à Lyon pour voir Soulary, et je reviens. Nous restons à Tournon, ensemble, jusqu'au cinq Septembre.

C'est alors que nous t'aurons : pense au bien que cela fera à Marie de t'avoir, et, ne pouvant aller à Paris, de voir Paris venir à elle, — car, vraiment, tu es presque tout Paris pour elle. Et puis notre intérieur d'ici nous répugnera moins quand tu y auras vécu. (Si tu viens, nous irons voir Aubanel, à Avignon, et Mistral)

Le cinq Septembre, nous partons, elle, aux environs, chez une charmante amie dont je crois t'avoir parlé, et où elle passera une bonne quinzaine, et moi vers Paris avec toi. Je m'arrête à Sens jusqu'au dix, et près de Sens, chez mon pauvre ami Lefébure[2], jusqu'au qu[in]ze[3]. Je vais à Versailles jusqu'au vingt. J'arrive à Paris le vingt, et j'y passe les dernières semaines de Septembre et la première d'Octobre. Ajoute que pendant ces dix-huit jours, il faut que je trouve moyen

1. Mme Fournel, femme de Charles Fournel.

2. Son grand-père s'était suicidé et un projet de mariage avait avorté (lettre du 31 juillet).

3. Lacune du papier.

d'aller trois jours, ce qui avec le voyage fait six, à Londres, où *je veux* aller.

Tu vois que je serai peu à Paris. C'est une raison de plus pour que tu viennes. Et, du reste, je ne saurais pas attendre si longtemps avant de te voir !

Ne me demande pas de consacrer à Paris la première moitié des vacances. Ce serait priver Marie des quelques occasions de promenades aux environs et des distractions qu'elle peut avoir. En outre, je ne saurais me résigner à revenir à Tournon au milieu d'un congé, sans être forcément appelé par la cloche du collège. Je serais trop malheureux pendant ces dernières semaines. En reculant le voyage, j'aurai au moins l'espérance devant moi.

Adieu, frère. Je t'embrasse. Encore une fois, ne m'en veuille pas de n'avoir pas mêlé ta grande douleur à toute la banalité de ces plans. On est trop comédien quand on écrit, et je veux te plaindre sincèrement et la main dans la main. Les mots à effets qu'il faudrait trouver me répugnent. D'ailleurs, je suis *malade de tête,* et ne saurais les trouver. Et pourquoi délayer bêtement ces mots : « Je souffre avec toi ! »

Viens, nous parlerons.

Je t'embrasse, et Marie.

STÉPHANE

= Ce que tu me dis de Glatigny est *absurde*[1] : il m'aime beaucoup ; m'envoie sans cesse ses journaux, son livre, etc. Il n'a pas besoin d'argent, en ayant plus

1. La lettre de Cazalis est perdue. C'est par Glatigny que Mallarmé venait de publier dans *La Semaine de Cusset et de Vichy* les poèmes en prose « La Tête » (« Pauvre enfant pâle ») et « L'Orgue de Barbarie » (« Plainte d'automne »).

que moi maintenant. Il veut même m'héberger. Je vois derrière tes quelques lignes les imprécations d'Emmanuel qui lui a prêté sept francs en quinze jours, il y a trois ans, et ne cesse de déplorer leur perte. De plus, le cher enfant qui n'aime pas confesser ou reconnaître une supériorité — c'est tout au plus s'il admet des rivaux — a toujours vu d'un mauvais œil les talents de Glatigny et de Catulle. Il leur en veut de leur couleur qu'il n'aura jamais. Ceci, sans arrière-pensée : tu sais que j'aime Emmanuel comme un fils[1]. Mais, comme poète, je lui préfère les autres. ———

Réponds-moi de suite, parce que Marie a quelques arrangements à prendre pour son voyage à Vienne. Elle aimerait à voir clair devant elle auparavant. J'aurai donc un billet de toi Jeudi matin.

61. – *A Théodore Aubanel.*

Bien loin ! Mercredi soir
[3 août 1864].

Mon cher Aubanel,

Je vous remercie de grand cœur de votre charmante invitation. J'y répondrai en vous serrant la main. Pour aujourd'hui permettez-moi de vous annoncer seulement mon arrivée. J'ai le cerveau trop malade pour vous en dire plus long, et, si je ne sentais en moi une grande joie à la pensée que je vais vous revoir, je

1. Blanc laissé par Mallarmé.

croirais aussi que le soleil m'a desséché le cœur. Vous me ressusciterez tous, n'est-ce pas ?

J'étais, hier, à Valence quand votre lettre est venue, sans quoi je vous eusse écrit de suite, mais il n'y a rien de perdu. Je serai à Avignon Samedi un peu après six heures, et j'en repartirai le Lundi à deux heures du matin, car, à neuf, j'ai une distribution des prix à laquelle je dois assister.

Au revoir : j'évite toute effusion, parce que si je me mettais à vous dire que je vous aime, j'en aurais pour bien des pages, — et, vraiment, je n'ai pas la force d'aller plus loin.

Mes amitiés à tout le monde. Si vous écrivez à Mistral, dites-lui bien que c'est beaucoup pour le connaître que je viens et qu'il ne manque pas au rendez-vous.

Ne m'oubliez pas auprès de Madame,

Votre

STÉPHANE MALLARMÉ

62. – *A Frédéric Mistral.*

Avignon, Samedi soir
[6 août 1864 [1]].

Mon cher Mistral,

Vous me hantez : j'ai besoin de vous revoir. Je suis pour deux jours à Avignon — puis-je aller vous serrer la main *Lundi* ?

1. Lettre datée d'après la précédente.

Répondez-moi, si vous êtes libre, et je suis de suite auprès de vous.

Votre

STÉPHANE MALLARMÉ

63. – *A Henri Cazalis et Emmanuel des Essarts.*

Tournon, Mercredi matin
[17 août 1864].

Mon bon Henri,

Je ne t'écris qu'une poignée de main. Nous arrivons hier, ma femme, de la campagne où elle avait loué pour huit jours une bicoque, près de Vienne, et moi, de la grande Chartreuse où j'ai failli prendre la robe.

L'air a fait beaucoup de bien à Marie, mais la perspective de mon absence d'un mois l'attriste beaucoup, aussi je veux la promener dans les environs en attendant cette séparation. Demain matin nous prendrons le steam-boat qui ne la fatigue pas, et nous descendrons le Rhône — jusqu'à Avignon sans doute. Nous y resterons trois ou quatre jours.

Le médecin m'a beaucoup recommandé de la distraire.

Au commencement de Septembre, elle partira pour une quinzaine à la campagne de notre amie, et moi vers Paris, en voyant Soulary à Lyon, Glatigny à Vichy, Lefébure dans l'Yonne, et ma mère à Sens. Je n'arriverai donc que vers le dix.

Maintenant que me voici débarrassé de nous, parlons de toi. *Comment es-tu? Et ta pauvre mère? Écris-moi bientôt, j'ai tant besoin d'un mot heureux de toi*, Henri[1].

Mais ne bavardons pas d'avance sur le papier — bientôt je pourrai écouter les battements de ton cœur, ce qui vaut mieux.

Adieu, frère, je t'aime et nous t'embrassons,

STÉPHANE

Mon bon Emmanuel,

Tu as dû être surpris de ne point me voir au chemin de fer — Henri te dira où j'étais.

Il t'apprendra aussi que, ne sachant où promener Marie que le bateau seul ne met pas en danger, nous allons sans doute aller passer quelques jours à Avignon — Mais Avignon sans toi!

Au revoir, je t'aime.

Ton

STÉPHANE

Si vous m'écrivez, je suis jusqu'à Lundi soir à l'hôtel de l'Europe, Avignon. Marie va très bien — aussi bien qu'elle peut être, du moins. Je ne peux pas me faire à l'idée de ma paternité!

1. Cazalis venait d'annoncer que sa mère était « très gravement malade ». Elle devait mourir le 18 septembre.

64. – *A Théodore Aubanel.*

Mercredi soir
[17 Août 1864[1]]

Mon cher Aubanel,

Vous êtes devenu une nécessité pour moi. Je reviens demain à Avignon, pour quelques jours.

J'arrive de la grande Chartreuse et je veux promener ma femme que son état m'empêchera d'emmener à Paris. Le bateau à vapeur ne la fatiguant pas comme les wagons et les diligences, nous descendrons tranquillement le Rhône. Partis à onze heures, il me semble que nous arriverons de quatre à cinq heures. Je vous verrai donc dans la soirée.

En attendant, je vous embrasse. Mes compliments à Madame Aubanel.

STÉPHANE MALLARMÉ

— Je suis heureux comme un roi de vous revoir tous ! —

1. Lettre datée d'après la précédente.

65. – *A Henri Cazalis et Emmanuel des Essarts.*

Tournon, Mardi
[30 août 1864].

Henri, ta lettre est adorable [1], je me sens beaucoup trop bête pour y répondre. Mon ami, je suis éteint absolument. Pense que j'ai un an de Tournon sur l'esprit. Ne m'en veuille donc pas de mon silence. Demain je fuirai l'Ardèche. Ce nom me fait horreur. Et pourtant il renferme les deux mots auxquels j'ai voué ma vie — Art, dèche.....

Tu vois, je suis un misérable, je fais des calembours. Plains-moi.

Je suis heureux, ravi, de voir passer cette chevelure blonde dans ton ciel sans comète depuis longtemps [2]. Au fond, vois-tu, *tous les baisers se valent.* Nous avons beaucoup à nous dire. Mais, d'ici là, respire ta jolie fleur.

Tu t'étonnes ! mais je ne reste qu'un jour auprès de Soulary, qui vaut bien l'arc de Triomphe, et un avec Glatigny devant qui s'humilie la colonne Vendôme. Puis il faut voir ma mère et mes sœurs que j'aime ; ma grand-mère qui m'aime, — et ce pauvre malade, mon ami Lefébure qui languit, aux environs de Sens, après le jour où je viendrai. Ce serait le rendre bien malheureux que de l'oublier.

1. Dans cette lettre, Cazalis plaisantait sur ses malheurs et sur la comédie du monde.

2. Brouillé avec Ettie, Cazalis venait d'annoncer une nouvelle liaison avec une « charmante grisette » qui « a des cheveux blonds, le corps de la Vénus accroupie ».

A toi maintenant, enfant Emmanuel; je dis donc que je vous verrai vers le dix en allant à Versailles, et qu'à mon retour de cette ville lointaine j'aurai trois semaines à vous donner à Paris, jours et nuits. Vous serez bientôt las, allez.

J'ai trouvé ton ami[1] de chez Gros Jean très maigri depuis ton départ, il m'a même coupé tant il était absent de cœur et près de toi. C'est par lui que j'ai su, et que la ville d'Avignon a su, tes premières nouvelles parisiennes. Il m'a prié de t'embrasser, et demande quand ton volume paraîtra.

Les Brunet ont été plus que charmants pour nous pendant notre séjour là-bas. J'ai à peine vu le pauvre Théodore.

Ah! mon ami, que je voudrais être à Avignon! Demande donc cela pour moi aux dieux qui mettent des manches de lustrine dans les cabinets des Ministres! Je me suicide ici, je n'y vivrai pas une seconde année; je te jure que j'ai la tête absolument vide.

Adieu, — je vous embrasse tous deux, deux fois, Henri pour sa flamande, et toi de la part du jeune... employé de Gros Jean.

Ton

STÉPHANE

— Tu peux m'écrire à Sens : j'y serai Dimanche —

1. Peut-être É. Ranquet.

66. – *A Henri Cazalis.*

Tournon, Dimanche
[9 octobre 1864].

Mon bon Henri,

Je ne t'ai pas écrit plus tôt parce que je ne me sentais pas installé, et je ne te dis que peu de mots, parce que j'ai environ devant moi quinze lettres à griffonner.

Je suis arrivé, — *nous sommes arrivés* sans encombre. Marie était à la gare depuis une heure au moins, espérant que sa présence hâterait le train. Je l'ai trouvée très fraîche, mais aussi ayant oublié démesurément l'ancienne sveltesse de sa taille. Si tu la voyais ! Joins à cela qu'elle en est toute honteuse. Elle dit que si tu venais ici, elle se cacherait.

Depuis, j'ai repris mes habitudes : je ne m'ennuie pas encore : d'abord, cela m'a fait renaître de revoir Marie, puis si tu voyais comme nous sommes d'une façon charmante, avec nos délicieux oiseaux, les poissons d'or, et la chatte blanche, et, parmi tout cela, ma douce Allemande, qui va des uns aux autres. Elle a été éblouie des belles choses que j'ai rapportées de bien loin, et ne cesse de contempler la belle petite pendule de Saxe.

J'ai repris courage, et, grâce à ce qui m'entoure, j'espère que je ne retomberai pas de sitôt dans les lourdes ténèbres où j'ai si longtemps vécu.

Mon lycée me prend plus de temps, et mes heures sont moins faciles, voilà mon seul ennui.

— Et toi, mon Henri, comment es-tu ? Te remets-tu

un peu de tes accablantes émotions, et le silence de ma disparition ne t'isole-t-il pas par trop ?

Emmanuel va te dire adieu aussi, et j'espère le voir passer demain ou après. Et tu restes, toi qui es pour nous Paris !

Je t'embrasse, et permets à Marie, qui rougit, de suivre mon exemple.

ton

STÉPHANE

= J'écrirai à Mme Lejosne [1], demain sans doute.

= Veuille serrer les mains de Timowski [2] que j'aime. =

67. – *A Alfred des Essarts* [3].

Tournon, Mercredi soir
[12 octobre 1864 [4]].

Cher monsieur, cher ami,

J'ai été bien désolé de ne pouvoir assister réellement à la cérémonie de votre mariage, mais mon cœur n'était pas absent. C'était, bien malheureusement, le

1. Mme Le Josne ou Lejosne, cousine de Cazalis et amie de Baudelaire.

2. Voir la lettre 58 et la note.

3. Le père d'Emmanuel, qui venait de publier *Le Champ de roses, récit de village.*

4. Lettre datée d'après la précédente, et la date du mariage.

jour de mon retour vers l'exil[1] et vous savez que les ennuis ne peuvent se différer d'une heure. Je suis parti avec la tristesse d'un devoir manqué. Aussi me suis-je promis que dès mon installation universitaire passée, je vous serrerais la main de loin. C'est simplement ce que je viens faire, ne pouvant pas mêler la banalité d'un bavardage de vieil ami au bonheur nouveau — car vous l'aviez oublié — et charmant que vous goûtez.

De toute mon âme je suis avec vous.

Tout ce que je pourrais vous dire, vous le savez puisque ma sympathie est assez intime et vraie pour que je ne sente pas autrement que vous votre joie : aussi je ferai trêve de mots et me contenterai de jeter les yeux en souriant sur cet avenir hier froid et seul, et maintenant si béni et si rose qu'on ne sait vraiment plus par instants si c'est un matin ou un couchant.

Avant de vous quitter, veuillez de loin me présenter (et ma femme, qui partage toute ma sympathie, enfin satisfaite, pour vous) à Madame des Essarts que nous serons une grande année sans connaître, hélas !

Adieu, ne me répondez pas, Bien à vous,

STÉPHANE.

J'ai lu votre adorable *Champs de roses*, que vous auriez pu appeler champ de perles, ou de tout ce qui est beau. Que de délicieuses pages, mon Dieu ! et comme Dickens aimerait mieux voir son nom au bas qu'en tête !

1. Le mardi 4 octobre.

68. – *A Théodore Aubanel.*

Tournon, Jeudi matin
[13 octobre 1864[1]]

Mon bon Aubanel,

Voici bien longtemps que nous ne nous sommes serré les mains. Je ne résiste pas à la tentation de te glisser un petit mot dans la lettre de ce singe profond que les poètes appellent Polichinelle, mais les hommes, Emmanuel des Essarts[2].

Comment vas-tu ? Et que fais-tu ?

Moi, me voici de retour en mon exil, — et moins triste, d'abord parce que je revois ma femme après une longue absence ; puis parce que nous attendons ce baby qui, dis-tu, va me faire renaître, — aussi parce que je vais travailler à mon Hérodiade, — enfin parce que j'ai une adorable maîtresse, toute blanche, et qui s'appelle Neige. C'est une chatte de race, jolie et que j'embrasse tout le jour sur son nez rose. Elle efface mes vers avec sa queue, se promenant sur ma table pendant que j'écris.

Joins à cela que je griffonne ceci au chant de bengalis que j'ai rapportés à ma femme — et tu comprendras combien nous devons être heureux, en famille, ou en ménagerie, comme tu le voudras. Je te

1. Lettre datée d'après les deux précédentes.
2. Des Essarts venait de regagner Avignon sans s'arrêter à Tournon.

serre les mains, et ma femme dit à Madame Aubanel qu'elle [l']aime,

Ton

STÉPHANE MALLARMÉ

J'ai donné ton volume de la *Miougrano* [1] à Catulle Mendès qui en raffolait ; serais-tu assez charmant pour ne pas m'en vouloir et m'en renvoyer un ?

69. – *A Henri Cazalis.*

Tournon, Dimanche soir
[30 octobre 1864 [2]]

Mon bon Henri,

La triste lettre noire que nous avons reçue hier m'a fait comprendre ton silence. Hélas ! pauvre ami, un autre deuil vient te désoler, et tout ce qui fut ton enfance s'en va donc à la fois ! Nous te plaignons du fond du cœur, car je connais cette solitude froide que font, en s'en allant, les chers êtres qui ont présidé à nos premières années.

Mais, écartons un moment de notre horizon ces oiseaux funèbres, et fixons ensemble nos regards sur le pâle azur d'automne qui va, dans ce temps, à nos pensées.

Que fais-tu ? Travailles-tu à la médecine, déjà, sans

1. *La Miougrano entre-duberto* (La Grenade entrouverte), 1860.
2. Datation proposée par *DSM* VI : Cazalis a perdu son grand-père maternel le 27 octobre.

négliger de mettre une dernière fois la main à tes pierreries littéraires — pierreries bleues qui tombent, avec un adorable gazouillement, comme l'eau d'un jet d'eau, en perles, sous un rayon de lune.

Pour moi, me voici résolument à l'œuvre. J'ai enfin commencé mon *Hérodiade*. Avec terreur, car j'invente une langue qui doit nécessairement jaillir d'une poétique très nouvelle, que je pourrais définir en ces deux mots : *Peindre, non la chose, mais l'effet qu'elle produit*[1].

Le vers ne doit donc pas, là, se composer de mots, mais d'intentions, et toutes les paroles s'effacer devant la sensation. Je ne sais si tu me devines, mais j'espère que tu m'approuveras quand j'aurai réussi. Car *je veux* — pour la première fois de ma vie — *réussir*. Je ne toucherais plus jamais à ma plume, si j'étais terrassé.

Tu penses que ces efforts, bien inaccoutumés, me fatiguent et m'épuisent, au point de ne me permettre de te serrer la main avec une lettre que rarement.

Hélas ! le *baby* va m'interrompre. J'ai eu déjà une interruption, la présence de notre amie[2], (envers qui, même, le démon de la perversité m'a poussé à être très-amer, — j'ignore pourquoi). Puis il a fait de ces jours tristes et gris, où

Le poète noyé rêve des vers obscènes.

J'en ai même écrit, mais je ne te les enverrai pas, parce que les pertes nocturnes d'un poète ne devraient

1. Cette poétique très nouvelle, qu'on peut qualifier d'impressionniste avant la lettre, prolonge évidemment la poétique de Poe.

2. Mme Seignobos. Intrigué par ces allusions, Cazalis écrira : « Qu'as-tu donc fait à Mad Escarbagnas ? Sois plus clair. »

être que des voies lactées, et que la mienne n'est qu'une vilaine tache.

Adieu, mon Henri : il m'est impossible de faire jaillir aujourd'hui de mon cerveau deux idées qui se suivent. Mais je t'embrasse, ce qui vaut mieux. Marie accepte ma proposition d'en faire autant. Je crois qu'elle sera *une petite mère* avant quinze jours ; tu le sauras de suite,

ton

STÉPHANE

70. – *A Henri Herluison*[1].

Monsieur,

Mon ami Albert Glatigny, qui était au commencement de l'année à Orléans, m'a dit vous avoir prêté un exemplaire, fort rare et auquel je tiens beaucoup, de *Tragaldabas* de Vacquerie. Depuis, soit qu'il ait négligé de vous le redemander, soit que vous ayez oublié de le lui renvoyer, à chacune de mes très pressantes réclamations, Glatigny a invariablement répondu que vous ne le lui remettiez pas, et à la fin m'a fait part de votre adresse.

Mon ami est maintenant en Allemagne, et c'est parce qu'il se trouve trop loin pour que vous lui fissiez parvenir cette brochure que je me permets de m'adresser directement à vous.

Voici longtemps que j'ai infiniment besoin de cette comédie, et je vous serais, Monsieur, très obligé de me la faire parvenir de suite.

1. Henri Herluison (1835-1905), bibliophile orléanais.

En attendant, veuillez croire à l'assurance de mon entière considération.

STÉPHANE MALLARMÉ.

19 Rue de Bourbon
à Tournon [automne 1864]

71. – *A Mme Desmolins.*

Tournon, Dimanche soir
[20 novembre 1864].

Ma bonne bonne Maman,

Nous avons notre petite Geneviève depuis hier soir, à huit heures. Le matin, à une heure de la nuit, Marie est venue m'appeler dans ma chambre et j'ai compris que je devais aller chercher la sage-femme. Une heure après, ses douleurs commencèrent, presquc sans interruptions. Elle a longuement souffert, et est bien fatiguée, sans cependant donner la moindre crainte. A part sa faiblesse, elle est maintenant aussi bien que possible et tout ira bien, en suivant tes bons conseils.

La fillette imite sa mère et se porte à merveille : elle est d'une force surprenante, belle enfant, rose et blanche, avec de longs yeux bleus et de grands cheveux noirs. Je suis très fier.

Tu penses si nous sommes heureux.

Une chose m'a été douce, c'est qu'elle a choisi pour naître le jour de fête de ma pauvre mère, la sainte Élisabeth.

Elle joindra ton nom, notre nom et celui du père de Marie, le parrain, au sien. Merci, toi, d'être sa marraine!

Elle s'appellera donc Stéphanie-Françoise-Geneviève, et recevra tous les jours ce dernier nom.

Il est terrible qu'ici, (je me suis informé,) on n'ondoie pas à moins de vingt francs. Je n'oserais vraiment attendre jusqu'au jour de l'an, époque à laquelle des Essarts, qui remplace le parrain doit nous visiter, et le ferai sans doute venir plus tôt pour éviter ces frais ruineux. Enfin, rien n'est décidé encore. — Quant à toi, notre amie[1] sera ton ombre lointaine.

Adieu, chère bonne Maman. Je te donnerai bientôt des nouvelles des santés : en attendant, nous avons une précieuse bonne femme qui soigne merveilleusement les enfants, tranquillise-toi.

Je t'embrasse et mon cher bon papa,

STÉPHANE.

= Veuille faire part de l'heureuse nouvelle à mes tantes, si elles ne sont plus recluses, et à l'excellent Monsieur Deschamps =

72. – *A Henri Cazalis.*

Tournon, dimanche
[20 novembre 1864].

Mon Henri,

Un seul mot, car une quantité désolante d'enveloppes m'effraie sur la table. Notre petite Geneviève

1. Mme Brunet.

est née, hier soir à huit heures. Marie a longuement souffert, mais il n'y a plus rien à craindre. Ces deux petites filles vont à merveille.

Si tu voyais la plus petite, avec ses grands yeux bleus et ses grands cheveux noirs !

Elle est à ravir, grande et belle, *pour son âge.*

Tu devines si nous sommes joyeux : Marie est charmante dans son rôle de maman, avec son bonnet blanc ; moi, je vais commencer celui de berceuse. Adieu, nous t'aimons.

Ton

STÉPHANE.

Voici mon travail interrompu, car je suis chargé du ménage pour quelque temps.

Tu viendras le voir quand il sera fini, n'est-ce pas, et embrasser le baby qui saura alors te sourire.

Merci de ta lettre : j'aime tes vers [1].

Comment vas-tu ?

Ce que tu me dis de Nina est bizarre [2].

1. « Maladie régnante », qui sera publié en 1865 dans *Vita tristis.*

2. « J'ai vu Nina : il paraîtrait qu'elle est mariée : il n'y avait à son mariage, qui s'est fait il y a 15 jours et qui *pressait*, a dit une femme de chambre, que les témoins et les jeunes époux. » Le 3 novembre, Nina Gaillard avait épousé Hector de Callias.

73. – *A Théodore Aubanel.*

Tournon, Dimanche soir
[27 novembre 1864]

Mon bon ami,

Je savais que notre joie serait tienne. Merci d'être heureux.

A mon tour, bientôt, de te serrer la main en te félicitant d'une charmante paternité. Ne soyez pas longtemps jaloux.

En attendant, parlons de nous. Ma femme s'achemine aussi prudemment que possible vers sa guérison : elle me laisse bien augurer, tout en m'épouvantant, par un appétit de jeune loup. Sa fille, du reste, l'imite, et semble vouloir rattraper le temps perdu, car pendant ses premiers jours elle nous avait attristés par sa somnolence et son obstination à ne pas téter.

Je puis donc espérer que tout ira bien.

Emmanuel m'a dit que tu lui avais lu un drame admirable : quand l'entendrai-je ? comme tu devrais bien venir, au jour de l'an, la veille ou le lendemain, s'il ne fait pas trop froid, passer un jour auprès de nous !

Pour moi, je ne me suis pas encore remis au travail : avec ses cris, ce méchant baby a fait s'enfuir Hérodiade, aux cheveux froids comme l'or[1], aux lourdes robes, stérile.

1. Cf. ces vers de la *Scène* : « Je veux que mes cheveux qui ne sont pas des fleurs / A répandre l'oubli des humaines douleurs, / Mais de l'or, à jamais vierge des aromates... ».

Toutefois, je crois qu'il ne sera pas très bête, car, quand je prononce le nom de Legouvé [1], elle pleure, et rit à se tordre les côtes lorsque je lui décris avec des gestes comiques Emmanuel des Essarts, — de même qu'elle sourit quand je lui parle de toi.

Adieu, mon bon Théodore. Ma femme se réveille juste pour me prier de te parler d'elle et de te dire de ne pas l'oublier auprès de Madame Aubanel qu'elle aime de loin et à qui elle prédit sous peu un second Théodore.

S'il pouvait y en avoir deux, n'est-ce pas ; adieu,

Ton

STÉPHANE

= Amitiés à tous : j'écrirai demain à Brunet =

74. – *A Henri Cazalis.*

Tournon, 26 Décembre [1864]

Mon bon Henri,

Je suis bien en retard. Mais voici bien des jours que la poussière s'amasse sur mon porte-plume. Il fait si froid, si tristement froid, que je reste tapi au coin de la cheminée de Marie où la présence de l'enfant nécessite un feu qui est un incendie. J'arrive là, fatigué de mes classes, qui me *volent* cette année presque toutes mes heures, et Geneviève continue à me briser la tête avec

1. Ernest Legouvé (1807-1903), figure aux yeux de Mallarmé de l'académisme le plus plat. Voir notamment « Hérésies artistiques. L'art pour tous » (1862).

ses cris : je n'ai qu'une seule heure de répit, celle où je m'ensevelis pour la nuit dans mes draps glacés ; or, avant cela, ni le meilleur ami ni la plus étonnante pensée ne me décideraient à griffonner un instant à ma table. Donc, pas de lettres, pas de travail poétique, et ne crois pas que ces devoirs soient remplacés par un charmant bonheur d'intérieur, non, je souffre trop, quand je me sens ne rien faire, pour jouir de quoi que ce soit, et je cherche à ne voir aucune joie afin de ne pas croire que c'est elle la préférée, et la cause de ma coupable stérilité.

Je suis donc désolé : joins à cela une nouvelle tristesse que me donne des Essarts. Il est toujours le même. Il devait venir au jour de l'an : nous nous promettions une petite fête de famille, Marie, de lui montrer sa petite fille, moi de parler, de causer, de rire — enfin de ne pas commencer l'année seuls, désespérément seuls, ce qui est une navrante prédiction. Or, ce poète lyrique m'annonce qu'il ne viendra pas, parce qu'à cette époque de l'année on a des devoirs sérieux à remplir. « Étant père, ne les néglige pas ! » ajoute-t-il avec une émotion intéressée. Cela consiste à se montrer aux préfets, maires, et au bétail de l'État, des Essarts, le maître de Rhétorique en tête. A cette pompe, et au plaisir de jeter quelques cartes de visites qui amènent des visites, et vous font connaître dans la localité, ce misérable singe sacrifie une vieille amitié.

Enfin, il reviendra un peu plus tard avec des amis d'Avignon, pour le baptême de la mignonne. Ah ! que ne seras-tu là, Henri ! Je te garderai des dragées pour l'été afin que tu passes par Tournon. Je crois vraiment que c'est cette perspective qui a décidé Emmanuel à accepter son rôle de second parrain.

Je t'attends quand il fera du soleil ; j'aimerais que tu visses notre baby ; elle est si belle, et sa peau ressemble tant à celle d'une fleur. Malheureusement, elle sera très brune et me ressemblera. J'aurais tant voulu voir sa mère petite, une Allemande, avec deux nattes blondes au dos. Les yeux sont presque bleus encore, mais ils changeront, hélas !

Veux-tu lui garder ton cœur ? je te la donnerai et tu seras mon gendre.

— Adieu, mon Henri, pardonne-moi ces silences qui sont préférables à de sottes lettres. Nous t'embrassons dans celle-ci pour le jour de l'an, tous. Si tu savais que j'ai devant moi près de quarante enveloppes vides qui me regardent ! J'ai voulu t'écrire avant tous. Elles sont destinées à tous les êtres que j'ai aimés ou que j'aime, espacés dans mon souvenir, et à qui je serre la main une fois l'an.

Ton

STÉPHANE

Je m'aperçois que je ne t'ai rien dit de la petite mère. Elle va de mieux en mieux, malgré un gros rhume qui la fatigue — pas tant que sa fillette, cependant. Mais elle est courageuse et veut lui donner son lait jusqu'à la fin, ce dont le petit vampire ne s'arrange que trop bien.

Toi, non plus, je ne te dis rien de toi ! Que fais-tu, officiellement, et dans le mystère de ton âme ? Je t'enverrai, un de ces jours, un nouveau poème en prose que je n'ai pas la force de copier, ni le temps[1]. Je te l'enverrai dans un infâme journal de café que publie Coligny. Pour les vers, je suis fini, je crois : il y a de

1. Peut-être « Frisson d'hiver », dont la première publication connue date de 1867.

grandes lacunes dans mon cerveau[1] qui est devenu incapable d'une pensée suivie et d'application. J'expie cruellement, par un réel abrutissement, toi seul le sais, mon ami, le priapisme de ma jeunesse. Oui, je me regarde avec frayeur, comme une ruine : dans toutes mes lettres, je vais mentir à mes amis et leur dire que je travaille — mais, cela n'est pas vrai. Un poète doit être uniquement sur cette terre un poète, et moi je suis un cadavre une partie de ma vie. A peine pourrai-je prétendre un jour au titre d'amateur. La solitude aussi me tue. Je n'ai pas dit un mot à un homme depuis que j'ai quitté Paris : il faut être bien fort pour résister à cela, et je ne le suis pas. L'ombre de ton

STÉPHANE

75. – *A Joseph Roumanille.*

[30 décembre 1864[2]]

Mon cher Roumanille,

J'ai là depuis longtemps une de mes images que je vous destinais, et croiriez-vous que j'attendais l'époque du jour de l'an pour vous l'envoyer, non que je me croie digne d'être offert en étrennes, mais, paresseusement, parce que je comptais alors vous écrire et que je voulais m'épargner la fatigue d'une lettre. Maintenant que vous êtes au courant de mes lâches calculs, laissez-moi vous serrer la main, à vous et à Madame Roumanille, pour ma femme et pour moi, et vous

1. Cf. « *Las de l'amer repos...* » : « ... plus las cent fois du métier dur / De creuser chaque jour une fosse nouvelle / Dans le terrain aride et mort de ma cervelle... » (version de 1864).

2. Datée d'après la lettre suivante.

souhaiter une bonne, bonne année. Comme étant l'aîné, et le père, vraiment, je vous charge de tous mes souhaits de nouvel an aux chers félibres avignonnais à qui le temps, et une quarantaine d'enveloppes éparpillées sur ma table et qui réclament *de la copie,* m'empêchent d'écrire séparément.

Je n'ai pas fait de vers, tous ces temps-ci, mais j'ai eu une petite fille bien rythmée, dont les yeux ont un bleu que je ne saurais pas mettre à mes rimes, et les cheveux se déploient déjà avec l'allure de vos grands vers provençaux. Ce poème[1], malheureusement, me prive des autres, et eussé-je la force de me mettre à en écrire, je crois qu'elle chasserait avec ses cris les neuf Muses, et celle aussi que vous avez auprès de vous, si elle déjà n'était pas accoutumée à de pareilles mélodies. Puisque nous parlons de la mère, votre belle petite fille va-t-elle toujours bien ? Je voudrais déjà la voir jouer avec Geneviève.

Je vois que je vous parle très peu de vous. Travaillez-vous ? Si oui, tant mieux pour nous. Si non, vous pouvez au moins, vous, vous reposer avec sérénité et faire respecter votre repos, car vous avez moissonné assez d'épis dans le champ de blé des étoiles[2].

Adieu,

A vous de cœur.

STÉPHANE MALLARMÉ

= Si, par hasard, vous avez encore une *carte* de vous, ou quand vous en retrouverez, glissez-vous dans une enveloppe à mon adresse. Je suis *intéressé.* =

1. Geneviève, sœur et rivale d'Hérodiade.
2. Paraphrase des derniers vers de « Booz endormi » de Victor Hugo.

76. – *A Frédéric Mistral.*

Mon cher Mistral,

Permettez-moi de profiter du nouvel an pour vous serrer la main, de bien loin, — du fond de l'Ennui. Il me semble que je garderai un peu de soleil aux doigts.

Je ne sais si l'on vous a dit que je suis le père d'une bien jolie petite fille : voici un mois déjà, et plus, que dure notre semaine de Noël.

Cette joie ne m'a pas cependant vivifié. Je suis dans une cruelle position : les choses de la vie m'apparaissent trop vaguement pour que je les aime et je ne crois vivre que lorsque je fais des vers, or je m'ennuie parce que je ne travaille pas, et, d'un autre côté, je ne travaille pas parce que je m'ennuie. Sortir de là !

— Mais que vous parlé-je de tout cela, à vous qui êtes l'âme épanouie en poèmes ? Causons de vous, bien plutôt. Votre grand poème de l'*ouvrier*[1], dont vous m'avez entretenu cet été, est-il terminé ? Parlez-m'en, si vous m'écrivez.

Adieu, recevez tous mes vœux de bonne, bonne année, et puissions-nous nous revoir très tôt. En attendant,

Je vous aime,

STÉPHANE MALLARMÉ.

1. *Calendau*, qui paraîtra en 1867.

= J'ai là une vieille image : je vous l'envoie parce que le jour où je ne serai plus que mon ombre, et ce jour vient, elle aura une certaine valeur de bizarrerie =

Tournon en Ardèche, 30 Décembre 1864.

1865

77. – *A Henri Cazalis.*

Mon bon Henri,

J'ai passé un triste Dimanche de pluie à répondre aux quelques lettres que j'avais sur ma table, afin de débarrasser ma semaine qui est vouée au travail ; et, maintenant que toute cette correspondance hâtive est partie, je veux causer un peu avec toi avant le dîner. D'abord, je te remercierai moi-même d'un très-grand bonheur que tu me donnes, celui d'entendre en ce moment ma Marie bercer notre petite Geneviève, destinée à avoir deux grandes nattes dans le dos, avec de délicieuses chansons allemandes blanches comme la lune ou drôles comme toi. Marie avait les yeux mouillés, en recevant ce beau livre de musique et d'images, lorsqu'elle a songé qu'un être au monde pensait à elle. Elle t'offre un baiser de sœur, tu l'accepteras ?

Malheureusement, je ne jouis pas de tout ce charme qui voltige autour d'un berceau. Comprends-moi. Je le disais à Armand Renaud l'autre jour, je suis trop poète et trop épris de la seule Poésie pour goûter, quand je ne puis travailler, une félicité intérieure qui me semble prendre la place de l'autre, la grande, celle que donne la Muse ; et, avec cela, trop impuissant, trop faible de cerveau pour pouvoir sans cesse, comme d'autres que je jalouse, m'adonner à cette seule occupation qui soit digne d'un homme, les Poèmes. (J'écris très confusément, la mignonne, qui est un peu malade ce soir, me déchirant les oreilles et la pensée avec ses cris) Où en suis-je ?

Cependant, je travaille depuis une semaine. Je me suis mis sérieusement à ma tragédie d'*Hérodiade* : mais que c'est triste de n'être pas homme de lettres exclusivement ! A chaque instant, mes plus beaux élans ou de rares inspirations, que je ne retrouve plus, sont interrompus par le hideux travail de pédagogue, et quand je reviens, avec des papiers au derrière et des bonshommes sur mon manteau, je suis si fatigué que je ne puis que me reposer. — Si encore j'avais choisi une œuvre facile ; mais, justement, moi, stérile et crépusculaire, j'ai pris un sujet effrayant, dont les sensations, quand elles sont vives, sont amenées jusqu'à l'atrocité, et si elles flottent, ont l'attitude étrange du mystère. Et mon Vers, il fait mal par instants et blesse comme du fer ! J'ai, du reste, là, trouvé une façon intime et singulière de peindre et de noter les impressions très-fugitives. Ajoute, pour plus de terreur, que toutes ces *impressions* se suivent comme dans une symphonie, et que je suis souvent des journées entières, à me demander si celle-ci peut accompagner celle-là, quelle est leur parenté et leur effet.... Tu juges que je fais peu de vers en une semaine.

— Mais pourquoi te parler d'un Rêve qui ne verra

peut-être jamais son accomplissement, et d'une œuvre que je déchirerai peut-être un jour, parce qu'elle aura été bien au-delà de mes pauvres moyens. Du reste, maintenant, j'ai la tête trop meurtrie des cris de l'enfant pour continuer ces plaintes incohérentes et ces projets. Parlons d'autre chose. Quel temps fait-il? *comment vas-tu, chère voie lactée*, tu me comprends[1]? Travailles-tu, toi? — Ah! que je t'attends avec impatience cet été, car tu m'as promis, n'est-ce pas? bien promis de venir nous visiter.

J'ai été très surpris l'autre jour de recevoir une carte de visite d'un de mes anciens amis de collège, avec ton adresse, *35, rue Jacob*. Elle vient d'un très-aimable garçon, distingué vraiment, et auquel je te prierai de faire des amitiés de ma part si tu le rencontres. Il s'appelle Paul Bègue. Présente mes vœux de bonne année à ton admirable concierge, et à sa fille qu'il te fiance en rêve.

Marie te serre la main et Geneviève te tire la barbe. Moi,

je t'aime

STÉPHANE

Tournon, Dimanche soir [15 janvier 1865].

Demande à Armand Renaud des vers que je lui ai griffonnés, et dont il a parfaitement senti la cruauté, malgré que la description soit toute plastique et extérieure : j'avais essayé d'arriver à cela. Je les

1. Cf. la lettre du 30 octobre 1864 : « ... les pertes nocturnes d'un poète ne devraient être que des voies lactées... ».

destine, avec deux autres que j'ai en tête, au *parnasse satyrique* de Malassis sous le nom de : *Tableaux obscènes* [1].

[Au dos de l'enveloppe :]

— Bengalis, oiseau bleu, poissons rouges,
Neige, (la chatte blanche) — tout cela
te souhaite la bonne année.

78. – *A Joseph Roumanille.*

Mon bon, mon pauvre ami, je ne vous dirai pas combien nous souffrons avec vous vous le savez. Ce cher petit ange, qui il y a quelques jours était encore votre enfant [2], n'est donc plus qu'un souvenir maintenant, c'est affreux !

Devant cette pensée qui me suit, je ne puis que vous presser la main les larmes aux yeux. Je ne vous dirai pas de regarder en avant, toutes les consolations étant cruelles. Ne vous consolez pas, car, tant que vous pleurerez, vous aurez encore un peu de votre pauvre petite Antoinette [3] près de vous : les pleurs tarissent bien assez vite d'eux-mêmes, sans qu'on les sèche, et ils sont le seul bonheur que nous laissent les petites filles qui s'en vont !

1. Seul « *Une négresse par le démon secouée...* » parut dans le *Nouveau Parnasse satyrique* (1866) sous un titre qui n'était pas de Mallarmé, « Les Lèvres roses ».

2. Les Roumanille venaient de perdre leur fille de sept mois (elle était née le 1er juillet 1864), le 25 janvier.

3. Lapsus de Mallarmé : la fille s'appelait Marie Pierrette Denise.

Tenez, je ne puis vous parler plus longtemps parce que je sais que des mots sont inutiles, et, du reste, il n'était besoin que d'une poignée de mains ou d'un regard de douleur...

Adieu, donc : ma femme, qui était déjà son amie, et qui est une mère, donne à Madame Roumanille un baiser qu'elle comprendra, et moi, je ne vous dis rien parce que vous devinez ma sympathie de père, de poète, et d'ami,

Votre

STÉPHANE MALLARMÉ

Tournon, Vendredi soir [27 janvier 1865[1]].

79. – *A Eugène Lefébure.*

Samedi [18 février 1865[2]]
et jours suivants.

Mon bon ami,

J'ai beaucoup pensé à vous ces derniers jours, au lit, où me retenait une vilaine toux compliquée d'un ennui vulgaire et sale. J'allais presque vous écrire quand j'ai reçu votre lettre. Je commence par y répondre, afin de causer un peu, et de vous dire enfin comme j'ai goûté vos vers.

Comment vous avez eu une telle tristesse ! Votre femme avait-elle été imprudente, s'était-elle fatiguée ?

1. Date déduite de celle du décès.
2. La lettre de Lefébure est datée du 16 février.

Un geste violent, un mouvement mal mené suffisent parfois à occasionner de tels malheurs. Enfin, je vois que vous n'êtes plus tourmenté, et que votre chère malade peut voyager de son lit à votre fauteuil, je me rassure. Mais, cependant, agissez sagement afin d'éviter les suites...

Ici, à part moi, tout le monde va bien. Ma Marie est toujours faible cependant, et, avec la dureté allemande de sa tête, n'a pas consenti à garder le lit assez longtemps après la naissance de Geneviève, ce dont elle se ressent par minutes. *Ma fille* est un merveilleux poupon qui fait les délices des commères du voisinage. Elle est fort intelligente et déclare, à grands cris, qu'elle ne lira décidément pas les *deux Reines* de Monsieur Legouvé[1].

— *Les Élévations*[2] me semblent détestables : la pensée, lâche, se distend en lieux communs, et, quant à la forme, je vois des mots, des mots, mis souvent au hasard, sinistre s'y pouvant remplacer par lugubre, et lugubre par tragique, sans que le sens du vers change. On ne ressent à cette lecture aucune sensation neuve. Le rythme est très-habilement manié, voilà ce qui rachète tant de grisaille, et de bavardage, — et encore ?

Vous me direz que je maltraite un ami ? Non, des Essarts est un des rares êtres que j'aime beaucoup, seulement, par un très grand malheur, je ne puis souffrir sa poésie qui dément tout ce que je pense de cet Art.

Pour vous remettre de ces pages écœurantes, je vous

1. Cf. la lettre à Aubanel du 27 novembre 1864. *Les Deux Reines de France*, drame en quatre actes, venait de paraître.
2. Recueil de des Essarts.

envoie un drame en prose pour lequel le théâtre serait trop banal, mais qui vous apparaîtra dans toute sa divine beauté, si vous le lisez sous la clarté solitaire de votre lampe, *Elën*[1], par mon ami Villiers de L'Isle-Adam.

La conception est aussi grandiose que l'eût rêvée Goethe ; c'est l'histoire éternelle de l'Homme et de la Femme. Les personnages y sont incomparables, depuis Samuel Wissler, ce grand philosophe qui se donne la peine d'avoir du génie quand il parle, et n'est pas le grand homme de parade qu'on a inventé pour les drames, jusqu'à cette fatale Elën ; et Tanuccio, perfide comme la lune Italienne, et Madame de Walburg « l'obscure fierté de ses regards ne laisse jamais transparaître la fête lugubre de son cœur » — phrase étonnante ! et cet amant humain, Andréas de Rosenthal !

Vous y trouverez des scènes inouïes ; je n'en sais pas de plus belle que celle de ce souvenir des heures d'amour approfondi par l'opium bu par mégarde, la seconde de l'acte troisième. Et quant aux dernières elles égalent la scène du cimetière d'Hamlet.

Je ne dis rien du style. Vous ressentirez une sensation à chacun des mots, comme en lisant Baudelaire. Il n'y a pas là une syllabe qui n'ait été pesée pendant une nuit de rêverie. Depuis trois ans, du reste, Villiers préparait cette œuvre.

En un mot, la pensée, le sentiment de l'Art, les désirs voluptueux de l'esprit (même le plus blasé) ont là une fête magnifique. Dégustez goutte à goutte ce précieux flacon.

1. Paru le 14 janvier.

J'attends avec une vraie impatience votre appréciation.

— Merci du détail que vous me donnez [1], au sujet *d'Hérodiade*, mais je ne m'en sers pas. La plus belle page de mon œuvre sera celle qui ne contiendra que ce nom divin Hérodiade [2]. Le peu d'inspiration que j'ai eu, je le dois à ce nom, et je crois que si mon héroïne s'était appelée Salomé, j'eusse inventé ce mot sombre, et rouge comme une grenade ouverte [3], Hérodiade. Du reste, je tiens à en faire un être purement rêvé et absolument indépendant de l'histoire. Vous me comprenez. Je n'invoque même pas tous les tableaux des élèves de Vinci et de tous les florentins qui ont eu cette maîtresse et l'ont appelée comme moi.

Mais ferai-je jamais ma tragédie, mon triste cerveau

1. « J'ai en ce moment sous la main une tragédie latine d'Hérodiade, contemporaine de Shakespeare et composée par un anglais (Buchanan) pour le collège de Bordeaux [...]. Je ne sais si vous avez lu la *Bible de l'humanité* de Michelet : peut-être cela pourrait-il vous servir pour *Hérodiade* si, votre plan s'élargissant, vous laissiez entrevoir par quelque coin, le trouble mélange des religions asiatiques. Du moins y trouveriez-vous une *sensation* exacte [...] des religions qui ont été jusqu'à ce jour la vie même de l'humanité. Si je vous parle de ce livre, c'est pour la poésie historique qu'il contient, et qui vous aiderait dans le cas où vous auriez du goût pour le genre *Légende des Siècles*. »

2. Mallarmé se démarque ici d'une littérature archéologique ou historique à la manière de *La Légende des Siècles* hugolienne, des *Poèmes antiques* ou *barbares* de Leconte de Lisle, ou encore de la *Salammbô* de Flaubert. Chez lui, le mot précède le mythe.

3. Image inspirée par le titre d'Aubanel, *La Miougrano entreduberto*. On peut penser aussi à ce vers du « Satyre » de Hugo : « La grenade montrant sa chair sous la tunique », ou à la description de Salammbô : « Des tresses de perles attachées à ses tempes descendaient jusqu'aux coins de sa bouche, rose comme une grenade entr'ouverte ». Mais chez Mallarmé, ce n'est pas la femme qui est première ; c'est un mot, son nom.

est incapable de toute application, et ressemble aux ruisseaux balayés par les portières. Je suis un lâche, ou peut-être un malheureux abruti et éteint, qui retrouve parfois une lueur, mais ne sait resplendir pendant huit cents vers[1].

— Merci encore pour vos articles de Taine. Je ne les ai pas lus. Ce que je reproche à Taine, c'est de prétendre qu'un artiste n'est que l'homme porté à sa suprême puissance, tandis que je crois, moi, qu'on peut parfaitement avoir un tempérament humain très distinct du tempérament littéraire. Cela me fait porter sur lui un jugement contraire au vôtre : je trouve que Taine ne voit que l'impression comme source des œuvres d'Art, et pas assez la réflexion[2]. Devant le papier, l'artiste *se fait*[3]. Il ne croit pas par exemple qu'un écrivain puisse entièrement changer sa manière, ce qui est faux, je l'ai observé sur moi. Enfant, au collège, je faisais des narrations de vingt pages, et j'étais renommé pour ne savoir pas m'arrêter. Or, depuis, n'ai-je pas au contraire exagéré plutôt l'amour de la condensation ? J'avais une prolixité violente et une enthousiaste diffusion, écrivant tout du premier jet, bien entendu, et croyant à l'effusion, en style. Qu'y a-t-il de plus différent que l'écolier d'alors, vrai et

1. Cela donne une idée de la dimension alors envisagée d'*Hérodiade*.

2. C'est déjà le maître-mot de la poétique mallarméenne de la maturité. Lefébure, lui, avait écrit : « Je crois que vous remarquerez comme moi que Taine traite trop l'œuvre d'art en œuvre de réflexion, oubliant que *l'impression* est la source de l'art : la réflexion l'aide mais la suppose. »

3. Cette critique du déterminisme tainien est un peu le *Contre Sainte-Beuve* de Mallarmé.

primesautier, avec le littérateur d'à présent, qui a horreur d'une chose dite sans être *arrangée*?

— Mais, parlons de vous.

Quelles chères heures j'ai passées hier vos vers en main, respirant ce parfum léger de rose un peu fanée qu'ils émanent, sentant en moi le frisson des peupliers jaunes, et, par instants, ces atroces blessures qui ressemblent aux soudaines épées cassées que l'on a dans l'épine dorsale, et qui disparaissent avant que la rage soit montée aux yeux. Par exemple ce dernier vers, de cette pièce inouïe « A ma fenêtre »

Le désir irrité se tord comme un serpent.

Cet autre :

Ô mon Dieu ! la Mort m'entre au flanc....

Vous les connaissez.

Mes poèmes chéris sont, avant tous : *Les Paradis*, AU BORD DE LA MER, *Ciel d'Hiver*, L'AVENUE, *« On célébrait des morts la messe révérée.. »*, *Les Marbres*, *Un soir*, A MA FENÊTRE, LA NOCE DES SERPENTS, KIEF, VERE RUBENTE, LE RETOUR DE L'ENNEMI, Le Pingouin[1], « LE SOLEIL DISPARAÎT DANS SON ROUGE BRASIER », *l'Adieu*[2].

Dieu, que vous êtes mon frère ! Je crois que vous ressentirez une singulière sympathie pour Villiers ; lui, Mendès et vous, parmi les jeunes poètes, composez ma famille spirituelle.

1. Mallarmé a souligné d'un ou de deux traits tous les titres, sauf celui-ci.

2. Six de ces poèmes paraîtront dans *Le Parnasse contemporain*. Les autres resteront inédits.

— Maintenant un reproche. L'Amour est trop le but de vos poèmes, et ce mot, très incolore, revient souvent d'une façon un peu affadissante. S'il n'est pas relevé par un condiment étrange, la lubricité, l'extase, la maladie, l'ascétisme, ce sentiment, indéfini, ne me semble pas poétique. Pour moi, je ne pourrais prononcer ce mot qu'en souriant, dans les vers. Peut-être est-ce une expression usée? Non, je crois que voici pourquoi : l'amour, simple, est un sentiment trop naturel pour pouvoir procurer une sensation aux poètes blasés qui lisent les vers; et leur en parler est comme si vous vouliez faire goûter l'eau profonde et fraîche d'une source aux palais, enflammés par l'eau de vie et qu'une allumette incendierait, d'ivrognes anciens.

Je suis bien cruel, mon bon ami, de vous dire cela près de votre « petit ange chinois [1] » qui m'arracherait bel et bien les yeux de ses ongles peints, s'il me lisait — mais ne m'en veuillez pas; ce qui m'a surtout indisposé contre ce mot que je ne dis et n'écris qu'avec une certaine impression désagréable, c'est la sottise avec laquelle cinq ou six farceurs, et des Essarts a été du nombre, se sont institués les prêtres de ce gros garçon, rouge et joufflu comme un fils de boucher, qu'ils appellent Éros, se regardant avec l'extase du martyre chaque fois qu'ils accomplissaient ses rites faciles, et montant sur les femmes qu'ils avaient séduites comme sur des bûchers! En un mot, disant que tout est là, tandis qu'en vérité l'Amour n'est qu'un des mille sentiments qui assiègent notre âme, et ne doit pas tenir

1. La jeune femme de Lefébure.

plus de place que la peur, le remords, l'ennui, la haine, la tristesse.

— Mais j'aurais bien mieux fait de consacrer tout ce papier à l'analyse de la rare sensation que me donnent vos vers que je crois avoir faits, tant ils me ressemblent.

Adieu, mon bon ami — tâchez de venir pour m'éviter le travail navrant d'aussi longues lettres, car j'ai toujours tant à vous dire! Soignez bien, en attendant, celle qui me déchirerait de ses griffes carminées, et nous espérons que votre première missive sera toute souriante de bonnes nouvelles. Ma femme lui presse les mains de tout son cœur et Geneviève lui sourit, tout ce qu'elle sait faire. Pour moi vous savez si et comme je vous aime.

Votre

STÉPHANE MALLARMÉ

= Faites-vous toujours de l'Anglais ? = Je croyais lord Chesterfield[1] un parfait gentleman seulement, mais creux comme un Massillon[2] épistolaire. = Je vous renverrai vos vers, empaquetés, avec Taine, quand j'aurai copié les uns et lu l'autre = Je vous adresse, en attendant, le Voyage aux Pyrénées[3], très-vivant, Arnim[4] que j'aime, et Schlemyl[5] que je n'aime pas, à part l'ombre roulée... =

Ne m'oubliez pas auprès de votre pauvre grand-mère.

1. Lefébure avait recommandé à Mallarmé un essai sur le sublime de Lord Chesterfield (1694-1773).
2. Jean-Baptiste Massillon (1663-1742), célèbre prédicateur.
3. De Taine.
4. Le romantique allemand Achim von Arnim (1781-1831).
5. *Histoire merveilleuse de Peter Schlemihl*, d'Adalbert von Chamisso (1781-1838). On sait que le héros du livre vend son ombre au diable qui la roule, la plie et la met dans sa poche.

80. – *A Henri Cazalis.*

Mercredi [22? février 1865],
matin.

Mon bon Henri,

J'ai reçu et j'ai aimé de tout mon cœur tes beaux poèmes. Ils sont navrants comme tout ce qui existe, mais pourquoi ne le seraient-ils pas? Que de fois déjà nous les avons relus avec Marie! — Je confonds ceux en prose avec ceux en vers, parce que ton vers n'est au fond que ta prose ailée, plus rythmée et caressée d'assonances. Il est un peu rêvé au hasard, et ne se sent pas des profondes études des poètes modernes — Ceci, n'est pas l'ombre d'un reproche.

Si tu publiais un volume de vers, je m'inquiéterais; mais, dans ton livre de prose, ces lignes inachevées, harmonieuses et parées de la rime, ne seront qu'autant de coups d'aile de la pensée voulant s'élever plus haut encore.

Mais que de belles choses! Cet ennui que l'on sent à l'heure qu'il faut quitter l'oreiller et les rêves pour entrer dans une froide journée qui n'a plus de secret et dont on sait d'avance la monotone nullité! — *Le pauvre peuple*[1], si beau parce qu'il n'est qu'un cri de l'âme

1. Incipit d'un poème en prose qui commence ainsi : « Le pauvre peuple, on le méprise, on le maltraite, on le repousse, et quand il pleure ce n'est qu'un lâche, et quand il rit, c'est un manant, et quand il boit, un ivrogne. Et cependant le pauvre peuple si l'on savait tout ce qu'il donne. Il donne aux armées ses enfants qui s'en vont sauver le pays; la mort prend ses fils, nous prenons ses filles, et ses filles, pardieu, sauvent l'honneur des nôtres... »

éprise de Beauté et qui souffre de voir le spectacle d'un mal marqué de laideur, — mais ne conclut pas et s'arrête quand le torrent de larmes est tombé ! — Le triste bétail des femmes de l'hôpital, riant, riant[1] ! L'homme seul, dans la création, mon ami, est assez bête pour rire — Tout enfin.

Nous avons bien parlé de toi avec le singe Emmanuel, que j'ai surpris l'autre jour à Avignon. Il m'a conté qu'il devait six francs à son tailleur, vingt-quatre sous à l'épicier ; chose navrante, deux francs cinquante à sa femme de ménage, enfin que les temps sont durs, et qu'il était désolé de ne m'avoir pas visité au jour de l'an. Après quoi ce poète m'a lu des vers que je trouve fort beaux, son style un peu distendu et sa pensée un peu diffuse, étant admis.

Ma plume seule écrit en ce moment, je m'ennuie à ne plus pouvoir penser, et, cependant, cette nuit, pendant que les avoués ventrus danseront comme des bouteilles sur l'eau au bal du sous-Préfet que je fuis, je veux commencer une scène importante d'Hérodiade[2]. Plains-moi.

Geneviève, qui rit déjà, sa maman, qui s'amuse en bas avec elle, et moi t'embrassons de loin pour tes beaux poèmes.

Ton

STÉPHANE

1. Commentaire d'un autre poème en prose intitulé « Hôpital de femmes malades » : « Le triste bétail féminin, malade, épuisé, immonde, est entré là, et douleur ! avec des éclats de rire ! Qu'est-ce donc Christ, qui les fait rire ? L'homme, l'homme dur, le cruel maître, bête qui commande aux bêtes, insouciant leur a donc appris après les avoir salies — à rire ! »

2. Sans doute ce qui restera l'unique Scène achevée de la tragédie projetée.

81. – *A Henri Cazalis.*

Tournon, Jeudi
[9 ou 16 mars 1865].

Mon pauvre Henri,

Ta lettre m'a d'abord effrayé, mais un médecin, à qui je viens de parler, m'a rassuré, et, comme je l'écrivais tout à l'heure à Emmanuel qui est un singe, la petite vérole volante vaut mieux qu'une autre petite vérole, qui serait déjà préférable à une vérole ni petite ni volante.

Cependant j'ai tort de sourire, moi qui sors du lit, où m'a pendant une semaine couché l'ennuyeuse grippe, sachant combien, quand on souffre, serait-ce de rien, les journées sont longues et tristes, la tête sur l'oreiller.

Je veux être un moment ta garde-malade, cher ami, et te dire des contes. Par quoi commencerai-je ? Par les santés. Geneviève, qui mange sa mère, va naturellement comme une rose, mais ma pauvre Marie, qui est mangée, est pâle et sans trêve fatiguée. Moi, je me traîne comme un vieillard et je passe des heures à observer dans les glaces l'envahissement de la bêtise qui éteint déjà mes yeux aux cils pendants et laisse tomber mes lèvres.

Pourtant nous avons eu, hier, une lueur d'espérance. Le vieux docteur qui nous soigna, pour rien presque, rue des Saints-Pères, est resté notre ami. Cet excellent vieillard, ayant appris, par mes compliments de bonne année, que nous languissions dans une contrée sauvage, a été voir un de ses clients qui est un des gros bonnets de *mon* ministère, et a intercédé pour moi. Il lui a été dit que, trop nouveau pour un avancement, je pouvais cependant avoir aux vacances une ville civilisée où serait un collège semblable au mien. Je vais donc demander, près de Paris, Évreux ou une suppléance à Versailles, et, si cela ne se peut, loin, Avignon ou, au moins, Grenoble.

Mais est-ce charmant de la part de ce bon médecin !

— Tu comprends que j'ai peu travaillé, ces temps-ci ; cependant, pour me remettre aux vers et à Hérodiade, j'ai fait ces jours-ci un petit poème de la longueur d'un sonnet, mais qui n'est pas assez achevé pour que je te l'envoie [1]. Je joins à cette lettre, afin de te donner quelques minutes de distraction, un de mes derniers poèmes en prose [2], qui seront imprimés sous le nom de *Pages déchirées*. — Mais, toi, ton livre, ton livre ! ai-je bien compris ? Redis-moi cette nouvelle, pleine d'aurore, pour que je la croie [3].

En attendant, Adieu, mon pauvre malade : nous t'aimons de tous nos cœurs, et il y a déjà un grand polichinelle à la maison qui s'appelle Cazalis.

Ton

STÉPHANE

1. « Don du poème », d'abord intitulé « Le Jour ».
2. « Le Phénomène futur », qui ne paraîtra en fait qu'en 1875.
3. « Je viens d'envoyer mon manuscrit à Lacroix, qui sans doute l'éditera. » *Vita tristis* paraîtra effectivement en juin, sous le pseudonyme de Jean Caselli.

82. – *A Henri Cazalis.*

Mon bon Henri,

J'avais voué ma soirée au travail, aussi, malgré la cruelle migraine qui me prive de ce bonheur, ne sais-je me résoudre à entrer dans mon lit sans toucher à ma plume. Je te griffonne donc quelques lignes.

Je suis triste. Un vent glacial et noir m'empêche de me promener, et je ne sais que faire à la maison quand mon faible cerveau m'interdit le travail. Puis j'ai le dégoût de moi : je recule, devant les glaces, en voyant ma face dégradée et éteinte, et pleure quand je me sens vide et ne puis jeter un mot sur mon papier implacablement blanc. Être un vieillard, fini, à vingt-trois ans, alors que tous ceux qu'on aime vivent dans la lumière et les fleurs, à l'âge des chefs-d'œuvre ! Et n'avoir pas même la ressource d'une mort qui aurait pu faire croire, à vous tous, que j'étais quelque chose et que, si rien ne reste de moi, le Destin seul qui m'eût emporté doit être accusé !

Il est vrai que tout a concouru à mon néant. Tête faible, j'avais besoin de toutes les surexcitations, celle des amis dont la voix enflamme, celle des tableaux, de la musique, du bruit, de la vie. Si une chose, sur la terre, était à fuir, c'était la solitude qui n'avive que les forts. Or, je suis voué à une solitude exceptionnelle, dans un pays laid, sans même la compagnie de la nature.

Quand je ne sors pas, de quinze jours, ma vie se passe donc au collège, qui est en face, et dans notre maison que je connais dans toute sa tristesse. Jamais je n'ouvre la bouche pour parler à un homme. Comprends-tu cela ? Tu me diras que j'ai Marie ; Marie, mais c'est moi, et je me revois dans ses yeux allemands. Elle-même, du reste, végète comme moi. Ma Geneviève est charmante à embrasser dix minutes, mais après ?

Moi qui n'ai jamais connu la volonté, je *veux* depuis quelque temps m'apprendre à veiller et ranimer mon misérable corps (j'ai si peu de vie que mes lèvres pendent et que ma tête, qui ne peut plus se dresser, penche sur mon épaule ou tombe sur ma poitrine), eh bien ! quand, après une journée d'attente et de soif, vient l'heure sainte de Jacob, la lutte avec l'Idéal, je n'ai pas la puissance d'aligner deux mots. Et ce sera de même, le lendemain !

Cela empoisonne ma vie : après ces humiliations, je n'ai plus assez de paix dans le cœur pour regarder Marie et Geneviève d'un cœur heureux ; mes amis mêmes, vous tous, je vous crains comme des juges.

— Mais ces plaintes sont bien ennuyeuses, même pour toi. Je les cesse. Seulement, ne m'en veuille pas ; un grand génie, un austère penseur, un savant trouveraient un adjuvant dans ma solitude ; mais un pauvre poète, qui n'est que poète — c'est-à-dire un instrument qui résonne sous les doigts des diverses sensations — est muet, quand il vit dans un milieu où rien ne l'émeut, puis ses cordes se distendent, et viennent la poussière et l'oubli.

— Tu m'as parlé de grottes basaltiques[1]. Il y

1. « Tournon, ville du départ[ement] de l'Ardèche, ne doit pas être éloignée d'une certaine chaussée basaltique, fort intéressante pour les géologues et les poètes... »

aurait, aux premiers jours d'Août, car alors seulement je serai libre, une admirable excursion à faire dans l'Ardèche. Je l'ai souvent projetée, mais le manque d'argent m'a cloué au sol. Nous partirions de Tournon, pour aller chez notre amie des environs qui nous bourrerait de lettres pour des Ardéchois qui nous guideraient : de ses montagnes, très-belles, nous gagnerions le Gerbier-des-Joncs, source de la Loire, puis tes grottes, puis l'étonnante merveille de Pont d'Arc, que tu peux voir dans la *France pittoresque*, sur les quais, puis la célèbre ruine de Rochemaure, d'un grandiose unique, enfin ce nid d'aigles et d'évêques, Viviers. Nous remonterions le Rhône, alors, en bateau à vapeur jusqu'à mon plat et maigre Tournon. Ce serait un voyage peu coûteux, nullement vulgaire et rabâché, et qui présenterait à la fois plusieurs des *grandes beautés de la France*. Et quels heureux jours, à nous deux ! Seul, j'éprouve un tel dégoût que je ne le ferais jamais. — Promets-moi que tu viendras.

— Et ton livre ? quand l'aurons-nous ? ce jour-là je ressentirai une des grandes joies de ma vie — mais qui ne me ressuscitera pas, hélas !

Adieu. Nous t'embrassons tous trois. Marie est bien fatiguée ; Geneviève a la grippe, la pauvre petite, et pleure toute la nuit.

Ton

STÉPHANE

Tournon, Jeudi soir [30 mars ou 6 avril 1865].

83. – *A Théodore Aubanel.*

Mon bon ami,

Ta lettre[1] nous comble de joie. Je te serre les mains fraternellement, et Marie et Geneviève embrassent Madame Aubanel et Hercule.

Une des pensées qui me rendent heureux, devant ton bonheur, est de savoir que tu vas goûter tous les charmes que j'ai connus depuis quelques mois, et mieux que moi, même, car je suis trop jeune pour sentir toute la paternité, et aime l'enfant, ou le chérubin détaché des fonds bleus de Murillo, plus que ma fille, dans Geneviève. Toi, au contraire, tu sembles avoir l'orgueil du créateur, et je t'en félicite, car c'est un grand sentiment que j'ignore.

Madame Aubanel nourrira-t-elle ce beau fils ? Oui, n'est-ce pas, si elle en a la force, car, douce et charmante comme elle est, elle aura tant de séductions naïves et irrévélées, son enfant au sein.

Alors quel charmant été tu vas passer, — paresseusement, car dans ces premiers mois on ne voit plus que la seule étoile arrêtée sur la crèche nouvelle.

Que tu es heureux de n'avoir pas vu souffrir ta femme, et que je t'envie cette rare faveur, non pour elle qui, à la pensée de l'enfant, se résigne à tous les sacrifices, mais pour toi qui eusses été impuissant devant ses douleurs !

Tout commence comme tu le rêvais, puisque ce

1. Du 4 mai. Aubanel y faisait part de la naissance de son fils Jean, qui a « des épaules d'Hercule ».

garçon désiré est fort et mâle, (ce qui ôte au cœur paternel une angoisse, bien cruelle pendant l'attente, n'est-ce pas ?), et tout continuera comme nous le souhaitons de toute notre amitié. Quel plaisir je me promets de le voir à mon prochain voyage ! Et que je voudrais lui présenter Geneviève qui sera sa petite amie !

— Adieu, mon bon Théodore, je t'embrasse, Marie envoie toutes ses sympathies de mère et d'amie à Madame Aubanel, et Geneviève baise encore Hercule sur les deux joues.

Ton

STÉPHANE

Tournon, Samedi matin [6 mai 1865[1]].

84. – *A Henri Cazalis.*

Tournon, Vendredi soir
[12 ou 19 mai 1865].

Mon bon ami,

Voici bien du temps sans lettres. Je me frappe la poitrine. Il est vrai que, dernièrement, pendant le baptême de notre Geneviève[2], Emmanuel m'a tant parlé de toi, et nous t'avions si bien auprès de nous à notre petite fête, que j'ai moins senti notre lointaine paresse. J'attends sans vivre l'heure de ton arrivée.

1. Date déduite de celle du faire-part d'Aubanel.
2. Le 30 avril.

Quand je pense que tu parleras dans cette chambre, si vide, où je t'écris, je suis glorieux, — mais triste, aussi, car ce ne sera qu'un rêve, et tu t'en iras ! Et je recommencerai ma vie gaspillée par l'ennui !

Le temps passe avec une rapidité désolante, et les vacances qui viennent ne m'apportent qu'angoisse. Pour bien des raisons. D'abord, je n'ai rien fait : depuis longtemps mon cerveau, désagrégé et noyé dans un crépuscule aqueux, me défend l'Art. — Cette lettre même que je t'écris avec tant de peine, je la quitte et la reprends après chaque phrase, tant je suis incapable d'une application même frivole. — Or venir à Paris sans mon Hérodiade, qui ne m'apparaît plus que comme un creux souvenir, est une grande douleur et une humiliation.

Puis, je n'aurai pas un sou, et j'ai même quelques niaises dettes de ménage. Je voudrais aller, pendant un mois, faire des *lectures*[1] en Suisse. Mais, si cela ne réussit pas, c'est de l'argent perdu, au lieu d'argent gagné. Cependant de Magnin[2], avec qui je veux parler sérieusement de ce projet qu'il a éveillé en moi, me promet un succès à St Gall, où il connaît du monde. La préparation de douze leçons sur la poésie Romantique en France, me prendra mon été. Je le sacrifierai bien à cet espoir, qui, s'il se réalisait, deviendrait, outre une bonne affaire pécuniaire qui nous aiderait pour quelque temps, une étude pour moi de l'Art de parler et une constatation. Et tu ne saurais croire comme je

1. Terme anglais pour *conférences*. Voir la lettre du 3 juin 1863, et la note.

2. Jeune pasteur à Alboussière dans l'Ardèche, que Cazalis avait recommandé à Mallarmé.

parle mal, par éclairs, sans suite, et ne finissant pas ma pensée.

J'ai vu deux fois M. de Magnin ; je l'ai trouvé charmant, non seulement parce qu'il t'aime beaucoup, mais parce qu'il est charmant. Il est jeune et enfant, grave et sérieux, tour à tour — toujours enthousiaste, et gesticulant comme un Glatigny vêtu de noir. Fou, à ravir, et très peu ministre. (Je[1] n'aime pas les protestants, tu sais.) Enfin, je te remercie de grand cœur de me l'avoir fait connaître, et regrette d'avoir passé plus d'un an si près de lui, et si loin !

Ce sera avec lui que nous ferons notre tour d'Ardèche, et nous n'aurions pu trouver de meilleur cicerone.

Geneviève, Marie, et moi t'aimons

STÉPHANE

Je ne t'ai rien dit de charmants poèmes amoureux[2] que tu m'as envoyés en Avril, je les adore dans leur brièveté, à l'égal des délicieux soupirs de Heine.

1. *Corr.* I et *DSM* VI lisent « Il », les deux pronoms ayant une graphie pratiquement identique en cas de majuscule initiale. « Je » semble plus logique.
2. Poèmes à paraître dans *Vita tristis*.

85. – *A Henri Cazalis.*

Tournon, Jeudi matin
[15 ou 22 juin 1865].

Mon bon Henri,

Je ne sais par où commencer pour te dire combien je suis ravi de ton livre [1], sanglots des violes séraphiques, frissons de plumes et d'étoiles, enfin paradis d'azur et voie lactée de larmes. Comme je ne veux pas faire de ma lettre un article (que je compte faire à la fois sur *Vita Tristis* et sur l'*Elën* de Villiers de l'Isle-Adam [2], deux des plus beaux poèmes en prose que je sache dans cette vie), je me contente de te donner un baiser. Puissent mes lèvres être féminines !

Et non, car elles saigneraient, blessées par la flûte où je souffle avec rage, car, depuis dix jours je me suis mis au travail. J'ai laissé Hérodiade pour les cruels hivers : cette œuvre solitaire m'avait stérilisé, et, dans l'intervalle, je rime un intermède héroïque, dont le héros est un Faune [3]. Ce poème renferme une très haute et très belle idée, mais les vers sont terriblement difficiles à faire, car je le fais absolument scénique, non *possible au théâtre*, mais *exigeant le théâtre*. Et cependant je veux conserver toute la poésie de mes œuvres lyriques, mon vers même, que j'adapte au drame. Quand tu vien-

1. *Vita tristis*, paru le 10 juin.
2. Projet apparemment sans suite.
3. Première mention du *Faune*, mais voir la lettre du 7 janvier 1864, et la note. Cet intermède héroïque devait, à l'origine, comporter au moins trois scènes et un finale.

dras, je crois que tu seras heureux : l'idée de la dernière scène me fait sangloter, la conception est vaste et le vers très travaillé. Je ne te dis rien de plus, et ne t'ai parlé de cela que pour m'en débarrasser. J'ajoute que je compte le présenter en Août au Théâtre Français.

Mais, toi, toi seul es l'âme de ma journée. Avec Marie, et devant Geneviève qui a embrassé le livre, nous lisons *Vita tristis*. Que je suis fier de voir mon nom [1] sur une de ces belles pages chastes !

Sais-tu que le volume est d'une délicieuse coquetterie ? Ah ! je voudrais t'écrire des centaines de lettres, car ce qui tient dans un article n'a plus de bornes avec l'expansion de la causerie, même écrite et lointaine ! Mais que nous en parlerons, de ce cher livre, quand tu viendras à Tournon ! Je l'aurai lu encore bien des fois d'ici là, je l'ai déjà lu deux fois, et n'ai pas perdu un mot. Tu viendras donc vers la fin de Juillet, n'est-ce pas ? Vole, d'ici là.

Adieu, pardonne à cette lettre *de n'être qu'un pressement de mains*, et ne m'en veuille pas si (Geneviève grandit, et Marie aussi, je crois) je t'écris peu, parce que mon Faune me tient par les cheveux et ne me laisse plus une minute. Mes deux filles t'embrassent,

ton

STÉPHANE.

1. Le poème en prose « Les Mystères » est dédié à Mallarmé.

86. – *A Eugène Lefébure.*

Tournon, Vendredi
[30 juin 1865 [1]], soir

Mon bon ami,

J'hésite à vous répondre quelques mots sur une feuille de papier à lettre, parce que cela sera une lettre et que je m'étais interdit toute correspondance ce mois-ci, autant pour ne pas briser le fil d'une rêverie que pour par [*sic*] haine de tout travail étranger à celui qui me passionne. Je suis, depuis une quinzaine et pour quelque temps encore, en pleine composition théâtrale. Voilà qui vous surprend ? Moi, qui étais presqu'une ombre, donne la vie. Oui, je la donne. A force d'étude, je crois même avoir trouvé un vers dramatique nouveau, en ce que les coupes sont servilement calquées sur le geste, sans exclure une poésie de masse et d'effets, peu connue, elle-même. Mon sujet est antique, et un symbole. Vous marchez de surprises en surprises, mais que je voudrais vous le montrer quand vous viendrez. Si je l'ai terminé ! Il n'y a pas quatre cents vers, mais vous savez ce que c'est pour moi ! Je compte porter cela à la *Comédie Française*.

Car vous allez donc venir ! Oui, mon bon ami, Tournon est sur la route des Eaux-Bonnes, et n'y serait-il pas nous l'y mettrions. Mais le chemin de Lyon, Cette [2], et Toulouse, est la seule voie que vous

1. Datée par la réponse de Lefébure, le 5 juillet.
2. Sète. L'orthographe actuelle date de 1927.

puissiez prendre. Par Cette, on quitte même directement cette ligne pour Bordeaux. Quelle joie unique ! Mais pourquoi faut-il qu'elle soit attristée, voilée de mélancolie, par les souffrances de votre chère femme ! Quelques bons baisers de sœur de ma Marie pendant huit jours (car vous nous donnerez bien cela, au moins ?) la guériront peut-être. Mais non, puisque les vôtres ont été impuissants[1] !

Vos vers sont fort beaux. Quand, je ne pense pas qu'il m'est adressé, j'admire le sonnet. Quant au *Mot du printemps,* vous y êtes tout entier, et, chose que j'adore, j'y suis aussi, tant nous sommes frères. Vous sentez donc Celle[2] qui ne lâche pas facilement ses proies anciennes vous aiguillonner. Qu'elle vous blesse, si de vos blessures sortent de la pourpre et des rubis. L'homme est fait pour saigner. — Je me réjouis d'être au nombre de vos tourmenteurs.

— Adieu, mon bon ami, vous excuserez la banalité volontaire de ma lettre (je ne veux pas *m'entamer*), et nous la réparerons par d'interminables causeries quand nous nous verrons ! Marie embrasse votre femme, et Geneviève met son pied dans sa bouche en votre honneur. Pour moi, je vous aime,

Votre

STÉPHANE M.

Pris de remords, en relisant votre lettre et la mienne, je vous griffonne ces paroles tardives :

= Il y a un immense talent dans la littérature

1. La femme de Lefébure devait mourir le jour même où celui-ci recevrait cette lettre.
2. La Poésie.

Anglaise[1], mais la théorie de Taine, humiliante pour l'artiste, me semble très-discutable. En outre, il sent merveilleusement l'âme de la poésie, mais ne comprend pas *la beauté du vers*, ce qui est au moins la moitié de cet Art. =

= Je n'ai pas d'argent pour acheter les histoires grotesques ou sérieuses[2], et du reste, je ne lis pas ces temps-ci. =

= J'ai Shelley, depuis le collège, et c'est un des plus grands poètes que je sache =

= Où diable avez-vous pu dénicher les Améthystes de Banville, (simples études de rythmes, vous savez,) que je cherche depuis longtemps, en vain ?

= J'ai Jane Eyre, et vous le remettrai à votre passage. Il y a là une intensité étrange de passion, mais que c'est long ! =

= Je vous ferai lire un des plus beaux romans que je sache, Un prêtre marié, par ce catholique de génie, Barbey d'Aurevilly =

= Hérodiade, œuvre solitaire, m'avait stérilisé : je la réserve pour les cruels hivers. Dans mon *Faune*, (car tel est mon héros) je me livre à des expansions æstivales que je ne me connaissais pas, tout en creusant beaucoup le vers, ce qui est bien difficile à cause de l'action !

1. L'*Histoire de la littérature anglaise* de Taine. Lefébure avait écrit : « Je viens de finir aujourd'hui la *Littérature anglaise* de Taine : 2800 pages de logique, c'est trop, mais c'est beau. Il y a, traduits, d'adorables vers de Shelley : ne l'avez-vous pas lu ? et si vous l'avez, l'avez-vous lu ? avez-vous lu aussi les *Histoires grotesques et sérieuses* d'E. Poe, traduites par Baudelaire ? J'ai entre les mains les *Améthystes* de Banville, bluettes étincelantes. »

2. Parues le 15 mars dans la traduction de Baudelaire.

= Ce que je vous dis de l'embranchement de Cette à Bordeaux, et, par suite, à mi-chemin, aux Pyrénées, n'est pas en l'air, mais très-exact. Adieu, encore, je continuerais à bavarder ainsi jusqu'à votre arrivée.

Votre

S.M.

87. – *A Henri Cazalis.*

Au collège, Lundi matin
[juillet 1865].

Mon cher Henri,

Non, je ne t'en veux pas du désenchantement que m'avait donné la nouvelle de ton voyage différé à l'an prochain : car je n'avais pas cru, une minute, sérieusement, que tu dusses venir.

Cependant j'aimais à me bercer de cette promesse comme de paroles harmonieuses.

Enfin, l'important est que je te voie, et je te verrai. Je compte rester à Tournon jusqu'au vingt-cinq Août, environ, pour parfaire mon Intermède, car tu sais que je travaille avec une malheureuse difficulté.

Je pense alors passer quelques jours à Sens et à Versailles : tu verrais Geneviève et Marie, mes deux petites Allemandes, au passage. Elles, retourneraient, sans doute, à Sens, et moi je donnerais mon mois de Septembre à Paris.

Voici mes rêves. Pourvu que j'aie terminé dignement l'histoire de mon Faune !

Tu ne saurais croire comme il est difficile de

s'acharner au vers, que je veux très neuf et très beau, bien que dramatique (surtout plus rythmé encore que le vers lyrique parce qu'il doit ravir l'oreille au théâtre), tu ne saurais croire comme il est pénible, et souvent impossible, de suivre sa pensée avec lucidité, par cette chaleur du midi, tantôt brûlante, tantôt étouffante, toujours victorieuse de la bête. Ajoute la complication désolante des classes qui coupent ma journée, et me brisent la tête, car je suis peu respecté, et même, parfois, accablé de papier mâché et de huées. Mais, grâce à la volonté et aux carafes de café, je veux triompher.

Ce que tu dis des appréciations de ta tante, et de sa cour, me peine, sans m'étonner, tant je crois que l'art n'est fait que pour les artistes. Si tu savais quelle douleur j'ai, quand il me faut délayer ma pensée, et l'affaiblir, pour qu'elle soit intelligible, de suite, à une salle de spectateurs indifférents !

Pourtant je crois que tu tireras plus de la prose que des vers. Tu es maître de ta prose, déjà. Mais si tu savais que de nuits désespérées et de jours de rêverie il faut sacrifier pour arriver à faire des vers originaux, (ce que je n'avais jamais fait jusqu'ici) et dignes, dans leurs suprêmes mystères, de réjouir l'âme d'un poète ! Quelle étude du son et de la couleur des mots, musique et peinture par lesquelles devra passer ta pensée, tant belle soit-elle, pour être poétique !

Mais je ne veux pas faire le pédant plus longtemps ; et d'ailleurs tu me pardonneras bien cet accès, et la platitude, du reste, de ma lettre, quand tu sauras que je te griffonne ces mots devant une classe d'idiots, qui me harcèlent, — car je me suis juré qu'aucun papier étranger à mon poème ne passerait sur ma table, à la maison, jusqu'à ce que j'aie tout terminé. Ma correspondance est donc abandonnée pour un mois. Tu ne me tyranniseras pas trop, n'est-ce pas ? Adieu, nous t'embrassons tous trois, sans rancune, grand prometteur.

Ton

STÉPHANE.

88. – *A Théodore Aubanel.*

Mercredi, soir
[19 juillet 1865].

Mon cher Théodore,

L'heure de la poste sonne. Je n'ai que le temps de te dire que si tu ne viens pas Samedi avec Emmanuel, tu es un misérable que je maudis à jamais.

Et ton drame, que tu me dois ? Et mon intermède dont je voulais te lire quelques ébauches ?

Au revoir,

Ton

STÉPHANE.

Compliments à Madame et baisers à Hercule.

89. – *A Mme Mallarmé.*

Versailles Mercredi soir
[27 septembre 1865].

Ma Marie,

Je ne voulais pas t'écrire sans avoir vu Anna [1]. Je l'ai vue hier, et j'ai même dîné et passé la soirée avec elle. La pauvre a quitté sa place, les personnes chez qui elle était la maltraitant. Nous nous sommes embrassés dans la cour de Madame Kohr [2], que de souvenirs cela m'a rappelés !

J'ai trouvé ta sœur charmante, et toute à son avantage de toutes façons, peut-être un peu vieillie, mais avec une gravité triste que j'aime beaucoup. Nous parlerons tant d'elle qu'il est inutile de t'écrire rien d'avance. Te dire, ma mignonne, si nous avons songé à toi est inutile, encore.

Je reverrai Anna Samedi matin en faisant mes malles : je partirai Samedi de Paris, Dimanche de Sens, et serai à Tournon Lundi matin à dix heures.

Je suis à Versailles depuis ce matin, pour ce soir et demain. Vendredi je fais tous mes adieux aux amis de Paris.

Ah ! mon enfant que je suis heureux de m'en aller ! J'ai soif de toi, soif de Geneviève, — et du silence de notre nid. Je me promets d'arranger délicieusement celui du quai !

1. Anna Gerhard, sœur de Marie.
2. Cf. la lettre du 4 février 1863 où il était question d'une Mme Koch. Peut-être s'agit-il de la même personne.

Lefébure, lui, ne viendra que quelques jours après, quand nous aurons déménagé.

— Ma Marie, j'ai *rougi* tout seul dans ma chambre en recevant le portrait de Geneviève, tant il est hideux et ridicule. Je voulais le déchirer de suite, et j'ai eu le tort de le montrer à Cazalis, à ma grand-mère qui m'ont ri au nez, à la pensée de tout ce que je disais de sa beauté. La position où j'étais était humiliante, car je semblais, comme tous les pères, vanter une enfant laide. Ma Geneviève, si adorable, en faire un tel crapaud, car c'est le mot qui est venu sur toutes les lèvres. Heureusement que je vais la voir, et oublier, en la contemplant, cette caricature qui me la gâte ! — Nous verrons s'il y a lieu de la faire refaire. Mais pourquoi l'avoir négligé à Avignon ? —

Adieu, bon ange, embrassez-vous toutes les deux,

Votre papa

STÉPHANE.

90. – *A Théodore Aubanel.*

Tournon, 2, Allée du Château.
Lundi matin [16 octobre 1865].

Mon cher Théodore,

Je te remercie de ta bonne lettre ; je voulais la prévenir, mais les tracas d'un déménagement [1] se sont mis entre mon intention et moi. Maintenant, j'ai une chambre digne de toi, et j'attends impatiemment

1. Du 19, rue Bourbon au 2, allée du Château.

l'instant de te l'offrir. Sévère, avec un bahut, des chaises, Henri III en cuir de Cordoue, et Louis XIII en tapisserie, une horloge à poids contemporaine, une vieille guipure jetée sur le lit, et, simplement, avec le *pendu* [1] d'Hugo, les portraits d'amis qui mériteraient de l'être ; toi surtout. Mais ce que j'aime, c'est qu'en écartant le rideau de l'unique fenêtre on aperçoit venir le Rhône, calme et fermé comme un fond de lac. Je vis ici parmi la nature, et puis voir à la fois le lever et le couchant, et j'assiste à l'automne, non celui des feuilles, rouge et jaune, mais brumeux, des eaux mélancoliques.

Enfin, je ne crois plus être à Tournon.

Cher ami, cette description n'est pas futile, car je sais qu'on aime à voir dans leur intérieur ceux auxquels on pense, et je sais encore que tu penses à moi.

De toi, maintenant. Hélas ! j'ai de mauvaises nouvelles. Rouvière [2] est à la mort, depuis des mois, et sera enlevé par sa [*sic*] diabète. C'eût donc été une cruauté inutile que d'aller l'enthousiasmer pour ton admirable drame [3], et tous mes amis m'en ont dissuadé. Attendons les événements.

Tu travailles, cependant, au prochain. Je relis en vain ta lettre pour savoir si tu as décidément choisi ton sujet moyen-âge [4] ? Viens donc, avant l'ébauche termi-

1. Et non « *pendon* » (*Corr.* I). Sans doute le dessin du pendu de Guernesey (1854) que Hugo fit graver par Chenay en 1860 après la pendaison de John Brown aux États-Unis.

2. L'acteur Philibert Rouvière, né en 1809. Il devait mourir le 20 octobre.

3. *Lou Pan dou Pecat* (*Le Pain du Péché*).

4. Après avoir envisagé un sujet médiéval, Aubanel choisira pour son drame nouveau (*Le Pâtre*) un sujet réaliste et moderne.

née, par un des beaux jours de l'hiver, nous en parlerons : car je voudrais, moi, aller te voir à Pâques.

Les vers de mon *Faune* ont plu infiniment, mais de Banville et Coquelin [1] n'y ont pas rencontré l'anecdote nécessaire que demande le public, et m'ont affirmé que cela n'intéresserait que les poètes.

J'abandonne mon sujet pendant quelques mois dans un tiroir, pour le refaire librement plus tard, et, après le départ de la sœur de ma femme qui est venue la surprendre, et de mon ami Lefébure qui va passer quelques semaines avec moi, je commence *Hérodiade*, non plus tragédie, mais poème [2], (pour les mêmes raisons,) et surtout parce que je gagne ainsi l'attitude, les vêtements, le décor, et l'ameublement, sans parler du mystère.

Je vais, pour cela, accoutumer mon tempérament rebelle au travail nocturne, car les misérables qui me paient au collège ont saccagé mes belles heures, et je n'ai plus de matinées, par cela même plus de veillées, puisque je dois être levé à sept heures pour une classe.

1. Comme il en avait manifesté l'intention, Mallarmé venait de soumettre son *Faune* au comité de lecture de la Comédie-Française, en l'occurrence Banville et l'acteur Coquelin. Banville, tout en encourageant ses velléités théâtrales, l'avait pourtant tôt mis en garde : « ... Je ne saurais trop vous féliciter mon cher ami, de l'excellente idée que vous avez de faire une Hérodiade, car le Théâtre Français a justement ce qu'il faut comme décor pour la monter et ce serait une grande raison pour être reçu : ce qui généralement fait obstacle pour les pièces poétiques, c'est la crainte de dépenser de l'argent en vue d'un résultat incertain. Tâchez que l'intérêt dramatique y soit, avec la poésie, car vous ferez plus pour notre cause en combinant votre pièce de façon à ce qu'elle soit reçue et jouée qu'en la faisant plus poétique et moins jouable ! » (lettre du 31 mars).

2. Mallarmé fera ainsi disparaître de la *Scène* les didascalies initiales.

Enfin, Dieu le leur rendra dans un autre monde, et me récompensera.

— Voilà donc Emmanuel bien loin de vous[1], et séparé par la distance, qui n'est rien, mais davantage par la vie, la routine, et la nécessité, qui nous empêchent toujours de revenir aux lieux que nous avons aimés. J'en suis triste, car il était ma seule apparition, dans la solitude. Cependant vous me semblez plus près de moi, et je suis heureux de penser que c'est pour vous seuls que je descendrai le Rhône, mon voisin.

Que de pages, moi qui n'écris plus que sur des demi-feuilles : les lettres me fatiguant, et me vidant parfois au point de ne plus me laisser travailler. Dis aux bons et chers Brunet que nous leur pressons la main tout le long de cette missive : Geneviève est une vraie petite femme, et m'aime follement de pair avec un magnifique Polichinelle que je lui [ai] apporté. Elle parle indistinctement le Français et l'Allemand, marche avec un soutien, et bientôt se promènera seule. Elle embrasse Jean de la Croix[2] : de notre part à tous, aussi.

Je suis heureux de chacune de ses enfantines primeurs, doublement, en songeant que tu en auras bientôt.

Ma femme, ravie du délicieux billet de Madame Aubanel, l'embrasse, et moi je dépose à ses pieds mes hommages — et mes amitiés, elle le permet bien.

Ton

STÉPHANE M.

1. Des Essarts avait été nommé au lycée de Moulins.
2. Jean Aubanel ainsi surnommé parce qu'il était né le 3 mai, jour de l'invention de la Sainte Croix.

Cette lettre est toute à Grivolas [1], que je remercie. — Ne m'oublie pas près des Roumanille.

91. – *A Eugène Lefébure.*

Tournon, Mardi matin
[17 octobre 1865 [2]].

Mon bon ami,

quand vous verrai-je? il me semble que nous n'avons pas parlé ensemble depuis des siècles. Délicat, attendez-vous les feux, et l'hiver, pour les bonnes causeries à la cheminée? Mais vous aurez déjà l'automne, non pas l'automne jaune et rouge des arbres, mais l'automne brumeux de l'eau. De ma fenêtre, à la place de verdure, inconnue en ce pays, on a, comme un grand bassin, le Rhône. Cette fenêtre vous est destinée. Venez donc vite, maintenant que nous sommes installés. (Je suis heureux que vous ne nous ayez pas accompagnés de suite, car quel tracas qu'un déménagement!) Ma chambre est si grande, et haute, que j'y suis encore un étranger, et ne l'ai pas peuplée de ma pensée et de mes paroles. Venez la faire mienne, car vous êtes presque moi, — afin que j'y puisse travailler.

Si Cazalis n'est pas ruiné, et en prison, ou seulement

1. Pierre Grivolas (1823-1905), peintre avignonnais, élève d'Ingres et de Flandrin.

2. Lettre datée d'après ses ressemblances avec la précédente. *DSM* VI propose le 24 ou le 31 octobre, mais dans sa réponse datée du 2 novembre, Lefébure s'excusera d'avoir beaucoup tardé à répondre.

s'il a encore une chaise à vous offrir, dites-lui tout ce que je lui dirais. Pressez-lui la main.

Mais *pressez* surtout celle de votre notaire. Au revoir, je vous aime, Geneviève et sa mère vous attendent.

Votre

S. M.

Apportez un serpent de Pharaon[1] : j'ai dépensé le mien en route ! = vous savez que la gare de Tournon, est *Tain*, à trois heures de Lyon.

92. – *A Henri Cazalis.*

Tournon, 2, Allée du Château.
Mercredi matin [18 octobre 1865].

Mon bon ami,

Je te dédie un mot, en cas que tu ne sois ni emporté par le choléra[2], ni ruiné par tes somptuosités d'ameublement. Lefébure me dessine de toi le portrait le plus bouffon que j'aie rêvé, et je te vois aux pieds torses de ta table, l'adorant et lui demandant pardon de l'acajou rouge que tu as gardé si longtemps ! Il paraît que tu n'as plus une chaise, pas même du temps de Charles

1. Lefébure, qui s'adonnait à l'égyptologie depuis la mort de sa jeune femme, répondit le 2 novembre : « ... je vous enverrai deux serpents de Pharaon ». Jouet inventé en 1865, le serpent de pharaon était un cylindre de sulfocyanure de mercure qui, une fois enflammé à son extrémité, prenait l'apparence d'un serpent.

2. Une épidémie de choléra, d'abord circonscrite dans le Midi, avait touché Paris au début d'octobre et faisait la une des journaux.

VII. Et le lit? Léman[1] t'a-t-il enjôlé? Si tu t'en emparais, bien que je ne me prévoie aucune chance de le demander de longtemps, je te détesterais.

Regarde toutefois combien je suis bon. Je te mets entre les mains une partie de son prix. Un collectionneur de Valence, auquel j'ai décrit plusieurs de tes poteries romaines, t'en offre environ trois cents francs. Bien que je ne croie pas que tu te décides jamais à les vendre, je t'exhorte, car le saut de vingt-cinq francs aux trois billets est merveilleux.

— Mon Henri, que j'aimerais t'avoir auprès de moi! Il me semble que dans cette après-midi, passée à la fenêtre devant l'eau de la pluie et celle du Rhône, nous nous verrions mieux qu'à tant d'heures éparpillées, ces derniers temps! Promets-moi bien que tu viendras, cet été?

Nous sommes délicieusement, et je ne me crois plus à Tournon, du tout.

Ma seule tristesse est que mes belles heures de travail, matinées ou après-midi, sont saccagées par les barbares du collège, et qu'il faut me vouer à la nuit, moins propice à ma rêverie, et à mon tempérament ensommeillé. Le pourrai-je? — Jusqu'ici, je flâne.

Geneviève est une grande personne, qui me peine parfois par sa précocité, car vraiment elle n'a d'un enfant que les colères et les cris, suivant de l'œil la conversation, et souriant. Elle marche presque. Marie, ravie de voir sa sœur qui l'allège, est cependant très fatiguée et devrait sevrer (conseille-le-lui) son petit succube.

1. *Sic*, pour Lehman, antiquaire.

Travailles-tu ? Et la jeune femme espagnole dont le regard s'était insinué en toi ? Adieu ami, je t'aime.

Ton

STÉPHANE M.

Bribes.

= Lefébure te visite-t-il ? Le cher ami viendra-t-il bientôt près de moi ? J'aime presque mieux, du reste, qu'il ne vienne qu'à son heure. La sœur de Marie sera partie ; nous serons plus seuls, — avec moins de bruit étourdi dans l'appartement.

Presse-lui la main de ma part =

= J'ai oublié plusieurs choses dans ma lettre. D'abord, j'ai copié quelques poèmes pour Madame Lejosne qui a eu la gracieuseté de me les demander. Est-il plus simple que je te prie de les lui offrir, et te les envoie, ou dois-je les adresser moi-même ? Ne manque pas de me répondre à ce sujet. =

= J'ai laissé les poésies de Sully-Prudhomme chez toi. Tu sais que l'exemplaire, qui a une dédicace, appartient à Mendès. Je te prierais en grâce, bien sérieusement, de le lui reporter, 16, rue de Douai. J'aimerais, du reste, que tu y revisses Villiers. =

Frédérick [1] a-t-il joué, encore ? L'as-tu revu ? Tu te rappelles que j'attends sa photographie, de chez Carjat. Accoudé, en manche de chemise. Choisis une bonne épreuve. = Adieu, encore.

1. Frédérick Lemaître (1800-1876), remonté sur scène après une longue inactivité.

93. – *A Henri Cazalis.*

Tournon, Mardi soir
[5 décembre 1865].

Mon bon Henri,

Pardonne-moi, le passé, et l'avenir. Le Passé, mon silence après la réception de ton livre exquis[1]; j'ai souffert toute la semaine d'une atroce névralgie qui battait à mes tempes et tordait les nerfs de mes dents, le jour et la nuit : aux minutes de répit, je me jetais en maniaque désespéré sur une insaisissable ouverture de mon poème qui chante en moi, mais que je ne puis noter[2].

L'Avenir, parce que, m'isolant dans les régions inconnues de la Rêverie pour cette œuvre qui me captive, je ne puis me distraire et me laisser aller aux douces conversations amicales. Je vis dans une solitude et dans un silence inviolés. Ma lettre ne sera donc qu'un billet.

Ah ! ce poème, je veux qu'il sorte, joyau magnifique, du sanctuaire de ma pensée; ou je mourrai sur ses débris ! N'ayant que les Nuits à moi, je les passe à en rêver à l'avance *tous les mots*.

Mais parlons de toi. Ton livre est un recueil délicieux. Il y a là plusieurs petits poèmes qui sont déjà rangés parmi ce que ma mémoire a gardé de plus beau ! Merci pour Geneviève, pour Marie, et pour moi.

1. *Chants populaires de l'Italie.*
2. Première mention de ce qui sera l'Ouverture dite ancienne.

Adieu, déjà. Ne t'occupe pas de moi jusqu'à ce que je t'écrive, j'ai besoin de me croire seul au monde, et te récompenserai de cette condescendance à mes frissons intimes par une œuvre qui te ravira. Mais quand ! Nous t'aimons tous trois, prince, somptueux seigneur d'une chambre rêvée [1] ! — Ce billet est pour le cher Lefébure comme pour toi. Va-t-il mieux ? Je me charge de ses supercheries épistolaires [2].

Marie est fatiguée, et, par surcroît, je crois que Geneviève va avoir la rougeole. Je vous envoie un petit poème *mélodique* [3] que me demandait Madame Brunet. Adieu, laissez-moi vous oublier,

Votre

STÉPHANE.

94. – *A Théodore Aubanel.*

Tournon, Mercredi soir
[6 décembre 1865].

Mon bon Théodore,

Pardonne-moi mon silence. Une atroce névralgie a battu à mes tempes et tordu les nerfs de mes dents pendant toutes les minutes, matinales et nocturnes, de ma semaine. Aux rares heures de répit, je me jetais en maniaque désespéré sur mon poème, et ne voulais

1. Allusion au déménagement de Cazalis et à son ameublement somptueux.

2. A Paris à l'insu de sa famille, Lefébure faisait envoyer par Mallarmé des lettres de Tournon où il était censé se trouver.

3. « Sainte Cécile jouant sur l'aile d'un chérubin », qui deviendra « Sainte » en 1883. Cécile est le prénom de Mme Brunet.

vivre pour autre chose, malgré ma fatigue, et désolé du temps perdu !

Grâce à toi, j'ai pu le commencer, et je t'en remercie par un long pressement de mains, que tu comprendras, *comme d'un inoubliable service*[1].

Je ne t'écris pas aujourd'hui, parce que toute distraction, même la plus charmante, m'est odieuse, et j'ai besoin de la plus silencieuse solitude de l'âme, et *d'un oubli inconnu*, pour entendre chanter en moi certaines notes mystérieuses.

Marie est fatiguée et, par surcroît, j'ai peur que Geneviève, toute tachetée de rouge, n'ait une rougeole. Comment va ce bon Jean de la Croix, que j'aime comme un frère de ma mignonne ? Peut-il garder sa dernière nourrice, pauvre ami ?

Adieu. Nos meilleures amitiés à ta femme, et des baisers à ton enfant.

Ton

STÉPHANE.

= Je te renvoie mon petit poème[2], plus clair, je crois. = Je te charge en remettant le billet ci-joint à Brunet, de lire à Madame une Sainte Cécile que je lui avais promise. C'est un petit poème mélodique et fait surtout en vue de la musique =

S. M.

Amitiés à Mathieu[3] et à Grivolas.
Nous sommes seuls depuis Jeudi[4].

1. Sans doute une aide financière.
2. « Le Jour », première version de « Don du poème ».
3. Anselme Mathieu (1828-1895), l'un des sept fondateurs du Félibrige.
4. Jour du départ d'Anna Gerhard.

95. – *A Théodore Aubanel.*

Mon bon Théodore,

Un deuil de famille, la perte de mon grand-père [1], m'appelle dans quelques heures à Versailles. Mon excellent ami Lefébure est à la maison : il veut visiter Avignon et te connaître. Je lui laisse en hâte cette poignée de main sur le papier qu'il te remettra de ma part. Accueille-le comme moi-même, car, moi-même, je l'aime plus encore.

Ton

STÉPHANE MALLARMÉ.

(Tu présenteras Lefébure aux chers Brunet. Il leur parlera de Geneviève, et de nous)

Tournon. Jeudi soir [14 décembre 1865].

96. – *A Mme Mallarmé.*

Versailles, Samedi
[16 décembre 1865].

Ma bonne Marie,

Je ne t'ai pas écrit hier parce que ma pénible journée a été vouée à tous les devoirs qui accompagnent une mort. Je suis si fatigué de tête, et de cœur, vraiment,

1. André Desmolins.

que je ne ferai que te raconter doucement nos tristesses.

Après un voyage, un peu froid, mais que le sommeil a abrégé, je suis tombé dans les bras de la pauvre bonne maman, qui m'a raconté, entre ses larmes, que dans la nuit, le cher grand-père avait été saisi d'un certain frisson, puis d'une de ses attaques, et qu'enfin, après avoir vomi du sang, il a expiré quand a cessé l'épanchement. La pauvre femme ne pouvait croire à la Mort, tant tout avait été soudain et cruel ! Pense que bon papa avait été jusqu'à onze heures à la petite soirée de famille que donnent les tantes chaque semaine !

J'ai passé la journée, tantôt à écrire les tristes billets, tantôt à sortir pour les préparatifs de la cérémonie, qui n'a eu lieu que ce matin, tantôt enfin à regarder encore le pauvre corps que nous ne verrions plus !

Ce matin, je l'ai conduit au cimetière, après l'avoir vu mettre dans son cercueil. Il m'a fallu recevoir tous les amis connus de moi et inconnus, parler à tous, tout présider. Tu juges de mon abattement.

Bonne maman est brisée par ce deuil suprême. Je ne pourrais sans impiété la laisser à sa nouvelle et affreuse solitude avant Jeudi. Du reste, ce n'est que la veille que les scellés, apposés sur les armoires et les meubles, seront levés et j'ai besoin d'être là, d'autant plus que bonne maman nous destine plusieurs petites choses, dont elle se privera pour nous laisser les souvenirs vivants du pauvre mort !

Je passerai à Paris le Vendredi pour faire tes quelques emplettes de deuil, et le Samedi pour mes dents, si j'ai de l'argent, et pour mes amis. Le Dimanche matin je compte m'arrêter une heure ou deux à Sens, puis continuer ma route et arriver dans la Nuit de Noël auprès de toi. Ne me reproche pas ce retard, le cœur et, du reste, les obligations légales me l'imposent.

Adieu, ma bonne fillette, je t'embrasse de tout mon cœur, c'est-à-dire sans fin. Donne quelques-uns de ces baisers à la bonne petite Geneviève que je suis si désolé de n'avoir pas vue avant de partir.

Ton

STÉPHANE.

N'oublie pas de répondre à chacune de mes questions, et crois que, de mon côté, chère amie, je ne négligerai rien de ce qui peut te plaire. J'oubliais de te dire que dès maintenant il te faut porter le deuil.

Notes au hasard...

= Il est probable que je t'écrirai peu ces jours-ci, ayant tant de lettres à faire encore pour bonne maman, et tant de démarches =

= Je m'étonne de n'avoir pas encore reçu ta lettre, que bonne maman attendait. Ne l'aurais-tu pas écrite hier, avant l'heure fixée =

= Parle-moi de Lefébure. Est-il resté longtemps ? =

= Dis-moi aussi si Perrier s'en va ? =

= Je vais ce soir écrire au proviseur pour lui dire de combien sera mon absence =

= As-tu fait prévenir les Richard ? =

= J'ai vu un parent, charmant, et très influent dans les ministères. Il m'offre sa protection. Je dois le visiter encore à Paris. Il peut nous être d'un grand profit, dans les affaires de Lycée. =

= Veux-tu, de suite, prendre dans le tiroir de la table où j'écris, le tiroir aux papiers blancs, tu sais, une des boîtes à photographies, qui contient les cuivres de mes cartes de visite ; mettre le plus grand des deux entre deux cartons et me l'envoyer à l'instant à Versailles. Tu y joindras le tien. C'est afin d'avoir des cartes de deuil. =

= Bonne maman me donnera les effets du pauvre grand père, avec lesquels on me fera faire les vêtements noirs nécessaires. Pour toi, elle me remettra la petite somme nécessaire aux acquisitions convenues. Elle te donnera quelques objets aussi, entre autres un beau manchon, venant de ma mère : elle en veut pour elle un noir. Peut-être aussi une seconde robe de soie neuve qu'elle a : cela la dispenserait de t'acheter une robe des dimanches, et tu mettrais tous les jours celle de mérinos. Il faut te dire que la pauvre femme va rester dans un état bien modeste, si ce n'est gêné. Mes voyages cependant me sont offerts par elle. Quelques meubles aussi. =

97. – *A Mme Mallarmé.*

Versailles, Mardi soir
[19 décembre 1865].

Ma petite chérie,

Ta bonne lettre a été une joie pour moi et une consolation pour ma pauvre bonne maman. Je ne puis que te répondre quelques mots, car j'ai une vingtaine de pages à écrire avant de me coucher.

Bonne maman a été bien touchée de ta première bonne lettre, et me charge de te remercier de tout son cœur. Quant à l'offre d'aller à Tournon, elle y est également sensible, mais n'est plus d'âge à voyager et ne veut quitter Versailles où sont ses affections et la chère tombe de grand-père. Elle est moins accablée que je ne l'eusse cru grâce à sa dévotion et aux mille petits détails qui accompagnent une mort. Pour moi, je suis un peu fatigué, mais très peu.

Ce que tu me dis de ma pauvre chère Geneviève me va au cœur. Embrasse bien ce cher être, qui est l'ange inconnu de la famille car tout le monde me parle sans cesse d'elle.

Je vous arriverai pendant la veillée de Noël, avant la messe, à onze heures moins quelques minutes. Je revois sans cesse un grand fleuve, puis une petite maison au bord, puis une chambre rouge, et deux chers enfants, l'un sur sa chaise, l'autre sur son tapis. Ah ! que notre calme intérieur me manque !

— Bonne maman a eu la bonté de me donner un peu d'argenterie, et quelques jolies choses : un délicieux guéridon en bois de rose qui remplacera ta petite table, une robe de soie d'elle que tu arrangeras pour toi, toute neuve ; et, pour moi des monceaux d'habits du grand-père, que je ferai accommoder petit à petit à ma taille. Cela nécessitera l'achat d'une armoire que nous placerons dans la salle à manger. — Et des livres !

Je ne négligerai aucune de tes commissions de deuil.

Je t'en prie, n'abîme pas ton sauté en barque si joli, car je crois que bonne maman me donnera de quoi t'acheter, outre la robe, un pardessus en laine imitant l'astrakan, ce qui est la mode. Ne fais rien avant cela, petite.

Adieu, je vous embrasse de tout mon cœur, mille fois, mes deux petites chattes, — mes trois, même, en comptant Minette. = N'abîme pas la boîte à musique. Je verrai, si je peux, le marchand et lui demanderai de la changer. = Adieu, je ne pense plus pouvoir t'écrire, hélas !

= Mon adresse, depuis Jeudi soir à six heures, jusqu'à Samedi dans l'après-midi, est :

Hôtel Corneille,
Place de l'Odéon,
à Paris.

Réponds-moi un petit mot là. J'aime tant tes lettres de Poucet. Je passe le Samedi soir à Sens, et m'arrête la nuit entière =

= Tu pourrais retenir une ouvrière à l'avance pour arranger la robe de soie. Je crains qu'il n'y ait pas assez d'étoffe pour toi.

Adieu, encore, beaucoup de *Kuss*.

98. – *A Mme Mallarmé*.

Paris Samedi matin
[23 décembre 1865].

Ma bonne Marie,

Ma pauvre Marie, je ne pourrai pas te voir la Nuit de Noël. Voici comment. (Oublie ce détail dès que tu l'auras lu, car il me rendrait risible à tes yeux, et je veux que tu me respectes !) J'ai, depuis un jour, un clou très douloureux, justement placé où tu fouettes

Geneviève, quand elle n'a pas été sage. Je souffre, même assis sur de moelleux fauteuils : ce serait donc un cruel supplice, et même une chose vraiment impossible, que de rester vingt heures sur les bancs de bois, ou de crin, du wagon. Il me faut attendre que cet ennuyeux malaise soit fini.

Mais ne songe pas à cela, parce que je te paraîtrais un grotesque, errant dans les rues avec un clou au derrière.

Imagine-toi plutôt que je reste pour faire plaisir à mes maîtres et à mes amis. En effet, j'ai eu à Paris l'accueil le plus cordial et le plus triomphant que tu puisses rêver pour un Poète.

Presque en mon honneur, on organise un réveillon Dimanche soir, et Leconte de Lisle, qui le présidera, me presse tant que je ne puis sans ingratitude refuser. Je l'eusse fait, cependant, voulant être avec toi pour Noël, mais mon clou me retient fixé aux chaises parisiennes, comme un ordre mystérieux. Je crois, vraiment, que c'est la Muse qui me l'envoie.

Je profiterai aussi de ce retard pour corriger les épreuves de mes vers. Grâce à Mendès qui les montre à tous, un journal m'offre de les publier tous en un numéro, et, après cela de les tirer à part, en un petit livre — à ses frais ! Quelle joie ! Es-tu contente ? tu vas avoir un petit volume de ton Stéphane[1].

J'ai acheté un *a, b, c, d,* à Geneviève, mais il est si charmant que je le garde pour quand elle apprendra à lire, et que je vais aujourd'hui lui choisir tout simplement un petit recueil d'images sans lettres.

Je ne veux pas que Geneviève perde rien à mon

1. Projet sans suite.

retour retardé : si tu n'as pas reçu, Dimanche, dans l'après-midi, une caisse, à jour, avec de la paille, va la réclamer à la grande vitesse. Elle contient une boîte d'animaux en bois blanc, (il n'y a d'arches de Noé qu'avec des animaux peints, et j'ai couru tout Paris sans en trouver d'autres) : tu mettras cette boîte sur ses petits souliers. Il y a encore un magnifique personnage : mais ce sera pour le jour de l'an quand elle viendra me réveiller. Cache-le bien, et ne le lui montre pas jusque-là ! — Pour toi, pauvre chérie, j'avais un petit cadeau aussi, mais je te l'offrirai en étrennes.

— De plus, il y a au chemin de fer deux caisses, une grande et une petite, que j'ai dû envoyer par la grande vitesse, malgré le prix, à cause de la valeur des objets qu'elles renferment. Recommande-les bien, car elles sont bien fragiles ; la petite est pleine de verres. Ce sont les effets, livres et vaisselle, que m'a donnés la pauvre bonne maman. Ne les ouvre pas, n'est-ce pas, avant mon arrivée. J'oublie de te dire que tous les ports sont payés.

— Maintenant voici l'heure de mon arrivée. Mardi matin à 10 h. 1/4. Je ne manquerai que la classe du matin, et j'irai à celle du soir : fais préparer à déjeuner afin que je puisse aller, après, faire une visite au proviseur, cela avant deux heures.

Je me reposerai le Mercredi et le Jeudi.

Si nous ne sommes pas ensemble le jour de Noël, nous nous embrasserons au moins le jour de l'an.

Adieu, pauvre Lancelot Gobbo[1] : partage mes bai-

1. Lancelot Gobbo, personnage de bouffon hâbleur dans *Le Marchand de Venise* de Shakespeare.

sers avec l'autre petit Lancelot. Je vous presse toutes deux sur mon cœur. Mon Dieu ! qu'il me tarde de reprendre ma bonne vie de solitude et de travail !

Ton STÉPHANE.

= Bonne maman est bien sensible à tes chères marques d'affection : je l'ai quittée navrée, mais plus calme, cependant. =

= Inutile de parler de mon clou à Tournon, ni de l'invitation de mes amis — dis que mes affaires de famille me retiennent un jour de plus. =

Je vais voir cependant si je peux t'envoyer ton petit cadeau de Noël par la poste.

99. – *A Victor Pavie.*

Monsieur,

J'ai, comme tous les poètes de notre jeune génération, mes amis, un culte profond pour l'œuvre exquis de Louis Bertrand [1], de qui vous avez eu la rare gloire d'être l'ami. Exilé, pour un temps, dans une petite ville de province, je souffre beaucoup de voir ma bibliothèque, qui renferme les merveilles du Romantisme, privée de ce cher volume qui ne m'abandonnait pas quand je pouvais l'emprunter à un confrère.

S'il vous restait encore quelques exemplaires de *Jean de la Nuit* [sic], je vous demanderais en grâce,

1. Victor Pavie, imprimeur à Angers, avait édité *Gaspard de la Nuit* d'Aloysius Bertrand, en 1842.

Monsieur, de vouloir bien me céder l'un d'eux : croyez qu'il ne serait nulle part plus religieusement conservé.

J'ose espérer que vous ne me refuserez pas cette supplique, et je vous remercie déjà, tout heureux.

Veuillez, Monsieur, accepter l'assurance de mes sentiments distingués et de ma sympathie.

STÉPHANE MALLARMÉ.

= Vous auriez la bonté de me faire savoir le prix. =

Tournon, 30 Décembre 1865.

100. – *A José-Maria de Heredia.*

Samedi 30 Décembre 1865.

Mon cher ami[1],

Je détache une feuille blanche de l'effrayant volume de ma correspondance du jour de l'an, pour ne vous écrire que deux mots. J'ai rencontré des êtres charmants, et qui m'ont aimé, comment ne pas leur donner un souvenir une fois l'an ? Mais comme mon esprit ne donne plus du tout la même note que le leur, et la donnerait-il, je ne voudrais pas m'amuser à faire des lettres qui fussent des poèmes, il ne me reste que la ressource de faire du Thimothée Trimm[2] pendant quarante fois quatre pages. Ne soyez pas étonné si,

1. C'est sans doute à l'occasion du réveillon chez Leconte de Lisle que Mallarmé fit la connaissance de Heredia.
2. Pseudonyme de l'écrivain Léo Lespès (1815-1875) dans le *Petit Journal*.

bien que nous soyons au même diapason tous les deux, mon billet garde une lointaine façon de copie.

Je maudirais mon voyage s'il ne m'avait donné le rêve charmant de votre connaissance et de bonnes heures avec les rares êtres que j'aime sur la terre. Ma merveilleuse veine de travail est perdue, et mes compliments de bonne année ne font que m'en séparer davantage. Cependant je crois, à la joie rythmique qui me balançait, quand je relisais ce soir vos sonnets, que je me remettrai facilement à l'œuvre, après quelques jours de rêverie rétrospective. Dieu le veuille !

Vous m'avez demandé les nouvelles de mon arrivée ? Je commence à peine à me réchauffer ; les carreaux de mon wagon étaient de glace ; je n'ai pas pu fermer l'œil de la nuit, tant je grelottais.

Maintenant, du reste, je vais à merveille, mais je ne quitterais pas mon intérieur pour des monceaux de guinées. Cependant, je me propose d'aller demain jusqu'à la ville voisine, Valence, pour faire encadrer votre belle Hérodiade [1], si cher souvenir qui présidera à mes Nuits. Auparavant, je copierai les quelques vers que vous désirez recevoir [2]. Adieu, pardonnez-moi la platitude de ma lettre en raison du métier que je fais depuis ce matin, et ne conservez d'elle que mes vœux pour une belle et heureuse année. Vous les partagerez avec tous ceux que j'aime, n'est-ce pas ?

Votre vieil ami,

STÉPHANE MALLARMÉ.

2, Allée du Château, à Tournon, dans l'Ardèche.

1. Reproduction de la *Salomé* du Titien.
2. Mallarmé enverra à Heredia un manuscrit du poème « Le Jour » (« Don du poème »).

Je retrouve un ancien portrait du temps où je sombrais dans la mer du Spleen, j'ai l'air, n'est-ce pas, d'un naufragé qui se résigne. Le voulez-vous ? Et vous, tâchez aussi d'en retrouver un.

S. M.

101. – *A Henri Cazalis.*

Tournon, 31 décembre 1865.

Mon bon Henri,

Bien que, comme dans un Rêve, je t'aie pressé la main il y a quelques jours, je ne veux pas laisser passer ce jour de l'an sans que tu reçoives un petit mot, et je détache cette page de l'effrayant volume de ma correspondance, diminuée cependant par mon voyage précédent.

Que tout ce que tu veux soit à toi. Les beaux vers avec les rimes, la douce adorée avec les baisers.

Vis dans une ivresse qui nous enivrera à son tour ! Et que ce chant d'allégresse ait pour base la trouvaille naturelle et quotidienne de tapisseries aux perroquets bariolés, d'ivoires jaunis et de bois noirs de vétusté !

Enfin, que sais-je ? Trouve au fond d'une singulière armoire une sacoche somptueuse qui paie tes dettes, si amusantes !

Mais surtout, aimons-nous toujours autant.

Maintenant pourquoi faut-il que je te gronde ? Nous t'avons attendu très tard au réveillon et, lors de chaque coup de sonnette, tous les visages se tournaient vers le mien, attristé de ton absence. Tu négliges trop vraiment ta charmante connaissance des hommes qui dominent l'art que tu as choisi et de tes confrères : on respire parmi eux un air qu'il faut avoir respiré pour être un Poète.

Que ces mots ne te fassent pas hausser les épaules, je parle d'expérience ! Outre que nous aurions eu les délices d'être ensemble huit heures de suite, c'est-à-dire plus d'une semaine de causeries déchiquetées et que la rareté de mes apparitions m'eût fait une fête de cette longue réunion !

Enfin, je te pardonne à la faveur de la nouvelle année. Marie, vers laquelle je suis arrivé gelé (j'ai encore si froid, sans parler de l'ennuï des cartes, des vœux, de la visite d'un cousin, que je ne pourrai me remettre au travail avant les premiers jours de janvier).

Que dis-je ? Marie met sa main avec ma main dans la tienne, et Geneviève qui prodigue ses baisers aux bergers de Saxe et de Sèvres en garde quelques-uns à ton intention.

Adieu.

Ton ami,

S. MALLARMÉ.

L'adresse de Lefébure, arrivé sans encombre est : Villa Delamp, ancienne route de Grasse, à Cannes, Var.

Offre mes vœux de bonne année à tous ceux de mes amis que tu rencontreras. Ne m'oublie pas près de Madame Le Josne et dis-lui que le remaniement seul d'un poème a retardé l'envoi des autres. Mais elle les recevra, — trop tôt, hélas !

102. – *A Frédéric Mistral.*

Dimanche, 31 Décembre 1865.

Mon cher Mistral,

Voici une triste année pour moi, puisque je ne vous ai pas vu. Il en est toujours ainsi : vous ayant connu, et sachant que vous habitez un des diamants de la voie lactée, j'inventerais des ailes insensées pour vous y rejoindre : quarante lieues nous séparent, et je ne trouve pas le moyen de vous presser la main. Laissez-moi vous promettre, j'aime les vœux qui me lient, en commençant cette nouvelle année, que nous nous rencontrerons, n'importe comment, n'importe où. Cette heure sera divine pour moi, car, alors, j'aurai lu votre poème splendide, (dont l'attente me désespère,) et, de mon côté, je vous offrirai sans doute un des premiers exemplaires de l'*Hérodiade*, œuvre de mes nuits ravies.

Vous aviez raison, le spleen m'a presque déserté, et ma poésie s'est élevée sur ses débris, enrichie de ses teintes cruelles et solitaires, mais lumineuse. L'Impuissance est vaincue, et mon âme se meut avec liberté. Merci de votre amicale prophétie, d'elle est née, sans doute, cette Résurrection.

J'ai, de plus, des heures terrestres qui sont charmantes, près de ma jolie Geneviève qui marche seule, dans une maison penchée sur ce Rhône bien-aimé dont vous me recommandiez il y a un an l'influence.

Mais qu'un jour il me mène encore à Avignon, et je n'y serai pas longtemps sans aller à Maïanes [*sic*] vous remercier de la sympathie inconnue qui nous mêle, ce bon fleuve et moi. En effet, je ne fais plus un poème sans qu'il y coule une rêverie aquatique.

J'oublie, cependant, le sujet de ma lettre, qui est de vous dire mes vœux de belle et heureuse année. Je ne les détaille pas, vous avez un cœur qui supplée à l'absence des paroles ! Recevez-les donc

d'un de vos meilleurs amis,

STÉPHANE MALLARMÉ,

à Tournon.

103. – *A Théodore Aubanel.*

Tournon,
Dimanche 31 Décembre 1865.

Mon bon Théodore,

J'ai tardé à répondre à ta lettre, parce que je suis à peine de retour, et que ma pensée grelotte encore avec une incohérence sénile, incapable d'unir deux mots, tant j'ai eu froid en voyage. Cependant, supplice effroyable ! il m'a fallu remplir plus de quarante enveloppes de vœux de bonne année, blotti dans la flamme de la cheminée.

Tu juges mon horreur, en ce moment pour tout ce qui ressemble à une lettre, et tu me pardonneras les paroles en l'air et la brièveté de ce billet, que j'écris sur petit format, moins pour te dire peu de choses, que pour user de supercherie avec moi-même et me laisser croire qu'il n'est pas un surcroît à mes missives. Il sera bien assez grand pour te laisser pressentir mes souhaits que tu connais à l'avance !

Je te remercie mon bon ami du bel et charmant accueil que tu as fait à mon cher Lefébure, et je suis heureux que vous ayez de suite ressenti une réciproque sympathie, car vous êtes deux êtres que j'adore.

Lefébure, sous sa modeste timidité, cache des trésors. Je te lirai de ses vers et tu verras qu'il fut mon initiateur. Le malheur est que sa santé ne lui permette pas l'acharné travail que demande une originalité profonde dans notre Poésie.

Encore merci de tout cœur ! Le projet que tu m'écris de nous réunir, tous les trois, est un rêve délicieux que je ferai tout pour exécuter. — Jusque-là je veux travailler sans repos. Malheureusement la mort de mon pauvre grand-père m'a fait perdre le riche filon de ma rêverie, mais j'espère le retrouver. Et toi ? entretiens-moi de tes nuits !

Adieu, bon ami, reçois mes vœux pour une belle et heureuse année, Marie s'unit à moi, et nous te prions de les partager avec Madame Aubanel. Geneviève, qui marche seule et a douze dents ! sois jaloux ! prodigue ses plus beaux baisers au nom du cher Jean de la Croix que nous embrassons tous aussi.

Ton

STÉPHANE M.

= Mes meilleurs souhaits aux chers Mathieu et Grivolas. = Ne nous oublie pas près de ton excellent oncle le Chanoine. =

Emmanuel nous regrette bien dans son triste Moulins !

Ne m'en veuille pas si je feins de t'oublier ces deux ou trois mois. J'ai si peu de temps pour travailler, que je ne puis le morceler pour des travaux étrangers à l'Art.

104. – *A Villiers de l'Isle-Adam.*

Tournon, 31 Décembre 1865.

Mon bon Villiers,

Une lettre entre nous deux est une mélodie banale que nous laissons aller au hasard, pendant que nos deux âmes, qui s'entendent si merveilleusement, font une basse naturelle et divine à sa vulgarité. Je crois, du reste, quc nous avons ce talent de ne savoir joindre deux mots que quand nous écrivons un Poème : ajoutez que, depuis ce matin, je remplis de copie une quarantaine d'enveloppes dédiées à des êtres charmants que j'ai rencontrés jadis et qui m'ont aimé, et que je n'ai pas la cruauté d'oublier. Mais je ne suis plus à leur diapason, et ne peux leur offrir que de vides paroles. Cette fatigue, avec la haine d'écrire quand ce n'est pas pour l'Art, m'excusera, n'est-ce pas, puisque je fais cette concession à la réalité, vous sentant sans cesse près de moi et parmi ma solitude, d'aimer que vous receviez un papier de moi le jour du nouvel an.

Travaillez-vous, mon bon ami, dans votre exil? Dites-moi bien cela. Pour moi, j'ai eu tous les ennuis depuis mon retour à Tournon, mon temps morcelé par le collège, une visite ennuyeuse d'un mois faite à ma femme par une sœur qui ne m'est pas sympathique, et, il y a quinze jours, quand je rêvais admirablement mon poème entier d'*Hérodiade*, j'ai été interrompu par la mort d'un grand-père qui m'appelait à Versailles. Mais je vais me remettre au travail, avec bonheur ! J'ai le plan de mon œuvre, et sa théorie poétique qui sera celle-ci : « donner les impressions les plus étranges, certes, mais sans que le lecteur oublie pour elles une minute la jouissance que lui procurera la beauté du poème » En un mot, le sujet de mon œuvre est la Beauté, et le sujet apparent n'est qu'un prétexte pour aller vers Elle. C'est, je crois le mot de la Poésie.

Je vous adresse la note assez exacte du vers, dans un petit poème composé après le travail de la nuit auquel j'ai acclimaté mon esprit en souvenir de vous[1]. Le poète, effrayé, quand vient l'aube méchante, du rejeton funèbre qui fut son ivresse pendant la nuit illuminée, et le voyant sans vie, se sent le besoin de le porter près de sa femme qui le vivifiera.

— Mon papier est plein, c'est une raison, comme une autre, de ne pas vous écrire toute la nuit, je vous presse les mains de tout mon cœur en vous souhaitant une belle et grande année, — votre ami,

STÉPHANE MALLARMÉ.

= Veuillez présenter mes respects et mes vœux à votre famille. =

= J'ai vu tout le monde à Paris, en revenant de Versailles ; mon Dieu, que vous me manquiez ! = Apercevez-vous enfin ma cousine Deszilles[2] ? — Adieu =

1. « Le Jour ».
2. Et non « Dérilly » (*Corr.* I).

1866

105. – *A Théodore Aubanel.*

Tournon, Mercredi
[3 janvier 1866].

Hélas ! mon bon Théodore, tout concourt à nous priver de la joie de nous voir. Un motif futile, d'abord, est qu'il y a si peu d'argent à la maison que je n'oserais pas toucher à la petite sacoche qu'il va falloir fragmenter tout le mois en à comptes pour ceux de nos fournisseurs qui sont de braves gens et le méritent. De plus, je suis très fatigué de mon voyage triste et glacial, et j'ai besoin du repos au coin du feu, sans te dire que Marie serait triste, ayant été seule pendant les fêtes de Noël, d'être encore abandonnée pendant mes vacances du jour de l'an, qui, du reste, finissent ce soir. Enfin, ceci est pour moi la raison la plus grave, le déplacement, si brusque ! précédent, m'avait sorti de mon Rêve, et je ne pouvais plus me remettre au travail. J'ai été assez heureux la nuit dernière pour revoir mon Poème dans sa nudité, et je veux tenter l'œuvre ce soir. Il m'est si difficile de m'isoler assez de la vie pour sentir, sans effort, les impressions extraterrestres, et nécessairement harmonieuses, que je veux donner, que je m'étudie jusqu'à une prudence qui ressemble à de la manie.

Je suis désolé de ce contre-temps, il m'eût été si doux de vous revoir, si bon d'entendre le plan de ton drame[1]. C'est cela qui me peine davantage, car, enfin, vous voir, je vous aime assez et vous ai assez présents pour vous évoquer à ma guise ! Mais crois en toi et marche droit dans ta pensée, jusqu'à Pâques ; alors je te promets de te visiter, et je risquerai moins de me méprendre sur bien des choses qui chez toi ne sont encore que de vagues et premières sensations, intelligibles merveilleusement pour le poète, trop frêles et frissonnantes encore pour ne pas souffrir d'un regard étranger.

Merci, pauvre ami, de la charmante hospitalité préparée. Adieu, Marie embrasse Madame Aubanel, et Geneviève (qui parle Allemand !) Jean de la Croix. Quant à nous, nous nous aimons,

Ton

STÉPHANE M.

= Presse bien fort les mains du seigneur Grivolas. Donne-moi des nouvelles des *Flagellants*[2] ? Bon courage[3], à lui aussi. =

S.M.

1. *Le Pâtre*, qu'Aubanel refusa de publier de son vivant.
2. *Corr.* I lit « du *Flagchauts* », postulant l'existence d'un improbable félibre étranger. Il faut lire en fait « des *Flagellants* », titre d'un tableau de Grivolas (*Les Flagellants au XIV*e siècle). Voir la lettre du 16 juillet 1866 où Mallarmé s'enquiert de Grivolas et de son tableau.
3. Et non « Bon voyage » (*Corr.* I).

106. – *A Victor Pavie.*

Tournon, Lundi matin [janvier 1866].

Monsieur,

Je vous remercie infiniment d'avoir encore retrouvé pour moi un volume de Louis Bertrand. C'est un ami que vous me rendez, et vous devinez quelle peut être ma gratitude.

Je vous demanderai d'être assez bon pour m'en faire savoir le prix, par un mot jeté à la poste ou écrit sur le dos d'une enveloppe ; vous le recevrez de suite.

— Maintenant, avant de terminer cette lettre, permettez-moi une question indiscrète. Pourquoi ne faites-vous pas une nouvelle édition de Gaspard de la Nuit ? outre ce qu'il y aurait de noble à faire refleurir l'œuvre d'un Poète, vouée à l'oubli par une vraie Fatalité, je crois même, grâce au bruit que feraient autour de cette œuvre aimée ceux de mes Maîtres et de mes amis qui déplorent son abandon, que vous y auriez un avantage réel.

Veuillez croire, Monsieur, à ma sympathie.

STÉPHANE MALLARMÉ.

107. – *A Victor Pavie.*

Tournon, Jeudi soir [février 1866].

Bien cher Monsieur,

J'ai été souffrant depuis votre bonne lettre, et un grand travail, une série de poèmes à retoucher, et parfois à refaire, pour le journal que vont publier les Poètes, *Le Parnasse Contemporain,* (vous me permettrez de vous en envoyez le numéro, quand il aura paru,) a accaparé mes quelques jours de convalescence. Vous m'avez pardonné, n'est-ce pas?

Si je vous disais que vous êtes pour moi une vieille connaissance, vous seriez étonné! La note exquise[1] que vous consacre Sainte-Beuve, au bas des vers qu'il vous a dédiés[2], m'avait souvent fait rêver, et j'aimais à me représenter ce « fidèle gardien des souvenirs » sans songer alors que j'aurais un jour le charme de presser sa main, sur le papier.

Sur le papier, hélas! car je doute que rien me rapproche jamais d'Angers. Entré dans un Lycée, grâce à quelques mots d'anglais appris à Londres, uniquement parce que la vie d'homme de lettres n'assurait pas l'existence de ma femme et d'une charmante petite enfant, je n'ai aucune ambition d'avancement dans une carrière qui n'en est pas une pour moi, sérieusement, et, satisfait d'un intérieur où je puisse rêver, surtout si ses croisées donnent sur un magnifique horizon comme celui du Rhône, je m'abstrais et m'isole dans le Travail. Paris seul, où sont mes amis, des tableaux, et des livres, pourrait me faire abandonner mon exil indifférent.

1. « Victor Pavie, d'Angers, un de nos plus jeunes amis du Cénacle, resté le plus fidèle en vieillissant, avec nos amitiés, à toutes les admirations, à tous les cultes de sa jeunesse; quand tous ont changé, le même, conservé, perfectionné, exalté et enthousiaste toujours, la flamme au front, un cœur d'or. A le voir d'ici, à travers notre tourbillon et du milieu de notre dispersion profonde, je le compare à un chapelain pieux qui veille et qui attend; je l'appelle le gardien de la chapelle ardente de nos souvenirs. »

2. « A Victor Pavie, le soir de son mariage », in *Pensées d'août.*

Mais on peut rééditer Louis Bertrand de loin ! Ce que vous me racontez m'a navré. Un volume en vingt-sept ans !

Cependant celui que possède la Bibliothèque Impériale ne quitte pas les mains des lecteurs, — au point qu'on ne peut l'avoir. Si vous placiez douze exemplaires chez Pincebourde, libraire des littérateurs et des collectionneurs, amateur lui-même des œuvres Romantiques, rares ou perdues, il les vendrait — inévitablement ! Mes amis, ou moi, nous chargerions d'une petite réclame dans sa revue, l'ancienne *Revue Anecdotique*. Six autres volumes placés, à Avignon chez notre confrère le poète Provençal Roumanille, que j'avertirais, disparaîtraient bien vite. Quant aux six derniers, je les ferais prendre par des amis empressés, je crois. Et qui sait si, alors, avec un peu de bruit facile dans les journaux, il n'y aurait pas un réel avenir pour une belle édition, précédée de notices, et d'une douzaine de poèmes, à la mémoire de Bertrand, par les meilleurs poètes de ce temps [1] ? Ce monument élevé par notre génération à Louis Bertrand serait d'autant plus naturel qu'il est vraiment, par sa forme condensée et précieuse, un de nos frères. Un anachronisme a causé son oubli. Cette adorable bague jetée, comme celle des doges [2], à la mer, pendant la furie des vagues romantiques, et engouffrée, apparaît maintenant, rapportée par les lames limpides de la marée.

... Mais comme on rêve, en parlant avec ceux qu'on

1. Sept ans avant *Le Tombeau de Théophile Gautier*, Mallarmé rêve ici d'un *Tombeau de Louis Bertrand.*

2. En jetant sa bague à la mer, le doge scellait les noces de Venise et de l'Adriatique.

aime ! Adieu, cher Monsieur, pensons tous deux, cependant, à ce songe, qui se réalisera peut-être ! Dans tous les cas, ce sera un moyen d'être, de loin, un peu ensemble.

Bien à vous,

STÉPHANE MALLARMÉ

Je joins à cet envoi *les six francs*. Hélas ! les pauvres auront eu le temps de bien grelotter ! —

108. – *A Mme H. Le Josne.*

Tournon, le 8 février 1866.

Madame,

Je suis bien en retard avec vous, qui avez eu la charmante pensée de vous montrer impatiente de recevoir quelques-uns de mes vers ! Permettez-moi, d'abord, d'accuser Cazalis lequel ne m'a rappelé que récemment votre adresse précise, et de vous faire croire à mon innocence, ne serait-ce que pour apaiser mes remords.

A peine rendu à l'exil, j'avais copié à votre intention quelques strophes, mais un pressentiment que je les retoucherais bientôt m'a sauvé des regrets de vous les avoir envoyées imparfaites.

Je n'ai pas choisi mes plus longs poèmes, toujours pour cette raison que je les rêve meilleurs. Ceux que vous recevrez sont bien peu de chose — de simples soupirs... L'un, une rêverie automnale[1] ; l'autre, ce

1. « Soupir ».

désir inexpliqué qui nous prend parfois de quitter ceux qui nous sont chers, et de *partir*[1] ! Le troisième, la tristesse du poète devant l'enfant de sa Nuit, le poème de sa veillée illuminée, quand l'aube, méchante, le montre funèbre et sans vie : il le porte à la femme, qui le vivifiera[2] ! Vous connaissez les deux pages de prose[3]. — Du reste, voilà bien longtemps parler de ce qui se lit et s'oublie en une minute.

Permettez-moi plutôt, Madame, de vous remercier d'une sympathie exquise qui me suit dans ma solitude, et doit me donner une vraie force dans mon travail d'*Hérodiade*, que vous connaîtrez cet été, œuvre de mon Rêve et d'élection, vers la ruche. Ce que j'ai fait jusqu'ici a été simplement un effort qui vous dira mieux ma gratitude.

Adieu, Madame, veuillez accepter mes vœux, vraiment ridicules, pour l'année qui va presque finir, et vous faire, près de M. Le Josne, l'interprète des regrets que j'ai de ne lui avoir pas été présenté à mon dernier séjour à Paris.

Je vous prierai aussi d'offrir mes respects à Madame votre mère et Madame votre tante, qui m'accueillirent comme vous, lors de l'unique visite que je vous fis.

Je dépose nos hommages à vos pieds.

STÉPHANE MALLARMÉ.

1. « Brise marine ».
2. « Le Jour » ou « Le Poème nocturne », premier état de « Don du poème ».
3. « Le Phénomène futur ». C'est sans doute par les Le Josne que Baudelaire eut connaissance de ce poème en prose auquel il fait allusion dans *La Belgique déshabillée*. Voir Baudelaire, *Fusées, Mon cœur mis à nu, La Belgique déshabillée*, éd. par A. Guyaux, coll. Folio, Gallimard, 1986, p. 155.

109. – *A Catulle Mendès.*

Tournon, Mardi soir
[20 mars 1866].

Mon cher Catulle,

Vous êtes un monstre de ne pas me répondre, et cependant je vous excuse en me rappelant l'ambiguïté de la ligne que vous reçûtes. Je vous demandais une goutte d'encre, deux traits de plume, ne serait-ce qu'un mot ! Vous avez dû comprendre que je demandais si le *Parnasse* n'était qu'une parole, un rêve ; et l'envoi des deux premiers numéros [1] de ce recueil vous aura semblé une réponse naturelle. Je dis des deux premiers feuillets, car on m'a été infidèle la semaine dernière, et j'attends les deux autres ce matin.

Mais où vais-je ? Je ne devais vous crayonner qu'une ligne, en costume de voyage comme vous cet automne, avant de prendre le train de Nice où m'invite mon ami Lefébure, épuisé que je suis, usé de travail malheureux et stérile. Je compte sur une vraie résurrection, là-bas, au soleil pascal, parmi les lauriers méditerranéens. Où vais-je encore ?.. Je ne puis vous parler, sans le désir d'une longue causerie. — Vous aurez à mon retour une vraie lettre, à laquelle vous répondrez n'est-ce pas. — Maintenant que cette promesse me délivre, pour le moment, de toutes mes velléités exubérantes de confidences, je viens au fait : Voici. Je suis à Cannes, (Villa

1. Parus le 3 et le 10 mars. Les poèmes de Mallarmé paraîtront dans la onzième livraison du samedi 12 mai avec ceux d'Henri Cazalis.

Delamp, ancienne route de Grasse, Var.) de Jeudi 29 Mars à Vendredi 6 Avril. Si la livraison, qui contiendra mes vers devait paraître aux alentours de ces dates, je vous en supplie, envoyez-moi les épreuves à Cannes, ou, ensuite (si c'est plus tard), à Tournon, car j'ai beaucoup à reviser. S'il n'était pas très ambitieux de vouloir remplir à soi seul une livraison, je vous demanderais de voir qu'il en fût ainsi pour moi, (je l'aimerais infiniment,) afin d'offrir et garder séparément ces quelques poèmes. — Au revoir, *jusqu'à ma prochaine* lettre et donnez-moi quelquefois signe de vie.

Votre.

STÉPHANE MALLARMÉ.

Amitiés à tous mes amis. Mes respects à Monsieur et à Madame de Lisle. Ne m'oubliez pas près de de Banville.

110. – *A Mme Mallarmé.*

Cannes, Villa Delamp,
Samedi [31 mars 1866].

Ma bonne petite,

Ne m'en veuille pas, si je ne t'ai pas écrit dès hier. J'ai dû, à peine sorti du lit où j'avais dormi toute la matinée, fatigué de ma nuit en chemin de fer, sortir avec le cher Lefébure. Hier et aujourd'hui ont été consacrés à visiter Cannes, le port, et la plage, qui sont autant de merveilles. Lundi, j'irai aux îles [1] en bateau, et mardi à Nice.

1. Les îles de Lérins, au large de Cannes.

Ma pauvre chérie, que nous te regrettons à toute minute, devant cette mer bleue et divine, qui joue à nos pieds, et se perd à l'infini ! Vraiment, j'ai parfois envie de te faire venir ici, et de demeurer l'été, avec un congé. Si, comme me le dit Lefébure, je pouvais trouver des leçons ! Que cet air et ce soleil te seraient bons. Déjà, avec tant d'heures de paresse et de promenades, choyé par le bon Lefébure, il me semble que je ressuscite [1]. Le ciel est un azur de Pâques.

Je veux te raconter ma soirée à Avignon. Pas d'Aubanel. Les Brunet ont été charmants, mais, hélas ! pauvre mignonne, ne m'ont chargé pour toi que de leurs meilleures amitiés, sans oser, peut-être, t'inviter.

Que fais-tu donc, seule, mon enfant ? Et que devient petite Geneviève. Lui parles-tu de papa, et dit-elle : « Le monstre ! »

Raconte-moi bien ta vie, chère abandonnée, qui en as le temps. Pour moi qui ne suis à la villa de Lefébure qu'avant les repas, je dois te quitter, car on couvre la table.

Pardonne-moi de ne guère t'envoyer dans cette lettre que des baisers ; les détails et les histoires, je tiens tant à te les dépeindre à loisir, que j'attends les premiers jours de notre réunion.

Adieu, donc, bon ange, prends courage et pense à moi, comme je pense à toi devant tout ce [qui] [2] est beau. Je t'envoie mille baisers que tu partageras avec ce bon « Rotet * » [3].

Ton

STÉPHANE

1. Mallarmé écrit la veille du jour de Pâques.
2. En changeant de page, Mallarmé a oublié le relatif.
3. *Corr.* I lit *hotet* ce surnom mystérieux de Geneviève (formé sur le verbe *roter* ? sur l'allemand *rot* ?).

= Je t'écrirai dès que j'aurai ta réponse. = Tu me diras si l'on m'a fait demander au Lycée Vendredi, et ce qui a pu arriver ; — si on a le Mardi ; — et tout. = Si, du Lycée, on demandait une « note d'examen de Pâques » tu la trouverais en plusieurs pages, avec ce titre, rien qu'en ouvrant mon buvard de classe = Soigne-toi bien, et tâche de te distraire un peu = Je profite de ces derniers mots pour t'embrasser encore. =

Ton STÉPH.

111. – *A Mme Mallarmé.*

Cannes, Mercredi
11 heures du soir
[4 avril 1866].

Ma bonne petite,

Je t'écris de mon lit, rentré à peine d'un voyage de trois jours à Nice et à Monaco. Je suis si fatigué et si accablé de sommeil que tu ne me gronderas pas (petite grognon, qui me reproches de ne pas t'avoir écrit assez tôt, comme si, en voyage, on était toujours devant une table chargée de plumes et de papier) tu ne m'en voudras pas, dis-je de ne t'écrire que deux lignes, d'autant mieux que je dois avant de fermer mes yeux, qui le sont à moitié déjà, griffonner un mot de réponse à Aubanel. Impossible demain, car nous partons pour les îles avec le lever du jour.

Je te raconterai toutes mes heures à mon retour, je

me contente donc de te dire que l'excursion à Monaco a été délicieuse, que j'y ai gagné à la roulette quelques sous avec lesquels je t'ai acheté une jolie petite... je ne dirai pas quoi, laquelle surprise ira à merveille avec la robe que tu achèteras cet été.

Ma pauvre enfant, tu me suis partout, et, sans cesse, je cherche dans le vide ta main pour te montrer quelque beauté inattendue du paysage. Hélas! pourquoi n'est-ce que ton ombre qui me suit? En attendant mes récits, et nos baisers, ma Marie, ne t'ennuie pas trop cependant et embrasse bien le méchant petit ange qui m'oublie. Ce que tu me dis de ses dents me peine, elle n'a donc pas un instant de calme, et la pauvre mère est la victime.

Adieu, ma mignonne. Je n'oublierai aucune de tes commissions près des Brunet, ni la note, ni la toile, ni le Médecin que je verrai moi-même. Adresse-moi en tous cas vingt francs chez Théodore Aubanel, place st Pierre. Ne m'envoie plus rien à Cannes, que j'aurai quitté quand tu auras reçu cette lettre, Vendredi matin. Je couche à Toulon. Je visite Marseille Samedi, et suis le soir à Avignon. J'y reste le Dimanche et le Lundi, et je t'arriverai Mardi à une heure, pour ne pas voyager la nuit précédente.

Adieu, je t'embrasse mille fois, donne cinq cents de ces baisers à Geneviève : cela passera un peu votre temps, mes chéries.

Votre

STÉPHANE.

= Lefébure joint à mes caresses ses meilleures amitiés, et embrasse Geneviève = Pourras-tu me lire? la bougie est presqu'éteinte. =

112. – *A l'Éditeur du « Parnasse contemporain ».*

Vendredi soir [20 avril 1866 [1]].

Monsieur,

Je vous prierai de m'envoyer, par le retour du courrier, les cinq dernières livraisons [2] du *Parnasse contemporain* (3e, 4, 5, 6, 7e) et les cinq suivantes à mesure qu'elles paraîtront.

Le prix de ces dix feuilles accompagne ma lettre.

S. MALLARMÉ.

2, Allée du Château, à Tournon (Ardèche).

113. – *A Catulle Mendès.*

Tournon, Mardi matin
[24 avril 1866].

Mon cher Catulle,

Vous avez maintenant mon treizain de Poèmes [3], et vous me pardonnez mon retard, n'est-ce pas ? Ce serait

1. Date déduite de celles des livraisons du *Parnasse.*

2. Parues respectivement les 17, 24, 31 mars, et les 7 et 14 avril. La cinquième livraison contenait les *Nouvelles Fleurs du mal* de Baudelaire (15 poèmes).

3. Des treize poèmes envoyés (« Les Fenêtres », « Le Sonneur », « A celle qui est tranquille » [« Angoisse »], « Vere novo » [« Renouveau »], « Tristesse d'été », « L'Azur », « Les Fleurs », « Soupir », « Brise marine », « Le Château de l'Espérance », « Le Pitre châtié », « A un mendiant » [« Aumône »], « Épilogue »), onze seulement paraîtront (la liste citée moins « Le Château de l'Espérance » et « Le Pitre châtié »). Encore « Tristesse d'été » ne parut-il que le 30 juin, à la fin du volume reprenant les livraisons de la revue.

mal à vous de ne pas le faire, car toutes ces veillées de la semaine, et les nuits des deux derniers jours ont été consacrées à rendre ces vers présentables. Vous savez combien je tiens à la justesse de l'impression, et que, par conséquent, le changement d'un mot entraîne un remaniement. Or ne me fallait-il pas un jour par poème? J'ai mis moins que cela. Songez donc! pour évoquer les étés, les automnes, les minutes, et pour rester dans la manière de ces époques, en ne faisant que corriger ce qui, alors, comme maintenant, eût été fautif. D'autant plus que ces vers ayant surtout pour moi la valeur de souvenirs [1], je tenais à ce que tous gardassent leur date.

J'ai quelques prières à vous faire. 1° De me dire s'il y aurait quelqu'une des corrections que vous n'aimiez pas, — après avoir longtemps examiné sa signification, car il faut vous défier de la sensation désagréable qu'on éprouve à voir de nouveaux mots à la place de ceux que la mémoire finissait d'avance. J'y ai moi-même été pris parfois. Toutes les substitutions ont eu leur but, relatif généralement à la composition, et je n'ai pas hésité à sacrifier des vers qui me semblaient d'une jolie peinture. — Mais quand on est seul, sans conseil ni ami, sans épreuve, on peut se tromper! Du reste, ces quelques sacrifices seraient rachetés, amplement, par d'heureuses choses que j'ai replacées, dans le goût de ces temps, toujours.

Seconde prière, qui se rapporte — je n'ose pas dire à l'impression, mais à l'imprimerie. Je voudrais un

1. Comme l'indique l'« Épilogue » (« *Las de l'amer repos...* ») des poèmes du *Parnasse*, ce treizain relève déjà d'une inspiration dépassée.

caractère assez serré, qui s'adaptât à la condensation du vers, mais *de l'air entre les vers, de l'espace*, afin qu'ils se détachent bien les uns des autres, ce qui est nécessaire encore avec leur condensation. J'ai numéroté les poèmes, est-ce utile ? En tous cas, je voudrais, aussi, un grand blanc après chacun, un repos, car ils n'ont pas été composés pour se suivre ainsi, et, bien que, grâce à l'ordre qu'ils occupent, les premiers servent d'initiateurs aux derniers, je désirerais bien qu'on ne les lût pas d'une traite et comme cherchant une suite d'états de l'âme résultant les uns des autres, ce qui n'est pas, et gâterait le plaisir particulier de chacun. — Leur ordre est bon, n'est-ce pas ? à l'exception du *Mendiant* que j'ai rejeté à l'avant-dernière place, ne sachant où le caser. — Que pensez-vous du titre ? J'ai hésité entre *Angoisses* et *Atonies*, qui sont également justes, mais j'ai préféré le premier qui met mieux en lumière l'*Azur*, et les vers dans la même note.

Enfin, suprême grâce, mais demandée à genoux, celle-ci ! *Envoyez-moi une épreuve*, que je ne garderai que vingt-quatre heures, je vous le jure, par Dieu qui voit mon âme ! Supposez qu'elle soit mise à la poste un Mardi, je l'aurais le mercredi à dix heures, et, le Jeudi, la renverrais pour que vous la receviez le vendredi matin ; ce sont là mes meilleurs jours, mais prenez-en d'autres, s'ils vous gênent. Je tiens à cette Épreuve, non pour les fautes matérielles, dont vous voudrez bien vous charger, n'est-ce pas, mon ami, mais pour voir par moi-même l'effet d'ensemble, d'abord, et, s'il n'y aurait pas avantage à déplacer certains poèmes : puis des détails, qui seraient répétés à trop peu de distance, et se contrediraient, même. Enfin, il y a un ou deux titres que je n'ai pas encore trouvés, celui du *Mendiant*, par exemple, et de *Tristesse d'été*, qui répète un mot du sonnet[1].

De même, je me rappelle que le mot *fin* se trouve deux fois dans *Épilogue*. Mais assez !

Que de minuties, vraiment chinoises[2], mon bon Catulle, mais vous les comprenez, et vous ne les oublierez pas. Publiant ces quelques vers, il vaut autant le faire le mieux possible et les offrir d'une façon qui déguise tant de choses qui manquent encore !

Et le journal, quand paraîtra-t-il ? J'attends avec joie ce premier numéro. Vous m'en parlerez dans votre lettre, n'est ce pas, lettre que vous m'écrivez. (De suite ?)

Parlez-moi de vous, comme je vous parle de moi, c'est le seul moyen de se réunir un peu. Travaillez-vous ?

Quant à moi, je suis toujours à l'Ouverture d'Hérodiade que je ne reprendrai que dans huit jours, étant fatigué par la revision de mes poèmes. (Il est, en effet, si difficile de faire un vers quand on l'a dans l'âme ; qu'est-ce, lorsqu'il faut le faire longtemps après avoir oublié ce qui eût pu le faire naître.) Je reviens à *Hérodiade*, je la rêve si parfaite que je ne sais seulement si elle existera jamais. Et puis, il faut dire que ce commencement qui m'attarde, est le plus difficile de l'œuvre. J'en étais à une phrase de vingt-deux vers, tournant sur un seul verbe, et encore très effacé la seule fois qu'il se présente[3]. Enfin, d'ici aux vacances, j'ai

1. « A un mendiant » deviendra « A un pauvre », mais « Tristesse d'été » gardera son titre.

2. Cf. « Épilogue » : « ... je veux [...] / Imiter le Chinois au cœur limpide et fin... »

3. Les vers 38-57 — soit vingt et non vingt-deux vers — de l'Ouverture ancienne. Le verbe est « S'élève ».

encore du temps ! Je me tais, parce que je n'aime pas en parler : ce sont des souffrances à ressentir chaque fois que j'ouvre la bouche à ce sujet.

Pourtant, elle sortira, la Reine ! de toutes ces tristesses, — mais quand ? Je ne dois pas trop écouter le découragement de l'instant où je vous écris ces mots, parce que beaucoup de lassitude s'y mêle.

= Adieu, mon cher Catulle ; ma femme porte la main de Geneviève à la bouche de cette petite fille qui vous envoie un baiser, et moi je serre la main et vous assure que je ne passe jamais un jour sans songer à vous. Amitiés à tous mes chers amis que je ne nomme pas, pour ne pas mettre l'un avant l'autre. Ne m'oubliez pas auprès de de Banville. Mes meilleurs souvenirs à Monsieur et à Madame de Lisle.

Votre

S. MALLARMÉ.

Question insidieusement discrète : « Et le cœur [1] ? »

114. – *A Henri Cazalis.*

Tournon, Samedi matin
[28 avril 1866 [2]].

Mon cher Henri,

Il faut avouer que tu as abusé avec une étrange malice d'une parole jetée en un sourire, et que

1. Catulle Mendès était fiancé à Judith Gautier.
2. Date déduite d'une concordance textuelle avec la lettre suivante (voir cette lettre et la note).

démentait naturellement la lettre que je t'écrivis pour le jour de l'an et que tu laissas sans un serrement de mains. Moi, j'attendais toujours [1].

— J'ai donc à te raconter trois mois, à bien grands traits ; c'est effrayant, cependant ! Je les ai passés, acharné sur Hérodiade, ma lampe le sait ! J'ai écrit l'ouverture musicale, presqu'encore à l'état d'ébauche, mais je puis dire sans présomption qu'elle sera d'un effet inouï, et que la scène dramatique que tu connais n'est auprès de ces vers que ce qu'est une vulgaire image d'Épinal comparée à une toile de Léonard de Vinci. Il me faudra trois ou quatre hivers encore, pour achever cette œuvre, mais j'aurai enfin fait ce que je rêve être un Poëme, — digne de Poë et que les siens ne surpasseront pas.

Pour te parler avec cette assurance, moi qui suis la victime éternelle du Découragement, il faut que j'entrevoie de vraies splendeurs !

Malheureusement, en creusant le vers à ce point, j'ai rencontré deux abîmes, qui me désespèrent. L'un est le Néant, auquel je suis arrivé sans connaître le Bouddhisme, et je suis encore trop désolé pour pouvoir croire même à ma poésie et me remettre au travail, que cette pensée écrasante m'a fait abandonner. Oui, *je le sais*, nous ne sommes que de vaines formes de la matière, — mais bien sublimes pour avoir inventé Dieu et notre âme. Si sublimes, mon ami ! que je veux

1. Mallarmé répond à ces mots de Cazalis, du 1er avril : « ... enfin c'est trop absurde. Ne nous plus voir et ne nous plus écrire, à cause d'Hérodiade la pâle ! — Emmanuel me dit que mon silence t'a attristé, povero. Mais tu m'avais prié de ne te pas venir voir avant le départ d'Hérodiade : ta porte était fermée : un peu par malice, je l'avoue, j'ai cru devoir respecter la consigne que tu avais donnée. »

me donner ce spectacle de la matière, ayant conscience d'elle, et, cependant, s'élançant forcenément dans le Rêve qu'elle sait n'être pas, chantant l'Ame et toutes les divines impressions pareilles qui se sont amassées en nous depuis les premiers âges, et proclamant, devant le Rien qui est la vérité, ces glorieux mensonges ! Tel est le plan de mon volume Lyrique, et tel sera peut-être son titre, La Gloire du Mensonge, ou le Glorieux Mensonge. Je chanterai en désespéré ! [1]

Si je vis assez longtemps ! Car l'autre vide que j'ai trouvé, est celui de ma poitrine. Je ne vais vraiment pas bien, et ne puis respirer longuement ni avec la volupté du bien-être. Enfin, ne parlons pas de cela. Ce qui m'attriste seulement, est de songer, si je ne suis destiné qu'à voir quelques années, combien je perds de temps pour gagner ma vie, et que tant d'heures, que je n'aurai plus, devraient être données à l'Art !

En effet, que d'impressions poétiques j'aurais, si je n'étais obligé de couper toutes mes journées, enchaîné sans répit au plus sot métier, et au plus fatigant, car te dire combien mes classes, pleines de huées et de pierres lancées, me brisent, serait désirer te peiner. Je reviens, hébété. Voilà pourquoi, mon ami, j'ai usé de ce cruel labeur nocturne. Quant à maintenant, je me repose (bien que je ne participe pas au printemps, qui me semble à des millions de lieues derrière mes carreaux) et, fuyant le cher supplice d'Hérodiade, je me remets le premier Mai à mon Faune, tel que je l'ai conçu, vrai travail æstival !

1. Ce n'est pas par des spéculations philosophiques que Mallarmé a découvert le néant, mais en creusant le vers, et ce vers est celui d'*Hérodiade*. Sur l'importance de cette découverte, et de cette lettre, voir *La Religion de Mallarmé*, Corti, 1988.

Je ne m'interromprai que pour la correction de mes poëmes du *Parnasse*, que j'espère recevoir bientôt en épreuves, si l'on ne m'oublie pas tout à fait. Ce que tu me dis des premières retouches me navre[1]. Elles ne peuvent être mauvaises en bloc, cependant ; ou ce serait un signe de déchéance. Moi qui crois à une supériorité réelle de maintenant sur autrefois, je les trouve, à l'exception d'une, ou deux, qui ne sont pas définitives, excellentes ; et ma conscience m'empêche de rien changer. J'eusse désiré que Catulle m'indiquât celles qu'il n'aimait pas.

Adieu, mon bon Henri, ne t'inquiète pas de certains passages de ma lettre, je ne travaillerai pas la nuit, cet été, mais vais reprendre mes belles matinées bleues. Ne t'afflige pas, non plus, de ma tristesse, qui vient peut-être de la douleur que me cause la santé de Baudelaire[2], que deux jours j'ai cru mort, (Oh ! quels deux jours ! je suis encore atterré du malheur présent).

Marie, qui est toujours pâle et faible, te tend sa main froide, et Geneviève une vraie petite femme, marchant, parlant, et que tu mangerais de baisers, prend son plus

1. « On t'attend au Parnasse. Mais Catulle trouve que tu corriges trop, et affines trop tes anciens vers. »

2. A la suite de sa chute dans l'église Saint Loup de Namur, vers la mi-mars, Baudelaire devait rester aphasique et hémiplégique jusqu'à sa mort le 31 août 1867. Dès le 17 mars, en réponse à une lettre perdue de Mallarmé, Lefébure lui écrivait : « Oui je savais le grand malheur et n'osais vous l'écrire, craignant presque de vous l'apprendre. Je me sens atterré et exaspéré à la fois, comme vous, par la brutalité de cette goutte de sang à qui il a suffi de s'extravaser pour éteindre le Prince du Rêve, prouvant avec une odieuse évidence nouvelle que le génie est une maladie magnifique, et qu'on en meurt. »

joli sourire à ton intention et t'offre une de ses papillottes.

Adieu,

ton

STÉPHANE.

Amitiés à tous, particulièrement à Henri Regnault.

Si tu veux voir l'Ardèche et la Provence avec moi, hâte-toi car il est probable que je vais intriguer pour aller à Sens, l'isolement tue Marie, qui ne voit pas un être humain, et Tournon m'est devenu odieux. ——

= Je m'aperçois que j'ai laissé aller ma plume, et ne t'ai rien dit de mon voyage enchanté. Lefébure m'a levé le rideau qui me voilait à jamais le décor de Nice, et je me suis follement enivré de la Méditerranée. Ah ! mon ami, que ce ciel terrestre est divin [1] !

Ton nom était sur nos lèvres chaque deux minutes, et accompagné des plus naïfs éclats de rire. Tu étais le personnage bouffon et rayé de rose de cette merveilleuse féerie ! Ne te fâche pas !

Lefébure est dévasté, par la rêverie, certes, mais par tous les escrocs du littoral qui ont fondu sur sa villa. Il n'a plus qu'une paire de bas que lui a conservés *sa gouvernante*, et, immobile, rêve aux autres en implorant la police et Brahmâ, sources et fins des choses [2] !

1. Lefébure a donc joué un rôle essentiel dans la révélation mallarméenne, ici associée à la découverte du ciel et de la mer de Nice. Désormais, il n'y aura plus pour Mallarmé d'autre divinité que celle, inconsciente, de l'homme, ni d'autre paradis que notre « ciel terrestre » (Cf. « Toast funèbre » et « Prose »).

2. Cazalis avait écrit, faisant allusion aux préoccupations de Lefébure : « La charmante histoire que la sienne : ce brahman auquel on prend sa montre, son gilet, ses bas, ses culottes, pendant que le front dans les étoiles il regarde se dissoudre, s'évanouir, se fondre, le néant infini des choses ! »

Il a dû t'écrire, je crois. Adieu, encore, ne m'oublie plus.

Ton

STÉPH.

115. – *A Albert Mérat.*

Bien cher Monsieur,

J'ai, avant de vous parler de votre beau volume[1], à vous remercier deux fois. D'abord comment avez-vous pu vous souvenir d'un absent ? Nous nous étions si peu rencontrés, (assez, certes, pour que s'éveillât ma sympathie, que mon isolement et les rares heures où je vois ceux parmi lesquels je devrais être forcent à être pénétrante,) mais la vôtre? à vous qui voyez passer tant de vivants et de fantômes ?

Ma rêverie avait été consumée par la lampe des nuits d'hiver, quand je reçus vos vers ; et une promenade à Nice n'avait pu restaurer aux objets entrevus leur réel ni poétique aspect. Le printemps, derrière les carreaux, me semblait à des millions de lieues[2]. La lecture heureuse de votre livre m'a rapatrié avec ce ciel lointain, je commence à sentir encore les parfums, et saurai me remettre au travail avant quelques jours.

Voilà mon double remercîment.

— Permettez-moi maintenant de vous dire comme *les Chimères* m'ont ravi ! Cette poésie me donne

1. *Les Chimères.* Albert Mérat (1840-1909) devait être publié peu après Mallarmé dans le *Parnasse contemporain.*

2. Cf. la même phrase, à peu près, dans la lettre précédente à Cazalis.

l'impression d'un treillis délicat et net tendu sur un azur connu, et que j'aime ; ce qui n'exclut pas de longues fleurs sortant de l'enlacement avec grâce, et apportant du caprice à ces contours et à ce ciel.

Ce ciel, peut-être, sera plus créé, un jour. Vous me pardonnerez ce léger désir, que je n'écris que parce que je sais qu'il est tout en votre pouvoir. Un autre encore : il y a des passages où je préférerais un beau vers à une belle strophe.

Mais ne m'écoutez pas, composez plutôt des poèmes pareils aux *Avalanches*, à *Harmonia*, et à tant d'autres !

Adieu, cher Monsieur, j'attends l'instant charmant de remplacer Monsieur par Ami, et je vous serre la main de tout mon cœur. Vous ne m'en voudrez pas si je vous prie de dire à Monsieur Valade[1] qu'une partie de la sympathie que j'ai pour vous s'adresse à lui.

Votre

S. MALLARMÉ.

Tournon, Samedi matin [28 avril 1866[2]].

= Amitiés, je vous le demande, à tous nos amis. =

= J'ignore l'adresse de Monsieur X. de Ricard[3] ? Auriez-vous la bonté de jeter à la poste de suite, après y avoir mis cette adresse, la [...][4]

[Au dos de l'enveloppe :]

1. Léon Valade (1841-1884), autre poète du *Parnasse*.
2. Le cachet de la poste est du 6 mai 1866, mais Mallarmé dit avoir gardé cette lettre une semaine entière.
3. Louis-Xavier de Ricard (1843-1911), co-directeur, avec Mendès, du *Parnasse contemporain*.
4. La suite manque. L'envoi en question est celui d'une lettre demandant des épreuves (voir la lettre du 21 mai à Cazalis), ainsi que des poèmes de Lefébure à paraître dans le *Parnasse contemporain*, comme l'indique le post-scriptum qui suit.

Huit jours après.

Pardon d'avoir retardé d'une semaine entière l'envoi de votre lettre mais j'attendais les vers d'un ami, que j'adresse, sous l'autre pli, à Monsieur de Ricard.

S.M.

116. – *A Henri Cazalis.*

Tournon, Lundi soir
[21 mai 1866].

Mon bon ami,

Laisse-moi d'abord te dire combien j'ai aimé tes vers[1] ! Du premier au dernier je les adore, et je récite ceux que je ne savais pas encore par cœur, au demi-jour de ma chambre, fait de persiennes fermées et de bouquets épanouis sur mes vieux meubles. — Tu es bien entier en eux, avec ta ferveur et ton abandon !

Seulement pardonne-moi un crime : je nuis à ta gloire. Voici comment. Je recueille depuis quelques jours toutes les livraisons qui renferment la mienne, afin de les retirer de l'hostile clarté du grand jour. Tu n'ignores pas que j'ai été victime d'une désolante surprise, de laquelle je me prends au Sort et à l'Absence, ne me résignant pas, sans tristesse, à accuser l'incurie de Mendès. Catulle, il y a plusieurs

1. Les poèmes de Cazalis et ceux de Mallarmé ont été publiés dans la même livraison du 12 mai.

mois, m'écrit à la hâte un billet qui *réclame, pour l'imprimeur*, un certain nombre de mes vers. J'étais alors malade d'Hérodiade, usé de veilles, impuissant. Sentant que, (bien qu'aucun de ces poèmes n'ait été en réalité conçu en vue de la Beauté, mais plutôt comme autant d'intuitives révélations de mon tempérament, et de la note qu'il donnerait, et que par conséquent je ne dusse pas les retoucher avec mes principes actuels,) plusieurs cependant étaient trop imparfaits, même au point de vue Rythmique, pour les publier tels, je consacrai des nuits consécutives à les corriger, mais fus vaincu par la fatigue, et sur la pressante injonction, si inutile, de Mendès, les lui adressai dans cet état, mais en le suppliant, le jour où ils devraient paraître de me les renvoyer quelques instants, pour faire sauter celles des retouches qui seraient mauvaises, conserver les bonnes, tout revoir enfin avec le calme d'esprit qui devait[1] fatalement un jour succéder à ce malaise de mon cerveau. Depuis, je lui écrivis encore deux fois sur ce sujet, une fois, suprême, à Monsieur de Ricard[2]. Tout cela, en vain.

Il en est résulté ce que tu sais, et ce qui me peine profondément, plusieurs poëmes il est vrai merveilleusement retouchés, mais d'autres surchargés de ratures provisoires, — détestables, en un mot, quand ils auraient pu être passables en conservant l'ancienne version, et exquis en recevant la nouvelle, *que j'ai ici, sur la table*, et qui est absolument belle, je te le jure.

Cela m'a été au cœur, car tu sais que je ne tiens nullement à la publicité, mais l'acceptant, à ne livrer

1. *Corr.* I et *DSM* VI lisent *devrait*. Il semble en fait que Mallarmé ait d'abord écrit *devrait*, puis biffé le *r*.
2. Voir la lettre précédente.

que des œuvres qui puissent m'assurer un renom de perfection.

Enfin, ne parlons plus de cette méchante affaire. Ces vers reparaîtront un jour dans mon livre assez beaux pour faire oublier qu'ils ont été surpris et exhibés dans le secret de leur prestigieuse toilette. Cependant, déjà, il n'y a rien à redire à : Les Fenêtres, Les Fleurs, L'Azur, Soupir, Vere Novo, et un ou deux autres poëmes, — ne sont-ce les fautes typographiques, (mauvaise ponctuation et absence des Majuscules nécessaires,) qui viennent les déparer encore.

Voilà quatre pages presque, ne les raille pas, et veuille, mon bon ami, si tu as en pitié mon exil, mon chagrin, — ma mésaventure, — ne négliger de la dire à personne de ceux sous les yeux de qui notre livraison à dû passer. Je t'en prie !

Je suis en train de jeter les fondements d'un livre sur le *Beau. Mon esprit se meut dans l'Éternel, et en a eu plusieurs frissons*, si l'on peut parler ainsi de l'Immuable. Je me repose à l'aide de trois courts poèmes, mais qui seront inouïs, tous trois à la glorification de la Beauté[1], et auxquels, même, sert de repos un nombre égal de singuliers poèmes en prose. Voilà mon été.

Essayant d'intriguer beaucoup pour aller à Sens, et y comptant un peu, je ne puis hasarder un voyage à Paris, d'où la nécessité d'un déménagement me rappellerait peut-être à Tournon, pour me ramener de là à Sens, — ce qui serait exorbitant. Je compte donc passer un mois de vacances aux Eaux voisines *d'Alvar*[2],

1. Peut-être le Triptyque (« *Tout Orgueil...* », « *Surgi de la croupe...* », « *Une dentelle s'abolit...* »), qui ne sera publié qu'en 1887.
2. *Sic.* Lire Allevard (Isère).

dans les Alpes, qui me remettront peut-être de la fatigue de ma poitrine. Dans cette solitude, je finirai probablement le *Faune* et continuerai mes études esthétiques qui me mèneront àu un plus grands livre [*sic*] [1] qui ait été fait sur la *Poésie*.

Ah ! mon Henri, quelle joie, si nous sommes à Sens ! Que la vie sera changée ! Ensemble presque. Et mieux, car je pourrai à la fois être avec vous, et seul.

— Ce que tu me dis de Sperata [2] !, est plein de rêverie, divin, et triste. Oui, je comprends ta belle pudeur qui ne veut pas de la femme qui reste après la vierge. Mais cependant, en moi, je crois que vous seriez heureux ! Le mariage sérieux est [3] trop primitif, tu as mille fois raison, mais pourquoi ne pas le considérer comme une façon d'avoir un intérieur, c'est-à-dire, un peu de paix, et une « faiseuse de thé ! » ainsi que disait de Quincey [4] ? Tu le vois trop dans la fiction du lingham [5] ! — Il est vrai que la vie solitaire est bien forte, et bien tentante, aussi. Je la préférerais, je crois ; étant marié, cependant, je préfère le rester.

Adieu, mon ami, mes matinées sont si laborieuses,

1. Mallarmé avait d'abord écrit : « au plus grand livre », et n'a corrigé qu'incomplètement.

2. Voir la lettre du 7 janvier 1864 et la note. Cazalis avait écrit : « ... je ne puis chez elle aimer la femme, ayant trop aimé la *vierge* ! Ce n'est pas la vierge qui me désire et me veut, c'est la femme, que tourmentent ses ovaires, et tout cela dans le langage humain a beau s'appeler un grand amour, cela ne m'émeut pas plus que la chute d'un corps grave, qu'un simple phénomène de physique. »

3. Passage censuré d'une autre encre, depuis « je comprends... » jusqu'à « Le mariage sérieux est », et remplacé par « Le mariage ». *DSM* VI lit « enfin » au lieu de « en moi ».

4. Dans les *Confessions d'un mangeur d'opium*.

5. Symbole mâle de Çiva dans l'hindouisme ; en d'autres termes, le phallus.

que je ne puis écrire qu'en me reposant, c'est-à-dire bêtement comme le long de cette lettre, — et pas trop longtemps. Si j'ai consacré cette seule page à ton cœur, c'est parce que le mien se contente de battre à l'unisson, et que l'autre sujet est venu le premier à ma plume, tu le devines. Quant à tes théories philosophiques[1], Geneviève en sourit. Moi, je t'admire ! — Vraiment, avec ces deux cœurs dont je parlais tout à l'heure, il n'y a pas sur terre deux esprits plus désunis, et je dirai, sans me tromper, plus antipathiques que les deux nôtres.

Une bonne poignée de main de Geneviève, de Marie, et de ton

STÉPHANE.

J'oubliais. Encore un mot, toujours pour le Parnasse. J'ai envoyé à X. de Ricard six fort beaux poèmes de Lefébure[2]. Il ne m'en parle pas. Je suis inquiet. Je t'en prie en grâce, Henri, ne les laisse pas oublier. Leur absence serait injuste, et, naturellement, chagrinerait notre bon ami qui ne la comprendrait pas. Pouvons-nous compter sur toi ?

— Les vers d'Emmanuel[3] sont charmants, les deux

1. « Tu sais que tes idées sur le néant sont fort belles, mais qu'elles sont comme certaines femmes, très belles, qui sont plus bêtes que leurs pieds. Comment veux-tu que la matière crée l'immatériel, la pensée et l'âme : ex nihilo nihil, donc de la matière ne peut pas sortir la pensée, ou le néant créerait la vie : entre la matière et la pensée, il y a l'abyme du palpable à l'impalpable. L'âme est une vérité : ce qui ne veut pas dire qu'il faille être spiritualiste comme un employé de la Sorbonne. »

2. Voir la lettre à Albert Mérat du 28 avril et la note.

3. Quatre poèmes de des Essarts venaient de paraître le 19 mai dans la 12e livraison.

premiers sonnets surtout, que j'aime infiniment. Il est vrai que ce sont, comme toujours, des variations sur des impressions connues, mais de délicieuses et très-réussies variations. Ne le trouves-tu pas ?

Sais-tu que je suis furieux contre toi ? tu m'as volé, Monsieur, le dernier vers *des fenêtres,* mouvement et situation, dans le dernier vers de *A la nature*[1] ? — Je t'entends rire d'ici !...

Embrassons-nous, cependant.

Ton

STÉPHANE.

117. – *A Théodore Aubanel.*

Tournon, Mercredi soir
[27 juin 1866].

Mon bon Théodore,

Un seul mot, car je suis très fatigué de travail et les plumes nocturnes que je m'arrache chaque matin pour écrire mes poèmes ne sont pas encore repoussées dans l'après-midi.

Tu m'as promis de venir nous voir un Dimanche à Tournon. L'heure est arrivée. Bien que je sache la joie que tu affectes à ne jamais tenir ta parole, scélérat, j'ai la naïveté, ou si tu veux le manque de tact, de te la rappeler. Voici : Lefébure, qui n'a pu s'arrêter à Avignon, en sa qualité de mythe, et qui cependant t'adore, est près de nous, pour quelques jours, avant

1. « — Aux risques du néant, dont tu m'avais tiré ! »

son retour à Paris. Il désirerait te mieux connaître et me causer le charme de t'avoir enfin. Viens donc Samedi, à onze heures, par le chemin de fer; tu seras ici à quatre, fin de ma classe. Nous aurons la belle soirée, la journée du Dimanche, et la matinée du Lundi, en supposant que, toujours pressé ou craignant d'être grondé par la chère Madame Théodore, tu te croies obligé de rentrer le Lundi soir par le bateau à vapeur (express), ce qui serait une jolie promenade encore. — Nous ne rêvons que cela. Tu apporterais ce que tu as de ton drame, j'aurais, je crois, de belles choses (je veux t'allécher,) à te montrer. Quant à Lefébure, sa splendide livraison du Parnasse t'attend.

Si ce scélérat de Grivolas n'est pas dans les cachots pour quelque nouveau crime, enchaîne-le à ta suite.

Au revoir, donc : baisers de Marie à Madame Théodore, de Geneviève à Jean de la Croix, de moi à toi, et une poignée de main de Lefébure à travers tout cela. Je garde le reste pour ton retour,

ton STÉPHANE

Une petite réponse au plus tôt, bien qu'inutile?

118. – *A Henri Cazalis.*

Tournon, Vendredi soir
[13 juillet 1866].

Mon bon Henri,

J'avais prié Lefébure, qui nous quitte, de te parler longtemps de moi — de te raconter nos heures de causeries, et ton nom qui voltigeait sans cesse alentour. Mais je désire, malgré une chaleur de serre qui me fait tomber le crayon des doigts, communiquer plus immédiatement avec toi, et je profite d'un mot que je dois répondre à Lefébure qui, ne m'ayant pas laissé d'adresse, le prendra chez toi, pour te presser la main.

Ne m'en demande pas plus, mon bon Henri. Imagine que je suis en voyage et que, par ce soleil, l'encre des auberges est séchée. En vérité, je voyage, mais dans des pays Inconnus, et si, pour fuir la réalité torride, je me plais à évoquer des images froides, je te dirai que je suis depuis un mois dans les plus purs glaciers de l'Esthétique[1] — qu'après avoir trouvé le Néant, j'ai trouvé le Beau, — et que tu ne peux t'imaginer dans quelles altitudes lucides je m'aventure. Il en sortira un cher poème auquel je travaille, et, cet hiver (ou un autre) Hérodiade, où je m'étais mis tout entier sans le savoir, d'où mes doutes et mes malaises, et dont j'ai enfin trouvé le fin mot, ce qui me raffermit et me facilitera le labeur.

Où ? Car Lefébure te dira que j'intrigue pour aller à Sens, mais qu'en tous cas on ne veut plus de moi ici. Voilà encore pourquoi je ne puis t'écrire, ayant, outre mes poèmes, et le lycée, toute une horrible correspondance diplomatique et officielle à mener, et en été.

Adieu, bon Henri, demande tout le reste à Lefébure, qui te parlera de Marie et de Geneviève, un vrai petit St Jean Baptiste aux yeux clairs, et aime-moi malgré mon silence que tu comprendras ?

Ton STÉPHANE

1. Cette thématique peut faire penser au « Cantique de saint Jean », de même que l'allusion au saint à la fin de la lettre.

Un mot de plus.

Il paraît, mon Henri, qu'on ne m'appelle pas encore pour dîner, causons un peu. — Je ne te verrai pas ces vacances, n'ayant pas assez d'argent pour risquer ce voyage avant celui possible de Sens. Ah ! le cher rêve ! si nous étions à Sens, comme nous te verrions, cher Kakatoès de l'Infini, bariolé de toi-même !

Ne m'en veuille pas, écris-moi ! Parle-moi d'Ettie, si votre rencontre n'a pas été un songe. Mieux que toutes les femmes je l'aimerais pour toi ; ce qu'il reste à décider, c'est s'il vaut mieux en avoir une que pas ? Question toute personnelle. Oui, par exemple, pour moi, qui ai besoin d'un tapis étendu par elle entre la terre et mes pieds nus, non peut-être pour toi qui peux peut-être fouler le sable d'un pied d'athlète. — Adieu encore, autres serrements de main, pour toi encore, puis pour Henri Regnault et Armand Renaud. C'est triste de ne pas te voir en Septembre ! Mais, même avec de l'argent, je ne puis, j'ai trop à travailler.

119. – *A Théodore Aubanel.*

Tournon, Lundi soir
[16 juillet 1866].

Mon bon Théodore,

Je te griffonne un petit mot au crayon, pour n'avoir pas l'air de mettre une lettre entre nous deux, et causer plus intimement.

Nous avons bien regretté le contre-temps qui nous a privés de toi. Lefébure, qui a été charmé que tu aimasses ses vers, est parti en me priant de te rendre ton serrement de main.

Pour moi, j'ai plus travaillé cet été que toute ma vie, et je puis dire que j'ai travaillé pour toute ma vie. J'ai jeté les fondements d'un œuvre magnifique. Tout homme a un Secret[1] en lui, beaucoup meurent sans l'avoir trouvé, et ne le trouveront pas parce que, morts, il n'existera plus, ni eux. Je suis mort, et ressuscité avec la clef de pierreries de ma dernière Cassette spirituelle. A moi maintenant de l'ouvrir en l'absence de toute impression empruntée, et son mystère s'émanera en un fort beau ciel[2]. Il me faut vingt ans, pendant lesquels je vais me cloîtrer en moi, renonçant à toute autre publicité que la lecture à mes amis. Je travaille à tout à la fois, ou plutôt je veux dire que tout est si bien ordonné en moi qu'à mesure, maintenant, qu'une sensation m'arrive, elle se transfigure, et va d'elle-même se caser dans tel livre et tel poème. Quand un poème sera mûr, il se détachera. — Tu vois que j'imite la loi naturelle.

— Ne prends pas pour modèle de mon Rêve, cependant, l'incohérence d'images de ces pages, je travaille trop, en moi, pour ne pas me laisser aller avec mes amis. — Et puis, comme les enfants qui veulent cacher quelque chose, et bavardent pour en retarder l'aveu, j'ai une triste nouvelle à t'apprendre, et je n'avais pas le courage de débuter par elle.

1. Ce secret, c'est la conception nouvelle d'un divin non plus transcendant, mais immanent.
2. « Un fort beau ciel » corrige « une fort belle œuvre ».

Voici. On ne veut plus de moi à Tournon : le proviseur veut remplacer les professeurs d'anglais et d'allemand par un maître polyglotte, et je suis sacrifié à cette économie.

Prévenu, et avec la chance d'être envoyé à Rhodez ou Alby, (au hasard,) j'ai dû demander la résidence de mon choix. Avignon, hélas! est inexpugnable, car le professeur Honorius tient bon, je le sais. J'ai dû jeter mon dévolu sur Sens, ville qu'habite ma belle-mère, et dont le titulaire doit partir. C'était là le grand point, car le refus d'un collègue que j'eusse désiré remplacer pouvait me rejeter dans des Tournon inférieurs, s'il en est. — Nous serons bien loin l'un de l'autre, hélas! mais enfin, quand tu iras à Paris, je t'arrêterai une semaine au passage, et, comme je serai un peu mieux payé là, (ayant, du reste, plus de travail encore) je te promets presque ma visite annuelle à Avignon. Quelle fête ce sera de si loin!

Quant à ces vacances, je compte les passer dans nos régions, la seconde moitié à travailler, peut-être en compagnie de Villiers, qui me visiterait à Tournon — et la première, il faudra que nous trouvions un moyen de nous voir. Nous aurons tant à nous dire, — de ce qui est fait — et de notre future séparation!

— En attendant, adieu, mon bon ami, pardonne-moi mon long silence, tu sais que chaque jour je pense à toi. Marie embrasse Madame Théodore, et Geneviève Jean de la Croix — ce qui n'exclut pas des diagonales de baisers — ni les miens à ton cher fils, ni mes compliments à sa mère.

Mes respects à ton oncle le chanoine.

Ton

STÉPHANE.

= Comment va ce scélérat de Grivolas ? Parle-moi de lui et de son tableau[1]. = Je ne te dis rien de ton *drame* pour ne pas gâter d'avance les chers entretiens que je rêve. = Amitiés aux Brunet. Dis à Madame Cécile de la part de Marie que Geneviève est un vrai petit ange, qu'elle voit et devine tout — mais qu'elle a une petite tête d'Allemande. Si tu l'entendais dire : « Non pas ! » à tout ce qu'on lui demande ! =

S. M.

120. – *Au Ministre de l'Instruction publique*

Monsieur le Ministre,

Un motif qui me guida dans le choix de la carrière de l'Enseignement, fut, après le désir de remplir ses fonctions, la possibilité entrevue de vivre près de ma famille à *Sens*. J'ai passé, comme professeur d'Anglais (muni du certificat d'aptitude), trois ans à *Tournon*, séjour dont le climat vif et variable menace enfin d'altérer ma santé, excellente tant que je fus dans ma famille.

Je viens, obligé pour ma santé de solliciter un changement de résidence, demander à Votre Excellence si je ne pourrais obtenir *Sens*, qui, dans le cas d'un autre déplacement, demeurerait mon vœu, et, accordé, me fixerait pour tout le temps que Votre Excellence daignerait me maintenir.

1. Voir la lettre du 3 janvier 1866 et la note.

Ma demande étant celle d'une faveur plus que d'un avancement, j'ose ne pas tenir compte du peu de droit que j'ai à la formuler, et m'adresser, (cette seule fois, je l'espère), à la sollicitude de Votre Excellence.

Je suis, Monsieur le Ministre,

De Votre Excellence,

Le très-humble et très-obéissant serviteur,

ÉTIENNE MALLARMÉ.

Tournon, le 16 Juillet 1866.

121. – *A Théodore Aubanel.*

Au collège de Tournon,
Samedi matin
[28 juillet 1866].

Mon bon Théodore,

Je n'ai pu trouver encore une minute pour te dire le mot énigmatique de ma lettre, et je n'aime pas rester un logogriphe pour mes amis tels que toi, bien que j'emploie volontiers ce moyen de forcer les autres à penser à moi.

(Il paraît que j'avais oublié d'éclairer la lanterne? — celle où je me pendais autrefois [1] !) J'ai voulu te dire simplement que je venais de jeter le plan de mon Œuvre entier, après avoir trouvé la clef de moi-même, — clef de voûte, ou centre, si tu veux, pour ne pas nous

1. Voir le dernier vers du « Guignon ».

brouiller de métaphores, — centre de moi-même [1], où je me tiens comme une araignée sacrée, sur les principaux fils déjà sortis de mon esprit, et à l'aide desquels je tisserai *aux points de rencontre* de merveilleuses dentelles, que je devine, et qui existent déjà dans le sein de la Beauté.

... Que je prévois qu'il me faudra vingt ans pour les cinq livres dont se composera l'Œuvre, et que j'attendrai, ne lisant qu'à mes amis comme toi, des fragments, — et me moquant de la gloire comme d'une niaiserie usée. Qu'est une immortalité relative, et se passant souvent dans l'esprit d'imbéciles, à côté de la joie de contempler l'Éternité, et d'en jouir, vivant, en soi ?

Je te parlerai de tout cela, et te montrerai quelques spécimens d'ébauches, si je puis aller à Avignon, après avoir lu ton drame !

En attendant, je t'aime de tout mon cœur ; Marie et moi, et Geneviève, aimons Madame Aubanel, et embrassons Jean de la Croix. Quant à Grivolas, je ne l'embrasse pas. Épouvante ce scélérat par le récit que tu lui feras de ses propres crimes, et sois l'Incarnation de ses Remords.

Amitiés aux Brunet.

Ton

STÉPHANE M.

1. « De moi-même » corrige « de mon œuvre ».

122. – *A l'Éditeur du « Parnasse contemporain ».*

Monsieur,

Après vous avoir remercié de l'envoi si régulier du Parnasse, je vous demande de vouloir bien m'adresser, par le retour du courrier, s'il est possible, *vingt* livraisons, je veux dire, exemplaires de la vingtième livraison, qui renferme quelques vers de moi [1]. Cela, sur papier ordinaire, — pour donner à plusieurs personnes en les mains desquelles je ne crois pas le Recueil.

Je pense pouvoir les obtenir au prix de revient ; du reste, j'en parlerai à Monsieur de Ricard, et je réglerai ce petit compte dans un mois ou deux quand je serai à Paris.

Veuillez, Monsieur, agréer mes salutations et me croire

Votre dévoué,

S. MALLARMÉ.

Tournon, *Lundi* soir [6 août 1866].

123. – *A Théodore Aubanel.*

Tournon, Mercredi soir
[8 août 1866].

Mon cher Théodore,

Je dois aller Samedi à Avignon par le bateau à vapeur, mais je ne sais si ce sera pour plus d'un jour ou

1. La dernière livraison, du 30 juin, contient « Tristesse d'Été ».

de deux. Mon voyage a pour but de te serrer la main en allant chez M. Béchet prendre une consultation pour ma poitrine. Je souffre beaucoup depuis quelque temps et d'une façon inquiétante — pour ceux qui m'aiment et, surtout pour mon Œuvre, que j'esquisse entièrement en ce moment et qui peut être magnifique si je vis. Je parle de « l'ensemble de travaux littéraires qui composent l'existence poétique d'un Rêveur, » et qu'on appelle, enfin, *son Œuvre*. Es-tu éclairé, cette fois, cher ami ? Comment ne m'as-tu pas compris récemment ? Je t'en raconterai la délinéation générale, du reste ; et tu seras édifié.

Peut-être ne suis-je malade que de la transition de mon âge, accompagnée d'un excès, (qui cependant n'a pas été inouï cet été,) de travail. Mais ce lycée, c'est ce lycée qui me tue ! Je viendrai savoir de M. Béchet, — car il n'y a pas un médecin sérieux à Tournon, — si les eaux d'Allevard, en Dauphiné, ne me seraient pas très-salutaires ? On les dit analogues aux Eaux-Bonnes. En cas que mon malaise soit au début, je voudrais en déraciner à jamais le germe. Je puis faire de si belles choses ! rêves encore, mais rêvées en moi, et faites de moi, et qui doivent s'épanouir dans la Vie — ou dans la Mort.

Adieu, ami ; nous sommes trop pauvres pour que ma chère Marie m'accompagne, ni Geneviève, surtout avec la servante qui leur serait indispensable, et avec qui la vie deviendrait très-dispendieuse : elles s'en peinent bien, et je sais que je ne vous consolerai que très-peu de leur absence en vous offrant la photographie de la fillette, assez mal réussie mais où, en revanche, Polichinelle, qui n'a pas remué, est d'une ressemblance parfaite.

— Au revoir, donc, ami, je t'embrasse d'avance. Je compte vers 3 heures, Samedi, te serrer les mains. Amitiés à tous nos amis. Ne nous oublie pas près de Madame Théodore et veuille embrasser, pour nous, ce cher petit Jean de la Croix — et son ami Grivolas.

Ton

STÉPHANE

124. – *A Henri Cazalis.*

Tournon, 10 Août 1866.

Mon bon Henri,

Je suis exténué de fatigue, de toutes façons, j'ai trois mois d'un travail fixe et évocatoire, sur le cerveau, et une quinzaine de mauvais vent du Nord, sur la poitrine, roidie comme deux cloisons. Je vais demain, à ce dernier sujet, consulter un médecin homéopathe à Avignon — je préfère ces adeptes parce qu'ils sont plus ténébreux, et ont l'incontestable mérite de moins savoir ce qu'ils disent — et lui demander si je ne dois pas prendre les eaux voisines d'Allevard — à peu près sûr qu'il me répondra *non*, ce qui me satisfera, ma bourse étant dans un complet dénûment. Même, je ne pourrai emmener Marie ni Geneviève. Ces deux petites femmes qui se disputent, se boudent sans cesse, et font des *rapportages* réciproques dès que j'entre dans la chambre, désirent te voir de tout leur cœur. Dieu veuille que nous allions à Sens en Octobre ! D'ici là, je pars pour Août en Provence, passerai Septembre à Tournon avec Marie — et ferai mes malles seigneuriales pour... ?

Quant à Geneviève, elle t'envoie en attendant le portrait de des Essarts, qui est son parrain, et le sien. Des Essarts est magnifique, tel qu'il n'a jamais été réussi — parce qu'il n'a pas remué. Geneviève, qui n'a posé qu'une seconde, et encore a trouvé le moyen, pendant ce laps de temps de faire mille contorsions, est seule manquée. Cependant, il y a un peu d'elle, et, Lefébure te donnant des explications, tu la devineras. Je charge ce cher *dieu* de te parler également de moi, qui n'ai plus qu'une ligne ou deux pour Ettie.

Mon ami, ce que tu me demandes est effroyable [1], et ce n'est que toi que tu doives interroger. Je vois en Ettie *pour toi* tous les présages d'un rare bonheur, et je les vois également dans la solitude. — Cependant Ettie est si charmante et si naturellement ta femme, — elle est, avec une telle obsession, le mirage dans le Rêve de ton fantôme, que tu peux, sans sacrifier au hasard, l'accepter.

Je te parle avec la dernière conviction. Revenant maintenant à la légère surface de la vie, je te serre la main, te prie de dire à Ettie *combien je désire son bonheur* — aux Yapp, combien nous les aimons toujours sans énumération. Regarde-toi dans la glace et embrasse-toi de ma part. Marie et Geneviève te saluent de la main, et se remettent à traîner des chariots de poupées — qui sont versées et immolées à mes pieds comme à ceux d'une gigantesque idole. Adieu encore,

ton

STÉPHANE.

1. Épouser Ettie, ou « l'Afrique, les grandes aventures, les beaux et grands vers... ».

125. – *A Mme Mallarmé.*

Dimanche soir
[Avignon, 12 août 1866].

Ma bonne petite Marie

Enfin me voici un moment vraiment seul ! Hier et aujourd'hui la joie bruyante de mes excellents amis, qui ne m'empêchait pas de penser à toi, ne me laissait pas la minute nécessaire à la confection d'une lettre, en silence, retiré, comme j'aime les écrire, surtout quand c'est à toi.

— Je suis arrivé sans autre malheur que la perte de mon chapeau de paille qu'un coup de vent envola dans le Rhône. Théodore et Grivolas m'attendaient, le premier n'a plus libre la petite chambre qu'il me réserve, son frère l'habitant : je fus donc obligé d'en prendre une à l'hôtel du Louvre.

J'ai vu les Brunet qui, comme Madame Aubanel, sont ravis du portrait de Geneviève. Jean de la Croix est très fort et chevelu, rieur, mais ne marche pas longtemps seul et ne parle presque pas. Il est inutile de te dire si l'on a parlé de vous, mes petites femmes ! Seulement je vois qu'il n'y a de place nulle part, et que tu serais obligée de venir partager ma chambre d'hôtel, ce qui serait bien gênant avec Geneviève, sans parler des repas pour lesquels on ne m'a pas dit un mot. Du reste, je n'ai pas encore revu les Brunet. En conséquence, bonne Marie, je reviendrai avant une huitaine à Tournon, selon toutes probabilités. Nous nous désennuierons ensemble.

— Maintenant, j'ai une bien bonne nouvelle à t'annoncer. J'ai consulté hier le docteur Béchet qui a été fort aimable, et très-sérieux. Il m'a dit que je souffrais des nerfs, mais que ma poitrine n'était pas attaquée, que je n'avais aucune crainte à avoir, — et m'a donné une ordonnance que je ferai exécuter demain matin, encore de l'arsenic, je crois.

L'exercice m'a fait du bien; hier je maudissais Grivolas qui m'a fait faire tout le tour de Villeneuve, et je ne pouvais plus aller; j'en ressens les bons effets ce matin et respire librement. Un dernier détail de santé — j'ai la figure toute rose, mais d'un vilain rose, ayant été brûlé par le soleil sur le Bateau.

— Adieu, bon ange, embrasse bien pour moi cette méchante petite fille qui m'appelle vieux singe, et prie-la de t'embrasser de ma part. Je te tiendrai au courant de tout ce qui pourrait se dire à ton sujet, en cas qu'il te soit possible de venir me chercher, ce qui ne serait pas plus tard que la semaine prochaine.

Adieu encore, et baisers,

ton

STÉPHANE.

= N'oublie pas la petite horloge de ma chambre. =

126. – *A Mme Mallarmé.*

Avignon, 13 Août 1866.

Chère petite Marie,

Je veux qu'à défaut de ton Stéphane, tu aies des fleurs pour le jour de ta fête.

Je t'embrasse deux fois, puisque je suis absent, et charge Geneviève de te donner ces baisers.

Pense à moi devant ton gros bouquet et ne m'oublie ni ne le laisse faner.

Ton

STÉPHANE.

127. – *A Mme Mallarmé.*

Avignon, Vendredi matin
[17 août 1866].

Ma bonne petite Marie,

Je n'ai pu t'écrire hier, parce que j'ai été visiter Mistral, à Maillane, et passé une charmante journée, car il m'a, cette fois, parfaitement reçu.

A part cela, ma vie a été très-ordinaire. Je n'ai pu éviter Mercredi la poussière vulgaire de la fête [1], où se complaît ce singe de Théodore, qui m'emmenait par le bras. Et toi, pauvre mignonne, je suis sûr que tu es restée entre tes persiennes, toute la journée avec ta petite Vève, — et ton bouquet dont tu ne me parles pas.

Mais console-toi. Ma tête est reposée, j'ai de nouvelles forces pour le travail, et n'attends plus que l'instant d'embrasser mes deux petites femmes, auxquelles je pense tant, — et tout le monde comme moi, car Marie et Geneviève sont le perpétuel sujet de conversation. Il est probable que je serai à Tournon

1. Du 15 août.

demain soir, par le train de neuf heures. Si quelque chose arrêtait ce projet, je t'écrirais demain matin, et tu aurais la lettre à six heures du soir.

Je vais demain consulter encore, selon nos conventions, M. Béchet. Je ne sais si j'ai assez d'argent, car j'ignore le prix de ma chambre à l'hôtel. Je te prierai donc, ce soir même, à six heures, en recevant ce billet, de m'adresser un mandat de vingt francs, que je recevrai demain matin dans mon lit. Il est probable que je n'en aurai pas besoin, et que je te rapporterai le louis intact, — mais, c'est prudent, de ma part et facile de la mienne [*sic*]. Geneviève aura un petit cadeau de *quelques sous*, mais je ne veux pas revenir sans rien pour ce petit ange. Adieu, je vous embrasse toutes deux de tout cœur.

STÉPHANE.

= Je n'ai pas encore osé parler de la toile à Madame Brunet, mais je vais le faire. =

128. – *A Théodore Aubanel.*

Tournon, 23 Août 1866.

Mon bon Théodore,

Je profite d'une petite commission dont ma femme me charge à l'égard de Madame Brunet pour te dire que je suis arrivé, et que voici quatre jours que, dans la solitude de nos chambres et la pénombre de leurs persiennes qu'assiège le soleil, mon souvenir revole vers toi avec la tyrannie d'un regret. Ton amitié me châtie, je le croirais, de notre hâtive séparation, car mon esprit obscurci se refuse à tout effort vers sa lucidité antérieure — et j'en prends tristement mon parti, sur un divan, parmi des monceaux de livres que je scrute et feuillette, sans courage pour les terminer. Il est vrai que ce sont des livres de science et de philosophie, et que je veux *jouir* par moi chaque nouvelle notion et non l'apprendre.

Marie n'est pas plus gaie que moi, l'impossibilité où elle a été de m'accompagner à Avignon l'a peinée, et Tournon ne renferme que peu de séductions. A peine a-t-elle le désir de faire sa promenade quotidienne sur les routes uniformes et poudreuses qu'elle foule depuis trois ans, sans interruption. Enfin, nous attendons Villiers comme un rafraîchissement — une rosée extérieure, et un jet d'eau versant ses tintements dans notre appartement *usé*.

Aussi, malgré mon aversion pour ce qui ressemble à une lettre et interrompt mon far-niente, que je n'accepte que comme pis-aller, mais que je veux complet alors, je te transcris sur ce papier l'entrelacement infini de nos amitiés, — et les baisers de Geneviève à Jean de la Croix, des mamans entre elles, des papas entre eux, et les entrecroisements des babies aux parents, enfin l'effrayante multiplicité du nombre Trois. Que ton frère ne croie pas, malgré ma prédilection cabalistique pour ce chiffre suprême, que je l'exclue de notre échange de bons sentiments, je l'aime de tout mon cœur, et regrette les deux années pendant lesquelles je ne l'ai pas connu. Dis-le-lui.

N'oublie pas Grivolas — ni quand tu passeras par l'hôtel ce brave Mathieu, que, malheureusement j'ai si peu vu, — pas plus que la famille voisine du Père Roumanille.

Rappelle-moi au bon chanoine, enfin, je garde pour toi mes meilleurs serrements de mains.

Ton

STÉPHANE.

= Es-tu content de ta chanson des noces [1], et l'as-tu bien chantée, ô funèbre ivrogne ? =

129. – *Au Recteur de l'Académie de Grenoble.*

Monsieur le Recteur,

J'adressai, en Juillet 1866, à Son Excellence le Ministre une demande de changement de résidence, le séjour de Tournon pendant la saison froide devenant, par le voisinage du Rhône et les vents violents, dangereux pour ma santé qu'il a altérée. Je me vois, le terme des déplacements approchant, sans que le mien n'arrive, réduit à cette extrémité de recourir pour les mois d'hiver à un congé, que ne me permettent ni mes ressources ni la prévision qu'il se prolongerait au-delà de ce temps.

Dans le désir de prévenir cette extrémité si fâcheuse pour ma famille, (pour qui cependant ma santé est d'un plus grand intérêt encore,) je viens soumettre à votre sollicitude, Monsieur le Recteur, la demande

1. « Brinde i novi » (Toast aux jeunes mariés), pour le mariage du félibre Alphonse Michel (Anfos Miquèu).

d'aller exposer de vive voix au Ministère la requête qui, écrite, fut infructueuse, et vous prier, dans le cas où les derniers bulletins ne me laisseraient aucun espoir, de m'absenter, à cet effet, quelques jours après la rentrée des classes.

Je suis, Monsieur le Recteur,
Votre très-humble et très-obéissant serviteur,

ÉTIENNE MALLARMÉ,
professeur d'Anglais au Lycée,

Tournon, le 8 Octobre 1866.

130. – *Au Ministre de l'Instruction publique.*

Monsieur le Ministre,

J'ai l'honneur d'adresser à Votre Excellence l'expression de ma reconnaissance pour l'arrêté par lequel Elle vient de m'appeler au Lycée de Besançon en qualité de chargé du cours d'Anglais[1].

Que Votre Excellence veuille croire que j'apporterai dans ces nouvelles fonctions le zèle et le dévouement avec lesquels

J'ai l'honneur d'être,
Monsieur le Ministre,
de Votre Excellence
le très-humble et très-obéissant serviteur.

ÉTIENNE MALLARMÉ.

Tournon, le 28 Octobre 1866.

1. L'arrêté de nomination à Besançon est daté du 26 octobre.

131. – *A François Coppée.*

Mercredi, 5 Décembre 1866.

Mon cher ami,

Plus que jamais, il y a quelques minutes, j'étais accablé par la Province. La tête dans les mains, je m'attristais, quand des trompettes, éclatant à mes carreaux, me traversèrent et secouèrent de mes yeux une vieille larme, amassée par bien des heures ordinaires, de tracas étrangers à l'Angoisse, de bêtise. Votre cher volume[1] m'apparut sur la table, et je profite de sa charmante invitation à sortir de ma torpeur par une causerie avec son poète, et à me laisser aller aussi, n'est-ce pas ? à mon émotion près de l'ami que je sens en vous ?

Je ne suis plus à Tournon, mais à Besançon, ancienne ville de guerre et de religion, sombre, prisonnière. Voici de cela un mois. Peut-être m'en féliciterai-je ? Jusqu'ici je souffre beaucoup, remis à peine des ennuis d'un si lointain déménagement, d'une installation, des innombrables *visites* qu'il m'a fallu faire à des sots, pour ne pas m'aliéner au premier jour les chefs qui me surveillent comme un homme douteux. (Je vous apprendrai, d'ici à quelques jours, comment j'ai dû quitter Tournon.) Mon Dieu, que de tourments pour gagner sa vie ! et encore si on la gagnait ! Quels métiers notre société inflige à ses Poëtes ! — Vous le savez, cher ami, et c'est pourquoi je me plains à vous.

Sans dire que je souffre chez moi ! je n'ai encore que

1. *Le Reliquaire.*

la moitié de mon appartement, et ne vivrai que quand j'aurai ma chambre à moi, seule, pleine de ma pensée, les carreaux bombés par les Rêves intérieurs comme les tiroirs de pierres précieuses d'un riche meuble, les tapisseries tombant à plis connus. J'aurais envie, même pour vous écrire cette lettre, de faire quelques vers dans le corridor provisoire que j'habite, comme on brûle une cassolette — ou d'attendre une année, que ma solitude se soit recomposée entre ses murs. Ah ! le miroir ancien du Silence est brisé !

Ces quelques lignes seront défaites comme mon décor. Du reste, votre livre est encore trop mêlé à ma vie, et je suis trop voluptueux, (surtout parmi le malaise où je me sens,) pour faire d'un bonheur intime un article. Est-il même nécessaire de vous dire *qu'il est selon tout mon être ?* Le *Lys* est une des plus magnifiques minutes que m'ait accordées la Poësie. *Ferrum est quod amant*, encore. Je crois que c'est bien là *vous*. Une si nette pureté que toutes les autres émotions que susciterait le poëme — profondeur, richesse, par exemple — loin de s'émaner séparément en l'esprit, concourent encore à cette pureté, arrêtée, unique, — et que rien ne rayonne comme autour de l'œuvre des gens qui pensent à côté, ni même ne s'extravase en cadre, mais se fige en le contour coupé là où il cesse d'être. (Selon moi, il n'y a pas d'autre Poësie maintenant.) Le hasard n'entame pas un vers, c'est la grande chose. Nous avons, plusieurs, atteint cela, et je crois que, les lignes si parfaitement délimitées, ce à quoi nous devons viser surtout est que, dans le poëme, les mots — qui déjà sont assez eux pour ne plus recevoir d'impression du dehors — se reflètent les uns sur les autres jusqu'à paraître ne plus avoir leur couleur propre, mais n'être que les transitions d'une gamme[1]. Sans qu'il y ait d'espace entre eux, et quoiqu'ils se touchent à merveille, je crois que quelquefois vos mots vivent un peu trop de leur propre vie comme les pierreries d'une mosaïque de joyaux. Puisque je fais le pédant, je vous dirai que j'aime moins vos grandes pièces que les courtes — parce que vous y avez un peu le ton d'Hugo, qui ne me semble pas vous appartenir. (Mais je pense que vous avez dû les faire comme études ?) Votre vraie confraternité serait avec Mendès, si vous n'étiez parfaitement Coppée, dont les vers s'amalgament si bien, de loin, pour moi, avec la figure de camée, et avec le nom qui s'inscrirait sur une lame d'épée, et plierait avec elle.

Pardonnez-moi de vous parler mal et vaguement. En une soirée de conversation sur n'importe quoi (et plutôt sur n'importe quoi que sur notre art, car je vous le répète, c'est à l'homme que s'unissent vos vers, en moi,) nous en dirions beaucoup plus ! D'autant mieux que j'ai horreur des lettres, et les crayonne le plus salement possible pour en dégoûter mes amis. Cependant, je ne vous charge de serrements de main pour personne parce que je compte passer ce mois d'attente à écrire une lettre de nouvel an à chacun de nos amis, et j'ai commencé par la vôtre. — Dites seulement à Villiers, qui recevra, par la nouvelle de mon changement de résidence, le mot de mon long silence, que mes premières pages seront à lui. Puisque le nom de Glazer[2] se mêle à votre livre, serrez la main de ce bon

1. C'est la définition de la poésie « Musicienne du silence » (« Sainte »).

2. Le poète hongrois Emmanuel Glazer, ami de Coppée et de Mendès. Il est, dans *Le Reliquaire*, le dédicataire de « L'Horoscope ».

Glazer, que je n'oublie pas. (A Catulle, dites que je suis mort, sa conscience se tranquillisera.) Enfin, ne vous oubliez pas *et aimez-vous*

de la part de *votre*

STÉPHANE MALLARMÉ.

= J'ose à peine me rappeler au bon souvenir de votre excellente famille ? = J'oubliais : mon adresse est : Rue de Poithune, 36, à Besançon. =

132. – *A Paul Verlaine.*

Besançon,
le 20 Décembre 1866.

Monsieur et cher Poète,

Permettez-moi de voir dans l'attention exquise que vous avez eue de m'envoyer votre volume, sans me connaître, autant qu'une sympathie littéraire, le pressentiment merveilleux d'une amitié ignorée. Vous êtes venu au-devant d'un vœu de vous presser la main, que j'avais formé après la lecture de vos vers, dans le *Parnasse*[1]. Je vous remercie doublement, — et bien plus ! car ces *poèmes saturniens* m'ont sauvé pendant quelques jours de l'ineptie où me tiennent les tracas d'une installation, et relevé des hontes de la réalité[2].

Ce n'est donc plus à Tournon que votre livre m'a

1. La contribution de Verlaine parut dans la neuvième livraison, le 28 avril.

2. *Poèmes saturniens* publiés chez Lemerre le 20 octobre, bien qu'ils portent le millésime de 1867.

trouvé, mais à Besançon, au milieu des cadres retournés, des meubles brisés, — des visites (nécessaires pour obtenir de la tranquillité de ceux de qui dépendent mon sort et mon travail). Je me sens si fatigué, n'ayant pas encore une chambre, meublée de ma pensée, mais vivant dans un corridor, que je préférerais les dernières luttes à celle d'écrire une lettre. Il me semble alors que je croise le fer avec un ennemi, tant je souffre de paraître tel que je suis à présent. Permettez-moi donc de laisser mon esprit dans sa gaine amassée de toiles d'araignées et de poussière, et ne m'en veuillez pas de la torpeur de mes phrases.

Pour continuer des comparaisons spadassines (pardon! mais voilà plus d'un mois que je n'ai fait une comparaison!) je vous dirai avec quel bonheur j'ai vu que de toutes les vieilles formes, semblables à des favorites usées, que les poètes héritent les uns des autres, vous avez cru devoir commencer par forger un métal vierge et neuf, de belles lames, à vous, plutôt que de continuer à fouiller ces ciselures effacées, laissant leur ancien et vague aspect aux choses. Vous vous êtes fait maintenant des armes, que vous serez libre d'approfondir (elles ont parfois un peu cet air d'audace qui ne sied si bien qu'à un premier volume.) Mais votre livre est dans toute sa beauté et l'acception romantique, un premier volume, et qui m'a fait, bien des soirées, regretter ma vanité de ne livrer mon œuvre qu'à la fois, parfait, et quand je ne pourrai plus que décroître. Et, de plus, j'aimerais tant à échanger contre votre offre autre chose que cette misérable lettre banale à laquelle je n'appose ma signature que pour trouver encore une fois un prétexte à vous serrer la main, bien du fond de mon cœur (et *amicalement*, vous l'acceptez ?) en attendant une bonne causerie, dans un meilleur temps, — qui sera déjà meilleur, fussé-je même condamné pour toujours à ma bêtise actuelle, pour cela seulement que je vous verrai ! A présent je n'aurais que le courage de vous réciter tous les vers que je sais par cœur des *poèmes saturniens*, aimant mieux, tant que je suis hors de moi encore, me suspendre à la volupté qu'ils me donnent, que de l'expliquer.

Vous aurez, après mon travail de cet hiver, une vraie lecture, et jusque-là, vous vivrez autour de moi comme mes amis absents ?

Votre tout dévoué,

STÉPHANE MALLARMÉ.

Rue de Poithune, 36, à Besançon.

133. – *A Armand Renaud.*

Besançon,
le 20 Décembre 1866.
Rue de Poithune, 36.

Mon cher Armand,

Je vous écris tant de lettres imaginaires en me promenant, seul, — je cause si souvent mentalement avec vous dans ma chambre qu'emplit votre chère présence plus encore que votre portrait, suspendu au mur, que non seulement je juge de la dernière inutilité de vous écrire, mais même j'aurais peur, en mettant entre nous la réalité de la poste et l'intervalle d'une lettre, de faire s'évanouir votre fantôme. Toutefois, comme vous existez cependant, paraît-il, autre part, et peut-être ne devinez pas mes attentions, je me décide à prendre un papier, mais pas de plume! D'autant mieux, cher ami, que j'ai à vous remercier de tout mon cœur, vous êtes aussi de ceux sur lesquels l'absence n'a pas de prise, je l'ai su par les recommandations que vous aviez eu la bonté de faire, en mon nom, à un chef du Ministère de l'Instruction, de votre connaissance.

Je ne vous dis pas combien nous en avons été touchés — j'aime mieux, pour me confondre davantage avec vous, vous écrire que cela m'a paru naturel!

Nous voici donc à Besançon, je puis dire un peu grâce à vous. Le grand bénéfice jusqu'ici est d'avoir quitté Tournon, car, monétairement, je suis à peu près dans les mêmes conditions, et, quant au temps que je dois au Lycée, mes journées sont déplorablement morcelées, même le Jeudi et le Dimanche. Enfin, j'essaierai, à force de ruse, de remédier à tout cela, car j'ai besoin de longues heures de rêverie, condition absolue de mon travail, et exigence en faveur de laquelle je vous demande de ne pas considérer ce billet, écrit au milieu des tracas, de la poussière, et de l'ineptie d'une installation, comme une vraie lettre. *Je ne me suis pas encore retrouvé spirituellement.* — Sous l'autre rapport, celui de l'argent, mon déplacement m'a entièrement ruiné, et je voudrais bien que cet ennui-là ne s'ajoutât pas, pour entraver mon travail de l'hiver, au précédent. Je vous demanderai donc de vouloir bien prier Monsieur Lebourgeois[1], (à qui, du reste, je

1. Sous-chef de bureau au Ministère, ami d'Armand Renaud. Voir A. Gill, « Mallarmé fonctionnaire », *RHLF*, 1968.

compte écrire un mot de remercîment,) d'appuyer au ministère une prière d'allocation de frais de voyage que j'envoie par voie administrative, mais dont je joins à votre lettre un double que vous auriez l'amabilité de lui remettre — *dans le cas, toutefois, où cela ne vous embarrasserait en rien*, cher ami!

La tête, plus que le papier et le temps, me manque pour vous parler de notre Art. J'ai infiniment travaillé cet été, à moi d'abord, en créant, par la plus belle synthèse, un monde dont je suis le Dieu, — et à un Œuvre qui en résultera, pur et magnifique, je l'espère. *Hérodiade*, que je n'abandonne pas, mais à l'exécution duquel j'accorde plus de temps, sera une des colonnes torses, splendides et salomoniques, de ce Temple. Je m'assigne vingt ans, pour l'achever, et le reste de ma vie sera voué à une Esthétique de la Poësie. Tout est ébauché, je n'ai plus que la place de certains poëmes intérieurs à trouver, ce qui est fatal et mathématique. Ma vie entière a son *idée*, et toutes mes minutes y concourent. Je compte publier le tout d'un bloc, et ne détacher des fragments, auparavant, que pour mes intimes amis, comme vous, mon cher Armand? Quand vous lirai-je les premiers? (Je travaille, du reste, à tous à la fois.) Ah! si j'avais assez d'argent pour aller à Paris aux prochaines Vacances! Que de bonnes heures nous passerions. Mais il faudra bien que nous nous voyions, — dussiez-vous aller en Suisse pour passer par Besançon. Adieu, jusque-là, mon cher Armand, je vous souhaite une année de paix, sinon de bonheur, et vous aime.

Votre

STÉPHANE MALLARMÉ

134. – *A Henri Cazalis.*

Besançon,
le 31 Décembre 1866.
Rue de Poithune 36.

Mon cher Henri,

Il ne sera pas dit que nous ayons commencé l'année sans nous embrasser. J'ai tant souffert depuis deux mois, — tant souffert de tracas d'argent et de la poussière, dans une installation qui n'est pas encore terminée, l'appartement n'ayant été libre que successivement (je n'aurai une chambre à moi que dans quinze jours !) — tant souffert d'un morcellement désolant de mes heures par le Lycée, au point que je n'ai plus les royales journées du Jeudi et du Dimanche — que je ne me suis plus senti moi-même, et me suis abandonné, — jusqu'à l'heure où je commencerai un poëme dans ma chambre recomposée, — à la saleté désespérante des choses, parmi les meubles brisés.

Tu ne croiras donc pas une minute, ami et frère, que je t'oublie ? Non, tu es toujours près de nous. J'écrirais les plus charmantes lettres de ce que nous disons chaque soir de toi, et les plus magnifiques volumes de ce que je pense de toi. Tu es toujours si présent à chacune de mes conceptions et de mes actions, que je crains de rompre le charme en t'écrivant, et de ne plus pouvoir, la lettre faite, te marmotter toutes les paroles que je te glisse à l'oreille dans le silence de ma solitude. Comprends-moi, cher ami, et pardonne-moi, ou, plutôt, ne me pardonne même pas.

Mais toi, — qui as une chambre, heureux mortel, avec laquelle, du reste, la mienne, très-savante, bien que payée par des gros sous, hélas ! rivalisera — écris-moi, parle-moi d'Ettie ; presse sa chère main de notre part. Tous nos vœux de santé et de paix, les deux seules choses nécessaires aux poëtes, et aux amants, partage-les avec elle. Marie vous embrasse — en sœur, moi, en frère — Geneviève, en espoir de petite fille. J'écrirai à Madame Yapp, et à toi, une des premières lettres datées de ma chambre.

Ton

STÉPHANE

1867

135. – *Au Ministre de l'Instruction publique.*

Monsieur le Ministre,

Je n'ai pas cru devoir, lors de l'arrêté du 28 Octobre 1866 qui, de chargé de Cours d'Anglais au Lycée de Tournon, m'appela avec les mêmes fonctions au Lycée de Besançon, faire suivre immédiatement les remercîments que j'adressai à Votre Excellence de la demande d'une allocation de frais de déplacement, devenue, cependant, dès lors, très-pressante par les dépenses extraordinaires qu'entraînait mon changement un mois après la rentrée des classes, lorsque tous mes engagements étaient pris pour l'année.

Je viens, après quelque temps passé dans ma nouvelle résidence, soumettre à Votre Excellence les motifs qui s'ajoutent à ce premier pour me faire persévérer dans la pensée d'une demande : à savoir que, les professeurs de Langues ne touchant que la moitié de l'éventuel, mon traitement intrinsèque reste le même qu'à Tournon, à la différence près d'une légère somme (dépassée de beaucoup par l'augmentation des dépenses de la vie à Besançon,) et que me donnaient, du reste, les heures supplémentaires de mon premier poste.

Je vous demanderai donc, Monsieur le Ministre, dans ces circonstances d'une difficulté exceptionnelle, de vouloir bien, avec l'indemnité pour l'interruption obligée qu'a subie mon traitement du 31 Octobre au 5 Novembre 1866, m'accorder une allocation pour frais de déplacement, si onéreux quand on voyage avec une famille.

J'ai l'honneur d'être, Monsieur le Ministre,
De Votre Excellence
Le très-humble et très-obéissant serviteur.

ÉTIENNE MALLARMÉ

Besançon, le 12 Janvier 1867.

136. – *A José-Maria de Heredia.*

Besançon,
Mercredi 7 Mars [1867].

Mon cher ami,

Le temps passe avec une rapidité vertigineuse, quand on est possédé par une Idée fixe, et, maintenant que je travaille plus que jamais, je suis dans ce cas.

Mettons donc que je n'ai reçu qu'hier la nouvelle de votre mariage [1], et laissez-moi vous presser les mains bien fort, comme à un vieil ami, car les deux ans

1. Avec Louise Despaigne.

depuis lesquels nous nous connaissons, grâce à l'absence en valent des milliers, les absents accompagnant bien plus ma vie que si elle se passait dans leur milieu terrestre.

Toutefois, si j'avais reçu votre lettre hier seulement, j'aurais encore, vibrantes autour de ma pensée, mille délicieuses choses à vous dire et tout un bonheur que m'a suggéré l'annonce du vôtre. Mais, en égoïste, j'en ai joui aux heures de repos, ou à celles d'épuisement idéal, alors que retomber dans la simple réalité m'eût été trop cruel : j'ai bu, à l'ivresse, le charme que me causait votre félicité, et, ai trouvé moyen, (comme de tout, hélas !) d'en faire mon profit.

Si bien que maintenant je ne sais plus qu'une chose, c'est vous serrer la main, et vous dire bêtement que je vous aime. Mais si le cerveau est usé ce soir, il est quelque part, au fond de moi, un vieux cœur que je devine et dont les battements sont bien à l'unisson de l'émotion de ma main. Le vampire que je suis, qui dévore tout, pour en faire du sang et de la couleur, et se dévorera un jour, n'a pas encore paraît-il mangé ce cœur, et c'est, grâce à cette dernière pitié, que nous ne sommes pas encore le Monstre que je pressens et serai.

Toutefois, alors, ne dussé-je conserver qu'un sentiment humain, de tous, ce sera la profonde amitié que j'ai pour mes amis, toute nue. Mais, comme maintenant elle est encore parée de mille frissons charmants et féminins, je vous prie de présenter toute ma respectueuse sympathie à celle qui sera votre femme.

Vous seriez encore bien bon d'offrir mes respects à Madame votre mère que vous m'avez laissé deviner un jour.

Adieu, mon cher ami; pour moi je rentre dans ma

manie, d'où, seule, une chose aussi grande que la joie ou la douleur d'un de mes amis peut me faire sortir, et disparais pour longtemps. Quand je vous reverrai, ce sera avec quelque chose de bien beau et de glorieux.

Votre *bien cher*

STÉPHANE MALLARMÉ.

= Je ne sais si vous avez appris, autrement que par la date de cette lettre que la chambre à laquelle préside votre Hérodiade — la photographie du Titien — se trouve à présent dans une maison de Besançon, au lieu d'être dans une maison de Tournon, comme il y a plusieurs mois, circonstance, il est vrai, bien insignifiante. =

137. – *A Henri Cazalis.*

Besançon, Vendredi
[mardi] 14 Mai 1867.
Rue de Poithune, 36.

Cher et cher,

Je profite, pour te répondre, de l'émotion charmante, causée en moi par ta lettre[.]

Tu as raison, que se dire ? Autant, si l'on était l'un près de l'autre, on se laisserait aller, la main dans la main, à d'interminables causeries, dans une grande allée que terminerait un jet d'eau, autant l'effroi d'une feuille de papier blanc, qui semble demander les vers si longtemps rêvés, et qui n'aurait que quelques lignes d'une amitié qui a fini tellement par faire partie de vous-même qu'on l'a oubliée, comme le reste de soi, vous écarte presque d'un sacrilège !

Je viens de passer une année effrayante : ma Pensée s'est pensée, et est arrivée à une Conception Pure[1]. Tout ce que, par contre-coup, mon être a souffert, pendant cette longue agonie, est inénarrable, mais, heureusement, je suis parfaitement mort, et la région la plus impure où mon Esprit puisse s'aventurer est l'Éternité, mon Esprit, ce solitaire habituel de sa propre Pureté, que n'obscurcit plus même le reflet du Temps[2].

Malheureusement, j'en suis arrivé là par une horrible sensibilité, et il est temps que je l'enveloppe d'une indifférence extérieure, qui remplacera pour moi la force perdue. J'en suis, après une synthèse suprême, à cette lente acquisition de la force — incapable tu le vois de me distraire. Mais combien plus je l'étais, il y a plusieurs mois, d'abord dans ma lutte terrible avec ce vieux et méchant plumage, terrassé, heureusement, Dieu[3]. Mais comme cette lutte s'était passée sur son aile osseuse, qui, par une agonie plus vigoureuse que je ne l'eusse soupçonné chez lui, m'avait emporté dans des[4] Ténèbres, je tombai, victorieux, éperdument et

1. « Pure » corrige « divine ».

2. Depuis la découverte du néant, en avril 1866, Mallarmé s'est élevé jusqu'à l'absolu (d'où la mort du moi personnel) pour devenir le héros de l'Esprit ou de la conscience réflexive, et retrouver en soi, dans une âme qui est le trésor inconscient des « divines impressions qui se sont amassées en nous depuis les premiers âges », le secret de l'humanité, sa divinité jusqu'ici aliénée. Mallarmé a-t-il lu Hegel ? Le 11 septembre 1866, Villiers lui écrivait : « Quant à Hegel, je suis vraiment heureux que vous ayez accordé quelque attention à ce miraculeux génie. » Mais Mallarmé, qui avouera lui-même n'avoir pas la tête philosophique, n'a pu trouver au mieux chez Hegel qu'un vocabulaire qui lui permettait de formuler philosophiquement sa propre expérience spirituelle.

3. Nouvelle version de la lutte de Jacob avec l'Ange. Sur cette image du plumage divin, cf. le sonnet « *Quand l'ombre menaça...* »

4. On peut lire aussi « ses ».

infiniment — jusqu'à ce qu'enfin je me sois revu un jour devant ma glace de Venise, tel que je m'étais oublié plusieurs mois auparavant.

J'avoue, du reste, mais à toi seul, que j'ai encore besoin, tant ont été grandes les avaries [*sic*] de mon triomphe, de me regarder dans cette glace pour penser, et que si elle n'était pas devant la table où je t'écris cette lettre, je redeviendrais le Néant[1]. C'est t'apprendre que je suis maintenant impersonnel, et non plus Stéphane que tu as connu, — mais une aptitude qu'a l'Univers Spirituel à se voir et à se développer, à travers ce qui fut moi.

Fragile comme est mon apparition terrestre, je ne puis subir que les développements absolument nécessaires pour que l'Univers retrouve, en ce moi, son identité. Ainsi je viens, à l'heure de la Synthèse, de délimiter l'œuvre qui sera l'image de ce développement. Trois poëmes en vers, dont Hérodiade est l'Ouverture, mais d'une pureté que l'homme n'a pas atteinte — et n'atteindra peut-être jamais, car il se pourrait que je ne fusse le jouet que d'une illusion, et que la machine humaine ne soit pas assez parfaite pour arriver à de tels résultats. Et quatre poëmes en prose, sur la conception spirituelle du Néant.

Il me faut dix ans : les aurai-je ? Je souffre toujours beaucoup de la poitrine, non qu'elle soit attaquée, mais elle est d'une horrible délicatesse, qu'entretient le climat, noir, humide et glacial, de Besançon. Je veux quitter cette ville pour le Midi, les Pyrénées peut-être, aux vacances, et aller m'ensevelir, jusqu'à mon Œuvre

1. « Je redeviendrais le Néant » corrige « je retomberais dans mon Néant ».

fait, dans un Tarbes quelconque, si j'y trouve de la place. Cela est nécessaire, car je mourrais d'un second hiver à Besançon. Malheureusement, je n'aurai pas l'argent d'aller à Paris, vivant très-misérablement, ici, où tout est fort dispendieux, même les côtelettes. Il faudrait donc que tu vinsses me voir, ou nous risquons fort de ne jamais nous réunir. Lefébure va passer un mois près de nous, que ne fais-tu comme lui ? Tes vacances commencent de bonne heure, je crois. Viens donc.

Pour finir avec ce qui me concerne, je te dirai que Marie et Geneviève grandissent, et sont étonnamment diables, ce qui m'est moins douloureux qu'autrefois, mon système nerveux s'étant pour ainsi dire retourné, et une absurdité me faisant le mal que me faisaient les cris de ces enfants, il y a un an. — Si tu savais comme on te remercie de l'Arithmétique de Mademoiselle Lili[1] ! Pardon, Henri, de ne t'avoir plus tôt transmis cette gratitude.

— Maintenant, de toi. Tes titres et tes projets poëtiques me ravissent. J'ai fait une assez longue descente au Néant pour pouvoir parler avec certitude. Il n'y a que la Beauté ; — et elle n'a qu'une expression parfaite, la Poësie. Tout le reste, est mensonge — excepté, pour ceux qui vivent du corps, l'amour, et, cet amour de l'esprit, l'amitié.

J'espère que ta reine de Saba[2] et mon Hérodiade seront deux amies. — Puisque tu es assez heureux

1. Série de livres pour enfants dus à P. J. Stahl, pseudonyme de l'éditeur Hetzel.

2. « La Reine de Saba » sera publié dans *La Renaissance artistique et littéraire* en 1873 et repris dans *L'Illusion* en 1875.

pour pouvoir, outre la Poësie, avoir l'amour, aime : en toi, l'Être et l'Idée auront trouvé ce paradis, que la pauvre humanité n'espère qu'en sa mort, par ignorance et par paresse, et, quand tu songeras au Néant futur, ces deux bonheurs accomplis, tu ne seras pas triste, et le trouveras même très-naturel. — Pour moi la Poësie me tient lieu de l'amour, parce qu'elle est éprise d'elle-même et que sa volupté d'elle retombe délicieusemen[t en] mon âme : mais j'avoue que la Science que j'ai acquise, ou retrouvée au fond de l'homme que je fus, ne me suffirait pas, et que ce ne serait pas sans un serrement de cœur réel que j'entrerais dans la Disparition suprême, si je n'avais pas fini mon œuvre, qui est l'*Œuvre*, le Grand-Œuvre, comme disaient les alchimistes, nos ancêtres [1].

Donc, bien que le Poëte ait sa femme dans sa Pensée, et son enfant dans la Poësie, adore Ettie, que j'aime, moi, comme une rare sœur. N'est-elle pas liée à toute mon enfance, comme toi, Henri, — car avant mes premiers vers, qui remontent au temps où je t'ai connu, nous n'étions que les fœtus de nos esprits — fœtus assez sabbatiques, te rappelles-tu ? Adieu, nous t'embrassons, Geneviève et moi, et Marie embrasse Ettie.

Ton

STÉPHANE.

= Si tu rencontres mes amis, dis-leur, dans le cas [où] [2] ils m'aimeraient et où mon silence les peinerait,

1. Sur le rapport de la poésie à l'alchimie, voir « Magie » (*Div.*, p. 302), et « La Littérature. Doctrine » (*Div.*, p. 378). Voir aussi, *infra*, la lettre à Verlaine du 16 novembre 1885.

2. Papier déchiré.

que je les récompenserai bien [un] jour de cet oubli volontaire, par une Extase-Nouvelle pour eux, comme encore pour moi.

= J'ai lu ces temps-ci le poëme de Mistral, que je n'ai pas lu, plus tôt, mais qui m'a semblé vraiment faible[1] =

Le livre de Dierx[2] est un beau développement de Leconte de Lisle. S'en séparera-t-il comme moi de Baudelaire[3]? =

138. – *A Eugène Lefébure.*

Besançon, Lundi 27 Mai 1867[4]

Mon bon ami,

Comment allez-vous? Mélancolique cigogne des lacs, immobiles, votre âme ne se voit-elle pas apparaî-

1. *Calendau.*
2. *Les Lèvres closes.* L'œuvre poétique de Léon Dierx (1838-1912), disciple de Leconte de Lisle, fera l'objet d'une étude de Mallarmé en 1872 (voir *OC*, p. 688).
3. Toute l'évolution de Mallarmé depuis avril 1866 le conduit à se séparer de l'idéalisme baudelairien.
4. Le quantième donné par *Corr.* I (17 mai) résulte d'une erreur de lecture. Le même jour, répondant à une lettre perdue de Mallarmé, Lefébure lui écrivait : « J'ai suffisamment compris votre théorie poétique du Mystère, qui est très vraie, et confirmée par l'histoire. Jusqu'à présent, toutes les fois que l'homme a entrevu le vrai, c'est-à-dire la constitution logique de l'univers, il s'est rejeté avec horreur vers l'illusion infinie et, comme dit Baudelaire, n'a peut-être inventé le ciel et même l'enfer que pour échapper au Nevermore des Lucrèce et des Spinoza. C'est bien ainsi que je comprends la terminaison ou, comme vous dites, la flèche de la poésie moderne, de la cathédrale romantique, dont vous serez le coq, puisque vous vous placez en haut. Mais une tristesse me vient en y

tre, en leur miroir, avec trop d'ennui — qui, troublant de son confus crépuscule, le charme magique et pur, vous rappelle que c'est votre corps qui, sur une patte, l'autre repliée malade en vos plumes, se tient, abandonné ? Revenu au sentiment de la réalité, écoutez la voix gutturale et amie d'un autre vieux plumage, héron et corbeau à la fois, qui s'abat près de vous. Pourvu que tout ce tableau ne disparaisse pas, pour vous, dans les frissons et les rides atroces de la souffrance ! Avant de nous laisser aller à notre murmure, vraie causerie d'oiseaux pareils aux roseaux, et mêlés à leur vague stupeur lorsque nous revenons de notre fixité sur l'étang du rêve à la vie — sur l'étang du rêve, où nous ne pêchons jamais que notre propre image, sans songer aux écailles d'argent des poissons ! — demandons-nous cependant comment nous y sommes, dans cette vie ! Je réitère donc ma première question, frère : *« Comment êtes-vous ? Et de combien s'est avancée cette guérison ? »*

Je vous enverrai demain deux divins volumes de nouvelles de Madame Valmore : « Huit Femmes. » Des femmes comme elle !

Le « Parnassiculet[1] » — affreux mot ! — est épuisé, mais je saurai l'extraire, ainsi que le « Nain Jaune[2] »

---

songeant : à une telle élévation, qui, excepté vous-même et les anges qui n'existent pas, pourra doucement vous caresser les plumes en murmurant : Ô le beau coq ! En outre, je crains que les hommes ne se déshabituent vite de se proposer des énigmes dont ils sauront le mot, et l'impossibilité d'une religion, en face de la terrible lumière qui jaillit des Sciences, me semble un des grands malheurs de l'humanité. »

1. Recueil parodiant celui du *Parnasse contemporain.*

2. Barbey d'Aurevilly avait publié dans *Le Nain jaune,* en octobre et novembre 1866, « Les trente-sept Médaillonnets du Parnasse », évocation satirique des poètes du *Parnasse contemporain.*

(et vous les envoyer) de l'effroi de des Essarts, qui doit en receler des amas mystérieux, dérobés par lui à la postérité. Quant à mes lignes au crayon, elles sont bien faibles — mais ma pensée est si *nue* encore et si horriblement sensible — que j'ai peur d'y toucher. Mon cœur est près de vous, ce qu'il en reste ! — et c'est si peu, que j'aime mieux vous le laisser en dépôt que de l'*employer,* ayant peur de l'user : c'est donc mon bon vieux corps de chat qui se caresse à votre fauteuil, espérant tirer de lui quelques étincelles. — Vous me comprenez assez, ami, pour ne pas m'en demander davantage.

Je n'ai rien recueilli non plus, digne de vous être redit, dans la revue que je fais le Lundi des journaux et magazines — si ce n'est dans la *Revue des deux mondes* du 15 Mai un article de Montégut [1] dans les belles quatre ou cinq premières pages duquel j'ai senti et vu avec émotion mon livre. Il parle du Poëte Moderne, *du dernier,* qui, au fond, « est un *critique* avant tout [2] ». C'est bien ce que j'observe sur moi — je n'ai créé mon

1. Émile Montégut (1825-1895). L'article, intitulé « La nouvelle littérature française », et consacré aux romans de Victor Cherbuliez, commence ainsi : « M. Victor Cherbuliez, dans ceux de ses écrits qui se rapportent à la pure esthétique, aime à placer ses idées sous le patronage d'un nom illustre. Autour de Phidias, il a groupé toutes ses pensées sur l'art et l'éducation de la Grèce et sur les conditions nécessaires de la beauté harmonieuse ; autour de Tasse, toutes ses pensées sur Rome, l'Italie et la renaissance du XVIe siècle. Je veux suivre son exemple, et en tête des pages que je vais lui consacrer, il me plaît de placer le grand nom de Léonard de Vinci. » Léonard de Vinci est pour lui la figure indépassable de l'artiste moderne. Pour une étude plus précise du rapport entre la lettre de Mallarmé et l'article de Montégut, voir *RM*, pp. 70-76.

2. Montégut fait de la critique, baptisée Crinéis, la muse du poète moderne.

Œuvre que par *élimination,* et toute vérité acquise ne naissait que de la perte d'une impression qui, ayant étincelé, s'était consumée et me permettait, grâce à ses ténèbres dégagées, d'avancer plus profondément dans la sensation des Ténèbres Absolues. La Destruction fut ma Béatrice.

Et si je parle ainsi de *moi,* c'est qu'Hier j'ai fini la première ébauche de l'Œuvre, parfaitement délimité, et impérissable si je ne péris pas. Je l'ai contemplé, sans extase comme sans épouvante, et, fermant les yeux, *j'ai trouvé que cela était.* La Vénus de Milo — que je me plais à attribuer à Phidias, tant le nom de ce grand artiste est devenu générique pour moi ; La Joconde du Vinci ; me semblent, *et sont,* les deux grandes scintillations de la Beauté sur cette terre et cet Œuvre, tel qui l'est rêvé [*sic*], la troisième. La Beauté complète et inconsciente, unique et immuable, ou la Vénus de Phidias, la Beauté, ayant été mordue au cœur depuis le Christianisme, par la Chimère, et douloureusement renaissant avec un sourire rempli de mystère, mais de mystère forcé et qu'elle *sent* être la condition de son être. La Beauté, enfin, ayant par la science de l'homme, retrouvé dans l'Univers entier *ses phases corrélatives,* ayant eu le suprême mot d'elle[1], s'étant rappelé l'horreur secrète qui la forçait à sourire du temps du Vinci, et à sourire mystérieusement — souriant mystérieusement maintenant, mais de bon-

1. Cf. la lettre à Cazalis du 13 juillet 1866 : « ... Hérodiade, où je m'étais mis tout entier sans le savoir, [...] et dont j'ai enfin trouvé le fin mot... ». Si la Vénus de Milo est la figure de la Beauté inconsciente de l'antiquité, si la Joconde est la figure de la Beauté chrétienne, Hérodiade est celle de la Beauté moderne désormais consciente d'elle-même.

heur et avec la quiétude éternelle de la Vénus de Milo retrouvée — ayant su l'idée du mystère dont la Joconde ne savait que la sensation fatale.

— Mais je ne m'enorgueillis pas, mon ami, de ce résultat, et m'attriste plutôt. Car tout cela n'a pas été trouvé par le développement normal de mes facultés, mais par la voie pécheresse et hâtive, satanique et *facile* de la Destruction de moi, produisant non la force, mais une sensibilité, qui, fatalement, m'a conduit là. Je n'ai, personnellement, aucun mérite ; et c'est même pour éviter ce remords (d'avoir désobéi à la lenteur des lois naturelles) que j'aime à me réfugier dans l'impersonnalité — qui me semble une consécration. Toutefois, *en me sondant*, voici ce que je crois. « Je ne pense pas que mon cerveau s'éteigne avant l'accomplissement de l'Œuvre, car, ayant eu la force de concevoir, et ayant celle de recevoir maintenant la conception, (de la comprendre), il est probable qu'il a celle de la réaliser. Mais c'est mon corps qui est *totalement épuisé*. Après quelques jours de tension spirituelle dans un appartement, je me congèle et me mire dans le diamant de cette glace, — jusqu'à une agonie : puis, quand je veux me revivifier au soleil de la terre, il me fond — il me montre la profonde désagrégation de mon être physique, et je sens mon épuisement complet. Je crois, cependant encore, me soutenant par la volonté, que si j'ai toutes les circonstances (et jusqu'ici je n'en ai aucune) pour moi — c. à d. si elles n'existent plus, je finirai mon œuvre. Il faut, avant tout, par une vie exceptionnelle de soins, empêcher la débâcle — qui commencera par la poitrine, infailliblement. Et jusqu'ici le Lycée et l'absence du soleil — (il me faudrait une chaleur continuelle), la minent. J'ai parfois envie d'aller mendier en Afrique! L'Œuvre fini, peu m'importe de mourir; au contraire, j'aurai besoin de tant de repos! — Mais je cesse car ma lettre commence, mon âme épuisée, à tourner en doléances charnelles ou sociales, ce qui est nauséabond. A Vendredi. Je vous aime,

Votre

STÉPHANE.

= J'oubliais de vous dire que ce qui m'avait causé cette émotion dans l'article de Montégut, était le nom de Phidias au début, et une invocation au Vinci — ces deux aïeux réunis de mon œuvre, avant de parler du Poëte moderne! =

[Au crayon, sur d'autres feuillets :]

Comme, même à travers tous les obstacles, Circonstances et Bêtise, — circonstances, bêtises de la Vie, — l'Idée jaillit toujours avec son mot juste et fatal : la femme, ignoble, et vulgaire, trouve le *summum* de sa préoccupation dans ce qui est l'abjection de l'état féminin, passif et malade, destruction passive comme activement elle l'est pour nous, ses *règles* — qu'elle appelle « affaires » — comme l'homme, si noble quand il n'est qu'un exemplaire pur de la Vie, et si imbécile quand il la développe dans ses nécessités sociales — trouve le *summum* de sa préoccupation en ces nécessités qu'il dénomine [*sic*] également « affaires ». Et l'un et l'autre s'affirment par ces misères, (qui seraient des grandeurs si elles étaient parvenues à leur Beauté, — quand la Femme, devenue au lieu de Maladie la Destruction est courtisane, ou l'Homme, devenu au lieu d'un cerveau un Esprit —) ils s'affirment, les superbes, dis-je, par ces misères, et répondent avec cet air de Mystère — qui n'a pu s'effacer même en ces tristesses, tant c'est la marque indélébile de Beauté — même de la Beauté de la Bêtise — « J'ai mes affaires. » Signifiant tous deux deux choses si différentes d'aspect menteur, mais identiques au fond. Si je faisais une cantate, cela entrerait dans le Chœur, et se diviserait en strophes masculines, et féminines.

Puisque nous en sommes à ces hauteurs, continuons à les explorer, puis nous aspirerons à en descendre : voici ce que j'ai entendu dire ce matin à ma voisine — désignant du doigt la croisée qui fait vis-à-vis de l'autre côté de la rue : « Tiens, Madame Renaudet[1] a mangé des asperges, hier » — « A quoi vois-tu cela ? » — A son *pot*, qu'elle a mis hors de la fenêtre. » — Cela n'est-il pas toute la province, — sa curiosité, ses préoccupations, et cette science de voir des indices dans les choses les plus nulles — et lesquelles grand Dieu ! Dire que les hommes, en vivant les uns sur les autres, en sont arrivés là ! — Je ne demande pas la vie sauvage, parce que nous serions obligés de faire nos chaussures et notre pain, et que la société nous permet de confier ces soins à des esclaves que nous salarions, mais je m'enivre de la solitude exceptionnelle, et, à moins d'être deux frères comme nous, ou des cousins comme Catulle, Villiers, ou des pères, comme nos maîtres dont nous sommes bien les fils, — je rejetterai toujours toute compagnie, pour promener mon sym-

1. Et non *Ramaniet* (*Corr.* I).

bole partout où je vais, et, dans une chambre pleine de beaux meubles comme dans la nature, me sentir un diamant qui réfléchit, mais n'est pas par lui-même — ce à quoi on est toujours obligé de revenir quand on accueille les hommes, ne serait-ce que pour se mettre sur sa défensive.

Toute naissance est une destruction, et toute vie d'un moment, l'agonie dans laquelle on ressuscite ce qu'on a perdu, pour le voir. — On l'ignorait avant.

Je n'admets qu'une sorte de femmes grasses : certaines courtisanes blondes, au soleil, dans une robe noire principalement, — qui semblent reluire de toute la vie qu'elles ont prise à l'homme, donnent bien l'impression qu'elles se sont engraissées de notre sang, et, ainsi, sont dans leur vrai jour, une heureuse et calme Destruction : — de belles personnifications.

Autrement, il faut que la femme soit maigre et mince comme un serpent libertin, dans ses toilettes.

Je crois que pour être bien l'homme, la nature se pensant [1], il faut penser de tout son corps — ce qui donne une pensée pleine et à l'unisson comme ces cordes du violon vibrant immédiatement avec sa boîte de bois creux. Les pensées partant du seul cerveau (dont j'ai tant abusé l'été dernier et une partie de cet hiver) me font maintenant l'effet d'airs joués sur la

1. Et non « en pensant » (*Corr.* I).

partie aiguë de la chanterelle dont le son ne réconforte pas dans la boîte, — qui passent et s'en vont sans se *créer,* sans laisser de trace d'elles. En effet, je ne me rappelle plus aucune de ces *idées* subites de l'an dernier. — Me sentant un extrême mal au cerveau le jour de Pâques, à force de travailler du seul cerveau (excité par le café, car il ne peut commencer, et, quant à mes nerfs, ils étaient trop fatigués sans doute pour recevoir une impression du dehors) — j'essayai de ne plus penser de la tête, et, par un effort désespéré, je roidis tous mes nerfs (du pectus) de façon à produire une vibration, (en gardant la pensée à laquelle je travaillais alors qui devint le sujet de cette vibration, ou une impression), — et j'ébauchai tout un poëme longtemps rêvé, de cette façon. Depuis, je me suis dit, aux heures de synthèse nécessaire, « Je vais travailler du cœur » et je sens mon cœur (sans doute que toute ma vie s'y porte) ; et, le reste de mon corps oublié, sauf la main qui écrit et ce cœur qui vit, mon ébauche se fait — se fait. Je suis véritablement décomposé, et dire qu'il faut cela pour avoir une vue très-une de l'Univers ! Autrement, on ne sent d'autre unité que celle de sa vie. Il y a dans un musée de Londres « la valeur d'un homme » : une longue boîte-cercueil, avec de nombreux casiers, où sont de l'amidon — du phosphore — de la farine — des bouteilles d'eau, d'alcool — et de grands morceaux de gélatine fabriquée. Je suis un homme semblable.

> Du fond de son réduit sablonneux, le grillon,
> Les regardant passer, redouble sa chanson [1].

1. Baudelaire, « Bohémiens en voyage ».

Jusqu'ici le grillon m'avait étonné, il me semblait maigre comme introduction au vers magnifique et large comme l'antiquité[1] :

Cybèle, qui les aime, augmente ses verdures.

Je ne connaissais que le grillon anglais, doux et caricaturiste : hier seulement parmi les jeunes blés j'ai entendu cette voix sacrée de la terre ingénue, moins décomposée déjà que celle de l'oiseau, fils des arbres parmi de[2] la nuit solaire, et qui a quelque chose des étoiles et de la lune, et un peu de mort ; — mais combien plus *une* surtout que celle d'une femme, qui marchait et chantaït devant moi, et dont la voix semblait transparente de mille morts[3] dans lesquelles elle vibrait — et pénétrée de Néant ! Tout le bonheur qu'a la terre de ne pas être décomposée en matière et en esprit était dans ce son *unique* du grillon ! —

139. – *A Henri Cazalis.*

Besançon, Mercredi 29 Mai 1867.

Mon bon ami,

(Je me mets d'abord sur la défensive en te prévenant que ceci n'est pas une lettre !) il faut que tu disposes d'une journée pleine et entière, ce qui, malgré le bariolage de ta vie, cher perroquet qui réponds si bien

1. Et non « comme l'autre cité » (*Corr.* I).
2. *Sic* : « parmi » a été rajouté sans que « de » ait été rayé.
3. Et non « mille mots » (*Corr.* I).

à mon cœur, n'est pas impossible, prévenu que tu es cinq jours à l'avance. (Du reste, il n'y a de réalisable que l'impossible!) Et cela semble être par la vertu de cet axiome que tu verras Mardi prochain Geneviève et Marie, deux de mes étoiles, — à défaut de l'Astre, — errantes pour quelques jours. Un train de plaisir à vil prix leur permet cette extravagance. Mais, devant partager leurs cinq jours entre Versailles et Sens, elles ne peuvent donner qu'un jour à Paris. Du reste, tu trouveras le soir que ç'aura été bien assez, j'en suis sûr, — dans ta grande barbe, et quelqu'ami et galant que tu sois. Car je te propose une journée véritablement folle.

Il faudra aller chercher Marie et Geneviève, Mardi matin, à neuf heures cinq minutes — retiens ce chiffre — à la gare de St Lazare, débarcadère de Versailles, d'où elles reviendront; les mener, par le chemin de fer voisin, à Courcelles, où l'on confiera Geneviève à Isabelle Yapp; puis conduire Marie à l'Exposition [1], afin qu'elle n'essuie pas les sarcasmes de Besançon; revenir prendre Geneviève, et dîner dans le premier restaurant venu, — comme le matin, vous y aurez déjeuné. Enfin, repartir (de l'Hôtel voisin de la gare St Lazare où Marie aura en arrivant déposé sa malle), pour le chemin de fer de Lyon qui doit l'emmener à neuf heures et demie du soir.

Marie voulait que Geneviève vît Guignol, mais j'ai trouvé que c'était une complication de toi, et tu auras soin de faire quelques gambades devant elle.

— Déjà si tu veux, (ou mieux si tu peux) tu peux avoir un aperçu de mes fillettes à la gare de Lyon, le

1. L'Exposition universelle de 1867.

Vendredi matin à neuf heures 1/2, où les pauvres sont obligées d'attendre jusqu'à midi le train qui doit les ramener immédiatement à Sens, car la règle absurde des trains de plaisir leur aura interdit d'y descendre en route : et c'est par la visite de Sens qu'elles commencent, ne partant pour cette ville qu'à midi vingt. C'est donc trois heures pendant lesquelles tu pourrais leur donner quelques minutes. —

= J'eusse aimé écrire à Ettie par Marie, mais raconte-lui mille sentiments, que tu devines, pour moi. Au revoir,

ton vieux STÉPHANE.

= Tu sais que notre pauvre *Bour*[1] est grièvement blessé, à Cannes. Marie va te dire cela, je l'en ai chargée. Tu lui écriras — à ce pauvre solitaire =

Maintenant, mon ami, j'avais l'intention de te parler de moi une minute, mais ma pauvre Pensée noyée dans l'Obscur Déluge d'un rhume de cerveau, ne me permet que de pleurer et quelles larmes ! Elles parodient la tristesse que j'ai de ne pouvoir suivre Marie, Geneviève, Minette, l'oiseau bleu, les poissons d'or — car il est dit que je resterai seul, absolument seul, à la maison — mais tu embrasseras tout ce peuple qui reviendra imprégné de toi. Toutefois, je me console avec l'idée que, si elles ne te ramènent pas, (ce que tu devrais bien te laisser faire, ne fût-ce que pour la semaine ou les jours de la Pentecôte ; mon Henri,) je te verrai bientôt cependant, à Besançon.

1. Lefébure, dans la bouche de Geneviève.

Je puis te recevoir, maintenant : j'ai l'esprit calme : l'agonie terrible, ou la naissance, (ce qui est une même chose) de la Pensée est finie, et une mort magnifique a succédé.

J'ai, Dimanche, terminé le rêve de l'Œuvre, et j'ai, incarné dans le poëme suprême qui la domine, ange satisfait de la flèche, regardé l'édifice à mes pieds ; j'ai vu qu'il était beau [1]. De la santé, c'est-à-dire l'absence de vents et des bises du hasard, à une telle hauteur raréfiée et périlleuse, et tout s'immobilisera dans une réalisation éternelle.

J'ai peur de moi, tant je suis calme.

Pendant ce temps, sur l'astre oublié et lointain de mon cœur, pâle lune, se promènent dans son clair, deux êtres qui sont Ettie et toi, et que j'embrasse.

= J'oubliais une chose très-importante : c'est de te prier de prévenir Madame Yapp, et de lui demander si cette visite (c'est la seule combinaison que nous ayons pu trouver pour la voir dans cette unique journée) ne la dérange pas, non plus que la surveillance de Geneviève, pendant l'après-midi ? — De même, si toi, de ton côté, par un malheur, tu étais retenu, tu l'écrirais à Marie, « chez Madame Desmolins, 2, rue de Maurepas, à Versailles, » où Marie séjournera le Dimanche et Lundi. — Adieu encore, cher.

1. Cf. la lettre de Lefébure citée en note à propos de la lettre du 27 mai.

140. – *A Henri Cazalis.*

Besançon, 31 Juillet 1867.

Mon cher Henri,

Bien que je sois plus que fatigué et qu'un séjour à Paris m'épouvante d'autant plus qu'il sera plus restreint, je crois nécessaire, si mes tentatives d'émigration méridionales ne fuient pas les unes derrière les autres, comme elles semblent le faire, d'aller intriguer près de quelques sots.

J'accepte donc, de grand cœur, pour une semaine la chambre de M. Pavy que je remercie autant que toi. Il est probable que cette semaine est celle que l'almanach présente comme devant s'écouler du 18 au 25 Août. Il faut, en effet, que le lendemain de ma *distribution* j'aille installer mes deux fillettes dans une ferme des environs, économique et salubre, car le Lycée nous renvoie, comme Paillasse, avec une somme qui ressemble à un coup de pied, courir le monde pendant les vacances.

De là, je ne puis approcher de Paris sans aller d'abord à Versailles. Après le 25, second crochet sur Sens, et, si tu es à Marlotte alors, je pourrai t'y voir une journée, et cette chère famille Yapp, et Ettie, dans la solitude, ce qui vaudra mieux qu'à Paris où tu es un pantin, m'assure Marie qui t'honore. Toutefois, j'aurai déjà tiré tes fils pendant ma semaine de Paris, n'est-ce pas ?

Après cela, je compte aller me reposer un mois à la campagne, ce dont j'ai tant, tant, besoin.

— Je crois pouvoir user, pour l'aller du voyage, d'un train à vil prix, et, pour le retour, je te remercie fraternellement des vingt-cinq francs que je n'accepte que parce que tu as engouffré les vingt-cinq tiens, et qu'ils résultent d'un *partage*.

L'idée de ton examen, que tu passes peut-être maintenant, me donne le cauchemar, pauvre ami; pour moi, je ne pourrais faire autre chose que de tirer la langue à tout homme qui voudrait me faire passer un examen, — tant je suis devenu un simple sauvage.

Marie est furieuse que tu ne sois pas venu nous voir : je lui dis qu'elle a tort, que je n'ai jamais compté un moment sur ta promesse, et que tu n'en as pas fait d'autres depuis que nous nous aimons. En effet, tu me jurerais sur tes cendres futures la plus facile des actions, que je commencerais, sans ironie, à faire tous mes préparatifs pour l'événement contraire.

Mais je console cette trop naïve enfant en lui promettant que si, d'ici à la fin d'Août, ton séjour à Marlotte est terminé, je te ramène dans notre ferme, parmi l'eau noire et les sapins, sur la limite de la France, un des plus beaux sites du monde, m'assurent les gens de ce pays — qui ont vu toute la Suisse.

Quel bon mois nous passerions ensemble — après ne nous être pas vus de sept ans, c'est-à-dire depuis que nous soupçonnons l'existence l'un de l'autre — et avant que la distance et la pauvreté ne remettent un nouvel abîme entre nous. Ne t'émeus pas, ne saute pas, ne dis pas oui, et surtout ne me promets rien, car ce serait fini. Je compte sur ma seule violence.

Au revoir, Cher; nous t'aimons tous, sauf Marie.

Amitié à ma chère Ettie, qui parlera de nous à toute sa famille.

Ton

STÉPHANE.

= Je te répète toutefois que le projet et la date de mon voyage à Paris sont subordonnés à ma tentative méridionale. =

= Merci de tes conseils, sur Alger, dont j'ai peur ! =

= Pardon de cette lettre cursive. Je hais tant les lettres que je ne puis en écrire qu'en leur donnant le style et l'écriture de lettres d'affaires et forcées. =

141. – *A Henri Cazalis.*

Besançon,
Lundi 5 Août [1867].

Mon bon vieux,

Carcasserolles se convulsionne, Agen m'accable de noyaux de pruneaux, et quant à Bordeaux, il me hue.

Alger me condamne au plus raffiné des supplices, celui de me demander trois mois de réflexion.

(Quant à Larochelle [*sic*] que tu me conseilles par *Bour*, le climat en est tempétueux et froid.)

Je vais écrire au détenteur du Gers, qui me recevra probablement comme l'accapareur du Tarn-et-Garonne.

Mon séjour à Paris est donc retardé d'un mois environ : j'en suis, avant le tracas de demander, au tracas de savoir quoi demander.

— Tous ces gens-là me paieront cela, car mes poëmes futurs seront pour eux des fioles empoisonnées, des gouttes terribles. Je les priverai du Paradis comme ils me privent du département de la Lozère.

Merci donc de la chambre de Pavy : je n'ai pas le cœur, mon pauvre ami, de te faire garder jusque-là tes vingt-cinq francs : je renie ma cruauté.

Seras-tu à Paris le Septembre[1] ? Il le faut.

Pour moi, c'est du reste mieux l'époque des antichambres : et, de plus, j'ai grand besoin d'un mois à la campagne, pour me reposer, non à la façon de Jéhova le septième jour, mais, au contraire, en créant une parfaite synthèse des choses, qui prélude vaguement en moi, et servira de base, en mes mauvaises heures, à ma Vue de la Beauté. Cela parmi les sapins, — mais sans toi, hélas ! ce dont je gronde Ettie.

Nous t'aimons tous, et vous aimons tous. Représente-moi près de notre chère famille Yapp,

ton

STÉPHANE.

142. – *A Léon Dierx.*

Besançon, Jeudi 8 Août 1867.

Mon cher Dierx,

Comment vous demander pardon ? Je ne le tenterai pas, ni de vous parler des *Lèvres closes* — mais je vous écris simplement parce que mon silence commence à

1. *Sic.* En changeant de page, Mallarmé a oublié le quantième.

me faire mal, à moi-même, et que vous êtes devenu mon remords — vous cher ami !

Je vais parmi les noirs sapins de la Suisse voisine, et n'y veux emporter de vous qu'un souvenir calmé, grâce auquel je puisse relire votre livre en compagnie des quelques poëtes qui me suivent [1] : et je vous écris nuitamment, ma malle faite, à la dernière heure, — comme pour vous conjurer.

Votre livre ! il est une des causes que je ne vous ai pas écrit. A toutes mes velléités je le reprenais, pour être plus près de vous en vous remerciant et toujours je le relisais et la minute de répit de la lettre était passée — et revenait la tyrannie des souffrances.

Car la vraie cause (et, j'espère, la seule que vous ayez pu supposer !) a été une saison de maladie qui, attaquant le « saint des saints », le cerveau même, lui eût fait vingt fois préférer le sanglot définitif de la folie à sa douleur funeste et unique — *spirituelle* à force d'intensité. L'excès de travail pendant un hiver, pour oublier ma santé déjà malmenée par un climat hostile, m'a valu cela : heureusement que, grâce à un traitement hydrothérapique et à un mois que je vais passer à l'air naturel, il n'en résultera qu'un épuisement nerveux guérissable à la longue.

Mais je ne suis pas encore assez bien pour écrire autre chose qu'un profond et amical serrement de mains et jouir de votre livre *sans vous dire comment*. Soyez assez indulgent pour attendre quelques bonnes causeries dans un mois, si je puis aller à Paris, et croyez que je m'attriste bien le premier des ménagements qu'on m'impose. Au revoir donc, cher ami, soyez mon

1. « Qui me suivent » corrige « que j'emporte ».

interprète auprès de de Banville et de si chers amis que je néglige, hélas !

Offrez mes respects à Monsieur de Lisle et mes hommages à Madame.

Votre

S. MALLARMÉ.

143. – *A Frédéric Mistral.*

Besançon, Août 1867 [1].

Pardon, mon bon Mistral ! je souffre cruellement du cerveau, depuis une saison, et toute lettre m'est interdite. Aux rares heures de répit, je reprenais votre beau livre [2], afin de me rapprocher un peu de vous avant de vous écrire, mais quand la douleur tyrannique me rappelait au mauvais rêve de ma vie, j'étais au dernier chant, et j'avais laissé passer, dans un enchantement coupable, les minutes qui vous étaient destinées — doublement ingrat.

Aujourd'hui je profite d'une excessive fatigue, qui, par sa tension suprême, m'arrache aux tourments quotidiens, non pour vous parler de ce beau poëme qui s'ouvre sur la vie de l'homme comme son décor sur la mer lointaine de Provence, mais pour vous serrer simplement la main, avec toute l'émotion que mes yeux fixes, quand je venais de vous lire, ont souvent

1. Lettre probablement du même jour que la précédente.
2. *Calendau.* Cf. le post-scriptum de la lettre à Cazalis du 14 mai.

plongée dans la rivière qui coule sous ma fenêtre vers ce Midi que vous êtes et que je regrette tant.

Tant de sensations exquises, vous me permettrez de ne pas les analyser dans cette lettre, et de les garder pour le temps, proche je l'espère, où revenant parmi le soleil, loin du noir et humide climat qui m'achèverait, je vous reverrai à Maillane comme il y a un an.

En attendant, je vous aime et vous emporte pour un mois que je vais passer dans les sapins, afin d'incendier ces noirs solitaires de l'or bourdonnant de vos vers, plus abeilles que cigales encore. Soyez avec moi comme eux mais, surtout, pardonnez-moi cette lettre ignare que, par honte, je voudrais dater de mon lit, dussé-je être plus gravement affecté, — et ne recevez que mon amitié. =

Votre

STÉPHANE.

= S'il vous reste, lors de mon passage, un exemplaire de *Mireïo,* que je rougis de n'avoir pas, je vous le volerai, cher ami. =

144. – *A Villiers de l'Isle-Adam.*

Ceci est pour vous, mon cher ami, quand vous aurez une minute pour le lire.

Besançon,
Mardi 24 Septembre [1867]
36, rue de Poithune.

Mon bon Villiers,

Votre lettre m'a frappé de stupeur[1], car je *voulais* être oublié, me réservant de me souvenir seul pendant des heures que ne fréquentera peut-être pas même le Passé. Pour l'Avenir, du moins pour le plus voisin, mon âme est détruite. Ma pensée a été jusqu'à se penser elle-même et n'a plus la force d'évoquer en un Néant unique le vide disséminé en sa porosité.

J'avais, à la faveur d'une grande sensibilité, compris la corrélation intime de la Poësie avec l'Univers, et, pour qu'elle fût pure, conçu le dessein de la sortir du Rêve et du Hasard et de la juxtaposer à la conception de l'Univers. Malheureusement, âme organisée simplement pour la jouissance poëtique, je n'ai pu, dans la tâche préalable de cette conception, comme vous disposer d'un Esprit — et vous serez terrifié d'apprendre que je suis arrivé à l'Idée de l'Univers par la seule sensation (et que, par exemple, pour garder une notion ineffaçable du Néant pur, j'ai dû imposer à mon

1. Nommé rédacteur en chef de la *Revue des Lettres et des Arts*, Villiers avait demandé à Mallarmé « copie des *Poèmes en prose*, et les traductions de Poe ».

cerveau la sensation du vide absolu.) Le miroir qui m'a réfléchi l'Être a été le plus souvent l'Horreur et vous devinez si j'expie cruellement ce diamant de Nuits innommées.

Il me reste la délimitation parfaite et le rêve intérieur de deux livres, à la fois nouveaux et éternels, l'un tout absolu « Beauté » l'autre personnel, les « Allégories somptueuses du Néant » mais, (dérision et torture de Tantale,) l'impuissance de les écrire — d'ici à bien longtemps, si mon cadavre doit ressusciter. Elle est manifestée par un épuisement nerveux dernier, une douleur mauvaise et finie au cerveau qui ne me permettent souvent pas de comprendre la banale conversation d'un visiteur et font de cette simple lettre, tout inepte que je m'efforce de la tracer, un labeur dangereux.

Vraiment, j'ai bien peur de *commencer* (quoique, certes, l'*Éternité* ait scintillé en moi et dévoré la notion survivante du Temps) par où notre pauvre et sacré Baudelaire a fini[1].

Pardonnez-moi donc mon silence, ancien sur votre envoi de « Morgane » ce magnifique développement *de vous*, que j'ai relu vingt fois, et futur sur les richesses que m'apportera le *Journal*[2] — en faveur de mes maux.

Et aimez-moi comme je vous aime,

votre

S. MALLARMÉ.

1. Baudelaire était mort le 31 août.

2. La *Revue des Lettres et des Arts,* qui devait publier, d'octobre 1867 à janvier 1868, cinq poèmes en prose : « Causerie d'hiver » (« Frisson d'hiver »), « Pauvre enfant pâle », « L'Orgue de Barbarie » (« Plainte d'automne »), « L'Orphelin » (« Réminiscence »), « La Pipe ».

— Quand vous verrez Catulle qui a dû avoir aussi sa part d'insulte et de souffrance — si j'en crois ma sympathie — pressez-lui bien les mains — comme à tous ceux que nous aimons. ——

145. – *A Villiers de l'Isle-Adam.*

Besançon, Mardi
[1er octobre ou lundi]
30 Septembre 1867.
Rue de Poithune, 36.

Cher ami,

Votre bonne sympathie m'a été très chère.

Vous êtes un magicien, et ne puis rien vous refuser. 1° Effacez « dans le derrière[1] » à cause des grandes dames et petites filles — c'était une gaminerie du jeune personnage, simplement, et, à la rigueur, inutile. 2° Vous aurez dans l'un des premiers numéros quelques poëmes de Poë auxquels je me remettrai : j'accepte cette tâche comme un legs de Baudelaire[2]. 3° Mais pas immédiatement (du reste ils seront continués, jusqu'à leur traduction intégrale) parce que je veux, dans un mois ou deux, vous envoyer une nouvelle[3]. J'en avais

1. Villiers avait demandé à Mallarmé de retrancher de son poème en prose « L'Orphelin » (qui deviendra « Réminiscence ») les mots « dans le derrière, qui sont de nature à épouvanter les grandes dames et les jeunes demoiselles. »
2. Aucune traduction de Poe ne parut dans la revue.
3. Projet avorté, ou texte perdu.

un vague plan, mais la conservais pour l'avenir, dans plusieurs années, alors que mon livre de « Beauté » serait achevé. Cela s'appelle en effet « Esthétique du *Bourgeois*, ou la Théorie Universelle de la *Laideur*[1] ». Je commencerai donc par ce qui devait être la fin, par le Laid et non par le Beau, — dont il devait être l'Appendice.

C'est simplement « la symbolique du *bourgeois*, ou ce qu'il est par rapport à l'Absolu. » Lui montrer qu'il n'existe pas indépendamment de l'univers — dont il a cru se séparer, — mais qu'il est une de ses fonctions, et une des plus viles — et ce qu'il représente dans ce Développement. S'il le comprend, sa joie sera empoisonnée à jamais.

Ne parlez pas de ce travail, car je ne veux pas vendre la peau de l'âne avant — l'équarrissage. Et il m'est bien difficile, malade comme je le suis, et accablé de fatigues comme je vais l'être en plus par les collégiens revenus de vacances — *Ses* fils ! — de travailler : enfin je tâcherai de compenser le mauvais état de mes facultés par la ruse et le temps. *Il faut* que nous affolions le monstre, et je crois que mon plan est parfait. J'attends avec bien de l'impatience votre mixture doucereuse qui lui causera des nausées à se vomir lui-même : vous avez raison, évitons les tribunaux, l'art sera qu'il se juge lui-même indigne de vivre.

Au revoir donc, cher ami, et à bientôt « le lac d'Auber[2] ». Ah ! si j'avais l'édition complète de Poë, comme l'a eue Baudelaire, je traduirais les « marginalia », les articles d'Esthétique et que de surprises. Ce

1. Titre plus villiérien que mallarméen.
2. Voir « Ulalume » de Poe.

serait de la copie préparée pour chaque numéro de la revue, et inspirant l'idée de la collectionner. Mais je n'ai jamais été plus pauvre que depuis un an. — Cher ami, remplacez-moi, par vos bonnes paroles, près de tous nos amis, notamment près de Banville, que j'adore plus et plus, mais à qui je *ne puis* écrire — et de Monsieur de Lisle. Serrez les mains de Gouzien[1] — mais les vôtres surtout.

Votre

S. M.

146. – *Au Ministre de l'Instruction publique.*

Monsieur le Ministre,

J'ai l'honneur d'adresser à Votre Excellence l'expression de ma reconnaissance pour l'arrêté par lequel elle vient de m'appeler, sur ma demande d'un climat plus favorable à ma santé, au Lycée d'Avignon en qualité de chargé du cours d'Anglais[2].

Que Votre Excellence veuille croire que j'apporterai dans ces nouvelles fonctions le zèle et le dévouement avec lesquels

J'ai l'honneur d'être,
Monsieur le Ministre
de Votre Excellence
le très-humble et très-obéissant serviteur.

ÉTIENNE MALLARMÉ.

Besançon, le 6 Octobre 1867.

1. Armand Gouzien (1839-1892), critique dramatique. Il fonda avec Villiers la *Revue des Lettres et des Arts.*
2. Nomination en date du 4 octobre.

147. – *A Henri Cazalis.*

Besançon,
Lundi 7 Octobre 1867.

Mon bon Henri,

Je suis exténué de lettres : ceci n'en est donc pas une.

Je reçois hier matin un papier qui m'expédie par la grande vitesse à Avignon. Je t'écris, d'abord pour que tu le saches de suite et le mandes à Emmanuel, s'il n'est pas parti, — ensuite, et principalement, pour que tu dises à Henri Regnault, qui doit me regarder comme un monstre, s'il n'est pas encore parti pour Rome[1], de s'arrêter, ne fût-ce qu'un instant, à Avignon. J'y serai dès Samedi.

Explique-lui bien que, si je ne lui ai pas écrit, c'est que j'étais malade. Je le suis de plus en plus, sous l'apparence injurieuse d'une santé ordinaire : voilà pourquoi je ne puis encore réparer ma faute.

— J'ai mis ton nom[2] en tête de quelques poëmes en prose, que tu sais, anciens et puérils, et que Villiers me demandait pour sa *Revue*. Pardonne-moi, il me fallait un mot d'explication en tête, et cela retombe sur toi : — et puis ils ressemblent au temps où nous vivions plus ensemble !

Toi, écris, parle de toi, surtout ne promets rien.

Marie, Geneviève et moi t'aimons. Parle pour moi

1. Henri Regnault avait obtenu le prix de Rome en 1866.
2. En fait, le nom de Cazalis n'apparaîtra pas dans la revue.

chez Madame Yapp, et presse doucement la main d'Ettie, — tandis que je te permets de rompre celles d'Henri Regnault et d'Emmanuel. = Remercie Armand Renaud, par l'intermédiaire duquel je devine que je suis envoyé à Avignon : qu'il me pardonne aussi mon silence, en sachant le motif.

Ton

STÉPHANE.

148. – *A Théodore Aubanel.*

Besançon,
Lundi 7 Octobre 1867.

Mon bon Théodore,

Qu'as-tu dû penser de mon silence ? Je me console en devinant que ton cœur ne m'a pas accusé. Non, mon ami, je ne t'ai pas oublié un jour, et t'oubliais d'autant moins que le remords commençait à se mêler à ton cher souvenir : chaque jour, j'augmentais ma lettre idéale de quelques lignes, et, dans les tristes circonstances où je me trouvais, elle devenait plus effrayante. J'ai failli, lors de votre douleur de famille à laquelle j'ai pris une part bien naturelle, t'écrire enfin, mais je devins à ce moment plus souffrant. J'ai passé la plus triste année de ma vie, miné par un mal auquel je ne comprends rien, et me raidissant sur les poëmes commencés avec un stérile désespoir : et, de guerre lasse, quand je les quittais, tu juges si j'avais le courage de reprendre cette plume parjure pour une lettre —

(surtout quand on porte, comme moi, ses rares amis dans le dernier sanctuaire de son cœur.)

Enfin, le Sort abrège mon supplice en me rapprochant de toi — j'ai reçu hier la nouvelle que j'étais envoyé à Avignon, comme si l'on avait surpris le secret intime et ancien de mon rêve.

Cela me vivifie. Si vous et le soleil pouviez faire le reste, par votre pareille chaleur amicale, vous sauveriez du Néant de bien divines Œuvres, navrées d'être à moitié plongées dans le futur.

Enfin nous aurons tout le temps de parler de cela — pendant une vie entière que je rêve passer à Avignon. Où serais-je d'une façon plus exquise?

Pour le présent, j'arriverai parmi vous le Vendredi de cette semaine à trois heures moins quelques minutes, seul, ma femme restant à Besançon, pour présider au déménagement et jusqu'à ce que j'aie trouvé un logement à Avignon.

Au revoir donc, mon bon Théodore, mes meilleures amitiés à Madame Aubanel, mille baisers fictifs, en attendant les vrais, de Geneviève à Jean de la Croix qui doit être bien grand! Respects au bon Chanoine, plus jeune que moi. Enfin serrement de mains à Grivolas.

De tout cela garde le meilleur pour toi,

ton vieil ami

S. MALLARMÉ.

= Si tu me répondais un mot, ce serait à Tournon où je m'arrêterais [*sic*] Jeudi, à la poste restante. =

149. – *A Doña Ramona Morlius de Utrillo*[1].

Madame, ce soir qui fut pour nous le dernier[2], je fixais silencieusement, sous les lampes, le scintillement de jais de votre basquine dont les lueurs, à chaque mouvement, s'enfuyaient déjà vers le soleil où vous alliez, et nous laissaient leurs transparentes et funéraires ténèbres.

STÉPHANE MALLARMÉ.

Avignon, le 7 Novembre 1867.

150. – *A Victor Balaguer.*

8, place portail-Matheron.
Avignon,
le 30 Décembre 1867.

Mon cher Balaguer[3],

Je sors d'un mois de maladie et ne puis, selon le médecin, vous écrire qu'une bien petite lettre. Elle sera

1. Femme d'un exilé catalan installé à Avignon (voir l'Utrillo dont il est question dans la lettre suivante).
2. Les exilés ayant eu la possibilité de regagner l'Espagne à la fin de 1867, Mallarmé écrivit ce mot d'adieu conservé sur l'album de la dame.
3. Victor Balaguer (1824-1901), écrivain et homme politique. Il faisait partie du groupe d'exilés catalans à Avignon et avait noué des liens avec les félibres. Après son retour en Espagne à la fin de 1867, il deviendra ministre au début des années soixante-dix. Le 19 novembre, Mallarmé avait copié pour lui le poème « Les Fleurs ». Balaguer répondit à cette lettre le 18 janvier 1868.

assez grande, toutefois, pour contenir tous mes vœux — et tous les regrets que j'ai de vous avoir connu si tard et dans les embarras où nous étions. En effet l'amitié que j'ai pour vous s'est développée par l'absence avec la même force que d'autres par un lien quotidien : elle est de ces graines précieuses qui germeraient même dans le Néant.

Dites bien ceci à Utrillo que j'aime aussi plus à mesure que je le regrette. La même chose pour Monsieur Ferratjes[1].

Maintenant quels vœux vous adresserai-je ? Je griffonne sur les cartes que j'envoie à mes amis les mots de paix et de tranquillité, comme étant sur cette terre endolorie par la Bêtise le suprême bonheur : mais à vous, n'est-ce pas au contraire la gloire des luttes et le réveil que je dois souhaiter. Quoi qu'il en soit, croyez que mon cœur désire pour vous tout ce que désire le vôtre, et contentez-vous de ces vœux inexprimés.

Ma femme me prie de joindre aux miennes ses meilleures amitiés, et nos espoirs, pour Madame Balaguer, qui les partagera avec Madame Utrillo, qui nous charme encore comme une apparition d'une heure.

Adieu, et de bonnes poignées de mains, à vous, à Utrillo et à Monsieur Ferratjes. Je ne vous dis rien de personne, sinon de Théodore Aubanel, qui va de mieux en mieux et m'a particulièrement prié de le rappeler à votre souvenir, — parce que je crois que

1. Antonio Ferratges Mesa Ballester y Fabregues (1841-1909), avocat et homme politique catalan.

vous recevrez de nombreuses lettres qui vous feront oublier cette causerie de convalescent.

Croyez-moi

Votre ami,

STÉPHANE MALLARMÉ.

1868

151. – *A Henri Cazalis.*

Avignon,
8 Place Portail-Matheron.
Mercredi, 1er Janvier 1868.

Mon bon Henri,

C'est moi qui viens te serrer les mains, et t'offrir mes vœux de bonne année, de la tranquillité, et, ma foi ! de la santé, car pendant les tracas de ces derniers temps compliqués d'une fluxion de poitrine qui m'a endolori tout ce mois, j'ai appris que ces deux dons étaient entre les plus précieux.

Je commence à me remettre tout doucement entre Marie qui tient sur ses genoux Geneviève malade à son tour, et ma pauvre grand-mère accourue de Versailles à notre aide — au coin du feu, et, dans ma tête vague encore évoquant les amis absents. Pardonne-moi donc ce ron-ron de convalescent — d'autant mieux qu'écrire me fatigue.

Si tu me réponds, Henri, ne me promets rien, car je veux enfin te voir cette année et tu sais que tu as jeté sur les précédentes le mauvais sort de ta parole. Je suis sur le chemin de l'Italie comme Henri Regnault me l'a prouvé en ne s'arrêtant pas pour faire ma connaissance (Ah! les amis! — mais il en sera puni, car c'est en revenant de voir passer son train que j'ai pris le lit.) Il y a ici Mistral, Aubanel — enfin assez d'allèchements pour que j'en profite.

Toutefois ne me réponds pas sur ce sujet.

Marie t'embrasse, Vève aussi, et moi. Offre mes vœux de vieille amitié à Ettie, qui les distribuera dans sa famille que j'aime comme autrefois. Toi, que ta lettre ne sente pas l'oreiller, mais parle-moi comme un vivant.

Ton

STÉPHANE

152. – *A Henri Cazalis.*

Avignon,
le 11 Février 1868.

Mon bon Henri,

Je veux t'écrire après une première lecture de ton livre [1]. Figure-toi que, quand je le reçus ce soir, j'avais un moment le désir d'en remettre la connaissance à plusieurs années, tant je sentais que j'étais loin de la Poésie : il me semblait que tu le jetais dans un sépulchre. Notre vieille et unique sympathie ne l'a pas permis; heureusement, car mon âme, horrifiée

1. *Melancholia.*

d'Infini, a maintenant ses pores, hélas ! désagrégés, remplis de la douce essence, vibrante et lumineuse, de la tienne. Tu es si bien dans cet œuvre, musical, féminin comme toi. Les poëmes et le vers se fondent en une clarté divine, qui se fait principalement jour et renaît en pages plus exquises encore dans certains motifs qui sont mes préférés, comme *Remember,* et ceux dans le même ton. Chose bien rare, sans monotonie aucune, le volume est une longue symphonie, pareille et troublée de nul désaccord : la fusion parfois du détail de l'art en la sensation générale est une cause de plus de la musique mystique et totale, et un charme.

Je suis trop annihilé par un travail maudit pour être maintenant un juge, mais précisément la séduction, (à laquelle je n'eusse pas ajouté foi ce matin), où me plonge *Mélancholia* montre que son chant vibre à une bien grande profondeur. Tu me pardonneras, en faveur de mon étrange maladie de ne te dire que ces mots dont la rareté, pauvre ami, ajoute à mon désespoir, mais quand ce remords aura été ravi par de nouvelles heures de ta lecture, que d'heures encore de répit, de volupté, et d'union intime je vois dans ce livre à peine goûté, et qui me permettront, je l'espère, de meilleures paroles.

Ah ! l'*Hymne au Soleil, Moïse, Le Poëme,* si je vivais, que j'aimerais à peindre leur effet en moi. Mais ils me hanteront bien souvent, et, quand nous nous verrons, je te confierai tout.

Embrasse Ettie et félicite-la d'avoir prêté à tant de clarté le frémissement de ses cheveux. Adieu, vieux frère, aime-moi toujours, sans penser trop souvent à moi, mais aime-toi surtout. — Tu es légendaire pour

Marie, et Geneviève, (hélas !) te voit à travers Tringle [1], mais nous t'aimons tous trois de même,

ton

STÉPHANE

153. – *A François Coppée.*

Avignon, 20 Avril 1868.

Mon bien cher ami,

La charmante attention de son envoi à part, votre volume [2] m'a été droit au cœur. Il a ranimé en moi le vers divin qu'une affreuse souffrance tient captif depuis si longtemps, ce recueil exquis écrit à sa gloire ! Ah ! que vous êtes sage de n'avoir voulu rien voir qu'à travers lui ! Pour moi, voici deux ans [3] que j'ai commis le péché de voir le Rêve dans sa nudité idéale [4], tandis que je devais amonceler entre lui et moi un mystère de musique et d'oubli. Et maintenant, arrivé à la vision horrible d'une Œuvre pure, j'ai presque perdu la raison et le sens des paroles les plus familières.

Votre volume, si sage en son cadre restreint, a accompagné les voix qui me reprochaient ma faute : et croyez que je ne l'en ai que plus aimé. J'en raffolais

1. *Monsieur Tringle*, de Champfleury. Cazalis venait de l'envoyer à Geneviève.
2. *Intimités*.
3. Depuis le séjour à Cannes chez Lefébure.
4. Cf. *Hérodiade* : « ... J'ai de mon rêve épars connu la nudité ! »

avant cette coïncidence : la mélodie en est une ligne fine, comme tracée à l'encre de chine, et dont l'apparente fixité n'a tant de charme que parce qu'elle est faite d'une vibration extrême. Mais pourquoi vous dire ce que vous avez voulu faire ? Le seul mot qui vous ferait plaisir, si vous ne le saviez encore mieux que moi, est que cette série de poëmes est simplement *réussie*. —

Je donnerais les vêpres magnifiques du Rêve [1] et leur or vierge, pour un quatrain, destiné à une tombe ou à un bonbon [2], qui fût « réussi ».

Adieu, mon cher ami, je ne sais si un jour je vous reverrai, accordé au ton des choses et revenu, mais quoi qu'il arrive, et quand même la triste insanité triompherait, je garderai votre image chère bien au fond de moi-même. Assurez nos Maîtres de mon culte *éternel*, et assurez nos amis qu'aux minutes où mon cerveau ne se maudit pas, je converse avec eux comme en un temps meilleur ; ce qu'il y a de plus intime à Villiers et à Mendès ainsi qu'à vous,

Votre

S. MALLARMÉ.

1. Cf. le troisième vers du sonnet en -yx : « Maint rêve vespéral brûlé par le Phénix ».

2. C'est ce que fera bientôt Mallarmé avec ses *Tombeaux*, et ses vers de circonstance.

154. – *A William Bonaparte-Wyse*[1].

Avignon,
Jeudi 23 Avril 1868.

Mon cher ami,

Je vous écris ces trois lignes parce que je suis certain que vous ne me ferez pas pendre avec.

La première vous sera dédiée. Je suis enchanté, tout en n'y voyant rien que de très-simple, que notre adoré Théodore de Banville ait goûté votre livre[2] : les poèmes que vous me citez sont ceux, en effet, qui ont dû faire vibrer ses plus intimes cordes. Quant à Lefébure, il est trop un second moi-même pour n'avoir pas été ravi par ce qui me charme. Je vous remercie de l'annonce de leurs lettres. Allez, maintenant, recevoir d'autres félicitations, et, heureux voyageur, après celles des fleurs, du ciel, des paysages, celles encore des vieilles âmes catalanes[3].

Je m'accorde la seconde ligne et vous dis que nos bonnes conversations me manquent beaucoup ; maintenant, quant à moi-même, je souffre toujours de l'état mauvais et passager dans lequel je me débats : ce qui

1. William Bonaparte-Wyse (1826-1892), Irlandais descendant par sa mère de Lucien Bonaparte, avait épousé la cause des félibres jusqu'à devenir un poète provençal.
2. *Li Parpaïoun blu* (Les Papillons bleus).
3. Le Félibrige avait partie liée avec la Renaissance catalane, les deux mouvements ayant des revendications — linguistiques et politiques — parallèles.

me console est la pensée qu'il aura un dénouement quelconque, préférable. Quoi qu'il arrive, je chanterai donc

Thank Heaven, the Crisis
Is over at last![1]

La troisième ligne, à ceux et à celles que nous aimons. Ma femme, bien sensible à la sympathie de Madame Wyse, la lui renvoie augmentée de la sienne, et Geneviève, ce petit génie destructeur, manifeste la joie qu'elle a reçue de votre souhait en lançant aux murs les dernières assiettes de votre petit cabaret de porcelaine. Chacun a accueilli avec joie votre serrement de main attendu : j'ai vu Mistral, hier, qui vous portera la traînée d'émotions que votre livre a laissées ici, très-radieuse. Mais que sera cela parmi vos nouveaux motifs de Triomphes ! Représentez, tous deux, dignement les Félibres, vous le pouvez ! Mais pour moi, qui ne serai pas représenté, je vous charge simplement de mon amitié la plus vraie à Balaguer (dont le souvenir me remue à bien des heures), à Madame Nola[2]; et de le prier de me rappeler bien sincèrement à Outrillo [*sic*] et à sa femme, à Ferratjes. Ma femme se joint à chacune de ces pensées. Je termine cette lettre que j'ai faite longue comme nos

1. « Grâce au ciel, la crise est enfin terminée. » Citation tronquée de Poe (« Pour Annie ») : « Thank Heaven ! the crisis — / The danger is past, / And the lingering illness / Is over at last — ». Trad. de Mallarmé : « Grâce au ciel ! la crise — le danger est passé, et le malaise traînant est loin enfin. »
2. Nola Carbonell, femme de Victor Balaguer.

longues causeries, en vous assurant que vous êtes plus souvent près de moi que pendant votre séjour.

Votre

STÉPHANE MALLARMÉ.

155. – *A Eugène Lefébure.*

Avignon,
Dimanche 3 Mai 1868.

Mon bon vieux,

Vous êtes le prince de la Science et de la Gloire, et, très-irréfutablement, le plus étonnant des caméléopards. Vous m'écrivez toutes les fois que vous n'avez absolument le temps de me rien dire, ce qui est du reste d'une fort bonne tactique. Aussi silencieux, je ne répondrai qu'à vos deux questions, et j'omettrai mon vœu principal qui serait de vous revoir !

J'effleurerai le sujet de ma santé n'aimant pas à troubler ce bourbier inquiétant aux heures où il veut bien laisser dormir l'eau pure de mon esprit : du reste, je ne saurai quoi vous dire, (car je passe d'instants voisins de la folie entrevue à des extases équilibrantes), si ce n'est que je suis dans un état de crise qui ne peut durer, d'où vient ma consolation : ou j'irai plus mal ou je me guérirai, je disparaîtrai ou je resterai, ce qui m'est parfaitement égal pourvu que je ne demeure pas dans l'angoisse anormale qui m'oppresse. — Décidément, je redescends de l'Absolu, je n'en ferai pas, suivant la belle phrase de Villiers, « la Poésie » ni ne déroulerai « le vivant panorama des formes du Devenir[1] » — mais cette fréquentation de deux années (vous vous rappelez ? depuis notre séjour à Cannes) me laissera une marque, dont je veux faire un Sacre. Je redescends, dans mon moi, abandonné pendant deux ans : après tout, des poëmes, seulement teintés d'Absolu, sont déjà beaux, et il y en a peu — sans ajouter que leur lecture pourra susciter dans l'avenir le poëte que j'avais rêvé.

J'écris tout ceci au bon Cazalis, devenu pour moi un songe, — mais n'en existant que mieux — dites-le-lui. Je relis beaucoup *Melancholia,* une de mes lectures favorites en mon état, comme à la fois reposée et extrêmement suggestive. Un bien beau vers, et qui fut toute ma vie depuis que je suis mort :

« Ils vont par l'Infini faire des Cieux nouveaux[2] »

— Je passe aux messages, dont vous voulez vous charger : la première[3] est d'être *moi* près de Villiers, si vous le voyez. Dans le cas où je me remettrai, je lui

1. *Isis,* chap. VIII, où Villiers évoque la crise de son héroïne hégélienne : « — Maintenant, c'était passé !... la lutte était finie ; l'ange était vaincu. [...] Elle [Tullia Fabriana] était comme un voyageur qui revient des pays inconnus. Son front grave avait la beauté de la nuit : c'était la reine du vertige et des ténèbres. [...] Peut-être avait-elle découvert, au sommet de quelque loi stupéfiante, le vivant panorama des formes du Devenir ; peut-être que l'abstraction, à force de splendeurs, avait pris pour elle les proportions de la suprême poésie. »

2. Ce vers de Cazalis — où il faut lire « Cieux » et non « Lieux » (*Corr.* I) — est lu par Mallarmé comme la formulation de sa nouvelle conception du divin.

3. Mallarmé avait d'abord écrit : « Je passe aux commissions ». Ayant remplacé « commissions » par « messages », il n'a pas corrigé le féminin en masculin.

écrirai d'ici aux vacances, ayant une grave prière à lui faire. En attendant, demandez-lui donc l'« Intersigne[1] » que je n'ai pas reçu en entier. La *Revue* est donc morte ?

Maintenant, riez : mes commissions réelles[2] arrivent. Il faut que vous obteniez de Cazalis l'adresse du magasin où il a acheté son hamac de la rue Jacob, parce que j'en voudrais suspendre un pareil dans les lauriers de ma cour, et dormir dans la flatterie ombreuse de leurs feuilles, au moins, si je ne puis encore faire de vers ! Je vous condamne à cette adresse exacte.

Enfin, comme il se pourrait toutefois que, rythmé par le hamac, et inspiré par le laurier, je fisse un sonnet, et que je n'ai que trois rimes en *ix*, concertez-vous pour m'envoyer le sens réel du mot *ptyx*, ou m'assurer qu'il n'existe dans aucune langue, ce que je préférais [*sic*] de beaucoup afin de me donner le charme de le créer par la magie de la rime[3]. Ceci, Bour et Cazalis, chers dictionnaires de toutes les belles choses, dans le plus bref délai, je vous en supplie avec l'impatience « d'un poëte en quête d'une rime ». Je ne vois presque personne ici, n'étant pas tout à fait fait comme ces félibres ; manque de livres, et vous ne seriez

1. Un des *Contes cruels* de Villiers, paru dans la *Revue des Lettres et des Arts* en décembre 1867 et janvier 1868. Le dernier numéro de la revue parut le 29 mars.

2. *Corr.* I et *DSM* VI lisent « riches ».

3. Première allusion au sonnet en -yx. Le même problème a dû être posé à Mistral qui suggérera *pnyx* comme quatrième rime. Quant à *ptyx*, même si le mot en grec signifie *pli*, même si Hugo, dans « Le Satyre », en a fait un nom propre, l'essentiel est ici qu'un mot puisse être créé par la rime : le mot précède la chose, la forme crée le sens.

pas mes amis, si vous ne remplaciez tout cela. Décidément — et c'est désolant! — je ne puis vivre qu'avec les absents, — ou peut-être (, plutôt), qu'avec vous, qui êtes absents.

Vève, Marie et moi vous embrassons tous deux.

Votre

STÉPHANE.

Je suis bon, et malgré votre billet de cinq lignes, j'ajoute que j'ai découvert ici un très-vieil original qui possède une des momies de Besançon, celle donnée par Champollion, — momie d'un scribe, dont les hiéroglyphes sont en relief. Est-ce celle de Sar-Amon? Il veut la faire revenir. Peut-être y aura-t-il un déroulement possible? — Je cultiverai le bonhomme, un grand et maigre Lamartine décati, pour vous, au nom de la momie, et pour moi, en faveur de leur bizarrerie. Du reste l'histoire de la momie est un délicieux conte. Son frère la possédait, et amoureux d'une actrice, a suivi l'Isabelle, emportant — tout son bagage sans doute en ce monde — la momie dans sa poursuite. La comédienne a chanté à Besançon, le pauvre diable y est mort, et la momie est demeurée, indécise. Ici intervient le personnage non moins insolite de Bour, — avec Cazalis, qui l'épie afin de faire des poëmes Égyptiens : — et moi, qui n'ayant pas fait un alexandrin depuis vingt-quatre mois [1], leur écris aujourd'hui une lettre de huit pages! = = Sans compter que

1. Si l'on en croit cette précision, Mallarmé n'a pas fait d'alexandrins depuis l'Ouverture ancienne. Est-ce à dire qu'il n'a pas retravaillé à *Hérodiade* et au *Faune* après avril 1866? Ou qu'il n'a pas fait d'alexandrins nouveaux?

Glatigny va peut-être venir improviser un journal de préfecture à Avignon. = Sérieusement, j'ai une minute pensé à vous, cher ami, pour cette place, mais n'en auriez pas voulu, n'est-ce pas? puisque je ne l'aurais pas accepté moi-même. Un éboulement pareil de prose, tri-hebdomadaire, eût brisé nos fragiles machines! = Adieu, cette fois. =

156. – *A William Bonaparte-Wyse.*

Avignon, 2 Juillet 1868.

Mon cher Wyse,

Je vous envoie, *écrite à l'encre* des Poëmes et des Fêtes intérieures, ma cordiale félicitation : vous savez que votre bonheur est une joie intime pour moi[1].

Mes vœux — les rêveurs sont parents des magiciens, — Madame Wyse les portera au petit berceau enveloppé de mousselines, ce sont — sa grâce, d'abord; et votre grande puissance d'affection. La Poésie, ose-t-on la souhaiter? Au moins, si vous avez bu la coupe amère pour lui, que votre fils comprenne et aime vos vers — ce qui sera aimer les vers.

Ma femme, et petite fille, curieuses comme moi de voir à Avignon le beau nourrisson, l'année prochaine, unissent en attendant tous leurs espoirs aux miens.

Votre ami

S. MALLARMÉ.

1. William Bonaparte-Wyse venait d'avoir un fils. A cette lettre, Mallarmé joignit un premier état de « *Quelle soie...* » et sa traduction en français d'un poème de Wyse, « Les Muses de France et de Provence ».

157. – *A Frédéric Mistral.*

Avignon,
Dimanche [12 juillet 1868[1]].

Mon cher ami,

Je vous envoie, avec une bonne poignée de main, la reproduction du paragraphe de Théophile Gautier qui vous est consacré[2].

Je l'avais fait précéder de quelques lignes au sujet de l'absence de traduction française qui, seule (selon la gracieuseté que je voulais faire à Roumanille, ou plutôt l'intention que j'avais d'éviter tout ce qui pouvait ressembler à une niche à lui faite par cette insertion) avait été cause de son omission dans le Rapport ; mais je vois que Madame Bonnet[3] — car Monsieur Gravaut[4] n'est plus à Avignon ! — n'a pas voulu les imprimer, malgré un dernier mot favorable qu'elle m'avait accordé. Elle a, je crois, quelque rancune de magasin contre Roumanille ; et même pour ce qui vous concernait, il a fallu débattre quelque peu.

Un mot de moi, qui terminait, « de l'honneur qui rejaillit de cet article sur le Félibrige » a, de même, je le vois, été coupé. Je le regrette.

1. Date déduite de la réponse de Mistral du 16 juillet (et de la note suivante).
2. Dans son fameux *Rapport sur les progrès de la poésie*. Le journal *Le Méridional*, à l'initiative de Mallarmé, venait d'en publier un extrait le jour même, 12 juillet.
3. La directrice du *Méridional*.
4. Mallarmé écrit ainsi — et non Gravant (*Corr.* I et *DSM* VII) — le nom de ce journaliste du *Méridional* qui s'appelle en réalité Gravot.

A l'avenir, soyez très-galant, car il est bon que vous ayez une gazette qui vous soit *sympathique, en votre capitale.* D'amis *tels* vous n'en manquez pas, et celui qui veut avoir le plus de droit à ce titre, tout incrédule que vous soyez (je vous vois sourire) est

Votre S. MALLARMÉ.

= Les respects de ma femme à votre mère =

158. – *A Henri Cazalis.*

Avignon,
Samedi 18 Juillet 1868.

Mon bon Henri,

Te verrai-je? Je suis encore trop la proie de mon malaise nerveux, pour ne pas aller de suite au plus précieux, surtout quand cela surexcite mon attente coutumière. Mais ne viens pas en Août, il fait de ces chaleurs inconnues, comme aujourd'hui, par lesquelles, même entre les persiennes et l'ombre des murs, l'esprit est indistinct comme un aquarium que traversent de vagues nageoires, d'argent jadis. En Septembre, le soleil se calme et devient beau : nous-mêmes fuyons Avignon, du commencement des vacances aux premiers jours de Septembre : tu nous trouverais dans un village méditerranéen, mais j'aime mieux t'avoir dans notre séjour familier; tu seras plus présent et ton souvenir restera plus longtemps. — En outre, tu verras le *félibrige* dans toute sa gloire, fêtant les poëtes espagnols (le grand Zorrilla [1] parmi eux) ! Et puis, je serai peut-être mieux portant que maintenant, après les bains dans l'eau bleue des golfes. — Qui sait même, si tu ne pourras prendre des Essarts à Mâcon ? Décide-le, et je te serai bien reconnaissant, car je soupire, perverti par le patois environnant, après la parole de poëtes français. — Et puis, mon bon vieux, nous referons *quelque partie de Fontainebleau* ! Tout a commencé là, notre amitié, et la vie de ton cœur que remplit une délicieuse enfant. Je souffre bien du retard de ton mariage, pauvre cher ! mais enfin nos âmes ne savent-elles pas, grâce au Rêve, faire un bonheur d'une amertume, et tu t'enivreras de futur, dont tu sauras évoquer tout le charme, suprême cette fois ! Ne souris pas, car, je ne peux te donner d'autre consolation, et celle-là est la plus naturelle qui me vienne du cœur. — Notre amitié et notre impatience, en un unique serrement de mains, cher Henri.

Ton

STÉPHANE.

— J'arrive au sonnet [2]. Merci d'avoir songé à moi, mais tu es un tortionnaire de m'imposer huit jours, par

1. José Zorrilla y Moral (1817-1893), poète et dramaturge espagnol.

2. Lefébure venait d'écrire, le 15 juillet : « Cazalis [...] vous a peut-être écrit ces jours passés de la part de Lemerre à moins que vous l'ayez, comme moi, découragé d'une lettre. Lemerre veut publier un recueil de sonnets illustrés d'eaux-fortes, et Cazalis m'a écrit avant-hier pour m'en demander un, que j'ai eu la bassesse d'improviser et d'envoyer aujourd'hui. Si vous aviez quelque sonnet en réserve, vous auriez le temps, d'ici à la fin de la semaine de le faire insérer... » Mallarmé dut recevoir la même lettre que Lefébure, mais cette lettre est perdue.

une chaleur énervante, le va-et-vient de ridicules occupations, et la privation où je suis de tout auditeur intelligent, qui supplée à l'homme habituel parfaitement dévoré par mon malaise.

J'extrais ce sonnet, auquel j'avais une fois songé cet été, d'une étude projetée sur *la Parole* : il est inverse, je veux dire que le sens, s'il en a un, (mais je me consolerais du contraire grâce à la dose de poësie qu'il renferme, ce me semble) est évoqué par un mirage interne des mots mêmes. En se laissant aller à le murmurer plusieurs fois on éprouve une sensation assez cabalistique.

C'est confesser qu'il est peu « plastique », comme tu me le demandes, mais au moins est-il aussi « blanc et noir » que possible, et il me semble se prêter à une eau-forte pleine de Rêve et de Vide.

— Par exemple [1], une fenêtre nocturne ouverte, les deux volets attachés ; une chambre avec personne dedans, malgré l'air stable que présentent les volets attachés, et dans une nuit faite d'absence et d'interrogation [2], sans meubles, sinon l'ébauche plausible de vagues consoles, un cadre, belliqueux [3] et agonisant, de miroir appendu au fond, avec sa réflexion, stellaire et incompréhensible, de la grande Ourse, qui relie au ciel seul ce logis abandonné du monde.

— J'ai pris ce sujet d'un sonnet nul et se réfléchis-

1. Ce paragraphe n'est pas à lire comme une explication du sonnet, mais comme la suggestion d'une eau-forte qui en serait l'illustration.
2. « Interrogation » surcharge « oubli ».
3. « Belliqueux » surcharge « monstrueux ».

sant de toutes les façons[1], parce que mon œuvre est si bien préparé et hiérarchisé, représentant comme il le peut l'Univers, que je n'aurais su, sans endommager quelqu'une de mes impressions étagées, rien en enlever, — et aucun sonnet ne s'y rencontre. Je te donne seulement ces détails, pour que tu ne m'accuses pas d'avoir recherché la bizarrerie, et encore cette crainte ne justifie pas leur longueur. — Au revoir, donc,

ton

STÉPHANE M.

— J'ajoute que je te serais bien reconnaissant de me dire en un mot, par le retour de la poste, et ton impression, et si Lemerre l'accepte = pour son Recueil, et ne le trouve pas trop anormal, pour y figurer[2]. Accorde cela à un « *absent* ».

Par exemple, je demande, à cor et à cris, *et je supplie*, qu'on m'envoie une épreuve en temps convenable, pour faire quelques corrections, s'il y a lieu. Charge-toi, alors, de cet envoi — en grâce[3].

1. Le sonnet en -yx, premier poème écrit par Mallarmé après la crise d'*Hérodiade*, est l'illustration parfaite d'une poésie désormais consciente d'elle-même qui consacre l'immanence du sens. Voir notre commentaire dans *LM*.

2. Réponse de Cazalis : « ... je n'ai pas porté ton sonnet à Lemerre. Samedi, quand je suis arrivé avec un sonnet fort beau de Lefébure, Lemerre m'a répondu que Burty, l'impresario de cette sotte affaire, avait maintenant plus de sonnets que d'aquafortistes, et n'en accepterait plus, fût-il un sonnet de Dieu lui-même. » Le recueil parut donc sans les sonnets de Mallarmé et de Lefébure. Celui de Mallarmé ne devait paraître, entièrement récrit, qu'en 1887.

3. Ce dernier paragraphe est écrit en travers, à l'encre, alors que le reste de la lettre est au crayon.

SONNET
ALLÉGORIQUE DE LUI-MÊME.

La Nuit approbatrice allume les onyx
De ses ongles au pur Crime, lampadophore,
Du Soir aboli par le vespéral Phœnix
De qui la cendre n'a de cinéraire amphore

Sur des consoles, en le noir Salon : nul ptyx,
Insolite vaisseau d'inanité sonore,
Car le Maître est allé puiser de l'eau du Styx
Avec tous ses objets dont le Rêve s'honore.

Et selon la croisée au Nord vacante, un or
Néfaste incite pour son beau cadre une rixe
Faite d'un dieu que croit emporter une nixe

En l'obscurcissement de la glace, décor
De l'absence, sinon que sur la glace encor
De scintillations le septuor se fixe.

STÉPHANE MALLARMÉ

159. – *A Henri Cazalis.*

Avignon,
Mardi 21 Juillet 1868

Mon bon Henri,

Tu vas rire de voir si exact, et si pressé, un homme qui vit habituellement en l'Éternité, mais, précisément, comme je porte mon Éternité avec moi, j'aime qu'elle ne soit frôlée par aucun rouage mal engrené du temps.

— Je ne te parle pas du sonnet : si Lemerre l'accepte, tant mieux ; s'il le refuse, tant pis : tu peux même intervertir le tant-mieux et le tant-pis, car deux ou trois vers, encore à l'état d'ébauche grâce au court délai accordé, me tortureront jusqu'au jour de la correction des épreuves ; et je donnerai volontiers la gloire de l'eau-forte pour l'absence de ce supplice. — Mais je te relance au sujet de ton voyage sur lequel tu sembles amasser, pour me causer un malaise bien grand, tout le vague des épithètes dubitatives et des tours de phrase amphibologiques ; et mon vieux cœur, qui se souvient de pareilles promesses au mois de Juillet dernier, se contracte d'angoisse.

Avec l'admirable célérité que tu as montrée hier, et la mémoire des temps de l'étude du Marché St Honoré, dresse-moi donc quelque chose d'approchant ceci :

1° « J'arrive par le chemin de fer. »

2° « C'est en allant à Alger, — à Rome — que je passe par Avignon, — ou bien, je m'embarque spécialement pour cette Ville remarquable. »

3° « Je compte, *au moins,* passer une quinzaine avec vous ; et, au plus, bien, bien longtemps ! »

— Tu vas me dire que je suis un maniaque, mais non, mon vieux, je tiens beaucoup à connaître à vingt-quatre heures près l'emploi minutieux de ces vacances qui sont ma vision (et ma provision) de tout l'an. Et puis, il faut que j'écrive d'ici à la fin de la semaine à plusieurs hôteliers de la plage pour savoir où je dois aller, et lequel affecte pour moi le plus grand dédain en ne me demandant que de rares oboles. Enfin, Mistral va partir pour un voyage qu'il réglerait sur le tien. —

Puis-je lui assigner ta date du *10*? Car il faut que les *félibres* te reçoivent avec une « félibrézade » en hôte illustre!

A tout cela réponds-moi comme l'homme si grave que tu étais quand je partais pour Londres. (Dire que je te vois chaque jour d'après une photographie de ce temps-là!)

Ce qu'il y aurait d'exquis, serait que tu passasses la moitié de ton apparition à la maison, — j'y tiens, — et l'autre portion, au bord de la mer, dans un village perdu, comme le *Cassis* de Mistral, en *Calendau* — Mais je vais parler Provençal, il est temps de t'embrasser,

ton

STÉPHANE.

= J'y pense, les vacances des Écoles sont très-longues, je ne vois pas pourquoi nous ne te garderions pas un vrai mois, au lieu de cette quinzaine qui déjà m'apparaissait fabuleuse, vue à travers le souvenir des espoirs déçus de ces trois dernières années, entends-tu? Le docte Bour, sur sa patte, m'a écrit. —

160. – *A Henri Cazalis.*

Dimanche, 2 Août 1868
Avignon ————

Mon bon Henri,

Tout ceci est délicieux[1]. — Surtout, ne m'écris pas afin que rien ne soit changé. Vève dit, montrant tous

1. Cazalis annonçait sa venue à Avignon pour le 8 août.

les coins de la maison et de la cour plantée, « Voilà où se mettra Henri » et moi, semblable à un vieux pédant[1], je rabâchais à haute voix, pendant le supplice des dernières classes, devant les élèves ahuris « Teneo lupum auribus[2] », me trouvant des ressemblances avec Emmanuel quand il est transporté d'allégresse.

C'est au sujet de cet homme illustre que je t'écris : le bon côté de ton mois aux bains de mer, s'il ne nous permet pas la promenade sur la même plage, est de nous réunir deux fois, à ton aller et à ton retour — car tu n'inventeras pas l'espièglerie de ne point t'arrêter en revenant. D'autant mieux qu'Emmanuel m'offre la semaine du 15 au 23 Septembre, qui coïncidera précisément avec la fin de ta saison de bains et ton passage : — de plus avec le retour de Mistral. J'apprends que ce Chef du Félibrige est à Uriage comme s'il avait une maladie cutanée, — parti incognito pour quelque belle malade[3]. Sans lui, rien ici, *les autres* devenant très-fâchés de se montrer en commun parce qu'il en retombe quelques paillettes de célébrité sur le voisin, ce qui les exaspère, et leur rêve particulier étant de confisquer, chacun à son bénéfice, les étrangers de ton rang.

Donc, que le plus long de tes deux séjours soit à ton retour : et, pendant le premier, trêve un peu d'honneurs, pour vivre en bons vieux amis qui ne se sont pas

1. *Corr.* I lit « pesant » et *DSM* VI « pésant ». La troisième lettre étant douteuse, « pédant » semble plus logiquc.

2. « Je tiens le loup par les oreilles. » Cette formule, devenue proverbiale pour marquer un grand embarras, du *Phormion* de Térence, exprime ici la satisfaction de Mallarmé de « tenir » enfin son ami.

3. Valentine Rostand (1847-1903).

vus depuis leur enfance. — Joie qui me fait délirer, car j'oublie les deux motifs sérieux de ma lettre, l'un de te dire de ne rien visiter de Provence, avant Mistral revenu (Arles a besoin de son évocation pour être vue !) et d'écrire, en conséquence à ta tante ; et l'autre de t'avertir que *le Gladiateur* part de Lyon dès quatre heures et demie du matin, selon les affiches d'Avignon, et qu'il te faut partir de Paris, Vendredi, par le train de 7 heures du matin, même au risque de séjourner à Lyon quelques heures de la nuit. — Je t'attends Samedi, dans l'après-midi au débarcadère du Rhône. Pardonne-moi ces détails affolés, Nous t'embrassons, embrasse pour nous Ettie,

ton

STÉPHANE

= Jette les yeux sur ce pauvre petit Tournon, en passant par le bateau : nous y avons vécu trois ans ! Si tu vois, flanquant le vieux château d'un côté comme de l'autre sa vieille tour conservée, une petite maison, ordinaire, à persiennes blanches, c'est là, mon cher ami, que j'ai rêvé ma vie entière, et l'Absolu. Je pourrais sans peine sentir une larme en t'écrivant ceci.

STÉPH.

= Je rouvre ma lettre, mon cher ami, pour continuer cette descente du Rhône : j'oubliais de te dire, chose séduisante, que selon le plan que je te propose, nous descendrions ensemble d'Avignon à Marseille, et verrions, au clair de lune, spectacle digne de nous, toute la Camargue ! =

161. – *A Frédéric Mistral.*

Avignon, Mercredi matin
[5 août 1868].

Mon cher Mistral,

J'apprends que vous êtes passé par Avignon, hier, sans que j'aie pu vous annoncer une apparition qui vous fera plaisir comme à moi, et je répare ce mauvais hasard. Notre ami Cazalis arrive Samedi soir à Avignon, se figurant que le château des papes appartient aux félibres, et qu'ils portent de longues robes de soie avec des lyres dans la rue. — Il me prie de vous serrer la main à l'avance, ce que je fais doublement.

Votre

S. MALLARMÉ.

= Cazalis restera quelques jours, j'ignore au juste combien, vous connaissez ce bel oiseau évasif. =

= Comment va la maladie cutanée qui vous menait à Uriage ? =

= Inutile de vous dire que si vous venez à Avignon pendant le séjour de Cazalis, vous arriverez droit à la maison, cher ami.

Encore votre

STÉPH. M.

162. – *A Frédéric Mistral.*

Avignon,
8, place Portail Mathéron,
Mardi matin [11 août 1868].

Mon cher Mistral,

Cazalis est ici depuis Samedi, comme je vous l'avais annoncé, et nous partons ensemble Jeudi pour la mer. Si je n'ai pas confirmé par la nouvelle de sa venue l'espoir de ma dernière lettre, c'est que votre silence me faisait vaguement vous attendre : je prends donc les devants ce matin, que vous apparaissiez ou non à Avignon dans la journée, parce que nous n'avons plus guères même le temps de nous entendre, et, sans vous consulter, vous prédis pour demain matin notre arrivée à Maillane.

Vous nous pardonnez cet impromptu, dont vous voyez la raison — outre celle de vous embrasser et de nous arranger quelques délicieuses heures de causerie.

Votre

S. MALLARMÉ.

= Cazalis ne vous écrit pas lui-même, il dort et je crois que la lettre doit partir par le courrier de ce matin. = Nous arriverons et partirons à la même heure que la dernière fois. =

S. M.

163. – *A Henri Cazalis.*

« au Lion d'Or »,
Bandol (Var).
Lundi, 17 Août 1868.

Mon bon Henri,

Bandol existe — mais toi, cher habitant du songe de l'absence, tu t'y es replongé ! Je ne veux pas dire cela, puisque nous nous sommes promis de ne vivre que dans une séparation momentanée, (tu nous reviendras,) — et pour ne pas faire comme une petite Marie de notre connaissance qui, n'ayant pas bien compris, pleurait déjà dans la salle d'attente. Ces deux yeux mouillés nous valent deux jours de toi au lieu d'un.

— Vas-tu toujours à Barcelone ? Aimes-tu Cette ?

Notre Bandol est joli, mais il faut aller chercher la verdure, le hamac sur le dos, à près d'une heure : tout cela est d'un aspect incendié, — une terre africaine trouée par son ossature de granit gris. Je préfère bêtement le feuillage, qui, maritime, est si délicieux. Il faut aller aussi chercher la grande mer, gâtée par les nécessités d'un port, dans des parages avoisinants. — Du reste, elle et moi, deux êtres fort étranges l'un pour l'autre, nous nous étudions avec étonnement, voilà tout. Je prévois, cependant, des heures d'hymen, quand j'aurai saisi toutes ses correspondances avec ma pensée complète[1].

1. Ces lignes sur la confrontation et l'hymen de la pensée et de la mer confirment que la découverte de celle-ci a joué un rôle capital dans la révélation du printemps 1866. Voir aussi la lettre du 27 août au même.

Quant aux épousailles brutales du bain de mer, nous avons commencé le soir même, et nous en sommes à notre cinquième immersion, je crois. C'est pour le coup que Vève *ne connaît que les fleurs* : tu vois les peurs de ce pauvre *petit enfant* devant la longue vague qui roule sur elle. — Les plages de bain sont merveilleuses, par exemple, et l'air riche et, dit-on, le plus salubre du littoral. Jusqu'ici, *en somme*, les bêtes se trouvent à merveille : Vève, sensitive, est déjà toute changée, claire et raffermie. — Tu as raison ! et je voulais commencer cette lettre, si l'effusion n'avait prévalu, par ta grande phrase si vraie « La France devient inhabitable, » on nous a fait un prix odieux, (il faut dire que ce pays aride ne produit que des plates-bandes mortuaires, l'immortelle jaune du tombeau ; et que tout vient du dehors — je dirais presque jusqu'au poisson :) enfin, avec une ténacité de homard (et la vision de Bour), nous avons bataillé vingt-quatre heures, et sommes arrivés au prix assez raisonnable de sept francs pour deux chambres, que pare le linge blanc, et deux repas, où figure viande ou poisson — un vrai régime de famille avec les petits soins de deux vieilles en deuil.

— Au revoir, déjà, pauvre vieux, je ne veux plus écrire, je veux oublier un moment tout hiéroglyphe intellectuel et me préparer un hiver digne de toi et de moi. Nous t'embrassons d'un seul baiser, quand j'aurai trouvé des asphodèles, qui viennent sur l'îlot (paraît-il), je te les enverrai pour Ettie. La méchante a-t-elle écrit ? Ceci intéresse Marie, qui veut paraître la sœur aînée et irréprochable. Je la laisse faire, en homme profond. — Bon vieux, je ne te parle pas de nos huit jours que je revis lentement, parce que le meilleur de nous n'est pas destiné au papier à lettre, et que, du reste, nous aurons encore de beaux instants,

Je t'embrasse seulement une fois de plus

ton

STÉPHANE.

164. – *A Mme Mallarmé.*

Mercredi soir,
19 [août 1868].

Ma bonne petite,

Je suis à Hyères, ville d'hôtels en plâtre et éloignée de la mer, qui n'est pas notre affaire. Mais on m'indique un ravissant endroit, avec grande verdure et plage de sable pour les bains, situé à une lieue d'ici — un village. Il y a restaurant, et, je pense, chambres garnies. Je pars dans dix minutes pour le visiter et j'y coucherai : si cela me plaît tu recevras Vendredi matin à sept heures environ une lettre décisive, qui vous appellera. Fais tes malles (le gros, du moins,) en attendant, tout doucement : toutefois, ne te fatigue pas et prends bien régulièrement tes bains de mer, toutes nos journées, qui sont chères, ne devant pas être perdues.

— Si ce village ne me plaît pas je vous reviens demain vers une heure ou cinq ; s'il me plaît, (c'est-à-dire s'il peut nous plaire) je reste, et tu pars par le train que j'ai pris, ce qui te laisse amplement le temps de finir tes malles et de tout arranger à l'hôtel. (Invente, pour expliquer mon départ, la rencontre d'un ami qui nous offre l'hospitalité, par exemple.)

Bonjour, à ton réveil, petite méchante, qu'on bat de près, et qu'on adore de loin. J'ai le cœur tout serré de ne pas vous voir, ce soir : embrasse beaucoup notre « grosse immense ».

Ton petit « apa ».

STÉPHANE.

165. – *A Henri Cazalis.*

« Au Lion d'Or »
Bandol, Var.
Jeudi 27 Août 1868.

Va donc, heureux *crocodile*[1], et ne verse pas tes larmes fallacieuses : laisse-nous notre vraie tristesse. Ah ! que Marie, (que j'écouterai dorénavant quand il s'agira de toi,) avait raison d'être affectée lors de notre séparation, que j'ai accomplie le plus gaiement du monde, sûr de toi. Elle et Vève en veulent beaucoup à Ettie ; et moi autant aux ruines romaines de Nîmes, que tu ne malmenais en ma présence que pour mieux me tromper, monstre. Je te souhaite le clair de lune classique[2] et les vers de Chênedollé[3] déclamés, pour

1. Cazalis venait d'écrire que, malade, sans argent, déçu par la Méditerranée, et pressé en outre de revoir Ettie qui le réclamait, il rentrerait à Paris, après avoir visité Nîmes, sans rejoindre les Mallarmé à Bandol.

2. « Classique » surcharge « obséquieux ».

3. Charles Lioult de Chênedollé (1769-1833), convoqué ici comme parangon du poète classique.

l'écho, par le guide qui te les fera payer malgré tes soixante francs. Mais, surtout, je ne crois pas au mois de Juillet prochain, et, châtiment ! je ne crois même pas à ce mois d'Août : non tu n'es pas venu à Avignon, pas plus qu'à Besançon, pas plus qu'à Tournon, pas plus que tu ne nous as visités jadis rue des Saints-Pères. Et tu as beau me jeter aux yeux le soleil et la lune pulvérisés de ton intermezzo, huit pages de lumineux mensonges, tu n'es pas venu. Et le hamac d'où je te crayonne ces imprécations dignes de Vève, suspendu à deux pins parasols sur des blocs de Granit rose et le jeu de la mer, n'est pas (don simple et charmant comme ceux du sauvage) une caresse délicieuse de toi.

— Vraiment, tu nous as peinés, et pendant deux ou trois jours nous parlerons de toi avec certaines restrictions. Puis ce Bandol que nous devions visiter ensemble, car il n'est pas un endroit que nous ne désignions pour « nos promenades avec Cazalis ».

— Enfin ! ———————————————

Mon pauvre vieux, tu as donc été malade ? J'ai tout évité, grâce au port de ces interminables ceintures rouges que ceignent les matelots, vrais préservatifs. Il y en a à Avignon ; Brunet peut te les indiquer. Je voulais t'écrire cela.

— Et te voilà désenchanté de la Méditerranée ! Il n'y faut pas chercher les impressions qu'évoque chez nous la magie du mot de : mer. Il n'y a rien de marin, dans ce lac intérieur, mais tout ce que *l'eau*, pure, peut nous faire rêver s'y voit, c'est l'eau elle-même indépendamment de tous effets accessoires et dus soit au décor, soit à notre pensée.

Adieu donc, puisqu'il faut te dire ce mot, nous ne t'embrassons que sur une joue.

Ton

STÉPHANE

= Si les Brunet n'ont pas de place, couche à la maison — ne serait-ce que pour te donner quelques remords. Toute notre affection à cette chère famille. (Dis à Brunet, qui me dispense toutes choses d'Avignon, qu'il me jette à la poste un paquet de tabac de Virginie introuvable ici et à Toulon.)

[En tête de la lettre qui suit :]

Veuille remettre ceci au seigneur Roumanille[1].

166. – *A Joseph Roumanille.*

Au Lion d'Or, Bandol,
Var [27 août 1868].

Mon cher Roumanille,

Je te remercie beaucoup de ta lettre amicale, à laquelle je ne réponds que par trois lignes, ayant jeté à dessein ma provision de papier à lettre à la mer. (Je m'y suis, du reste, jeté moi-même jusqu'à ce que j'y devienne un vrai mollusque : alors peut-être désirerai-je la plume de l'oiseau et du poète.)

1. La lettre à Roumanille qui suit était sans doute jointe à cette lettre (ou à celle du 17 août, selon *DSM* VII).

En attendant ces résultats improbables, je t'annonce que j'ai reçu la petite Imitation [1], mais que l'Univers illustré, bon cependant pour les jours de pluie, qui m'était revenu une fois d'Avignon, — j'avais parlé trop tôt ! — a été dérouté probablement par le lion d'Or de Bandol, dont il n'a pas su le chemin. — Garde les autres bouquins jusqu'à mon retour, envoie, quand il te parviendra, le Voyage au Japon, et, lorsque tu le voudras, un exemplaire à trois francs de la *Légende des siècles,* que tu as, je crois chez toi. Et puis que Cazalis te serre pour moi la main, et dise notre amitié à Madame Roumanille, sans oublier d'embrasser Thérèse.

Ton ami

STÉPHANE MALLARMÉ.

Serre bien la main à Félix Gras [2].

167. – *A Henri Cazalis.*

« Au Lion d'Or, » Bandol, Var.
Lundi 7 Septembre 1868.

Mon bon Henri,

C'est moi qui te tends la main, mais non malheureusement pour que tu y mettes la tienne seulement, comme cela devrait être. Tu vas voir.

1. *L'Imitation de Jésus-Christ.* Dans une lettre contemporaine de Mme Desmolins, on peut lire ceci : « Le remède à ce mal, certainement le plus efficace, est dans ce livre sur lequel tu veux mon avis, dans cette admirable imitation, que tu as enfin le bonheur de goûter et de comprendre. [...] C'était le livre de prédilection de ton cher bon papa. »

2. Félix Gras (1844-1901), poète provençal et beau-frère de Roumanille.

Un imbécile de « père d'élève » qui me devait cent francs sur lesquels je comptais pour finir ici mon séjour, ne me donne pas signe de vie et ne me laisse pas espérer, attendu qu'il n'est pas à Avignon. Tu juges ma grande tristesse : l'édifice de ma santé, si laborieusement reconstruit cet été, menace de s'écrouler, moins si je quitte simplement Bandol, que si je rentre à Avignon pour me mêler au tohu-bohu d'une fête Provençale compliquée de Catalan[1], la chose du monde que je dois le mieux éviter en ce moment critique. En effet, je vais beaucoup mieux, infiniment mieux, mais, par suite même du travail qui se fait en moi, je suis d'une délicatesse incroyable, — au point, par exemple, que je me sens obligé de fuir le simple colloque du brave Marius[2], qui me défait. Voilà principalement en quoi demeurer à Bandol une quinzaine encore, et jusqu'au départ d'Avignon de tout Espagnol, m'est d'une urgente nécessité. Marie et Vève, qui ont leur mois de bains, me quitteront à la fin de cette semaine ; et je voudrais passer « à consolider le raccord de cette fameuse nodosité à la nuque » dont je te parlais, (et qui s'est effectué à heure dite selon mes prévisions et mes efforts) quelques jours de plus qu'elles.

Or, dans l'impossibilité où je me trouve de me procurer quelque part cet absurde bank-note, (ma grand-mère n'ayant que strictement sa vie, la pauvre femme, et ma belle-mère n'ayant pas, une fois déjà, voulu entendre parler de reddition d'une somme empruntée, ce qui me prive de tout recours ultérieur,)

1. Une « Félibrejado » avait été organisée à Saint-Remy à la mi-septembre pour recevoir Balaguer et les poètes catalans.
2. Marius Ravaison, apprenti poète de Bandol.

je m'adresse à toi, cher, non que je spécule déjà sur les trésors du père Gaillard[1], mais parce que m'ayant vu récemment tu comprendras mieux la bêtise de ma situation comparée au but noble que je me propose.

Alors, me diras-tu, mon bon Henri, pourquoi cet exposé, motivé comme une cédule notariée, et presque attristant pour l'ami qui le reçoit? Pardonne-moi, j'ai voulu voir, crayonnées sous mes yeux, les preuves que je ne cédais en rien à un caprice, dont la réflexion, elle-même, est souvent dupe, — non que je ne [te] croie très-capable encore de te déranger pour le caprice de ton ami, mais, simplement, parce que les affaires me répugnant assez, je tenais à rejeter pleinement « sur le compte » de mon Rêve l'ennui que je te donne en t'y mêlant. Tu me comprends bien, maintenant, et ne m'en veux pas? (Toutefois, si tu es à Marlotte, ne montre pas à la petite Ettie cette lettre d'usuriers, que peut seule lire Marie plus aguerrie à ces choses.)

Voici donc : il me faudrait, environ dans une semaine, avant le départ de mes fillettes, s'il était possible, une banknote de cent francs, dont tu pourrais te priver jusqu'au jour de l'an, terme le plus voisin que j'entrevoie.

Il est inutile d'ajouter ici combien je suis vexé du tracas que je t'apporte, mon pauvre; et c'est pour en prendre ma part le premier que j'ai allongé cette lettre, qui m'agace autant que tu peux le penser. — Mais tant de plans savants si facilement déjoués, c'était bien absurde! Sur ce, je t'embrasse, nous t'embrassons

Ton

STÉPHANE.

1. Le père de Nina, mort le 1er août en laissant une grande fortune.

= Dis-moi un mot de ton passage à Avignon = N'oublie pas l'envoi de tes livres au brave Marius, qui verra que *je pense à lui* si je lui parle peu = *Rien pour Ettie sur ce papier.* =

168. – *A Henri Cazalis.*

Mardi, au Lycée
[10 novembre 1868].
1 heure

Bon Henri,

Je reçois ce mot d'Emmanuel et le mets à ta poursuite. L'auras-tu avant ce soir ?

Nous songerons bien à toi, à l'heure où nous resterons, la terre et des amis, derrière le steamer prenant le large, ce soir[1]. Encore un serrement de mains pour faire oublier un serrement de cœur.

Ton

STÉPHANE

— deux heures

Il est malheureusement trop tard pour que tu reçoives ceci avant ton départ, pauvre Henri, et j'en suis attristé. Je l'adresse chez ton oncle qui y ajoutera peut-être un mot, aimant mieux que la lettre séjourne à Marseille chez lui que dans les bureaux de poste.

1. Ayant rompu avec Ettie, Cazalis venait de s'arrêter deux heures à Avignon (voir la lettre suivante) avant de s'embarquer pour l'Algérie.

— C'est donc la bienvenue en Afrique que nous te souhaitons, te précédant, et agitant, dès ce moment, les premières palmes en ton esprit, — car tes yeux en auront déjà vu quand tu recevras ce papier.

Ton

STÉPHANE

169. – *A Henri Cazalis.*

Avignon,
Mercredi 2 Décembre 1868.

Mon bon ami,

Je ne t'ai pas écrit plus tôt, un peu parce que, sur le dire de Marie à qui tu avais promis une lettre le premier, je t'attendais; — infiniment, parce que crayonner un papier qui ne doit pas être jeté dans la gueule vacante du Monstre qui me dévore me semble la plus impossible des bizarreries : en effet moi qui, physiquement, ne suis pas très-sûr de mon existence, puis-je ne pas douter de celle d'un de mes meilleurs absents ? Aussi faut-il que tu sois en Afrique, loin de tous, pour que je me parjure à ce point.

Mais, même vivant, je ne saurais que te dire. Es-tu plus heureux qu'attristé ? Sur quel ton dois-je te parler après l'unique conversation que nous eûmes, deux heures, à l'improviste, de ce qui est le fond de ton cœur. Il me répugne de me mêler à la foule des égoïstes qui n'a pas manqué, je le pense, de te féliciter de ta mélancolique rupture; comme je n'ose, si cette histoire, qui est un peu la mienne (puisque Ettie et toi étiez un de mes chers songes d'avenir survivants,) peine ce dernier reste de cœur que je me sens parfois et qui, par suite de son abandon, est d'une délicatesse rare — je veux bien dire maladive. « As-tu eu raison ? » voilà un de ces mots dont je ne saisirais plus bien le sens : pour moi, (et je parle de moi parce que tu es un des seuls que ma sympathie puisse m'assimiler,) *je souffre* lorsque je pense à vous : je crois que c'est un peu le sentiment de Bour qui en cela, comme en tant de choses, se trouve d'accord avec ce que j'ai d'intime.

— Mais, tu le vois, j'ai tort d'écrire, je me laisse aller peut-être fort loin de la vie que tu respires en ce moment, et d'un rajeunissement sous des feuillages nouveaux. Attribue cela au vent de mer lourd et nuageux, au climat le plus maussade, que nous avons depuis quelques jours, — et puis un peu à l'extra-sensibilité d'un ami.

Je parlais de Bour, mon vieux : il m'a révélé très-clairement, toute sa position ; il n'a rien, et rien à attendre. A part une vie odieuse *à recommencer* dans les bureaucraties, nous ne voyons d'autre sort que le mariage, qui pourrait l'en tirer. Je cherche de tous côtés — mais, hélas ! avec la certitude de ne pas trouver...

Toi, cher, vis pour nous deux, parle aux singes de Vève, aux tigresses de Marie, et à toi-même

de ton

STÉPHANE M.

Tu me pardonnerais si au jour de l'an, qui amoncelle les papiers exigeants dans mes tiroirs de bahut et des silences d'une année, je ne t'envoyais, devant te serrer la main quelques jours après, qu'une carte griffonnée d'affections ? =

170. – *A Henri Cazalis.*

Avignon, 4 Décembre 1868.

Mon bon Henri,

J'ai tous les malheurs dans le bonheur[1] de tes huit pages ! Hier, pressentant la venue d'une crise hystérique qui me jette sur les guipures de mon lit toute cette après-midi (et cela, pendant que l'éblouissement de ta lettre, remède unique et ma résurrection pour quelques minutes, que j'emploie à te crayonner ceci, gisait, en son enveloppe, sur la table de la salle à manger déposé par un facteur furtif;) hier, bon vieux, je t'écris, solitaire pétrifié dans la sensation de ta brusque et étrange visite, une lettre où ma tristesse te prenant involontairement pour prétexte s'exhale à ton propos. Cependant ta belle et grande joie vient faire une explosion céleste parmi mes meubles et dans mon cœur, et tu juges ma peine de t'avoir répondu à l'avance d'une façon lamentable. Je garde aussi longtemps que possible ton illumination sous les paupières pour te dire que je suis heureux de te voir heureux, et qu'au fond ma lettre d'hier, sous son voile désolé, n'était que ce sentiment costumé de deuil. Puis, mon bon Henri, ma pensée commençant à se disséminer, je

1. Dans une longue lettre, Cazalis évoquait les enchantements de l'Afrique qui l'avait « pris comme une maîtresse ».

rentre dans son malaise, que notre pâle soleil suffira peut-être à dissiper au premier jour, ne t'inquiète pas. Mais comme je ne suis aucunement sûr de demain, je tenais à ce que ce papier, crayonné grâce à l'instant de bien-être que tu m'apportes, partît dès ce soir, pour t'arriver en même temps que l'autre et en annuler l'effet. Ceci t'explique son format.

Adieu donc pour un mois, n'est-ce pas ? Repasse par Avignon, que ta causerie sème les pierreries dans mon hiver interne. Vève et Marie te sourient de loin. — (Pardon encore ?)

ton

STÉPHANE

171. – *A Henri Cazalis.*

Avignon,
27 Janvier [décembre] 1868.

Mon bon Henri,

Ceci n'est qu'une carte, sans même un mot au crayon, afin de rester plus intime. Mais enfin, il fallait bien qu'une poignée de main, fût-elle tacite, t'arrivât, — de notre petit « chez nous », — dans ton éloignement *fabuleux*. Mon pauvre vieux, je te souhaite la portion la plus copieuse de paix et de santé qui demeure encore pour nous en ce monde : — le reste, nous l'avons.

Je ne te dis rien de plus parce que je ne cesse de souffrir depuis un mois, et, pour que je consente à souffrir, il faut que le mal pénètre bien avant : par malheur, c'est précisément la seule consolation, écrire, qui m'est interdite, si je ne veux compromettre un dernier espoir tenace.

Tout l'édifice, si patiemment reconstruit, de ma santé, et morale et naturelle, s'est écroulé : inutile ce long travail d'insecte. (Je vais recommencer). — Ne serait-ce que l'hiver ? est-ce plus que cela ? j'ai beau me scruter, je l'ignore.

Mon bon ami, je n'ai le tort de me laisser aller à te dire tout cela, sans songer que je te fais de la peine, que pour que tu comprennes l'inanité de ce billet, et ne m'accuses pas d'inferveur, ce dont la seule pensée me désole. Nous parlons de toi chaque jour !

— Mais peut-être allons-nous te voir : je reçois ce matin à ton adresse une lettre de Lyon, prodrome maintenant connu de tes apparitions, et que je n'ose te renvoyer, me souvenant ? Si le paquebot d'aujourd'hui ne t'amène pas demain, j'attendrai le départ pour Alger avant d'envoyer cette lettre. — Maintenant, mon bon, un baiser, deux, trois. — Chacun veut sa part. Et encore, l'*année la moins absurde.*

Ton

STÉPHANE.

= Vève veut que tu viennes de suite pour voir son arbre de Noël encore chargé des bonbons qu'elle guigne. Elle trouve que, vraiment, tu te fais attendre, et j'insiste.

1869

172. – *A Henri Cazalis.*

Avignon, 7 Janvier 1869

Cher oiseau de passage[1], te voici donc à Paris, s'il est vrai que tu es quelque part! Toutefois je dois t'avertir que, pendant deux jours, non ceux que tu crois nous avoir donnés, mais le lendemain et un autre, tu te promenais en ma compagnie par des rues Troncas, Limas et Bancasse, et des sentiers de la Barthelasse — dans les tours solitaires qui suivent mes classes, avant ma rentrée à la maison : en effet, c'est vraiment quand mes amis sont partis que je commence à être avec eux, avec leur souvenir voisin de mon Rêve, et que dérange un peu parfois leur apparition véritable — les tiennes surtout, inattendues et brèves. Toutefois renouvelle-les, cher, — ne serait-ce que pour ces heures fictives[2] qui succèdent au départ. (Mais maintenant, quand nous reverrons-nous)?

1. A son retour d'Algérie, Cazalis avait passé deux jours à Avignon.
2. « Fictives » surcharge « charmantes ».

Vève a recu tes charmantes babouches enfantines, que son pied accepte — ne te tourmente pas à cet égard. Quant à elle, la pauvrette en raffole, mais attend pour en fouler le tapis la fin d'une indisposition qui la tient au lit depuis le second jour de l'an : une grosse toux, de la fièvre; nous avons craint une coqueluche, mais ce ne sera qu'une grippe, bien assez pénible déjà pour la pâlotte, enfouie dans un bonnet de sa maman.

Moi, — si ma santé ne touchait pas au Rêve (et c'est là son malheur), je n'en parlerais jamais — je suis toujours sous l'influence de ma crise la plus funeste : je me démène, à tâtons. Ce que je vois de sûr est que tout l'édifice patient d'une année, — soins et luttes, efforts de minutes accumulées — s'est écroulé, et qu'il faut chercher le mot énigmatique précisément dans l'inanité de la tentative de guérison : douches, développement extérieur, je crois que tout cela a aggravé le mal — : qu'il faut l'accepter comme permanent, compter avec lui, et en acquérir une expérience et une habitude qui puissent, au moins, déjouer ses effets. (Car, quant à la nature, elle est trop faussée en moi, et monstrueuse, pour que je me laisse aller à ses voies). Telle est, pauvre vieux, ma dernière consultation, dont je ne te fais pas grâce. — Autre histoire : j'ai écrit à ma grand-mère, pour la sonder. Si tu peux la voir, (Rue de Maurepas, 2, à Versailles; — tu sais son nom : Madame Desmolins), dis-lui, comme moi, que nous vivrons, en le voulant, avec notre traitement écorné, mais à l'unique condition de n'avoir aucun reliquat de dettes, qui n'étaient qu'un arriéré alors qu'elles s'accordaient avec nos émoluments. Peins surtout notre perplexité devant la nécessité d'un emprunt. — Cela comme de toi, et quand tu seras mis (inévitablement) sur le chapitre de la réduction[1]. Pardon, ami, de ces rôles, en faveur de la peine que nous sentons d'user de détours avec la pauvre et digne femme. Nous t'embrassons, nous groupant autour de toi comme quand tu nous arrives.

ton

STÉPHANE M.

173. – *A Henri Cazalis.*

Avignon,
Dimanche 24 Janvier [1869].

Cher ami,

Tu vas expier ta complaisance par une lecture des tracas dont elle songea à nous sauver, conséquence absurde à laquelle je ne puis me soustraire, te devant au moins le hazardeux complément de ton intervention. Ajoute que je suis roidi par un Mistral d'hiver, et que tu auras non seulement à substituer à mes lignes pénibles toute une rêverie tacite, mais même à réchauffer de ta bonne sympathie mon écriture crispée.

J'en serais presque, dans ma confusion de soucis, à bénir la Tristesse de jeter son noble voile sur plusieurs,

1. Une circulaire ministérielle du 15 décembre 1868 avait aligné le service des chargés de cours de langues (qui devaient jusque-là quinze heures) sur celui des chargés de cours de grammaire (vingt heures). Pour ceux qui faisaient comme Mallarmé des heures supplémentaires, cela représentait donc une diminution sensible des revenus (voir A. Gill, « Mallarmé fonctionnaire », *RHLF*, 1968).

si cette dernière n'avait sa cause dans l'inquiétude que nous donne la pauvre grand-mère.

Parlons d'elle, d'abord : elle a été bien mal, elle va mieux ; mais ton appréciation m'accorde peu d'espoir[1]. Merci, cher, de ta visite pieuse dont la malade a été touchée, et, pendant quelques instants, améliorée.

Mais sont revenues les préoccupations anxieuses à notre égard, que j'ai dû (la seule humanité m'y obligeait) apaiser définitivement, en lui apprenant qu'un ami — Bour — dont sa mémoire d'insomnie retrouvait quelque vieille dette apocryphe contractée envers nous, (fable lointaine d'une heure d'embarras,) nous avait subitement payés. C'était décliner tout recours à notre pauvre petit trésor[2], inutile en la rare traverse de notre existence où il nous serait de la plus grande aide, et que la pauvre femme serre contre son sein de moribonde, tu me le racontes et je le comprends à son silence, avec une persévérance qui le défend et le rend sacré, ne fût-elle pas inspirée par le vœu de se conformer, jusqu'à sa tombe entrevue, à une intention des derniers jours de mon grand-père.

J'ai dû, profitant misérablement de la prière que cette parente me faisait de ne pas parler à bonne maman de nos embarras, m'adresser, dans de ces lettres interminables que tu présumes, à une des tantes qui assistaient au commencement de ta visite ; dévote niaise et finaude dont il fallait pincer l'extrémité de

1. « ... elle a une affection du cœur ; mais *peut vivre quelques mois encore*. — Je ne crois pas cepend[an]t qu'elle puisse bien longtemps prolonger sa vie. »

2. Un capital, géré au profit de Stéphane par Mme Desmolins, et qui ne devait lui revenir qu'après la mort de celle-ci.

toutes les fibres avec un ongle certain, et encore mes explications fuyaient-elles en un vide de toute intelligence de nos réalités : je signalais mille (et quelques francs) de dettes, en demandant qu'elle me prêtât, sur le reliquat qu'elle savait déposé chez bonne maman, un billet de ce chiffre, auquel répondirent d'abord des offres insidieuses de neuvaines ; puis sur mon insistance et l'explication très-simple que c'était un placement de fonds analogue à celui qu'on ferait chez un notaire, on se décida à risquer la moitié de la somme — jugeant que j'avais dû désigner le double, etc. — dans l'enfer de prodigalités qu'apparaît là-bas notre ménage ; (et à ce propos, merci de ta tentative amicale de détruire cette impression chez ma pauvre grand-mère, non pour nous, mais pour elle que cette pensée chagrine) ; encore me racontait-on tout ce dont on se privait, soi et ses enfants, par ma faute.

Si ce n'était pas pour prolonger la fiction d'une bonne causerie, cher, je n'écrirais pas ces choses, qui n'ont d'autre valeur que de nous mener à cette observation de coin du feu que les bonnes âmes sont un monde à part.

Pour terminer, ma perplexité est donc la même, cherchant à quel officier public emprunter cinq cents francs, aussi difficiles que les mille entiers, surtout avec la prévision de ne pas découvrir l'officier public. Nous élaborons, Marie et moi, des budgets succincts, par lesquels notre année peut tenir dans deux mille francs environ, mais nullement dans moins, et encore est-ce à la condition, sous-entendue par une trouvaille de l'arriéré, que nulle griffe rétrospective de créancier ne viendra, pendant les mois, raturer ces additions subtiles, qui s'écrouleraient pour des sous.

Je ne suis que perplexe, et fatigué, car, à part la peine de voir Marie et Vève se passer de bien des petites nécessités que ne peut remplacer mon amitié, les privations (j'écris ce mot parce que j'en veux ressentir de vrais effets,) sont fort utiles à mon état que la souffrance savante peut guérir.

Je ne fais à ma santé d'autre allusion[1] que celle-là, qui me permet de te dire que, parmi ma confusion totale, j'ai ressaisi une lueur de la volonté[2] ; appliquée au moral, elle pourra à la longue dissiper la maladie en annulant ses effets principaux. (J'ai grand foi en cette suite d'expériences que j'inaugure). — Du reste, ce résultat fictif suffirait, en tous cas, à mon Œuvre, à laquelle c'est travailler de la seule façon plausible maintenant.

— Mon vieux, quand j'aurai reconstitué mon *moi*, je n'en parlerai plus jamais : c'est un châtiment naturel de l'homme qui a voulu l'abjurer, qu'il en radote. Oublie ceci, suppose que nous avons feuilleté ensemble le Chapitre du Rituel[3], si agréable à lire à des poëtes, non même par la hauteur des vues et sa curiosité, mais par ce charme de chose bien faite qui est vraiment de

1. Cette formule très allusive (« souffrance *savante* ») renvoie probablement à la lecture par Mallarmé du *Discours de la méthode* de Descartes, lecture dont témoignent les notes cartésiennes de 1869 : c'est par la science, désormais, que Mallarmé va reconstruire son moi.

2. Cf. cette note contemporaine : « Enfin la fiction lui semble être le procédé même de l'esprit humain — c'est elle qui met en jeu toute méthode, et l'homme est réduit à la volonté » (*Div.*, p. 379). Dans cette lettre et dans la précédente, on lit d'ailleurs trois fois les mots « fiction » ou « fictif ». Sur ce point, voir *RM*, pp. 83-91.

3. *Traduction comparée des hymnes au Soleil composant le XVe chapitre du rituel funéraire égyptien*, publiée par Lefébure dans les derniers jours de 1868 chez A. Franck.

Bour. Est-il à Paris ce bon chat délivré des bandelettes du sarcophage. Ronronnez de moi, mais ne l'agace pas de mes tracas présents que tu as surpris, cher voyageur, à ton passage, enchevêtrant aux cadres et à la lampe leurs membranes absurdes. A bientôt, une reprise de notre vraie correspondance si je suis un peu délivré et tranquille. — Toutes les amitiés d'un « chez toi » délaissé,

ton

STÉPHANE.

Je rouvre ma lettre pour te remercier, cher, de la saynète de Coppée[1], que j'entrevois charmante : il fait bon d'être absent avec toi. Amitiés encore,

S. M.

174. – *A Henri Cazalis*[2].

Avignon,
Jeudi 4 Février 1869.

Mon bon Henri.

Ne t'étonne pas de l'écriture de Marie : la chère amie sera mon secretaire pendant un mois ou deux.

Je t'expliquerais cela tout à l'heure.

Comment te remercier de ta pensée toute fraternelle ? N'était-ce pas asser déja te t'intéresser à nôtre ennui ?

1. *Le Passant.*
2. Cette lettre est de la main de Marie dont nous respectons l'orthographe.

Je ne trouve rien de mieux que de te dire, en repétant la pharse, que ton offre « me permet de remonter dans des *hauteurs* » necessaires : je dirais mieux des *profondeurs*. En effet, voici la phase singulière ou je suis. Ma pensée, occupée par la plainitude l'Univers et distendu, perdait sa fonction normal : J'ai sentis des symptômes très inquiétants caussés par le seul acte d'écrire, et l'hystérie allait commencer a troubler ma parole. Un violent rappel de la volonté oubliée, et une grâve concentration des forces reflectives, pendant un alitement volontaire de deux jours; semblent faire passer au ceour rattaché le prop plain de sa pensée, qui, délivrée redeviendra elle-même. Tu juges ce que cette localisation demandra d'efforts délicats et tenaces pendant les minutes de la nuit et du jour.

J'ajouterais qu'elle deviendra la preuve inverse, à la façon des mathemathiciens, de mon rêve, qui, m'ayant détruit me reconstruira [1] : mais je t'en ai dit assez, et trop long, car ce sont des confidences qui devraient n'avoir que la conscience pour témoins, cela simplement afin te te montrer les conséquences auquelles se mêle ton aide amicale, et la valeur qu'elle prend à mes yeux.

Bour, que tu nous dépeins d'une façon qui amuse bien Marie et Vève, ne m'étonne en rien, et est asser gentile pour se mettre aussi à nôtre disposition à l'égard de ce qui peut nous réster encore; mais ce que je veux lui empreunter avant tout est cette fameuse patience, sur laquelle je fond toute une partie de ma recréation. Il m'en faut passablement pour laisser cette

1. Formule de tonalité cartésienne.

Lettre somnolente tomber de mes lèvres, sans si[1] faire intervenir la pensée où les mots doivent dormir longtemps encore, afin d'eclore nouveaux et purs.

Je me refais petit anfant avec Vève et mon unique occupation, hors des ruses du Lycée, sera d'apprendre à lire avec elle dans « la petite Lili » de Cazalis[2].

Pardon de tout ce détail, mais tu est si présant à nôtre vie, et veux l'être, que je ne puis que penser tout haut avec toi.

Je permêts à Marie de t'embrasser pour elle même
ton

STÉPHANE.

175. – *A Henri Cazalis.*

Avignon,
Jeudi [18 ou vendredi]
19 Février *1869*

Mon bon ami.

Sais-tu que Marie t'en veut beaucoup ? Elle t'aligne, de son écriture qui lui ressemble le mieux, une longue Lettre dont tu ne parais pas t'émerveiller, me demandant que je t'écriver la prochaines de ma main[3].

1. Lire « sans y ».
2. Voir la lettre du 14 mai 1867 et la note. Il n'y a pas là qu'une boutade : s'il est vrai que l'ontogénèse reproduit la phylogénèse, Mallarmé qui avouera bientôt vouloir « revivre toute la vie de l'humanité depuis son enfance » peut reparcourir toute l'histoire du langage à partir des déchiffrements de Geneviève.
3. Cette lettre est encore de la main de Marie.

Pour moi je te répondrai : « Non, non, Satan tu ne me tendras[1] pas. » J'ai fait un vœu, à toute extremité, qui est de ne pas toucher à une plume d'ici à Pâques. Je pourrais te dire seulement — ne t'en prévenais-je pas dans ma dernière Lettre ? — que le simple acte d'écrire installer l'hystérie dans ma tête, ce que je veux évitér à toute force pour vous, mes chèrs amis à qui je dois un Livre et des années fûtures ; et je ne suis pas encore tout à fait quitte de la crise puisque la dictée à mon bon secretaire et l'impression d'une plume qui marche par ma volonté, même grâce à une autre main, me rend mes palpitations. (Cela est drôle n'est-ce pas. Je puis maintenant hassarder ce mot qui te rassurea car je commence à n'avoir plus d'inquiétude) Mais j'aime mieux t'initier à mon état intime, duquel je me rends même très bien compte. Il le fallait : mon cervaux, envahi par le Rêve, se refusant a ses fonctions exterieurs qui ne le sollicitaient plus, allait périr dans son insomnie permanente ; j'ai imploré la grand Nuit, qui m'a exaucé et as étendu ses ténèbres. La première phase de ma vie a été finie. La conscience, excedée d'ombres, se réveille, lentement formant un homme nouveux, et doit, retrouver mon Rêve après la création de ce dernier[2]. Cela durea quelques années pandant lesquelles j'ai à revivre la vie de l'humanité dépuis son enfance et prenant consience d'elle même[3].

Pour susciter l'activité, j'associerai a ces années

1. Lire « tenteras ».

2. Cf. le sonnet « *Quand l'ombre menaça...* », qui est un peu le mémorial de cette crise.

3. Il n'est pas d'autre lieu pour « revivre la vie de l'humanité depuis son enfance et prenant conscience d'elle-même » que le langage, à travers la linguistique, ou à travers la poésie.

d'études un but pratique qui sera mon « Égypologie[1] » : mais je ne te parlerai de cela que l'orsque je serai sûr d'être tout à fait sorti des griffs du Monstre.

Te voici, chèr, maintenant au courant de tous, comme si tu nous avais surpris par une apparition d'une heure ou de deux.

Tout le petit ménage concourt à ce bût. Marie en dénfendant du doigt ce qui m'est mauvais, et par son sourire encouragant. Vève dont je commence la petite éducation, en rappellant à mes facultés confuses leurs voies nouvelles par l'éveil des siennes. Elle n'est plus le Destructeur mais dévient un Créateur. Comme ta chère image absente coopère à ma rare, entreprise, ami contente toi, quand il le faudras, de ces nouvelles indirectes ou de toute autre pénible résolution.

Je t'ai remercié à l'avance des trois billiets, qui, joints à un ancien, font le quatrième.

Je voudrais que tu visses avec quel air heureux Marie fait sa tournée de magasins, et tu serais content d'avoir chassé des vieux soucis.

Adieu, bon ami, ne t'inquiète plus, aime nous toujours comme nous t'aimons ! Serrements de mains et Baisers

ton

STÉPHANE

J'ai répondu à Mendès[2] mais en adressant la Lettre chez Lemerre, ne seraice pas parvenue ?

1. Allusion aux travaux de Lefébure. L'égyptologie mallarméenne, ce sera la linguistique.

2. Mendès venait de publier quelques lignes sur Mallarmé dans *La Vogue parisienne* du 22 janvier.

176. – *A Nicolas de Semenow.*

Avignon,
Lundi 1er Mars [1869]

Mon cher de Semenow[1],

Vous êtes vraiment bien aimable, mais l'état de ma santé, depuis un mois ou deux, me prive absolument de sortir le soir, et je regrette de ne pas répondre à votre charmante invitation.

Pardonnez-moi cette absurdité de valétudinaire dont je compte aller, par la première après-midi de soleil, m'excuser près de vous et de Madame de Semenow, à qui vous présenterez notre meilleure sympathie.

STÉPHANE MALLARMÉ.

177. – *A Frédéric Mistral.*

Avignon, Portail Mathéron 8.
Mercredi 31 Mars 1869.

Mon cher Mistral,

J'ai grande envie, en attendant que nous nous acheminions encore, ma petite famille et moi, vers

1. Le comte Nicolas de Semenow (1835-1886), écrivain et compositeur d'origine russe, très lié aux félibres.

Maillane, le Lundi de la Pentecôte, de profiter de mon repos Pascal pour venir causer une matinée avec vous. Comme je crois que, d'ici à la fin de la semaine, le temps ne se mettra pas des nôtres, je désigne au hasard un jour — Samedi, par exemple, — tel que vous puissiez cependant me faire savoir si son choix ne vous dérange en rien.

Alors je vous arriverais vers neuf heures.

Dans l'impatience de ces bons instants, je vous serre déjà la main.

Votre

STÉPHANE MALLARMÉ

178. – *A Frédéric Mistral.*

Avignon, Samedi matin
[3 avril 1869].

Mon cher ami,

J'accepte votre offre charmante, au devant de laquelle j'eusse, du reste, été, et vous remercie du plaisir que me procure en outre cette rencontre d'intentions.

— Donc, si le temps n'est pas assez détestable pour priver ma femme et ma fillette de m'accompagner, nous vous arriverons en caravane : dans tous les cas, comptez sur *moi*.

Partant d'ici vers neuf heures du matin, nous serons chez vous aux alentours d'onze heures. Peut-être Aubanel, qui me parlait depuis longtemps d'une visite à Maillane, afin de conférer avec vous du sujet d'un drame futur, se joindrait-il à nous ?

Une bonne poignée de main, en attendant, cher ami,

Votre

S. MALLARMÉ

179. – *A Madame Desmolins.*

Avignon, 27 Avril 1869

Chère bonne maman [1],

Que la santé est longue à revenir, n'est-ce pas ? C'est une période vraiment bien pénible pour les convalescents que celle où, la nature opérant sa réparation latente d'organes lésés, nous ne sentons aucun profit encore de ce travail, et ne sommes même plus soutenus par l'espoir, maintenant occupé, que nous accordait la maladie. Telle, après la songerie quotidienne qui me rapproche de toi, reste mon impression dominante. Telle est aussi un peu la phase dans laquelle je me sens ; mais, bien que j'aime à m'arrêter sur cette sympathie de nos maux, ne crois pas que je voie les tiens seulement à travers les miens : ta correspondance

1. Mallarmé a conservé cette lettre dans une enveloppe au dos de laquelle on peut lire : « dernière lettre écrite par moi à bonne maman. » Celle-ci devait en effet mourir le 6 mai. Toutes les lettres de Mallarmé à sa grand-mère, hormis les lettres de 1862, le faire-part de naissance de Geneviève en 1864 et celle-ci, restent à retrouver (Mme Desmolins écrivait à peu près une lettre par semaine, et les réponses du poète devaient avoir une fréquence comparable). Dans les lettres qui précèdent, Mallarmé s'est manifestement ouvert de sa crise spirituelle et de son évolution religieuse.

de ces derniers mois rappelée à ma mémoire, il me semble que c'est bien là que tu en es. Cette petite consultation filiale, recueillement de minutes nombreuses et chères, viendra-t-elle confirmer en toi quelque secret pressentiment ? Dis-nous bien, Chère bonne maman, que le sourire que ces lignes amènent sur tes lèvres, n'est attristé d'aucun doute.

Si tu le veux, je vais pendant que Marie écrit la phrase dictée (que je recopie, comme tu l'as parfaitement compris [1], tout anormal que soit ce caprice de mon pauvre esprit) relire ta lettre de Mardi et remplacer notre semaine racontée par des réponses sur lesquelles tu comptes, n'est-ce pas ? Je revois d'abord que, voulant bien sous-entendre le sage dicton « qui trop embrasse, mal étreint », tu me conseilles de ne pas me livrer à trop d'entreprises nouvelles ; je te remercie et accepte la maxime insinuée, partageant pour ces paroles traditionnelles toute ton ancienne prédilection ; cependant je te rassurerai au sujet des deux heures que je donne par semaine à la musique, avec Marie et Geneviève, en te disant que l'étude de ses notes et de ses combinaisons a été destinée par moi à fortifier ma mémoire un peu affaiblie, qui est si nécessaire à l'exécution de notre grand projet d'examens [2] que tu sais. Pour l'Allemand, je ne vais pas plus vite que Vève, ne me fatigue donc aucunement, et, si le motif que je te donnais de cette étude, je crois, le désir de ne rester étranger à rien de ce qu'apprend ma

1. « ... explique-toi donc plus clairement, sur ce que tu nommes " tes crises, " et que je ne suis pas encore arrivée à comprendre, si ce n'est que depuis quelque temps, tu dictes à Marie et la recopies après coup. Est-ce bien cela ? »

2. La licence et la thèse.

fillette, dont l'éducation me revient, ne satisfait pas ta sollicitude, songe que je dois avoir besoin un jour de cette langue, si je suis appelé à professer les littératures étrangères. Ton prudent avis reste donc de ne pas sacrifier le présent à l'avenir, je l'écoute, tu devines avec quelle *soumission*; mes premières forces sont au lycée que, Dieu aidant, je n'interromprai jamais puisque je ne l'ai pas fait dans des moments mauvais — mais pendant lesquels je ne souffrais pas, ajouterai-je toujours en réponse, si l'affliction de mon impotence ne constitue pas la première des souffrances.

Maintenant, bonne maman, j'aborde ta grande question[1], non sans avoir beaucoup songé, et en maintes heures, à ce que je te dirais. Tu me dis que tu me parles pour la dernière fois, et je n'ose presque pas récuser ces paroles, toute tristesse qu'elles m'apportent, écho de la tienne, de peur que, revenant souvent à leur sujet, le sentiment tout différent qu'il fait naître en nous n'aboutisse à la douleur. Mais permets que je continue, au moins, en te racontant notre petite existence à laquelle est si intimement mêlé mon effort de rénovation, à t'entretenir parfois des quelques progrès que je pourrais accomplir? Et, vraiment, repassant toute ma correspondance de ces mois derniers, aux soirées où je me réunis à toi, ce désir du bien, né d'un reploiement sur moi-même qu'amena la privation de l'exercice extérieur de mon esprit, n'était-il pas à lui seul l'heureuse nouvelle que je t'annonçais pendant ta maladie, croyant que cela uniquement serait déjà une joie pour toi? Faut-il regretter de

1. La question religieuse.

l'avoir fait ? Je sais que j'eusse pu ne rien te dire de l'Évangile, dont la lecture appropriée à mes nouveaux besoins, me remplit l'âme plus que je ne saurais dire ; mais je voyais là encore un motif de consolation pour toi. Mon cœur ne se reproche donc pas de t'avoir imprudemment donné un espoir qu'il semble démentir. Le tien (et je le comprends, moi qui souffre tant de t'écrire ceci, mais ne vaut-il pas mieux le faire ?) a souhaité plus qu'il n'y avait en moi, jusqu'à maintenant toutefois. Au moins, qu'il se console à la pensée que je suis un peu meilleur peut-être qu'auparavant : et ton cher rêve religieux pouvait-il avoir un autre but ? Et puis, ne peux-tu pas te dire (mais je parle ici en ta place, me faisant un devoir de ne rien promettre, hélas !) que si la pratique du bien, et je dis de plus du bien évangélique, (tu le vois je la veux, *la pratique* [1],) est si intimement, si nécessairement liée à celle qui me manque selon tes vœux, l'une peut un jour amener l'autre, si cela doit arriver ; surtout avec tant de souvenirs d'enfance, une femme candidement reli-

1. Le 23 février, Mme Desmolins avait écrit : « Je suis heureuse, certainement de te voir prendre goût à la beauté de ce livre par excellence, cet admirable Évangile, où nous trouvons toutes les règles de la vie Chrétienne ; mais ce n'est pas là, seulement, ce que Dieu demande d'un cœur qui veut sincèrement revenir à Lui. Tu le sais, " la foi sans les œuvres, est une foi morte, " et la *pratique* doit commencer par un sérieux retour sur soi-même. » Et le 17 avril : « Encore un mot dernier, peut-être, sur les espérances évanouies ; je ne peux, cher enfant, que te répéter ce que l'expérience me démontre chaque jour davantage ; les plus belles théories, *sans pratique*, ne peuvent avoir d'autre effet sur une âme, que d'endormir la conscience dans un calme trompeur, plus dangereux, souvent, qu'une opposition ouverte, dont au moins cette conscience s'alarmerait. Il est de règle, en matière de salut, " qu'on ne saurait se sauver *seul*, " mais on se perd trop souvent sans guide. »

gieuse (me serais-je mal expliqué au sujet de ma chère Marie ?[1]) une enfant aimée qui suivra la tradition de la famille, enfin une bonne maman que je voudrais de tout mon cœur, tu n'en doutes pas de ceci, satisfaire pleinement ? Mais maintenant que je ne sente pas, au moins, aux instants où j'essaie de rétablir entre moi et ma conscience un peu guérie cet accord dont je parlais plus haut, que tu n'es pas avec moi, car ton encouragement absent est une de mes chères influences. — Je ne me reconnais certainement en rien lié par les motifs condamnables que tu me nommes[2].

J'ai vraiment peu de goût à chercher dans ta lettre quelqu'interrogation d'une portée moins intime, non plus qu'à te parler de notre petite Vève dont le retour seul eût pu bannir notre double tristesse ; n'est-ce pas mieux te montrer combien je parle simplement et en enfant droit et franc, que de t'embrasser de suite et avec la confiance que tu pourras me plaindre mais non me gronder ? Adieu, pauvre Bonne Maman, nos baisers, et un de plus de ton

STÉPHANE.

Toute notre affection à ces dames : mes amitiés à Anatole[3]. Marie le remercie de sa messe, — que tu n'as pu entendre !

1. « Tu cherches la simplicité, dis-tu, entre une femme et un enfant : d'abord, c'est faire peu d'honneur à ta chère Marie que de la supposer *simple* comme tu l'entends ; j'ai meilleure opinion de sa foi, et plus de confiance en ses instructions religieuses, pour Vève. Mais enfin, serait-elle *simple*, au point que tu supposes, ton devoir de chef de famille serait de l'engager à s'éclairer avec toi, toujours par le ministère établi de Dieu à cet effet. »

2. La paresse et l'indifférence.

3. Anatole Rain (1842-1904), cousin de Mallarmé, avec qui il fut élevé, et bientôt parrain d'Anatole (qui lui devra son nom). Ordonné

Chère bonne maman, je rouvre cette lettre dont l'envoi a été un peu retardé par sa longueur et quelques occupations inattendues, pour te dire que je viens de trouver, à mon retour du lycée, la tienne de ce matin, dont je remets la réponse à Dimanche, celle-ci répondant à l'avance par ses espoirs justifiés aux nouvelles plus favorables de ta santé, et te laissant deviner tout le bonheur avec lequel nous *voulons* les accueillir.

180. – *A Madame Desmolins.*

Avignon,
Dimanche 2 Mai 1869.

Chère bonne maman[1],

Bien des fois grand petit papa, revenant du Lycée, trouve votre lettre qu'il attend, et nous la lit avant de nous mettre à table, je l'entends dire à maman : « Si, au moins, nous étions à Versailles, nous pourrions aider les bonnes tantes à soigner notre malade, et Vève la distrairait ! » Lorsque je lui ai demandé pourquoi nous n'allions pas à Versailles, papa a été triste, et répondait, ne voulant pas me faire de la peine, que,

---

prêtre en 1867, il exerça son ministère à Besançon puis, de 1873 à sa mort, à Marseille. De passage à Versailles, il avait dit sa messe pour Mme Desmolins.

1. Cette lettre signée « Votre petite Geneviève » est évidemment tout entière pensée par Mallarmé et écrite de sa main. Elle a pour but de compléter la précédente en rassurant Mme Desmolins sur l'éducation religieuse de Vève.

quand je faisais bien ma prière pour vous, le matin et le soir, le bon Dieu nous réunissait; et puis qu'en étant sage je vous faisais plaisir parce que vous le deviniez, et encore que m'arrêter parfois, sans savoir, au milieu de mes jeux, pour penser à bonne maman, c'était comme être près d'elle. Moi, qui suis un petit enfant et qui crois cependant beaucoup de choses (les mêmes, me dit papa, que vous lui contiez lorsqu'il était petit), je ne puis comprendre que, par ces moyens de nous rapprocher, que me donne papa, je sois tout à fait à Versailles, comme quand j'allais vous voir avec maman.

J'ai souvent demandé de casser ma petite tire-lire de ces deux ans, car je crois qu'une des choses pour lesquelles nous ne pouvons aller près de vous, est celle qui fait que petite maman veille souvent jusqu'à onze heures pour préparer elle-même mes petites affaires d'été, ma jolie robe soutachée, entre autres, *dont vous deviez bientôt avoir des nouvelles* : mais papa m'a dit que moi non plus je n'étais pas assez riche.

J'étais donc bien forcée de me contenter des consolations qu'il m'avait apprises, et je joignais mieux les mains que jamais en faisant ma prière, je devenais chaque jour plus obéissante, et bonne pour chacun, enfin je faisais tout de mon mieux excepté la tapisserie pour laquelle je n'ai pas de grandes dispositions; puis je laissais souvent mes hannetons, et je cessais d'inonder le cep de vigne et les marguerites de ma platebande pour dire à petite mère : « Comme la pauvre bonne maman serait bien, assise auprès de toi sur la chaise du jardin ! »

Et comme petite maman me répondait : « Oui, bonne maman a vu le jardin par les fenêtres seulement, et dans une bien vilaine saison », je me rappelais avec peine que, moi aussi, j'étais vilaine alors, et que le souvenir que vous aviez bien sûr gardé de moi, devait avoir une laide mine, ce qui me faisait un grand chagrin. Je me demandais alors comment vous faire connaître une figure plus gentille.

Il y a bien longtemps que papa et maman remettaient chaque mois de me faire un nouveau petit portrait, sans doute pour cette cause qui nous prive déjà d'aller vous embrasser : ainsi, cette fois, ma tirelire pouvait être bonne à quelque chose et je l'ai vidée pour aller chez le photographe[1].

Là, un jour tout bleu, la fatigue de rester sans remuer, et puis un peu de peur, je dois le dire, car je suis une petite peureuse, tout cela m'a fait faire encore une petite moue, que je vous demande cette fois de ne prendre que pour le regret de ne pas aller près de vous tout entière : et puis elle n'est pas comparable, n'est-ce pas ? à celle de l'hiver où vous étiez à Avignon.

Me voici donc un peu heureuse, je puis vous distraire, car papa m'assure qu'il y a de longs moments à passer devant le portrait d'un enfant aimé qui est absent, tantôt en le regardant tel qu'il est représenté, tantôt encore en se figurant tout ce qui n'est pas sur l'image.

C'est moi qui vous embrasse aujourd'hui pour papa et maman, et j'en suis bien fière. Promettez-moi, ma chère bonne maman, que cette petite Geneviève vous guérira un peu.

Votre autre petite GENEVIÈVE.

1. A la lettre est jointe une photo de Geneviève debout, une poupée dans les bras.

J'embrasse de tout mon cœur ma tante Trécourt et la chère cousine Marie ; dites-leur qu'il reste encore de la pâte de coings dans la boîte, ce qui est bien beau.

181. – *A Frédéric Mistral.*

Avignon,
Jeudi [13 ou 20 mai 1869].

Cher ami,

Je vous remercie d'avoir songé à nous : j'allais moi-même vous prévenir que, de notre côté, nous différions notre visite traditionnelle. Ma femme est à Versailles pour quelque temps, appelée par un deuil de famille [1] ; moi pas assez valide pour l'accompagner, j'interromps les nombreuses toilettes de ma petite fille pour des lettres d'affaires, qu'interrompt à son tour le Lycée. C'est lui qui me prive de causer un moment avec vous : mais nous nous dédommagerons un Dimanche de l'été. Une poignée de mains cordiale et nos respects, ceux de ma petite fille compris, à Madame votre mère.

STÉPHANE MALLARMÉ.

Je joins à mes regrets des amitiés de Coppée qui est venu dîner avec moi un de ces soirs.

1. La mort de Mme Desmolins.

182. – *A William Bonaparte-Wyse.*

Avignon, Jeudi 20 Mai 1869.

Mon bon ami,

Que vous avez dû souffrir pour nous affliger de la sorte [1]. Là est ma plus grande tristesse, et mon vrai chagrin, car je me refuse à croire à vos douloureux pressentiments. *Je sais* même qu'ils se trompent : vous vous rappelez, je suis toujours un peu dans l'Absolu, et je connais certaines choses. Mais, mieux que cela, mon bon William, j'obéis à mon cœur d'ami, qui me défend de ne pas espérer. Cependant, les moments sont pénibles, avec l'absence : délivrez-nous au plus tôt d'une inquiétude extérieure encore, qui, prolongée, finirait par de l'angoisse ; ne serait-ce que pour que nous gardions le pouvoir et le calme de vous consoler. Un mot donc de Madame Wyse, pendant une minute dérobée.

Ce serait l'instant, mon cher ami, de vous écrire une longue lettre, amicale et bienfaisante, et de vous dire tous les sentiments qui sont en moi, devinés confusément par vous, je suis sûr, mais que je n'ai pas eu l'occasion d'exprimer. Et précisément, il m'est interdit de toucher à ma plume pour autre chose que pour mettre mon nom au bas des lettres dictées à ma femme, qu'un deuil de famille retient près de Paris. Je

1. William Bonaparte-Wyse était tombé gravement malade l'année précédente et était longtemps resté entre la vie et la mort. C'est cette épreuve que rappellera le sonnet « Dans le jardin » écrit en 1871 sur l'album d'Ellen Linzee Prout, femme du félibre irlandais.

n'ai pas voulu attendre son retour, pensant qu'un simple serrement de main, et l'absence de toute lettre, qui vous indique combien je souffre moi aussi d'un vieux malaise inguérissable, vous encouragerait, puisque je persiste à espérer non seulement pour moi, mais pour ceux que j'affectionne.

Adieu, cher, vous nous reviendrez avec Madame Wyse, (remerciez-la pour nous de ses nuits tremblantes !) et votre fils. Alors nous parlerons d'un malade aimé, qui a eu de grandes craintes, et nous sourirons du contentement que tout cela soit oublié.

Votre

STÉPHANE MALLARMÉ.

Mon ami, pour les heures clémentes, je tiens toujours à votre disposition un volume de Coppée, ou ce que vous voudrez, comme je le disais à Madame Wyse dans ma lettre de Mars. Je précise les vers de Coppée, connaissant votre sympathie particulière, mais aussi pour vous dire que vous avez en lui un ami qui partageait bien notre inquiétude. Il m'a donné une après-midi de voyage, il y a quelques jours, et à travers nos causeries votre nom revenait souvent, évoquait des sentiments pareils.

S. M.

183. – *A Henri Cazalis.*

Avignon, Mardi
[13, 20 ou 27] Juillet 1869

Mon bon ami,

Nous mettons des siècles entre nous ! Certes il est un pays où nous devons nous rencontrer bien souvent, mais enfin comme nos deux rêveries peuvent se traverser réciproquement sans que leur diaphanéité subisse un léger frisson, paraît-il, recourons à l'écritoire.

Je commence, parce que tout me le demande ici, la petite nature de Vève, pleine de reproches que tu ne suives son développement étonnant ; le bon laurier, en fleur tout comme quand tu étais là, et qui multiplie chaque jour ses touffes tyranniques ; Marie même qui me menace de t'écrire que « nous allons tous bien ».

Ce que je devrais lui laisser faire, car à quoi bon t'initier au contraire ? et mon silence a toujours, au fond, pour cause qu'il est pénible de t'affliger encore de ce qui a épuisé chez moi la source même de la tristesse.

Au moins, voyant cela, mon vieux, je travaille : même autrement le mal augmente, et inutilement. Si j'en puis enfin extraire un beau conte [1] — vous l'aurez.

— Mais je reviens à Vève, à Marie, au jardin, que tu habites, car ta présence est tout estivale : la vigne, enrichie de grappes que tu connais, le hamac, le figuier te ramènent ; nous ne revoyons pas le soleil de l'an

1. Première allusion à *Igitur*.

passé consumer la corbeille d'arbustes provençaux sans que tu ne sois là.

Vève, elle-même, grande et *forte* dans sa blouse grise, se retrouve, par la chaleur dévorante, le *Destructeur* que tu aimais à appeler. Pourtant que d'impressions nouvelles depuis : elle a été déjà l'écolière, assise devant la musique, l'alphabet, la méthode allemande ; souvent la petite femme, laissant entrevoir tout l'avenir à une divination de père. — Tu sais, je notais chaque jour mille choses à te raconter, et puis je ne te raconte rien.

Marie t'a vu, mon pauvre, et comme elle a dû, depuis la nuit de son retour, m'édifier sur l'histoire de chacune de vos minutes ! Sa grande préoccupation — qui est la mienne également — suit les chances d'obtention d'un *bureau de tabac*[1], dont elle t'a entretenu : c'est, dans de mauvaises prévisions, un sort quelconque. Rien ne nous fait encore désespérer. Elle a une seconde ambition, la restitution des cinq cents francs de mon traitement[2], dont j'ai fait la demande sur un conseil compétent. La chère amie t'annonce cela parce qu'elle sait que tu sympathises avec les soucis qui lui sont dévolus, — et puis parce qu'elle et moi tenons à ce que tu revoies un jour une certaine enveloppe chargée. Sans compter qu'*il y a là* le piano de Vève, sur l'acquisition duquel nous devions te consulter, prix et fabricant (que penses-tu de la salle des ventes ?). Avise-nous un peu à ce sujet, très-inexperts que nous sommes, n'oublie pas.

Cher, voilà donc la façon dont nous te faisons

1. Voir *infra* la lettre du 20 mars 1870.
2. Cf. la lettre à Cazalis du 7 janvier 1869 et la note.

participer à notre intérieur, moi qui croyais à une bonne et vraie lettre, dont l'intimité fût venue de nos vieux cœurs rajeunis pour Vève ! Accuse une matinée impuissante qui m'a défait, — toi, dis-moi à quoi tu travailles, envoie-moi des vers, — et aime-nous comme des hôtes d'une partie de toi-même.

Adieu, de bons baisers de Vève, au moins, pour nous trois,

ton

STÉPHANE.

— Merci du *Dragon impérial*[1], doublement cher : une grande merveille, n'est-ce pas ? —

184. – *A Alfred des Essarts.*

Les Lecques,
par Saint-Cyr (Var),
lundi 30 août 1869.

Bien cher Monsieur,

Emmanuel qui n'oublie pas les absents, quand il peut leur faire partager une joie, m'annonce que l'attente de ceux qui vous aiment n'est pas déçue cette année.

Pour que notre satisfaction soit intime et vive, à nous dont les œuvres préfèrent trouver une récompense en elles-mêmes, comme notre travail la sienne en sa jouissance, il faut que la distinction[2] qui vous est

1. Roman de Judith Gautier, femme de Mendès.
2. Alfred des Essarts venait d'obtenir la Légion d'honneur.

attribuée corresponde à un mérite plus spécial, et reconnu.

Certes, le talent et tant de rares productions demeurant à part, n'était-elle pas due à l'homme de lettres infatigable qui a lutté, sans défaillances, pendant toute une vie contre les peines du plus noble et du plus mauvais métier ?

C'est donc votre bonne main loyale d'homme que je presse aujourd'hui, ému de la justice faite enfin à une vie entière. Permettez que ma place ne soit pas la plus humble à cette fête de famille.

Mes félicitations à Madame des Essarts avec mes hommages, et toute ma sympathie à vos chers enfants.

Votre bien dévoué.

STÉPHANE MALLARMÉ.

185. – *A William Bonaparte-Wyse.*

Avignon,
8, Place Portail Matheron.
Jeudi 16 Septembre 1869.

Mon bon ami,

Merci d'avoir songé à moi, dans la distribution de votre précieux petit livre[1]. Il a de suite été lu, vous le devinez.

Je ne puis vous dire tout le contentement et tous les fiers pensers qu'il signifie pour moi, posé sur ma table

1. *Moans of a Moribund* or *Sick-Bed Sonnets*, recueil inspiré à Wyse par sa maladie.

avec des volumes quotidiens, lorsque je parais dans ma chambre. D'abord, cher ami, il est l'assurance que vous êtes vivant et fort, quelles que puissent rester encore les dernières souffrances, et que ma vision perpétuelle[1] de votre lit de malade peut s'effacer ; mais, surtout, un bonheur qu'il y ait toujours sur terre (y en a-t-il d'autres que vous ?) des êtres pour lesquels la Poësie est une si belle *réalité*. De quelle âme de Poëte, (vivifiée et non consumée par son rêve,) cette œuvre n'est-elle pas le simple et ferme exemple ! *Vous avez été le héros du Vers.* C'est vraiment très-beau. Fermé, et devant un unique regard, voilà tout ce que suggère ce petit livre, avec sa sobre et charmante reliure anglaise, emblème aussi de l'âme tout anglaise qu'il fallait pour que ce résultat fût acquis à notre Art. C'est à peine si, captivé par cette impression qui le résume si bien, j'ose le feuilleter, pour retrouver les vers qui l'ont formée en moi : vous y êtes bien, cependant, je parle de votre esprit, indépendamment de l'acte, du *haut-fait :* J'ai reconnu le son de votre voix dans plusieurs rimes, et aussi toute votre facture de connaisseur et de savant.

Naturellement, je ferai participer Mistral et Aubanel à ces plaisirs, qui leur sont encore interdits, mais je les plains moins avec ce livre qu'avec tout autre, parce que, je le répète, il y a un monde de jouissances pour un poëte à tirer de sa seule présence.

Au revoir, mon bon ami, quand nous viendrez-vous ? Avant ou après la saison du vent ? Il y a longtemps que je n'ai entendu vos chères interrogations. Madame Wyse mérite du soleil : il faut que Lucien bégaie du Provençal pour apprendre à lire dans

1. Et non « spirituelle » (*Corr.* I).

Li Parpaioun[1]. Dites à ce doux entourage que le mien le désire : et nous, serrons-nous la main bien cordialement.

Votre

STÉPHANE MALLARMÉ.

— J'écrirai à Mistral, entre les mains de qui se trouve mon exemplaire de la petite comédie de Coppée[2] que je vous proposais timidement, ignorant que non seulement vous lisiez, mais que vous faisiez des livres, afin qu'il vous l'adresse. Si je reçois encore quelque chose qui puisse vous distraire, je n'attendrai plus. —

186. – *A Frédéric Mistral.*

Avignon,
8, Portail Mathéron,
Mardi, 28 Septembre 1869.

Mon cher ami,

Je n'ai gâté le charme d'un bon mois de vacances par le regret de n'avoir été à Maillane que parce que je comptais, attendant chaque jour mon ami Lefébure, te prier de venir passer un moment avec nous.

J'ai maintenant un autre prétexte pour persévérer dans cette intention : tu ne peux que feuilleter le

1. *Li Parpaioun blu* écrit par Wyse en provençal. Voir la lettre du 23 avril 1868 et la note.
2. *Le Passant.*

recueil de Wyse; la première fois que tu viens à Avignon, (et comme il serait bon que ce fût pendant mon temps de liberté, qui finit Lundi!) prends le chemin de la maison au lieu de celui de l'hôtel, et, dans la soirée, en compagnie de Roumanille et de Théodore, nous déchiffrerons les pages interdites [1].

— Tandis que nous parlons de Wyse, sois donc assez bon pour mettre à la poste, à sa destination, la petite saynète de Coppée, *Le Passant*, laissée entre tes mains ce printemps, et, depuis aussi longtemps presque, promise à notre convalescent.

Au revoir, amitiés de mon entourage; ma femme, en maîtresse de maison, ose te dire qu'elle serait aise d'être prévenue de ta visite: et j'ajoute en ami impatient que je le serais également.

Ton

STÉPHANE MALLARMÉ.

187. – *A Albert Collignon.*

Avignon,
8, Portail Mathéron,
Vendredi 8 Octobre 1869.

Cher Monsieur,

C'est bien mal de ma part reconnaître la gracieuseté de votre souvenir très-rétrospectif que de vous parler maintenant seulement de votre livre.

J'ai pour excuse un voyage de vacances, qui a

1. Les trois félibres ne lisaient pas l'anglais.

interrompu la lecture ou mieux l'étude, que demande une œuvre telle.

Mais, depuis, votre volume n'a pas quitté ma table pendant les soirées reprises ; et c'est à peine si je m'en sépare à présent, me croyant toutefois obligé, par mon long silence, à vous donner ma sensation immédiate et unique, sans la laisser se réfléchir ni s'ordonner.

Vous me pardonnerez peut-être la banalité d'un pareil jugement en faveur de ce qu'il a toujours de vrai et de la privation que je m'impose, en écartant toute la vague affluence des choses que j'aimerais à vous écrire dans quelques jours.

L'Art et la vie de Stendhal[1] demeure les complètes annales de cet esprit admirable ; et votre mode de critique, lequel a cette originalité de résumer, dans ses certitudes, la critique de notre temps et d'être à la fois extrêmement spacieux, me semble précisément commandé par l'écrivain de votre choix, que ranime son intime pensée.

Mais je veux que ce billet reste le hâtif serrement de main projeté, un simple remerciement, votre livre fermé, que de bonnes heures me soient venues de si loin et de si longtemps.

Veuillez croire, Monsieur, à mon entière sympathie.

STÉPHANE MALLARMÉ.

1. Publié par Collignon en 1869.

188. – *Au Ministre de l'Instruction publique.*

A son Excellence Monsieur le Ministre de l'Instruction publique.

Avignon, le 20 Octobre 1869.

Monsieur le Ministre,

J'ai l'honneur de porter à votre connaissance que j'ai touché, à l'époque de la rentrée des classes du Lycée, l'indemnité de cent francs que Votre Excellence a daigné m'accorder en réponse à ma demande du 6 juillet 1869, sollicitant ma réintégration dans le traitement antérieur des Chargés de Cours de Langues [1].

Je vous adresse, Monsieur le Ministre, mes remerciements respectueux.

Je suis,

Monsieur le Ministre,

de Votre Excellence le très-humble et très-obéissant serviteur

MALLARMÉ,
Chargé de Cours d'Anglais
au Lycée d'Avignon.

1. Cf. la lettre à Cazalis de juillet 1869.

189. – *A François Coppée.*

Avignon,
8, Place Portail Mathéron.
Mardi 26 Octobre 1869.

Cher ami,

Vous êtes obsédant. Votre visite[1], d'abord, a été interminable ; car ce n'est qu'après leur départ, et quand ils sont redevenus des absents, que je suis avec mes chers hôtes hâtifs. Puis votre volume[2], que je n'ai placé sur ma table à la portée de chaque fantaisie que lorsque je l'ai su par cœur, sourit, d'un sourire que vous avez quelquefois, aux fastueuses tentatives de mon travail repris, m'induisant à ouvrir la Légende des siècles, qu'il avoisine, à la page de *Puissance égale bonté*. Iblis est un ange de modération, près de moi, et se contente de matériaux plausibles[3] : je songe alors à vos poëmes, parfaits avec rien, dont la lumière est si exacte, mêlée à son indispensable élément de banalité : il y a un dosage dont vous gardez le secret.

Je ne fuis ma honte que pour vous retrouver dans le paysage[4] de l'île du Rhône que nous avons vue ensemble, ce qui fait décidément de vous, cher ami, un Jéhova ; toute ma promenade me rappela[5] par son automne que c'est votre saison de repasser.

1. Au mois de mai précédent.
2. *Poèmes modernes.*
3. Dans « Puissance égale Bonté », Iblis (le Diable dans le Coran), voulant défier Dieu, réclame pour matériaux tout le règne animal et crée... la sauterelle.
4. « Le paysage » surcharge « ma promenade ».
5. « Toute ma promenade me rappela » surcharge « tout le Paysage me rappelant ».

Venez donc bientôt, n'est-ce pas, me délivrer de votre chimère, et tel que vous m'avez surpris, mais non malade ; allant tout bonnement par prudence respirer l'hiver de Corse, selon le conseil, élaboré entre Glatigny et moi, récemment, et qu'il a dû vous écrire. Venez déjà guéri, quand ce ne serait un peu, cher ami, que pour me permettre d'oublier combien j'ai été absurde, à votre passage ; vous fatiguant, et ne songeant presque pas que vous veniez de souffrir : car c'est là encore un remords qui vient s'ajouter à toutes vos hantises.

Pour tout réparer, venez un jour ou deux, ou trois, parmi lesquels un Jeudi ou un Dimanche. Au revoir donc seulement, nous continuerons ce commencement de causerie de coin du feu précoce et endormant.

Votre

S. MALLARMÉ.

Quelques vieux pressements de main, que vous me rapporterez ; vous savez à qui et de qui. On parle de vous autour de moi, et l'on vous attend aussi.

190. – *A Henri Cazalis.*

Avignon,
8 Place Portail Matheron.
Dimanche 14 Novembre 1869.

Mon bon Henri,

Puisque tu n'es pas venu, remplissant l'escalier obscur d'un pas reconnu, nous dire, en ouvrant la porte : c'est moi ; et que je ferme solitairement mon livre sur ma journée du Dimanche, j'allumerai la lampe avant le dîner ; je n'écouterai pas Marie ni Vève me racontant leur promenade, à leur retour, et je mettrai cette feuille de papier entre nous deux. Rompant le sortilège de ta présence permanente, elle t'initiera, au moins, à ce que les invisibles ne voient pas, le petit détail des journées : c'est grâce à cette compensation agréable que je me décide.

Du reste, pauvre, depuis ta dernière lettre, dont l'enveloppe porte la surcharge que tu ignores : aux Lecques, Var, (le Bandol de cette année, mais ombragé de verdures,) j'ai eu peu d'heures tranquilles, à l'exception d'un mois de vacances voué à la vie que nous rêvons, travail et études, promenades, mais le tout si précieusement rapproché, en raison de la brièveté, que le moindre billet n'y trouva place. A vrai dire, d'interminables pétitions aux moindres fonctionnaires du Lycée envahissaient déjà ma correspondance ; et, depuis, que de luttes pour m'assurer un peu de temps de reste ! j'ai pu, levé tôt, travailler plusieurs heures chaque matin ; mais, le soir, je n'étais pas long, après des journées ingrates, à m'endormir sur un livre de vers ; une promenade de Pan automnal, au crépuscule ; et tu sais mes journées. L'heure de famille, celle à laquelle on remettait de t'écrire parce qu'on ne parlait que de toi, était le souper, dans la petite salle à manger, qu'une grave horloge dont tu connus la gaine rend sérieuse. A la faveur de son timbre conventuel, je te dirai un seul mot de mon travail que je te porterai l'été prochain : c'est un conte, par lequel je veux terrasser le vieux monstre de l'Impuissance, son sujet, du reste, afin de me cloîtrer dans mon grand labeur déjà réétudié. S'il est fait (le conte) je suis guéri ; *similia similibus*[1]. Mais, moine[2] bavard, je suis appelé au souper par le timbre que je disais, auquel se mêlent des voix plus grêles et plus impatientes ; je ne te quitte que pour te retrouver en leurs causeries, au moins, puisque tu ne vas pas en Algérie. Que ta surprise eût été bonne ! Adieu, vieux ; je serai plus communicatif. Embrassons-nous, tous les quatre. Si Marie et Vève grandelette savaient que je n'ai rien dit d'elles. Mais aussi bien, je ne t'ai rien dit de toi ! Parle-nous.

Ton

STÉPHANE.

191. – *A Armand Renaud.*

Avignon,
8 place Portail Mathéron
Dimanche 5 Décembre 1869

Mon cher Armand,

Je vous importune encore, mais vous êtes si charmant que je sais que, de nous deux, c'est moi qui en serai le plus ennuyé.

Hélas ! voici. Un vieux malaise, ramené par l'hiver, m'a inquiété ces derniers temps avec des palpitations de cœur et semblables mômeries, qui demandent simplement du calme et la cessation des gros yeux et

1. *Similia similibus [curantur]* : formule de l'homéopathie (« [soigner] le même par le même »).
2. *Corr.* I et *DSM* VI lisent « moins bavard », mais il faut bien lire « moine bavard » (voir plus haut l'allusion au « timbre conventuel » de l'horloge).

des grosses voix dont je subsiste. Cela immédiatement, par exemple.

J'ai donc adressé au ministère la demande d'un congé pour cette année, assuré par mes chefs de ma rentrée au lycée d'Avignon lors de son expiration.

Tout certain que je sois de leur bienveillance, j'aimerais que ceci me fût confirmé par un mot ou deux que vous dirait M. Lebourgeois.

Mais là n'est pas mon seul souci. Je me trouve avec à peine de quoi passer cette année, et ma demande au ministre sollicite le maintien de la portion de mon traitement qu'il jugera convenable de me conserver : si, lors du passage de ce papier par les bureaux de l'Administration, M. Lebourgeois pouvait lui faire prendre une bonne route, je lui serais fort reconnaissant.

Et envers vous, mon pauvre ami, que je dérange souvent, remettez-vous à votre table, aux dernières épreuves des *Nuits Persanes*[1], et ne songez à moi que plus tard.

J'ai travaillé à ce que je vous contai[2] : mais une grave occupation, qui doit être celle de mon loisir forcé (la licence ès-lettres à préparer en vue du doctorat) va donner une direction différente à mes esprits. A vrai dire, une année de latinité et de grec, apparaissant tout à coup, est une perspective curieuse et intéressante. Pourtant, j'espère que les bouquins ne couvriront pas complètement mon papier.

Votre

S. MALLARMÉ

1. Qui paraîtront en 1870.
2. Sans doute *Igitur,* dont Mallarmé a dû parler à Armand Renaud de passage à Avignon au début de l'été.

192. – *Au Ministre de l'Instruction publique.*

A Son Excellence le Ministre de l'Instruction publique.

Avignon, le 6 Décembre 1869.

Monsieur le Ministre,

J'ai l'honneur de vous demander d'urgence, jusqu'à la fin de l'année scolaire 1869-70, un congé, que motive le mauvais état actuel de ma santé [1].

Je désire particulièrement ne pas quitter Avignon, résidence dont le climat m'est favorable, et que vous avez bien voulu m'accorder sur ma demande ; et ne sollicite un congé que dans l'espoir d'y être maintenu lorsque mon état s'améliorera.

Si je résigne en ce moment la partie active du concours qu'accepte de moi l'Université, je suis dans l'intention d'employer à la préparation d'examens, qui m'attachent à elle davantage, le temps que je ne puis lui consacrer autrement ; et d'affermir de la sorte, par le repos et l'étude, à la fois ma santé et ma position.

Dans ces circonstances, Monsieur le Ministre, et mes ressources personnelles de père de famille n'atteignant pas un quart du traitement auquel je me vois obligé de renoncer, j'ose prier Votre Excellence qu'elle veuille bien me conserver, pendant la durée de mon

1. A la suite de cette démarche appuyée par Armand Renaud, Mallarmé obtint un congé — avec un traitement de mille francs — du 21 janvier au 30 septembre 1870, congé qui sera renouvelé jusqu'en septembre 1871.

congé, la portion de ce traitement qu'Elle jugera convenable.

Je suis, Monsieur le Ministre,
de Votre Excellence,
le très-humble et très-obéissant serviteur,

MALLARMÉ,
Chargé de Cours d'Anglais
au Lycée Impérial d'Avignon.

193. – *A ses demi-sœurs*[1].

30 décembre 1869

Bonnes petites sœurs, voici une lettre qui devait d'abord vous remercier de votre blanche et jolie couvée ; plus tard, vous tenir compagnie un peu, et vous consoler de votre abandon[2]. Maintenant elle vient, parce qu'elle ne peut faire autrement, direz-vous, pressée par le dernier jour de l'année qui menace. Puisque vous voulez lire, petites cruelles, j'envoie à Jeanne de la musique, à Marguerite un livre sur la peinture, à Marthe le nom des fleurs qui ne sont plus dans le jardin et leur vie secrète qu'elle épiera au printemps, enfin deux volumes intéressants qui, portant malencontreusement le nom de roman, se séparent, à la porte du séminaire, du recueil de Contes que reçoit Pierre et viennent l'attendre à la maison ;

1. Numa Mallarmé eut quatre enfants de son second mariage, un fils et trois filles.
2. A la suite du départ pour Alger de leur mère.

coupez-les même, si vous le voulez, et ne craignez pas ses gros yeux : mais rassasiez-vous de lectures [...]

Que je voudrais, cependant, si d'autres feuilles blanches, comme celle-ci à la dernière extrémité, ne se mettaient d'accord avec la pendule pour me supplicier, vous parler de l'arbre de Noël dont il reste un beau tas de cendre ; de la petite gâtée qui mêle les traditions des pays différents, auxquels appartiennent ses parents ; des parents eux-mêmes [...]

194. – *A Henri Cazalis.*

Avignon,
8 Portail Mathéron
Vendredi 31 Décembre 1869

Mon bon Henri,

Il y a un an, c'était toi ! Tu nous ramenais, avec ta voix à la fois lointaine et familière, au présent que le regret et l'exil éloignent souvent, au passé qu'ils n'évoquent pas toujours, perdus dans leur vague tristesse. Cette époque qui réunit, rappelait toute notre vie à laquelle tu es, toujours et de partout, mêlé.

Il me semble, cette année, que l'arbre de Noël n'a pas sa raison d'être, et je crois vraiment que Vève sent comme moi.

Ajoute, par une ironie, que l'installation subite de Glatigny parmi nous, ne contribue pas peu à me replonger dans ces moments heureux. J'ai peine à écrire ceci parce que ce brave garçon, très-affectueux, n'est pas cause qu'il soit un désarroi et une fatigue insupportables. Enfin, sans lui je vivrais peut-être moins exclusivement près de Bour et de toi, et je ne sentirais peut-être pas le besoin de te conter, afin de me reconnaître un peu, ce que je suis devenu pendant ce mois.

Mon *absence cataleptique,* malgré mes ruses, m'a totalement repris, avec l'hiver : mais je tenais cachée une ressource qui, je crois, demeurera inviolée. Retrouvant en face d'un livre[1] toute ma pensée, je m'étais initié à des études (de linguistique), mon refuge au cas échéant. Puis pour maintenir la machine, j'ai quitté la fainéantise excédante du Lycée, stupeur quotidienne et secours de mon mal, et je me suis présenté, bien mis, dans toutes les maisons inconnues de la Ville et devant les sacro-saintes Autorités, pour obtenir des adhésions à un petit cours, d'une heure seulement par jour, fait en ville, et mieux rétribué. Si cela prend, le reste du temps comblé par des études ardues, j'arrive au printemps sain et sauf, et sans les histoires de l'an dernier.

Voilà de bien drôles de choses, n'est-ce pas?

Ne t'effraie pas ; l'étude n'est que l'humble servante de l'Imagination, elle collabore indirectement à mon conte interrompu ; et, si j'en ai la force, me laisse entrevoir les résultats possibles de la Licence et du Doctorat.

Cela nous a, au moins, fait causer un moment, de cette causerie qui mêle les deux années et tu sauras quels sont les souhaits que tu dois nous envoyer. Les

1. Sans doute le *Discours de la méthode* de Descartes (voir la lettre du 24 janvier et la note). Sur ces travaux de linguistique, voir les notes publiées dans *Div.*, pp. 377-384.

miens, mon Henri, sont *beaucoup* de paix et de santé, les deux conditions indispensables de ce que nous voulons faire ; et puis *beaucoup* d'amitié (mais ceci nous regarde,) car je ne sais pas un cordial meilleur, même de bien loin.

Petite Vève, en qui les espoirs touchent aux réalisations, se charge du souhait ; et nous deux nous t'embrassons en frères, au seuil d'une année où seront bien souvent prononcés ces deux mots perpétuels, Cazalis et Bour.

Ton

STÉPHANE

(Une question, que suscitent mes livres entrevus encore sous l'amoncellement de la correspondance : y a-t-il un livre, élémentaire et curieux, de physiologie [1] que je puisse lire. Par exemple : Leçons de Physiologie Élémentaire, par le Professeur Huxley (traduites de l'Anglais par le Dr. Dally), que j'extrais d'un catalogue. Connaîtrais-tu cela ?)

1. L'étude du langage n'est pas seulement une étude historique, mais doit être envisagée aussi, pour Mallarmé, du point de vue physiologique.

1870

195. – *A François Coppée.*

Avignon
8 Portail Matheron
Dimanche Janvier 1870

Mon cher ami,

Merci pour la *Grève des Forgerons*[1] que je savais par cœur et que j'ai pu relire agréablement. Glatigny était à la maison quand cela est arrivé et nous avons trop parlé de vous pour vous écrire. J'apprends par un billet de lui la bonne nouvelle de votre loisir[2] ; même il s'émeut que les journaux intègres vous renient : moi, je me réjouis simplement. Voici du temps et de la paix, les seules choses désirables.

Il ne manque plus, pour que je sois heureux, que quelque enrouement vous amène par ici ; j'espère en la dimension des salles de votre bibliothèque. Pour moi,

1. Paru fin novembre 1869.
2. Coppée, jusqu'alors employé au ministère de la Guerre, venait d'être nommé bibliothécaire du Sénat.

j'ai un peu de repos, de même : je passe assez fièrement chaque jour devant ces portes du lycée, que je ne regarderais pas si je ne vous y avais vu un jour, pour aller autre part faire un cours libre d'Anglais aux petites demoiselles de la ville. J'ai employé deux mois à trouver cela ; mais je vais réparer cette interruption, bien que ce soit à continuer de la prose [1]. Et vous ? J'attends votre livraison du *Parnasse* [2], où je n'ai inséré que d'anciennes choses [3].

Au revoir, cher ami, je voulais vous presser la main simplement, et vous prier de le faire, comme à votre retour des Pyrénées, à ceux de bons amis que vous rencontrerez, particulièrement à Catulle. Il n'est pas un jour que je ne songe à eux.

Votre

S. MALLARMÉ.

196. – *A Armand Renaud.*

Avignon,
8, Portail Mathéron,
Mercredi, 19 Janvier 1870.

Mon cher ami,

Je reçois du lycée la communication de la lettre qui m'annonce mon congé, et le résultat, en ce qui touche

1. Sans doute *Igitur.*
2. Le deuxième *Parnasse contemporain*, qui sera retardé par la guerre jusqu'en 1871.
3. La Scène d'*Hérodiade*, qui sera publiée sous le titre : *Fragment d'une étude scénique ancienne d'un poëme de Hérodiade.*

l'indemnité accordée, est tellement inespéré que je vois avant tout la bienveillante intervention de Monsieur Lebourgeois, et votre amicale recommandation[1].

Je ne vous remercie pas, connaissant votre contentement de m'avoir fait plaisir : c'est une fois de plus, voilà tout. Mais je vous prie, et cette fois avec plus d'insistance que la première, de rencontrer Monsieur Lebourgeois, à qui je n'ose exprimer ma vraie gratitude, ne le connaissant pas ; et de la lui dire pour moi.

Les mille francs qui me sont alloués, et un petit cours fait à quelques jeunes personnes, vont me donner six mois de repos et d'études, au bout desquels j'aime à voir le rétablissement. Quand vous verrez Cazalis, contez-lui ce que je vous dois, et vous le ferez heureux.

Au revoir, je vous écris à la hâte ce billet pour que vous soyez le premier informé de ma bonne fortune. On se joint à moi, de la maison.

Votre

S. MALLARMÉ.

197. – *A Frédéric Mistral.*

Avignon
8 Portail Matheron
Dimanche 31 Janvier 1870

Mon cher ami,

J'ai eu plusieurs fois la tentation de vous porter la lettre[2] qui accompagne ce billet ; mais il paraît, à

1. Voir la lettre au même du 5 décembre 1869.
2. La lettre de Julien Girard de Rialle à Mallarmé dont il est question plus loin.

quelques feuilles de papier crayonnées qui débordent de grimoires inconscients, que je suis resté au coin du feu jusqu'à ce soir. Mais par le premier jour véritablement vernal, je vous arriverai et vous dirai trop de choses pour que je les transcrive ici.

Je me contente, pensant que vous pouvez seul le faire, de vous prier de me répondre, avec la hâte qu'il comporte, au renseignement que prend près de moi notre ami de Rialle [1] ; qui n'a pas osé songer que vous lui feriez cette gracieuseté, et limitait son enquête à Avignon. Ne soyez pas avare de votre science infinie ; on vous sera reconnaissant. Moi, tout le premier ; de Rialle me rend, au sujet de publications spéciales, un service analogue [2].

Au revoir seulement, cher ami : nos respects à votre mère, et à vous

Nos meilleures amitiés.

S. MALLARMÉ.

1. Julien Girard de Rialle (1841-1904), linguiste et ethnologue ami d'Emmanuel des Essarts, qui publiera une *Mythologie comparée* en 1878. Sa lettre demandait à Mallarmé d'obtenir des Aubanel, Brunet, Roumanille, des renseignements sur le folklore provençal.

2. Mallarmé avait dû s'ouvrir à Girard de Rialle de ses projets d'études linguistiques puisqu'on lit dans la lettre de celui-ci : « ... qu'est-il devenu de vos projets d'étude, de votre zèle philologique ? Renseignez-moi à ce sujet. Il y a en ce moment en vente chez Maisonneuve, le premier volume d'une Comparative Grammar of Sanskrit Greek and Latin qui est tout à fait bonne. Si vous n'avez pu vous adresser aux Allemands, cela vous les remplacera. »

198. – *A Frédéric Mistral.*

Vendredi matin
[5 février 1870].

Cher ami,

Je suis tout prêt à donner quelques heures de mon existence à Madame Ernst [1], puisqu'il s'agit de vers et d'amis et d'une personne aimable et de talent. J'énumère tout cela pour me décider, car tu sais mes rares infidélités à une vieille pensée, devenue une manie, et qui se représente sous toutes les formes. A vrai dire, je la retrouverai là un peu.

Merci de tes renseignements que j'adresse à de Rialle.

Pardonne-moi cette carte ; ma mère arrive d'Algérie et c'est même une minute que je lui vole. A bientôt, au *revoir.*

Ton

S. MALLARMÉ.

1. Amélie Siona Levy, veuve du violoniste Ernst, qui donnait à Avignon des récitals poétiques.

199. – *A Fanny Dubois Davesnes*[1].

Avignon
8 Portail Matheron
Jeudi 10 Mars 1870

Ma pauvre amie,

Je n'ose plus rien vous dire. Votre malheur est prodigieux[2]; et même, en pensant que votre force d'âme et votre foi dans l'affection ne vous laissent pas dans la stupeur où vous me semblez devoir être, je ne peux me figurer votre douleur que fixe et absorbée, telle que des paroles n'ont plus de pouvoir sur elle.

Vous me laisserez seulement vous presser la main longtemps.

Marthe[3], dans cette lettre qui m'a anéanti, je ne pouvais la croire, m'apprend que ma mère, plus heureuse que moi, a pu se rendre auprès de vous. Je la laisse, quand vous commencerez à parler de tout ce qui doit être maintenant dans votre âme, ma pauvre Fanny, vous dire de temps à autre pour moi de ces paroles qui, présentes, grâce au moment, grâce à la voix ancienne et connue, peuvent pénétrer en vous, tandis qu'une lettre ne peut avoir de ces précautions.

Embrassez votre père dont la douleur à calmer demeure votre seul courage, comme cette chère préoc-

1. Fanny Dubois Davesnes (1825-1900), sculpteur. Mallarmé la connut enfant au hameau de Boulainvilliers.

2. Fanny venait de perdre sa mère, le 15 février, puis sa sœur, le 3 mars. Voir *DSM* VII, pp. 15-29.

3. Demi-sœur de Mallarmé.

cupation à votre égard fait sa force. Marie s'unit à moi. Adieu, ma pauvre amie.

STÉPHANE M.

200. – *A Eugène Lefébure.*

Avignon,
8 Portail Matheron
Dimanche 20 Mars 1870

Mon bon ami,

Vous aurez une lettre de moi demain matin ; il le faut ! Le personnage discret et tacite, mêlé aux mousselines de votre chambre, qui me remplace près de vous et vous suffit, ce pour quoi je l'exècre, disparaîtra pour quelques jours. Déjà le Bour dans les yeux de qui je plonge les miens, pendant mes matinées de travail, fait de toutes les minutes qui ne sont pas métamorphosées en grimoires, le confident de mes derniers secrets instruit de ce que je ne sais pas moi-même, le voilà qui s'évapore, et vous restez, mon pauvre vieux à qui je n'ai pas écrit depuis trois mois. Mais aussi pourquoi n'êtes-vous pas ici ? Il ne peut y avoir entre nous deux qu'un langage, celui de demi-mots échangés parmi des silences, et qui nous permettent de voir où nous en sommes. J'ai bien songé plusieurs fois à vous écrire, mais ne fallait-il pas refaire, d'une façon plus essentielle encore, les pages laissées inachevées le matin : j'ai vu flamber au feu ces tentatives de soirées ambitieuses. Aujourd'hui, ce n'est que bien persuadé que je suis incapable de les renouveler, atone et inerte, dirigeant à peine ma plume, que je viens vous parler un peu. Pardonnez-moi de choisir toujours de tels moments pour nos réunions ; moi-même, je ne me connais guères que tel.

Toutefois qu'extraire de moi, en cet état parfaitement vide, si ce n'est la répétition machinale du songe de mon hiver, défait et en lambeaux autour de moi, telle que je me l'accorde incessamment pour en prolonger l'illusion.

J'avais donc songé, quand ma débilité m'a contraint à demander un congé, à profiter de ce repos pour refaire un peu ma vie, et santé et carrière. Dans ce dernier but, je devais préparer un examen de licence ès-lettres et envisager une possibilité de thèses de doctorat. Pour ne faire qu'un effort du tout, j'ai choisi des sujets de linguistique, espérant, du reste, que cet effort spécial ne serait pas sans influence sur tout l'appareil du langage à qui semble en vouloir principalement ma maladie nerveuse. Au lieu de cela, comme autrefois je *crevais* mes sujets de poëmes, — irruption du Rêve dans l'Étude, lequel saccage tout, va droit aux conséquences affriandantes et les dévore. — Enfin ce qu'il me reste, c'est un peu d'Allemand, avec lequel je dois à Pâques commencer l'étude d'une Grammaire comparée (non traduite) des Langues Indo-Germaniques, je veux dire du Sanscrit, du Grec et du Latin, cela pour deux ans après lesquels la licence ; puis, alors, je commencerais une étude plus extérieure des langues sémitiques, auxquelles j'arriverais par le Zend[1].

1. Réponse de Lefébure : « Vous avez fort bien fait de choisir la linguistique qui est la science de l'avenir, parce qu'aujourd'hui, l'histoire s'allongeant dans le passé, l'origine de l'homme se laisse

Enfin, la thèse[1], qui aura nécessité ces travaux, — comme preuves, puisque j'ai eu la bêtise d'aller droit à mon Idée et de me priver de la séduction progressive de ses mirages. Je crois qu'il y a là cinq années.

— A côté de tout cela, s'édifie tout lentement l'œuvre de mon cœur et de ma solitude, dont j'entrevois la structure : à vrai dire l'autre labeur, parallèle, n'en est, d'elle aussi, que le fondement scientifique.

Je viens de vous réciter mon soliloque inconscient et vide, mon bon ami, tel que je me le fais à moi-même, de façon à ce que, s'il ne vous apporte qu'inanité, au moins vous donnera-t-il la note exacte de mon état actuel.

Maintenant tant de choses ont été interrompues par un petit cours d'Anglais que je fais tantôt à de jeunes

---

pressentir et découvre ses assises superposées, où les langues marquent les empreintes des pas de l'esprit humain, sur les vestiges de l'âme primitive. Le sanscrit vous montrera, je crois, une merveilleuse science grammaticale, mais les langues sémitiques se rapprochent de l'état brut. Vous verrez dans l'hébreu par quelles minuties fastidieuses on a été forcé de remplacer les flexions absentes des verbes et des noms (Si la grammaire comparée des langues indo-européennes dont vous me parlez est celle de Bopp, elle vient d'être traduite par Bréal). J'ai à votre disposition les livres essentiels de cette étude... »

1. De ce projet de thèse (ou plutôt de thèses, puisque la thèse principale devait s'accompagner d'une thèse latine sur la divinité) ne restent que quelques notes et cette esquisse d'une conclusion : « Vieil esprit [et il aboutira encore en autre chose dans la thèse latine, en *divinité* de l'Intelligence (ou spiritualité de l'âme)] devenant Intelligence (qui sans son germe final se fût égarée) — et avant tout cette intelligence doit se tourner vers le Présent » (*OC*, p. 1629). L'histoire du langage est pour Mallarmé une histoire des représentations du divin, du vieil esprit religieux à la divinité moderne de l'intelligence.

personnes, tantôt à des jeunes gens, dans une salle de la ville ou à la maison. Cela me donne plus de cent cinquante francs, en pièces de cent sous, chaque mois. Si cela pouvait continuer, avec quatre cents francs du bureau de tabac que possède Marie à Arles, rente annuelle, nous serions à l'abri du besoin : sinon, j'ignore ce que nous ferons, mais je ne rentrerai pas au Lycée. Écrasement pour écrasement, j'aime mieux succomber sous ma pensée ; je puis même échapper à ce dernier, pas à l'autre. Ne vous tourmentez donc pas, pauvre vieux, à notre endroit : l'Université se montre très-généreuse pour ma première année de congé, ce qui nous permet de fortifier l'avenir. Pour revenir de ces sommes à notre premier entretien, vous ai-je dit que, premièrement, le billet de cent francs auquel nous ne touchions pas (vous vous le rappelez, cher,) a servi à l'acquisition de ma bibliothèque de linguistique. Ce serait un motif, si tant d'autres ne passaient avant, pour que vous me soyez sans cesse présent.

— Mais vous, maintenant ? Je ne vous vois, le Bour à qui j'écris, que derrière un amas de soucis, qui font souvent notre tristesse. Je sais que vous avez une ténacité que j'invoquai dans l'entreprise très-difficile de mon Cours, mais j'apprenais en même temps que sans la force elle est presque dangereuse : *or, comment allez-vous ?*

Enfin, cher, pour sortir un moment de tant de questions générales, digne fin de cette lettre interminable où j'ai eu l'art de dévider toutes les ficelles d'un esprit usé jusqu'au chanvre en même temps que d'aligner les trente et une pièces de cent sous qui accablent Marie, permettez à petite Vève de demander une fois de plus de sa voix quotidienne : « Quand viendra, Bour ? » Alors, ce serait le vrai Bour, qui verrait tout ; et non celui qui m'apparaît, vain reste de lui-même, que j'ai épuisé dans mon évocation permanente. Au revoir donc, mon bon ami. Nous vous embrassons tous trois. La prochaine fois, je vous parlerai de mon entourage, du jardin, de notre « chez nous. » Pour aujourd'hui, je vous envoie seulement, presque en cachette de Marie, une photographie où les portions du visage que cacherait un loup sont assez ressemblantes, tandis que celles qui paraîtraient semblent au contraire contrefaites à dessein.

Enfin nous vous embrassons tous les trois. Geneviève veut que j'ajoute encore qu'elle lit et sait faire une gamme sur le piano.

Votre

STÉPHANE M.

201. – *A Henri Cazalis.*

Avignon
8 Portail Matheron
Dimanche 3 Avril 1870

Mon bon ami,

Je ne sais dans lequel de mes climats intérieurs te chercher et te rencontrer. Pourquoi ? Je l'ignore, il me reste de toi cette vague dernière parole : « Je veux m'attacher à ses jupons » ; tu parlais de la Vie. Tu flottes pour moi dans ces parages ; et voici que Bour m'apprend que tu fais un fort beau *Livre du Néant* [1].

1. *Le Livre du Néant* paraîtra en 1872.

Parfois, mêlant ces impressions à ce qu'évoquait en mon esprit jadis un vieux titre longtemps rêvé : Somptuosité du Néant, je songe à ces lourdeurs luxueuses d'une vie défaite, et je t'y place : est-ce cela ? Tantôt ergotant sur les deux termes extrêmes, j'essaie, pour te détacher un peu de moi et te voir, de comparer ta vie que visite la Notion Négative à la Croyance, où se complaît maintenant mon esprit, revenu, mais auquel se refuse la vie, précisément ; et je souris à la différence. En effet, ce sera par cette dernière que je succomberai peut-être : j'avais passé un hiver très-curieux, édifiant ma pensée par de beaux retours au rêve, d'un côté ; par ce long prélude si attrayant de l'étude d'une science (Bour a dû te parler de mes projets de Linguistique ;) et voici qu'un accident, ma pauvre Marie malade, lequel me tire inopinément de mon abstraction nécessaire et de cette architecture factice de mes facultés si industrieusement agencée, me replonge dans le désordre et la totale nullité. Je vais recommencer.

Mon œuvre se fait bien ; mais ne restera-t-elle pas, une fois, à mi-chemin ?

Je te disais que Marie a été malade : elle se lève à peine. La pauvre amie m'a inquiété. Elle a excessivement souffert, (du foie, je suppose en dépit du silence des médecins.) Elle t'envoie une carte, maussade, qui pressentait ce mal. Vève va demain commencer à passer ses après-midi dans un pensionnat : c'est une vraie petite mauvaise herbe, à laquelle sa mère se pique les doigts : elle les gardera saufs pour quelques heures par jour de guipure calme. Quant à mademoiselle, que désœuvre l'isolement, elle se trouvera fort bien d'une petite discipline et de la fréquentation de compagnes. Voilà toute la maison : de plus, le printemps que tu ne connais pas ici. Je te confie à lui et te dis adieu.

Ton

STÉPHANE M.

202. – *A Henri Cazalis.*

Mardi soir [5 avril 1870]

Mon bon ami,

Nous nous écrivions le même jour, et je remercie le hazard qui a retardé l'envoi de ma lettre. J'ai l'éblouissement de la tienne, et comme il me faudrait fermer les yeux pour réfléchir, incapable par suite d'un de mes mauvais états de rien songer maintenant ni écrire, je renonce, craignant cette nuit et l'obscurcissement de tes jeux lumineux, à rien ajouter.

Mais tu les connaissais ces vieux vers[1]. Pourquoi m'en reparler ? Je suis bien loin de cela[2]. Ce que j'ai dans le front est non moins rare, tout à fait inconnu. Ce sont des conclusions. Mais ces graines manquent d'une terre. Vraiment, dans la crainte d'un accident, je crois que je vais finir par tout vous confier à Bour et à toi. (Je continue là ce que je me disais tout à l'heure...)

1. La Scène d'*Hérodiade*, que Cazalis disait avoir lue à Augusta Holmès et à Mendès.

2. Mallarmé marque encore une fois la distance qui le sépare d'un poème antérieur à la crise de 1866.

Miss Holmès me flatte[1]. Je vais écrire à Lemerre, *selon*[2] toi. Adieu, ami

Ton

STÉPHANE M.

203. – *A Henri Cazalis.*

Avignon,
Jeudi soir [avril 1870]

Mon vieux,

Je ne t'avais rien répondu sur la petite Physiologie[3] parce que je l'examinais. Tu as raison[4], mais un livre de science ne peut être assez niais pour moi, qui placerais facilement le larynx dans le cerveau. Un livre

1. « Tu n'as pas reçu d'Augusta une lettre éblouissante d'enthousiasme ? Je lui ai lu ton Hérodiade. Tes vers l'ont rendue ivre tout un soir. Elle s'est reconnue en cette magnifique image... » La belle Augusta Holmès (1847-1903), qui commençait alors une carrière de compositeur, était la maîtresse de Mendès.

2. Soulignement ironique. Cazalis avait en effet écrit : « Ton Hérodiade passera seule au Parnasse. Mais ne peux-tu changer un *selon qui*, que personne n'admet, pas même moi. " Selon qui, des calices / De tes robes, arôme aux farouches délices " — je cite de mémoire. Tu veux dire : *devant qui* ou *pour lequel* : mais jamais *selon qui* etc. ; n'est-ce pas tu en conviens toi-même — je n'insiste donc pas. Réponse, et à Lemerre, passage Choiseul, le plus tôt possible. Car l'Hérodiade s'imprime. » Mallarmé céda et, pour le *Parnasse*, corrigea *selon qui* en *devant qui*, avant d'y revenir dans la version définitive.

3. Voir la lettre du 31 décembre 1869.

4. « La physiologie dont tu m'as parlé est presque niaise, et ne t'apprendra rien. »

vraiment fort ne m'initierait pas à l'a b c, et finirait, se mêlant de suite à ma pensée, par disparaître en elle, je le crois. Or il me faut pour mes études de Linguistique quelques notions qui soient assez simples pour demeurer telles en ma mémoire. Je ne te demanderai donc de m'indiquer une Physiologie sérieuse qu'un peu plus tard. Pour aujourd'hui, voici ma requête. Pourrais-tu m'indiquer deux ouvrages l'un de *Physique*, l'autre de *Chimie*, élémentaires, très-précis, et intéressants cependant par leurs vues modernes et l'absence de pédagogie ? Ils me sont nécessaires même pour lire Huxley.

Tu as dû avoir besoin de ces livres pour tes propres études, au début, du moins ; de la sorte je crois ne t'imposer d'autre recherche qu'un souvenir aisé. Si la Physiologie d'Huxley, que tu as dû examiner, ne te semblait pas devoir me fournir une anatomie assez complète, quoique je ne veuille rien que de succinct, tu m'indiquerais aussi une *bonne petite* Anatomie.

Je te demande cela comme un service, et même de me répondre, si tu le peux, à l'instant même.

Au revoir, cher ; Marie m'appelle à dîner, ce qui te la montre en voie de rétablissement. Vève se joint à elle.

Suppose qu'elles me signifient de t'embrasser, car elles me gronderaient fort tout à l'heure de ne l'avoir point fait.

Ton

STÉPHANE M.

Vendredi matin. Décidément, indique-moi aussi une Anatomie ; plus tard je te demanderai une Histoire naturelle, à moins que déjà le livre que tu m'indiqueras ne soit extrait d'une Histoire Naturelle. Occupe-toi *gentilment* de ce petit cours : j'y vois mes matinées de tout le printemps.

204. – *A Catulle Mendès.*

Avignon
8 Portail Mathéron,
Dimanche 22 Mai 1870.

Mon cher ami,

Ceci est bien un mot de moi. Il fallait *La Révolte*[1]. Dites à Villiers ma joie d'entendre parler de lui, même par un article de Sarcey que je trouve dans un journal anglais, qui me vient de Londres par mégarde. N'est-ce pas ? j'attends son drame et votre article.

De vous, j'en suis à *Hespérus*, que je crois que vous avez un peu fait pour moi, tant ce poëme y trouve un parfait écho. Du reste, vous savez ce que vous avez toujours été dans mon éloignement : un des points de repère de mon esprit et une idée fixe.

C'est aussi sous cette impression que je vous écris, et pour cela que je commence ce billet de la façon la moins intime : vous parler des choses quotidiennes, c'eût été comme si vous écriviez une lettre de confidences à Coppée, en supposant que Coppée soit à Paris. Tant vous êtes mêlé à toute habitude et à ma chambre. Je dirai donc maintenant seulement, en deux mots, que j'ai passé quelques années très-misérables, opprimé entre un mal qui m'empêchait presque de lire

1. Drame de Villiers publié le 20 mai.

et d'écrire et un métier très-dur qui tendait à le rendre incurable : j'ai pu me dégager un peu et me voici vraiment mieux. Par une sorte de compensation, un vieux Rêve avait installé en moi comme une grotte marine, où il s'est donné de curieux spectacles, si je ne m'abuse. Cela ne sera pas perdu et j'en conserve la donnée de trois ou quatre volumes, opiniâtres et avares, qui seront ma vie : mais d'eux-mêmes, de leur exécution et des loisirs nécessaires, me sépare un certain laps que je comblerai de la manière suivante, laquelle me ramène à *Une Révolte.*

Tout bien considéré, c'est à nous qu'est l'avenir. *Le Parnasse* est une invention très-amusante. Vous avez vu que j'ai tenu à y envoyer d'anciens vers[1], plutôt que rien, pour la date. Villiers a fait irruption au théâtre : je prépare quelque chose de tel pour la Sorbonne, une thèse, dédiée à la mémoire de Baudelaire et à celle de Poe[2], qu'on ne pourra pas refuser, si, comme je le crois, ce que j'entrevois est juste. Vous, cher ami, optez pour quelque Sénat : que nous tenions tout.

Mon plan sera long : vous m'aiderez pendant ces trois ans par quelques mots, copiés dans un livre, mais de votre main sur quelque papier-à-lettres, car ce qui me manque, c'est de la réalité. Pourrai-je la recevoir d'une façon plus aimable ?

Ceci à Villiers comme à vous : vous êtes les deux souvenirs que je n'ai jamais laissés d'un jour ; je sais, du reste, que vous avez pensé à moi.

Je vous serre la main pour lui et pour vous, et vous

1. La Scène d'*Hérodiade*.
2. Cette double dédicace marque bien que dans l'esprit de Mallarmé l'évolution de la poésie est liée à celle du langage.

demande de présenter mes respects à Madame Mendès. On se rappelle à vous autour de moi.

Votre

STÉPHANE MALLARMÉ.

205. – *A Henri Cazalis.*

Avignon
8 Portail Mathéron
Dimanche 29 Mai 1870

Mon bon Henri,

Tu dois me trouver bien ridicule, mais tu vas comprendre. J'ai été, cette semaine, absorbé par ma propre pensée au point que je devais me faire violence pour voir ma pauvre Marie, fort souffrante à côté de moi ; et ce n'était que le soir, alors je lui donnais ces quelques heures fraîches et reposées que je destinais à ton manuscrit[1].

J'ai été très-heureux pendant cette lecture. Ton Allah est beau. Il est ce qu'aurait dû être Dieu. Les choses viennent toujours trop tard. Qui sait, cependant, si l'Orient ne se groupera pas autour d'un Dieu pareil ? Je le croirais volontiers. En tout cas, tu le leur aurais fait, avec leurs seules données[2].

Je compare le style extatique à de la musique : il y a une ronde et un enlacement vertigineux. Toutefois, —

1. Cazalis venait de lui soumettre la deuxième partie de son *Livre du Néant*, « Le Ciel d'Orient ».
2. « Données » corrige « matériaux ».

à tort, car ton sujet t'autorise, — je regrette, sinon la période, la phrase, qui manque un peu.

Rien à signaler, certes, dans le détail de l'imagination, sinon peut-être, dès le début, au « morceau », le mot désir que j'aimerais te voir remplacer par quelque autre, pour ne pas nuire au groupement de désirs du « morceau ». (La phrase est : Les fleurs aimantes sont tes *désirs*.)

Bonsoir, pauvre à qui je ne griffonne que ce mot, sautillant encore, mais sinon par une réminiscence de la danse de ma rêverie à ton orchestration qui enivre, du moins par lassitude d'écrire.

Je t'embrasse pour la maisonnée endormie ; notre pauvre Marie souffre d'un mal sans pitié, presque jour et nuit : une glande non loin du foie. Je te quitte pour aller la voir avant de m'endormir. Je n'ajoute plus un mot sinon que rien ne presse pour le livre de *Physique*, que je puis peut-être même avoir à Avignon. Du reste, j'ai à m'occuper un peu, préalablement, de mathématiques[1]. Caresse ta barbe lisse, songe à tes oiseaux persans, et souris. Adieu.

Ton

STÉPHANE.

1. Cf. cette note de 1869 : « Nous n'avons pas compris Descartes, l'étranger s'est emparé de lui : mais il a suscité les mathématiciens français. / Il faut reprendre son mouvement, étudier nos mathématiciens... » (*Div.*, p. 380).

206. – *A William Bonaparte-Wyse.*

Avignon,
8 Portail Matheron
Lundi 6 Juin 1870

Mon cher ami,

Que devez-vous penser de moi ? Vous ne pouvez rien ajouter à l'aspect hideux sous lequel je m'apparais. Pour mettre les choses au pire, j'aurai la lâcheté de profiter d'un accident réel, par lequel votre précieux exemplaire[1] ne m'est parvenu que hazardeusement, il y a une quinzaine de jours : arrivant du lycée où je ne mets plus les pieds d'une année de repos et de travaux. Je ne l'ai pas lu encore, mais feuilleté et défloré du regard : vous connaissez ce charme, gourmandise de l'esprit qui voudrait être initié avant d'avoir lu ; et j'ai *enlevé*, de plusieurs paysages remarquables, comme des couches aériennes, très-intimes, qui sont de couleur et de musique et me font rêver d'aquarelle et de piano, au moment où je vous écris ceci. Ces impressions s'approfondiront à l'étude, qui jusqu'ici n'a été que la distraction d'un labeur très-tyrannique, lequel me malmène en ce moment : aussi, au nom des monceaux de paperasses qui encombrent ma table ce soir, je vous demande de ne faire que vous presser la main.

Du reste, à part cette occupation qui m'absorbe, et de laquelle je ne dis rien tant que je ne me serai pas

1. Le recueil poétique *Scattered Leaves*, portant une dédicace manuscrite datée du 28 mars.

pleinement reconnu, j'ignore tout à fait mon Avignon. Seules réminiscences : Théodore se construit une villa, dans les environs, pour s'y enfermer avec l'ébauche d'un drame, Gras habite à Villeneuve une maison que désignent des panonceaux tabellionnaires, Mathieu fait des adresses à l'empereur au nom de la mairie de Châteauneuf, après le plébiscite, Brunet est l'un des marchands d'antiquités les plus achalandés de la ville, et quant à Roumanille, j'attends que j'aie quelque injure indirecte à lui faire revenir de Woolley Hill House [1] pour vous la confier. Mistral est rare, je crois qu'il parle dans des banquets, à Agen, et veut se faire couronner [2] par le Midi. Des deux seuls félibres qu'il y ait jamais eu, vous et lui, je crois que vous resterez seul.

A Paris, une jolie chose, *Deux Douleurs* [3] de Coppée, que je vous adresse, car je crois me rappeler votre prédilection pour Coppée : de plus, un nouveau Parnasse, vous aurez ma livraison.

Pour la maison, j'ai la tristesse d'avoir ma femme malade ; Geneviève, grandelette et mutine, envoie un baiser à votre beau garçon : les deux mamans se tendent la main.

Vous êtes tout à fait remis, n'est-ce pas ? cher ami ; pour moi, je ne dis rien puisque je puis travailler. Seulement, quand nous verrons-nous ? Il me faut presque de l'imagination pour vous voir comme d'hier.

Votre

STÉPHANE MALLARMÉ.

1. Nom de la propriété de Wyse près de Bath.
2. « Se faire couronner par » surcharge « soulever ».
3. Drame en un acte et en vers.

207. – *A Catulle Mendès.*

Avignon
8 Portail Mathéron
Dimanche 26 Juin 1870

Cher ami,

Depuis que vous avez installé en moi une très-charmante tentation, elle me laisse peu d'heures ordinaires, d'étude ou de travail. Le plus simple est de céder pleinement.

Vous avez eu, alors, l'amitié de me dire que vous ne me verriez pas sans quelque plaisir : si vous pouvez m'assurer qu'une hospitalité de plusieurs jours ne dérangerait rien de vos projets et de ceux de Madame, je serais fort heureux de vous la demander.

Ce m'est une vraie joie d'enfant que de vous écrire ceci. Je vous arriverais vers la mi-Juillet.

Je ne veux mettre : adieu et je n'ose dire : au revoir ; je vous serre la main affectueusement. Mes respects à Madame avec des amitiés de mon entourage.

Votre

S. MALLARMÉ.

Si vous deviez voyager vers ce moment, comme l'an dernier peut-être, ce serait, certes, à Avignon que vous viendriez.

208. – *A Catulle Mendès.*

Avignon,
8 Portail Mathéron
Dimanche 24 Juillet 1870[1].

Mon cher ami,

Merci. Je n'ose désirer particulièrement l'une des deux alternatives[2]. Vous voir dans huit jours est une magie ; vous attendre un mois a un charme. Mais ne nous laissez pas l'inquiétude d'une troisième probabilité, celle de ne pas vous recevoir peut-être, qui est contenue dans votre billet.

Je ne vous laisse libre de faire votre choix qu'à cette condition.

De plus, votre visite annonce celle de Madame ; mais vous acceptez aussi pour Villiers, c'est convenu.

Maintenant, les i ponctués, et votre absence dans une semaine environ ne signifiant autre chose que le retard d'un mois apporté à notre réunion, encore une demande, celle de nous adresser un télégramme de la frontière[3] ou de Lyon, lorsque vous approcherez : ceci de la part de ma femme, pour des rideaux plus blancs, vous la comprenez.

Au revoir, seulement. Que vous devez avoir besoin de repos ! Quels détours avez-vous [...][4]

1. *Corr.* I donne par erreur la date du 2 juillet.
2. Aller voir Mendès à Paris ou attendre son passage à Avignon.
3. Mendès, Judith Gautier et Villiers revenaient d'un séjour chez Wagner à Tribschen.
4. Un feuillet manque.

[...] à Lyon, partent la veille de ceux de Lyon à Avignon, de façon à ce qu'on couche seulement à Lyon : mais vous serez plus exactement renseigné.

209. – *Au Ministre de l'Instruction publique.*

A Son Excellence Monsieur le Ministre de l'Instruction Publique.

Monsieur le Ministre,

Il m'a été accordé, sur ma demande, dans mes fonctions de Chargé de Cours d'Anglais au Lycée Impérial d'Avignon, un congé du 20 Janvier à la fin de l'année scolaire 1869-70.

Ma santé, fort affaiblie à cette époque par les devoirs de l'Enseignement, s'est sensiblement améliorée dans le repos et la préparation tranquille d'examens universitaires ; mais elle est, à mon regret, loin encore de me permettre de reprendre mon service.

Je sollicite de Votre Excellence la prolongation de mon congé pendant l'année scolaire 1869-70[1] ; et ma situation de père de famille dénué de fortune personnelle se trouvant la même que précédemment, j'ose vous prier, Monsieur le Ministre, de ne pas me retirer les quelques ressources dont il m'a été permis de jouir pendant cette première partie de mon congé.

Je saurai reconnaître cette faveur de Votre Excel-

1. *Sic.* Lire évidemment « 1870-1871 ». Le congé de Mallarmé sera effectivement prolongé d'un an.

lence en apportant à mes fonctions, avec ma santé complètement affermie, je l'espère, le résultat d'études qui me permettent, dès maintenant, de ne pas interrompre le concours que réclame de moi l'Université.

Je suis,

Monsieur le Ministre,

De Votre Excellence le très-humble serviteur.

ÉTIENNE MALLARMÉ,
Chargé de Cours d'Anglais,
actuellement en congé,
au Lycée Impérial d'Avignon.

Avignon, le 25 Juillet 1870.

210. – *A Frédéric Mistral.*

Samedi 30 Juillet 1870
Avignon 8 Portail Mathéron,

Cher ami,

Je t'attends tous les jours, ne m'avais-tu pas annoncé que tu viendrais à Avignon, avant la fin du mois ? Je serais tenté, si je parlais plutôt à quelque autre, de te rappeler que je te dois un écu.

Mais cela même ne te fera pas venir.

Au fait, tu as raison d'attendre. Je ne vais pas à Paris ; Mendès m'a révélé des choses navrantes [1] qu'il

1. Mendès avait dissuadé Mallarmé de venir à Paris sans argent en espérant vivre de sa plume : « n'essayez pas d'endurer ce que j'endure ! pour faire vivre ma femme, je meurs ! C'est à peine si tous les trois mois, je puis arracher à la destinée trois heures pour faire un sonnet ! [...] Non, je n'ose pas vous dire : partagez cet enfer. »

accomplit, et au-dessus de mes forces. C'est lui qui viendra me voir, je l'en prie, pour se reposer. Quand? Bientôt. Tu devines pour qui sera une de nos premières promenades d'Avignon. Si tu venais le premier, tu dîneras [*sic*] forcément à la maison. Je te préviendrai. Cela avant une quinzaine.

Pour aujourd'hui, voici ce qui me fait t'écrire. Je reste donc et vais m'ingénier à réédifier mon Cours, délabré. Toutefois je n'aurai pas le nécessaire : il me faut conserver mes mille francs annuels de traitement de congé, chance qui m'a échappé lors des précautions prises par le hazard pour voiler Émile Chasles. Ce dernier, passé, n'a plus grand pouvoir [1]. Ne pourrais-tu écrire un mot à Saint-René Taillandier [2]; lequel lui parviendrait d'une façon intime, en même temps que ma demande de ces jours derniers transmise avec bienveillance, mais officiellement, par l'Inspecteur d'Académie.

Tu peux en redire le contenu : que je ne suis pas en état de reprendre, mal guéri ; et que ma position est la même que lors de ma cessation momentanée de fonctions, une famille et pas de ressources. Enfin j'ai gagné mon malaise nerveux en partie au Lycée.

Je ne te demande cela, cher ami, que si tu le peux faire.

A nous deux, de la sorte, mon Cours reprenant, nous

1. Émile Chasles (1827-1908), professeur à la Sorbonne et protecteur de Mallarmé, avait perdu son influence avec la chute de Victor Duruy en 1869.

2. Saint-René Taillandier (1817-1879), secrétaire général de l'Instruction publique après avoir été professeur à Montpellier, était un ami des félibres qu'il avait soutenus dans la *Revue des deux mondes*.

aurons préparé mon année de travail — solitaire, mais meilleur, puisque je renonce à Paris; et je le préfère.

Au revoir. Je voulais encore te faire connaître, si tu n'as pas lu les feuilles d'aujourd'hui, que Madame Rattazzi est morte[1]. Je pense que ses rapports avec Wyse me permettent d'écrire un mot à ce cher ami.

Amitiés de mon entourage et nos respects à ta mère

ton

STÉPHANE.

— Théodore est extrêmement belliqueux[2].

211. – *A Villiers de l'Isle-Adam.*

Avignon
8 Portail Mathéron
Lundi [1er ou mardi]
2 Août 1870.

Cher ami,

Je vous écris moins afin de répondre à votre dernier billet que pour moi-même; ma satisfaction de vous voir est vive, et comme le plus grand nombre des plaisirs que j'éprouve, lesquels viennent de moi-même et y finissent, ont un caractère essentiellement fictif, j'ai peur que le contentement présent suive cette habitude.

1. Marie Rattazzi, épouse en secondes noces d'un comte italien, était la sœur de William Bonaparte-Wyse. Elle mourut en réalité en 1902.
2. La déclaration de guerre à la Prusse datait du 19 juillet.

Du reste, je crois vous avoir donné tout ce dont je dispose, en fait de renseignements. C'est que : les bateaux *Gladiateur* partent de Lyon pour Avignon les Mardi et Samedi, de grand matin, arrivant ici vers le soir. Un conseil : prenez les secondes et allez aux premières, encore exigez une réduction sur le prix : on vous nourrirait plutôt que de ne pas vous avoir.

On vous aura écrit de Lyon, pour les bateaux d'Aix-les-Bains à Lyon, si vous prenez cette route ; même recommandation. Je crois que toute la descente du Rhône, débattue, peut être évaluée : entre douze et quinze francs. J'ai annoncé, pour qu'on vous écrivît, le comte Villiers de l'Isle-Adam avec sa famille : *gardez l'incognito* de sorte qu'on ne vous dévalise pas.

Mais il faudra coucher à Lyon ! l'adresse de Soulary, périlleuse et obscure, était, il y a quelques années, rue des grandes Gloriettes, 31, si vous n'étiez pas trop fatigués pour lui serrer la main.

Enfin, dans le cas où la chère sur le *Gladiateur* serait peu tentante, ma femme a gardé quelques intelligences à Tournon (on y passe vers l'heure du repas du jour,) et un habitant pourrait vous apporter un poulet préparé.

Mais, pour cela, il faut nous télégraphier votre arrivée deux jours à l'avance, soit d'Aix. Je renouvelle, dans tous les cas, la recommandation de cette formalité, quoique nous regardions déjà vers Samedi prochain, ou le Mardi d'après.

212. – *A Frédéric Mistral.*

Avignon
8 Portail Mathéron
Dimanche 4 Septembre 1870.

Mon cher ami,

Je suis honteux de l'aventure du journal[1] et je voulais, il y a déjà quelques jours, t'expliquer cette énigme.

Repris par le travail, immédiatement Villiers parti[2], j'ai cessé ma course au Kiosque qui défaisait ma séance du matin ; et, tout étant contradictoire dans les feuilles, m'en suis tenu aux dépêches.

J'avoue que la lecture de celle de ce matin, que tu connais à cette heure-ci, n'est-ce pas ? (40 000 français prisonniers, l'empereur du nombre, et Mac-Mahon grièvement blessé[3]) a été sévère ! Il y a dans l'atmosphère d'aujourd'hui une dose inconnue de malheur et d'insanité.

Et tout cela, déjà, parce qu'une poignée de niais, il y a cinq semaines, s'est dite insultée et a méconnu l'histoire moderne qui subsiste d'autre chose que de ces vieilleries puériles. Je n'ai jamais si complètement détesté la Niaiserie.

Mais rien de ceci dans ce billet. Je te serre la main

1. Mallarmé envoyait à Mistral les journaux d'Avignon.
2. C'est au cours de ce séjour de Mendès, Judith Gautier et Villiers que Mallarmé leur lut *Igitur*.
3. Dépêche télégraphique du 3 septembre, 10 h 25 mn du soir, relatant le désastre de Sedan.

et, sans l'intention de te faire sourire, je place sous cette enveloppe une série de timbres qui nous arrivent d'un bureau de tabac d'Arles : Je ne sais si tu te souviens d'une somme équivalente que tu m'as prêtée lors de ma dernière visite.

Au revoir, amitiés de mon entourage.

Ton

STÉPHANE M.

213. – *A Frédéric Mistral.*

Dimanche soir
[4 septembre 1870 [1]].

Cher ami,

La journée, si amèrement commencée, ne pouvait finir d'une façon plus grandiose. Seulement, c'était à vous [2] de monter au balcon de l'Hôtel de Ville d'Avignon, pour y proclamer la République à la Provence.

Mais les choses se passent toujours de travers.

Une nouvelle poignée de mains en attendant qu'on vous revoie, ce qui ne tardera pas, si je ne me trompe.

Votre

S. M.

1. Cette lettre est sans doute du 4 septembre au soir. Bien que la République n'ait été officiellement proclamée à Avignon que le 5 septembre, la dépêche de Gambetta aux préfets, annonçant le rétablissement de la République, fut connue dès l'après-midi du 4.

2. Mallarmé tutoyant Mistral depuis plusieurs mois, on a supposé un autre destinaire, notamment Jean Brunet. Mais Mallarmé n'est pas à une inadvertance de ce genre près, et cette lettre fait bien partie des lettres à Mistral conservées à Maillane.

214. – *Au Délégué du Ministre de l'Instruction publique à Tours*[1].

A Monsieur le Délégué du Ministre de l'Instruction Publique, à Tours.

Monsieur le Délégué,

Monsieur le Recteur m'adresse l'ampliation de l'arrêté que vous avez bien voulu prendre, en réponse à ma récente demande de renouvellement, pendant l'année 1870-71, d'un congé, pour raison de santé et avec portion de traitement, accordé jusqu'à la fin de l'année précédente.

Je ne saurais trop, Monsieur le Délégué, vous remercier, en ma qualité de chef de famille, de la bienfaisante décision par laquelle, maintenant le congé, vous maintenez également la portion de traitement affectée à cette période, pendant laquelle j'ai le regret de n'apporter aucun concours actif aux fonctions que je conserve.

Veuillez, Monsieur le Délégué, avec cette expression de gratitude, agréer pour l'avenir celle de mon entier dévouement.

É. MALLARMÉ,
Chargé de Cours au Lycée d'Avignon.

Avignon, Vendredi Novembre 1870

1. C'est à Tours que le gouvernement s'était replié en septembre 1870.

1871

215. – *A Henri Cazalis.*

Avignon,
Jeudi 2 Février 1871

Cher ami,

J'apprends, par un journal, ce matin, la fatale nouvelle. Notre pauvre Henri, mort[1] !

Tu sais par toi, en ce moment, comme la blessure faite à notre affection est durable. Et que de révoltes !

Voilà cinquante ans de vie aimante et glorieuse, et toute la profonde pensée d'une jeunesse qui la prépara !

Et ne fût-ce pas lui (cet être exquis) comme ce premier vide parmi nous, qui savons maintenant ce qu'est perdre un ami, devient une souffrance inconnue !

Tu sais, d'après les quelques lignes relues, que son corps même est perdu, enfoui parmi des dépouilles de soldats. Veux-tu, cher, l'ensevelir au moins dans les

1. Henri Regnault, tué le 19 janvier à la bataille de Buzenval.

plis de notre meilleure pensée ; lui dédier, à nous deux, certaines pages qui disent ce qu'il n'aura pas fait ? Je songeais à cela tout à l'heure. (Nous nous entendrions, si tu le veux, pour nous diviser le pieux et fraternel devoir.)

Pour Henri, pour lui, je suis heureux de penser que de nombreux cœurs se désolent en ce moment et ne seront jamais oublieux. Je doute que quelqu'un ne l'ait pas aimé.

Quant à son pauvre père c'est plus qu'affreux.

Adieu, mon pauvre ami. Gardons nos larmes et notre colère, qui peuvent nous permettre de supporter un pareil mal ! Embrassons-nous. Amitiés à Bour. Sur vous deux rassurez-moi, bien que je sois certain. Mais ne vais-je pas savoir de Paris quelque deuil prévu ?

L'*enveloppe ouverte* ne me permet pas de vous parler des événements en apparence plus grands : j'avoue que le malheur qui m'ordonne ce second billet me remplit complètement. En réponse au premier parlez-nous de vous. Pour nous trois, Marie, Geneviève et ton

STÉPHANE MALLARMÉ.

Geneviève ne veut cependant pas que ce mot parte sans vous apprendre qu'elle aura, cet été, un petit frère ou une plus jeune sœur. Grande joie pour elle ; pour nous, soucis. Mon affection nerveuse de ces dernières années ; Marie, elle-même, a été souffrante toute la dernière année : voilà qui nous fait craindre.

Adieu, cette fois, parce que nous aurions trop à nous dire. Mes bons amis, nous en sommes à cette période de l'absence où il faut se revoir, car on devient de réciproques abstractions. — Et pourtant comme les réveils de cette affection dormante sont cruels, quand ils sont suscités par un deuil inattendu ; ils nous montrent qu'elle vivait profondément !

STÉPHANE.

216. – *A Catulle Mendès.*

Avignon
8 Portail-Matheron
Mercredi 1er Mars 1871

Cher ami,

Je reçois votre billet, et, bien que votre amicale influence demeure, je crois, étrangère à ce qui peut se passer de quelques jours, je ne résiste pas au désir de prendre de suite une feuille de papier à votre intention. Il flotte, sur tout le projet[1] qui m'environne en ce moment, pour en tempérer le contentement, une ombre si mélancoliquement chère, (vous savez de qui, mon ami !) que je ne sais comment arriver à dire une chose essentielle sans, peut-être, vous faire sourire.

1. Grâce à la fiancée d'Henri Regnault, Geneviève Bréton, fille du directeur de la librairie Hachette, les amis de Mallarmé (Mendès, Cazalis, Augusta Holmès) s'occupaient de lui trouver une place à Paris. Mendès venait de lui annoncer la venue d'un commis de la maison Hachette : « Ce commis vient dans le but de vous sonder sur la place que vous pouvez occuper, grâce à votre connaissance de l'anglais, soit dans la maison même, soit dans un lycée de Paris, soit à Londres. (Mais vos amis vous prient d'opter pour une place à Paris.) »

Je ne connais de l'Anglais que les mots employés dans le volume des poésies de Poë, et je les prononce, certes, bien — pour ne pas manquer au vers.

Je puis, le dictionnaire et la divination aidant, faire un bon traducteur, surtout de poëtes, ce qui est rare. Mais je ne crois pas que cela constitue une place dans la maison Hachette, à moins d'un arrangement par lequel je livrerais, à un prix indulgent, un volume, je suppose, par année. En un mot, croyez-vous que cette entreprise, dont je vous parlais récemment (et qui est une sorte de petit monument) pourrait suffire à la bienveillance que m'accorde la maison Hachette ?

Comprenez-moi bien. M'étant remis résolument au travail, je vois les difficultés particulières que j'éprouve, et par quelles ruses régulières triompher de l'empêchement qui m'a accablé ces dernières années.

J'ai peur, par instants, que l'occupation d'une maison de commerce, qui doit n'employer que des personnes d'une présence effective, et très-réalisable, soit moins favorable même que le bureau (m'étais-je trompé ?) entrevu à la faveur de votre dernière lettre, à des projets certains qui, en somme, forment ce que vous attendez de moi.

Voilà pourquoi, sans doute, en omettant tout l'appel à une douleur à laquelle une partie de votre lettre fait allusion, et qui ne doit trouver place en ce billet, votre première lettre s'était davantage chez moi adaptée à de secrètes sympathies.

Toutefois, comme après tout on n'a pas d'excuse, à mon âge, de travailler difficilement, et que cela ne regarde ni Marie, ni Geneviève, ni..., j'accepte ce qui, seul, se présentera, avec empressement. Il faudrait donc, puisque c'est l'Anglais qui est en jeu, accepter d'abord la place de Londres, qui me permettra de le rapprendre — sauf à revenir vers cet hiver à Paris.

Qui sait, cependant, si deux ou trois correspondances de journaux ne me permettraient pas là-bas d'atteindre le même but, d'une façon qui concorderait peut-être mieux avec l'avenir ?

J'attends le commis-scrutateur*. Merci de vos recommandations. Je me munis de témoignages, notables et décisifs.

Maintenant, cher ami, votre main, afin que je ne croie pas que je me parle à moi-même en tout ceci, tant nous nous confondons aisément.

Si vous rencontrez quelqu'une des personnes qui ont eu cette bonté de s'occuper d'un absent et d'un inconnu, remerciez-les à ce double titre encore maintenant, en attendant que je le fasse plus tard de vive voix.

Amitiés à Madame Judith.

STÉPHANE MALLARMÉ.

Un mot confus à votre adresse a été jeté par moi, hier, dans la boîte d'Avignon. Vous arrivera-t-il encore cité Trévise ? Il annonçait les fruits —

* Je saurai, du reste, de lui si je pourrais, en prolongeant la présence pendant l'après-midi, conserver les matinées. Mais j'y songe, ce ne serait jamais qu'au retour de Londres, où il faut séjourner de toutes façons en commençant, si je veux entrer dans cette voie.

217. – *A Henri Cazalis.*

Avignon
8 Portail Matheron,
Vendredi 3 Mars 1871

Henri,

Un monde aussi, vois-tu, à dire ! Je le *dirai*. Ne pas l'écrire, non.

D'abord et toujours un serrement de main douloureux. Non, cher ami, ne désespère pas de toi. Il n'y a qu'un moyen de venger notre frère, de faire que le crime ait été moins irrémédiablement accompli. N'est-ce pas de l'incarner dans nos natures différentes ? Et cela se peut ! Je t'assure que, moi-même, je commence, avec cette pensée, qui aide prodigieusement et — c'est bien simple, — vivifie.

Mais il veut donc aussi, avec notre vie, influencer notre existence, le pauvre enfant. Il est exquis à l'infortunée jeune fille [1] d'avoir entrevu cela.

Tu sais que j'ignore tout, mon ami. Comment a-t-il été tué ? Je crois que c'est une balle, que je reçois en plein cœur à des heures inattendues, accompagnée d'un jaillissement de larmes.

Je n'ai d'autre consolation que de songer que l'horrible première émotion est durable et que le moment où j'ai appris notre malheur demeurera le même pendant les années.

1. Geneviève Bréton.

Ainsi, nous pouvons presque causer de nous. Tu me diras tes grands projets, *qui seront*. Moi, me voici. Un suprême hiver d'anxiétés et de lutte, cette dernière contre la vraie et bonne misère qui, enfin, en me promenant par la nuque (tu vois, il y avait encore un peu de névrose mêlée,) à travers tout ce qui n'est pas ma vocation, m'a fait, déjouée, en une seule fois, épuiser les vilenies et les mécomptes des choses extérieures.

Je redeviens un littérateur pur et simple[1]. Mon œuvre n'est plus un mythe. (Un volume de Contes, rêvé. Un volume de Poésie, entrevu et fredonné. Un volume de Critique, soit ce qu'on appelait hier l'Univers, considéré du point de vue strictement *littéraire*.) En somme les matinées de vingt ans. Je ne sais si c'est le printemps qui me laisse croire qu'en sachant ménager ma vie, je les ai devant moi.

Ceci peut ne pas rapporter un sou, et n'être que l'équivalent de ma gloire intérieure invétérée. Je suis payé.

Quant à vivre de ma plume, voici ma songerie. Un article par semaine (pardon, mon ami,) réduisant à cent et des lignes les images et le texte de l'*Illustrated London News*; que Villiers tente de m'obtenir, je suppose à l'Illustration. Ça peut aller à mille francs par an. Mais surtout, voici mon joli travail des après-midi, et qui semble m'être destiné, car, par un prodige, cela

1. *Igitur* a donc rempli sa fonction. Grâce à ce conte (même inachevé), et peut-être aussi grâce à la guerre, Mallarmé a définitivement terrassé le monstre de l'impuissance, liquidé sa névrose de l'absolu. Redevenir un littérateur pur et simple, c'est abdiquer tous les au-delà pour le seul horizon des lettres, ou de la fiction.

n'a pas été tenté, — et c'est même un petit monument qui peut séduire un éditeur (est-ce Lemerre?) : une traduction, à un volume chaque année, des beaux poëtes anglais illustres, du dix-neuvième siècle. Je commence par le dernier, mais qui nous manque à nous tous, Poë, hélas! fragmentaire, que je quitte même en ce moment pour t'écrire ceci. Il doit y avoir là un second billet de mille francs.

L'admirable serait que je pusse faire cela dans une bibliothèque. (Tu me dis que Lefébure peut-être obtiendrait une place de ce genre.) Je précise : ne pourrais-je trouver, dans une des bibliothèques de Paris, une position que faciliteraient notamment mes quelques connaissances en Anglais, soit qu'elle me confie, je suppose, le département des livres de cette langue... Ou tout autre chose, dans l'un de ces établissements qui, ne réclamant pas une assiduité de captif, me laisserait, peut-être, des matinées, pour l'œuvre intime à laquelle je me voue. Tu vois, j'aurais, de plus, l'avantage de travailler là à mes traductions. De la sorte, je pourrais vivre.

Dussé-je, au besoin, adjoindre à mon traitement dix jeunes personnes anglaises qui, se rendant chez moi deux fois la semaine pendant dix mois au prix de vingt francs, (afin de recevoir des leçons de littérature française,) y laisseraient deux mille francs. Vous, quelques recommandations, j'en puis peut-être avoir à l'ambassade anglaise, suffiriez à les grouper. C'était mon système depuis que j'ai quitté l'effrayant Lycée, à Avignon, avant la guerre.

Je crois que tout cela, compris, n'est pas chimérique. J'insiste, du reste, sur tant de chiffres, pour bien voir.

Mais tu m'excuses.

Il y aura encore, (je ne dois pas compter là-dessus,) une perspective de Théâtre[1]. J'ai accueilli un certain nombre de thèmes scéniques, pour un l'an. Je fais un drame, en ce moment, que je crois heureux : trois scènes, en prose gesticulante ; mais c'est *très-raide*. Si les choses ne me leurrent, je vous le porterais [*sic*] donc peut-être dans quelques semaines ! Est-ce possible, mais, là-dessus, je recommencerais ma lettre. Je le devrais, elle se sent de la grande fatigue de tout le jour, causée par ce labeur dramatique, nouveau et extraordinaire. Je vis si peu ! ces « bonshommes » ! Non, c'est pour me donner une preuve de ma volonté. Adieu. Tout ceci est pour Lefébure, naturellement. Tu ne me parles pas de des Essarts et je me rassure. — Au revoir, au lieu d'adieu. Je n'aurais pas osé écrire à Miss Holmès. Mais tu la remercieras d'avoir songé à moi, n'est-ce pas ? (Mademoiselle Bréton, je veux la voir et lui parler. Je me tais. Dis-le-lui.) Nos amitiés, ami.

Ton

STÉPHANE MALLARMÉ.

218. – *A Catulle Mendès.*

Avignon,
8 Portail Matheron
Vendredi 3 Mars 1871.

Cher Catulle,

Ne tenez que peu de compte de ce que je vous ai écrit — immédiatement, parce que je ne sais guères

1. Cette ambition théâtrale reviendra périodiquement dans la correspondance des années soixante-dix et quatre-vingts.

réfléchir que la plume à la main. Surtout en ce qui concerne Londres. Cazalis m'écrit qu'il ne serait pas même impossible que notre ami Lefébure obtînt quelque chose, qui ressort d'une Bibliothèque. C'est exactement, et exclusivement dirais-je, ce que je souhaiterais, afin de travailler : chez moi à mes choses, et là, à des traductions. Vous comprenez : dans ce second cas, deux pierres d'un coup...

Car je dois me « ménager », très-malheureusement. Je ne vous écris que ce petit mot, parce que je suis fatigué de mon drame en trois scènes. Lui et moi, nous haïssons assez pour qu'il y ait possibilité de le mener à fin. J'aimerais à vous venir à Paris avec ce manuscrit ; qui vaudrait mieux pour nous deux que des vers : en ce qu'il vous montrerait, de ma part, un effort et un gage conquis de volonté. — Villiers ! je ne dis plus rien de lui. Une bonne poignée de mains à vous et à Madame, à côté de vous. Marie est souffrante, de l'été prochain. Votre

STÉPHANE MALLARMÉ.

219. – *A Émile Deschamps.*

Avignon
8 Portail Matheron
Dimanche 12 mars 1871

Bien cher Maître,

Ceci n'est qu'un mot. Le voici : Comment allez-vous ?

Je n'en demande pas davantage, afin de garder

entière cette illusion que, pensant à vous, causant de vous, pendant mainte heure de ce mauvais hiver, nous avons pu — c'était, en même temps que notre douleur, sa consolation unique — peut-être présumer tout ce que vous avez enduré. Mais non, ce n'est pas vrai : toutefois ne vous faites pas le mal de raconter, une fois encore, ces tristesses.

Ô Maître, faut-il dire avec des larmes, (parce que vous l'avez pensé, certainement,) qu'il y avait pour vous un bien à ne pas voir ces choses[1] ?

Cependant comment êtes-vous ? Ces pauvres yeux, que savent et gardent tant de cœurs, dites-nous ce qu'ils vous donnent ou de souffrance ou d'espoir.

Ceci, par une ligne, sur une carte, due à la bienveillance de votre entourage attentif...

Il faut, alors, vous dire qu'ici nous allons bien ; Madame Mallarmé me promet un garçon pour cet été ; rien d'impossible à ce que ce petit frère de Geneviève nous naisse à Paris, car de bons amis s'occupent de m'y faire une position. Voilà toute la maison. Du reste, je travaille.

Quel bonheur ce serait de vous revoir !

Déjà donc, aujourd'hui, au revoir, cher et respecté Maître : nos vœux et des baisers de Geneviève.

Je voudrais bien que vous vous chargiez d'un serrement de main pour Monsieur Bigand[2]. J'ai fait tout à l'heure une heureuse promenade au-delà du Rhône parce que, au péage du pont, on m'avait dit qu'il était véritablement mieux. Avignon et chacun le

1. Emile Deschamps était aveugle depuis 1869.
2. Peut-être le peintre Auguste Bigand, né en 1803.

réclament. Soyez assez bon pour lui faire part de ces vœux.

Votre tout dévoué

STÉPHANE MALLARMÉ

220. – *A Henri Cazalis.*

Avignon
8 Portail Matheron
Vendredi 24 Mars 1871

Cher ami,

Deux mots, si j'ose croire qu'il peut être question encore de ce que nous avions songé — parmi tant de choses...

Mon Dieu ! que cette politique, à laquelle (guerre à part,) on a pu accorder un moment d'accueil, commence à devenir envahissante et insupportable !

Du reste, en supposant même que, par haine de cette intruse, on en revienne à sa propre songerie, toute la nôtre n'est-elle pas liée au séjour plus ou moins prolongé, à la veille peut-être de cesser, que fait Jules Simon [1] dans les misères du moment ?

Voici pourquoi, au reçu du mot de Sens par lequel ma mère me parle de la protection *possible* d'un Monsieur Richard (Jules Richard, je suppose qui — ne fut-il pas ministre des Beaux-Arts [2], précisément ?)

1. Jules Simon (1814-1896), ministre de l'Instruction publique dans le gouvernement de la Défense nationale.

2. Mallarmé confond son possible protecteur, le journaliste Jules Richard, avec Maurice Richard, ministre des Beaux-Arts d'Emile Ollivier avant la chute de l'Empire. Voir *infra* la lettre du 9 avril.

j'étais bien aise, dans le cas d'une interruption de nos amicales négociations, de vous suggérer ce moyen de les renouer peut-être, différemment.

— Que fais-tu ? Plus d'un haut-le-cœur ne compromet-il pas le tranquille décorum de ton travail ?

Je reprends sur tous mes meubles, et dans les diverses perspectives d'une ancienne promenade quotidienne, celles des impressions qui pourraient y demeurer, comme un homme qui pense à partir. Puis j'interromps mon drame pour revoir dans ses profondeurs fuyantes l'ensemble de travaux que j'ai patiemment conjoint pendant ces quatre années, afin d'aller près de vous exécuter cela, (pour le reste de mes jours.) Ce procédé, nouveau en littérature, me séduit par lui-même : mais certaines échappées du labeur projeté, me comblent encore de bonheur, si je dois les revoir, les fixant.

Ce printemps semble me vouloir du bien. Je lui demande, cependant, de ne pas me guérir tout à fait, parce qu'il me serait plus difficile de conserver une saveur morbide nécessaire sous une explosion de vaine richesse.

Au revoir, ami. Marie, le sais-tu, a été très-vexée de plusieurs réflexions faites par ta lettre sur sa position, qui, du reste, est toute de souffrances. Geneviève est une bien bonne petite fille.

Mais Lefébure que devient-il ?

Ta main.

STÉPHANE.

221. – *A Henri Cazalis.*

Avignon
8 Portail Matheron
Lundi 27 Mars 1871

Mon bon ami,

Un mot seulement, et qui aurait dû commencer ma lettre de l'autre jour, si j'avais bien fait. Quelle est la place de bibliothécaire à laquelle tu avais songé — tu songes, pour Lefébure ? Est-ce, veux-je dire ? une place en province. Comme je crois que cette position qui, seule (avec quelques cours libres de jeunes personnes, par exemple,) peut convenir à ma maudite personne, ne s'obtiendrait que fort difficilement à Paris, je saurais faire le sacrifice de cette résidence (hélas !), surtout si je ne devais pas aller trop loin. N'y aurait-il pas même, parmi ce qui n'est pas pure impossibilité, cette chance de coudoyer « Bour » ?

Au fond, je ne serai près de vous jamais que par ce que je puis faire de bon, vague désir (ce dernier) que nie irrévocablement toute position assujettissante à Paris, où tu ne m'aurais que maussade de ne rien faire. Je le suis déjà assez de mal faire, d'habitude.

Je ferme en hâte ce billet, de crainte que Marie n'en contresigne les derniers mots. La pauvre amie a une grossesse très-pénible. C'est Geneviève qui vous embrasse, toi et « Bour ». Et moi qui me réjouissais, Geneviève grandie, de reléguer ce vieux nom entre les joujoux usés. Cela va recommencer, cependant. Je n'aurai dit que deux ou trois fois : *Leféb ure* — ne m'écrit pas.

Votre

STÉPHANE.

Pourrais-tu répondre presque par le courrier à ceci et à mon dernier mot, afin que je n'écrive qu'une seule fois à ma mère, avec qui je suis fort en retard.

Tu ne cours aucun danger à Versailles ? Dis-moi, ne t'expose pas. Je n'aurais pas eu le droit de t'écrire ceci, pendant la guerre, puisque notre Henri Regnault... mais, maintenant, un malheur serait un accident. Adieu.

222. – *A Henri Cazalis.*

Avignon
8 Portail Matheron
Dimanche 9 Janvier
[avril] 1871

Cher Henri,

Te voici, de nouveau, aux ambulances, disons-nous. J'assiste aux malheurs de ces jours, l'esprit impartial, mais, oh ! le cœur navré. (Il le fallait). Voilà, espérons, par l'angoisse de plusieurs jours, la tranquillité de quelques années — pendant lesquelles nous vivrons ensemble. Ne faut-il pas, un moment, détourner les yeux et revenir à nous ? ne serait-ce que pour bien sentir que si nous souffrons vivement de ces choses, c'est que nous le voulons bien, car je n'admets pas que tant d'interruptions s'imposent à notre intime pensée.

Un mot. Le monsieur Richard, n'est pas Jules Richard, mais « un républicain » m'écrit la bonne dame. Or...

Je crois avoir mieux. Si Jules Simon, sur qui compterait un peu, je crois, Mademoiselle Bréton, est inabordable, son Chef de Cabinet et Secrétaire Général (demeuré à Paris, je suppose) est M. Saint-René Taillandier, ami de Mistral qui a eu l'amabilité de s'entremettre près de lui, cet été, pour obtenir le maintien de mon allocation de congé.

D'un côté, mon nom n'est pas inconnu à ce personnage ; de l'autre, littérateur, et ayant peut-être publié un livre chez Hachette, il peut être en relations avec Monsieur Bréton.

Si ces indications pouvaient te servir, et que tu les crusses valables, je pense que Mistral, bien que prié récemment d'agir par Emmanuel, ne se refuserait pas à une dernière importunité, de façon à ce que la demande de Paris rencontrât une personne prévenue en sa faveur.

Si le pouvoir de ce fonctionnaire n'est pas absolu, au moins le rapproche-t-il du Ministre suffisamment pour que les choses deviennent simples.

Cela, quand la poste sera rétablie entre Versailles et Paris, ce qui va être prompt, inévitablement. Adieu. Nous allons donc quitter Avignon déjà pour Sens, dans les derniers jours du mois : dès lors je pourrai aller vous presser la main, mes pauvres, mes pauvres amis. Que dit Lefébure, s'il parle, n'écrivant pas ? Adieu, encore.

Ton

STÉPHANE M.

223. – *A Frédéric Mistral.*

Avignon, Dimanche de Pâques
[9 avril 1871]

Cher ami,

Pas de lettre de toi; ni hier ni ce matin. Je pense ne devoir pas me mettre en route en telle occurrence.

Il n'y a que le soupçon que, peut-être, m'attends-tu à la gare de Graveson, pour aller à Frigoulet[1]... : mais je le bannis, parce que, dans ce cas plus que jamais, tu eusses écrit.

Tu n'es pas chez toi, — tu ouvriras ce mot après le précédent, qui t'attend : et entre ces deux billets inutiles tiendra le projet, échappé, qui me souriait.

Ne regrette rien, pour ne pas compliquer cette aventure. *Il faudra nous revoir*, soit que tu viennes, dans cette quinzaine, déjeuner ou dîner avec nous. Viens donc, de grâce!

On te presse la main, autour de moi.

STÉPHANE MALLARMÉ.

1. Saint-Michel de Frigolet, où Mistral fut pensionnaire de 1839 à 1841 avant que l'abbaye fût relevée.

224. – *A Frédéric Mistral.*

Avignon
8 Portail Matheron
Vendredi [14] Avril 1871

Viens donc Lundi ou Mardi, ou Mercredi, parce que, Jeudi, tu nous trouverais hésitant par quel côté commencer un déménagement.

Tu dînes. C'est à six heures.

Alors, rien de perdu, car j'ai ce vaste et petit Maillane dans les yeux pour bien longtemps, cher ami.

Nous nous réunirons quelques connaissances, le soir, si tu veux. Mais c'est toi, surtout toi, que je quitte.

Au revoir, cher ami.

— Ma femme, que sa grossesse avancée ne laisse pas très-active doit être prévenue, par exemple la veille. Elle te serre la main. Geneviève attend. Je fais comme l'une et l'autre.

Ton

STÉPHANE MALLARMÉ.

225. – *A Henri Cazalis.*

Avignon
8 Portail Matheron
Dimanche 23 Avril 1871

Cher Henri, —

Eh! bien, te voici donc si loin[1]! Guères plus, de notre solitude; et tu juges combien nous sommes autrement satisfaits de te savoir à l'abri de maux qui ne sont pas faits pour nous, toi ni moi. Je pense, certes, que Lefébure est chez lui. Devine notre tourment d'un instant, te croyant de préférence à Paris, alors que l'on te gardait, compagnon de Villiers, de Mendès, dans les rangs de l'émeute[2]. Notre inquiétude reste bien grave pour ces derniers. Ont-ils, eux aussi, pu quitter la ville malheureuse?

Je commence par invoquer mes peines intimes, afin que de sentiment ce que je ressens pour tout ce qui n'est pas tel, ressemble à de la tristesse, nécessaire et bienséante : il y a encore Paris, — les pierres, — que j'aime, hélas! Au fond, le reste me paraît assez indifférent : d'un côté parce que le Fléau se présente de suite à mon esprit comme le ferait une peste ou toute contagion (je plains les victimes), qu'il ne fut du pouvoir de personne d'éviter; et qu'une impression de stupeur causée même par le hazard ne conviendrait

1. Cazalis avait quitté Versailles, où s'était installé le gouvernement le 18 mars, pour Amsterdam.
2. La Commune de Paris avait été proclamée le 28 mars.

pas, car on saisit facilement les correspondances en regardant les vingt dernières années ; et, franchement, laideur pour laideur, il est insignifiant de vouloir comparer.

Ce qui me préoccuperait davantage serait ceci : dans quelles conditions retourner à Paris ?

Car tu comprends, cher ami, tout nous dit de nous réunir. Même l'Absent ; celui qui revivra beaucoup avec nous deux. Je ne m'afflige pas, vraiment, de penser qu'Henri s'est sacrifié pour la France, et que celle-ci ne soit plus. Sa mort a été plus pure. Il y aura eu plus d'Éternité que d'Histoire dans cette unique tragédie.

Je veux donc bien qu'il soit charmant que cette chère influence me rappelle près de vous.

Toutefois je dois ne céder à ce touchant bonheur que fort digne.

Je vais te dire où j'en suis. Tracas de l'existence à part, j'ai passé un hiver désolé : mais je m'aperçois que ma santé faisait un effort tel qu'il ne peut être que le dernier. Notre printemps a une vraie solennité pour moi. J'encourage, et je tâche d'aider, à la faveur de travaux appropriés. Ces heures critiques me permettent de revoir par éclairs ce qui fut mon rêve de quatre années, tant de fois compromis. Je le tiens, à peu près.

Mais commencer de suite, non. D'abord, il faut que je me donne le talent requis, et que ma chose, mûrie, immuable, devienne instinctive ; presque antérieure, et non d'hier.

Même réussissant, il ne faut me dissimuler que cela est dur à imposer à une foule qui songe à remuer les pavés. Mais précisément, il n'y a pas de mal que la politique veuille se passer de la Littérature et se régler à coups de fusils. La Littérature en est quitte, et en garde ce qu'elle veut ; assez, par exemple, pour savoir se conduire vis-à-vis de deux rivaux, l'Art et la Science, qui semblaient la confiner en des chroniques quotidiennes, Gaulois[1], etc. — On sera las de se battre. *Pour le moment*, je prépare un Drame et un Vaudeville, discréditant aux yeux d'un Public attentif l'Art et la Science pour un nombre possible d'années. Le tour peut être très-bien joué. Et je m'empare de la position. (J'ai voulu te faire sourire. De loin, ce sera ainsi. Ta mine deviendrait plus sérieuse, si nous causions, sur le petit canapé, en fumant.)

De la sorte, mes traductions de l'Anglais venant, et un petit cours de quoi que ce soit : de grammaire et de style, à quelques jeunes personnes, je crois que je pourrais vivre d'une place de bibliothèque très-modeste, me donnant surtout des heures de travail en attendant que mes tentatives personnelles assurent un avancement honorable. Je ne vois d'avenir possible que de cette façon.

Tu vois pourquoi je tiens à cela. Sinon, il me resterait d'aller à Londres faire des correspondances de journaux, pendant cette première année qui me sépare de la perpétration de mon labeur envié ; et doit, par les curiosités que j'énonçais tout à l'heure, en préparer les voies.

Nous ne quitterons pas Avignon plus tard que les derniers jours de Mai, à cause des couches de Marie à laquelle, du reste, Sens est offert pour ce temps.

Songeons aux moyens. Je crois que si l'on compte sur Jules Simon, il sera bon qu'on se hâte, je suppose,

1. Le journal *Le Gaulois*.

une fois Paris pris, ce qui approche; parce que le changement de ministère qui nous priverait de ce personnage peut être prompt. De mon côté, je m'efforcerai que le chef de cabinet, St-René-Taillandier, qui doit se trouver à Versailles, soit prévenu, par Roumanille, (son ami, plus intime que n'est Mistral,) ; de la sorte ce peut n'être l'affaire que d'une signature. Mais il faudrait saisir l'instant. Que penses-tu de cela ? Si, dans le cas où Mademoiselle Bréton serait à Paris (je regretterais moins de n'avoir pu l'entrevoir dans un des trains qui vont vers l'Italie !) tu lui donnais ces renseignements, dès maintenant, par une lettre attendant à Versailles, — n'importe où, en mains sûres, — l'heure favorable ? Puisque nous en sommes aux détails très-minutieux, j'ajoute que toute la chance (administrative) d'obtention réside en cette particularité à faire valoir que : « *professeur mis hors d'état par ma santé de faire la classe, je désirerais, littérateur également, entreprendre des travaux sur la littérature anglaise dans un coin de la Bibliothèque.* » J'y aurais même ainsi de vagues droits. — Tout ceci, par de tels jours, est, peut-être, pour causer : mais nous avons causé. Et je ne t'ai rien dit d'Amsterdam, moi d'aïeux hollandais [1] ! Ô cher et heureux, nous t'embrassons, Marie, Geneviève et ton

STÉPHANE M.

Pardonne-moi ce torchon. — J'omettais de dire que la lettre de Roumanille, pour qu'elle ne fasse pas mauvais effet sur M. S.R.-Taillandier non prévenu, ne

1. Sur les ascendances hollandaises de Mallarmé, voir *DSM* V.

lui serait adressée que si tu crois que la démarche doit être, d'autre côté, faite près du Ministre. Réponds.

226. – *A Henri Cazalis.*

Avignon
8 Portail Matheron
Lundi [8 ou mardi]
9 Mai 1871

Cher Henri,

Je voudrais t'écrire ce soir, et je tombe de fatigue. Ces dernières journées d'Avignon (grâce auxquelles je ne devais pas quitter ce site et ses [1] quatre années, sans avoir distribué la substance de leur malheureux rêve selon un plan inoubliable que je puisse emporter au loin,) elles sont quelque peu dures, effrayées encore par les tribulations différentes d'un déménagement, fixé à la fin du mois. Mais c'est pour nous revoir. Tout est là.

Je sens que les choses, et saisies et perdues maintes fois, m'échapperaient définitivement dans la solitude. Pas de foule, mais vous — toi.

J'en étais là, ce matin, hésitant à m'installer devant trop de papier blanc, quand est venue ta lettre : et tu juges mes remerciements. Je t'ai relu et me suis retrouvé. Ce soir, c'est afin que la nuit ne me défasse pas trop, que je m'endors le long de cette réponse.

Pauvre ami, tu songes toujours à moi ! De mon côté,

1. « Ses » surcharge « ces ».

j'ai, dans maintes heures, rappelé une ligne de ta lettre, de l'ancienne, pour savoir de quel ton tu me parlais d'un mariage flottant devant ta vision, possible. Oui et non, toujours : voilà même (de raisonner de cette façon) notre malheur. Une femme peut tout donner, beaux regards, et repos loin des nécessités. Mais les enfants, qui, lorsque je te vis, devenaient précisément ta charmante et seule ambition : il y a en eux un monde de souffrances qui nous possède aux heures de famille : parce que nous ne sommes les pères que de nos productions imaginatives. Nous sentons notre nullité (ne serait-ce que fatigue du travail quotidien !) devant des devoirs terribles, apparue telle, et dure, par cela que, notre organisation gardant tout ce qu'il y a de meilleur en nous pour son instinct jaloux de production glorieuse, il y a ce risque que les pauvres enfants n'héritent que de vanité, — navrante pour qui sent que la vie, véritable, leur était due.

Je te dis cela à voix grave et basse : n'entends pas trop, si tu le veux. Tu sais, autrefois, tu étais mon aîné, je ne t'ai guères écouté, suivant alors mon sort. Je suis en possession de ce rôle, à présent : mais sois libre.

Quant à cette sottise que : la famille empêche de travailler, oh ! non. Au contraire, on ne trouve que là le couvent, les heures, avec la liberté mondaine. Je parle, même les nécessités difficiles admises. Pour moi, si je n'étais toujours souffrant (un peu), je serais d'une vaillance parfaite.

Je ne demande encore, du reste, que quelques mois. Je ne désespère pas de présenter au commencement d'Octobre un petit drame, s'adaptant aux curiosités les plus variées d'une foule. Qui sait s'il n'y aura pas, là, de quoi passer mon hiver près de vous ? Sinon, j'en ferais un second de suite. Car tu comprends pourquoi je ne voudrais pas rechercher autre chose qu'un coin dans une bibliothèque ? Le plus infime métier littéraire, m'exerçant pour le moins le poignet, m'écarterait, moins qu'une place dans un bureau, du but que je regarde fixement. Il n'y aurait pas, positivement, perte de temps. Avec ce que j'ai à faire, je ne puis vraiment perdre un moment.

Le malin sera d'attraper ce mois d'Octobre : mon drame n'est pas tout à fait mûr, et lui ou mes facultés souffriraient d'une élaboration prématurée. Voilà, je crois, ce que je fais : Juin, à Sens, et le commencement de Juillet, lorsque naîtra le petit enfant. Alors je prie Mendès de m'obtenir une correspondance ou deux, afin de me permettre de me rendre chez Wyse, en Angleterre, lequel m'invite. Vient Septembre, que je passe à Sens, de nouveau, terminant le drame.

Tu vois, cher, que *tu as tout le temps de ne pas te tourmenter à mon sujet*. Je me sais, jusqu'à ce cinquième mois. Peut-être même gagnera-t-on à ne rien brusquer. N'est-ce pas ? Mais je te verrai dès ton arrivée à Paris, si Paris il y a. — Que d'inquiétudes, de chacun ! Tu ne sais rien. Je n'ai pas de nouvelles. As-tu, de Versailles, appris la mort de notre vénérable Émile Deschamps ?

Lefébure n'est plus à Versailles. Je n'ai pas une lettre de lui. J'en suis à te remercier, non de m'écrire, vieux et fidèle, mais d'être à l'abri du fléau, et que nous respirions après avoir prononcé ton nom. Au revoir. Marie, vraiment bien fatiguée, et son petit diable (Geneviève) t'embrassent comme moi.

Ton

STÉPHANE M.

Cher Ami, je rouvre ma lettre, pour te prévenir, dans le cas où tu désirerais user de ces facilités, que Roumanille met à ma disposition sa correspondance avec des employés de librairie momentanément fixés à St Denis. Papier pelure. A mon adresse.

227. – *A Alphonse Lemerre.*

Avignon
8 Portail Matheron
Mardi 16 Mai 1871

Cher Monsieur,

Que j'aurai à vous remercier, en arrivant à Paris, peu après l'apaisement — entrevu (semble-t-il en ce moment) de province... Le charme de ce devoir, qui sera un des premiers, et auquel je songe fréquemment, absorbe toute impression différente, à l'instant où je vais commettre une suprême indiscrétion, sinon la dernière.

Je ne reçois aucune nouvelle de Mendès : ne pourriez-vous lui faire parvenir le billet joint à celui-ci ? S'il est au dehors, la voie de transmission serait celle que j'indique au dos de ce mot ? Si vous ignorez sa retraite, — ici commence ma grande importunité — ne pourriez-vous mettre, à la suite de quelques noms d'amis communs, de qui j'aurai attendu des nouvelles par Mendès, et notamment du vôtre, cher Monsieur, la mention : tranquilles et bien portants ?

Je sais que vous me pardonnerez toute cette exigeante inquiétude.

Au revoir et

bien à vous

STÉPHANE MALLARMÉ.

Pour répondre, faire remettre, chez Delagrave, votre confrère, une lettre à l'adresse de M. Roumanille, libraire, à Avignon, avec la mention : pour M. Mallarmé, Professeur au lycée.

(Cazalis est à Amsterdam, et j'ai eu de lui deux lettres rassurantes.)

228. – *A Frédéric Mistral.*

Avignon
8 Portail Matheron
Samedi 20 Mai 1871.

Cher ami,

Apprends que des Essarts nous — hélas ! non, vous revient. Il est à Nîmes, et doit, le jour de la Pentecôte, revoir Avignon.

Sache d'un autre côté que je pars pour le Nord (si ce mot peut s'écrire en ce jour de chaleur) le lendemain même, le Lundi[1].

Que penserais-tu d'une proposition que je fais à

1. Les Mallarmé quitteront en effet Avignon pour Sens le 29 mai. De là, sans attendre la naissance d'Anatole (16 juillet), Mallarmé se rendra à Paris début juin.

Emmanuel, de nous réunir chez toi, pendant la matinée du Dimanche ?

N'es-tu pas celui qu'il faut voir le premier ou le dernier, en arrivant ou en partant ?

Détails : nous arriverions l'un et l'autre de grand matin à Graveson, et te demanderions d'avancer un peu ton déjeuner, parce qu'on devrait te quitter pour terminer l'après-midi à Avignon.

Veux-tu me répondre bientôt ?

(Au diable le grand Schiren[1] !)

A toi.

STÉPHANE MALLARMÉ.

229. – *A Augusta Holmès.*

Dimanche, 23 Juillet 1871

Ma chère amie,

Je vous surprends à aimer les fugues[2].

Quant à Cazalis, il assure qu'il est, poliment, « étonné ».

1. Le 13 avril, Mistral avait écrit : « Quel effroyable cataclysme ! et dire que tout ça devait être pour qu'Avignon devienne capitale du grand Chyren ». Mistral fait référence à un quatrain de Nostradamus :

Au chef du monde le grand CHYREN *sera,*
Plus outre après aymé, craint, redouté,
Son bruit et los les cieux surpassera,
Et du seul tiltre victeur fort contenté.

Chiren serait l'anagramme d'Henri [IV]. Voir *Corr.* XI, p. 111.

2. Mallarmé joue sur le mot : la musicienne Augusta avait fait une escapade à Londres.

Que diriez-vous si l'on vous poursuivait [1] ? Ceci, que vous le saviez. Je vous livre mon prétexte, toutefois. Je chiffonne une poignée de journaux et je me sauve avec, à Londres, parce qu'ils assurent que je suis leur Correspondant.

Mais vous verrai-je ? Nous sourirons de Cazalis.

J'espère bien que vous pouvez sourire ; je vous dirai que j'ai été frappé, un instant, et inquiet ; mais j'espère que vous me détromperez. Je vous écris même à la diable pour chasser cette impression menteuse.

Puis-je attendre ce mot de vous, au commencement de la semaine à Sens (Yonne) ; vers la fin, 4 Cité Trévise [2].

Je vous presse les mains et vous prie d'en tendre une à Mademoiselle Olga [3] de ma part.

Respectueusement et amicalement,

STÉPHANE MALLARMÉ.

1. Mallarmé s'apprêtait à prendre à son tour le chemin de l'Angleterre (le 9 ou le 10 août).

2. Adresse de Mendès, chez qui Mallarmé logeait depuis son arrivée à Paris.

3. Olga Klosé, fille de Hyacinthe Klosé (1808-1880), clarinettiste et professeur au Conservatoire.

230. – *A Catulle et Judith Mendès.*

Alexander Square, 1.
Fulham Road. W. *London*
[Samedi 12 août 1871]

Mes amis,

Où êtes-vous ? Que faites-vous ?

Me voici à Londres, à mon troisième jour. J'ai visité à fond l'exposition [1] hier ; et je vais aujourd'hui lire la collection des choses écrites à ce propos, depuis deux mois.

Demain je serai en mesure de commencer un premier article.

Quant au Guide, je me contente de retenir la place pour l'année prochaine. Je crois que ce serait, aussi tard que nous voilà, une entreprise risquée, m'assure-t-on encore.

Je pense faire, pour mes quatre journaux [2], vingt articles, c'est-à-dire rester trois grandes semaines.

Je demeure à deux pas de l'exposition dans une petite maison, qui me semble confortable, ayant un jardinet sur la rue.

Quand viendrez-vous ? Je crois que vous serez contents d'une chambre située dans ce logis.

Il y a, du reste, devant les fenêtres, et dans le voisinage, omnibus et railway pour les quartiers

1. L'Exposition internationale de Londres.
2. Seul *Le National* publia trois lettres de Mallarmé (voir *OC*, pp. 666-679).

remués de Londres, mais cela m'intéresse moins. Je compte ne pas bouger du voisinage, et, me sentant dans un état de fatigue extrême après mon séjour de Paris, à la fois me reposer et faire convenablement mon travail. Je vous ferai donc bien plutôt les honneurs de l'Exposition que de Londres.

Du reste, il y a deux heures exquises le matin, de 8 à 10, qui sont à nous, à l'Exposition, avant l'entrée du public à l'Exposition, et pour en profiter, il faut ne pas s'être attardé loin la soirée précédente.

Je vous quitte pour en jouir. J'ai même retrouvé de tranquilles salles dans un musée voisin, où l'on peut faire sa besogne à merveille si l'on ne veut gâter, en usant le jour, l'impression aimable du gîte, à la rentrée, le soir.

Je bavarde. Vos deux mains ?

STÉPHANE MALLARMÉ.

Pourquoi n'avez-vous pas répondu à ma première lettre, remplie de détails, que j'ai fait mettre, par un chef-de-gare à la boîte d'une station située entre Paris et Sens : explication du timbre. Chose importante : hâtez-vous. Je tiens de du Sommerard[1] qu'on va commencer un travail de catalogue dans l'*Officiel*.

1. Edmond du Sommerard (1817-1885), commissaire général de la section française.

231. – *A Alphonse Lemerre.*

Alexander Square, 1.
Fulham Road
S.W.
Londres, Dimanche 13 Août 1871

Mon cher ami,

J'ai remis chaque jour ce mot à votre intention. D'abord, j'ai dû dépecer le monstre appelé Exposition, puis partager la dépouille pour mes journaux et leur envoyer un premier morceau. Ma visite matinale aux galeries, et ma lutte, pendant le reste de la journée, avec l'heure de la poste, me serviront d'excuse prolongée. Du reste, avant de rien faire, j'ai donné quelques journées à notre projet indécis de Guide, et ne l'ai abandonné que totalement épuisé. J'ai conféré avec l'auteur du Guide Anglais, et, pour avoir le cœur net, j'ai feint d'offrir à l'éditeur même qui a acquis le monopole officiel de ces sortes de publications, celle que nous envisagions, vous et moi. Plus tôt, il eût accepté avec transports, d'autant mieux que la chose était réclamée par les journaux anglais, — je l'avais flairé. Mais l'exposition touche à sa fin, les Français sont venus plus qu'ils ne viendront; et quant à une prise de possession du terrain pour l'année prochaine, cette précaution n'était pas en jeu, du moment que l'Éditeur anglais, dont nous dépendrons toujours pendant quelques minutes si nous nous remettons la chose à la seconde Exposition, n'accepte rien de personne cette année.

La chose est absolument jugée. Maintenant, Jeffs est mort. Pickering [1], riche et somnolent, ne vendrait pas trois volumes par an. Je vais me mettre en relations avec un éditeur vivant, et très recommandable et charmant, de Piccadilly, sur le conseil d'un homme qui sait son Londres littéraire. Toutefois, je causerai encore, cette après-midi, avec M. Payne [2] que j'irai voir pour ma première heure de liberté, attribuable au Dimanche où les lettres même ne partent pas.

J'obtiendrai de l'Éditeur de Cox [3], (Longman) le droit de traduction, nécessaire pour notre publication de la petite mythologie.

Vous voyez que je n'oublie rien, mon cher ami. Cependant, tout présent que vous soyez, j'ai hâte de vous revenir, après quelques semaines de campagne près de Wyse impatient de votre Parnasse annoncé [4]. Au revoir ; vos deux mains ?

Mes respects à Madame Lemerre, si vous êtes assez aimable. Je vous prie de dire à M. de Lisle que je lui écrirai, dès que j'aurai rencontré M. Payne, et qu'il veuille bien en attendant ne pas s'étonner de mon silence explicable.

A vous,

STÉPHANE MALLARMÉ.

1. Jeffs et Pickering : éditeurs londoniens.
2. Le poète et traducteur anglais John Payne (1842-1916), dont Mallarmé fit la connaissance à cette occasion.
3. George William Cox (1827-1902), disciple de Max Müller (le fondateur de la mythologie comparée) et auteur de nombreux ouvrages de vulgarisation sur la mythologie, notamment *A Manual of Mythology in the form of Question and Answer* (1867), que Mallarmé devait traduire sous le titre *Les Dieux antiques* (1880). Sur l'importance de ce livre, voir *RM*, pp. 103-162.
4. Retardé par les événements, le deuxième *Parnasse contemporain*, dont la publication avait commencé en 1869, ne parut complètement qu'en 1871, avec la Scène d'*Hérodiade*.

232. – *A Henri Cazalis.*

Alexander Square, 1 ; Fulham Road.
S.W. London
Dimanche soir [13 août 1871].

Mon bon ami,

Je ne t'ai pas encore écrit, parce que dépecer ce monstre qu'on appelle une Exposition, pour faire des articles mauvais, mais consciencieux (mauvais, parce qu'il est impossible de rien dire en quatre fois,) est l'affaire de quelques jours. Cela, grâce encore à M. Yapp, qui fut bon et exquis pour moi. ——

Je savais que Fillonneau[1] devait se tromper, de quelque façon.

Au premier regard ; j'ai compris la chère Ettie, refroidie, et semblable à une jeune femme qui ne s'est pas mariée.

J'ai été profondément ému, et je te le dirai, attristé longtemps.

Pendant un instant de solitude près de moi, Madame Yapp m'a demandé si j'avais vu « Monsieur Cazalis qui a brisé la vie de sa pauvre enfant, laquelle cependant ne souffre plus ; mais ce n'en est pas moins amer. »

Hier soir enfin, la chère Ettie m'a invité au balcon, et nous avons été longtemps sans pouvoir trouver un mot à nous dire, jusqu'à ce qu'elle le remarqua. Nous

1. Ernest Fillonneau, assistant de du Sommerard et mari de Kate Yapp.

avons parlé de toi, elle te juge sainement, en femme qu'elle est devenue, et ne t'en veut pas, comprenant que c'est pour elle que tu l'as quittée mais ne comprenant pas que tu l'aies quittée. Selon elle, tout est fini, parce qu'elle a principalement perdu la confiance en toi. Son intention même a été de me dire de te prier que tu brûlasses les lettres que tu possèdes d'elle.

J'ai *voulu* parler de ta tristesse, qu'elle devinait comme une chose lointaine, mais sûre.

Elle m'a assuré ne plus vivre qu'en Florence[1], laquelle se mariera peut-être bientôt. Elle, ne se mariera pas.

Toutefois elle a su avoir deux dernières larmes, froides et virginales, qui me font mal ce soir même.

(Nous avons été interrompus).

— Je trahis sa confiance amicale. S'informant si tu savais qu'elle n'était pas mariée, où elle était — elle m'a prié de ne pas te parler d'elle. Je puis lui désobéir. Voilà, mon cher ami, ce que tu m'avais demandé. Je ne dois, du reste, que te le dépeindre strictement. Je regrette ce qui est perdu, pour vous deux : je te le dis en vieil ami, mais sans un mot de plus. — Je voudrais pouvoir user, pendant quelques bons moments, pour elle, de causeries qui lui montrent mon entière sympathie. Mais elle retourne, Vendredi, avec sa mère et sa sœur, à Paris, M. Yapp restant, seul, à Londres.

STÉPHANE M.

1. Sœur de Kate et Ettie Yapp.

Je ne crois pas pouvoir t'écrire cette lettre, sans te prier de la brûler ; n'est-ce pas ? Adieu, je tombe de fatigue. Ne sais-tu pas ce que tu voulais savoir ? Voilà tout, pour le présent.

233. – *A Catulle et Judith Mendès.*

Alexander Square, 1.
Fulham Road. S.W.
Londres, Mardi [15 août 1871]

Mes bons amis,

Je ne vous écris pas même un mot, ayant lutté toute la journée, avec un long article, contre l'heure de la poste, dont quelques minutes seulement me séparent.

Vous ne venez donc pas ? Voici que je quitte Londres, *Lundi prochain*, du moins, parce que Wyse n'a que quelques journées à me donner, et parce que mon séjour à l'Exposition devient écourté par le fait d'un journal, (le Français) qui me remercie après avoir accepté. Quant aux autres, je me contente jusqu'à présent de leur absolu silence, qu'il vaut mieux pour moi traduire par leur consentement prolongé.

Comment allez-vous ? L'air et la mer vous font-ils du bien, sensiblement ? Travaillez-vous ?

Pour moi, j'ai été fort souffrant à mon arrivée, enfiévré et endolori. Mais je vais et viens depuis quelques jours et puis mieux écrire.

J'étais, en un mot, capable et en train de vous recevoir.

Ceci enveloppe la lettre ci-jointe de Paris, reçue hier

matin et pas mise à la poste, le soir, parce que je ne possédais pas le timbre nécessaire.

Il a fallu que je refisse complètement connaissance avec mon Londres d'autrefois ! Je suis sauvé, aujourd'hui, et riche en timbres.

Je bavarde. Adieu. Vos mains

STÉPHANE MALLARMÉ

— Je pars à Chislehurst[1], pour souhaiter la fête de mon souverain.

234. – *A Catulle Mendès.*

Vendredi soir [20 octobre 1871].

Cher ami,

Deux choses : d'abord je vous serre les mains et vous remercie, parce que vous allez être très-content. J'apprends, ce matin, par Mademoiselle Bréton à qui le ministre a écrit pour le lui annoncer, *ce fait* que la position ambitionnée m'est donnée. Ô longue enfilade d'heures de travail, reposées de soucis, à travers laquelle je vois, enfin !

Maintenant, venez, demain soir, chez Leconte de Lisle, parce qu'il lira la première partie de son œuvre dramatique[2], ainsi que me l'affirme Heredia.

1. Petite ville au sud-est de Londres où Napoléon III se réfugia avant d'y mourir le 9 janvier 1873. L'allusion à la fête du souverain permet à L. J. Austin de dater cette lettre du 15 août, fête de Napoléon.

2. Sans doute *Les Érinnyes.*

J'avais été, à tout hazard, chez Lemerre pour vous dire la première de ces choses : mais je vous ai manqué. Je passerai la journée de demain à la bibliothèque, Madame Mendès y viendra-t-elle ? Ah ! j'y pense, non ! j'ai bien peur, car ce sera, pour elle, le jour fatal de la copie.

Au revoir.

[Sept lignes barrées]

(Ce que je fais là est très impoli, je le sais [1].)

Votre main.

STÉPHANE MALLARMÉ.

235. – *Au Ministre de l'Instruction publique.*

A Son Excellence
Monsieur le Ministre de l'Instruction Publique,
des Beaux Arts et des Cultes.

Dimanche, 22 Octobre 1871

Monsieur le Ministre,

La personne qui avait eu la bonté de faire connaître à Votre Excellence mon désir de reprendre une position dans l'Enseignement m'informe que vous me

1. Mallarmé a très soigneusement barré les sept lignes qui précèdent de telle façon qu'on ne puisse pas les lire. En voici cependant la teneur à peu près certaine : « Je n'ai, du reste, pas donné mes leçons d'Anglais, ce matin, un écolier en robe grise de toile et en ceinture de cuir étant venu jeter le désarroi dans mes projets studieux. »

réintégrez dans ma situation de chargé-de-cours d'Anglais au Lycée d'Avignon : et je viens vous remercier de la bienveillance que vous avez bien voulu me montrer avec la même gratitude, absolument, que si le résultat avait été l'un de ceux que je désirais.

Toutefois, lorsque j'allai au Ministère pour savoir si mon retour pouvait devancer l'insertion, qui n'a pas encore paru, de cet arrêté au Bulletin, j'ai appris, incidemment, que l'extension donnée par vos soins, Monsieur le Ministre, à l'étude des langues Vivantes a suscité la création de plusieurs Délégations dans les Lycées de Paris.

J'ai désiré m'associer à ce projet, et Monsieur le Vice-Recteur, consulté sur l'opportunité de ma démarche, a accueilli, j'ose le dire, non sans faveur, le vœu que je lui exprimais.

Y aurait-il de l'indiscrétion de ma part, Monsieur le Ministre, à vous demander de vouloir bien transporter sur ce projet l'intention bienveillante que contenait votre première décision ; et de m'accorder, au lieu du cours d'Anglais d'Avignon, l'une de ces Délégations nommées par l'Académie de Paris ?

La pensée de retourner maintenant dans le Midi m'était pénible, parce qu'après deux ans de congé passés, avec la moitié de mon traitement due à la sollicitude du Ministère, dans ma famille près de Paris, un long voyage, accompagné d'une femme et d'enfants, et toute une réinstallation lointaine, devenaient plus onéreux que ne me le permettent mes ressources présentes.

Je ne signale cette particularité, Monsieur le Ministre, que pour faire appel à votre intérêt connu pour ces choses simples ; et je veux principalement insister sur ma résolution que mes humbles services deviennent dignes de votre bonté.

J'ai l'honneur d'être, Monsieur le Ministre,
de Votre Excellence
le très-dévoué serviteur[1].

STÉPHANE MALLARMÉ,
Chargé de Cours d'Anglais.

Paris, 3 Rue Vivienne, Hôtel des Étrangers

236. – *A Jean Marras.*

[Lundi 30 octobre 1871][2]

Mon cher ami[3],

Je suis, ce soir, pendant que Catulle vous écrit, où nous étions ensemble il y a trois mois, où vous n'êtes plus, hélas !

Il paraît que je reste à Paris, gardé par un lycée

1. En marge de cette lettre : « M. Mourier. / Si cela est possible, je serai bien aise qu'on puisse le faire. » Et en dessous (d'une autre main ?) : « C'est fait. » Mallarmé fut en effet nommé délégué au lycée Condorcet à compter du 1er novembre 1871.

2. Écrit en post-scriptum à une lettre de Mendès évoquant la reparution du *Rappel* le lendemain, ce mot incomplet peut être daté soit du 30 octobre 1871 (date retenue par L. J. Austin), soit du 28 février 1872, *Le Rappel*, suspendu depuis le 24 mai 1871, ayant reparu le 1er novembre pour être suspendu à nouveau le 25 novembre jusqu'au 29 février. Mais voir *DSM* VII qui propose le 3 février.

3. Jean Marras (1837-1901), ami de Villiers et de Mallarmé depuis le milieu des années soixante. Rallié à la Commune, il dut se cacher un temps chez Mendès à l'époque où celui-ci hébergeait Mallarmé, avant de s'exiler en Espagne.

avare. Mais vous, ami, quand nous reviendrez-vous? En attendant l'amnistie probable d'un jour, vous vous rattachez à Paris par le journalisme, qui ne vous quittera plus lors du retour. Je suis fort heureux! — Puis ce sera le moyen de causer, quoique indirectement.

Tout cela fait que je ne vous dis qu'au revoir, mon pauvre et cher ami.

Encore un mot. Vous savez que Balaguer[1] est ministre des travaux publics. Ne pourrait-il pas vous servir. Il [...]

237. – *A l'Administrateur de la Bibliothèque Nationale.*

Samedi 10 Novembre 1871
Rue Vivienne 3.

Monsieur l'Administrateur,

J'ai l'honneur de solliciter de votre bienveillance une carte d'entrée, valable pendant un mois, dans la salle de travail de la Bibliothèque.

L'ouvrage que je désire étudier et, du reste, copier entièrement, est le volume des Œuvres Poétiques de Ponthus de Tyard[2] que possède la Bibliothèque.

1. Sur Victor Balaguer, voir la lettre du 30 décembre 1867. Balaguer fut ministre de l'Outre-mer (et non des Travaux publics) du 5 octobre au 20 décembre 1871, et ne retrouva un poste ministériel (celui du Développement) qu'en mai 1872.

2. S'agit-il d'un prétexte? Ou Mallarmé a-t-il servi de copiste à l'éditeur des œuvres de Pontus de Tyard? Dans ses *Glanes* de 1860, Mallarmé s'était en tout cas constitué une importante anthologie des poètes du XVIe siècle, dans laquelle ne figurait pas Pontus.

Je ne sais s'il y a indiscrétion à vous demander cette carte pour cette après-midi, et je me permettrai de passer vers deux heures, dans tous les cas, pour voir si je puis la retirer.

Veuillez agréer, Monsieur l'Administrateur, l'expression de mes sentiments les plus distingués.

STÉPHANE MALLARMÉ,
Professeur aux Lycées Condorcet
et Saint-Louis.

238. – *A Geneviève Bréton.*

29 Rue de Moscou[1]
Paris 10 Décembre 1871

Chère Mademoiselle,

Que m'apprend notre amie Augusta, que je visite hier avec Madame Mallarmé ; et que me redit Cazalis, ce soir, à la maison ?

D'abord, ces premiers mots vous annoncent que nous nous sommes recréé un *chez-nous*, longtemps errants et séparés : et vous voici, certainement, rassurée, car on me parle de vos amicales inquiétudes sur notre sort.

Maintenant, je suis tout à mon étonnement ; et, si je ne consultais l'ami devant le feu de qui je vous ai écrit

1. Première adresse parisienne de Mallarmé, installé depuis fin novembre. Il déménagera en 1875 au 87 rue de Rome, renuméroté 89 en 1884.

cette lettre (qui vous suppliait de ne pas vous affliger de mon retour nécessaire à Avignon, vous remerciant de tout, cependant) je croirais que la lettre n'a été faite que dans ma pensée reconnaissante et mélancolique d'alors. Non, je ne l'ai pas rêvée; ni le soudain télégramme, qui suivit immédiatement la minute où Augusta m'annonça ma nomination au lycée Condorcet.

C'est ici, seulement, que commence le songe. Mais bien différemment. La chaire d'Anglais n'existait qu'à moitié au lycée Condorcet. J'allais partir encore. Trois semaines de lutte, cependant, contre les choses, et j'obtins au lycée Saint-Louis une autre moitié de chaire. Tout cela, je ne voulais pas vous l'écrire, aimant mieux vous laisser croire... Immédiatement, enfin, notre installation à Paris; compliquée, pour mille motifs difficiles, cela à travers mes deux lycées quotidiens. J'attendais toujours le Dimanche où je pourrais vous écrire mieux qu'un billet. C'est aujourd'hui, mais ma lettre, hélas! est pleine de ce récit fastidieux : je la voulais affectueuse et respirant les choses exquises et nobles que, bonne, vous faites loin de nous. Avant tout, avant tout, comment va Monsieur Bida[1]? N'est-ce pas vous demander où vous en êtes de votre espoir et de vos charitables douleurs? Je vous presse les mains, comme quelqu'un qui pense, tous les jours, à vous, (cela en montant le boulevard Saint-Michel.)

1. Geneviève Bréton avait écrit le 13 octobre : « J'ai dû quitter brusquement Paris pour accompagner en Alsace mon ami Bida, fort souffrant. » Sans doute s'agit-il d'Alexandre Bida (1823-1895), peintre et illustrateur.

Ma femme se joint à moi pour vous aimer : notre Geneviève veut vous embrasser. Quand reviendrez-vous ? Adieu. Remerciez encore votre père, de loin, pour moi. Et revenez. A vous

STÉPHANE MALLARMÉ.

239. – *A François Coppée.*

Au coin d'une rue.
Mardi 12 Xbre [1871], 3 h. 1/2.

Cher ami,

Il y a toute une époque entre nous, et, aujourd'hui un pays entier de neiges mauvaises, qui nous ont retenus en route, dix minutes de plus que nous ne pensions. Arrivés au Luxembourg, plus personne. Je voulais laisser ce bonjour sur votre table. Il est de ma fillette et de sa maman, également, qui m'accompagnent. Elles demandent, encore, quand, un beau Dimanche, nous pourrons aller à Bellevue, où une santé chère est meilleure, je l'espère.

Merci de l'envoi de l'*Abandonnée*[1], mon ami, que j'ai lu avec un plaisir pareil au premier soir. Nous causerons, bientôt.

Votre main,

STÉPHANE MALLARMÉ.

(Rue de Moscou 29.)

1. Drame de Coppée.

240. – *A François Coppée.*

Paris, 29 Rue de Moscou,
le 16 Décembre 1871.

Cher ami,

Est-il vraiment impossible que nous nous voyions? Un mot, que vous n'avez pas reçu, vous attend à la Bibliothèque où, me dit Lemerre, vous n'allez que peu : vous racontant que, dernièrement, ma femme et sa fillette, et moi, avions été en ce lieu vous serrer la main.

Dites-moi, ne serait-ce pas le plus simple que vous vınssiez Jeudi soir, vers six heures, dîner, pour passer un bout de soirée, avec nous? Ah! que j'aimerais qu'on pût vous y suivre de Bellevue! Du moins, nous irons, profitant pour cela d'un des premiers beaux Dimanches d'hiver : et nous trouverons une chère santé, bonne.

Au revoir, cher ami. Un mot encore, je viens de voir M. Graziani [1], qui a été très-charmant, heureux de l'être en votre nom. Il se désole encore du contretemps des billets du Gymnase [2]. Au moins, il attend la brochure de l'*Abandonnée*, faite plus précieuse par un mot que vous mettrez en tête. (Je vous le demande, Cher.)

1. Jean-Noël Graziani, chef de bureau à la Direction des personnels enseignants des lycées.

2. Le Théâtre du Gymnase où fut donnée la première de *L'Abandonnée* en novembre 1871.

Merci de l'exemplaire à mon adresse, trouvé passage Choiseul. Ça a été les premiers vers que j'ai relus dans mon logis presque installé — ceux qui le rendent familier et bon.

Votre main ; et mes respects et mes vœux à votre mère et à votre sœur.

STÉPHANE MALLARMÉ.

241. – *A Augusta Holmès.*

Rue de Moscou 29
Mercredi 18
[20] Décembre [1871]

Chère amie,

Je trouve les quelques lignes désignées au crayon, en dépliant le numéro d'hier du *National.*

Lignes d'un bulletin, voisin des annonces et des choses de la quatrième page. Le malheureux qui a écrit cela, probablement au sortir du concert et en hâte, sur votre merveilleuse musique, doit, en se relisant, se mordre singulièrement les doigts ; puisque ce n'a même pas paru le lendemain.

C'est égal, explorez, jusqu'au fond, l'ineptie...

Je cause. Parce que je voudrais venir ce soir. Hélas ! le Mercredi est un jour mauvais pour moi : absent dès les heures du matin, je n'apparais à la maison que pour déjeuner, et, le soir, tard, pour dîner. Alors qu'un livre soit ouvert ou une feuille de papier traînant, je regarde comme mon devoir et ma récompense de me mettre au véritable travail une heure ou deux de la journée encore.

Et j'ai tant à faire, sans parler des choses ennuyeuses.

Heureusement que je ne vois jamais bien mes amis que quand je ne suis pas avec eux.

Je dirais presque : Pourquoi suis-je venu à Paris ? — Et y a-t-il autre chose à dire quand on ne va pas chez vous.

Tout à vous. Votre main, et celle de Mademoiselle Olga. Compliments d'autour de moi.

STÉPHANE MALLARMÉ.

242. – *A Frédéric Mistral.*

29 Rue de Moscou
Vendredi 29 Décembre [1871]

Mon bon Frédéric,

Les choses sont amères. Il sera dit que la pauvre lettre pour Maillane, que je me promettais depuis le commencement de l'hiver, elle-même, m'est refusée. J'ai une vie qui me fuit des doigts, je ne la ressaisis pas — si ce n'est dans quelques bons souvenirs du passé auquel tu es mêlé avant personne. On t'aura dit que j'ai retrouvé dans deux lycées de Paris ma position d'Avignon. Puis j'ai quelque chose à un journal et je prépare du théâtre. Mais toi, que fais-tu ? le Dictionnaire[1] ? Viens donc me le dire. Notre intérieur est le

1. *Le Trésor du Félibrige.*

même, simplement transposé : ma femme et Geneviève t'aiment. Nos vœux de 1872.

— J'oubliais le jour de l'an : tant il me faut peu de[1] prétexte pour causer avec toi. Nos respects à ta mère.

Ta main ?

S.M.

1. Peu de prétexte » et non « prendre prétexte » (*CS* V).

1872-1898

243. – *A Catulle Mendès*[1].

Chemin de fer de Lyon

Mon cher ami,

Je vous écris quelques mots, avant d'entrer dans la forêt de Fontainebleau. Je voulais vous serrer la main, ce matin ; mais un travail forcé que je n'ai achevé qu'en me rendant à la gare ne m'a pas laissé le faire.

Il se peut que ma femme vous envoie demain, si ces papiers arrivaient en mon absence à la maison, des épreuves pour la *Patrie*, où vous voudriez bien jeter les yeux[2]. Je vais recueillir dans la forêt que menaça dernièrement l'administration, quelques détails sur les méfaits des bûcherons et des carriers, afin d'en saisir un de ces jours le XIXe siècle[3]. Je reviens demain soir. Mais je songe surtout à respirer !

1. Destinataire conjectural, mais probable (voir l'allusion finale à sa « chère et pauvre femme » : Judith Mendès était la fille de Gautier, mort le 23 octobre).
2. Rien ne parut dans *La Patrie* sous la signature de Mallarmé.
3. La presse s'était émue à la mi-octobre de coupes massives dans la forêt de Fontainebleau. La signature de Mallarmé n'apparut pas

Quant au livre de Gautier [1], j'ai vu France qui devait être mon compagnon de promenade. Il m'a tout dit. Je ne serai pas Samedi chez Lemerre. Voici, donc, ce que j'ajoute, afin que vous puissiez un peu me représenter. J'abandonne mon premier projet, (automne, maison de Neuilly [2]) parce que Coppée est élégiaque [3] et que, du reste, il est difficile de parler de ces choses dans un repas funèbre éclairé par des brûle-parfums ou même par la splendeur d'une apothéose. Commençant par : Ô toi qui... et finissant par un vers masculin, je veux chanter, en rimes plates probablement, une des qualités glorieuses de Gautier :

Le don mystérieux de voir avec les yeux.

(Ôtez : mystérieux). Je chanterai le *Voyant* qui, placé dans ce monde, l'a regardé, ce que l'on ne fait pas. Je

---

non plus dans *Le XIXe siècle*, journal républicain fondé à la fin de 1871 (alors que *La Patrie* était monarchiste). Mais le 10 novembre le journal publia une lettre de Denecourt, l'« inventeur » de la forêt de Fontainebleau, destinée à rassurer les « artistes et les touristes épris de cette merveille ». Peut-être cette lettre fut-elle sollicitée par Mallarmé.

1. *Le Tombeau de Théophile Gautier*, alors en projet, auquel Mallarmé contribuera par son « Toast funèbre ». A l'origine, cet hommage devait être un seul poème collectif, ainsi défini par Catulle Mendès : « Après un prologue (déjà fait par moi), où il est dit qu'un certain nombre de poètes sont réunis autour d'un repas funèbre en l'honneur de Théophile Gautier, tous, l'un après l'autre, se lèvent et célèbrent chacun l'un des côtés du talent de leur maître mort. » Mallarmé se proposait donc de chanter le voyant (voir les vers 32-35 de « Toast funèbre »).

2. La maison de Gautier, où il mourut.

3. Coppée avait été invité à chanter la tendresse de Gautier, et son poème s'intitulera « Théophile Gautier, élégiaque ».

crois que me voici, tout à fait, rattaché au point de vue général.

Au revoir. Je vous serre la main et vous regretterai dans les feuilles. Les deux mains de votre chère et pauvre femme. Comment va-t-elle aujourd'hui ?

STÉPHANE MALLARMÉ

Vendredi midi [1er novembre 1872[1]]

244. – *A Frédéric Mistral.*

29 rue de Moscou, Paris.

Mon cher ami,

Tu aimes les choses qui ont une grande allure : voici une de celles-là[2]. Ouvre et lis le pli qui accompagne cette lettre : deux feuilles, l'une pour toi, c'est-à-dire pour la Provence, car les chefs-lieux de sections françaises sont Paris et Avignon ; l'autre pour Zorrilla, que tu connais, c'est-à-dire pour l'Espagne. S'il y a une subdivision nécessaire en Catalogne, tu t'adresseras à qui de droit[3], muni d'un troisième programme que nous tenons à ta disposition.

1. Simplement datée du début 1873 dans *Corr.* II, puis de l'hiver 1872 dans *Corr.* XI, cette lettre est très probablement des tout premiers jours de novembre, le projet d'un hommage à Gautier ayant été conçu aussitôt après sa mort. La date du 1er, jour de la Toussaint, justifierait les deux jours de liberté.

2. Ce projet d'une Société internationale des Poètes connut un éphémère aboutissement en 1874.

3. Victor Balaguer.

Mendès et moi, qui avons eu l'idée développée en tête des statuts, nous occupons des quelques détails généraux d'organisation, mais notre action finit là : Hugo, les maîtres de tous pays, voilà ceux qui apparaissent aussitôt que nous disparaissons. L'Angleterre abonde dans notre visée, l'Italie de même.

Mon cher ami, c'est tout simplement une franc-maçonnerie ou un compagnonnage. Nous sommes un certain nombre qui aimons une chose honnie : il est bon qu'on se compte, voilà tout, et qu'on se connaisse. Que les absents[1] se lisent et que les voyageurs se voient. Tout cela, indépendamment des mille points de vue différents, qui ne le sont plus, du reste, après qu'on s'est étudié ou qu'on a causé.

Voilà, il faut t'y mettre de tout cœur, comme tu sais entreprendre quelque chose : convoque une félibréjade et écris tra-los-montes. Au revoir, je ne te dis rien de nous qui allons tous bien, et ne te demande presque rien de toi, parce que Wyse, qui a dû te raconter notre intérieur, me dira également Maillane et la Barthelasse. Serre la main à ce vieil ami[2], dont j'attends le retour. (Il y a un *Tombeau de Gautier* pour lui, chez Lemerre. As-tu le tien ?) Ce livre qu'on aurait pu faire plus international contient en germe notre projet.

Que tout le *Parnasse* donne, déjà, la main à tout l'*Armana*[3] : et il y a une jolie chose. Tout le *Parnasse*, tout l'*Armana* ? non : les poëtes doués de quelque maîtrise, seuls, comme membres sérieux et dont on

1. Et non « les associés » (*Corr.* II).
2. Aubanel, qui habitait l'île de la Barthelasse, à Avignon.
3. *L'Armana prouvençau*, organe du Félibrige.

doive parler un jour. Il y a, je crois, à choisir, tant soit peu, quoique sans sévérité extrême.

Scrute ces *Statuts*, afin qu'il y ait une unité authentique dans les commencements de chaque section ; et, cependant, agis encore selon les exigences locales. Je les annote, du reste, à ton usage.

Je suis heureux, mon cher Frédéric, que cette tâche m'appartienne de t'écrire ces quelques mots : derrière la lettre d'affaires et entre les lignes, il y a, visibles, de bien bons et vieux souvenirs, que rien n'oblitérera. Penses-tu quelquefois à moi, de ton côté ? Amitiés de tous mes amis et de Mademoiselle Holmès. Autour de moi, femme et enfants, te disent le bonjour.

STÉPHANE MALLARMÉ.

1er Novembre 1873.

245. – *A Algernon Charles Swinburne.*

Paris rue de Rome 87

Cher Monsieur et Maître,

Pardon de ne vous avoir point répondu plus tôt ; et toujours merci pour votre belle et bonne lettre [1], pour les vers non moins que pour *Erechtheus* et aussi pour quelque chose dont je veux parler en dernier. Tous les titres par vous énumérés d'une façon si gravement

1. Mallarmé avait écrit à Swinburne pour lui demander sa collaboration à *La République des Lettres*, revue qu'il venait de fonder avec Mendès.

intéressante à la sympathie et à l'accueil français comme l'un de ceux à qui nous aimons à donner le nom de Maître, vous les avez ; et c'est une satisfaction neuve pour nous que de pouvoir les rattacher à des faits dans l'histoire : mais lorsque nous ignorions ceux-ci, ne connaissant que votre génie si mystérieusement alors parent de nos plus chères gloires, rien ne nous eût empêchés de proclamer haut que vous aviez dans l'âme un *vaste coin* français, autant que quiconque habitué à rêver ici devant nos paysages et nos livres. La surprise déjà causée chez nous tous par votre superbe collaboration en notre langue au *Tombeau de Théophile Gautier* s'est renouvelée ces jours derniers à la lecture de votre envoi cordial : quoi ! vous avez choisi, pour écrire un poëme[1] dans une langue étrangère (non, mais vraiment la vôtre, maintenant) le rythme que l'on n'aborde nulle part qu'en tremblant, quoi ! vous produisiez du coup la meilleure Sextine, car c'est la forme que nous appelons de ce nom à peu de chose près, qui existe dans la langue d'Hugo et de Banville, lesquels parmi tant de variations rythmiques n'ont jamais tenté celle-là ! vous jugez du succès. Sincère, absolu, fervent, il l'est, notre émerveillement : et point de sentir que malgré la gêne charmante imposée par tant de lois obéies votre indomptable nature musicale jaillisse toujours ; mais du fait qu'aucune expression (je le dis en critique incorruptible et farouche) ne détonne ni quant au sens ni quant au son. A peine si je préférerais lire au second vers

Pour y cueillir rien qu'un souffle d'amour

1. « Nocturne ».

au lieu de

Pour recueillir rien qu'un souffle d'amour

à cause de l'équilibre assez heureux dans le vers des deux monosyllabes *y* et *rien* et du moins grand nombre de fois qu'apparaîtra de suite la lettre *r* appuyée notamment sur une voyelle muette *e* dans *re* après avoir servi de finale à pou*r* ; mais vous auriez remarqué ce détail sur les épreuves qui vous seront adressées comme à un collaborateur. Peut-être un *blanc* y remplacera-t-il, vers sixième de la cinquième stance (et à ce propos, nous avons, en cas que vous y teniez, conservé les chiffres entre chacune) un seul mot qu'il ne nous a pas été donné de bien lire, car l'*orme*[1], qu'on verrait, ne présente pas de sens ; et avant de choisir entre *arme* qui sied peut-être et *ombre* dont l'idée nous a frappés, nous devons vous consulter, d'autant mieux que ce n'est peut-être aucune de ces « leçons ».

Le grand remerciement que je voulais vous adresser à la fin de ma lettre n'est pas encore pour *Erechtheus* ; car, véritablement, bien que ce soit exquis à vous d'avoir songé à me le faire envoyer, l'enthousiasme après quelques pages de lecture s'est substitué à la gratitude et il a fini par régner exclusivement et souverainement sur toutes mes réminiscences d'évocations de l'art antique, dont c'est à coup sûr le chef-d'œuvre. Êtres vivant dans un tel état poétique et délicieusement humain à la fois, n'existent pas autre part ; non plus que cette suave et puissante conception

1. Swinburne avait, par inadvertance, francisé le mot italien *orma*, « trace » (voir la lettre suivante).

tragique qui dispose, selon sa beauté seule, de leur présence ou de leur mort : avec tant d'extase et de sérénité. Ce livre qu'il sera temps, à la première étude générale faite ici sur votre Œuvre, de raconter tout au long et de classer au rang qu'il tient dans la poésie moderne, je vous demande humblement pardon d'en avoir défloré l'intérêt à venir près du public français, par un court et banal paragraphe que la *République des Lettres*, trop volumineuse à son second numéro, a été obligée de remettre au troisième [1] : belle occasion de le refaire ? non, parce que votre *Nocturne* paraissant dans ce même troisième numéro, mieux a valu garder le grand article d'ensemble projeté, pour quelque temps après ; sans compter qu'il y a déjà de moi de longs fragments [2] d'une étude écrite sur *Vathek* dont je publie au même moment en un volume le texte original français. Détails oiseux, si je ne m'en servais pour vous dire qu'en cette Préface seulement au livre de Beckford ainsi que dans un très-bref petit poëme, édité avec trop de luxe par un imprimeur en tant que specimen de son faire [3], consiste l'envoi, par moi annoncé et prochain je crois, dont vous voulez bien vous souvenir : publications très insignifiantes de mon hiver.

Ma suprême, profonde et inoubliable reconnaissance, cher Monsieur et Maître, résulte de la lecture, dans un journal anglais égaré, de la noble lettre qui consacre, autant pour moi que l'eût fait un mot de satisfaction prononcé par Poe lui-même, le *Corbeau* ; et fait l'offrande aux fêtes d'Amérique de notre témoi-

1. Voir cet article sur *Erechtheus* dans *OC*, p. 700.
2. Ces fragments ne parurent pas dans la revue.
3. *L'Après-midi d'un faune.*

gnage ignoré sans vous d'admiration pour le génie qu'elles glorifient[1]. Grâce à votre exquise et bienveillante initiative à l'égard d'étrangers (mais ce terme doit être banni de toute conversation avec vous, fût-il même employé à notre adresse !) nous avons de loin et à notre insu assisté à la cérémonie où vous nous avez fait deux places, vous effaçant filialement devant ce grand et cher Baudelaire d'abord. Émotion durable que celle éprouvée là ; et, je vous l'affirme, cher Monsieur et Maître, l'une des plus vives de ma vie littéraire. Manet, qui n'écrit guères, en sa qualité de peintre, vous envoie un long et silencieux pressement de main.

Tant j'avais à vous dire ! que cette lettre se prolonge jusqu'à l'indiscrétion ; et elle ne vous a seulement point fait part du contentement de Mendès à la lecture du passage amical de votre page de prose française, qui le concerne : oui, il est un des premiers qui ait eu la joie d'écrire votre nom en France, dans un journal quotidien ; qu'est devenue, hélas ! la collection de ce journal, appelé *L'Avenir National* ? Le cher ami vous dira que l'article ne lui paraît pas digne de vous être envoyé ; mais j'ai souvenir au contraire qu'il y avait là non ce qu'on dit entre soi et pour soi (maintenant que nous sommes au courant de votre Œuvre surtout) mais l'impression qu'il faut avant tout faire, dans une feuille de lecture rapide et sur un public qui ne sait pas : et aussi quelque chose de mieux. Comptez donc sur moi

1. Dans une lettre à Sara Sigourney Rice, maîtresse d'œuvre du monument et du volume dédiés à la mémoire de Poe, Swinburne avait loué *Le Corbeau* traduit par Mallarmé et illustré par Manet, et révélé ainsi à la dame l'existence d'admirateurs français du poète.

pour presser la recherche que Mendès se promet de faire.

Cher Monsieur et Maître, au revoir : permettez-moi de vous presser la main, sympathiquement et respectueusement.

STÉPHANE MALLARMÉ.

Jeudi, 27 Janvier 1876

246. – *A Algernon Charles Swinburne.*

87 rue de Rome
Vendredi 11 Février 1876

Cher Monsieur et Maître,

Un mot sur un coin de table, entre mille besognes; avant que j'aie le plaisir de répondre à plusieurs détails de votre tout aimable lettre.

Mendès que j'ai vu tenant les épreuves du *Nocturne* m'a peut-être devancé, car il semblait pressé de les ravoir.

A ce propos nous persistons à croire en *cueillir*, plus qu'en *recueillir*, ces deux mots dans le langage poétique ayant souvent même valeur et l'un y prenant le vague et la généralité de l'autre.

Aucune des leçons que vous proposez pour remplacer le mot italien *orme* (la charmante histoire !) ne laisse au vers la grâce qu'il avait, même avec ce mot en blanc; car la fin

... du beau pied blessé de l'amour

est parfaite et se remplacerait difficilement. Que diriez-vous d'une lettre intercalée, un *b*, vous servant ainsi d'un hazard pour faire

L'ombre.......

; à quoi je préférerais peut-être, l'allitération portant alors sur s (*s*ang et ble*ss*é)

Le sang du beau pied blessé de l'amour[1]

Pardon de ces lignes pédantesques et rapides : et de ne pas encore répondre à toute votre causerie; mais pardon surtout d'avoir imprimé votre première lettre qui est une page de français!

Oh! oui, nous serons heureux des fragments du *Blake*, qui me rappelleront une de mes meilleures lectures d'esthétique faite par un poëte, quand parut votre VIE[2]. Au revoir, bien cher poëte; à ma première minute de répit, une fois ébauché un grand drame, non, un gros drame, que je commence en ce moment[3].

Tout à vous

STÉPHANE MALLARMÉ.

1. C'est cette version qui parut dans la revue.
2. *William Blake, a critical essay*, publié par Swinburne en 1868.
3. Le 30 janvier, Mallarmé avait écrit au poète et critique anglais Arthur O'Shaughnessy (1844-1881) : « A côté de ma saynète [le *Faune*], je prépare tout un théâtre fort vaste (car il est probable que je ne vais plus que faire des drames pendant plusieurs années afin de conquérir la liberté de faire d'autres vers, lyriques) » (*Corr.* II, p. 101). Et le 6 février, au même : « ... pour le moment je suis en train de fabriquer le scénario d'un très gros mélodrame populaire » (*ibid.*, p. 103).

247. – *A Émile Zola.*

Samedi 18 Mars 1876
87 rue de Rome

Mon cher Confrère,

Pardonnez-moi de ne pas vous avoir remercié plus tôt ; je l'avais fait quand vous m'avez annoncé l'envoi de votre beau livre. Le volume entre les mains, je l'ai lu tout d'un trait ; puis, refermé, je l'ai ouvert pour l'étudier, fragment par fragment, pendant quelques jours. Ces deux façons de goûter une œuvre, qui sont, l'une, l'ancienne, du temps des romans faits comme des pièces de théâtre et l'autre, la moderne, alors que les conditions elles-mêmes de la vie obligent à prendre un tome, à le quitter, etc. ; *Son Excellence Eugène Rougon* s'y prête également : car un intérêt profond s'y dissimule admirablement sous le hazard plein de plis et de cassures avec lequel le narrateur d'aujourd'hui doit étoffer sa conception.

Un livre que son esthétique spéciale met d'accord absolument avec le mode d'en user que peuvent apporter ses lecteurs, est un chef-d'œuvre ; et voilà pourquoi, préférant peut-être en tant que poëte (et j'ai tort) certaines magnificences plus tangibles de la *Curée* et de l'*Abbé Mouret*, je considère votre dernière production comme l'expression la plus parfaite du point de vue que vous aurez à jamais l'honneur d'avoir compris et montré dans l'art de ce temps. Tout, depuis ce concept si profond et si bien montré et caché à la fois d'une grande force scindée en deux types contradictoires, c'est-à-dire ennemis et avides l'un de l'autre, Rougon et Clorinde qui se complètent réciproquement ; jusqu'au style, rapide et transparent, impersonnel et léger comme le regard d'un moderne, votre lecteur, qui verrait juste, oui ! se tient dans une harmonie extraordinaire et qui devrait faire pâmer d'aise la critique la plus doctrinaire, celle que ravissent toutes les lois d'un *genre* littéraire bien observées, s'il était à présent une critique quelconque, un peu lucide et croyant en autre chose qu'en la fantaisie.

Dans l'attrayante évolution que subit le roman, ce fils du siècle, *Son Excellence...* marque encore un point, formidable : là où ce genre avoisine l'histoire, se superpose complètement à elle et en garde pour lui tout le côté anecdotique et momentané, hazardeux ; tandis que l'historien de l'avenir n'aura plus qu'à résumer quelques luttes d'idées, etc. les bonshommes fatals qui se sont crus mieux que des porte-principes devenant tout à coup la proie du romancier. Quelle acquisition subite et inattendue pour la littérature, que les Anglais appellent la *Fiction* !

Telles, écrites à la diable et hors de chez moi d'où me chassent en ce moment mille préoccupations, quelques-unes des pensées qu'a vivement éveillées en moi la lecture de votre dernier livre ; pardonnez-moi cette rédaction hâtive et incohérente, mais je n'oublie rien et dès que j'aurai le plaisir de faire quelque part *Les Livres*, tout cela prendra place dans une étude d'ensemble tentée à propos de votre Œuvre. (Un point qui me reste à élucider, et dont nous causerons quand j'aurai le plaisir de vous voir, c'est pourquoi vous donnez maintenant à de certains dialogues par exemple (une fois avenue de Marbeuf, et d'autres dans la rencontre un peu fréquente, à chaque coin de Paris, de la bande) une allure toute de comédie, comme avec des jeux de scènes, etc. : n'est-ce pas bien littéraire et fait exprès ? mais je crois que vous y êtes forcé, à cause du grand emploi du procédé contraire que vous faites à chaque page du livre.

Au revoir ; au premier Jeudi ; j'espère alors pouvoir vous dire ce qui se passe à l'*Athenæum* [1] : mon Dieu ! que le roman Anglais, avec ses quelques tics et ses aventures prévues, est encore loin de comprendre ce que vous et la génération française contemporaine, voulez !

Bien à vous

STÉPHANE MALLARMÉ.

248. – *A Anatole France.*

Lundi soir 15 Mai [1876]
87 rue de Rome

Mon cher confrère,

Trop tardivement, hélas ! (et la faute vient de moi, qui aurais dû en deviner la présence dans le carton de la *République des Lettres* avant que l'éditeur Derenne me le remît) je vous remercie aujourd'hui des NOCES CORINTHIENNES. Le volume commencé par la fin, moins à cause de mon goût particulier pour les poëmes

1. *The Athenæum*, journal littéraire anglais dans lequel Mallarmé, par l'intermédiaire d'O'Shaughnessy, publia ses *gossips* (échos) littéraires et artistiques d'octobre 1875 à avril 1876.

exclusivement lyriques, que pour lire tout d'un trait et sans distraction l'œuvre qui donne son titre à votre nouveau recueil, j'ai d'abord sympathisé vivement avec le concept et le faire parfaits de ces morceaux qui ont nom *Leuconoé*, *l'Auteur à un Ami* et *la Veuve* : un court fragment qui précède la *Prise de Voile* m'a paru l'une de vos très-belles choses.

Avant de parler des Noces, je tiens à exprimer à leur endroit une opinion qui fait loi pour moi, relativement au moule où vous les avez jetées : le poëme dramatique me désespère, car si j'ai un principe quelconque en Critique, c'est qu'il faut, avant tout, rechercher la pureté des genres. Théâtre d'un côté ou poëme de l'autre[1] : mais je veux bien et je désire que, distribuant très-habilement les procédés de ces deux genres, on fasse, comme tous nos maîtres et ceux de toutes les époques, intervenir un colloque au milieu de descriptions ou bien d'élans de l'âme : et encore que, selon l'innovation montrée par le dernier poëme de Mendès[2], on juxtapose simplement les fonds et le dialogue, laissant entre eux circuler une atmosphère qui devient celle même de l'œuvre. A agir autrement ne voyez-vous pas un inconvénient, dans l'absence de ce va-et-vient des personnages parmi l'enchantement scénique, la lumière et le décor visibles du théâtre? Vous invoquerez une fresque ; et, en effet, je vois trop les êtres se découper avec netteté sur l'immobilité d'un mur d'or. Cet or ambiant, par exemple, il vient, chez vous, des mines les plus pures de la pensée et se dégage

1. Mallarmé, on l'a vu, travaillait alors à son drame populaire.
2. *Le Soleil de Minuit,* publié dans le troisième *Parnasse contemporain* (dont Mallarmé fut écarté par Anatole France...).

perpétuellement de vers d'une valeur bien rare; et c'est du premier au dernier que grâce à leur charme et à leur lumière, lira l'œuvre quiconque la tiendra un instant, les femmes, surtout : car vous les dépassez toutes, même les plus parfaitement organisées, par la netteté de votre pénétration et les musiques de votre diction.

Au revoir; et veuillez me pardonner (sans rien dire de mon retard à vous remercier) la promptitude que j'ai apportée à vous faire part de quelques observations : ce n'est qu'intérêt de ma part à tous vos travaux.

STÉPHANE MALLARMÉ

249. – *A Émile Zola.*

Lundi 3 Février 1877

Mon cher Confrère,

Je viens de relire d'un trait l'*Assommoir* qui me manquait chaque Dimanche en recevant la *République des Lettres*, depuis quelque temps [1]. L'impression causée par chacun des morceaux était profonde; combien plus l'est celle du livre entier! Merci doublement, puisque c'est dans un exemplaire envoyé par vous que j'ai eu la joie de vous relire.

Voilà une bien grande œuvre; et digne d'une époque où la vérité devient la forme populaire de la

1. *L'Assommoir* avait été publié en feuilleton dans *La République des Lettres* jusqu'au 7 janvier.

beauté ! Ceux qui vous accusent de n'avoir pas écrit pour le peuple se trompent dans un sens, autant que ceux qui regrettent un idéal ancien ; vous en avez trouvé un qui est moderne, c'est tout. La fin sombre du livre et votre admirable tentative de linguistique, grâce à laquelle tant de modes d'expression souvent ineptes forgés par de pauvres diables prennent la valeur des plus belles formules littéraires puisqu'ils arrivent à nous faire sourire ou presque pleurer, nous lettrés ! cela m'émeut au dernier point ; est-ce chez moi disposition naturelle toutefois, ou réussite peut-être plus difficile encore de votre part, je ne sais ? mais le début du roman reste jusqu'à présent la portion que je préfère. La simplicité si prodigieusement sincère des descriptions de Coupeau travaillant ou de l'atelier de sa femme me tiennent sous un charme que n'arrivent point à me faire oublier les tristesses finales : c'est quelque chose d'absolument nouveau dont vous avez doté la littérature, que ces pages si tranquilles qui se tournent comme les jours d'une vie.

Si je vous avais parlé au risque de vous ennuyer pendant une heure ou deux de tout ce que j'admire dans ce gros tome, je me laisserais aller à dire ensuite que la merveilleuse bataille du lavoir me paraît un peu hors d'œuvre, ou sortir du caractère de [Gervaise] [1] et que Nana passe peut-être sans transition visible de la gamine vicieuse et chétive à la belle fille qu'elle devient ; mais vous auriez si beau jeu de me répondre, que je n'insiste pas. Un rien ; entre de pures fautes d'impression, j'ai relevé un lapsus d'œil ou de plume

1. Mallarmé a laissé un blanc, n'ayant sans doute plus en tête le nom de l'héroïne.

qui vous amusera : celui-ci, page 264, ligne dixième « *Entre Gouget tout noir, les deux femmes semblaient deux cocottes mouchetées.* » Or c'est lui qui était entre elles deux ; n'est-ce pas ? Vous me pardonnez, en faveur de vieilles manies de bibliophile, que j'ai eues : cela vous prouve simplement qu'on vous a lu avec soin.

Je suis, dans beaucoup de journaux, avec la joie qu'éprouve tout homme devant un déni de justice ancien, enfin réparé, (car on finira par reparler de *la Curée*, de *la Faute de l'Abbé Mouret*, etc. à propos de votre grand succès d'aujourd'hui) le revirement de la Critique à votre égard. Cela devait arriver, vous n'en doutiez pas vous-même.

Au revoir ; recevez-vous toujours (sauf les soirs de Première) le Jeudi ? je serais bien heureux d'aller vous serrer la main chaleureusement : d'autant plus que j'ai par hazard si froid aux doigts de l'endroit où je vous écris ce bout de billet à la hâte, que je cesse, illisible. J'ai retrouvé un exemplaire du *Corbeau* que je vous porterai, de la part de Manet que vous aimez et de moi qui vous aime. Très-solitaire et travaillant beaucoup, je ne vous ai vu nulle part, depuis longtemps ; je vous lis, par exemple, dans le numéro du *Bien Public* de chaque Dimanche[1] : et nous avons, sur cet autre terrain, les planches théâtrales, sinon la même visée, du moins les mêmes aversions.

Bien à vous,

STÉPHANE MALLARMÉ

87 rue de Rome

1. Zola y tenait le feuilleton dramatique.

250. – *A Mrs Sarah Helen Whitman.*

Paris, 87 rue de Rome
18 et 28 Mai 1877

Bien chère Madame[1],

Que j'aime cette merveilleuse, profonde et poétique image, vrai portrait destiné à être mis en tête d'une édition de vos œuvres, que vous m'avez envoyée, l'autre jour ; et quelque vivement attendue que soit l'autre, votre ressemblance d'aujourd'hui, empreinte probablement d'un autre charme tout réel, j'ai pu, pendant ces quelques jours, me contenter de la première carte, toujours par moi regardée. Mon remerciement que je vous écris dans une de ces heures où, par hazard, je retombe sur moi-même, fatigué et las, et qui sont mes seules heures de loisir, restera quelques jours à la maison, afin d'avoir quelque chance de contenir aussi toute ma gratitude nouvelle, à la réception de l'autre photographie. Causons donc un peu, quoique trop brièvement, toujours : d'abord j'ai des semblants d'excuses à vous faire, quoique je sois persuadé que vous ne les accepterez pas ; comme oiseuses. Peut-être avez-vous vu, dans un numéro du *New York Tribune* qui me tombe sous la main, une phrase très-injuste relative à votre belle imitation de mon Sonnet sur Poe : cela m'a fait de la peine de trouver cette tache dans un

1. Sarah Helen Whitman (1803-1878), elle-même poète, fut fiancée à Poe peu avant la mort de celui-ci, et s'occupa de défendre sa mémoire. Elle traduisit en anglais « Le Tombeau d'Edgar Poe ».

article, du reste bienveillant pour nous autres poëtes français et pour moi en particulier. A ce propos, j'ajoute, pour vous répondre, que, non, je n'avais pas songé spécialement au poëme d'*Annabel Lee*, en parlant de ce dernier chant que la mort se charge toujours d'interrompre sur la lèvre altérée des poëtes : ce fut, de votre part, une ingénieuse explication historique.

Vous voulez bien me demander où en est mon travail dramatique[1]? il avance, quant à moi, du moins ; mais la grande tentative d'un théâtre entièrement nouveau à laquelle je m'adonne, me prendra plusieurs années, avant de montrer aucun résultat extérieur. Trop ambitieux, ce n'est pas à un genre que je touche, c'est à tous ceux que comporte selon moi la scène : drame magique, populaire et lyrique ; et ce n'est que l'œuvre triple terminée, que je la donnerai presque simultanément, mettant comme un Néron le feu à trois coins de Paris. Il y a là un monde d'efforts, mental et matériel ; et ma pauvre traduction de Poe en souffre. Non qu'elle ne soit faite, la voici dans un carton, à côté de moi ; mais je ne me sens pas la force de chercher à l'heure qu'il est un éditeur, toujours bien difficile à rencontrer pour une traduction de vers étrangers surtout publiée avec le luxe pieux que je désire. Ma seule consolation gît dans votre immortelle jeunesse d'âme qui vous permet d'attendre l'heure favorable. A vrai dire, ma vie se hérisse en ce moment

1. Mallarmé s'était ouvert à sa correspondante de son projet dramatique en parlant d'« un grand travail — un drame à faire jouer à époque fixe » (12 janvier 1877, *Corr.* II, p. 144). Un tel projet ne peut pas ne pas faire penser à Wagner, dont la Tétralogie avait été donnée, pour l'inauguration de Bayreuth, du 13 au 17 août 1876.

de difficultés : il me faut la solitude absolue pour mener à bonne fin mon vaste labeur théâtral, et même (je dirai) me faire oublier ici pendant une année ou deux, afin de reparaître, mes trois drames en main, absolument comme un homme inconnu et nouveau ; si bien que je perds volontairement de l'influence que je puis avoir chez les éditeurs et sur les journaux, au point de vue quotidien.

Je cherche, *pour tout concilier*, au loin, comme en Amérique, quelque travail de journalisme, anonyme, une chronique parisienne, même dans une publication peu importante mais payant un peu ; et peut-être qu'un conseil de vous, bien chère Madame, qui devez avoir tant d'expérience en ces sortes de choses, pourrait me mettre sur la voie.

Pardon de ce souci d'un instant que je vous cause ; ou même n'y songez pas une minute, si ma demande d'un bon avis vous paraît indiscrète. Mais je bavarde beaucoup et vous fatigue ; ma lettre du reste est finie si j'en juge par le papier, et cela sans vous avoir répondu au sujet d'Ingram[1], ce qui vaut peut-être mieux, puisque ce sujet, qui me peine, vous peine. Au revoir, chère Madame, jusqu'à l'arrivée de votre seconde photographie, que suivra ma lettre, accumulant ici pendant ce temps-là les bons souhaits silencieux sous son enveloppe.

= *Huit jours plus tard.* Votre second portrait, chère Madame, ne m'est pas encore parvenu ; et je crains que vous n'attendiez trop longtemps mes remerciements pour le premier. Cette lettre va donc partir, emportant les vœux nouveaux que je fais pour votre

1. John Ingram (1849-1916), éditeur et biographe de Poe.

chère santé ; ainsi que mon admiration du beau poëme « *Science* » que j'avais lu et que j'ai relu plus d'une fois : quel regard d'aigle, planant haut et libre !

Votre

STÉPHANE MALLARMÉ

251. – *A Mrs Sarah Helen Whitman.*

Paris 87 rue de Rome
le 31 Juillet 1877

Chère Madame,

Avant de partir pour les environs de Fontainebleau où je vais, chaque année, tout oublier pendant deux mois, excepté mes amis au loin (mais, paresseux là, je songe à eux sans leur écrire, un peu comme toujours ;) je veux répondre à votre bonne dernière lettre, et vous presser respectueusement la main.

L'ardeur avec laquelle je travaille à toute une vaste entreprise dramatique, un théâtre absolument neuf, cela au milieu des embarras de toute sorte que crée l'isolement volontaire, suffirait à me faire différer sans fin la publication de *notre* traduction (elle vous appartient comme à moi) des poëmes de Poe ; sans la crise où les fautes politiques de notre gouvernement jettent pour quelque temps l'édition et la librairie françaises. Il faut un grand calme et beaucoup de dilettantisme désintéressé à un libraire pour entreprendre une œuvre qui, aux points de vue intellectuel et matériel, lui paraît purement de luxe. J'en gémis.

Quant au *Sonnet*, vous êtes mille fois trop bonne : je

joins à cette lettre une traduction probablement barbare que j'ai faite mot-à-mot de ses quatorze vers[1]. Mais ce rien vaut-il vraiment la peine que vous vous dérangiez une seconde fois? c'est à me rendre confus : pardon, vraiment.

Je n'ai pas lu et j'aimerais lire le *Memoir* de M. Didier[2]; le court fragment que vous m'avez adressé m'ayant paru d'un grand intérêt.

Quant à ce que vous me dites de tentatives faites peut-être par vous, chère Madame, près de quelque

1. Mallarmé envoya en effet cette traduction littérale de son poème :

Such as into himself at last Eternity changes him,
The Poet arouses with a naked (1) hymn
His century overawed not to have known
That death extolled itself in this (2) strange voice :

But, in a vile writhing of an hydra, (they) once hearing the Angel (3)
To give (4) too pure a meaning to the words of the tribe,
They (between themselves) thought (by him) the spell drunk
In the honourless flood of some dark mixture (5).

Of the soil and the ether (which are) enemies, o struggle!
If with it my idea does not carve a bas-relief
Of which Poe's dazzling (6) tomb be adorned,

(A) stern block here fallen from a mysterious disaster,
Let this granite at least show forever their bound
To the old flights of Blasphemy (still) spread in the future (7).

(1) naked hymn means when the words take in death their absolute value.
(2) this means his own.
(3) the Angel means the above said Poet.
(4) to give means giving.
(5) means in plain prose : charged him with always being drunk.
(6) dazzling means with the idea of such a bas-relief.
(7) Blasphemy means against Poets, such as the charge of Poe being drunk.

2. Eugène L. Didier, *Life and Poems of Edgar Allan Poe*, 1877.

journal qui n'aurait pas (surtout à la veille de l'Exposition de 1878) un correspondant à Paris ; vraiment, je ne sais comment vous remercier : et cela vînt-il à aboutir, je ne sais pas si parmi la grande joie que j'en ressentirais il n'y aurait pas un peu de tristesse à cause du dérangement que vous vous seriez donné.

Merci encore de vos bons souhaits pour la réussite de mes projets de théâtre[1] : il y a des montagnes à soulever ; et une fois tout fini littérairement (ce qui n'est pas près d'arriver), il faudra presque tout commencer, matériellement. Quelques bonnes sympathies remplaceront souvent, dans ma pensée et mon effort, les forces dont je viendrai à manquer.

Au revoir. Ceci devait n'être qu'un pressement de main, hâtif ; et je vois que j'écris presque une lettre sans avoir répondu à chacune de vos questions bienveillantes. A propos d'Hugo, notamment ; il faut lire tout le dernier recueil, celui qui contient la *Sieste de Jeanne* : c'est l'ART D'ÊTRE GRAND-PÈRE, un miraculeux

1. Le 28 décembre 1877, Mallarmé écrira encore à O'Shaughnessy : « je travaille follement ; et j'étudie partout les fragments d'un Théâtre nouveau qui se prépare en France et que je prépare de mon côté ; quelque chose qui éblouisse le peuple souverain comme ne le fut jamais empereur de Rome ou prince d'Asie. Tel est le but ; c'est roide : il faut du temps. Vous rappelez-vous Léona Dare (aux Folies-Bergère) ? Elle a sa place en ce vaste spectacle » (*Corr.* II, p. 159). En 1879 encore, le 7 mai, il écrira à propos des *Compagnons* de Léon Dierx : « Une divination exquise vous a fait mettre mon nom en tête de certains vers magnifiques, qui devaient me séduire d'abord parce qu'ils contiennent une vision que de mon côté je lutte depuis plusieurs années pour porter au théâtre. [...] il y a là, même vu différemment, un des coins du drame de la vie, dont c'est l'heure de soulever le rideau » (*ibid.*, p. 191). Mais après cette date, qui précède de peu la mort d'Anatole, il ne sera plus question de ces projets de drame jusqu'en 1885. Voir les lettres du 10 septembre de cette année-là.

volume où vous trouverez bien des choses exquises à traduire...

Au revoir ; acceptez tous les vœux que peut imaginer ma respectueuse et lointaine amitié, chère Madame.

STÉPHANE MALLARMÉ.

(J'attends toujours la photographie)

252. – *A Charles Leconte de Lisle.*

Samedi 17 Mai 1879

Bien cher Maître,

J'aurai le plaisir de vous porter, un de ces jours, une petite Mythologie scolaire, qui s'imprime [1]. Avant de la finir, je voudrais bien citer cent ou deux cents vers des *Poëmes barbares* et des *Poëmes Antiques* pour montrer à la jeunesse quel magnifique et vivant prolongement a la fable, dans notre époque [2]. Mon éditeur accède à ce désir à la condition que je lui remette un mot d'écrit de vous m'autorisant à vous citer. Je vous demande ce mot, bien ennuyé de vous déranger, si rien ne vous retient.

Je sais que vous ne recevez plus le Samedi ; et n'ayant presque que le Dimanche pour travailler, j'ai remis de semaine en semaine le plaisir de vous faire

1. *Les Dieux antiques.* Voir la lettre du 13 août 1871 et la note.
2. Sur le rapport entre mythologie et poésie, voir *RM*, pp. 450-456.

une visite, ainsi qu'à Madame de Lisle. Pardonnez-moi (vous savez que rien ne peut me faire vous oublier!) si j'en ai l'air.

Au revoir. Mon petit garçon sort à peine d'une longue maladie[1], qui a retenu sa mère près de sa couchette; elle envoie ses amitiés à Madame. Il y a quelques jours déjà qu'un ami revenant de Londres m'a dit que Payne était très-anxieux de savoir ce que vous pensiez du poëme qui vous est dédié, Lautrec. Avez-vous pu le lire entre les lignes anglaises?

Bien à vous, cher Maître; pardon et merci.

Votre dévoué

STÉPHANE MALLARMÉ

87 rue de Rome

253. – *A Paul Verlaine.*

Paris 87 rue de Rome
Samedi 3 Novembre 1883

Mon cher ami,

Je suis follement coupable, mais rien n'est jamais tout à fait de ma faute. Je suis si peu à moi, que dès que j'ai une minute, je disparais dans un travail énorme. Tous les soirs de ce mois d'Octobre, où j'ai toute une année de gagne-pain, en même temps d'œuvre personnelle, à préparer (sans compter des échappées vers les fugitives beautés de l'automne, notre grande passion à

1. Rémission de courte durée. Anatole devait mourir, après une maladie de six mois, le 8 octobre 1879. Voir le *Tombeau d'Anatole.*

tous les deux) j'ai voulu vous écrire. J'ai la photographie du portrait par Manet, enfin, très-curieusement venue et qui vous amusera. Je ne vous l'envoie pas, attendant avec joie vos deux amis ; et s'ils ne venaient pas bientôt, la leur ferais tenir. Il faudrait dix minutes de causerie pour vous expliquer que je n'ai pas de vers nouveaux inédits [1], malgré un des plus gros labeurs littéraires qu'on ait tentés, parce que tant que je manque à ce point de loisir, je m'occupe de l'armature de mon œuvre, qui est en prose. Nous avons tous été si en retard, du côté Pensée, que je n'ai point passé moins de dix années à édifier la mienne. Les vers que je vous envoie là sont donc anciens [2], et du même ton que ceux que vous pouvez connaître ; peut-être même les connaissez-vous, malgré qu'ils n'aient été publiés nulle part.

Est-ce bien là cependant, l'*inédit* que vous voudriez, je ne pense pas trop. Mais pardonnez-moi, et aussi de vous écrire ce mot si fort à la diable, après avoir projeté longtemps de causer avec vous. Comme vous devez être heureux d'être un sage, dans une chaumière !

Au revoir, votre main. Je verrai Coppée dans un jour ou deux et nous parlerons de vous.

Bien à vous

STÉPHANE MALLARMÉ

1. Verlaine avait réclamé des vers inédits pour les trois articles qu'il devait consacrer à Mallarmé (après Corbière et Rimbaud) dans sa série des « Poètes maudits » de *Lutèce* (17-24 novembre, 24-30 novembre 1883 et 29 décembre 1883-5 janvier 1884).

2. « Placet », « Le Guignon », « Apparition », « Sainte », « Don du poème », « Cette nuit » (« *Quand l'ombre menaça...* »), « Le Tombeau d'Edgar Poe ».

Vous me gâtez bien, je devine ; et voudrais être à un an ou deux d'ici, avec des choses en main, dignes de ce que votre amitié vous souffle, dans le *Lutèce* que j'attends.

254. – *A Léopold Dauphin.*

Paris 89 rue de Rome

Mon vieux Dauphin[1],

Je pars pour la campagne, en regrettant encore de ne vous avoir pas vu avant-hier. Quant à vous raconter le concert d'orgue[2], je ne manque pas de bonne volonté, vis-à-vis de vous surtout, si prêt toujours à être charmant. Mais, sur mon âme, tout ce que j'y ai entendu et noté ne peut se dire autrement qu'en vers et dans un livre : c'est particulièrement le lever d'un astre d'ombre, enfin contemplé avec joie et terreur par un esprit qui désespère de l'absolu ; le roulement informe de flots de ténèbres, qui, par un miracle longuement analysé, viennent à se scinder et battre d'ici et de là des falaises vierges de toute existence et se dressant de la hauteur de leur absence. Vous voyez, Guilmant lui-même ne s'en doutait pas. Je n'ai rien observé à mettre dans le journal ; n'écoutant que l'orgue, avec ou sans l'orchestre. On m'a navré en bissant les solos, l'Éter-

1. Léopold Dauphin (1847-1925), poète et compositeur, qui se lia avec Mallarmé à Valvins en 1874.

2. Donné au Trocadéro par Alexandre Guilmant avec l'orchestre d'Édouard Colonne. Sur la passion de Mallarmé pour l'orgue, voir plus loin la lettre du 16 novembre 1885.

nité[1], de Madame de Granval, qui accompagnait sur le piano un Monsieur (Quirot) possesseur d'une voix de basse ; ainsi que le Souvenez-vous, de Massenet, qu'a exquisement chanté Madame Brunet Lafleur, l'une de ce trio. La vraie merveille a été le Largo pour Orgue, Harpes et orchestre de Hændel, comme des bouches fermées et des langues nouées accompagnant de leur mutisme obstiné la plainte révélatrice d'un violon, et finissant par tout avouer et dire plus que lui. Riez bien, vous voyez que j'écoute en incorrigible poëte. Les mêmes instruments ont délicieusement exécuté une Marche sur deux Chants d'Église, de Guilmant, un grand succès. Mais vous avez le programme où d'un seul regard vous lirez plus que je n'en saurais dire, au point de vue requis. Affluence énorme, et plus seulement d'Anglais et d'organistes, comme par le passé : cela devient tout à fait pschutt, grâce, je crois, au concours de Colonne. Une ou deux fois j'ai même senti, dans cette foule comme spéciale, une sorte d'intuition de ce que seront les grands festivals ; où l'orgue, jadis le Dieu, aujourd'hui la voix populaire, régnera, dans l'avenir. Cependant nous ne verrons pas cela[2].

Votre main

STÉPHANE MALLARMÉ

Samedi matin [10 mai 1884].

1. Mélodie de Mme de Granval (1830-1907).

2. Sur les concerts du Trocadéro, prototype d'un cérémonial nouveau, cf. « De même », *Div.*, p. 293 : « La première salle que possède la Foule, au Palais du Trocadéro, prématurée, mais intéressante avec sa scène réduite au plancher de l'estrade (tréteau et devant de chœur), son considérable buffet d'orgues et le public jubilant d'être là ; indéniablement en un édifice voué aux fêtes, implique une vision d'avenir. » Voir *RM*, pp. 303-307.

255. – *A Joris-Karl Huysmans.*

89 rue de Rome

Mon cher Huÿsmans,

Le voici, ce livre unique[1], qui devait être fait — l'est-il bien, par vous ! — cela à nul autre moment littéraire que maintenant !

Vraiment, fermé comme je le vois sur ma table, alors que se recueille, sous le regard, tout le trésor de ses savoirs, je ne le conçois pas autre ; vous savez, à cette heure de rêverie qui suit la lecture, quand un livre différent, presque toujours, se substitue, même à celui qu'on admire. Non ! c'est cela, rien n'y manque, parfums, musique, liqueurs et les livres vieux ou presque futurs ; et ces fleurs ! vision absolue de tout ce que peut, à un individu placé devant la jouissance barbare ou moderne, ouvrir de paradis la sensation seule. L'admirable en tout ceci, et la force de votre œuvre (qu'on criera d'imagination démente, etc.) c'est qu'il n'y a pas un atome de fantaisie : vous êtes arrivé, dans cette dégustation affinée de toute essence, à vous montrer plus strictement documentaire qu'aucun, et à n'user que de faits, ou de rapports, réels, cxistant au même point que les grossiers ; subtils et voulant l'œil d'un prince, voilà tout. Mais auxquels, jouir exigeant qu'on dépouille de plus en plus son plaisir, aboutira, certainement, quiconque est intense et délicat. On ira là même et pas plus loin et pas autrement ; s'arrêtant

1. *A rebours.* En janvier 1885, Mallarmé publiera « Prose » en la dédiant à des Esseintes.

au point constaté par vous. Ainsi, votre ouvrage prend, à l'esprit, un aspect effrayant ; posant quelque chose de définitif.

Quand j'aurai le plaisir de vous voir, et cela, il le faut — comme nous causerons de tout, chapitre par chapitre, dans ce récit où, sauf le voyage à Londres, qui le crève par la brutalité de l'aventure immédiate, tout le passé n'effleure que sublimé par le souvenir le héros solitaire ; pour se terminer par l'éclat du départ de Fontenay, tragique plus qu'une disparition dans la Mort, cette rentrée de des Esseintes dans le monde énorme où lui seul n'a pas une place. Il n'y a rien pour lui, rien, au delà de cette phase étudiée de la jeunesse, pis que rien : on s'arrête et cesse de lire ; on ne veut pas savoir, tant on craindrait de ne trouver de pitié adéquate au malheur de ce poignant artificiel.

N'est-ce pas une sublime finale de Conte ?

Ce que je ne peux attendre, c'est, non de vous remercier (parce que vous n'avez pas parlé pour me faire plaisir), mais de me dire simplement et profondément heureux, que mon nom, comme chez soi et à propos, dans ce beau livre (arrière-salle de votre esprit) circule, hôte paré de quelles enorgueillissantes robes tissées de la sympathie d'art la plus exquise ! Je ne crois qu'à deux sensations de gloire, presque également chimériques, celle apprise du délire d'un peuple à qui l'on pourrait, par des moyens d'art, façonner une idole nouvelle : l'autre, de se voir, lecteur d'un livre exceptionnellement aimé, soi-même apparaître du fond des pages, où l'on était, à son insu et par une volonté de l'auteur. Vous m'avez fait connaître celle-ci, ma foi ! jusqu'au délice.

Au revoir. Je ris en pensant à ceux qui croient tout

connaître d'à présent ; et qui n'ont jamais songé à rien de ce que contient ce manuel extraordinaire, *A Rebours*. Quelle surprise pour les simples romanciers, et comme ils vont ouvrir des yeux !

Votre main, mon cher ami

STÉPHANE MALLARMÉ

Dimanche 18 Mai 1884

256. – *A Léo d'Orfer.*

27 juin 1884

Mon cher Monsieur d'Orfer[1],

C'est un coup de poing, dont on a la vue, un instant, éblouie ! que votre injonction brusque —

« Définissez la Poésie »

Je balbutie, meurtri :

« La Poésie est l'expression, par le langage humain ramené à son rythme essentiel, du sens mystérieux des aspects de l'existence : elle doue ainsi d'authenticité notre séjour et constitue la seule tâche spirituelle[2] ».

Au revoir ; mais faites-moi des excuses.

STÉPHANE MALLARMÉ.

1. Léo d'Orfer (pseudonyme de Marius Pouget) fondera en 1886 *La Vogue* dont le troisième numéro publiera cette définition de la poésie.

2. Cf. « Richard Wagner. Rêverie d'un poète français » : « L'Homme, puis son authentique séjour terrestre, échangent une réciprocité de preuves » (*Div.*, p. 175).

257. – *A Paul Verlaine.*

Paris 89 rue de Rome
19 Décembre 1884

Mon cher Verlaine,

Lu, relu et su : le livre [1] est refermé dans mon esprit, inoubliable. Presque toujours un chef-d'œuvre, et troublant comme une œuvre aussi de démon. Qui se serait imaginé il y a quelques années qu'il y avait cela encore dans le vers français ! Je vois : au lieu de faire dans sa plénitude vibrer la corde de toute la force du doigt, vous la caressez avec l'ongle (fourchu même pour la griffer doublement) avec une allègre furie ; et semblant à peine toucher, vous l'effleurez à mort !

Mais c'est l'air ingénu dont vous vous parez, pour accomplir ce délicieux sacrilège ; et, devant le mariage savant de vos dissonances, dire : ce n'est que cela, après tout !

Votre justesse d'ouïe, la mentale et l'autre, me confond. Vous pouvez vous vanter d'avoir fait connaître à nos rythmes une destinée extraordinaire ; et, l'étonnant homme sensitif que vous êtes mis à part, il ne sera jamais possible de parler du Vers sans en venir à Verlaine. Au fond, en effet, rien ne ressemble moins à un caprice que votre art agile et certain de guitariste : cela existe ; et s'impose comme la trouvaille poëtique récente.

Adieu, mon cher ami : je suis heureux de vous savoir

1. *Jadis et Naguère.*

à l'air et jouis que quelqu'un respire, surtout quand c'est vous. Au moment où après de longues peines je me croyais un peu libre, une aggravation d'esclavage m'incombe au collège et c'est pour excuser mon retard à vous répondre, que je vous dis que j'y vais le matin avant le jour et en reviens à la nuit. Tout d'un coup, comme cela.

Pourtant je ne lâche pas plus le travail qu'un chien son os et ne finirai pas sans avoir hurlé quelque tristesse à la lune et donné de côté et d'autre un coup de dents ou deux ; dont le vide, si ce n'est pas quelqu'un que j'attrape (mais c'est tout un) se souviendra. Merci, vous, *de ce volume* dont nous avons bien causé à la maison entre bonshommes qui vous aiment.

STÉPHANE MALLARMÉ

258. – *A Odilon Redon.*

Paris 89 rue de Rome
[Lundi 2 février 1885]

Monsieur,

Comme vous me gâtez ! et venez au devant d'un de mes souhaits, qui était de regarder longuement une œuvre de vous. Voilà deux jours que je feuillette cette suite extraordinaire des six lithographies [1], sans épuiser l'impression d'aucune, tant va loin votre sincérité

1. *Hommage à Goya.*

dans la vision, non moins que votre puissance à l'évoquer chez autrui. Une sympathie bien mystérieuse vous a fait portraiturer dans ce délicieux hermite fou [1] le pauvre petit homme que du fond de mon âme j'aimerais être ; et je suspends ce dessin à part à quelque mur de ma mémoire, pour juger les autres d'une façon plus désintéressée. La tête de Rêve, cette « fleur de marécage [2] », illumine d'une clarté qu'elle connaît seule et qui ne sera pas dite, tout le tragique falot de l'existence ordinaire ; et quelle synthèse cruellement abrégée, sans étiolement là, mais presque satisfaite, de la face intérieure de beaucoup, dans la planche IV [3]. L'étude de femme, que vous appelez si justement la déesse de l'Intelligible [4], nous sort à regret du cauchemar ; mais mon admiration tout entière va droit au grand Mage inconsolable et obstiné chercheur d'un mystère qu'il sait ne pas exister, et qu'il poursuivra, à jamais pour cela, du deuil de son lucide désespoir, car *c'eût été* la Vérité ! Je ne connais pas un dessin qui communique tant de peur intellectuelle et de sympathie affreuse, que ce grandiose visage [5]. Mon autre préféré est, dans le même ordre de songes salomoniques, cet « étrange jongleur [6] » à l'esprit dévasté par la merveille au sens profond qu'il

1. Planche III, « Un fou dans un morne paysage ».
2. Planche II, « La fleur de marécage, une tête humaine et triste ».
3. « Il y eut aussi des êtres embryonnaires ».
4. Planche VI, « Au réveil j'aperçus la Déesse de l'Intelligible au profil sévère et dur ».
5. Planche I, « Dans mon Rêve, je vis au ciel un visage de mystère ». A travers cette évocation de la planche I, Mallarmé donne la plus juste définition de son drame propre.
6. Planche V, « Un étrange jongleur ».

accomplit, et si souffrant dans le triomphe de son savant résultat.

J'adore aussi votre légende d'un mot ou deux, mais d'une justesse qui montre à quel point vous pénétrez avant dans l'arcane de votre sujet.

J'aurais vu cette œuvre n'importe où, cher Monsieur Redon, que j'en eusse tiré un des plus rares plaisirs d'art, qui soient ; mais envoyée par vous, je vous laisse à deviner combien elle m'est précieuse. Il y a là une coïncidence si exquise, que je ne puis, tout en vous remerciant avec effusion, ne pas voir, dans tout ce contentement qui m'est causé, beaucoup l'amitié de notre cher Huysmans [1].

Votre dévoué

STÉPHANE MALLARMÉ.

259. – *A René Ghil.*

Paris 89 rue de Rome
Samedi 7 mars 1885

Cher Monsieur [2],

Votre livre [3] est bien intéressant ! Il me rappelle des époques de moi-même, au point que cela tient du

1. C'est par Huysmans que Mallarmé fit la connaissance de Redon.

2. René Guilbert dit René Ghil (1862-1925), l'un des principaux théoriciens du symbolisme. Il publiera en 1886 son *Traité du verbe* avec un Avant-dire de Mallarmé. Contre un certain mysticisme poétique, il tentera d'orienter le symbolisme vers une logique scientifique, et s'éloignera alors de Mallarmé.

3. *La Légende d'Ames et de Sangs.*

miracle ; et j'y retrouve aussi certaines préoccupations actuelles, qui me semblent respirables aux poumons subtils, dans notre air. Peu d'œuvres jeunes sont le fait d'un esprit qui ait été autant que le vôtre, de l'avant. Ce que je loue avant tout, ce que fera quelqu'un, qui ? vous peut-être, c'est cette tentative de poser dès le début de la vie la première assise d'un travail dont l'architecture est sue dès aujourd'hui de vous ; et de ne point produire (fût-ce des merveilles) au hasard.

Passant de la préface, où vous me montrez une sympathie trop fervente pour le peu que j'ai fait, mais je ne vous en remercie pas moins, à votre suite de morceaux (je parle comme à un musicien), il y a lieu de s'intéresser énormément à votre effort d'orchestration écrite. Je vous blâmerai d'une seule chose : c'est que dans cet acte de juste restitution, qui doit être le nôtre, de tout reprendre à la musique [1], ses rythmes qui ne sont que ceux de la raison et ses colorations mêmes qui sont celles de nos passions évoquées par la rêverie, vous laissez un peu s'évanouir le vieux dogme du vers. Oh ! plus nous étendons la somme de nos impressions et les raréfions, que d'autre part, avec une vigoureuse synthèse d'esprit, nous groupions tout cela dans des vers marqués, forts, tangibles et inoubliables. Vous phrasez en compositeur, plutôt qu'en écrivain [2] : je saisis bien votre désir exquis, ayant passé par là, pour en revenir comme vous le ferez peut-être de vous-même ! Tout ceci dit pour causer, comme je voudrais le

1. Sur ce leitmotiv mallarméen, cf. « Crise de vers » (où se trouve repris l'Avant-dire au *Traité du Verbe*) et *La Musique et les Lettres*.

2. Mallarmé marque ici son refus de l'instrumentation verbale de Ghil. Cf. la lettre à E. Gosse du 10 janvier 1893.

faire, du reste, de vive voix avec vous. Je suis à la maison pour quelques amis, dont vous êtes, le Mardi soir ; mais j'aimerais vous voir auparavant une fois seul. Seriez-vous libre Lundi de onze heures à midi ; alors, la *Légende d'Ames et de Sangs* en mains, nous penserons tout haut, moi comme un camarade plus vieux ; mais avec toute la sympathie que j'éprouve pour un de ceux de qui certainement notre Art doit beaucoup attendre. Vous me verrez pénétré de certaines beautés vraiment extraordinaires que contient ce premier recueil de vos poèmes.

Bien à vous

STÉPHANE MALLARMÉ.

260. – *A Édouard Dujardin*[1].

Paris, 89 rue de Rome
Dimanche 5 Juillet 1885

Mon cher ami,

Ne me faites pas de reproches, je n'en mérite pas : j'ai passé les journées de Jeudi et d'aujourd'hui sur l'étude que vous me demandez[2], moitié article, moitié poëme en prose, et je ne suis point parvenu à l'achever.

1. Wagnérien fervent, Edouard Dujardin (1861-1949) sera grâce à ses revues (*La Revue wagnérienne* puis *La Revue indépendante*) l'un des principaux animateurs du symbolisme et le premier éditeur des *Poésies* de Mallarmé (1887). Avec *Les lauriers sont coupés* (1888), il passera pour l'inventeur du monologue intérieur.

2. Dujardin venait de fonder *La Revue wagnérienne* en février 1885 et avait demandé la collaboration de Mallarmé.

Jamais rien ne m'a semblé plus difficile. Songez donc, je suis malade, plus que jamais esclave, je n'ai jamais rien vu de Wagner[1]; et je veux faire quelque chose d'original et de juste, et qui ne soit pas à côté. Il me faut du temps. Je ne travaillerai pas à autre chose, vous avez ma parole, que ceci ne soit fini; et je vous l'enverrai dans le courant du mois, pour la livraison d'Août. Maintenant si vous n'êtes pas content, vous êtes bien difficile. je crois que cela s'intitulera: RICHARD WAGNER, *Rêverie d'un Poëte Français*. Annoncez-le[2], si vous voulez; à coup sûr.

Votre main

STÉPHANE MALLARMÉ.

261. – *A Édouard Dujardin.*

Valvins, par Avon
(Seine et Marne)
Jeudi 10 Septembre 1885

Mon cher Dujardin,

J'ai tardé à vous répondre, parce que la torpeur du cher Septembre s'étend sur toutes mes après-midi,

1. Aucun opéra wagnérien, si l'on excepte *Rienzi* en avril 1869, n'avait été donné en France depuis l'échec de *Tannhäuser* en 1861. Mais le 17 mai précédent, Mallarmé écrivait à Gustave Kahn (*Corr.* II, p. 289) : « Je vais fort étudier le volume de Wagner, un de ces livres que j'ai dû lire, à toute heure, depuis quinze ans, sans le faire, trop le nez sur mon propre papier. » Sans doute s'agit-il de *Quatre poèmes d'opéras traduits en prose française, précédés d'une lettre sur la musique par Richard Wagner*, publié en 1861.

2. L'article parut dans le numéro du 8 août.

simplement. Le matin, je travaille, beaucoup et d'une besogne qui jalouse la moindre feuille de papier à lettres. Des études du Drame, comme je le rêve[1]; car on ne dit bien, qu'en montrant la chose faite. J'ébauche cela, qui va être le travail terrible de mes pauvres rares minutes libres de cet hiver. Vous voyez comme je suis, à cet instant critique de mon existence (où il me faut scintiller définitivement) loin de tout ce qui ressemble à de la collaboration, même aux tentants recueils dont vous me parlez. Ce que j'essaie à part, et je ne puis me livrer à un suprême effort que tout seul et dans un coin, le reste des choses me paraît étranger. Je deviens donc moins que jamais l'homme d'aucune Revue, fût-ce la vôtre! Un quatrain, moi qui suis malade et obsédé de devoirs, me jette quinze jours hors de l'âpre sentier que je gravis mentalement[2]. Mais nous recauserons aux premiers jours d'Octobre, qui s'annonce; et si, quand vous clorez votre an Wagnérien, j'ai l'éclaircie qu'il faut pour vous donner des vers, vous les aurez[3]; mais je ne puis rien promettre,

1. Première mention de ce projet de drame depuis la fin des années soixante-dix. Voir la lettre du 31 juillet 1877 et la note.

2. Cf. l'article sur Wagner où Mallarmé reproche au compositeur allemand d'être resté « à mi-côte de la montagne sainte » et évoque « la trop lucide hantise de cette cime menaçante d'absolu [...] : audelà et que personne ne semble devoir atteindre ».

3. Dujardin avait réclamé pour le numéro du 8 janvier, qui devait clore la première année, « un poème extérieurement wagnérien, — et entièrement, complètement, absolument tel que vous le voudrez » (*Corr.* III, p. 429). Malgré ses réticences, Mallarmé devait envoyer son « Hommage » (à Wagner), à propos duquel il écrira à son oncle, Paul Mathieu : « L'hommage est un peu boudeur; c'est, comme tu le verras, la mélancolie plutôt d'un poëte qui voit s'effondrer le vieil affrontement poétique, et le luxe des mots pâlir, devant le lever de soleil de la Musique contemporaine dont Wagner est le dernier dieu » (*Corr.* XI, p. 36).

hélas! d'autant mieux que je ne vois pas du tout l'épilogue même banal que je pourrais ajouter à tant de choses suggestives écrites sur Wagner, chez vous : non, je suis le seul, à qui cette tâche n'incombe pas exactement. Mais à côté de tout cela, merci de votre vraie sympathie, et de la lecture de votre article sur le Livre [1], très-pénétrant, très-neuf.

La main

STÉPHANE MALLARMÉ

262. – *A Maurice Barrès.*

Valvins, par Avon
(Seine-et-Marne)
Jeudi 10 Septembre 1885

Mon cher ami,

J'ai pour vous une sympathie très-particulière, que votre lettre [2] a éclairée : que de causeries je vois pour les soirs de cet hiver, si vous voulez bien en passer avec moi!

Ah! le *signe par excellence*; mais si l'on croit l'avoir compris, c'est qu'on est ce mage appelé Dieu, dont l'honneur est de n'être pas soi, mais jusqu'au dernier

1. Sans doute l'article publié dans *La Revue wagnérienne* du 8 août où Dujardin, sous prétexte de présenter l'idéal wagnérien, proposait une théorie très mallarméenne du Livre.
2. Lettre non retrouvée, où Barrès avait dû, commentant l'article de Mallarmé sur Wagner, voir dans le poète celui qui, à la différence du musicien, comprend le « signe par excellence ».

qu'il s'agit de résorber[1], au pur Simple, pour se redevenir : d'où ce n'est pas même à la foule d'un jour tout entière, qu'il faut avoir livré le sens de cette lettre absconse (qu'on a tiré d'elle, après tout, de ce qu'elle meurt et ignore) mais à l'humanité[2]. Tout est vain en dehors de ce rachat par l'Art, et l'on reste un filou. L'Art implique cela et un théâtre éternel, où passeront des générations.

Tout cela pour s'être mêlé de ce qui ne nous regarde pas, faute d'un qui le fasse à bon escient. Aussi le plus sage serait-il de filer en yole sur la rivière et d'échapper par chaque coup de rame à la hantise de l'arbre de la forêt descendant vers l'eau ; ce que j'ai fait, au lieu de répondre, tout de suite, à votre cordial serrement de main. Vous me le pardonnez...

Je travaille chaque matin avec quelque fureur, et j'ébauche mon année : peut-être en sortira-t-il, mais absolu enfin, un fragment du seul drame à faire[3], qui est celui de l'Homme et de l'Idée, au fond ce que voile mon article sur Wagner, que vous avez bien voulu lire avec attention. Merci et

Votre main

STÉPHANE MALLARMÉ

1. Sur cette idée de la divinité enfouie dans l'âme d'une foule, voir « Crayonné au théâtre », et « Offices ».

2. Cf. « Le Mystère dans les Lettres » : « Il doit y avoir quelque chose d'occulte au fond de tous, je crois décidément à quelque chose d'abscons, signifiant fermé et caché, qui habite le commun » (*Div.*, p. 274). Ce mystère de la lettre est évidemment en rapport avec la divinité cachée. Voir *RM*, pp. 447-493.

3. Cf. la lettre précédente.

263. – *A Paul Verlaine.*

Paris Lundi 16 Novembre 1885

Mon cher Verlaine,

Je suis en retard avec vous [1], parce que j'ai recherché ce que j'avais prêté, un peu de côté et d'autre, au diable, de l'œuvre inédite de Villiers. Ci-joint le presque rien que je possède.

Mais des renseignements précis sur ce cher et vieux fugace, je n'en ai pas : son adresse même, je l'ignore ; nos deux mains se retrouvent l'une dans l'autre, comme desserrées de la veille, au détour d'une rue, tous les ans, parce qu'il existe un Dieu. A part cela, il serait exact aux rendez-vous et, le jour où, pour les Hommes d'Aujourd'hui, aussi bien que pour les Poëtes Maudits, vous voudrez, allant mieux, le rencontrer chez Vanier, avec qui il va être en affaires pour la publication d'Axël, nul doute, je le connais, aucun doute, qu'il ne soit là à l'heure dite. Littérairement, personne de plus ponctuel que lui : c'est donc à Vanier à obtenir d'abord son adresse, de M. Darzens [2] qui l'a jusqu'ici représenté près de cet éditeur gracieux.

Si rien de tout cela n'aboutissait, un jour, un Mercredi notamment, j'irais vous trouver à la tombée

1. Verlaine avait demandé à Mallarmé des renseignements biographiques et des inédits pour la notice des *Hommes d'Aujourd'hui* qu'il préparait sur lui (et qui parut en février 1887) ; par la même occasion, il en avait demandé autant à propos de Villiers, pour la seconde série des *Poètes maudits*.

2. Rodolphe Darzens (1865-1938), poète et éditeur.

de la nuit ; et, en causant, il nous viendrait à l'un comme à l'autre, des détails biographiques qui m'échappent aujourd'hui ; pas l'état-civil, par exemple, dates, etc. que seul connaît l'homme en cause.

Je passe à moi.

Oui, né à Paris, le 18 Mars 1842, dans la rue appelée aujourd'hui passage Laferrière. Mes familles paternelle et maternelle présentaient, depuis la Révolution, une suite ininterrompue de fonctionnaires dans l'Administration de l'Enregistrement ; et bien qu'ils y eussent occupé presque toujours de hauts emplois, j'ai esquivé cette carrière à laquelle on me destina dès les langes. Je retrouve trace du goût de tenir une plume, pour autre chose qu'enregistrer des actes, chez plusieurs de mes ascendants : l'un, avant la création de l'Enregistrement sans doute, fut syndic des Libraires sous Louis XVI, et son nom m'est apparu au bas du Privilège du roi placé en tête de l'édition originelle française du Vathek de Beckford que j'ai réimprimé. Un autre écrivait des vers badins dans les Almanachs des Muses et les Étrennes aux Dames. J'ai connu enfant, dans le vieil intérieur de bourgeoisie parisienne familial, M. Magnien[1], un arrière-petit cousin, qui avait publié un volume romantique à toute crinière appelé *Ange ou Démon*, lequel reparaît quelquefois coté cher dans les catalogues de bouquinistes que je reçois.

Je disais famille parisienne, tout à l'heure, parce qu'on a toujours habité Paris ; mais les origines sont bourguignonnes, lorraines aussi et même hollandaises.

J'ai perdu tout enfant, à sept ans[2], ma mère, adoré

1. Mallarmé a laissé en blanc le prénom [Édouard].
2. En fait, cinq ans.

d'une grand-mère qui m'éleva d'abord; puis j'ai traversé bien des pensions et lycées, d'âme lamartinienne avec un secret désir de remplacer, un jour, Béranger, parce que je l'avais rencontré dans une maison amie. Il paraît que c'était trop compliqué pour être mis à exécution, mais j'ai longtemps essayé dans cent petits cahiers de vers qui m'ont toujours été confisqués, si j'ai bonne mémoire.

Il n'y avait pas, vous le savez, pour un poëte à vivre de son art, même en l'abaissant de plusieurs crans, quand je suis entré dans la vie; et je ne l'ai jamais regretté. Ayant appris l'Anglais simplement pour mieux lire Poe, je suis parti à vingt ans en Angleterre, afin de fuir, principalement; mais aussi pour parler la langue et l'enseigner dans un coin, tranquille et sans autre gagne-pain obligé : je m'étais marié et cela pressait.

Aujourd'hui, voilà plus de vingt ans et malgré la perte de tant d'heures, je crois, avec tristesse, que j'ai bien fait. C'est que, à part les morceaux de prose et les vers de ma jeunesse et la suite, qui y faisait écho, publiée un peu partout, chaque fois que paraissaient les premiers numéros d'une Revue Littéraire, j'ai toujours rêvé et tenté autre chose, avec une patience d'alchimiste, prêt à y sacrifier toute vanité et toute satisfaction, comme on brûlait jadis son mobilier et les poutres de son toit, pour alimenter le fourneau du Grand Œuvre. Quoi? c'est difficile à dire : un livre, tout bonnement, en maints tomes, un livre qui soit un livre, architectural et prémédité, et non un recueil des inspirations de hazard, fussent-elles merveilleuses... J'irai plus loin, je dirai : le Livre persuadé qu'au fond il n'y en a qu'un, tenté à son insu par quiconque a écrit, même les Génies [1]. L'explication orphique de la Terre, qui est le seul devoir du poëte et le jeu littéraire par excellence : car le rythme même du livre alors impersonnel et vivant, jusque dans sa pagination, se juxtapose aux équations de ce rêve, ou Ode [2].

Voilà l'aveu de mon vice, mis à nu, cher ami, que mille fois j'ai rejeté, l'esprit meurtri ou las, mais cela me possède et je réussirai peut-être ; non pas à faire cet ouvrage dans son ensemble (il faudrait être je ne sais qui pour cela !) mais à en montrer un fragment d'exécuté, à en faire scintiller par une place l'authenticité glorieuse, en indiquant le reste tout entier auquel ne suffit pas une vie. Prouver par les portions faites que ce livre existe, et que j'ai connu ce que je n'aurai pu accomplir.

Rien de si simple alors que je n'aie pas eu hâte de recueillir les mille bribes connues, qui m'ont, de temps à autre, attiré la bienveillance de charmants et excellents esprits, vous le premier ! Tout cela n'avait d'autre valeur momentanée pour moi que de m'entretenir la main ; et quelque réussi que puisse être quelquefois un des [3] à eux tous c'est bien juste s'ils composent un album, mais pas un livre. Il est possible cependant que

1. Cf. « Crise de vers » : « ... tous les livres, contiennent la fusion de quelques redites comptées : même il n'en serait qu'un — au monde, sa loi — bible comme la simulent des nations » (*Div.*, p. 250), et « Le Livre, instrument spirituel ».

2. Le mot « Ode » était déjà employé dans l'article sur Wagner pour désigner la « Fable vierge de tout, lieu, temps et personnes sus ».

3. Mot oublié, « morceaux » ou « poèmes ».

l'Éditeur Vanier m'arrache ces lambeaux mais je ne les collerai sur des pages que comme on fait une collection de chiffons d'étoffes séculaires ou précieuses. Avec ce mot condamnatoire d'*Album*, dans le titre, *Album de vers et de prose*, je ne sais pas ; et cela contiendra plusieurs séries, pourra même aller indéfiniment, (à côté de mon travail personnel qui je crois, sera anonyme, le Texte y parlant de lui-même et sans voix d'auteur.)

Ces vers, ces poëmes en prose, outre les Revues Littéraires, on peut les trouver, ou pas, dans des Publications de Luxe, épuisées, comme le Vathek, le Corbeau, le Faune.

J'ai dû faire, dans des moments de gêne ou pour acheter de ruineux canots, des besognes propres et voilà tout (Dieux Antiques, Mots Anglais) dont il sied de ne pas parler : mais à part cela, les concessions aux nécessités comme aux plaisirs n'ont pas été fréquentes. Si à un moment, pourtant, désespérant du despotique bouquin lâché de Moi-même, j'ai après quelques articles colportés d'ici et de là, tenté de rédiger tout seul, toilettes, bijoux, mobilier, et jusqu'aux théâtres et aux menus de dîner, un journal, La Dernière Mode, dont les huit ou dix numéros parus servent encore quand je les dévêts de leur poussière à me faire longtemps rêver.

Au fond je considère l'époque contemporaine comme un interrègne pour le poëte, qui n'a point à s'y mêler : elle est trop en désuétude et en effervescence préparatoire, pour qu'il ait autre chose à faire qu'à travailler avec mystère en vue de plus tard ou de jamais et de temps en temps à envoyer aux vivants sa carte de visite, stances ou sonnet, pour n'être point lapidé d'eux, s'ils le soupçonnaient de savoir qu'ils n'ont pas lieu.

La solitude accompagne nécessairement cette espèce d'attitude ; et, à part mon chemin de la maison (c'est 89, maintenant, rue de Rome) aux divers endroits où j'ai dû la dîme de mes minutes, lycées Condorcet, Janson de Sailly enfin Collège Rollin, je vague peu, préférant à tout, dans un appartement défendu par la famille, le séjour parmi quelques meubles anciens et chers, et la feuille de papier souvent blanche. Mes grandes amitiés ont été celles de Villiers, de Mendès et j'ai, dix ans, vu tous les jours, mon cher Manet, dont l'absence aujourd'hui me paraît invraisemblable ! Vos *Poëtes Maudits*, cher Verlaine, *A Rebours* d'Huysmans, ont intéressé à mes Mardis longtemps vacants les jeunes poètes qui nous aiment (mallarmistes à part) et on a cru à quelqu'influence tentée par moi, là où il n'y a eu que des rencontres. Très-affiné, j'ai été dix ans d'avance du côté où de jeunes esprits pareils devaient tourner aujourd'hui.

Voilà toute ma vie dénuée d'anecdotes à l'envers de ce qu'ont depuis si longtemps ressassé les grands journaux, où j'ai toujours passé pour très-étrange : je scrute et ne vois rien d'autre, les ennuis quotidiens, les joies, les deuils d'intérieur exceptés. Quelques apparitions partout où l'on monte un ballet, où l'on joue de l'orgue, mes deux passions d'art presque contradictoires mais dont le sens éclatera et c'est tout. J'oubliais mes fugues, aussitôt que pris de trop de fatigue d'esprit, sur le bord de la Seine et de la forêt de Fontainebleau, en un lieu le même depuis des années : là je m'apparais tout différent, épris de la seule navigation fluviale. J'honore la rivière, qui laisse s'engouffrer dans son eau des journées entières sans qu'on ait l'impression de les avoir perdues, ni une ombre de remords. Simple promeneur en yoles d'acajou, mais voilier avec furie, très-fier de sa flottille.

Au revoir cher ami. Vous lirez tout ceci, noté au crayon pour laisser l'air d'une de ces bonnes conversations d'amis à l'écart et sans éclat de voix, vous le parcourrez du bout des regards et y trouverez, disséminés, les quelques détails biographiques à choisir qu'on a besoin d'avoir quelque part vus véridiques. Que je suis peiné de vous savoir malade, et de rhumatismes ! Je connais cela. N'usez que rarement du salicylate, et pris des mains d'un bon médecin, la question dose étant très-importante. J'ai eu autrefois une fatigue et comme une lacune d'esprit, après cette drogue ; et je lui attribue mes insomnies. Mais j'irai vous voir un jour et vous dire cela, en vous apportant un sonnet[1] et une page de prose[2] que je vais confectionner ces temps, à votre intention, quelque chose qui aille là où vous le mettrez. Vous pouvez commencer sans ces deux bibelots. Au revoir, cher Verlaine. Votre main

STÉPHANE MALLARMÉ

Le paquet de Villiers est chez le concierge : il va sans dire que j'y tiens comme à mes prunelles ! C'est là ce qui ne se trouve plus : quant aux *Contes Cruels*, Vanier vous les aura, Axël se publie dans la Jeune France et l'Ève future dans la Vie Moderne.

1. « *Toujours plus souriant au désastre plus beau...* », première version de « *Victorieusement fui...* ».
2. « La Gloire ».

264. – *A Gustave Kahn*[1].

Mercredi [9 juin 1886]

Mon cher ami,

Voici le sonnet[2], que je comptais vous remettre hier ; vous l'envoyer plus tôt me fut impossible. S'il ne peut passer Dimanche, vous m'en adresserez l'épreuve à Valvins, par Avon (S.-et-Marne), où je vais tâcher de redormir. Autrement, en cas qu'il soit temps encore pour la prochaine livraison, corrigez vous-même : vous remarquez l'absence de toute ponctuation, c'est à dessein. Votre main

S.M.

Je reste l'homme de France qui reçoit le moins la *Vogue*, au passé et au présent.

C'est si peu de chose, que je reviens à votre première intention de commencer la livraison par ces vers (seul moyen de leur donner une valeur).

1. Fondateur de *La Vogue* avec Léo d'Orfer puis du *Symboliste* avec Moréas, Gustave Kahn (1859-1936) revendiquera en 1887 l'invention du vers libre. Voir *infra* la lettre du 7 juin 1887 et la note.

2. « *M'introduire dans ton histoire...* », qui parut dans *La Vogue* du 13-20 juin 1886. C'est le premier poème non ponctué de Mallarmé.

265. – *A Édouard Dujardin.*

Valvins par Avon
(Seine-et-Marne)
Lundi 30 Août 1886

Mon cher Dujardin,

J'ai reçu le petit mot, sans savoir où y répondre. J'ai reçu également la *Revue de Genève* où il m'a été donné de lire posément ce que vous m'aviez presque récité. Votre étude sur Wagner est pénétrante et définitive : pour ce qui est dit à mon pauvre sujet, j'aurais aimé que cela occupât un très-petit coin. Vous faites à force de bonne amitié peser sur mes épaules un peu vieillissantes le magnifique fardeau d'une destinée que j'ai pu rêver pour quelqu'un, si ce n'est moi : la vie, santé qui s'effondre (toujours le vieux mal des nuits,) servitudes qui croissent (je ne rentrerai pas au lycée Condorcet,) dresse à mes yeux la déception[1].

Quant à la *Revue*[2], c'est entendu, mon premier travail après la rentrée sera pour vous. Mais je vais

1. Le 22 août, à son cousin Victor Margueritte qui hésitait entre la littérature et le métier des armes, Mallarmé avait écrit (*Corr.* III, p. 51) : « Quant à te donner un avis sur le choix à faire entre la carrière militaire ta vie durant et le désespoir d'un rêve de livre repris et abandonné en feignant d'accomplir une tâche de bureau (les deux alternatives bien nettes qui se présentent maintenant) vois-tu, je ne peux pas. Je suis l'une et j'en souffre trop, l'autre a de la noblesse aussi : ce sont deux suicides. »

2. Dujardin s'apprêtait à relancer *La Revue indépendante*. Mallarmé devait y assurer une chronique théâtrale mensuelle, de novembre 1886 à juillet 1887, ce qui deviendra « Crayonné au théâtre ».

vous poser des conditions : il faut, pour que je puisse faire quelque chose de passable (seulement, car je vous expliquerai de vive voix comment parler du Théâtre Contemporain sans passer pour un fou ou l'homme d'une autre planète si je fais même une allusion au rêves [*sic*] voulant un autre état ! est difficile autant que vain :) il faut, que je sois, à tout le moins, admirablement outillé. Je veux dire point inférieur quant à mes aises littéraires aux reporters de profession, pouvant aller au théâtre quand je veux, voir ce que je veux ; ou le lire les fois que la brochure me suffira. A même enfin de remplacer, le cas échéant, une portion notable de la chronique par des notes générales, laissant entrevoir ma visée sans la mêler à rien du jour avec quoi elle n'a que faire. Je me vois attaquer cette besogne par les deux aspects les plus contraires ; et encore ne laissera-t-elle pas que d'être ingrate et pénible, eu égard au peu d'effet produit et aux difficultés de mon genre d'existence. J'attire donc, mon cher ami, votre attention sur chacun des points de cette lettre et, cela résolu, suis à vous.

Je vous ai suivi de quel vif intérêt ! à Bayreuth ; et nous en causerons.

Comment va l'ami Wyzewa [1] à qui je serre la main comme à vous, cordialement.

Un mot encore : mon hôte à Valvins, notre collaborateur Payne, a fait insérer dans l'*Athenæum* du 31 Juillet et l'*Academy* de la même date une annonce de la Revue qui, ainsi que c'est l'usage, n'a pas été repro-

1. Teodor de Wyzewa (1862-1917), écrivain, traducteur et critique. Il collabora notamment à *La Revue wagnérienne* et à *La Revue indépendante*.

duite à coup sûr moins d'un millier de fois sur la surface du Globe : voyez ces paragraphes dans les collections de *Galignani*[1].

Au revoir

Votre

STÉPHANE MALLARMÉ

266. – *A Vittorio Pica.*

[Avant le 27 novembre 1886[2]]

[...] Je crois que la Littérature, reprise à sa source qui est l'Art et la Science, nous fournira un Théâtre, dont les représentations seront le vrai culte moderne ; un Livre, explication de l'homme, suffisante à nos plus beaux rêves[3]. Je crois tout cela écrit dans la nature de façon à ne laisser fermer les yeux qu'aux intéressés à ne rien voir[4]. Cette œuvre existe, tout le monde l'a tentée

1. *The Galignani Messenger*, journal anglais de Paris.

2. Ce fragment de lettre au critique italien V. Pica (1864 ?-1930) parut le 27 novembre dans l'article qu'il consacra à Mallarmé, sous le titre « I Moderni Bizantini », dans la *Gazzetta Letteraria*.

3. Le Drame de l'Homme et de l'Idée et le Livre « explication orphique de la terre » apparaissent comme les deux faces d'un même projet littéraire.

4. Cf. le début de la chronique sur *Hamlet* (« Crayonné au théâtre ») : « Loin de tout, la Nature, en automne, prépare son Théâtre, sublime et pur, attendant pour éclairer, dans la solitude, de significatifs prestiges, que l'unique œil lucide qui en puisse pénétrer le sens (notoire, le destin de l'homme), un Poète, soit rappelé à des plaisirs et à des soucis médiocres » (*Div.*, p. 185). Ce théâtre de l'automne ou du couchant, qui réactualise le drame essentiel de la lumière et de l'ombre, de l'être et du néant, c'est la « Tragédie de la Nature » des *Dieux antiques*.

sans le savoir; il n'est pas un génie ou un pitre ayant prononcé une parole, qui n'en ait retrouvé un trait sans le savoir. Montrer cela et soulever un coin du voile de ce que peut être pareil poème, est dans un isolement mon plaisir et ma torture. [...]

267. – A *Édouard Dujardin.*

Samedi soir [18 décembre 1886]

Mon cher ami, j'ai ponctué [1], parce que somme toute il ne faut pas nous mettre le monde à dos. Je m'en rapporte à votre bonne amitié pour réviser toutes les corrections, celles de ponctuation et les quelques-unes de mots, absolument.

Votre

S.M.

268. – A *Gustave Kahn.*

Mardi 8 [7] Juin 1887
Valvins

Mon cher ami,

J'avais emporté votre œuvre [2] à la campagne, afin de l'étudier très seul et à loisir : puis de la bouderie,

1. Sans doute le « Triptyque » qui devait paraître dans *La Revue indépendante* du 1er janvier 1887.

2. *Les Palais nomades*. C'est en publiant ce recueil que Gustave Kahn s'était proclamé l'inventeur du vers libre.

contre le mauvais temps qui me forçait à écrire, a retardé ma lettre.

Vous devez être, ma foi, fier ! c'est la première fois, dans notre littérature et dans aucune je crois, qu'un Monsieur, en face du rythme officiel de la langue, notre vieux Vers, s'en crée un à lui seul, parfait ou à la fois exact et doué d'enchantement : il y a là une aventure inouïe ! Il en ressort ce point de vue neuf que quiconque musicalement organisé peut, en écoutant l'arabesque spéciale qui le commande et s'il arrive à la noter, se faire une métrique à part soi et hors du type général (devenu monument public quant à notre ville). Quel délicieux affranchissement ! car notez bien que je ne vous considère pas comme ayant mis le doigt sur une forme nouvelle devant quoi s'effacera l'ancienne : cette dernière restera, impersonnelle, à tous et quiconque voudra s'isoler différemment, libre à lui[1]. Vous ouvrez l'un des sentiers, le vôtre : et faites ceci de non moins important qu'il peut en être mille. Les lois très nettes et que l'on perçoit vite en vous lisant, par vous reconnues dans la langue, y existent, comme beaucoup d'autres sans doute qu'une oreille non la même percevra.

Le charme est grand, indépendamment des qualités très subtiles à vous propres et qui relèvent exquisement de la poésie : il y a là en dehors des musiques convenues quelque chose comme de très rajeuni dans le mot qui se présente moins appuyé et sans apprêts, comme peut-être aussi perd-il du feu compliqué de ses facettes absentes à ne pas s'incruster dans un moule

1. Derrière l'éloge, Mallarmé maintient sa fidélité au vers traditionnel en raison, précisément, de son impersonnalité.

mélodique séculaire et ne faisant qu'un avec le lecteur déjà.

Si c'était Mardi, mon cher ami, rue de Rome et pas dans mon coin de feuillage, nous causerions longtemps encore, tant votre cas excite l'intérêt en même temps qu'il révèle une réussite sûre. Votre main ; à vous

STÉPHANE MALLARMÉ

269. – *A Félicien Champsaur*[1].

Valvins, par Avon
(Seine et Marne)
17 Août 1887

Mon cher Confrère

Votre livre bien des fois m'a charmé ; non comme un ballet authentiquement, vous savez que je ne conçois cette forme suprême d'idéal au théâtre que strictement déduite du sens mystérieux encore des pas de la danse, bref en tant que traduction ajoutée divinatoirement à des motifs plastiques[2]. Mais je loue sans réserve la

1. Journaliste et romancier, Félicien Champsaur (1859-1934) faisait partie des familiers de Méry Laurent. Il venait de publier un ballet lyrique, *Les Bohémiens*.

2. Quelques mois plus tôt, Mallarmé avait écrit à V. Pica : « Je parle bien du Ballet, qui mêlé au Drame personnel pour y apporter un élément plus strictement allégorique, le ramène ainsi de l'histoire ou même de la légende à la poésie, ou au mythe pur. Wagner a proscrit cette écriture merveilleuse et immédiatement significative de la danse, s'en tenant plus ou moins à quelques juxtapositions de Beethoven à Shakespeare (ainsi qu'il le donne quelque part à entendre) » (*Corr.* III, p. 83). Sur la conception mallarméenne de la danse comme écriture corporelle, voir « Crayonné au théâtre ».

prodigalité ici de fantaisie et surtout l'emploi selon le plus joli dosage, pour la confection d'un livre, de tous les moyens, vers et prose, dont le littérateur contemporain doit comme par jeu disposer. Cette ingéniosité notamment d'isoler à la ligne chaque impression, seule ou d'ensemble, est un calque heureux de la vision et crée presqu'un rythme de langage[1].

Merci du cadeau ; tant d'images avec quoi vous luttez partout, faisant des *Bohémiens* autre chose que tout volume, un objet moderne de rêverie pour une heure.

Vous excusez mes retards ! je vous emportai à la campagne, où s'acheva la copie de mes vers afin d'en distraire à votre intention le feuillet ci-joint[2] : où que vous soyez, bonjour.

STÉPHANE MALLARMÉ

270. – *A Rodolphe Darzens.*

Paris 11 Octobre 1887

Mon cher Darzens,

Le mérite de *Pages en Prose* c'est de répondre à cette appellation, et d'être en prose ; ce qui ne veut pas dire du tout empruntées au discours ordinaire. Vous avez compris qu'en face de la musique hiératique du vers, du moment que ne voulait pas pour une fois y cadrer notre Pensée, celle-ci trouvait purement et en elle-

1. Mallarmé définit ici l'écriture de ses écrits en prose, ou poèmes critiques.
2. La copie du poème « *Une négresse par le démon secouée...* ».

même aussi une musique propre qui n'est autre que la phrase conduite par le rythme sentimental intérieur. Aussi c'est bien comme en écoutant le solo d'un instrument exquis et qui est vous-même que j'ai laissé mes yeux courir de l'une à l'autre de vos pages. Tout, même de larges évocations comme de nuées et de cités qui s'entrouvrent, suit le fil d'une mélodie ininterrompue dans votre esprit et dans le texte, ce qui est le propre de la Poésie, étrangère aux hazards ; n'est-ce pas ? Votre main

STÉPHANE MALLARMÉ

271. – *A Émile Verhaeren.*

Paris 89 rue de Rome
Dimanche 15 Janvier [1888]

Mon bon Verhaeren, ce seront deux lettres ! depuis Jeudi j'essaie de mettre une soirée de côté pour vous lire, et je suis déjoué. Vous lire, vous savez ce que c'est, pour moi : c'est après une grande jouissance, une étude prolongée parmi la lampe. Parce que vous n'ignorez pas, et les échos, qui pourtant me répètent si bêtement d'ordinaire, ont pu vous l'apporter, que chaque fois que je parle de vous, je dis notamment : que vous êtes des poëtes de la génération actuelle, ici ou là-bas, celui de qui il y a lieu d'attendre le plus de nouveauté ! oui, c'est en vous que s'opère le mieux le renouvellement du vers et cela hors de toutes les farces du moment [1]. Je ne m'explique pas, vu que j'aurai occasion d'être explicite, dans le courant de la

1. L'effervescence symbolo-décadente.

semaine, en vous donnant mon impression très-exacte des *Soirs*. Ils se présentent joliment bien ! je ne connais pas un volume réussi comme celui-là, moderne et traditionnel, dans toute la librairie contemporaine.

Vous me faites une ouverture charmante, de la part de M. Deman [1]. Mais d'abord un mot du grand projet auquel faisait allusion ma carte, pour cette année. Mon cher, c'est vers Octobre, de me présenter en public, vous l'entendez bien, et de jongler avec le contenu d'un livre [2] : ce serait infiniment trop long d'en causer à l'encre et j'attends votre fièvre des foins. *Mais voyez cela, d'ici à ce temps, à travers Edgar Poe.* Je liquide donc mon passé et j'ai porté ces jours-ci chez Dentu (quel dommage ! rien n'est pourtant absolument fait) un volume de poëmes en prose, 200 pages et 4 illustrations en couleurs et à l'eau-forte de John Lewis Brown [3] (couverture) et Degas, Renoir, Madame Morisot, peut-être aussi de Monet. Titre : *Le Tiroir de Laque* [4]. J'en ai demandé 500 francs.

1. Edmond Deman (1856-1918), éditeur de Verhaeren, qui se proposait de faire une édition de luxe des poèmes de Mallarmé.

2. Dans une notice biographique rédigée par lui-même, Mallarmé évoquera le même projet : « Tous ses essais l'ont placé, un peu malgré lui, à la tête des différentes écoles poétiques parues depuis le *Parnasse contemporain* : mais c'est surtout un travailleur isolé préparant une œuvre d'un art personnel et dont la première publicité, par des moyens qui lui sont également particuliers, se fera dans l'hiver 1888-1889 » (25 juin 1888, *Corr.* III, p. 216) ; et le 1er novembre encore, il écrira à Berthe Morisot : « Je travaille beaucoup, aux Lectures toujours dont quatre sont pour l'an prochain » (*Corr.* IV, p. 536). Ce projet, qui n'aboutit pas, n'est pas sans rappeler les séances évoquées dans les notes du « *Livre* ».

3. John Lewis Brown (1829-1890), peintre français d'origine irlandaise.

4. Publié finalement chez Deman en 1891 sous le titre de *Pages*, sans les illustrations prévues, à l'exception du frontispice de Renoir.

A défaut de cela, je possède les *Poëmes* de *Poe*, traduits, avec des notes documentaires curieuses : environ 200 pages aussi. Portrait de Poe par Manet, cul-de-lampe et fleuron, empruntés à mon in-folio du *Corbeau*, réduits. Le tout forme 200 pages. J'en demande 300 francs et suis sur le point de le publier, parce que je désire que c'en soit l'édition princeps et définitive, contenant seule mon sonnet dédicace et la mention « faite par les soins de l'auteur » : en effet Vanier, qui s'est livré à toutes sortes d'escroqueries à mon adresse, a, depuis deux ans, une autorisation d'un tirage de ce livre, qu'il remet indéfiniment pour m'ennuyer et faute d'argent. Je tiens à sortir de cette impasse, comme Dujardin m'a aidé à le faire pour le *Faune*, en prenant les devants. Ce tirage, indéfiniment remis, du reste n'a aucune chance de vente, édité mal et cher (il parlait de 12 francs !) comme le fera Vanier : il faudrait faire quelque chose de très-joli dans l'espace de deux ou trois mois. Parlez-m'en vite.

Reste mes poésies [1], qui ont bien filé chez Dujardin malgré le prix et le manque de soin apporté par le lithographe, mais il y a encore quelques exemplaires et je ne voudrais pas en couper la vente. Votre main, cher ami

STÉPHANE MALLARMÉ

1. L'édition photolithographiée, publiée en 1887 à 40 exemplaires.

272. – *A Émile Verhaeren.*

Dimanche 22 Janvier 1888

Mon cher Ami,

Je vous ai gardé un peu en mains, parce que ce n'est pas pour rien que votre livre, un des plus définitivement et noblement édités depuis longtemps, affecte ce goût monumental : dans toute l'histoire d'aujourd'hui et cette tourmente parfois vaine subie par un art éternel, mais d'où une rénovation, vous me frappez (je ne le dis point à vous seul) en tant que celui qui se présente le plus certainement et d'après des dons hors pair.

Après ce sujet, *Les Soirs*, un des thèmes de l'âme et de beauté, où vous allez aussi loin que possible dans la divination et le luxe personnels, mais toujours juxtaposant cela à quelque aspect de la nature, si bien que ce sont les Soirs, en soi, et dans les Cieux et chez nous ! bref selon la situation spirituelle exacte de la Poésie [1] ; je m'intéresse non moins à votre traitement du vers, qui plus qu'avec personne de ce temps en marque un des états. Vous le sortez de la vieille forge, en fusion et sous tous ses aspects, jusqu'à l'allonger même en fin de strophe hors de sa mesure de rigueur ; et c'est toujours le vers. Là je vous félicite d'un sens spécial. Ou plutôt l'ouvrier disparaît (ce qui est absolument la trouvaille

1. C'est toujours « la pièce écrite au folio du ciel et mimée avec le geste de ses passions par l'Homme » (*Div.*, p. 179), soit le double aspect, cosmique et psychique, de la tragédie de la nature.

contemporaine [1]) et le vers agit : un sentiment avec ses sursauts ou son délice s'y rythme tout seul et devient le vers, sans que quelqu'un l'impose brutalement et de son fait ! et cela se passe avec merveille ici, telle lueur ou musique survenue revêt aspect de poëme et se tient toute dans un suspens de phrase, comme une nuée de couchant oubliée ; ou d'autres pièces si battues de leur propre orage et recommençant toujours hautement et bruyamment un rêve. Merci, vous m'avez fait bien plaisir.

STÉPHANE MALLARMÉ

273. – *A Rodolphe Darzens.*

Paris, 25 Mars 1888

Vous êtes la mélodie faite quelqu'un, mon cher Darzens ; et au fond, comme vous avez raison, attendu qu'il n'y a pas à dire que notre art ou l'élocution soit autre chose qu'une des phases de la musique, la plus subtile et la seule complète ! Je ne vois comme vous dans l'énoncé d'un objet poétique pris au sentiment ou dans notre mobilier, qu'un fait rythmique et transitoire où aboutira et dont repartira la période : le reste, ce qui fait qu'on s'arrête un temps sur ce mot, dépend de la richesse de rêverie dont vous le dotez ; mais n'infirme pas son caractère de simple note dans le chant de la parole. La jouissance de sentir cela jusqu'à

1. Cf. « Crise de vers » : « L'œuvre pure implique la disparition élocutoire du poète, qui cède l'initiative aux mots » (*Div.*, p. 248).

l'étonnement, à chacune de vos pages, voilà ce que vous m'offrez avec les *Strophes* pourquoi *Artificielles*[1], voulez-vous dire non versifiées ? et je vous aime bien pour ce motif.

Votre

STÉPHANE MALLARMÉ

Mon cher Darzens, redites-moi donc sur le dos d'une carte-postale, en recevant ce billet, l'adresse de M. Collignon, qui me récrit sans me la donner : je l'ai égarée l'autre soir. Merci.

274. – *A Henri de Régnier.*

Paris 29 Avril 1888

Mon cher Régnier

Vous savez mon existence, comme elle est peu propice à la lettre ; et que j'ai l'occasion de dire haut et partout ce que je pense d'une œuvre, avant d'en parler à l'auteur sur du papier. Je veux cesser de vous faire attendre et résumer cela de moi à vous.

Épisodes est un livre, qui vous classe ; il tient son rang, et l'un des premiers, dans la poésie très inquiète de cette fin de temps. Lui se montre essentiellement cuirassé de certitude et d'évidence.

Je ne crois pas les combinaisons neuves du vers,

1. *Strophes artificielles*, titre du recueil de Darzens.

depuis sa retrempe, infinies[1]; et vous avez la chance et l'honneur d'en avoir façonné un nombre d'inoubliables, de vraiment délicieuses, telles que l'alexandrin ne nous les avait pas fait connaître encore. Oui, je me suis dit plusieurs fois, en vous lisant et refermant, pour y songer, que c'est non pas seulement une heure de votre vie littéraire qu'indique ce recueil, mais aussi en général de l'effort poétique actuel ; et il contient telles façons qu'on vous reprendra, mais qui datent de vous[2].

Maintenant, pour la matière poétique elle-même, je ne vous loue pas moins ; je connaissais toute la subtilité de votre atmosphère, moins la richesse que maintenant vous y apportez. Il y a au cours de ces pages des musiques bien précieuses, où tout, le sujet lui-même d'abord, sentiments et songerie, se joue et voltige dans un lointain précis, avec quelle légèreté ! une transparence de fresque haute ou d'orchestre hésitant à se dissoudre.

Tout cela étoffé ; au point que le sonnet n'y semble pas mis comme point de départ initial, sans un rien de malice.

Au revoir, votre main

STÉPHANE MALLARMÉ

1. Cf. « Crise de vers » : « ... de cette libération [du vers] à supputer davantage ou, pour de bon, que tout individu apporte une prosodie, neuve, [...] la plaisanterie rit haut ou inspire le tréteau des préfaciers » (*Div.*, p. 246).

2. Cf. là encore les lignes consacrées à Régnier dans « Crise de vers » (*Div.*, p. 242).

275. – *A Francis Vielé-Griffin*[1].

Dimanche 17 Juin 1888

Mon cher ami,

Je suis enchanté de votre *Ancæus* : ce qu'il me cause de neuves impressions ! et je veux dire, avant même votre touche personnelle si suave, certains plaisirs littéraires, est inouï. Notamment, je ne sais quoi de plus immédiat et de plus vraisemblable dans la trouvaille poétique, oui, quand au lieu de se livrer au soliloque du poème ordinaire, la parole retrempée à sa source qui demeure la causerie de plusieurs êtres entre eux, leur permet de se communiquer avec intimité et sincérité, tout de suite, les rêveries et des émotions. Tout ce qu'un esprit pénétré de futur comme le vôtre devait ajouter à cette forme, envers quoi j'ai été jusqu'ici injuste mais elle s'était mal produite, du *poëme dramatique*, vous l'avez fait, par instinct ou avec discernement[2] : il n'est pas jusqu'à votre division en tableaux nets et d'ensemble qui ne crée une coupe de volume de vers, dont l'évidence me frappe. Votre antiquité est si figurativement choisie et peinte par allusions que tant que nous n'aurons pas de mythes (jamais, je le souhaite, pour en venir au type innommé

1. Américain de naissance, Francis Vielé-Griffin (1864-1937), qui se fera bientôt le champion du vers libre, aidait alors Mallarmé pour sa traduction du *Ten O'Clock* de Whistler.

2. Sur le poème dramatique, cf. la lettre à Anatole France du 15 mai 1876.

ou abstrait[1]) il la faut garder ainsi ; comme tant qu'il n'y aura pas un théâtre pour les pompes secrètes, outre la Musique, je crois qu'il faut s'en tenir au genre par vous excellemment rénové[2].

Votre main, mon cher Griffin

STÉPHANE MALLARMÉ

276. – *A Arnold Goffin*[3].

Paris 89 rue de Rome
Dimanche 17 juin 1888

Mon cher Monsieur Goffin

Si la Poésie est quelque chose de situé entre la musique et la littérature, et qu'il y ait, comme nous le pressentons aujourd'hui, un tabernacle rival du vers pour la loger très modernement, ou toute d'analyse diaprée et mobile ; à coup sûr ce n'est pas le roman proprement dit, cette erreur passera, mais bien ce que vous faites du livre, une subtile suite de poèmes en prose, évidents et fugaces. Avec l'élargissement que prend votre vision de tout, et l'acuité de votre dire, vous me paraissez un de ceux faits pour atteindre les premiers au miroitant et trompeur bouquin dont on a

1. Cf. l'article sur Wagner.
2. C'est l'interrègne évoqué dans la lettre à Verlaine du 16 novembre 1885.
3. Arnold Goffin (1863-1934), poète et historien d'art belge.

par minutes l'idée. Merci donc sympathiquement d'*Impressions et Sensations*, et la main.

STÉPHANE MALLARMÉ

277. – *A Félicien Champsaur.*

Paris [lundi] 12 Mai [1890]

Merci, mon cher Champsaur, pour la *Divine aventure* : il me semble avoir appliqué le front à une vitre de rêverie, devant une pluie lumineuse, qui ne veut finir.. Je ne vous hais qu'en raison de la majuscule ôtée au vers, la lettre d'attaque y a, selon moi, la même importance que la rime et on ne saurait assez fastueusement la marquer[1].

Votre main

STÉPHANE MALLARMÉ

278. – *A Victor-Émile Michelet.*

Paris, 18 Octobre [1890]

Mon cher confrère[2]

Merci pour l'envoi de votre étude de l'*Ésotérisme dans l'Art*, elle m'intéresse personnellement presque, car ce

1. Cf. cette note de *La Musique et les Lettres* opposant le vers au poème en prose : « A l'un, sa pieuse majuscule ou clé allitérative, et la rime, pour le régler : l'autre genre, d'un élan précipité et sensitif tournoie et se case, au gré d'une ponctuation qui disposée sur papier blanc, déjà y signifie » (*Div.*, p. 367).

2. Victor-Émile Michelet (1861-1938), écrivain féru d'occultisme.

me serait difficile de concevoir quelque chose ou de le suivre sans couvrir le papier de géométrie où se réfléchit le mécanisme évidemment de ma pensée. L'occultisme est le commentaire des signes purs, à quoi obéit plus que tout la littérature, jet immédiat de l'esprit [1]. Votre très persuadé

STÉPHANE MALLARMÉ

279. – *A James Mc Neill Whistler.*

Paris [samedi] 25 Octobre 1890

Mon cher Whistler

Oui, le *Whirlwind* est parfait et m'intéresse, à travers vous, et aussi par lui-même. Je vais, au premier jour, vous adresser, pour lui, un rien, combinant vos deux suggestions, de la lettre et des vers. Un petit sonnet de congratulation [2], avec votre nom à la rime, Ah ! Ah ! Ah !

Je tâcherai que cela parte avant la fin de la semaine prochaine, où nous retournons à la campagne, par cette pluie ! mais confiants en quelque éblouissement

1. Sur le rapport (purement métaphorique) de Mallarmé à l'occultisme, voir « Magie » (*Div.*, p. 302), « La Littérature, doctrine » (*Div.*, p. 378) et *La Musique et les Lettres*.

2. « Billet ». Whistler avait demandé à Mallarmé pour *The Whirlwind* (*Le Tourbillon*), l'envoi d'un « beau sonnet » ou de « deux mots de sympathie ou d'approbation ».

de la forêt, par derrière et sous la grisaille du temps. Trois ou quatre jours seulement..

La famille Moore tout entière s'émeut donc. J'ai été, hier, serrer la main à Degas : « Rien ne peut me brouiller avec Whistler ! » m'a-t-il dit, comme vous le pensez bien [1].

Au revoir, cher ami ; votre main ; et tout mon hommage à Madame Whistler, dont il y a bientôt un an que je n'ai entendu le rire.

Encore : le pauvre Brown [2] va un peu mieux et il se pourrait qu'il traînât. Oui, bien entendu, j'ai compris et envoyé au châtelain des Damps [3] le petit mot et le journal. L'impression, au résumé, me semble excellente, à Paris.

Votre

STÉPHANE MALLARMÉ

280. – *A Edmond Deman.*

Paris [mardi] 7 Avril 1891

Mon cher ami

Nous allons, n'est-ce pas ? durant quelques jours, puisqu'il s'agit d'établir cette édition des Vers [4], nous

1. George Moore venait d'écrire un article sur Degas où il s'en prenait à Whistler (qui avait eu déjà maille à partir avec Augustus Moore, frère de George). Voir *CMW*, pp. 63-68.

2. Le peintre John Lewis Brown, qui devait mourir en novembre 1890.

3. Octave Mirbeau, du nom de sa propriété dans l'Eure.

4. Depuis le 14 février 1891, Mallarmé était en pourparlers avec Deman, qui avait déjà publié *Les Poëmes d'Edgar Poe* en 1888, pour une nouvelle édition des *Poésies*, édition qui ne paraîtra qu'après sa mort en 1899.

faire mutuellement part de nos réflexions, au hazard et par notes jetées. Tout réfléchi, je crois qu'il n'y a pas lieu de recommencer une publication de manuscrit, cela se passe une fois à titre d'exception, mais le vers y perd. Le vers n'est très beau que dans un caractère impersonnel, c'est-à-dire typographique : sauf bien entendu à faire graver si l'on veut donner à l'édition quelque chose d'immuable et de monumental. C'était, je crois, votre impression quand vous parlâtes de gravure autrefois, et, me semble-t-il, la vraie. Trouver un des beaux types romains qui soient et faire graver (je dis romain, le vers m'y semblant plus définitif que dans l'italique laquelle se rapproche encore de l'écriture).

Ce sera l'édition, par excellence ; dont celle manuscrite [1] aura été comme le brouillon ou la « copie », et n'admettant plus après que la petite édition courante quelconque.

Voyez-vous ainsi ?

Je crois même que, parmi les bibliophiles, plusieurs, qui ont le manuscrit, pour attendre, reprendront ceci, stable et complété.

Oui, le frontispice de Rops, si on peut le reproduire avec son aspect originel et tel qu'il plaise à l'auteur.

A combien tirerait-on ? peut-être cent ; et l'on conserverait un prix élevé, aux alentours duquel, dites-moi, à peu près ?

Ainsi se présente à moi l'opération jusqu'ici : mais votre avis exact ?

Il y aurait, si vous hésitiez devant la gravure, à

1 L'édition photolithographiée de 1887.

typographier avec génie par exemple et sur quelque papier filigrané exprès pour l'édition.

Mon titre jusqu'à présent

VERS
de
STÉPHANE MALLARMÉ

en blanchissant beaucoup, entre les trois lignes. Je crois cela pas mal.

Quant à *Pages*[1], je vois dans la jeune Belgique la date du 20 Avril : ah ! si elle pouvait rester ! je pars, à la fin du mois ou Mai commençant, pour la campagne, ayant pris un congé de l'été pour cause d'énervement, et profiterais des derniers jours pour lancer un peu [le] livre. Je vous écoute.

Votre main

STÉPHANE MALLARMÉ

281. – *A Paul Valéry*.

Paris 5 Mai 1891

Oui, mon cher poëte, il faut, pour concevoir la littérature, et qu'elle ait une raison, aboutir à cette « haute symphonie[2] » que nul ne fera peut-être ; mais elle a hanté même les plus inconscients et ses traits principaux marquent, vulgaires ou subtils, toute

1. Titre définitif du *Tiroir de Laque*. *La Jeune Belgique* en avait annoncé la parution pour le 20 avril.
2. Formule reprise de la lettre de Valéry.

œuvre écrite. La musique proprement dite, que nous devons piller, démarquer, si la nôtre propre, tue, est insuffisante, suggère ce tel poëme.. — Votre « *Narcisse parle* » me charme et je le dis à Louÿs, gardez ce ton rare.

Votre

STÉPHANE MALLARMÉ.

282 – *A Charles Morice.*

Paris, Jeudi [27 octobre 1892]

Voilà, mon cher Morice ; et que ceci [1] vous arrive à temps. Je crois vous entendre.

Affectueusement

STÉPHANE MALLARMÉ

Je révère l'opinion de Poe, nul vestige d'une philosophie, l'éthique ou la métaphysique, ne transparaîtra ; j'ajoute qu'il la faut, incluse et latente. Éviter quelque réalité d'échafaudage demeuré autour de cette architecture spontanée et magique, n'y implique pas le manque de puissants calculs et subtils, mais on les ignore, eux-mêmes se font, mystérieux exprès. Le chant jaillit de source innée, antérieure à un concept, si purement que refléter, au dehors, mille rythmes d'images. Quel génie pour être un poëte ; quelle foudre

1. Charles Morice (1861-1919), poète et théoricien du symbolisme, avait demandé à Mallarmé une page « à propos de la philosophie dans la poësie » pour en agrémenter ses conférences.

d'instinct renfermer, simplement la vie, vierge, en sa synthèse et loin illuminant tout. L'armature intellectuelle du poème se dissimule et tient — a lieu — dans l'espace qui isole les strophes et parmi le blanc du papier : significatif silence qu'il n'est pas moins beau de composer, que les vers.

283. – *A Edmund Gosse.*

Paris, Mardi 10 Janvier 1893

Mon cher Monsieur Gosse[1]

Je regrette d'interrompre ma lecture simplement commencée mais avec quel charme, du *Secret de Narcisse*, pour vous remercier d'autre part : ce sont d'exquises pages où l'évocation, sans surcharge, est toute conduite par un subtil et fluide sentiment d'un tour si délicat ! Mais l'article, merci d'abord de la superbe[2] place et de votre signature : c'est un miracle de divination, car vous aviez, par ma faute, si peu de documents. Les poëtes seuls ont le droit de parler ; parce qu'avant coup, ils savent. Il y a, entre toutes, une phrase, où vous écartez tous voiles et désignez la chose avec une clairvoyance de diamant, la voici : « His aim is to use words in such harmonious

1. Edmund Gosse (1849-1928), homme de lettres anglais, ami de Swinburne et de John Payne. Il avait fait la connaissance de Mallarmé en 1872, et venait d'écrire un article sur *Vers et prose* dans *The Academy*.
2. Et non « sublime » (*Corr.* VI).

combination as will suggest to the reader a mood or a condition *which is not mentioned in the text*, but is nevertheless paramount in the poet's mind at the moment of composition[1]. » Tout est là. Je fais de la Musique, et appelle ainsi non celle qu'on peut tirer du rapprochement euphonique des mots, cette première condition va de soi ; mais l'au-delà magiquement produit par certaines dispositions de la parole, où celle-ci ne reste qu'à l'état de moyen de communication matérielle avec le lecteur comme les touches du piano. Vraiment entre les lignes et au-dessus du regard cela se passe, en toute pureté, sans l'entremise de cordes à boyaux et de pistons comme à l'orchestre, qui est déjà industriel ; mais c'est la même chose que l'orchestre, sauf que littérairement ou silencieusement. Les poëtes de tous les temps n'ont jamais fait autrement et il est aujourd'hui, voilà tout, amusant d'en avoir conscience. Employez Musique dans le sens grec, au fond signifiant Idée ou rythme entre des rapports ; là, plus divine que dans son expression publique ou symphonique. Très mal dit, en causant, mais vous saisissez, ou plutôt aviez saisi tout au long de cette belle étude qu'il faut garder telle quelle et intacte. Je ne vous chicane que sur l'obscurité[2] ; non, cher poëte, excepté par maladresse ou gaucherie, je ne suis pas obscur, du moment qu'on me lit pour y chercher ce

1. « Il tend à se servir des mots en une combinaison si harmonieuse qu'elle suggérera au lecteur un état d'âme qui, s'il n'est pas dit dans le texte, obsède néanmoins l'esprit du poète au moment de composer. »

2. Sur la question de l'obscurité, cf. « Le Mystère dans les Lettres », réponse virulente à un article du jeune Marcel Proust « Contre l'obscurité » en 1896.

que j'énonce plus haut, ou la manifestation d'un art qui se sert — mettons incidemment, j'en sais la cause profonde — du langage : et le deviens, bien sûr ! si l'on se trompe et croit ouvrir le journal. J'ai trouvé l'autre jour l'étude que voici [1], d'un très solide et fin critique lequel insiste, selon moi avec raison, riez et je vous serre la main, sur ma clarté.

Votre

STÉPHANE MALLARMÉ

284. – *A José-Maria de Heredia.*

Paris, 23 Février 1893

Mon cher Heredia

Les *Trophées* ont causé une de mes grandes joies de poëte.

Chaque sonnet, j'en sus la beauté, encore que restât à faire de délicieuses connaissances ; mais quel effet, leur ensemble ! A part votre épanouissement du vers, un total ! qui soit, ce recueil vous donne raison splendidement quant à l'unité de forme du poème adopté, le sonnet ; que vous avez sorti du bibelot, pour en faire l'expression définitive, plénière et suprême, de la poésie. Avec son raccourci, il lie, entre eux, sous un même regard, les si rares traits magiques, seulement épars en les plus beaux poèmes. Vraiment nous n'avons à faire que de cela, et on le trouve ici à coup sûr. Quelle certitude dans la visée, aviez-vous même

1. L'article d'Adolphe Retté, dans *L'Ermitage* de janvier 1893.

compté sur le succès à ce point ! Voilà la moderne façon qui reste de présenter le vers, dont on abusa tant. Le livre, ouvert à une page quelconque, les deux chefs-d'œuvre apparus se répercutent en un multiple écho glorieux [1] et l'on a l'impression monumentale du tout, avant, après.

Votre œuvre en tant qu'éternelle vient donc spécialement à son heure ; et comme je suis très heureux de tout cela, mon vieil ami, je vous presse les mains, fort.

STÉPHANE MALLARMÉ.

Cher ami, j'oubliais ceci, que Pica — Vittorio Pica, vous connaissez, un fidèle des belles choses françaises, demande, par mon intermédiaire, un exemplaire des *Trophées*, pour leur vouer une étude dans un périodique italien.

285. – *A Paul Claudel.*

Paris, Mars [2] 1893

Mon cher Claudel

Pas une page, sans la surprise de paroles inédites et que profère la bouche humaine, en une farouche, splendide nudité : ces merveilles se groupent puis roulent en chœur prodigieux dans le drame. J'admire comme cela sourd et la force du jet ! Le lieu Théâtre

1. Les pages, aussi, riment entre elles.
2. Le cachet de la poste est du 9 mars.

insuffisant à la tragédie de Vie, que la musique et les lettres seules expriment avec son mystère, vous êtes un de ceux qui l'auront superbement transposé en le Livre[1], notamment par *La Ville.* Merci, très cher Claudel.

Votre ami

STÉPHANE MALLARMÉ

286. – *A Charles Bonnier.*

Paris, Mars 1893

Mon cher poëte[2]

Je viens d'être malade tout un mois et, moi qui n'écris jamais de lettres, hostile ou vague pour tout papier. Je veux toutefois répondre un mot à votre curieuse et nombreuse interrogation.. Le fait poétique lui-même consiste à grouper, rapidement, en un certain nombre de traits égaux, pour les ajuster, telles pensées lointaines autrement et éparses ; mais qui, cela éclate, riment ensemble pour ainsi parler[3]. Il faut

1. Cette définition du drame claudélien, où l'on retrouve toutes les grandes notions mallarméennes (drame, théâtre et livre, vie, musique et lettres, mystère) rappelle certains feuillets du « *Livre* », notamment le feuillet 103A : « THÉÂTRE, en tant que *Mystère*, par une opération appelée *Poésie*, cela à la faveur du LIVRE. »

2. Charles Bonnier, professeur de français à Oxford, fut à l'origine de l'invitation faite à Mallarmé de prononcer sa conférence sur *La Musique et les Lettres* à Oxford et Cambridge en 1894.

3. La rime est bien pour Mallarmé le fait poétique essentiel parce qu'elle postule une équivalence symbolique entre deux mots ou deux vers.

donc, avant tout, disposer la commune mesure, qu'il s'agit d'appliquer ; ou le Vers. Le poème resté bref [1], se multiplie, en un livre ; sa fixité formant norme, comme le vers. Telle, du moins, ma vision. Maintenant, pour la notation émotionnelle proportionnée [2], je la goûte absolument, mais en tant qu'une prose, délicate, nue, ajourée. L'opération poétique de la commune mesure y fait défaut, ou n'est pas en jeu. — Vous avez réussi en ce genre un des plus sûrement, par une subtilité extrême, je me fais une joie de le dire et vous ai relu.

Votre main,

STÉPHANE MALLARMÉ

287. – *A Maurice Pujo* [3].

[Paris, mai 1893]

[...] Littérairement, il n'y a pas lieu de procéder autrement, sauf qu'avec génie. Si vous partez de l'émotion, elle s'épanouit directement en la vie et à quoi bon les mots : ceux-ci, après coup, et comme elle risqua se dissoudre ou se perdre, s'apprêtent à la restaurer, par leur vertu à eux, étrangère, oui, mais la plus subtile pour nous [...] Le principal est de bien voir

1. « Jamais je n'écris et, entre nous, ne lis rien qui ait seize pages. Un poème est un raccourci prodigieux pour arriver à mettre en trois pages ou quatre ce qui demande un volume à d'autres. Je vise à cela, l'ai un peu créé » (lettre à S. L. van Looy, *Corr.* VIII, p. 95).
2. Le vers libre.
3. Maurice Pujo (1872-1955). Ce futur pilier de *L'Action française* s'occupait alors de petites revues littéraires idéalistes.

que la littérature est une reconstitution, humaine, par la langue et sa gloire, de tels élans intérieurs, fulgurants et primitifs qui se limitent à eux-mêmes, ne requièrent pas la parole, et sur elle demeurent sans action immédiate. Je ne vois donc pas qu'il y ait à faire différemment pour les évoquer et les publier, voilà notre dessein, que de disposer le langage, avec le souvenir qui nous reste, en sorte qu'il le reflète le mieux[1] [...]

288. – *A Henri Mazel.*

[Paris, dimanche
23 juillet 1893]

Une organisation libre et spontanée aujourd'hui jaillissant se fige avant des siècles en tant que traditionnelle puis autoritaire, faute cela de varier dans son dessin à l'infini (l'espèce manquant même pour ses satisfactions et son intérêt, d'imagination) : ou si abstraitement on établit un état tout de suite comme fatal, après du temps chacun a lieu d'y retrouver son propre vouloir, l'habitude aidant et l'impossibilité selon lui que ce soit autrement, bref, que cette *organisation disciplinée et méthodique*.

N'intéresse l'artiste, du moins le littérateur que ce qui concerne l'homme, seul et dans un raccourci, vis-à-

1. Mallarmé récuse ici la conception d'une poésie qui se contenterait d'exprimer des émotions. La poésie n'est pas expression, mais reconstitution.

vis du monde ; les théories sociales, elles s'équivalent, presque opposées [1] : et je sais que je ne m'inquiète ou ne m'indigne sinon quand je vois au nom de l'esprit individuel ou collectif molester du pauvre monde, où je me place [2].

STÉPHANE MALLARMÉ

289. – *A Eugène de Roberty.*

Paris, [jeudi 30 [3]]
Novembre [1893]

Cher Monsieur [4]

J'ai achevé, avec un pur intérêt, la lecture de la *Recherche de l'Unité.* Tout incompétent devant la conclusion, j'admire, à l'égal du doigtier d'acier que meut une machine délicate, votre discours si net et certain qu'il ne dépasse pas le fait d'une conversation supérieure. Que de pages m'ont retenu (130-131 par

1. Mallarmé renvoie dos à dos socialisme et libéralisme, en tant que pures fictions. Voir *RM*, pp. 364-402.

2. Mallarmé répond à une enquête d'Henri Mazel (1864-1947), jeune poète symboliste et fondateur de la revue *L'Ermitage*, sur l'organisation sociale : « Quelle est la meilleure condition du Bien social, une organisation spontanée et libre ou bien une organisation disciplinée et méthodique. Vers laquelle de ces conceptions doivent aller les préférences de l'artiste ? »

3. Quantième conjectural mais probable, le cachet de la poste étant du 2 décembre.

4. Eugène de Roberty (1843-1915), philosophe russe, professeur à Bruxelles et à Paris.

exemple, sur ceci que nous pensons à l'aide d'images et la phrase « Pourquoi les images ne se résoudraient-elles pas en des combinaisons d'éléments plus simples extraits au préalable, par une sorte de chimie mentale... ») Tout mon rêve ! une raréfaction des images en quelques signes comptés, un peu comme (vous allez sourire) l'esquissa le divinatoire dessin japonais [1].

Merci et recevez, cher Monsieur, tous mes compliments.

STÉPHANE MALLARMÉ

290. – *A M. Schwartz* [2].

[Paris, novembre 1894]

Monsieur

Je me rappelle avoir jeté les yeux sur l'image que vous me remîtes, où le jeune calicot qui apparaît, devant un étang, me semble, tout autant qu'à lui prodiguer des baisers, inviter sa collègue de rayon à risquer un bain ; en outre, votre interprétation si spéciale et un peu directe pourrait n'être pas conforme à mes habitudes, ni à mon âge.

1. C'est toute l'esthétique mallarméenne telle qu'elle apparaît à partir de « *Las de l'amer repos...* ».

2. Ce rédacteur du *Journal*, avait demandé à Mallarmé, pour un recueil collectif (*Les Cantiques d'amour*), un poème qu'illustrât un dessin intitulé *Les Baisers*. Il reçut, sous le titre « Bain », le sonnet « *Quelconque une solitude...* » (futur « Petit air » I) qu'il ne trouva évidemment pas en rapport avec le dessin ni avec le thème du recueil. Le poème parut finalement dans *L'Épreuve*, illustré d'une lithographie de Maurice Denis.

Je profite, à l'instant, du malentendu pour adresser ces quatorze vers à une Publication d'Art qui me sollicitait, et je n'ai qu'à gagner.

Je retire donc le Sonnet et décline votre flatteuse proposition de paraître, en treizième, pour résumer l'envoi de mes confrères : aussi je sais peu faire, principalement refaire, sur commande.

Ce n'est qu'un très petit accident où, croyez-le, je le dis pour vous rassurer, ma susceptibilité n'est pas en jeu : je n'en conserve pas moins, précieusement, votre lettre.

Agréez mes sentiments

S.M.

291. – *A Pierre Louÿs.*

Paris, [jeudi 20]
Décembre [1894]

Mon cher Louÿs

Je voudrais que ce pressement de main, qui contient ma ferveur, vous accompagnât en un voyage, d'où vous rapporterez quelque vision rare. Aujourd'hui, c'est les *Chansons de Bilitis*, qui me font vous aimer : une merveille ! et comme votre emploi est plus savant que traduire ! il me semble, en effet, que l'antiquité, dans sa pure essence, nous doit revenir par la joie créatrice d'enfants, contemporains, en qui elle retrouve un tour inné comme réservé par elle au futur. Jusqu'au voile délicat de fiction, tout, ici, se prête à l'effet, le délice est entier. Merci de la *Maison sur le Nil*, aussi, un des joyaux de votre *Suite*[1]. Allez et rêvez loin, sans qu'on vous oublie, cher ami

Votre

STÉPHANE MALLARMÉ

Je vous mets à la poste, tard, je n'en avais sous la main, un exemplaire de ma petite brochure récente[2].

292. – *A Claude Debussy.*

Paris, Dimanche
[23 décembre 1894[3]].

Mon cher ami

Je sors du concert, très ému : la merveille! votre illustration de l'*Après-midi d'un faune,* qui ne présenterait de dissonance avec mon texte, sinon qu'aller plus loin, vraiment, dans la nostalgie et dans la lumière, avec finesse, avec malaise, avec richesse[4]. Je vous presse les mains admirativement, Debussy.

Votre

STÉPHANE MALLARMÉ

1. *L'Heptaméron d'Amaryllis.*
2. *La Musique et les Lettres.*
3. La première phrase, jusqu'ici inconnue, de cette lettre permet de la dater précisément. La première du *Prélude* avait eu lieu le soir du samedi 22 décembre.
4. On connaît aussi ce mot de Mallarmé à propos de l'adaptation de son *Faune* : « Je croyais l'avoir moi-même mis en musique ! » (cité dans *VM*, p. 370).

293. – *A Aurélien-François Lugné-Poe* [1].

Dimanche matin
[24 novembre 1895]

Que je suis désolé, cher ami, merci, qu'un dîner chez quelqu'un de remis plusieurs fois me prive d'accourir à votre invitation ; mais le projet de musique à l'*Œuvre* me séduit, fort, tout à fait, puisque la poésie, dorénavant, c'est le vers et l'orchestre et [2] leur rencontre, dosée à volonté, me semble bien au théâtre.
Votre main et des regrets

STÉPHANE MALLARMÉ

294. – *A Octave Mirbeau.*

Paris, 2 Décembre [1895]

— Jeudi.
Alors, c'est embêtant, même à écrire, les articles pour la *Revue des Deux Mondes*, mon pauvre vieux cher ami : parbleu ! tout ce qui ne tient pas en une phrase. L'explication de l'univers s'il y en a une, autre que l'occasion offerte de quelquefois vous serrer la main, Mirbeau, atteindrait tout juste les quarante pages d'un article de revue [3]. Mais je suis sûr tout de même que le

1. Aurélien-François Lugné-Poe (1869-1940), fondateur du Théâtre de l'Œuvre.
2. Il faut bien lire « et » et non « à » (*Corr.* VII).
3. A en croire cette boutade, le Livre, « explication orphique de la Terre », tiendrait donc en moins de quarante pages.

vôtre ne ressassera en rien. A vous, à Madame toute la maisonnée.

Votre

S. M.

295. – *A André Maurel*[1].

Paris, Mercredi soir
[5 février 1896]

Cher Monsieur

Sur votre demande gracieuse de tout à l'heure, voici un rien, ce sonnet[2] « causé », qui ne peut, je crois, détonner, malgré que selon moi, les vers et le journal se font tort réciproquement. Votre main, prière de revoir les épreuves surtout quant à la ponctuation : réponse aussi, j'ai disposé naguères du petit morceau *A la nue accablante tu.*

STÉPHANE MALLARMÉ

1. André Maurel (1863-1943), qui souhaitait publier dans *Le Figaro* des vers de Mallarmé, avait demandé si le sonnet « *A la nue...* », que le poète lui avait confié en 1892, était encore inédit et, s'il ne l'était plus, sollicité l'envoi d'un autre poème. « *A la nue...* » avait paru dans l'*Obole littéraire* en 1894.

2. « *Dame sans trop d'ardeur...* », dont Mallarmé, à la demande d'un lecteur curieux, Charles Valentino, fit le commentaire suivant : « ... je me figure que les vers n'ont aucun sens s'ils ne frappent pas tout de suite et n'éveillent une divination chez qui les lit ; alors il ne faut pas les chercher, s'évanouissant de plus en plus ; pour moi, toutefois, le sonnet auquel vous voulez bien vous intéresser, rendrait " un besoin d'amitié calme sans crises de passion ni trop vivace flamme épuisant la fleur de sentiment, cette rose, etc. " » (*CS* I).

296. – *A Paul Claudel.*

Paris, Mardi 18 Février 1896

Cher Claudel

Je vais proférer un blasphème, en disant que je ne sais si je prise davantage l'espace, apporté par votre lettre [1], ou l'amitié. Il faut que je sois bien las, n'est-ce pas ? d'ici ; puisque vous savez comme premièrement et avant tout, j'ai du goût pour vous. Seulement, que vous êtes à féliciter, et je crois que vous vous en chargez envers vous-même, de ne pas exister à Paris ou à ma place. Mon cher ami, il n'y a pas moyen d'échapper à la foule et si on le tente, appelons-la du nom de Presse par quoi elle se manifeste à nous, elle nous tire de notre coin, pour nous rendre plus absurdes que ses serviteurs immédiats ; et faire du retiré un bouffon. Vous verrez qu'on m'a promu, après des votes ! Prince des Poëtes [2], alors les journaux m'atta-

1. La lettre de Claudel venait de Shanghai.
2. *La Plume* avait organisé le 1er février une consultation auprès des poètes pour élire celui qui devait succéder à Verlaine (mort le 8 janvier) comme Prince des Poètes. Sollicité, Mallarmé fit acte de candidature par cette « affiche électorale » : « POETES ! // D'un geste, se conçoit, à l'heure où — prestige matériel évanoui, hélas ! — en lumière pure se résout le fantôme humain, autrefois levé sur le pavois, de l'aède, désigner quel, d'une présence réclamée dès lors, doit primer dans le respect et l'admiration, son front lauré des unanimes palmes. / Peut-être, écarté l'effroi de l'entrée en scène, le passé — le mien —, poëtes riches du peu d'années vendangées, m'incite-t-il, parmi les cuivres sourds de mon crépuscule et les vierges clartés de votre aurore, à surgir pour, enfin, recevoir tel salaire d'honneur. / Ici, donc, je veux, sans plus, demander, à qui est

chent une queue de cerf-volant avec laquelle je me sauve par les rues sans autre moyen de me dissimuler que de rejoindre le cortège du bœuf-gras. Être un masque malgré soi, Claudel, et quand on n'aime que l'oubli excepté le vôtre. Vous me manquez aussi parce que vous auriez une façon de hausser les épaules furieusement, là, sur le petit canapé des Mardis, laquelle me réconforterait intimement. Voilà les plaisanteries qu'on tire du tombeau de Verlaine par besoin d'actualité, profanant sa disparition belle et qu'il est plus malaisé, en effet, de comprendre. — Tout cela pour peindre Paris, moi à part, même; et, cher ami, que vous ne le regrettiez pas. Vous êtes des forts à qui convient de respirer un air solitaire. Cependant, un soir, j'ai entendu Léon Daudet causer de vous superbement et ce reste un de mes soirs de cet hiver. J'ai parlé de *Pagode Jardins Ville la Nuit*[1] à la REVUE BLANCHE; quand ce sera prêt, il faut les envoyer là. Je ne publie pas tout de suite mes articles[2], il faudrait les retoucher; mais, puisque vous voulez bien les lire en camarade, vous adresserai l'ensemble tel, un de ces jours. L'envoi signifiera que je suis passé au Ministère et en ai retiré, car voici qu'il est temps à peu près, le sceau dont je rêve[3].

Adieu, cher ami, je vous presse la main de tout mon sentiment, me chagrine que nous soyons si séparés

---

échu parce que digne, le droit de l'attribuer, un suffrage. // POETES! // Cher, mon vœu que par vous vive un nom, *le mien*, / s'exprime tel. // STÉPHANE MALLARMÉ. »

1. *Sic.* Ces poèmes en prose, qui paraîtront dans *La Revue de Paris* et non dans *La Revue blanche*, seront repris dans *Connaissance de l'Est*.
2. Les futures *Divagations*, qui paraîtront en janvier 1897.
3. Un sceau chinois, cadeau de Claudel.

infranchissablement et, par je ne sais quelle confusion, d'autre part, me figure qu'au moment de ma fuite, au printemps, vers la nature, je vous retrouverai par là.. Ces dames vous donnent un cordial souvenir.

Votre

STÉPHANE MALLARMÉ

297. – *Au comte Henri Desplaces*[1].

[Valvins, juin 1896]

[...] Il me paraît fort heureux que nous soyons, l'enquête déterminée par le livre de M. le comte Desplaces l'établit et les journaux sont en position de le savoir mieux que personne, paraît-il, dans un état de crise morale : autrement, certes, nous ne serions pas, du tout. Une crise est la santé, autant que le mal; éclat, avec quelque souffrance, toujours, pour s'imprimer profondément. Aux générations sans fin s'ouvre une blessure, une autre se referme.

Notre honneur, j'en conviens, est de sembler à découvert des côtés à la fois social et idéal et, peut-être cela, du seul fait qu'on les divise[2] [...].

1. Le comte Henri Desplaces (1868-1922) avait publié en 1894 *Essai de roman des romans. Maladies d'âmes*. A l'occasion d'une réédition, *Le Gaulois* avait lancé une enquête sur la crise morale contemporaine dont l'auteur semble avoir été, sous le pseudonyme de Saint-Réal, Desplaces lui-même.

2. L'idée que la crise sociale et la crise spirituelle ou idéale sont les deux aspects d'une même crise plus générale est au cœur de « Crise de vers » et de *La Musique et les Lettres* où Mallarmé entreprend de se « rendre compte à fond et haut de la crise idéale

298. – *A Edmond Deman.*

Valvins, par Avon
Seine-et-Marne
[Mardi] 21 Juillet 1896

Cher ami

Le voyage en Hollande, d'où l'amical arrêt à Bruxelles aussi, est remis à l'automne, comme je pensais qu'un mot de moi, à vous destiné, par l'entremise de Charles Morice, en avait, ces derniers temps, porté l'avis.

Ceci, d'abord ; puis, passons au livre [1]. Très bien, le format ; mais (peut-être allez-vous bondir) le caractère me paraît sans charme — pas vivant, pour de l'italique. Nous étions, du reste, convenus ou je vous demandai, qu'on n'employât pas d'italiques. Trop près de l'écriture, surtout après l'édition manuscrite Dujardin. — Peut-être le romain de votre type est-il beau. — Mais que j'aimerais mieux un Simon Raçon quelconque.

Je ferai des corrections ; mais, comme vous le dites, point de remaniements. Ne commencez rien, sans moi et communiquez-moi tout, au contraire peu à peu. Je tiens à ne rien laisser, mise en page, blancs, etc. qui ne me séduise tout à fait.

---

qui, autant qu'une autre, sociale, éprouve certains », ajoutant en note : « Il convenait de ne pas disjoindre davantage. Le titre [...] indiqua *Music and Letters*, moitié de sujet, intacte : sa contrepartie sociale omise » (*Div.*, p. 369). Voir *RM*, pp. 364-402.

1. Voir la lettre au même du 7 avril 1891.

Maintenant, une particularité importante. Je vais achever, pour la rentrée, HÉRODIADE, dont je publierai le *Prélude* et le *Finale*, de la dimension chacun du morceau existant, en deux fois cet automne [1], dans la *Revue Blanche*.

Il faudrait bien, pour que le recueil de mes Poésies ne parût pas, à tout le monde, incomplet et tronqué, ou manquant d'un des morceaux principaux et n'en donnant qu'un fragment, ce qui lui constituerait une infériorité immédiate, trouver le moyen (fût-ce attendre) que le poème s'y trouvât dans son ensemble : qu'en dites-vous ?

Voilà, je crois, tout, mon cher ami ; mais, surtout, que vous ne fassiez rien sans moi, qui demeure, ici, votre collaborateur.

Je vous presse la main et vous envoie mon hommage à Madame.

Votre

STÉPHANE MALLARMÉ

299. – *A Alfred Jarry.*

Valvins, par Avon
Seine-et-Marne
Mardi [27 ou mercredi]
28 Octobre [1896]

Mon cher Jarry

Tout simplement pour admirer *Ubu Roi* et vous presser la main, en raison du dicton qu'il vaut mieux

1. Malgré des annonces récurrentes, Mallarmé ne se remit à *Hérodiade* qu'en mai 1898.

tard. Je crois, vraiment, outre du souci pendant l'été et peu de lettres, que l'on s'est trop pénétré, ici, chez les Natanson [1] et à part moi, de cette œuvre exceptionnelle, déclamée à haute voix, lue de tout esprit, pour en rien savoir écrire. Vous avez mis debout, avec une glaise rare et durable aux doigts, un personnage prodigieux et les siens, cela, mon cher ami, en sobre et sûr sculpteur dramatique [2]. Il entre dans le répertoire de haut goût et me hante ; merci.

A vous

STÉPHANE MALLARMÉ

300. – *A André Gide.*

Valvins, par Avon
Seine-et-Marne)
[Vendredi 14 mai 1897]

Ah ! cher Gide, que vous avez de générosité littéraire et comme votre lettre est de vous. Ainsi cette tentative [3], une première, ce tâtonnement ne vous ont pas choqué, encore se présentent-ils mal. *Cosmopolis* a été crâne et délicieux ; mais je n'ai pu lui présenter la

1. Thadée Natanson (1868-1951), directeur de *La Revue blanche*, et sa femme Misia. Ils avaient passé l'été à Valvins.

2. Publié en juillet, *Ubu Roi* sera créé par Lugné-Poe au Théâtre de l'Œuvre le 10 décembre 1896.

3. *Un Coup de dés jamais n'abolira le hasard* qui venait de paraître dans le numéro de mai de la revue *Cosmopolis*. Dans le même temps, Mallarmé préparait chez Didot l'édition conforme à ses vœux, où l'unité ne fût plus la page (comme dans *Cosmopolis*), mais la double page.

chose qu'à moitié, déjà c'était, pour lui, tant risquer! Le poème s'imprime, en ce moment, tel que je l'ai conçu; quant à la pagination, où est tout l'effet. Tel mot, en gros caractères, à lui seul, domine toute une page de blanc et je crois être sûr de l'effet. Je vous enverrai à Florence, d'où cela peut vous suivre autre part, la première épreuve convenable. La constellation y affectera, d'après des lois exactes et autant qu'il est permis à un texte imprimé, fatalement, une allure de constellation. Le vaisseau y donne de la bande, du haut d'une page au bas de l'autre, etc. : car, et c'est là tout le point de vue (qu'il me fallut omettre dans un « périodique »), le rythme d'une phrase au sujet d'un acte ou même d'un objet n'a de sens que s'il les imite et, figuré sur le papier, repris par les Lettres à l'estampe originelle [1], en doit rendre, malgré tout quelque chose. — Je bavarde, au lieu de vous presser la main pour votre si noble et cher élan; au revoir, mettez aux pieds de Madame Gide tout mon hommage.

Votre ami

STÉPHANE MALLARMÉ

Ce billet passera par Paris, faute que j'aie votre adresse à Florence.

1. Cf. *infra* la lettre à Mauclair du 8 octobre 1897. Si le terme d'*estampe* renvoie à la dimension idéographique du *Coup de dés*, « l'estampe originelle » évoque aussi ces « divines *impressions* [...] qui se sont amassées en nous depuis les premiers âges » de la lettre du 28 avril 1866 à Cazalis.

301. – *A Paul Chabaneix.*

Valvins, par Avon
(Seine-et-Marne)
[Jeudi] 20 mai 1896 [1897]

Monsieur,

Au fond du rêve, peut-être, se débat, en tant que pertes, l'imagination de gens lui refusant un essor quotidien : punition, n'en pas profiter personnellement, par un oubli au réveil ou quand on revient à soi. Aussi le poëte qui, véritablement, rêve éveillé (est-ce en raison de cela que je n'ai plus le sommeil, depuis, déjà, bien des années [1] ?) n'attend-il rien des surprises de la nuit. Voici pourquoi, sans préjuger, cependant, de votre thèse, je me contente de répondre Non, délibérément, aux trois questions que vous me faites l'honneur de me poser [2].

Veuillez, Monsieur, agréer l'expression de mes sentiments très particuliers.

STÉPHANE MALLARMÉ.

1. Cette insomnie permanente est un leitmotiv de sa correspondance. Elle donne lieu à une divagation très elliptique dans « Confrontation » (*Div.*, p. 317).

2. En vue d'une thèse sur « les Rêves chez les intellectuels supérieurs », le Dr Paul Chabaneix (1875-1948) avait posé ces trois questions : « 1. Vous rappelez-vous avoir eu, dans votre vie, des rêves spéciaux, c'est-à-dire d'une intensité remarquable, ayant fait sur vous une grande impression ? / 2. Avez-vous eu des rêves qui ont persisté au réveil, constituant ainsi une espèce d'hallucination ? / 3. Vous est-il arrivé, dans vos rêves, de concevoir des idées qui ont servi, d'une façon quelconque, si minime soit-elle, à votre œuvre ? »

302. – *A Gustave Kahn.*

Valvins près Fontainebleau
[Mercredi 22] Septembre 1897

Cher Kahn

Je range, pour les remporter à Paris — pas tout de suite, les livres rares joie de mon été, d'abord *Premiers Poèmes*, en quoi vous avez agi si heureusement que de réunir une magnificence et le délice jusqu'alors épars : comme cela se groupe et se construit à la manière des architectures mobiles musicales, toutes les probabilités que contient une riche substance de rêve tour à tour s'érigeant, illuminant et souriant. Votre clavier se prête aux grands fragments symphoniques et aux lieds, magistralement et vous créez toujours à mesure. Je suis content de vous connaître mieux encore et d'ensemble, ou toute une intervention qui apparaît personnelle et nécessaire dans la Poésie. La belle étude sur le vers libre, dont l'initiateur parle définitivement [1], lue et relue, s'impose, merci de regards de mon côté amis ; et, la conclusion dit vrai, une œuvre suprême à venir emploiera [2] les deux formes.

Admirativement ct cordialement votre main, mon cher Kahn.

STÉPHANE MALLARMÉ

1. Voir la lettre au même du 7 juin 1887.
2. Et non « remplacera » (*Corr.* IX).

Mon hommage à Madame Kahn, à qui j'enverrai quelque jour des épreuves au moins curieuses[1] pour sa collection.

303. – *A Camille Mauclair*[2].

Valvins par Avon
Seine-et-Marne
Vendredi [8 octobre 1897]

Non, gardez cette épreuve[3], Mauclair, ne prenez pas la peine de la renvoyer, un des déchets innombrables de mes rapports avec l'imprimerie Didot. Merci de votre coup d'œil si avant. Au fond, des estampes : je crois que toute phrase ou pensée, si elle a un rythme, doit le modeler sur l'objet qu'elle vise et reproduire, jetée à nu, immédiatement, comme jaillie en l'esprit, un peu de l'attitude de cet objet quant à tout. La littérature fait ainsi *sa preuve* : pas d'autre raison d'écrire sur du papier.

Il gèle ici, fort : un rhume récent me laisse peu cuirassé devant le froid et je ne sais pas si je ne suivrai pas ces Dames au lieu de m'attarder comme annuelle-

1. Celles du *Coup de dés*, que Mallarmé distribuait généreusement à ses amis.
2. Camille Mauclair (1872-1945). Après avoir fondé le Théâtre de l'Œuvre avec Lugné-Poe, ce disciple de Mallarmé, polygraphe invétéré, fera de son maître un héros de roman dans *Le Soleil des morts* (1898).
3. Voir la lettre et la note précédentes.

ment. Le plus tôt je vous presserai la main, le mieux ; et vous avez des vers à me montrer, n'oubliez..

Votre vieil Ami

S. M.

Samedi [9 octobre 1897]

Merci, j'ai reçu..

Délicieux le poëme et son doigté. Vous y marquez à coup sûr une intention de la langue. La légèreté en est incomparable, aussi la certitude. J'ai toujours pensé que l'*e* muet était un moyen fondamental du vers et même j'en tirais cette conclusion en faveur du vers régulier, que cette syllabe à volonté, omise ou perçue, autorisait l'apparence du nombre fixe, lequel frappé uniformément et réel devient insupportable autrement que dans les grandes occasions[1]. Mais, voyez, vous allez jusqu'à en recomposer un rythme librement à côté ! il est vrai, employant le nombre fixe au début, pour donner l'intonation.

Comme le sentiment et la parole sont d'accord dans le jet de ce petit poëme !

Tout cela pour vous serrer la main un peu plus longuement.

Votre

S. M.

1. Cf. « Crise de vers ».

304. – *A Émile Zola.*

Paris, Mercredi soir
[23 février 1898]

Mon cher Zola

Pénétré de la sublimité qui éclata en votre Acte, il ne m'a pas paru pouvoir, par un applaudissement, vous distraire ni rompre un silence chaque heure plus poignant. Le spectacle vient d'être donné, à jamais de l'intuition limpide opposée par le génie au concours des pouvoirs, je vénère ce courage et admire que, d'un glorieux labeur d'œuvre qui eût usé ou contenté tout autre, un homme ait pu sortir encore, neuf, entier, si héroïque! c'est à lui, condamné [1], que je demande, comme si je ne le connaissais pas, à cause de l'honneur qu'on en ressent, en tant qu'un dans la foule, ae toucher passionnément la main.

STÉPHANE MALLARMÉ.

305. – *A Émile Verhaeren.*

Paris Avril 1898

Admirable Verhaeren, je me figurais voir *les Aubes* sur une scène, à Paris, cet hiver et combien je me

1. Zola, qui avait lancé son « *J'accuse...* » le 13 janvier, venait d'être condamné le jour même à un an de prison.

plains peu que la représentation en demeure jusque maintenant réservée au seul théâtre de nous-mêmes [1], qui exige, pour la donner en son prodige, l'afflux de toutes nos somptuosités vitales et de la magnifique veille de la pensée : là, seulement, où nous sommes tragiques devant les destins, au plus pur, au plus amer, au plus glorieux de chacun, peut s'installer, même pour une jouissance d'art, cet échange supérieur ou grandiose de cris humains traversé d'un battement extraordinaire de ce Vers, dont vous êtes seul capable l'ayant, le premier, lancé en tant d'effroi ! — Paul Claudel, vice-consul à Shang'haï, lira-t-il cela ? envoyez-le-lui donc : je crois qu'à l'autre extrémité du monde, il ne sera pas moins bouleversé et enchanté que moi.

Votre main, toujours ardemment : et dire, cher ami, que je quitte Paris, ces jours-ci, las ; alors que peut-être, le *hay-fever* [2] va-t-il vous y incarcérer : quel manque d'à-propos !

STÉPHANE MALLARMÉ.

1. Cf. « Crayonné au théâtre » où s'affirme, contre le modèle wagnérien, cette conviction constante qu'« Un ensemble versifié convie à une idéale représentation » (*Div.*, p. 227). C'est au nom de cette conviction que Mallarmé pouvait répondre à l'enquête sur le livre illustré : « Je suis pour — aucune illustration, tout ce qu'évoque un livre devant se passer dans l'esprit du lecteur ; mais, si vous employez la photographie, que n'allez-vous droit au cinématographe, dont le déroulement remplacera, images et textes, maint volume, avantageusement » (*Corr.* IX, p. 236).

2. Rhume des foins. Voir la lettre du 15 janvier 1888.

306. – *A Ély Halpérine-Kaminsky.*

[Valvins, jeudi 9 juin 1898]

Monsieur — L'abrégé, quelquefois une paraphrase, par vous tiré d'un haut ouvrage sincère, où Tolstoï met en question l'existence même de l'Art, montre une fidélité clairvoyante [1] : vous admettrez, cependant, que je ne juge pas sur des fragments lumineusement choisis et traduits, ou tant que je ne possède pas l'œuvre intégrale, une méditation puissante qui prit quinze années. Je craindrais quelque interprétation erronée comme est la teneur, par exemple, qu'ici je lis d'un de mes poèmes [2]. Omettant les morceaux où le Traité se spécialise, pour retenir les pages empreintes de désintéressement et de généralité, il me paraît que l'apôtre illustre assigne à l'Art, comme principe, telle qualité qui en soit plutôt la conséquence. L'Art, en effet, se trouve essentiellement *communicatif;* mais du fait, aussi, qu'*exclusif* — j'adopte les termes. Diffusion *à qui veut*, par suite d'un retrait, ou isolement, d'abord [3]. A

1. Traducteur de littérature russe, Ély Halpérine-Kaminsky (1858-1936) avait publié un résumé du livre de Tolstoï, *Qu'est-ce que l'Art ?*, sous le titre *Le Rôle de l'art d'après Tolstoï*, et avait sollicité à ce sujet l'opinion d'un certain nombre d'écrivains en vue, en particulier ceux qui, comme Mallarmé, étaient pris à partie par Tolstoï.

2. « *A la nue...* », où « baves » était devenu « braves ».

3. Sur la place de la poésie dans la société, Mallarmé répondra quelques semaines plus tard au journaliste Edmond Le Roy : « — Je me figure qu'une nation peut, comme joyaux, par an s'offrir quelques livres de vers ; ils scintillent d'eux-mêmes, dira-t-on : encore faits par quelqu'un et pour plusieurs — lesquels s'ignorent, un peu trop, entre eux. L'État, puisqu'il en est question, possède

part quoi, l'instinct religieux reste un moyen offert à tous de se passer de l'Art, il le contient à l'état embryonnaire et l'Art n'émane, soi ou pur, que distrait de cette influence.

STÉPHANE MALLARMÉ.

307. – *A Jean-Bernard.*

Valvins près Fontainebleau
[Mercredi] 17 Août 1898

Monsieur

Quel était mon idéal à vingt ans [1], rien d'improbable que je l'aie même faiblement exprimé, puisque l'acte, par moi choisi, a été d'écrire : maintenant, *si l'âge mûr l'a réalisé*, ce jugement-ci appartient aux personnes seules m'ayant prolongé leur intérêt. Quant à une appréciation autobiographique intime, de celles à quoi on se livre, particulièrement, seul ou en présence d'un hôte rare, j'ajouterai, dans le journal, selon votre souhait,

---

indubitablement, quelque part, une somme, je la préférerais tirée de l'œuvre des devanciers, affectable à un culte rare de la langue : pour aller au plus pressé ou avant qu'officiellement il médite une fondation comme celle des samedis populaires à l'Odéon, assemblant un public, instituant des concours. Maintenant, est-ce un voyage, ou une maîtresse, qu'il convient d'attribuer aux poètes, je ne sais, ou dans certains moments, ce pain qu'est pour eux le papier blanc » (*Corr.* X, p. 247). L'Odéon avait créé en avril 1897, sur le modèle des concerts dominicaux, des *Samedis populaires de poésie ancienne et moderne*.

1. Le publiciste Jean-Bernard, alias Jean-Bernard Passerieu, avait lancé dans *Le Figaro* une enquête sur l'idéal à vingt ans

en vue de proférer quelque chose, que, suffisamment, je me fus fidèle, pour que ma vie humble[1] gardât un sens. Le moyen, je le publie, consiste quotidiennement à épousseter, de ma native illumination, l'apport hasardeux extérieur, qu'on recueille, plutôt, sous le nom d'expérience. Heureuse ou vaine, ma volonté des vingt ans survit intacte.

Veuillez, Monsieur, agréer...

STÉPHANE MALLARMÉ.

I. Je n'ai point ici, en mon séjour d'été, mon portrait à vingt ans et regrette.

II. Jamais pensée ne se présente, à moi, détachée, je n'en ai pas de cette sorte et reste ici dans l'embarras ; les miennes forment le trait, musicalement placées, d'un ensemble et, à s'isoler, je les sens perdre jusqu'à leur vérité et sonner faux : après tout, cet aveu, peut-être, en figure-t-il une, propre au feuillet blanc d'un album.

S.M.

1. Mallarmé avait d'abord écrit « mon humble vie », puis inverse le nom et l'adjectif.

308. – *A Marie et Geneviève Mallarmé.*

[Valvins, le 8 septembre 1898]

Recommandation quant à mes Papiers.
(Pour quand le liront mes chéries[1].)

Mère, Vève,

Le spasme terrible d'étouffement subi tout à l'heure peut se reproduire au cours de la nuit et avoir raison de moi. Alors, vous ne vous étonnerez pas que je pense au monceau demi-séculaire de mes notes, lequel ne vous deviendra qu'un grand embarras ; attendu que pas un feuillet n'en peut servir. Moi-même, l'unique pourrais seul en tirer ce qu'il y a... Je l'eusse fait si les dernières années manquant ne m'avaient trahi. Brûlez, par conséquent : il n'y a pas là d'héritage littéraire, mes pauvres enfants. Ne soumettez même pas à l'appréciation de quelqu'un : ou refusez toute ingérence curieuse ou amicale. Dites qu'on n'y distinguerait rien, c'est vrai du reste, et, vous, mes pauvres prostrées, les seuls êtres au monde capables à ce point de respecter toute une vie d'artiste sincère, croyez que ce devait être très beau.

Ainsi, je ne laisse pas un papier inédit excepté quelques bribes imprimées que vous trouverez puis le *Coup de Dés*[2] et *Hérodiade* terminé s'il plaît au sort.

1. Nous avons joint à cette sélection de lettres la note testamentaire griffonnée par Mallarmé la veille de sa mort.
2. L'édition définitive du *Coup de dés*, alors en préparation chez Didot, ne parut qu'en 1914 chez Gallimard.

Mes vers sont pour Fasquelle, ici, et Deman, s'il veut se limiter à la Belgique[1] :

Poésies et *Vers de circonstances*
avec *L'Après-Midi d'un Faune*
et *Les Noces d'Hérodiade.*
Mystère[2].

1. En réalité, Mallarmé avait signé avec Deman, pour ses *Poésies*, un contrat nullement limité à la Belgique. Après la mort du poète, Deman fit valoir ses droits et obtint gain de cause : c'est lui qui publia les *Poésies* en 1899.
2. Sur cet ultime avatar d'*Hérodiade*, voir *NH*, et *Poésies*, pp. 81-86, 257-264 et 275-294.

DOSSIER

CHRONOLOGIE

1842-1898

1842 *18 mars :* naissance à Paris, 12 rue Laferrière, d'Étienne, dit Stéphane, Mallarmé, fils de Numa Florent Joseph Mallarmé (1805-1863), sous-chef à l'administration de l'Enregistrement et des Domaines, et d'Élisabeth Félicie Desmolins (1819-1847).

1847 *2 août :* mort de Mme Mallarmé.

1848 Remariage de Numa Mallarmé.

1852 SM est mis dans une pension religieuse à Passy.

1854 Premiers écrits connus (exercices scolaires) : *La Coupe d'or* et *L'Ange gardien.*

1856 Pensionnaire au lycée de Sens (où son père est conservateur des hypothèques depuis 1853) après avoir été renvoyé l'année précédente de la pension de Passy.

1857 Mort de sa sœur Maria (née en 1844).

1858 *Cantate pour la première communion* du lycée de Sens.

1859 En classe de rhétorique, écrit *Entre quatre murs.*
Octobre : entre en classe de logique.

1860 Se lie avec Émile Deschamps, survivant de la génération romantique et voisin de ses grands-parents Desmolins à Versailles. Constitue une anthologie poétique de 8 000 vers (*Glanes*) et s'essaie à traduire des poésies de Poe. Reçu bachelier en novembre après un premier échec en août, entre comme surnuméraire chez un receveur de l'Enregistrement à Sens (« premier pas dans l'abrutissement »).

1861 Les Mallarmé s'installent à Sens.
Octobre : Emmanuel des Essarts est nommé au lycée de Sens.

1862 *Janvier-février :* premières publications : article sur les *Poésies*

parisiennes de des Essarts, et le poème *Placet*, dans *Le Papillon*.
Avril-mai : premières relations épistolaires avec Eugène Lefébure et Henri Cazalis. Publie avec des Essarts *Le Carrefour des demoiselles*, commémorant une promenade en forêt de Fontainebleau.
Juin : courtise une gouvernante allemande, Maria Gerhard.
Novembre : départ pour Londres où il s'installe avec Maria.

1863 *Avril :* mort de Numa Mallarmé.
10 août : mariage à Londres avec Maria Gerhard, de sept ans son aînée.
Novembre : ayant obtenu le certificat d'aptitude pour l'enseignement de l'anglais, est nommé chargé de cours au lycée de Tournon (Ardèche).

1864 *Été :* fait à Avignon la connaissance des félibres, Théodore Aubanel, Joseph Roumanille, Frédéric Mistral.
Octobre : commence *Hérodiade*, peu avant la naissance de sa fille Geneviève (19 novembre).

1865 Après avoir passé les premiers mois sur *Hérodiade*, commence en juin le *Faune*, avec l'espoir de le présenter au Théâtre-Français.
Octobre : après le refus de Banville et de Coquelin, reprend *Hérodiade*, « non plus tragédie, mais poème ».

1866 *Janvier-mars :* travaille à l'Ouverture ancienne d'*Hérodiade*.
Avril : séjour à Cannes chez Lefébure. De ce séjour, au milieu du travail sur *Hérodiade*, datent la découverte du néant et un bouleversement intellectuel profond : « Oui, *je le sais*, nous ne sommes que de vaines formes de la matière, — mais bien sublimes pour avoir inventé Dieu et notre âme. Si sublimes, mon ami ! que je veux me donner ce spectacle de la matière, ayant conscience d'elle, et, cependant, s'élançant forcenément dans le Rêve qu'elle sait n'être pas, chantant l'Ame et toutes les divines impressions pareilles qui se sont amassées en nous depuis les premiers âges, et proclamant, devant le Rien qui est la vérité, ces glorieux mensonges ! Tel est le plan de mon volume Lyrique, et tel sera peut-être son titre, La Gloire du Mensonge, ou le Glorieux Mensonge. Je chanterai en désespéré ! » Ce séjour cannois inaugure deux années de fréquentation de l'absolu pour le poète qui est nommé en octobre au lycée de Besançon, après un été voué aux spéculations sur l'Œuvre désormais entrevu.

12 mai : publication de dix poèmes dans *Le Parnasse contemporain.*

Mi-juillet : est renvoyé du lycée de Tournon sous la pression des parents d'élèves après la publication de ses poèmes dans le *Parnasse contemporain.*

26 octobre : est nommé au lycée de Besançon.

1867 *14 mai :* à Cazalis : « Je viens de passer une année effrayante : ma Pensée s'est pensée, et est arrivée à une Conception Pure. Tout ce que, par contre-coup, mon être a souffert, pendant cette longue agonie, est inénarrable, mais, heureusement, je suis parfaitement mort, et la région la plus impure où mon Esprit puisse s'aventurer est l'Éternité [...]. C'est t'apprendre que je suis maintenant impersonnel, et non plus Stéphane que tu as connu, — mais une aptitude qu'a l'Univers Spirituel à se voir et à se développer, à travers ce qui fut moi. »

31 août : mort de Baudelaire.

Octobre : nommé au lycée d'Avignon.

1868 *Avril :* à François Coppée : « Pour moi, voici deux ans que j'ai commis le péché de voir le Rêve dans sa nudité idéale [...]. Et maintenant, arrivé à la vision horrible d'une Œuvre pure, j'ai presque perdu la raison... »

Mai : à Lefébure : « Décidément, je redescends de l'Absolu [...] mais cette fréquentation de deux années (vous vous rappelez ? depuis notre séjour à Cannes) me laissera une marque dont je veux faire un Sacre. »

18 juillet : envoi du sonnet en -yx à Cazalis.

1869 Lecture de Descartes.

Février : à Cazalis : « La première phase de ma vie a été finie. La conscience, excédée d'ombres, se réveille, lentement formant un homme nouveau, et doit retrouver mon Rêve après la création de ce dernier. Cela durera quelques années pendant lesquelles j'ai à revivre la vie de l'humanité depuis son enfance et prenant conscience d'elle-même. »

Mars : envoi de la scène d'*Hérodiade* au *Parnasse contemporain.*

Novembre : première mention d'*Igitur,* destiné à liquider la crise de l'absolu : « c'est un conte, par lequel je veux terrasser le vieux monstre de l'Impuissance [...]. S'il est fait [...] je suis guéri ; *similia similibus.* » A la même époque, s'intéresse à la science du langage.

1870 *Janvier :* mis en congé sur sa demande jusqu'en septembre 1871, il s'initie à la linguistique et envisage une thèse sur le langage ainsi qu'une thèse latine sur la divinité, comme « le fondement scientifique » de son œuvre.
Août : lecture d'*Igitur* devant Mendès, Judith Gautier et Villiers, de retour de Lucerne, chez Wagner.

1871 *Juillet :* naissance d'Anatole.
Octobre : après diverses tentatives pour quitter l'enseignement, est nommé au lycée Condorcet et s'installe à Paris, 29 rue de Moscou.

1872 *Juin-octobre :* publie les traductions de huit poèmes de Poe.
23 octobre : mort de Gautier.

1873 *Avril :* fait la connaissance de Manet.
Octobre : Toast funèbre dans *Le Tombeau de Théophile Gautier.*

1874 *Août :* premier séjour à Valvins, près de Fontainebleau.
Septembre : première livraison de *La Dernière Mode*, entièrement rédigée par Mallarmé. Le journal aura huit numéros.

1875 *Janvier :* s'installe rue de Rome.
Juillet : envoi à Lemerre, pour le troisième *Parnasse contemporain*, du *Faune*, qui est refusé par le jury (Coppée, Banville, Anatole France).
Premiers *Gossips* pour l'*Athenæum* de Londres.

1876 *Janvier :* évoque de grands projets pour le théâtre.
Avril : L'Après-midi d'un faune, illustré par Manet, chez Derenne.
Mai : préface au *Vathek* de Beckford.
Septembre : « The Impressionnists and Edouard Manet » dans *The Art Monthly Review.*
Décembre : Le Tombeau d'Edgar Poe dans le volume commémoratif de Baltimore.

1877 *Mars :* dernières traductions des poèmes de Poe dans *La République des Lettres.*
Décembre : premières allusions aux Mardis.

1878 *Janvier : Les Mots anglais*, chez Truchy-Leroy frères. Envisage pour le même éditeur divers travaux alimentaires sur la langue anglaise.

1879 *Octobre :* mort d'Anatole après une maladie de six mois.
Décembre : Les Dieux antiques (datés de 1880), chez Rothschild (traduction d'un manuel de G.W. Cox entreprise dès 1871).

1880 Notes pour le *Tombeau* d'Anatole.

1882 *Octobre :* révèle à Huysmans, qui lui fait part du projet d'*A rebours*, la personnalité de Montesquiou.

1883 *13 février :* mort de Wagner.

30 avril : mort de Manet.

Novembre-décembre : publication par Verlaine, dans *Lutèce*, du troisième article, consacré à Mallarmé, des « Poètes maudits », repris l'année suivante en volume chez Vanier.

1884 *Janvier :* première allusion, dans la *Correspondance*, à Méry Laurent, qu'il a connue naguère par Manet.

Mai : A rebours de Huysmans qui, avec *Les Poètes maudits*, assure à Mallarmé une publicité inattendue.

Octobre : nommé au lycée Janson de Sailly.

1885 *Janvier : Prose* pour des Esseintes dans *La Revue indépendante* qui publie en mars «*Le vierge, le vivace...* » et « *Quelle soie...* ».

22 mai : mort de Victor Hugo.

8 août : « Richard Wagner, Rêverie d'un poète français » dans *La Revue wagnérienne.*

10 septembre : évoque, dans deux lettres à Édouard Dujardin et Barrès, le Drame dont il rêve, celui « de l'Homme et de l'Idée ».

Octobre : nommé au collège Rollin (l'actuel lycée Jacques Decour).

16 novembre : lettre autobiographique à Verlaine évoquant le Livre, « l'explication orphique de la Terre, qui est le seul devoir du poète et le jeu littéraire par excellence ».

1886 *8 janvier : Hommage* à Wagner dans *La Revue wagnérienne.*

11 avril : premier numéro de *La Vogue* avec trois poèmes en prose de Mallarmé et le début des *Illuminations* de Rimbaud.

13 juin : « *M'introduire dans ton histoire...* » (premier poème non ponctué) dans la même revue.

18 septembre : manifeste symboliste de Jean Moréas dans *Le Figaro.*

22 septembre : le *Traité du Verbe* de René Ghil, avec l'« Avant-Dire » de Mallarmé.

1er novembre : commence à tenir pour *La Revue indépendante* une chronique théâtrale (neuf articles jusqu'en juillet 1887).

1887 *1er janvier :* le « Triptyque » dans *La Revue indépendante.*

Mars : édition définitive de *L'Après-midi d'un faune* aux éditions de *La Revue indépendante.*

12 août : La Déclaration foraine, qui contient « *La chevelure...* », dans *L'Art et la mode.*
Octobre : édition photolithographiée des *Poésies*, avec frontispice de Félicien Rops, aux éditions de *La Revue indépendante* (à 47 exemplaires).
Décembre : Album de vers et de prose.

1888 *Janvier :* lettre à Verhaeren évoquant le projet de se « présenter en public [...] et de jongler avec le contenu d'un livre ».
Juillet : Les Poèmes d'Edgar Poe, chez Deman à Bruxelles, avec portrait et fleuron de Manet.

1889 *18 août :* mort de Villiers ; Mallarmé et Huysmans seront ses exécuteurs testamentaires.

1890 *Février :* tournée de conférences sur Villiers en Belgique.
15 mai : « Villiers de l'Isle-Adam » (*La Revue d'Aujourd'hui*).
20 octobre : première lettre de Paul Valéry.
15 novembre : Billet à Whistler dans *The Whirlwind.*

1891 *13 mars :* mort de Banville.
24 mars : réponse à l'Enquête sur l'évolution littéraire de Jules Huret.
Mai : Pages, chez Deman, avec frontispice de Renoir.
10 octobre : première visite de Valéry, amené par Pierre Louÿs.

1892 *Mars :* début de la collaboration au *National Observer* (douze chroniques jusqu'en juillet 1893).
15 novembre : Vers et prose (daté de 1893), chez Perrin, avec frontispice de Whistler.

1893 *Février :* préside le septième banquet de *La Plume* où il prononce le Toast qui deviendra *Salut.*
15 juillet : deuxième édition de *Vers et prose.*
4 novembre : Mallarmé obtient sa mise à la retraite.

1894 *Février-mars :* conférence sur « La Musique et les Lettres » à Oxford et Cambridge (publiée en octobre chez Perrin).
15 mai : « *A la nue...* » dans *L'Obole littéraire.*
17 juillet : mort de Leconte de Lisle. Lui succède à la présidence du comité pour le monument Baudelaire.
8 août : cité comme témoin par Félix Fénéon à l'occasion du procès des Trente (lié aux attentats anarchistes).
17 août : article sur « Le Fonds littéraire » dans *Le Figaro.*
12 novembre : envoie à Deman la maquette des *Poésies.*

22 décembre : première audition du *Prélude à l'Après-midi d'un faune* de Debussy.

1895 *1er janvier : Le Tombeau de Charles Baudelaire* dans *La Plume.*
15 janvier : Hommage à Puvis de Chavannes dans la même revue.
1er février : première des dix « Variations sur un sujet » dans *La Revue blanche.*
3 août : « Toute l'âme résumée… » (*Le Figaro,* dans la réponse à une enquête sur le vers libre).

1896 *8 janvier :* mort de Verlaine. Mallarmé prononcera son éloge funèbre.
27 janvier : élu Prince des Poètes.
15 mai : « Arthur Rimbaud », lettre à Harrison Rhodes, *The Chap Book,* Chicago.
22 mai : président du comité pour le monument Verlaine.
1er septembre : « Le Mystère dans les Lettres » dans *La Revue blanche,* en réponse à l'article de Proust, « Contre l'obscurité », dans la même revue.

1897 *1er janvier : Tombeau* de Verlaine (*La Revue blanche*).
15 janvier : Divagations, chez Charpentier.
Mai : Un coup de dés, dans la revue *Cosmopolis.*

1898 *23 février :* lettre de sympathie à Zola après sa condamnation.
16 avril : Album commémoratif contenant le sonnet à Vasco (*« Au seul souci… »*).
10 mai : se remet à *Hérodiade* qui l'occupera jusqu'à sa mort.
9 septembre : mort de Mallarmé, à Valvins, à la suite d'un étouffement. *Hérodiade* reste inachevée et l'édition des *Poésies* ne paraîtra qu'en 1899, posthume.

NOTE SUR LE TEXTE

Depuis 1985, l'ensemble de la correspondance connue de Mallarmé de 1872 à sa mort est accessible au lecteur dans la monumentale édition en onze volumes due au zèle admirable de L. J. Austin. En revanche, le tout premier volume publié en 1959, qui couvrait les années 1862-1871, était épuisé depuis longtemps ; il présentait en outre un texte souvent fautif, les éditeurs n'ayant pu l'établir qu'à partir de simples copies, voire de copies de copies. C'est ainsi que les grandes lettres à Cazalis, Lefébure, Aubanel, Armand Renaud, Villiers de l'Isle-Adam, n'étaient plus accessibles, sinon, pour certaines d'entre elles, dans les éditions partielles des *Documents Stéphane Mallarmé* publiés par C. P. Barbier et Lawrence Joseph.

On trouvera donc dans cette édition la totalité de la correspondance connue[1] de Mallarmé pour la période 1862-1871, soit 242 lettres dont plusieurs partiellement ou totalement inédites, que l'on a fait suivre d'une sélection des lettres les plus importantes — soixante-six — des années 1872-1898, de façon à offrir au lecteur l'ensemble des lettres où se formule tout ou partie de l'esthétique — et de l'éthique — du poète.

PRINCIPES D'ÉDITION

Dans toute la mesure du possible, le texte a été établi à partir des autographes ou de fac-similés (c'est le cas pour 226 lettres sur les 242

1. Cette correspondance connue ne représente malheureusement qu'une partie (la moitié ? le tiers ?) de la correspondance réelle de Mallarmé, et de très nombreuses lettres restent donc à retrouver.

de la première partie, et pour 58 des 66 lettres de la deuxième[1]). Cela nous a permis de corriger en de nombreux points qui ne sont pas toujours de détail le texte fourni par l'édition de 1959, et même, plus rarement, celui, pourtant plus sûr, des *Documents Stéphane Mallarmé*. Ces corrections ne sont signalées en notes que lorsqu'elles modifient sensiblement la signification. Lorsque l'autographe est perdu, ou inconnu, nous avons repris le texte imprimé qui nous paraissait le plus sûr. Pour la datation de lettres non datées, nous nous sommes appuyé largement sur les conjectures de L. J. Austin (dans ses *Errata* et *addenda* du tome I), de C. P. Barbier et de L. Joseph (dans leur édition de la correspondance avec Cazalis, ou des lettres à Mistral). Chaque fois cependant que nous proposons une datation différente, celle-ci se trouve justifiée en note. L'annotation, qui vise surtout à faciliter la lecture de cette correspondance en éclairant les références et les allusions, est aussi largement tributaire des éditions déjà mentionnées, tout en apportant quelques corrections de détail ou, sur certains points, des informations inédites.

L'orthographe, en règle générale, a été normalisée :

— Les fautes d'accord, les accents omis ou indus, les fautes d'usage (Mallarmé écrit par exemple *d'avantage* ou *quelques temps*) ont été systématiquement corrigés.

— Ont été corrigés aussi certains usages propres à Mallarmé, qui écrit presque toujours le relatif composé en deux mots, de même que *quelquefois* ou *auparavant*, alors que *autre part* ou *quelque chose* sont souvent écrits en un seul mot[2]. Toutes les fois, cependant, qu'il pouvait y avoir ambiguïté, nous nous sommes abstenu de toute intervention sur le texte.

En revanche, nous avons scrupuleusement respecté la ponctuation mallarméenne, ainsi que la typographie (majuscules et minuscules, romains, italiques, petites capitales), y compris dans les suscriptions[3]. Tout au plus avons-nous rétabli exceptionnellement une

1. Il s'agit des lettres signalées par un astérisque dans la table p. 660.

2. Seules exceptions à la règle, les mots poème et poésie, écrits tantôt avec un accent, tantôt avec un tréma ; le mot hasard et ses dérivés, où le z est en concurrence avec le s. Signifiants ou non, ces choix ont été respectés. En outre, pour les deux lettres écrites de la main de Marie, et qui donnent lieu à des commentaires de Mallarmé, nous les avons transcrites exactement, sans aucune intervention.

3. Seule la signature est, conformément à l'usage éditorial, transcrite en petites capitales.

majuscule en tête de phrase, refermé une parenthèse oubliée, ou introduit (une ou deux fois) une virgule indispensable dans une énumération. Ainsi, Mallarmé met presque toujours une majuscule aux noms de jours et de mois, et les titres (de poèmes, de livres ou de journaux) sont tantôt entre guillemets, tantôt en italiques, tantôt en romains, tantôt en petites capitales. Nous avons préféré dans ce cas les quelques inconvénients entraînés par l'absence d'unification à ceux, plus nombreux et plus graves, que celle-ci créerait.

Ajoutons enfin que toute édition comporte nécessairement une part de conjecture, pour des raisons matérielles (lacune ou usure du papier, effacement de l'encre ou du crayon, surcharges, passages raturés par le poète ou censurés ultérieurement par d'autres mains...) et d'autres qui tiennent à l'écriture de Mallarmé (il est parfois difficile de discriminer majuscules et minuscules, le *c* et le *l*, ou de savoir s'il y a ou non un alinéa). Sauf exception, nous ne justifions pas nos choix, pour ne pas allonger démesurément les notes.

Ce travail a été évidemment facilité par les éditions complètes ou partielles existantes, et nous voudrions exprimer notre reconnaissance à tous ceux qui ont contribué à la constitution et à l'édition de la correspondance de Mallarmé, † Henri Mondor et Jean-Pierre Richard, † Carl Paul Barbier et Lawrence Joseph, Lloyd James Austin surtout qui continue de publier des suppléments à son édition et qui a généreusement mis à notre disposition son imposante documentation.

Qu'il nous soit permis enfin de remercier tous ceux, collectionneurs, conservateurs, éditeurs, marchands d'autographes, universitaires, qui nous ont aidé à rassembler les documents nécessaires, et tout particulièrement M. et Mme F. Ambrière, Mme F. Arnaud, Mme R. Bacou, M. Giles Barber, Mme S. Barnicaud, M. P. Berès, Mme M. Berne, M. et Mme T. Bodin, M. W. Bonaparte-Wyse, Me E. Buffetaud, Mme F. Callu, M. M. Castaing, M. F. Chapon, Mme Chassagne, M. L. Clayeux, Mme M. Comas, Mme J. Cornillon, M. D. Courvoisier, M. J. Darquet, M. A. Deverres, M. R. Doubrovkine, M. P. Gaillard, M. C. Galantaris, M. Ch. Galtier, M. J.-E. Gautrot, M. L. Joseph, M. Jean Goffin, Mme C. M. Hall, M. Y. Kashiwakura, M. B. Loliée, M. B. Malle, M. et Mme P. Morel, M. A. Nicolas, M. M. Pakenham, Mme J. Paysant, Mme N. Prévot, M. M. Quaghebeur, M. A. Rodocanachi, M. et Mme L. Roumanille, Mme

A. Rouzet, M. B. Roy, M. L. Siaud, M. A. Sinibaldi, Mme E. Souffrin-Le Breton, Mme B. Sporer Filipac, Mme M.-Th. Stanislas, Mme Doublet-Vaudoyer, Mme P. Voisin, M. J.-C. Vrain, † Mlle J. Zacchi, ainsi que les conservateurs et le personnel de la Bibliothèque littéraire Jacques Doucet, de la Bibliothèque Nationale, de la Bibliothèque de l'Arsenal, de la Bibliothèque de l'Institut, des Archives Nationales, de la Bibliothèque Royale de Bruxelles, de la British Library, de la Taylor Institution d'Oxford, de la John Hay Library de Providence, de la Bibliothèque Municipale d'Avignon, du Musée Mistral de Maillane, du Musée Balaguer de Villanueva y Geltrù.

BERTRAND MARCHAL

PRINCIPAUX SIGLES ET ABRÉVIATIONS UTILISÉS

Aut. : Autographe.
CMW : Correspondance Mallarmé-Whistler, éd. C. P. Barbier.
Corr. I, II, III... : *Correspondance.*
CS I, II, III... : L. J. Austin, « La Correspondance de S. M., Compléments et suppléments ».
Div. : Igitur, Divagations, Un coup de dés, éd. Y. Bonnefoy.
DSM I, II, III... : *Documents Stéphane Mallarmé.*
FS : Fac-similé.
« Livre » : Le « Livre » de Mallarmé, éd. J. Scherer.
LM : B. Marchal, *Lecture de Mallarmé.*
NH : Les Noces d'Hérodiade, éd. G. Davies.
OC : Œuvres complètes, éd. H. Mondor et G. Jean-Aubry.
Poésies : Poésies, préface d'Y. Bonnefoy, éd. B. Marchal.
Publ. : Publication utilisée.
RM : B. Marchal, *La Religion de Mallarmé.*
Tombeau d'Anatole : Pour un Tombeau d'Anatole, éd. J.-P. Richard.
VM : H. Mondor, *Vie de Mallarmé.*

[ ] texte restitué.
< > texte biffé.
* lecture conjecturale[1].
++++ mot ou passage illisibles.
/ alinéa.
// saut de ligne.

1. Sauf p. 494, où l'astérisque appelle une note de Mallarmé, et dans la table des lettres.

BIBLIOGRAPHIE SUCCINCTE

I. CORRESPONDANCE ET DOCUMENTS DIVERS

Correspondance [I] (1862-1871), éd. Henri Mondor et Jean-Pierre Richard, Gallimard, 1959.

Correspondance II-XI (1871-1898), éd. Henri Mondor et Lloyd James Austin, Gallimard, 1965-1985.

L. J. AUSTIN, « La Correspondance de Stéphane Mallarmé, Compléments et suppléments », *French Studies*, I, janvier 1986 ; II, avril 1987 ; III, avril 1990 ; IV, avril 1991 ; V, avril 1993 ; VI, janvier 1994.

Propos sur la poésie, recueillis et présentés par Henri Mondor, Monaco, Éd. du Rocher, 1946.

H. MONDOR, *Eugène Lefébure, sa vie, ses lettres à Mallarmé*, Gallimard, 1951.

Correspondance Mallarmé-Whistler, éd. Carl Paul Barbier, Nizet, 1964.

Documents Stéphane Mallarmé I-V, éd. C. P. Barbier, Nizet, 1968-1976.

Documents Stéphane Mallarmé VI, Correspondance avec Henri Cazalis 1862-1897, éd. C. P. Barbier et L. Joseph, Nizet, 1977.

Documents Stéphane Mallarmé VII, Correspondance avec Armand Renaud, Jean Marras, Augusta Holmès, Mistral…, éd. C. P. Barbier *et al.*, Nizet, 1980.

Lettres à Méry Laurent, éd. B. Marchal, Gallimard, 1996.

II. ŒUVRES

Œuvres complètes, éd. H. Mondor et G. Jean-Aubry, Bibliothèque de la Pléiade, Gallimard, 1951.

Œuvres complètes, éd. Bertrand Marchal, Bibliothèque de la Pléiade (nouvelle édition), Gallimard, 2 vol., 1998-2003.

Œuvres complètes, tome 1, *Poésies*, éd. Carl Paul Barbier et Charles Gordon Millan, Flammarion, 1983.

Poésies, Préface d'Y. Bonnefoy, éd. Bertrand Marchal, coll. Poésie, Gallimard, 1992.

Igitur, Divagations, Un coup de dés, éd. Bertrand Marchal, coll. Poésie, Gallimard, 2003 (1re éd. Yves Bonnefoy, 1976).

Le « Livre » de Mallarmé, éd. Jacques Scherer, Gallimard, 1957 (nouvelle éd. 1977).

Les Noces d'Hérodiade. Mystère, éd. Gardner Davies, Gallimard, 1959.

Pour un Tombeau d'Anatole, éd. Jean-Pierre Richard, Le Seuil, 1961.

Les « Gossips » de Mallarmé, éd. Henri Mondor et Lloyd James Austin, Gallimard, 1962.

Épouser la Notion, éd. Jean-Pierre Richard, Fontfroide, Bibliothèque artistique et littéraire, 1992.

Vers de circonstance, Préface d'Y. Bonnefoy, éd. B. Marchal, coll. Poésie, Gallimard, 1996.

III. ÉTUDES UTILISÉES

AUSTIN (Lloyd James), *Poetic Principles and Practice, Occasional Papers on Baudelaire, Mallarmé & Valéry*, Cambridge University Press, 1987.

BADESCO (Luc), *La Génération poétique de 1860*, Nizet, 1971 (2 vol.).

GILL (Austin), « Mallarmé fonctionnaire », *RHLF*, janv.-fév. 1968, pp. 2-25, et mars-avril 1968, pp. 253-284.

— *The Early Mallarmé*, I-II, Oxford, Clarendon Press, 1979-1986.

JOSEPH (Lawrence A.), « Mallarmé et son amie anglaise », *RHLF*, juill.-sept. 1965, pp. 457-478.

— *Henri Cazalis, sa vie, son œuvre, son amitié avec Mallarmé*, Nizet, 1972.

MARCHAL (Bertrand), *Lecture de Mallarmé*, Corti, 1985.

— *La Religion de Mallarmé*, Corti, 1988.

MONDOR (Henri), *L'Amitié de Verlaine et de Mallarmé*, Gallimard, 1939.

— *Vie de Mallarmé*, Gallimard, 1941-1942.

— *Mallarmé plus intime*, Gallimard, 1944.

— *Histoire d'un faune*, Gallimard, 1948.

— *Mallarmé lycéen*, Gallimard, 1954.

— *Autres précisions sur Mallarmé et inédits*, Gallimard, 1961.

RAITT (Alan W.), *Villiers de l'Isle-Adam, exorciste du réel*, Corti, 1987.

RICHARD (Jean-Pierre), *L'Univers imaginaire de Mallarmé*, Le Seuil, 1961.

VALÉRY (Paul), *Écrits divers sur Stéphane Mallarmé*, Gallimard, 1951.

TABLE DES LETTRES

L'astérisque signale les lettres dont le texte a été établi sur l'original ou un fac-similé. Les lettres inédites sont suivies de la mention **Inéd.**, *les lettres partiellement inédites de la mention* **PInéd.**

1862

19. A Henri Cazalis, 25 septembre 1862. *Aut.* : J. Doucet*.
20. A Henri Cazalis, octobre 1862. *Aut.* : J. Doucet* + coll. B. Malle*.
21. A Henri Cazalis, 13 ou 14 novembre 1862. *Aut.* : coll. B. Malle*.
22. A Henri Cazalis, novembre 1862. *Aut.* : coll. B. Malle*.
23. A Henri Cazalis, 27 novembre 1862. *Aut.* : J. Doucet*.
24. A Henri Cazalis, 4 décembre 1862. *Aut.* : coll. B. Malle*.
25. A Henri Cazalis, 28 ou 30 décembre 1862. *Aut.* : coll. B. Malle*.

1863

26. A Henri Cazalis, 10 janvier 1863. *Aut.* : coll. B. Malle*.
27. A Henri Cazalis, 14 janvier 1863. *Aut.* : coll. B. Malle*.
28. A Henri Cazalis, 29 ou 30 janvier 1863. *Aut.* : coll. B. Malle*.
29. A Henri Cazalis, 30 janvier 1863. *Aut.* : coll. B. Malle*.
30. A Henri Cazalis, 3 février 1863. *Aut.* : coll. B. Malle*.
31. A Henri Cazalis, 4 février 1863. *Aut.* : coll. B. Malle*.
32. A Henri Cazalis, 6 février 1863. *Aut.* : coll. B. Malle*.
33. A Henri Cazalis, 10 février 1863. *Aut.* : coll. B. Malle*.
34. A Henri Cazalis, 5 mars 1863. *Aut.* : coll. B. Malle*.
35. A Henri Cazalis, 1er avril 1863. *Aut.* : coll. B. Malle*.
36. A Émile Deschamps, 16 avril 1863. *Aut.* : coll. part.*. **PInéd.**
37. A Henri Cazalis, 27 avril 1863. *Aut.* : coll. B. Malle*.
38. A Henri Cazalis, 3 juin 1863. *Aut.* : J. Doucet*.
39. A Henri Cazalis, 23 ou 24 juillet 1863. *Aut.* : J. Doucet*.
40. Au Ministre de l'Instruction publique, mi-septembre 1863. *Aut.* : Archives Nationales*.
41. A Maurice Dreyfous, 3 décembre 1863. *Aut.* : inconnu. *Publ.* : *Corr.* II.
42. A Henri Cazalis, 9 décembre 1863. *Aut.* : J. Doucet*.
43. A Albert Collignon, 11 ou 12 décembre 1863. *Aut.* : Archives Fata Morgana*.
44. A Armand Renaud, 20 décembre 1863. *Aut.* : coll. part*.
45. A Henri Cazalis, 30 décembre 1863. *Aut.* : coll. Me A. Krafft* + coll. B. Malle*.

1864

46. A Henri Cazalis, 7 janvier 1864. *Aut.* : J. Doucet*.
47. A Henri Cazalis, 7 janvier 1864. *Aut.* : coll. B. Malle*.
48. A Armand Renaud, 8 janvier 1864. *Aut.* : inconnu. *Publ.* : *DSM* VII.
49. A Maurice Dreyfous, 8 janvier 1864. *Aut.* : J. Doucet*.
50. A Henri Cazalis, 13 février 1864. *Aut.* : J. Doucet*.
51. A Albert Collignon, 21 février 1864. *Aut.* : inconnu. *Publ.* : *Corr.* I.
52. A Henri Cazalis, 23 mars 1864. *Aut.* : J. Doucet*.
53. A Albert Collignon, 11 avril 1864. *Aut.* : J. Doucet*.
54. A Henri Cazalis, 25 avril 1864. *Aut.* : J. Doucet*.
55. A Henri Cazalis, mai 1864. *Aut.* : J. Doucet*.
56. A Albert Collignon, 26 juin 1864. *Aut.* : J. Doucet*.
57. A Armand Renaud, 27 juin 1864. *Aut.* : coll. A. Rodocanachi*.
58. A Henri Cazalis, juillet 1864. *Aut.* : J. Doucet*.
59. A Théodore Aubanel, 25 juillet 1864. *Aut.* : J. Doucet*.
60. A Henri Cazalis, 2 août 1864. *Aut.* : J. Doucet*.
61. A Théodore Aubanel, 3 août 1864. *Aut.* : J. Doucet*.
62. A Frédéric Mistral, 6 août 1864. *Aut.* : Musée Mistral*.
63. A Henri Cazalis et Emmanuel des Essarts, 17 août 1864. *Aut.* : J. Doucet*.
64. A Théodore Aubanel, 17 août 1864. *Aut.* : J. Doucet*.
65. A Henri Cazalis et Emmanuel des Essarts, 30 août 1864. *Aut.* : J. Doucet*.
66. A Henri Cazalis, 9 octobre 1864. *Aut.* : J. Doucet*.
67. A Alfred des Essarts, 12 octobre 1864. *Aut.* : inconnu. *Publ.* : *Corr.* I.
68. A Théodore Aubanel, 13 octobre 1864. *Aut.* : J. Doucet*.
69. A Henri Cazalis, 30 octobre 1864. *Aut.* : J. Doucet*.
70. A Henri Herluison, automne 1864. *Aut.* : inconnu. Copie H. Mondor.
71. A Mme Desmolins, 20 novembre 1864. *Aut.* : J. Doucet*.
72. A Henri Cazalis, 20 novembre 1864. *Aut.* : inconnu. *Publ.* : *Corr.* I.
73. A Théodore Aubanel, 27 novembre 1864. *Aut.* : J. Doucet*.
74. A Henri Cazalis, 26 décembre 1864. *Aut.* : J. Doucet*.

1866

156. A William Bonaparte Wyse, 2 juillet 1868. *Aut.* : Archives Librairie Roumanille*.
157. A Frédéric Mistral, 12 juillet 1868. *Aut.* : Musée Mistral*.
158. A Henri Cazalis, 18 juillet 1868. *Aut.* : J. Doucet* + coll. B. Malle*.
159. A Henri Cazalis, 21 juillet 1868. *Aut.* : J. Doucet*.
160. A Henri Cazalis, 2 août 1868. *Aut.* : Bibl. Nationale*.
161. A Frédéric Mistral, 5 août 1868. *Aut.* : Musée Mistral*.
162. A Frédéric Mistral, 11 août 1868. *Aut.* : Musée Mistral*.
163. A Henri Cazalis, 17 août 1868. *Aut.* : Bibl. Nationale*.
164. A Mme Mallarmé, 19 août 1868. *Aut.* : J. Doucet*.
165. A Henri Cazalis, 27 août 1868. *Aut.* : J. Doucet*.
166. A Joseph Roumanille, 27 août 1868. *Aut.* : coll. part*.
167. A Henri Cazalis, 7 septembre 1868. *Aut.* : J. Doucet*.
168. A Henri Cazalis, 10 novembre 1868. *Aut.* : J. Doucet*.
169. A Henri Cazalis, 2 décembre 1868. *Aut.* : J. Doucet*.
170. A Henri Cazalis, 4 décembre 1868. *Aut.*: J. Doucet*.
171. A Henri Cazalis, 27 décembre 1868. *Aut.* : J. Doucet*.

1869

172. A Henri Cazalis, 7 janvier 1869. *Aut.* : J. Doucet*.
173. A Henri Cazalis, 24 janvier 1869. *Aut.* : J. Doucet*.
174. A Henri Cazalis, 4 février 1869. *Aut.* : J. Doucet*.
175. A Henri Cazalis, 18 ou 19 février 1869. *Aut.* : J. Doucet*.
176 A Nicolas de Semenow, 1er mars 1869. *Aut.* : coll. W. Bonaparte-Wyse*.
177. A Frédéric Mistral, 31 mars 1869. *Aut.* : Musée Mistral*.
178. A Frédéric Mistral, 3 avril 1869. *Aut.* : Musée Mistral*.
179. A Mme Desmolins, 27 avril 1869. *Aut.* : J. Doucet*. **Inéd.**
180. A Mme Desmolins, 2 mai 1869. *Aut.* : J. Doucet*. **Inéd.**
181. A Frédéric Mistral, 13 ou 20 mai 1869. *Aut.* : Musée Mistral*.
182. A William Bonaparte-Wyse, 20 mai 1869. *Aut.* : Archives Librairie Roumanille*.
183. A Henri Cazalis, juillet 1869. *Aut.* : J. Doucet*.
184. A Alfred des Essarts, 30 août 1869. *Aut.* : inconnu. *Publ.* : *Corr.* I.
185. A William Bonaparte-Wyse, 16 septembre 1869. *Aut.* : Archives Librairie Roumanille*.

1871

1872-1898

243. A Catulle Mendès, hiver 1872. *Aut.* : ex-coll. B. Loliée*. **PInéd.**
244. A Frédéric Mistral, 1er novembre 1873. *Aut.* : Musée Mistral*.
245. A Algernon Charles Swinburne, 27 janvier 1876. *Aut.* : British Library*.
246. A Algernon Charles Swinburne, 11 février 1876. *Aut.* : British Library*.
247. A Émile Zola, 18 mars 1876. *Aut.* : Bibl. Nationale*.
248. A Anatole France, 15 mai 1876. *Aut.* : J. Doucet*.
249. A Émile Zola, 3 février 1877. *Aut.* : Bibl. Nationale*.
250. A Mrs Sarah Helen Whitman, 18-28 mai 1877. *Aut.* : John Hay Library, Providence*.
251. A Mrs Sarah Helen Whitman, 31 juillet 1877. *Aut.* : John Hay Library, Providence*.
252. A Leconte de Lisle, 17 mai 1879. *Aut.* : coll. A. Rodocanachi*.
253. A Paul Verlaine, 3 novembre 1883. *Aut.* : coll. A. Rodocanachi*.
254. A Léopold Dauphin, 10 mai 1884. *Aut.* : ex-coll. B. Loliée*.
255. A Joris-Karl Huysmans, 18 mai 1884. *Aut.* : inconnu. *FS* : J. Doucet*.
256. A Léo d'Orfer, 27 juin 1884. *Aut.* : inconnu. *Publ. Corr.* II.
257. A Paul Verlaine, 19 décembre 1884. *Aut.* : coll. part.*.
258. A Odilon Redon, 2 février 1885. *Aut.* : coll. part.*.
259. A René Ghil, 7 mars 1885. *Aut.* : inconnu. *Publ.* : *Corr.* II.
260. A Édouard Dujardin, 5 juillet 1885. *Aut.* : J. Doucet*.
261. A Édouard Dujardin, 10 septembre 1885. *Aut.* : J. Doucet*.
262. A Maurice Barrès, 10 septembre 1885. *Aut.* : Bibl. Nationale*.
263. A Paul Verlaine, 16 novembre 1885. *Aut.* : ex-coll. Mme Bonniot. *FS* : Messein, 1924*.
264. A Gustave Kahn, 9 juin 1886. *Aut.* : J. Doucet*.
265. A Édouard Dujardin, 30 août 1886. *Aut.* : J. Doucet*.
266. A Vittorio Pica, novembre 1886. *Aut.* : inconnu. *Publ.* : *Gazzetta Letteraria*, 27 novembre 1886.
267. A Édouard Dujardin, 18 décembre 1886. *Aut.* : J. Doucet*.
268. A Gustave Kahn, 7 juin 1887. *Aut.* : J. Doucet*.
269. A Félicien Champsaur, 17 août 1887. *Aut.* : J. Doucet*.

LETTRES CITÉES EN NOTES

TABLE DES DESTINATAIRES

Les chiffres renvoient au numéro des lettres

INDEX DES ŒUVRES CITÉES OU ÉVOQUÉES

Les chiffres renvoient aux pages

INDEX DES NOMS *

Les chiffres renvoient aux pages

* L'index recense les noms cités dans les lettres et les notes.

Composition et impression CPI Bussière
à Saint-Amand (Cher), le 12 août 2009.
Dépôt légal : août 2009.
1er dépôt légal dans la collection : janvier 1995.
Numéro d'imprimeur : 092278/1.

ISBN 978-2-07-038761-8./Imprimé en France.

171642